影印校注古典叢書38

あさぢが露

武山隆昭校注

新典社刊行

凡例

一、本書は、写本の読解の習熟に資することを主眼とし、あわせて、広く古典に関心を持っておられる方々の要望にこたえるために編集したものである。

一、本書の影印は、宮内庁書陵部蔵青表紙証本『源氏物語』〈榿〉〈乙女〉を、そのまま縮小して全文を収めた。

一、翻字は、変体仮名を通行の平仮名に改めたほか、漢字は常用漢字体を用いた。

一、翻字に際して、「无」の草体は「む」とせず「ん」で統一した。漢字の下のオドリ字は「々」とした。(ただし「〱」はそのまま)。

一、翻刻文は、影印の原形を留めることを旨としたが、読解の一応の目安のため、読点のみを施した。

一、注解は、簡潔を旨としたが、自学独習の便宜をも考慮した。特に、会話文と心内語の指摘に留意し、誰の詞、誰の心内詞、のように示した。

一、校異は、本文そのものの読解を優先し、最少限にとどめた。本文の誤写・誤脱と思われる箇所、他の青表紙本の多くと異なる箇所、妥当と思われる他本の存在する箇所、などを主として示した。校異は主に『源氏物語大成(校異篇)』を参照した。大島本、肖柏本などの呼称については同書を参照されたい。

一、注解にあたっては、先学の多大の学恩に浴している。逐一書名を記すことは出来なかったが、深甚の謝意を表する。

目次

乙　女

槿

〔槿〕登場人物関係図

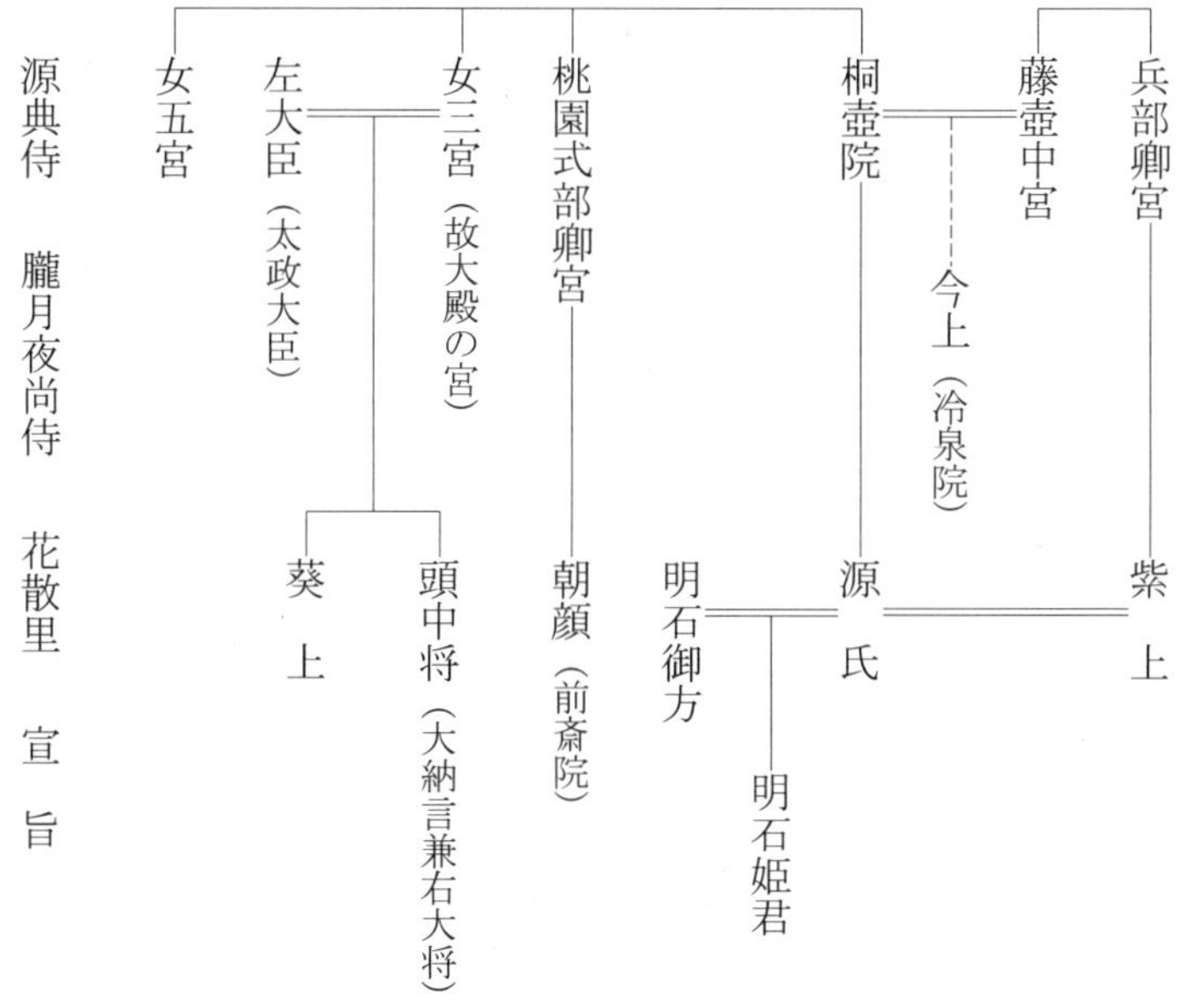
兵部卿宮
藤壺中宮
桐壺院
今上（冷泉院）
桃園式部卿宮
女三宮（故大殿の宮）
左大臣（太政大臣）
女五宮
紫上
源氏
明石御方
明石姫君
朝顔（前斎院）
頭中将（大納言兼右大将）
葵上
源典侍
朧月夜尚侍
花散里
宣旨

変体仮名初出一覧表

太字は通行の仮名およびその字源である。その下の漢字は、本巻に用いられている変体仮名の字源である。算用数字の上段は本書の初出頁、下段はその行数を示した。

仮名	字源	変体仮名の字源（初出頁/行数）
あ	**安**	安 14/6・阿 19/4
い	**以**	以 13/2
う	**宇**	宇 13/4
え	**衣**	衣 13/3・盈 23/8
お	**於**	於 13/1
か	**加**	可 13/2・加 13/5・閑 15/8
き	**幾**	幾 13/2・起 18/3・支 67/3
く	**久**	久 13/1・具 35/6
け	**計**	気 13/3・希 13/10・計 14/6・介 17/9
こ	**己**	古 13/4・己 13/6・遣 48/9
さ	**左**	佐 15/4・左 17/1
し	**之**	之 13/2・志 13/4
す	**寸**	寸 13/6・春 15/7・須 17/3
せ	**世**	世 13/3・勢 38/2
そ	**曽**	曽 13/2・楚 46/10
た	**太**	多 13/3・太 15/10
ち	**知**	地 13/6・知 13/7
つ	**川**	川 13/2・徒 15/5
て	**天**	天 13/1・帝 14/6・亭 16/7
と	**止**	止 13/2・登 13/4
な	**奈**	奈 13/3・那 13/10
に	**仁**	尓 13/1・耳 13/7・仁 13/8・丹 16/8
ぬ	**奴**	奴 13/3・怒 24/10
ね	**祢**	祢 17/9
の	**乃**	乃 13/2・能 13/8・農 42/5・濃 67/10
は	**波**	盤 13/1・八 13/5・者 14/7
ひ	**比**	比 13/1・飛 14/5・日 26/1・悲 44/3
ふ	**不**	不 13/1・婦 13/4・布 14/9
へ	**阝**	阝 13/5・遍 47/6
ほ	**保**	保 13/2・本 15/1
ま	**末**	万 13/4・末 14/1・満 14/3
み	**美**	美 14/1・三 14/5・見 50/4
む	**武**	武 14/2・無 22/9
め	**女**	女 13/2
も	**毛**	毛 13/6
や	**也**	也 14/2・屋 20/7
ゆ	**由**	遊 18/3・由 18/6
よ	**与**	与 15/4
ら	**良**	良 13/3・羅 16/5
り	**利**	里 13/1・利 13/5
る	**留**	留 13/2・流 14/6
れ	**礼**	連 13/2・礼 13/10
ろ	**呂**	呂 15/5・路 45/2
わ	**和**	王 13/4・和 13/7
ゐ	**為**	為 13/1
ゑ	**恵**	恵 15/2
を	**遠**	越 13/5・遠 13/9
ん	**无**	无 14/4

［1源氏、故桃園宮邸に女五の宮を訪ねる］

一斎院は、御ふくにておりゐ給ひにきかし、二おと〻、れいのおほしそめつる事たえぬ御くせにて、三御とふらひなといとしけうきこえたまふ、四宮わつらはしかりし事をおほせは、御かへりもうちとけてきこえ給はす、いとくちおしと、おほしわたる、なか月に成て、五も〻その〻宮にわたり給ぬるをき〻て、六女五の宮のそこにおはすれは、七そなたの御とふらひに事つけて

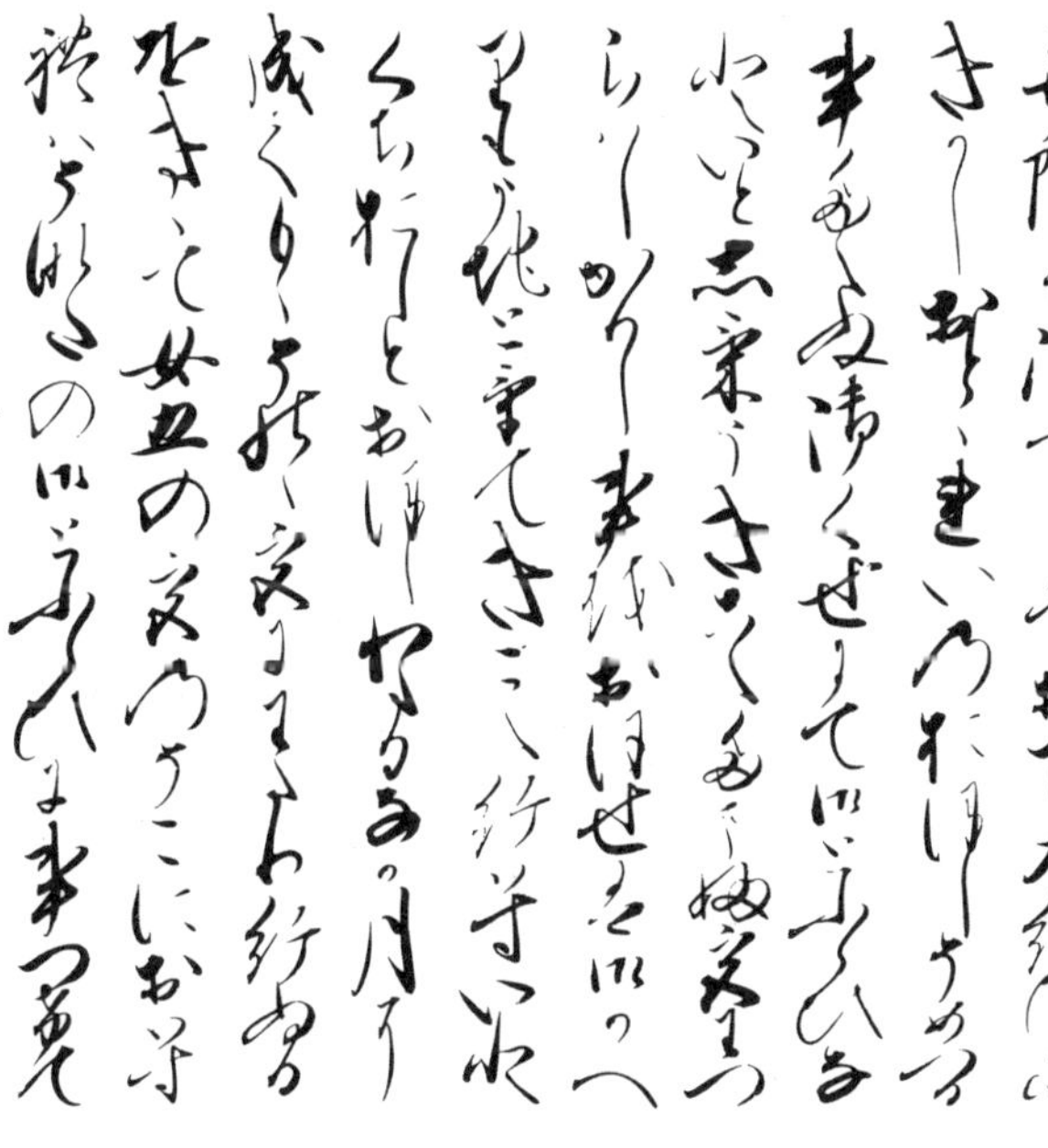

一 斎院は賀茂神社に奉仕する未婚の皇女又は女王。この斎院は、桐壺帝の弟桃園式部卿宮の姫君。慣用の呼称は朝顔の斎院。朝顔の斎院は、父宮の服喪（薄雲巻で薨去）のため、斎院を辞し今は叔母と故式部卿宮邸に住む。斎院は、本人の病気、両親の服喪といった理由で退下する。二「大臣《おとど》」は、内大臣光源氏（三十二歳）。源氏が一旦懸想されると、例のとおり、忘れない御癖で。朝顔への懸想は帚木巻以来十六年間。三 斎院という手の届かない所に十年近くいて、やっと手を伸ばせば届くかもしれぬ立場になった。源氏は、喪中のお見舞いなどを頻繁になさる。四 朝顔は、以前にも源氏に懸想されて迷惑であった（このことは、物語にこれまで語られていない）。五「桃園宮」は一条北大宮西あたりにある故式部卿宮邸。六 桃園式部卿宮の御妹。登場人物関係図参照。七 そちらの叔母君のお見舞いにかこつけて。朝顔を訪問するためとは表向きにしづらいのである。

一まうてたまふ、二こ院の、このみこたち
をは、心ことにやむことなく思きこえ
給へりしかは、いまもしたしくつきく
にきこえかはし給うめり、三おなししん
てむのにしひんかしにそすみ給
ける、四程もなくあれにける心ちして、
あはれにけはひしめやか也、五宮たいめむ
したまひて、御物かたりきこえ給ふ、
六いとふるめきたる御けはひ、しはふき
かちにおはす、七このかみにおはすれと、

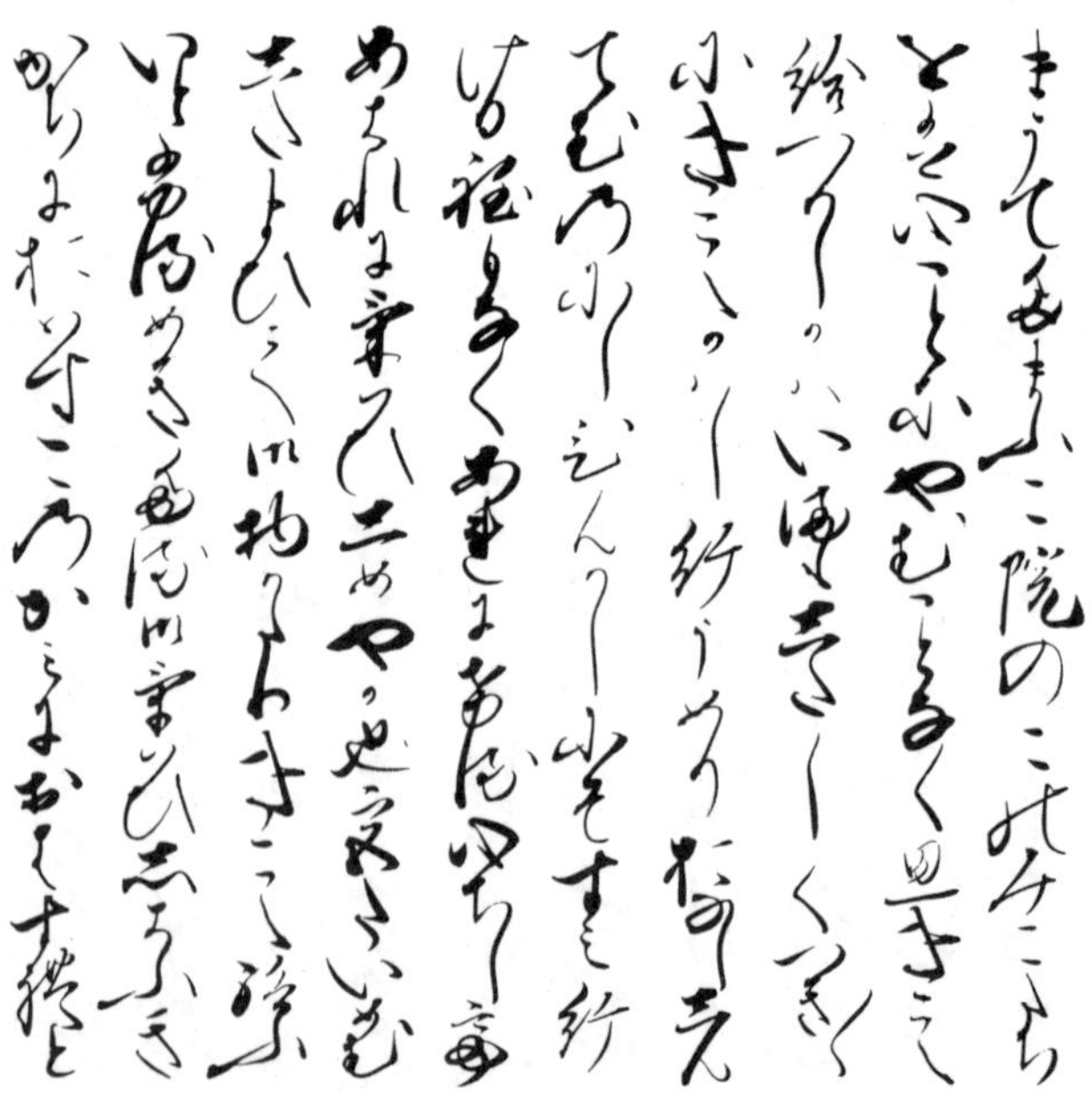

一 御訪問なさる。二 故桐壺院が、女五の宮たちを格別大切になさっていたので。桃園式部卿宮と女五の宮とは、桐壺院と同母兄弟か。父院の後継者として、源氏は女五の宮に親しく物質的援助などもしていたのであろう。三「寝殿」は寝殿造りの邸宅の中心建物。通常、主人の居所。ここでは、東半分を女五の宮（細流抄による）、西半分を姪の朝顔が居所とした。四 式部卿宮の薨去後間もないのに。主人のいない家屋敷は、目が届かないのでともすれば担当の下人らが清掃・手入れなどに手抜きをする。五 女五の宮は、源氏のお越しに喜んで、廂の間の御簾際まで膝行して出てきて、御簾を隔てて直接（侍女の取次なしで）お話なさる。六 とてもお年を召したご様子で、咳き込みがちでいらっしゃる。七「子《こ》の上《かみ》」は兄弟姉妹の年長者の意。次頁の「このかみ」は、女三の宮で女五宮の姉にあたる。

一こおほとのゝ宮は、二あらまほしくふりかた
き御ありさまなるを、三もてはなれ、こゑ
ふつゝかに、こち〳〵しくおほえ給へるも、
四さるかた也、五院のうへかくれ給て後、よ
ろつ心ほそくおほえ侍つるに、年のつ
もるまゝに、いと涙かちにてすくし侍
を、六この宮さへかくうちすて給へれは、
いよ〳〵七あるかなきかにとまり侍を、か
くたちよりとはせ給になむ、八ものわ
すれしぬへく侍ときこえたまふ、九かし

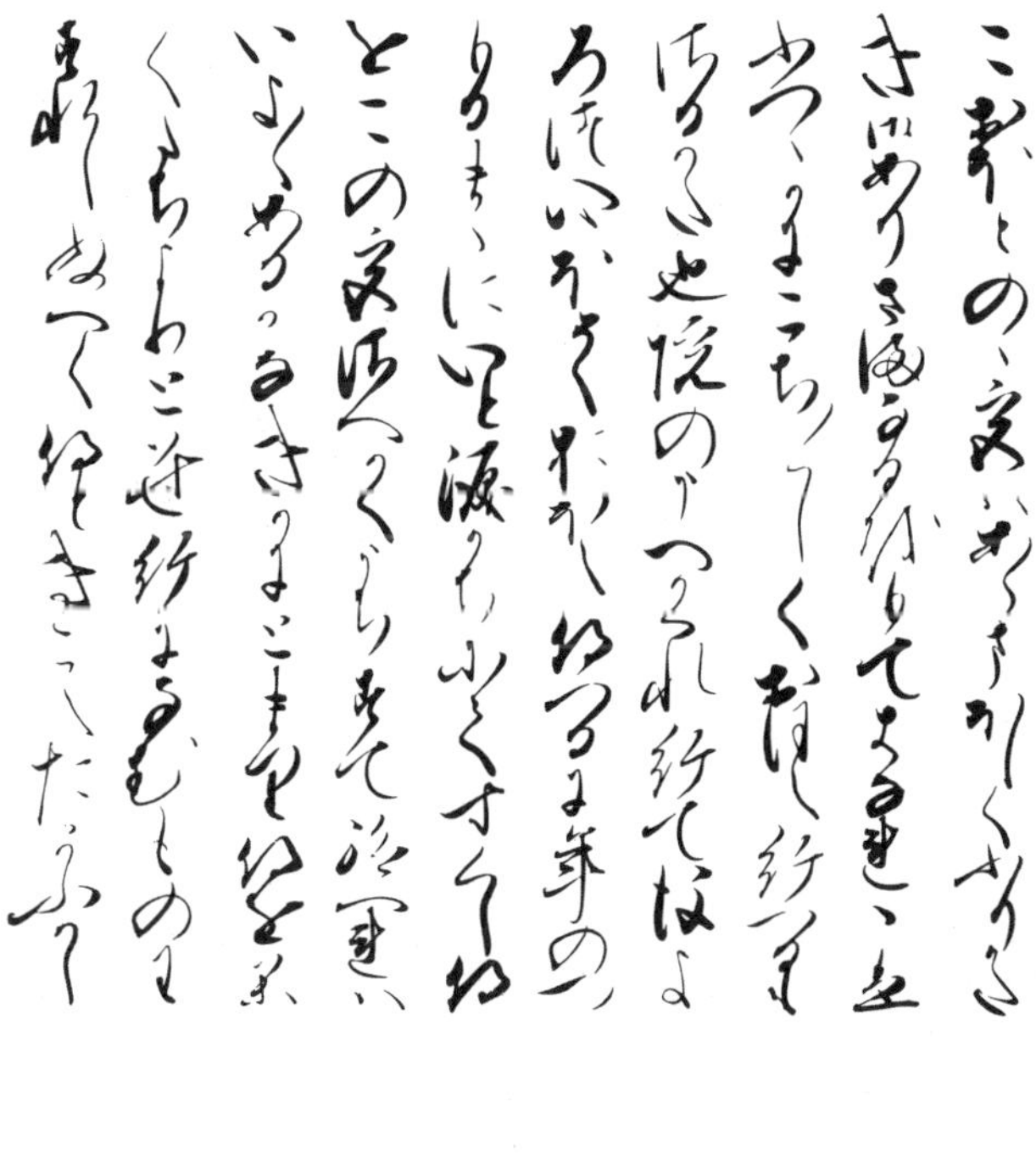

一故太政大臣の北の方である女三の宮。葵の上の母。登場人物関係図参照。二いかにも好ましく、いつまでも若々しいご様子であるのに。三似ても似つかず、声も太くて無風流な感じで。「こちごちし」は、骨ばってごつごつしている様から、洗練されていない様子を言う。四そうした（太政大臣北の方と独身皇女）ご境涯のせいである。五女五の宮の詞（10行目の「べく侍」まで）。「院の上」は桐壺院。六式部卿宮までこうして私を置き去りにして逝ってしまわれたので。七生きているのか、死んでいるのかわからない不甲斐ない状態で長らえておりますのを、こうして（あなたが）お立ち寄りくださいましたので。八辛さもきっと忘れてしまうに違いありません。九源氏の心内詞（一六頁1行目「るかな」まで）。「かしこく」は、副詞的に用いて「はなはだ・ひどく」の意で「古り」にかかるが、「ほんとにまあ年をとられたなあ」という源氏の感慨をも表現している。

こくもふ[一]り給へるかなと思へとうち
か[二]しこまりて、[三]院かくれ給て後は、
さま〳〵につけて、おなし世のやうにも
侍らす、おほえぬつみにあたり侍て、[四]し
らぬ世にまとひ侍しを、[五]たま〳〵おほ
やけにかすまへられたてまつりては、
またとりみ[六]たりいとまなくなとして、
年[七]比も、まいりてい[八]にしへの御ものか
たりをたに聞えうけたまはらぬを、
い[九]ふせく思ひたまへわたりつゝなむ、など

一 年老いなさったことだなあ。「古る」は、「老いる・年とる」意。二 きちんと正座して。叔母であり皇女である女五の宮に対して丁重な態度で臨む。三 源氏の詞（10行目「つゝなむ」まで）。桐壺院崩御は賢木の巻、源氏二十二歳の時。四 見知らぬ他国（須磨・明石）にさすらっておりましたところ。五 運良く召還されまして、朝廷から一人前の官職に任ぜられてからは。「たてまつり」は、「おほやけに」に対する敬語。六 「とりみだり」は、「多忙な政務にとりまぎれて」。七 「年ごろ」は「ここ数年来」。帰京から丸四年経っている。八 せめて桐壺院御在世中の思い出話なりとも、申し上げたり、お聞かせいただけ（たらと願いながらそれができ）ないことを。九 ずっと胸に引っかかって気にし続けておりました。「いぶせし」は、胸がふさがる思いで、気持ちが晴れない意。「思ひわたる」は「思い続ける」。複合動詞の中に謙譲の「給ふ」（下二段活用）が入り込んだ語形。

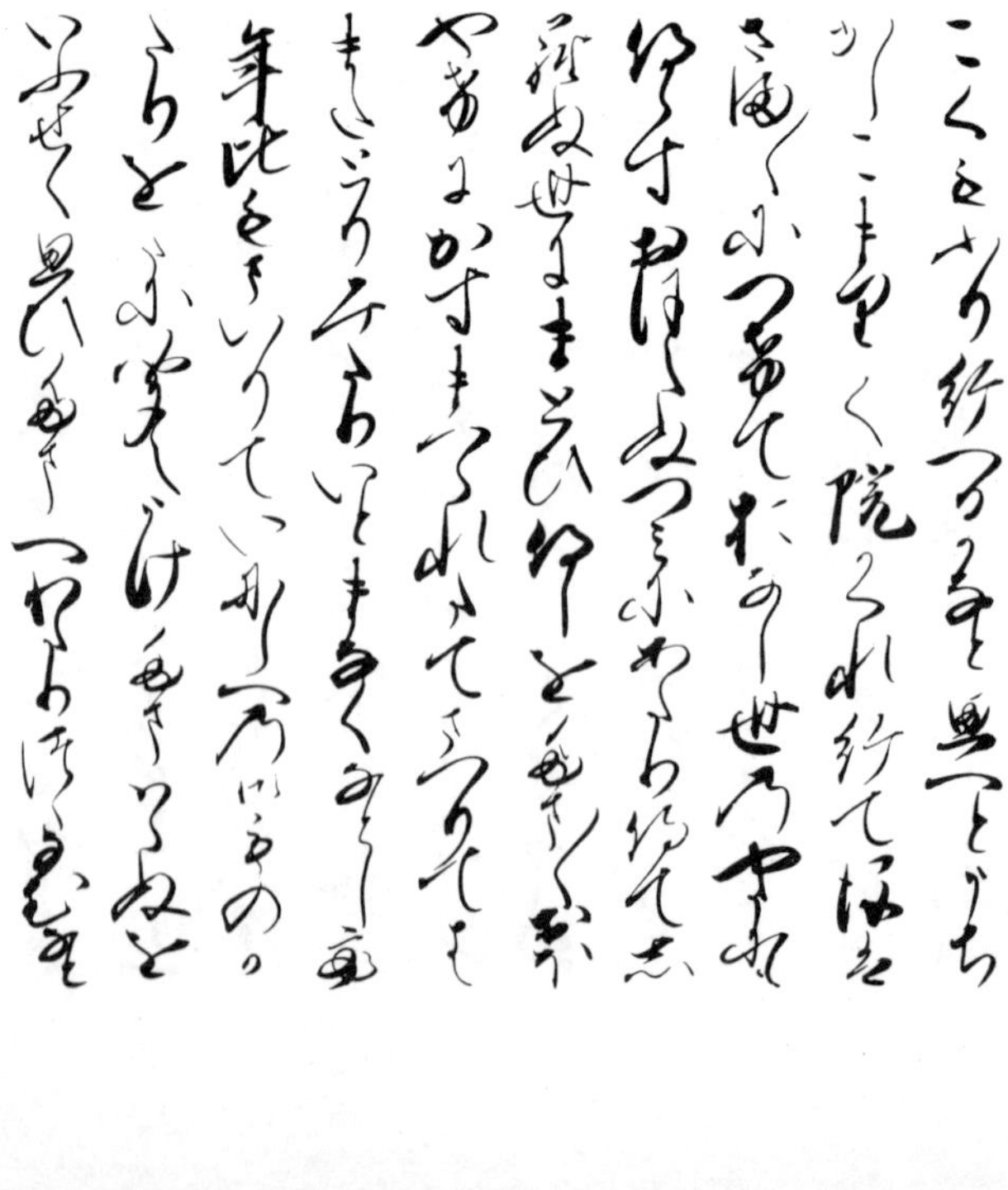

きこえたまふを、[一]いとも〱あさましく、
[二]いつかたにつけてもさためなき世を、[三]お
なしさまにてみたまへすくす、命
なかさのうらめしきことおほく侍れと、
[四]かくて世にたちかへり給へる御よろこ
ひになむ、[五]ありし年比をみたてまつり
さしてましかは、くちをしからましと
おほえはへる、[六]とうちわなゝき給て、[七]い
ときよらにねひまさり給にけるかな、
[八]わらはにものし給へりしをみたて

一 女五の宮の詞（8行目「はへる」まで）。二 どちらを見るにつけても、無常な世の中を。桐壺帝崩御以下、源氏の須磨退去、式部卿宮薨去などをさす。三 あいも変わらぬありさまで生きさせていただいております。謙譲の「給へ」を除いた「見過ぐす」は、「見ながらじっと我慢して日を過ごす」意。四（あなた様が）こうして世の中に立ち戻り栄えていらっしゃるお喜びに（あえましたことに）つけ。五 先年のご退京を見申しあげたまま世を去っておりましたなら、どんなに残念だったことでしょう。「ましかば〜まし」は反実仮想。六 河内本諸本「うちわなゝきないたまひて」、保坂本・国冬本「うちなき給て」。「わなゝく」は、「声を震わせる」。七 女五の宮が詞を続ける（一八頁7行目「侍れ」まで）。本当にお美しくご成人あそばしたことですね。「きよら」は、第一流の美を表す語。八（まだ元服前の）童形でいらっしゃった貴方様を初めて見申し上げた時。

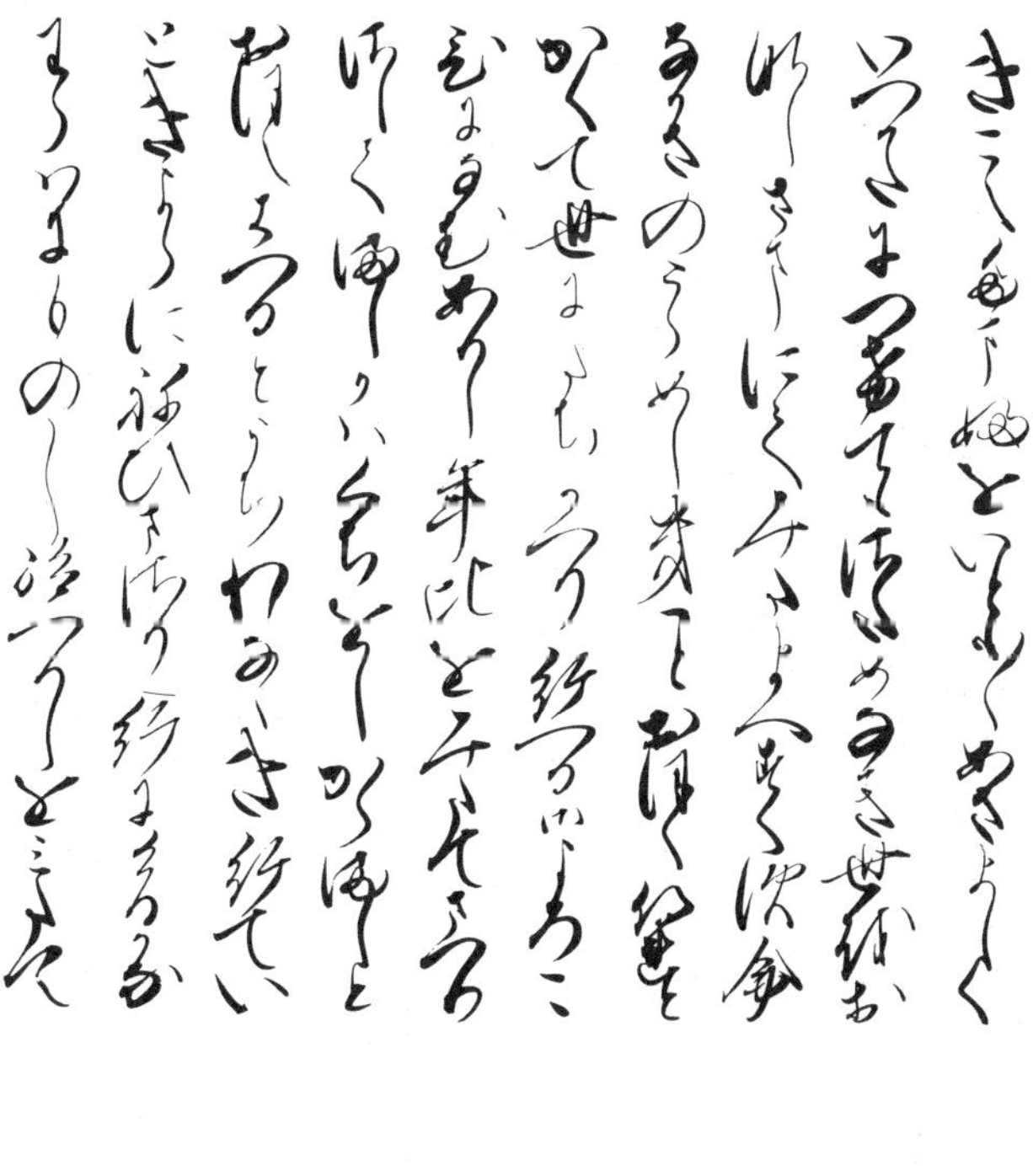

一『よくもこんなに光り輝くばかり美しいかたがお生まれになったことよ』二 時々お目にかかる度ごとに。三 そら恐ろしく思われました。「ゆゆし」は、「忌み慎まれる」「不吉だ」の意。あまりに美しい人は、神隠しにあったり夭折するという俗信があったので、源氏に何か良くないことが起こりはしないかと心配になったというのである。四 今の帝。冷泉帝（藤壺の所生）。二人が瓜二つであることは、紅葉賀・薄雲巻にも語られていた。五 そうは言っても、あなた様には（帝の方が）劣っておいででしょう。六 源氏の心内詞（9行目「ざかな」まで）。こう面と向かってわざわざ褒める人はいないものだが。孤独な老女は美男子の甥の訪問が嬉しくて皇女の慎みもなく褒めそやす、それを源氏はこの人らしいとおかしく思う。七 源氏の詞（一九頁5行目「になむ」まで）。「山賤《やまがつ》」は、木樵《こり》など山里に住む身分の低い人。須磨に退去の後の自分を卑下して言う。八 ひどく気落ちしておりましたこの数年以来。

まつりそめし時、一よにかゝるひかりのいて
おはしたる事とおとろかれ侍しを、
二とき〱みたてまつることに、三ゆゝしく
おほえ侍てなむ、四内のうへなむ、いとよ
くにたてまつらせ給へると人〱きこ
ゆるを、五さりともおとり給へらんとこそ、
をしはかり侍れ、となか〱ときこえ給
へは、六ことにかくさしむかひて人のほめ
ぬわさかな、とおかしくおほす、七やまかつ
に成て、八いたう思ひくつをれ侍りし

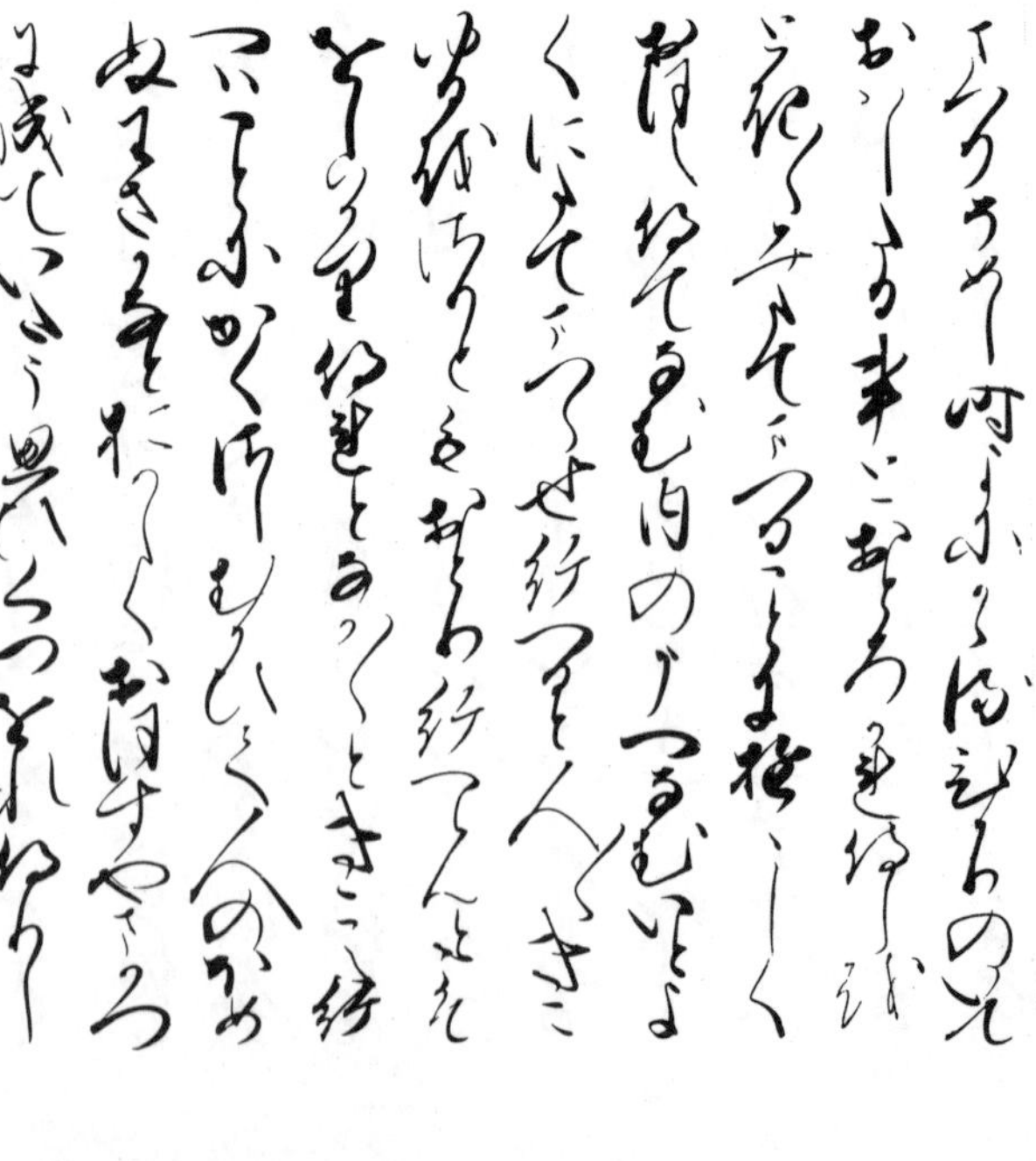

とし比の後、[一]こよなくおとろへにて侍る物を、[二]うちの御かたちは、いにしへの世にもならふ人なくやとこそ、[三]ありかたく見たてまつり侍れ、[四]あやしき御をしはかりになむときこえ給ふ、[五]ときくみたてまつらは、[六]いとゝしきいのちやのひ侍らん、けふはおいもわすれ、うき世のなけきみなさめぬる心ちなむ、とても、またないたまふ、[七]三宮うらやましく、[八]さるへき御ゆかりそひて、したしくみたて

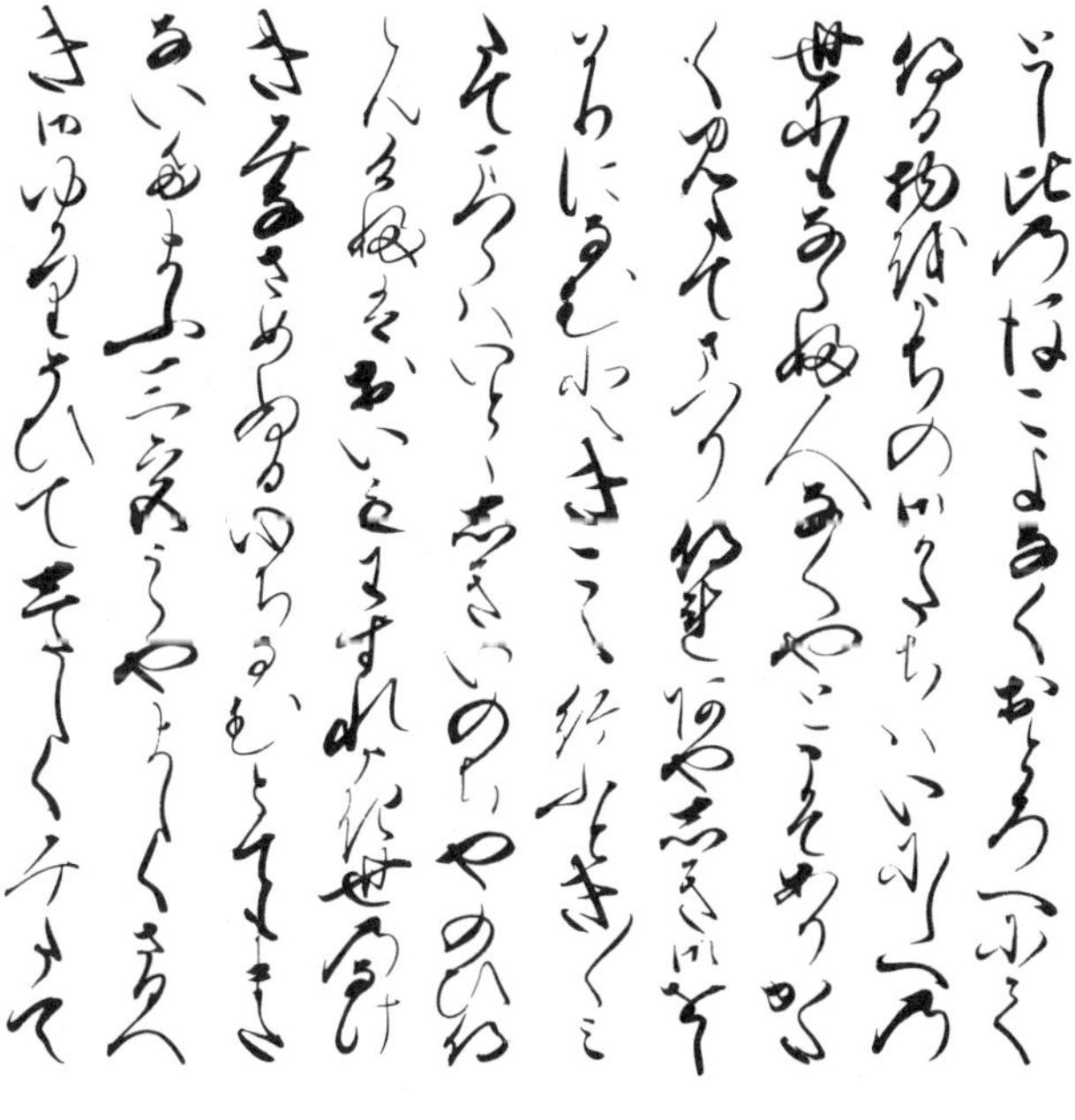

一すっかり容姿も醜くなっておりますのに。二帝の御容貌。三たぐい稀なお美しさと拝見いたしております。四とんでもないご推量。五女五の宮の詞（8行目「心ちなむ」まで）。六新編古典全集や玉上評釈では「長く生き延びた命」と注するが、吉沢対校新釈は「のこりずくない命」とある。七女五の宮の詞（二〇頁3行目「ありしか」まで）。「三宮」は、前に故大殿の宮とあった葵の上の母。八二通りの解釈がある。「女婿という縁」の意に解する説には、弄花抄・孟津抄・岷江入楚・湖月抄その他の諸注、また新釈や新編全集もこれに従っている。しかし、山岸大系は「それでは、『さるべき』の解が不当となる。公条本に『女五宮ノ姉也、孫ヲ持給ヲユカリト云也。夕霧ハ三宮ノ孫也』とあるのがよい。」として、「当然そうある（生まれて来る）べきはずの御ゆかり（孫―夕霧）が加わって、源氏を三宮が親しく」と注する。評釈も同調。

まつり給を、うらやみ侍る、一このうせ給ぬる
も、さやうにこそくひ給ふおりくありし
か、とのたまふにそ、二すこしみゝとまり
給ふ、三さもさふらひなれなましかは、四いま
におもふさまに侍らまし、五みなさしはな
たせ給て、とうらめしけに六けしきはみ
きこえ給ふ、七【2源氏、前斎院を訪ね歌を詠み交わす】あなたの御まへをみやり
給へは、かれくなる八前栽の心はへもことに
見わたされて、のとやかになかめ給ふらむ
御有さまかたちもいとゆかしく哀に

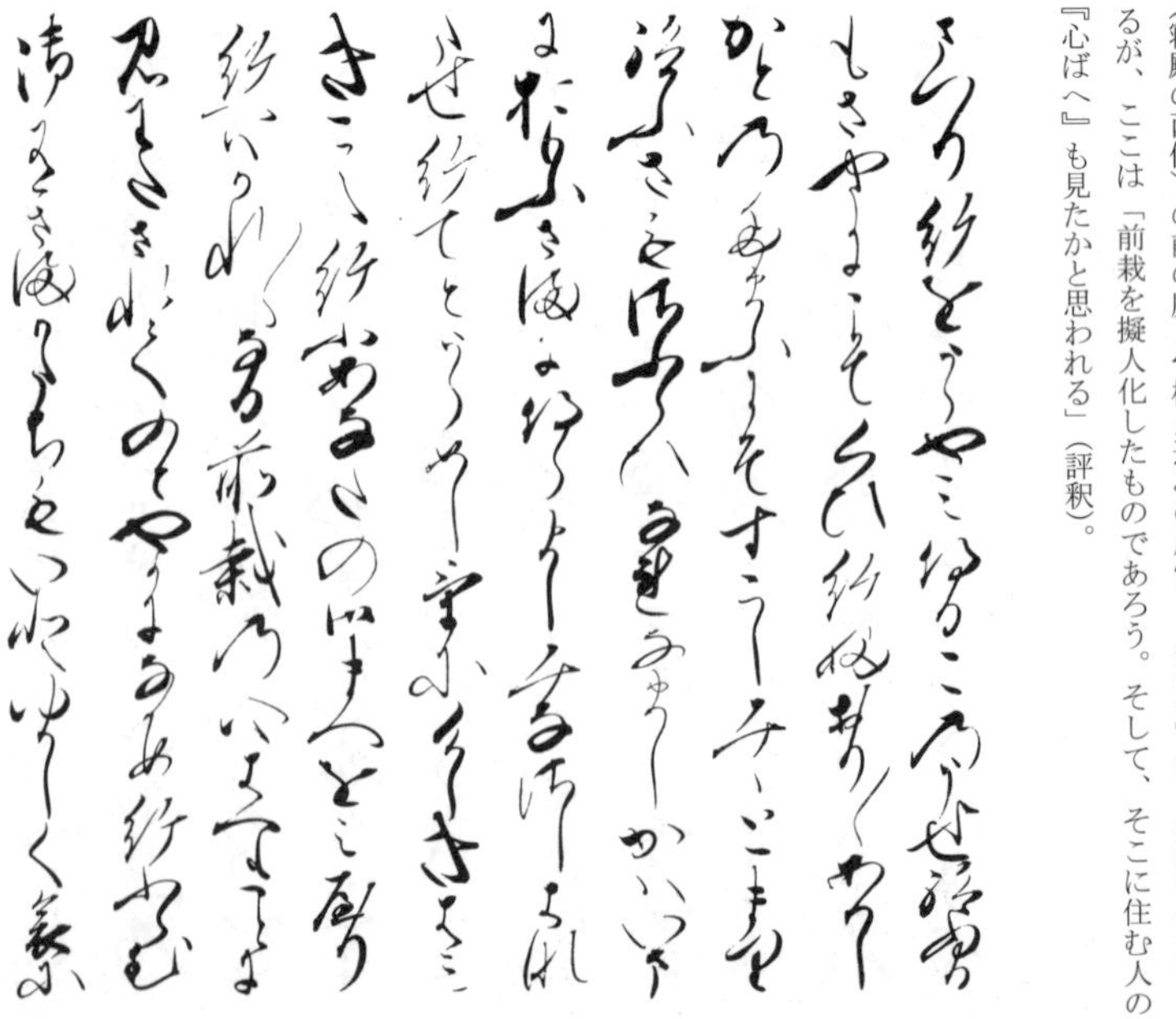

一 亡き式部卿宮も女三の宮のように、源氏を、娘朝顔の婿にすればよかったのにと悔やんでおられる。二（源氏は）少し注意が引かれなさる。「女五宮の物語聞きにくき事もありしに槿斎院の事をくはへ給殊耳とまり給なるへし」（弄花）。三 源氏の詞（6行目「せ給て」まで）。もしそのように（朝顔宮の婿として）親しくお伺いしておりましたならば。四 今では思い通りの幸せな身であったでしょうに。「いまに」は、河内本・別本諸本「いかに」。五 どなたも私をお見限りになって。「あさがほの斎院のつれなくましまします事を、さはいひがたければかく申し給ふ也」（湖月抄師説）。六 意中をほのめかし申し上げなさる（集成）。「けしきばむ」は、思いを顔色に表す意。七 朝顔の居室（寝殿の西側）の前の庭。八 植え込みの風情。「心ばへ」は、心遣いの意であるが、ここは「前栽を擬人化したものであろう。そして、そこに住む人の『心ばへ』も見たかと思われる」（評釈）。

て、え念し給はて、[一]かくさふらひたるついてをすくし侍らむは、[二]心さしなきやうなるを、[三]あなたの御とふらひきこゆへかりけりとて、[四]やかてすのこよりわたり給ふ、くらふなりたる程なれと、[五]にひ色のみすに、[六]くろきみき丁のすきかけ[七]あはれに、[八]おひ風なまめかしく吹とをし、けはひあらまほし、[九]すのこはかたはらいたけれは、みなかみのひさしにいれたてまつる、[一〇]せむし、たいめむして、御

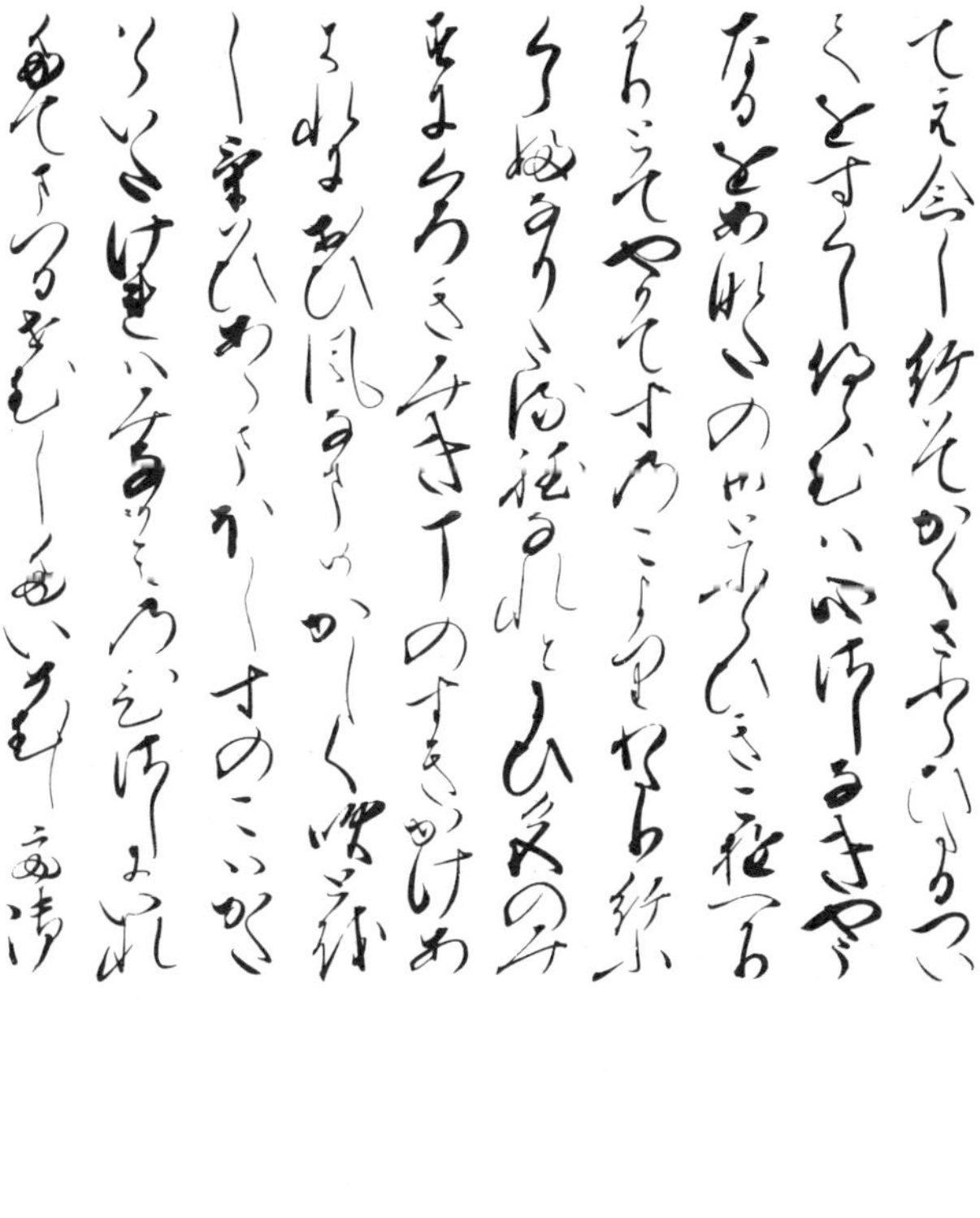

一 源氏の詞（4行目「けり」まで）。こうしてこちらにお伺いしておりますのに機会を逃しましたならば。二（朝顔に寄せる）私の気持が。三「あちら」すなわち寝殿の西側に住む朝顔の所。四 そのまま簀子《すのこ》づたいにお出でになる。「簀の子」は、建物の外側に廻らした濡れ縁。源氏は今まで東面の簀子にいた。五 父の喪中なので縁や帽額を鈍色にした御簾。「にび色」は濃い鼠色。六 蒔絵・螺鈿などの飾りのない黒塗りの几帳の手と、黒い帷子の透き通って見える影。暗くなって室内に燈火を点してある。七 あはれに―河内本諸本「あはれにみわたされて」、陽明本「あはれにみえわたされて」。八 優雅な薫物《たきもの》の香りが、風に吹き送られて漂い。九 簀子では畏れ多いので。女を訪れた男は簀子に座るのが一般的だが、源氏の身分が尚いので特別に廂《ひさし》の間に通した。一〇 宣旨。前斎院に仕える女房。斎院任命の宣旨を伝えたことによる呼名か。「か」はミセケチなので読まない。

一朝顔のご挨拶はお伝え申し上げる。二源氏の詞（4行目「侍ける」まで）。今更ながら御簾の外におすえなさるとは、まるで若者扱いですなあ。廂では不満で、母屋《もや》に入れてほしいの意。三長年にわたって、あなたに対して寄せた私の心尽し。朝顔が斎院だったので「神さび」とか、「労（官人の年功）」の語を使った。四今は御簾の内を自由に出入りすることをお許しくださるものと当てにしておりました。五ご不満にお思いになった。六朝顔の詞（9行目「侍らむ」まで）。「ありし世」とは、父宮在世時代。すなわち斎院時代をさす。七仰せの功労のことなどはゆっくりと考えてさせていただきましょう。八（取り次ぎの女房を通じて御簾の外へ）申し上げになった。九源氏の心内詞（10行目「世なれ」まで）。朝顔の「はかなきにや」に触発されて、源氏は定め難き無常の世に思いをいたす。

一せうそこはきこゆ、二いまさらにわかくしき
こゝちするみすのまへかな、三神さひにける
年月のらうかそへられ侍に、四今は内
外ゆるさせ給てんとそ、たのみ侍ける、
とて五あかすおほしたり、六ありし世は、み
な夢に見なして、いまなむさめては
かなきにや、と思ひたまへさためかたく
侍に、七らうなとはしつかにやさためきこえ
さすへう侍らむ、八ときこえいたし給へり、
九けにこそさためかたき世なれ、とはかなき

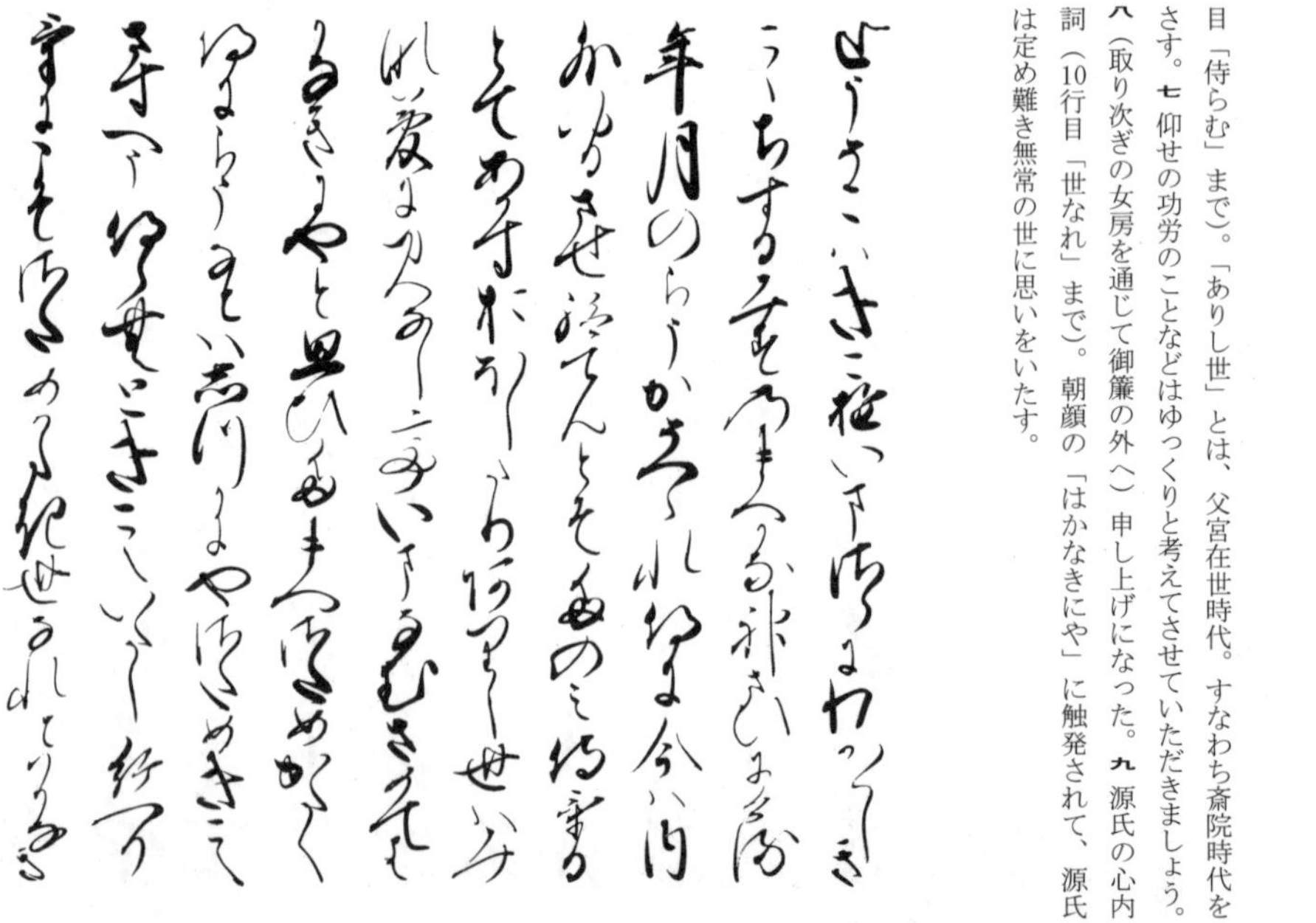

ことにつけてもおほしつゝけらる、
　[一]人しれす神のゆるしをまちしまに
こゝらつれなき世をすくすかな、今は、
[二]なにのいさめにかこたせ給はんとすら
ん、[三]なへて世にわつらはしき事さへ侍
し後、[四]さま〳〵に思給へあつめしかな、
[五]いかてかたはしをたに、とあなかちにきこ
え給ふ、[六]御よういなとも、むかしよりもいま
すこし[七]なまめかしきけさへそひ給に
けりさるは、[八]いといたうすくし給へと、[九]御位

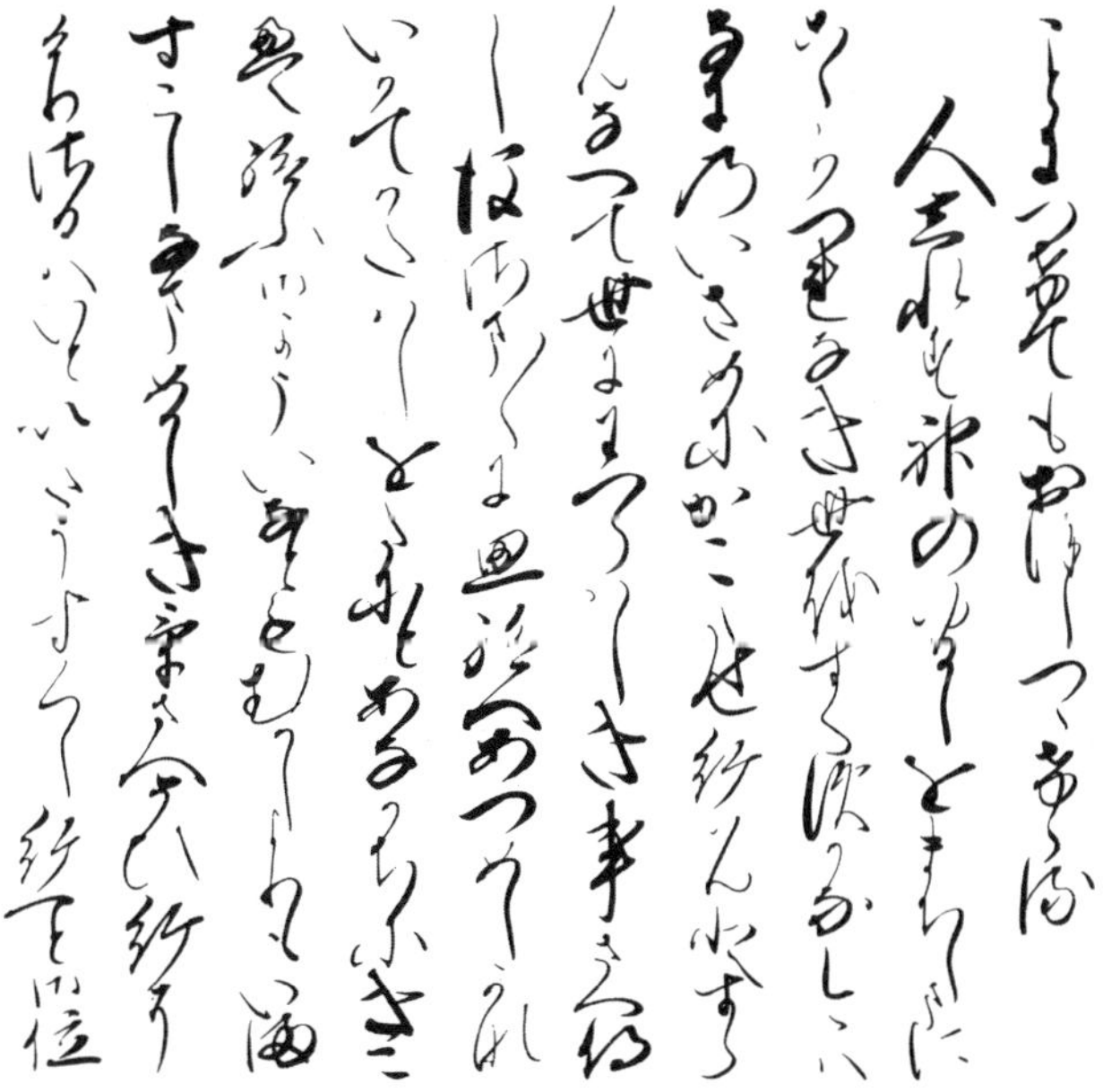

一 源氏の詞（7行目「をだに」まで）。歌の略解「心ひそかに賀茂の神のお許しを待っていた間、あなたのつれないお仕打ちに耐えて長い年月を過ごしてきたことです」。朝顔の斎院在任期間は八年であった。「斎院にては男女のみちははゞかりあり退出し給ふを神のゆるしとよみ侍るなり」（花鳥余情）。二 どんな神の禁制を口実に私を遠ざけようとなさるのでしょう。三 およそ世の中で厄介な事件までがございましてから＝須磨退去事件をさす。四 退京の悩みと朝顔に対する悩みを含めて、様々につらい思いを重ねた。五 どうかしてその一端だけでも、お話したいものです。「聞こえさせむ」を補って解する。六（君の）お心遣いなども。七 優美な風格まで加わっていらしゃるのであった（新全集）。八「過ぐし」は、時を送る・年をとる。「ねひすくしたる也」（河海抄）。九 内大臣という地位には釣り合わない若々しさでいらっしゃるようだ。

の程にはあはさめり、
　一なへてよのあはれはかりをとふからに
ちかひしこと〻神やいさめむとあれは、
二あな心う、そのよのつみはみなしなと
の風にたくへてきと、のたまふあい
行もこよなし、三みそきをかみはいか〻
侍けむ、なとはかなき事を聞ゆるも、
四まめやかにはいとかたはらいたし、五よつ
かぬ御有さまは、年月にそへても、物ふかく
のみひき入給て、えきこえ給はぬ

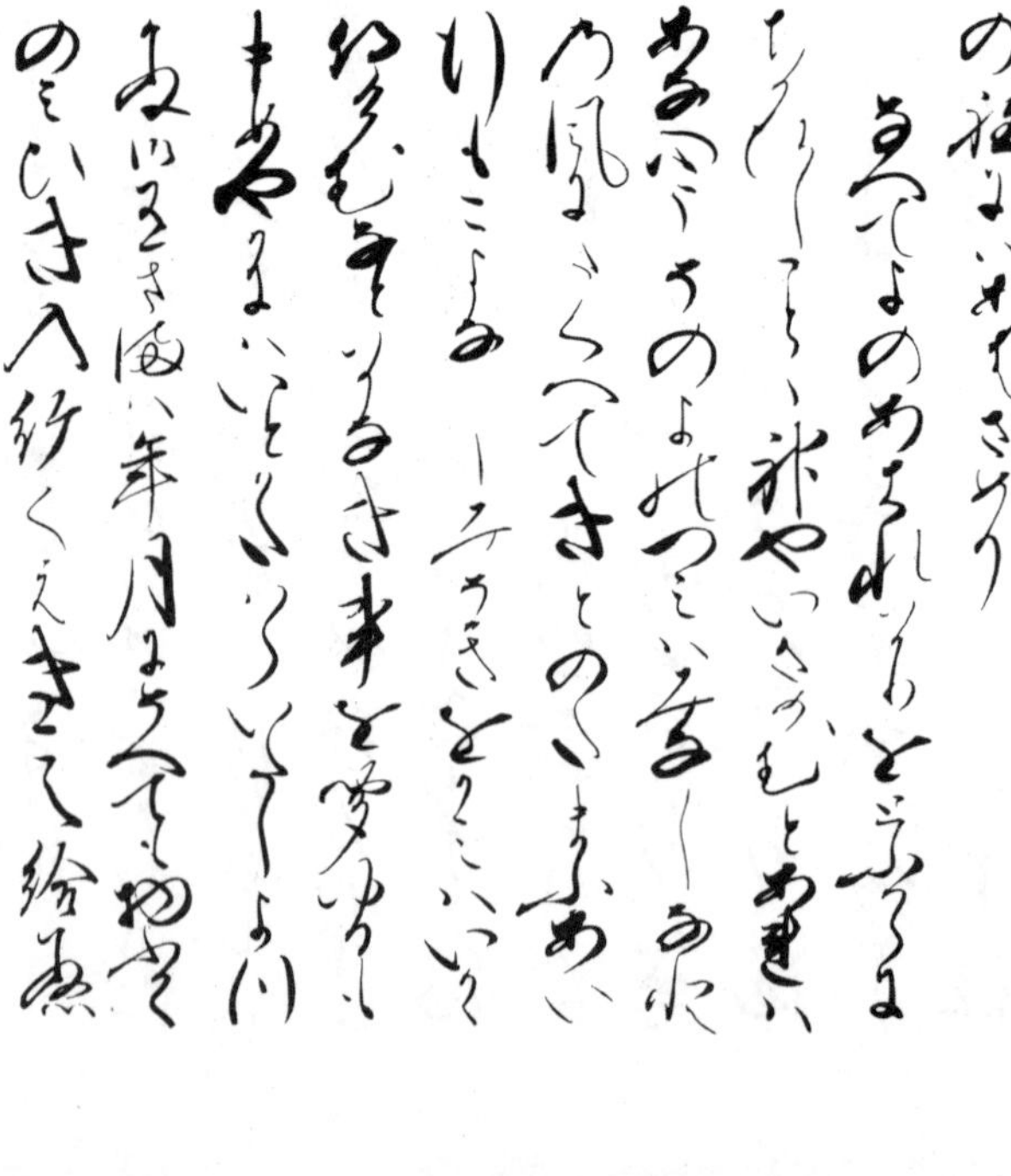

一 朝顔の返歌。歌の略解「一とおりの挨拶（須磨へのお見舞など）をいたしますだけでも、誓いに背くと神はお咎めになるのではないでしょうか」。評釈・新全集では朝顔がする意にとり、全書や新釈では二人が哀を言いかわす意とする。二 源氏の詞（5行目「へてき」まで）。何という情けないおっしゃりようか、あなたの斎院当時に私のなした罪は、すっかり科戸の風と一緒に吹き払ってしまったのに。「しなとの風はただ風の事也」（玉の小櫛）。風の神の名は「級長戸辺命《しなとべのみこと》」である。三 宣旨の詞（7行目「侍けむ」まで）。その罪を払う禊ぎを、神は果たしてお受けなさるでしょうか。「恋せじとみたらし川にせしみそぎ神は受けずもなりにけるかな」（伊勢物語六五段）を利かせた、当意即妙の軽口。源氏のことばと解する説もある。四 まじめな話、（朝顔は）とても気が引ける思いがする。五 色恋には疎いご性格は、年月とともに引っ込み思案にお成りになって。

一をみたてまつりなやめり、二すき〳〵しきやうになりぬるを、三なとあさはかならすうちなけきてたち給ふ、四よはひのつもりには、五おもなくこそなるわさなりけれ、よにしらぬやつれを、六いまそとたにきこえさすへくやは、もてなし給ひける、とていて給ふ七なこり、所せきまてれいのきこえあへり、大かたの空もおかしき程に、このはの音なひにつけても、八すきにしもの〻あはれとりかへしつ〻、そのおり〳〵、おかしくもあはれ

一（お側の女房たちは）見申し上げて困りきっている。二 源氏の詞（2行目「ぬるを」まで）。弔問のつもりが好色めいた話になってしまいましたね。三 思い入れ深い表情で、ふと嘆息なさって。四 源氏の詞（6行目「ひける」まで）。「齢の積もり」は年齢を積み重ねる・年をとる。五「面無し」は「面目ない」の意。「世に類例のないほどひどい私の恋によるやつれ姿」を、「たった今だけでも出てご覧下さい」と申し上げることが出来る程度の度量（優しさ）すら示してもらえないので、面目丸つぶれの目に遭うことです、の意に解する。六 参考歌「君が門今ぞ過ぎ行く出でて見よ恋する人のなれる姿を」（住吉物語）。七 源氏帰去の後、余韻余香が漂っていて、女房達は大げさにうるさいほどいつものようにお噂申し上げた。八（朝顔は）過ぎ去った斎院時代のしみじみとした源氏との便りのやりとりを思い出しながら。

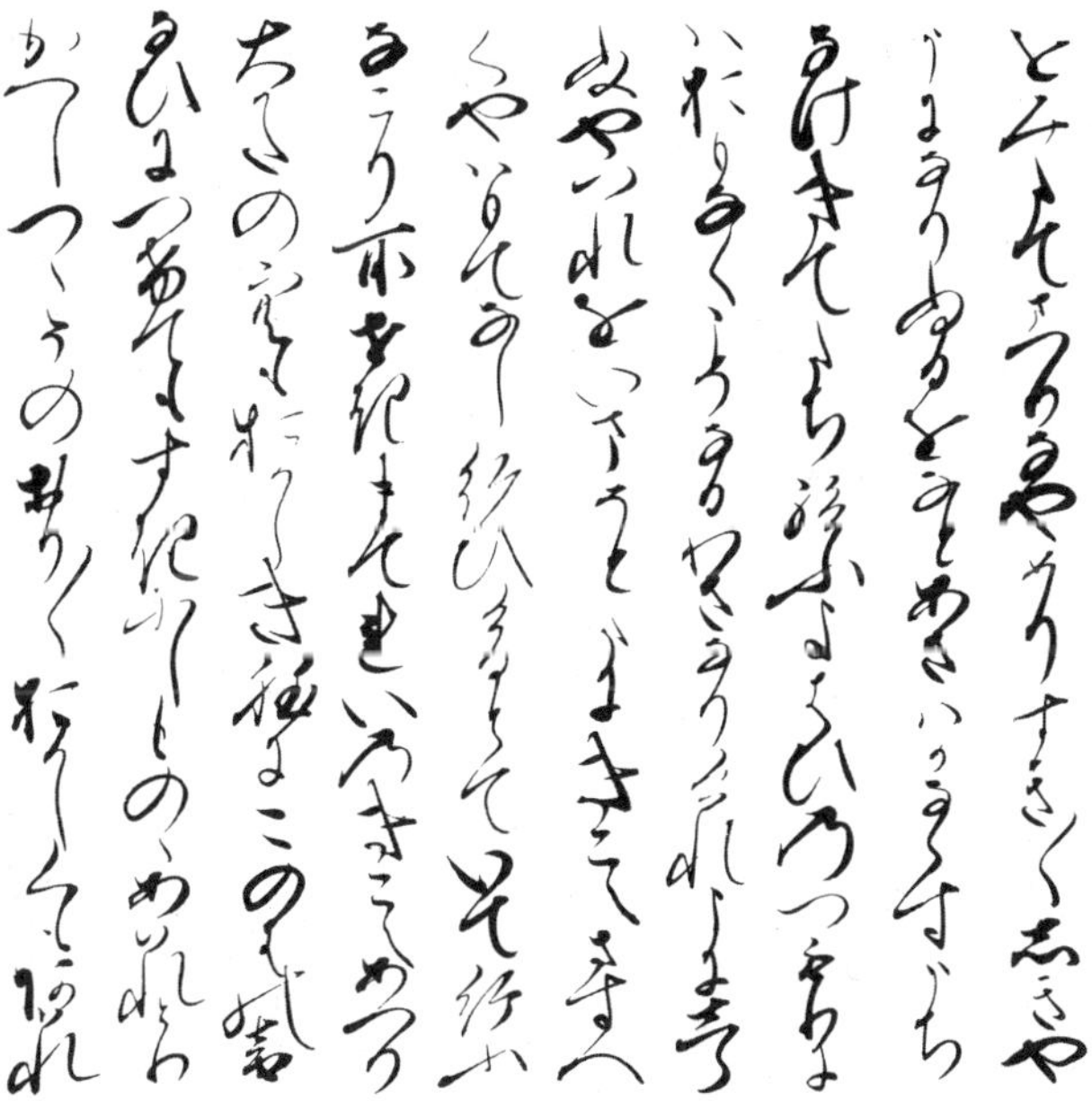

にも、[一]ふかくみえ給し御心はへなとも、思ひいてきこえさす、[二]

〔3 帰宅後、源氏、前斎院と朝顔の歌を贈答〕

心やましくてたちいて給ぬるは、[三]ましてね覚かちにおほしつゝけらると、[四]くみかうしまいらせ給て、朝霧をなかめ給ふ、かれたる花ともの中に、[五]あさかほのこれかれにはひまつはれて、あるかなきかにさきて、[六]にほひもことにかはれるを、をらせ給て[七]たてまつれ給ふ、[八]けさやかなりし御もてなしに、人わろき心ちし侍て、[九]うしろても、いとゝ

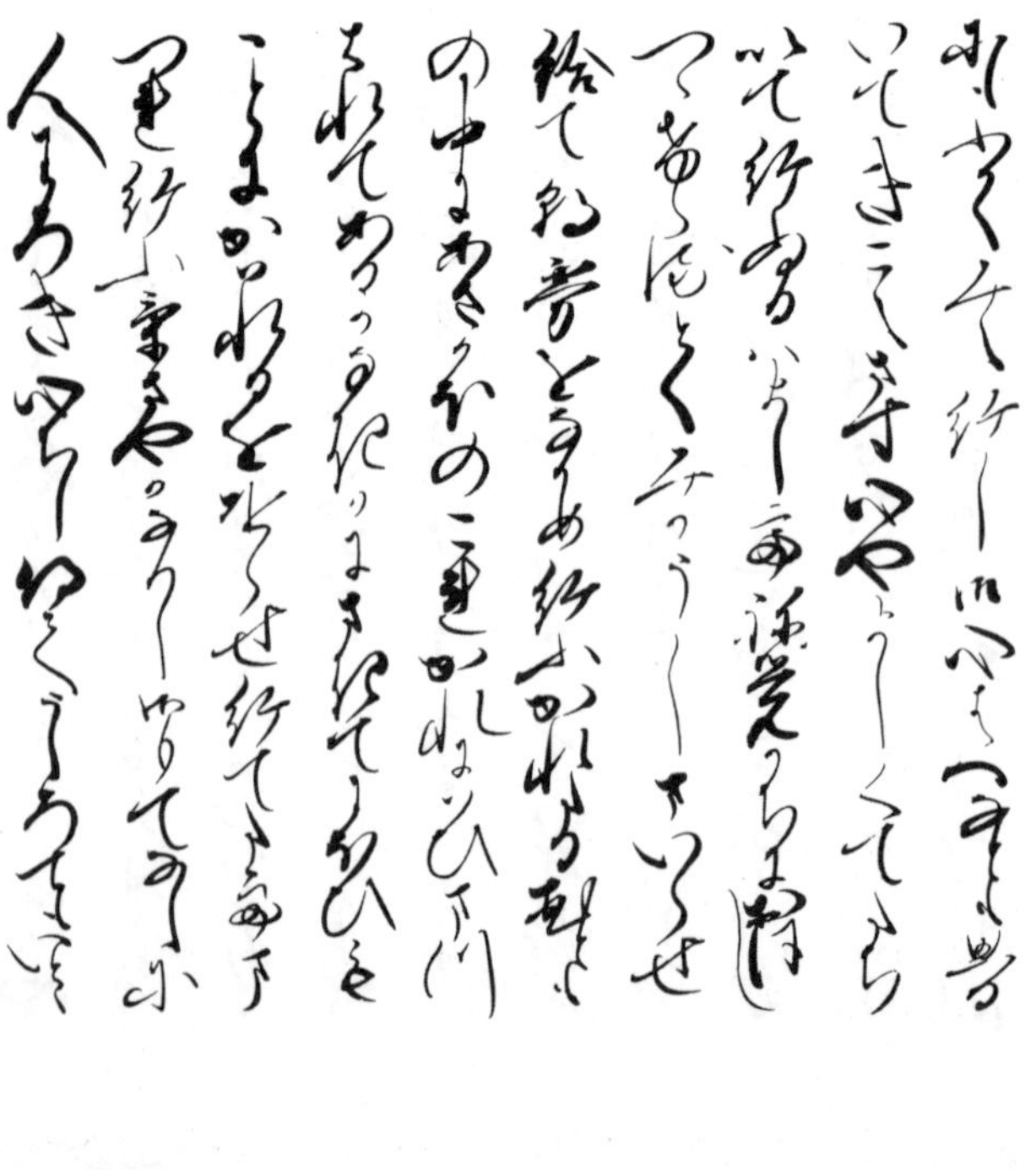

一 心深いとお見受け申した源氏のお便りの趣向。「見え」は「見られる（受け身）」、「給ひ」は源氏に対する尊敬語。直訳すると「源氏が朝顔に、心深いと見られなさった、お便りの趣向」。二 気持ちがおさまらずむしゃくしゃしたままお立ち帰りになった源氏の大臣は。三 以前にもまして夜も目を覚ましがちで。四（翌朝は）早く格子をお上げさせになり。五 巻名の由来である「朝顔」は、現在の朝顔とは異種という。桔梗《ききょう》・木槿《むくげ》・牽牛子《けにごし》など朝咲く花の総称とする評釈説に従う。六 色つやも格別に衰えたのを。七 下二段活用の「たてまつる」は、誰かを仲介として人に物を差し上げる意。源氏が使者に託して前斎院に花と手紙を届ける。八 源氏の詞（二七頁5行目「かつは」まで）。「けざやか」は、境界線がくっきりと明確に現れている意。薄情さがはっきりと現れたお扱い。九『（すごすご帰った私の）後ろ姿をも、いよいよもってどうご覧になったことやら』と思うと。

いかゝ御覧しけむ、とねたくされと、
　一見しおりの露わすられぬ朝かほの
花のさかりは過やしぬらん、二年比のつ
もりも、あはれとはかりは、さりともおほししる
らんや、となむ、三かつは、なときこえ給へり四をと
なひたる御文の心はへに、五おほつかなからむ
もみしらぬやうに、とおほし、人〳〵も御すゝ
りとりまかなひてきこゆれは、
　六秋はてゝ霧のまかきにむすほゝれ
あるかなきかにうつるあさかほ、七につかはし

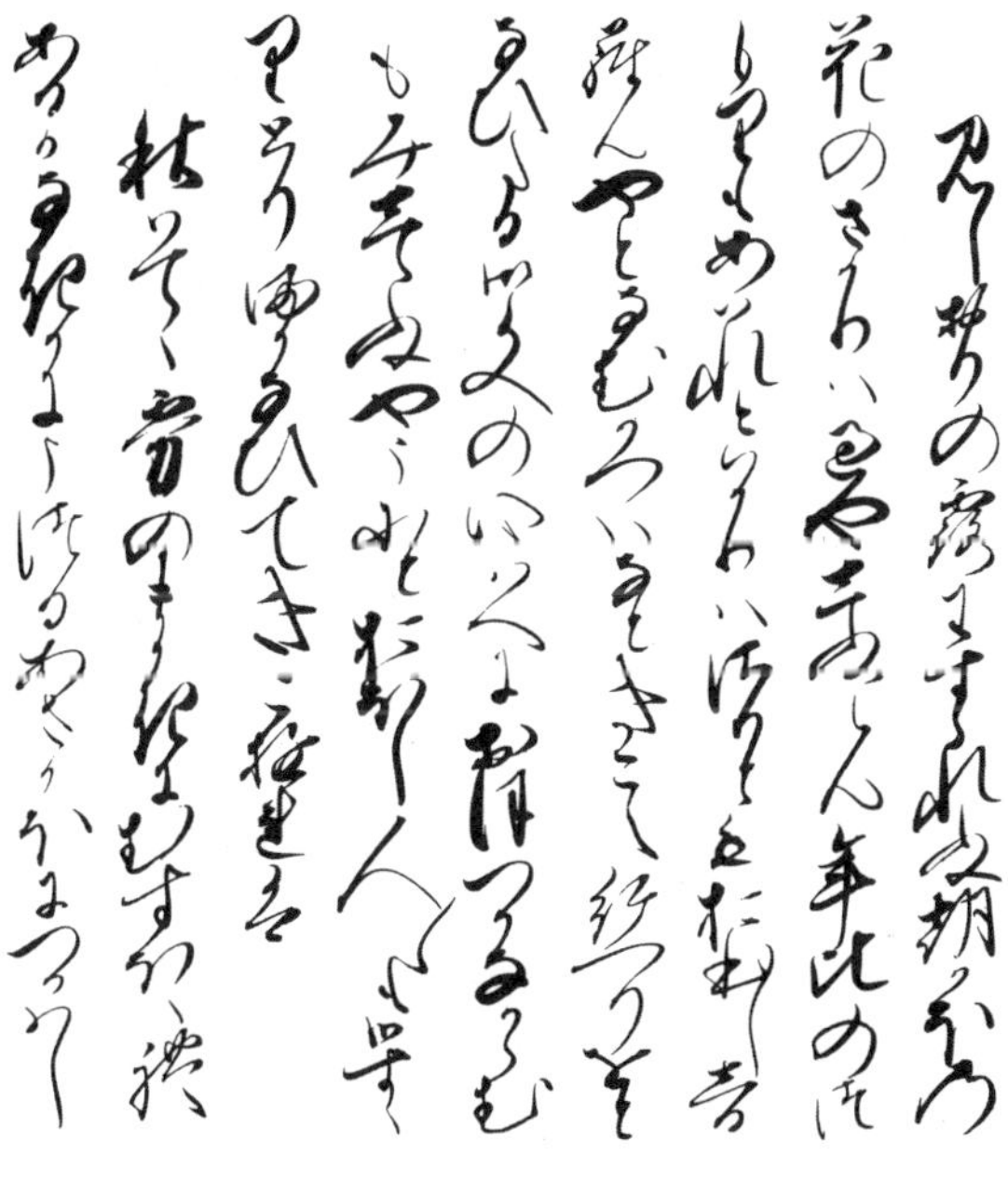

一 歌の略解「以前お目にかかったおり、朝顔の花を差し上げましたが、その時のことを少しも私は忘れられません。その朝顔の花の盛りは過ぎましたかしら（あなたの美しい盛りはもう過ぎてしまったのでしょうか）」。本叢書17「帚木」一〇一頁参照。二 長い年月あなたを恋う私の思いの積りに対して、可哀想だと。三（一方では冷たいお扱いに絶望しながらも、）一方では頼みにいたしまして。四「おとなびたる」とは、情熱を抑えて淡々と書いてある文の調子をいう。五 朝顔の心内詞。（7行目「やうに」まで）。お返事をしないでいるのも、ものの情趣を解しないことになろうか。六 朝顔の返信（二八頁1行目「露けく」まで）。歌意「秋も暮れて、霧の立ちこめた垣根にまつわりついて、存在も認められないような状態で、色もあせてはかなげに咲く朝顔、それがわたしです」。七 まことに似つかわしい朝顔の譬えをいただきましたにつけても、涙がこぼれます。

一 これといって取り立てて言うほどの趣向も無い手紙ではあるが。 二 下にも置きにくく思って持ったままご覧になっている。 三 緑がかった灰色。「服者の用ゐる紙の色なり」（余情）。父の服喪中だからこの色を用いる。 四 なよなよとした筆跡の墨の濃淡の具合は（集成）。湖月抄や大系等は「なよびかなる墨つき」と読むが、全書や評釈では「紙のなよびかなる」と解している。 五 草子地（10行目「おほかりけり」まで）。「双紙の作者の詞也」（弄花）。（手紙を書いた）人の身分や書き様。 六 もっともらしく言い伝える段になると。 七 読んでいて「頬が歪む」のは、事実と食い違うと疑念を抱くさま。 八 後日、それをもっともらしく語り伝える場合。 九 真実のはっきりしない、いいかげんな記述も。「ことも」は陽明本「ところ」、平瀬本は「ところくも」。 一〇 源氏の心内詞（二九頁1行目「きこと」まで）。今さら昔に返って、若者めいた恋文を書くのも。

き御よそへにつけても露けくとのみ
あるは、[一]なにのおかしきふしもなきを、い
かなるにか、[二]をきかたく御覧す、[三]あをにひの
かみの、[四]なよひかなるすみつきはしも、おかし
くみゆめり、[五]人の御ほと、かきさまなとに
つくろはれつゝ、そのおりはつみなきこと
も[六]つきくしうまねひなすには、[七]ほゝ
ゆかむ事もあめれはこそ、[八]さかしらにか
きまきらはしつゝ、[九]おほつかなきことも
おほかりけり、[一〇]たちかへり、今更にわかく

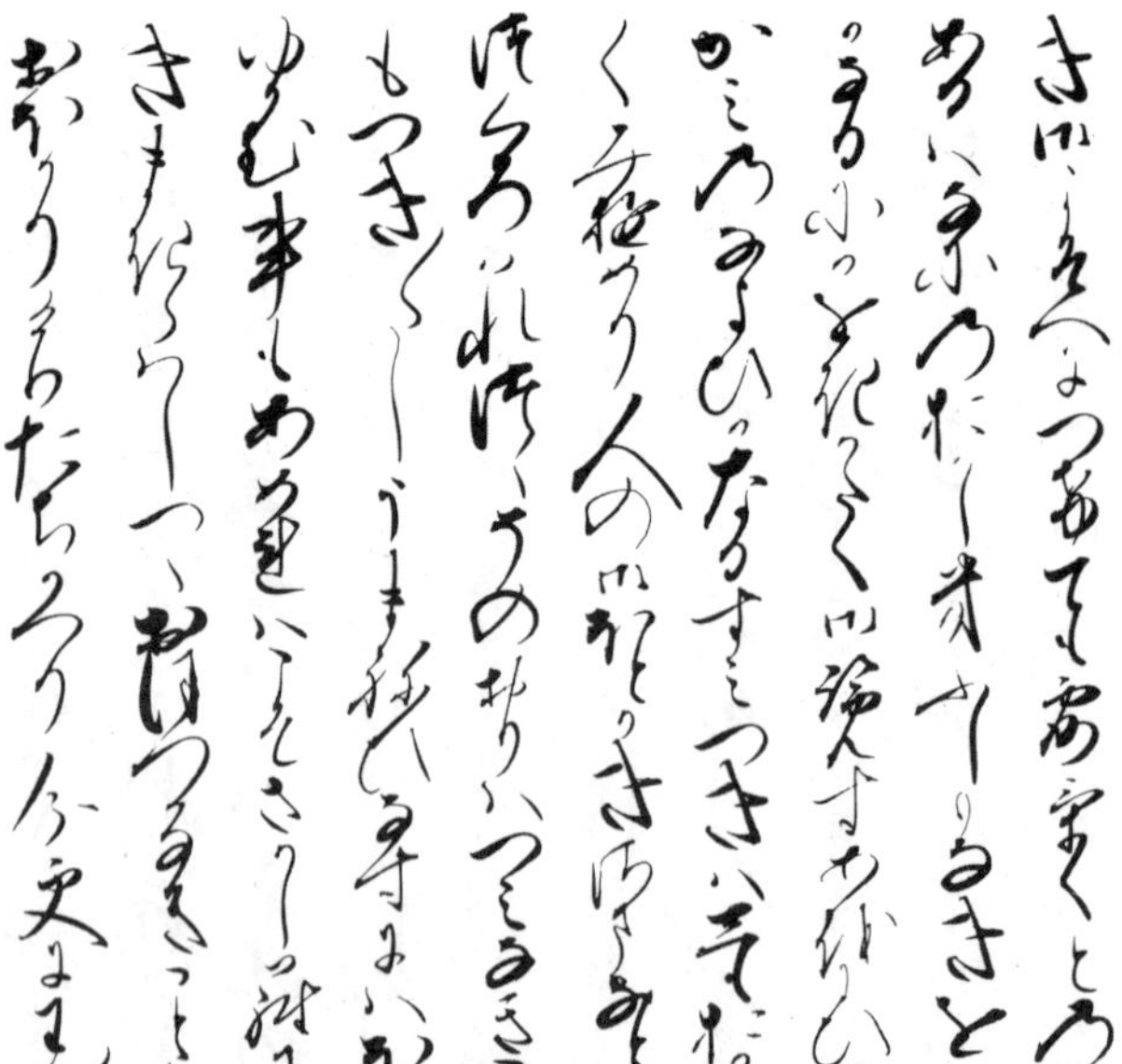

しき御ふみかきなとも、にけなきこと、ゝおほせと、猶かく昔より一もてはなれぬ御けしきなから、二くちをしくてすきぬるをおもひつゝ、三えやむましくおほさるれは、四さらかへりてまめやかにきこえ給、

五［4源氏、前斎院に執心、紫の上悩む］

ひんかしのたいにはなれおはして、六せむしをむかへつゝかたらひ給ふ、七さふらふ人〳〵も、八さしもあらぬきはのことをたに、九なひきやすなるなとは、一〇あやまちもしつへくめてきこゆれと、一一宮はそのかみ

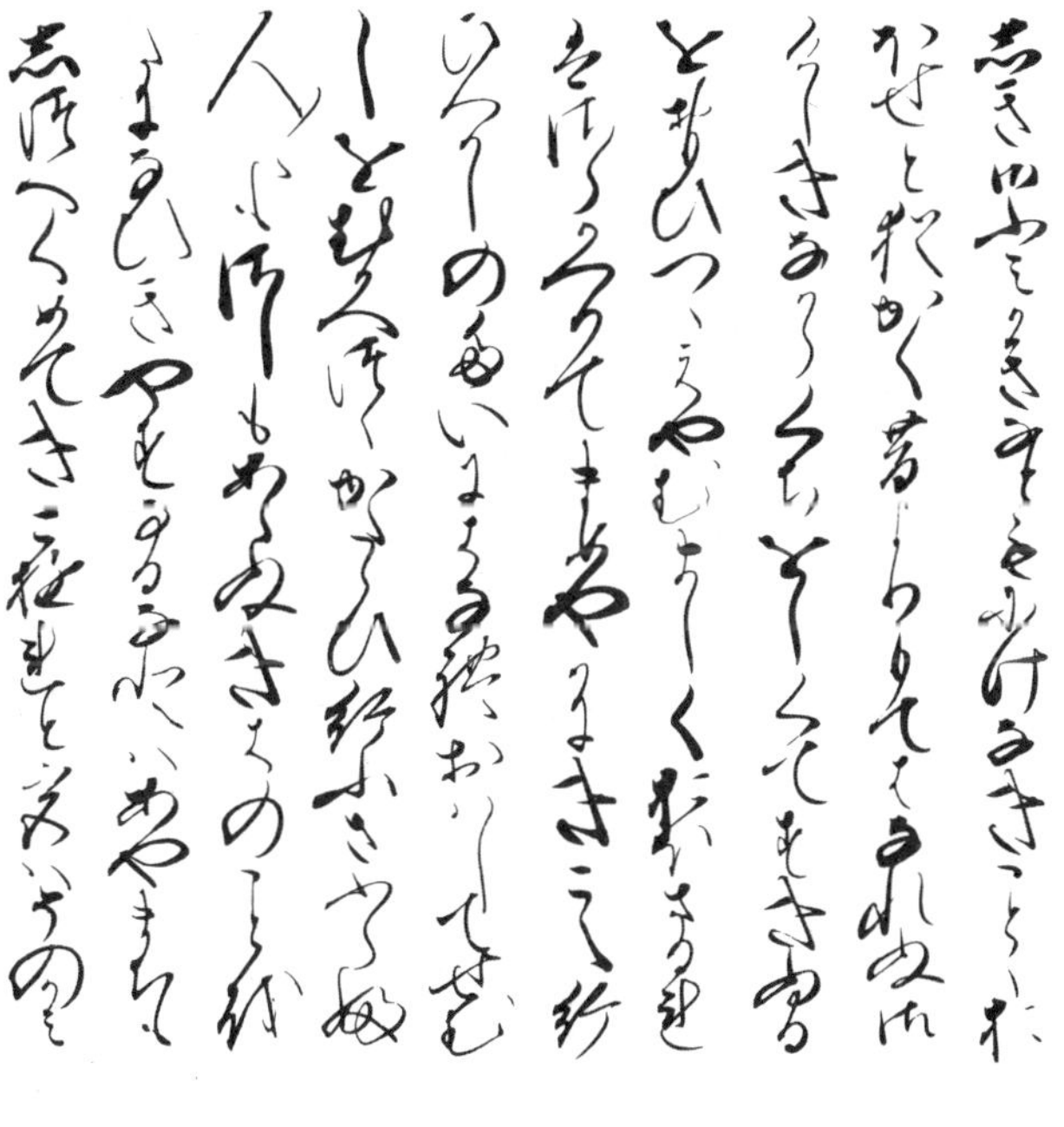

一全然振り切るのでもない朝顔のご態度と通常解するが、評釈では、源氏の御けしきととり、「慕わしい御心」と訳す。二思いも遂げず不本意な状態のまま年月が過ぎてしまったことを。三このままでは気持が収まらなくお思いになって。四昔に戻って、真剣にお手紙を差し上げなさる。五二条院の東の対屋。源氏の居所。西の対にいる紫の上に知られないため。六宣旨は朝顔付きの女房。二一頁10行目既出。「さふらふ〜御心はへ（三〇頁8行目）」は、宣旨からの情報と源氏の判断による朝顔の現状分析。七朝顔にお仕えしている女房達。八それほどりっぱでもない身分の男。九すぐ言いなりになってしまうような連中は。一〇間違いも起こしかねないほど（源氏の君を）お褒め申しているけれど。一一ここでは前斎院（朝顔）をさす。「其の上」は、今話題にしていることが起こったその時点をさす（岩波古語）。十六年前帚木巻で源氏が朝顔に付けて歌を贈った頃。

たにこと[一]なくおほしはなれたりしを、いまはまして、[二]たれもおもひなかるへき御よはひ、おほえにて、[三]はかなき木くさにつけたる御かへりなとのおりすくさぬも、かるくしくや[四]とりなさるらんなと、人の物いひをはゝかり給つゝ、[五]うちとけ給へき御けしきもなけれは、[六]ふりかたくおなしさまなる御心はへを、[七]よの人にかはり、めつらしくもねたくもおもひきこえ給ふ[八]世中にもりきこえて、せむ

一（源氏との結婚など）まったくお気持ちもなかったのに。二 源氏も朝顔も、色めいた思いも当然ないはずのご年齢や声望でいられ。「おもひなかるへき」は、河内本諸本「をもりかなるへき」、保坂本・国冬本「おもりかなるへき」。三 ちょっとした木や草にかこつけての源氏からのお便りに対するご返事を、その折の興趣をはずさぬようになさることも。四 取り沙汰されるだろう。「る」は受身の助動詞。五 気を許し親しくしてくださるご様子もないので。

六 いつまでも昔と変わらない朝顔の御心用意。七 世間の普通の女性と違って、珍しいお方とも憎らしいお方とも思い申し上げなさる。八（このことが）世間に洩れて噂になって。「せむ斎院〜ならむ（三一頁3行目）」は世人の詞。

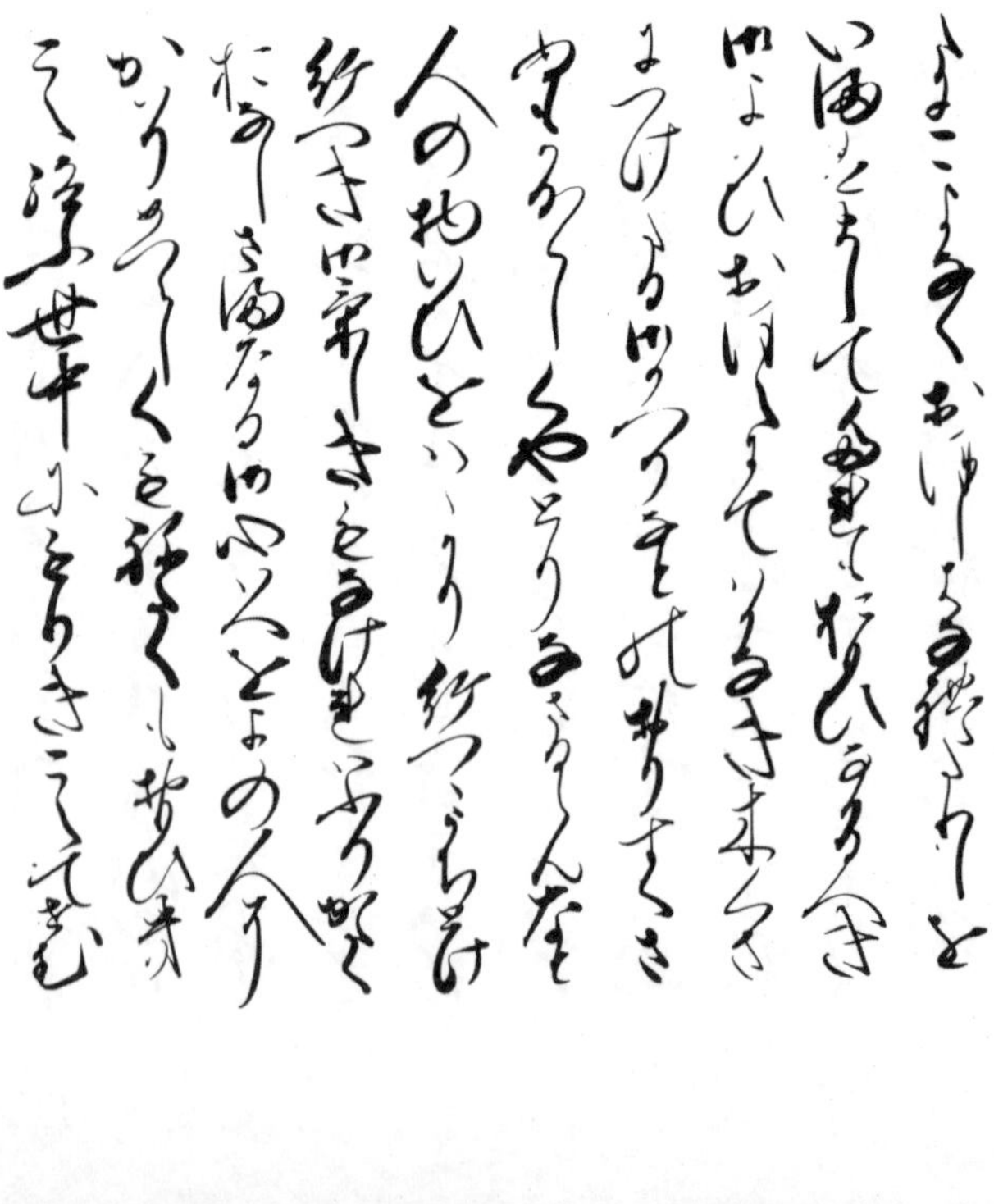

斎院に、一ねむころにきこえたまへはなん、
女五の宮なともよろしく二おほした
なりに三けなからぬ御あはひならむ、なといひ
けるを、四たいのうへはつたへきゝ給ひて、し
はしは、五さりとも、さやうならむ事もあ
らは、へたてゝはおほしたらし、とおほ
しけれと、六うちつけにめとゝめきこ
え給に、御けしきなとも、れいならす
七あくかれたるも心うく、八まめ〳〵しくお
ほしなるらんことを、つれなくたはふれ

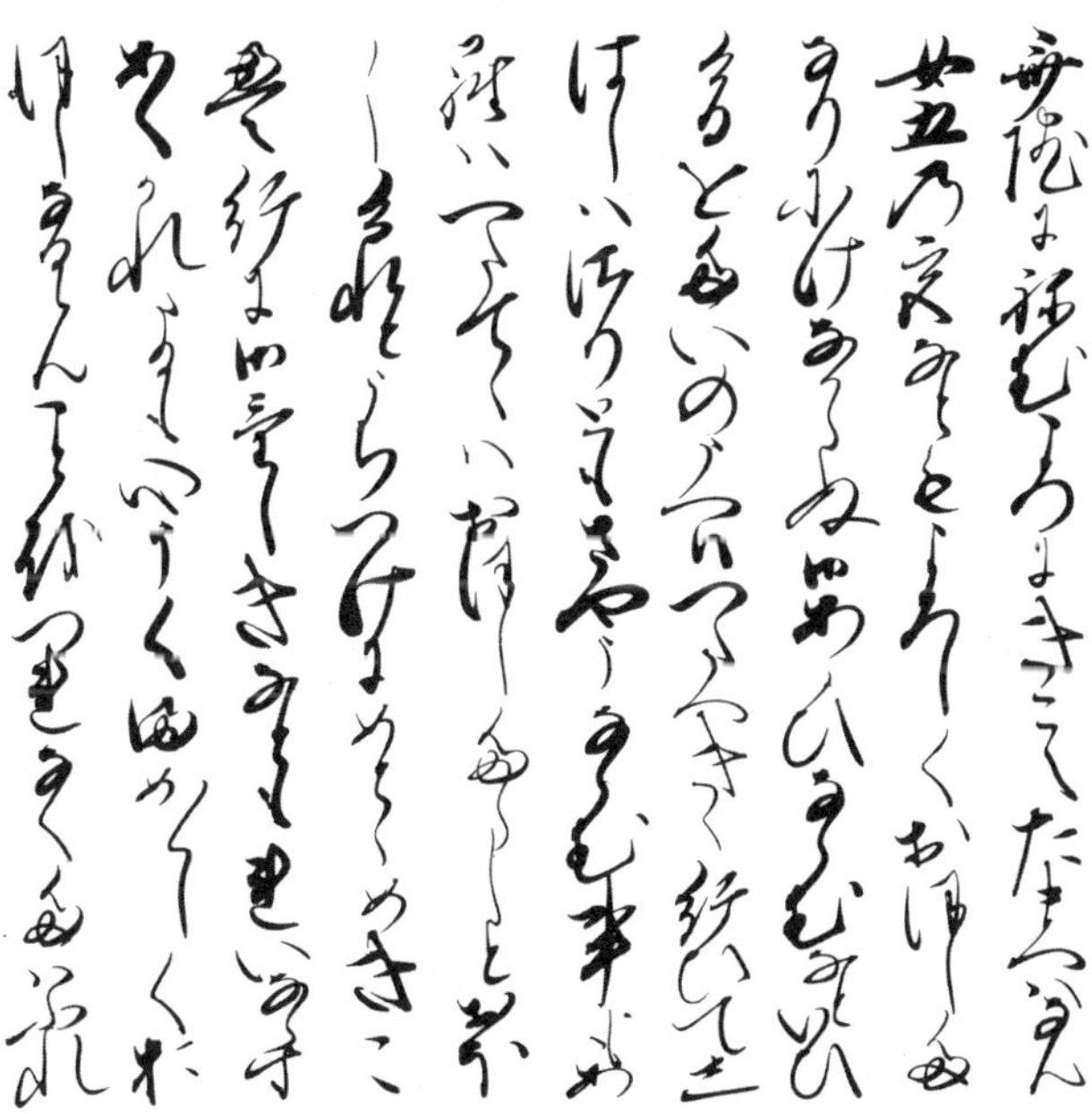

一 源氏の大臣が熱心に言い寄っておられるので。「なん」は係助詞であるが結びに相当する語がない。いわゆる係り捨て。二 悪くないご縁だとお思いのようです。「よろし」は、まあ合格だの意で、「よし」より評価が低い。他の妻妾のことを思っての判断か。「たなり」は、「たる」（完了・体）＋なり（伝聞推定・止）」の「る」の撥音便「ん」の無表記。三 お似合いの間柄でしょう。四 紫の上は人伝にお聞きになって。五 紫の上の心内詞（6行目「たらじ」まで）。いくら何でもそのようなことがあるならば、私にお隠しになりはすまい。六 さっそくその気になって（源氏の様子を）気を付けて見申し上げなさると。「うちつけに」は、自分の懸念に応じて咄嗟にの意。七 そわそわしていらっしゃるのも情けなく。八 紫の上の心内詞（三二頁1行目「けむよ」まで）。真剣に思っていらっしゃるらしいことを、何くわぬ顔で、冗談のように言いこしらえなさっていたのであろうよ。

にいひなし[一]給けむよ、と[二]おなしすちにはものし給へと、[三]おほえことに、むかしよりやむことなくきこえ給を、御心なとうつりなは、[四]はしたなくもあへいかな、と[五]としころの御もてなしなとは、たちならふかたなくさすかにならひて、[六]人にをしけたれむ事、なと人しれすおほしなけかる、[七]かきたえなこりなきさまにはものし給はすとも、[八]いとものはかなきさまにてみなれ給へるとし比の

一「給けむよと」は河内本諸本「給ひけんよとおほす」、陽明本・国冬本「給けるよとおもほす」。二 紫の上の心内詞（4行目「いかな」まで）。紫の上・朝顔とも宮家の血筋では同じ。三 世間の評判も格別で、昔から高貴なお方として世に評判高くていらっしゃるから。四 自分はどんなにかみっともないことになろう。「あべい」は「あるべき」の音便形「あんべい」の撥音無表記。五 紫の上の心内詞（7行目「れむ事」まで）。長年の他に肩を並べる人もない殿の厚い寵愛に慣れているので。「さすがに」は、今までに源氏の女性関係などの問題はあったにせよやはり。六 今になってあの方に圧倒されてしまうであろう事よ。「前頁八」と「二」と「五」など（と）「思し嘆かる」、という構文。七 紫の上の心内詞（三三頁1行目「あらめ」まで）。ふっつりとあとかたもなく見限ってしまう状態。八（私は孤児という）まったく頼りない有様であって、長年連れ添ってくださった二人の仲では。

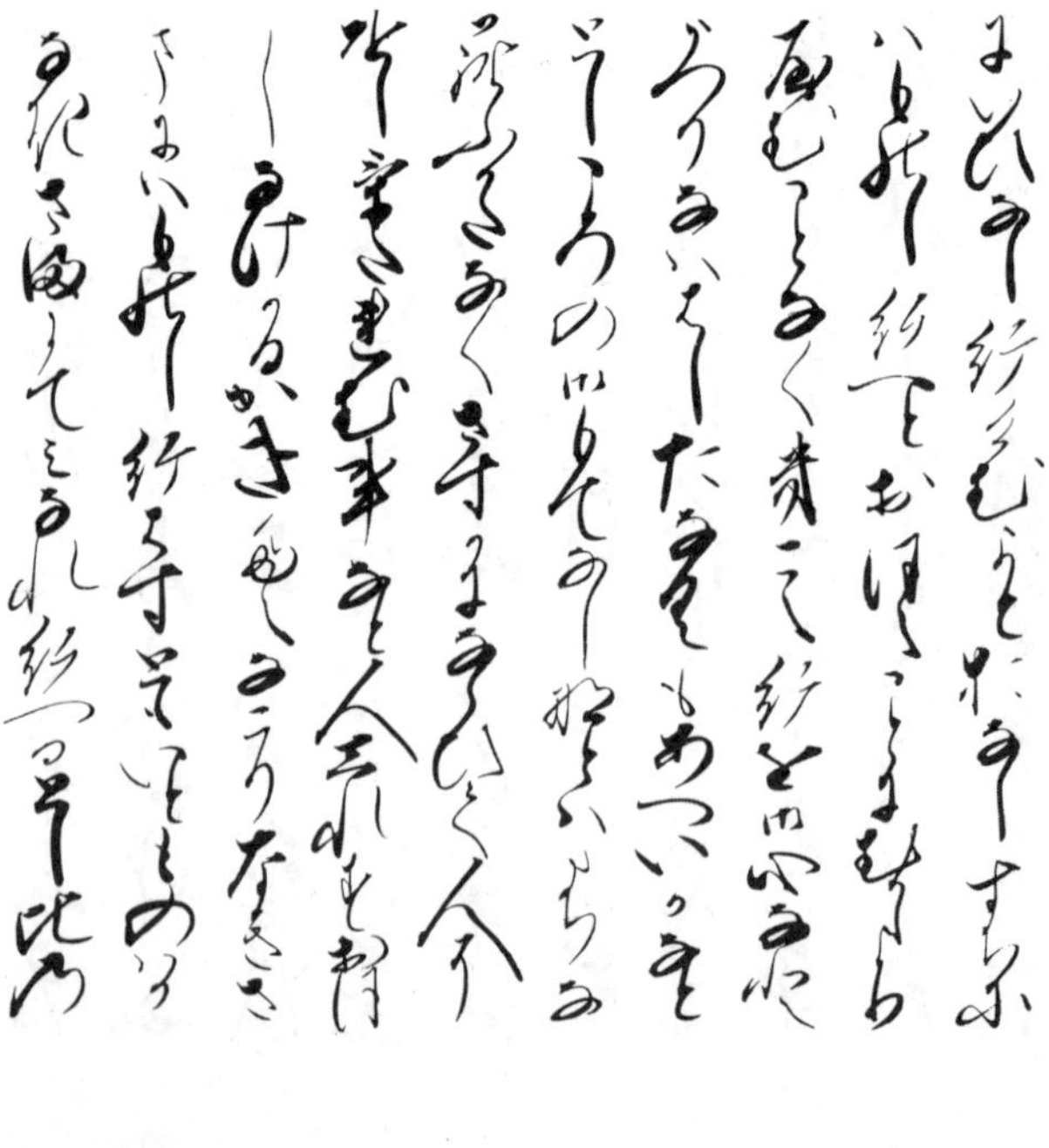

むつひ、[一]あなつらはしきかたにこそはあらめ、なとさまくにおもひみたれ給ふに、[二]よろしきことこそ、[三]うちゑしなとにくからすきこえ給へ、[四]まめやかにつらしとおほせは、[五]色にもいたし給はす、[六]はしちかうなかめかちに、うちすみしけくなり、[七]やくとは御文をかき給へは、[八]けに人のことはむなしかるましきなめり、けしきをたにかすめ給へかし、とうとましくのみおもひきこえたまふ、[九]冬つかた、[一〇]かむわさ

［5 源氏、女五の宮を見舞う。紫の上の不安］

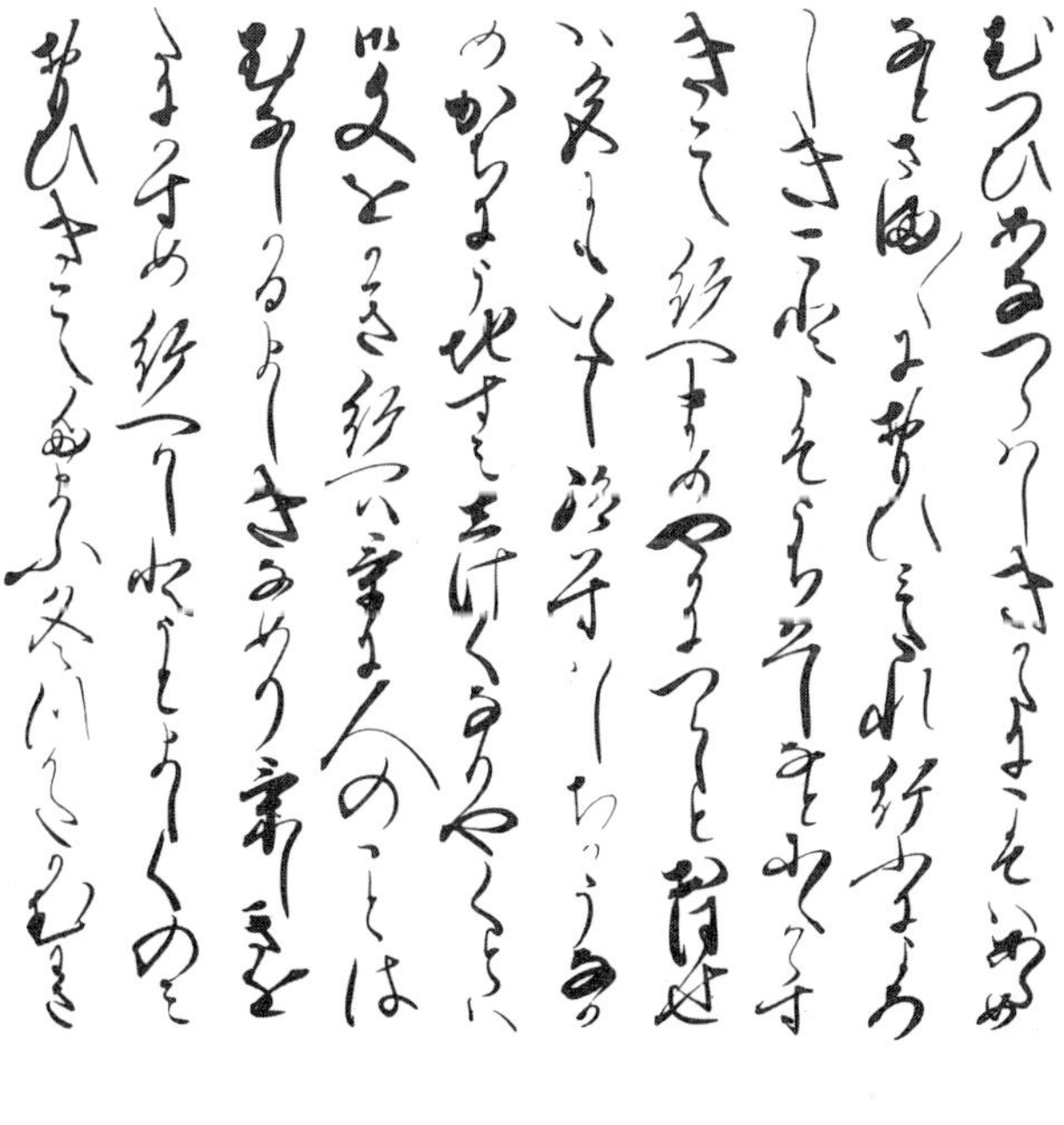

一 （前斎院に比べて）つい軽い扱いになることであろう。二「よろしきこと」は「まあよいかと許せる程度の情事」。紫の上の心にゆとりが持てるような相手。三 ちょっと恨み言などを憎らしげなく申し上げたりなさるのだけれど。「ゑじ」は「怨《えん》ず」の連用形。四（こんどのことは）心底ひどいと思っていらっしゃるので。五 顔色にもお出しにならない。それほど紫の上の悩みは深刻。六 一方源氏は。「内裏住み」は宮中でのお泊まり。七 それが自分の役目のように。せっせと。八 紫の上の心内詞（9行目「へかし」まで）。なるほど世人の噂は根も葉もないことではないようだ。それなら、せめて様子なりともそれとなくお見せになっていただきたいわ。源氏に対する不信感がつのる。九「冬つかた」は、肖柏本・三条西家本ぐらいで、他の青表紙本・河内諸本・陽明本・保坂本など「ゆふつかた」。一〇 藤壺入道宮の崩御で、宮中が服喪のため神事も停止となって。

なともとまりてさう[一]く〱しきに、つれ〱
とおほしあまりて、[二]五の宮にれい
のちかつきまいり給ふ、雪うちゝりて、
[三]えむなるたそかれときに、[四]なつかしき
ほとになれたる御そともを、[五]いよ〱たき
しめ給て、[六]心ことにけさうしくらし
給へれは、いとゝ[七]心よはからむ人はいかゝと
みえたり、[八]さすかに、まかり申はた聞え
給ふ、[九]女五の宮のなやましくし給ふ
なるを、とふらひきこえになむ、とてつ

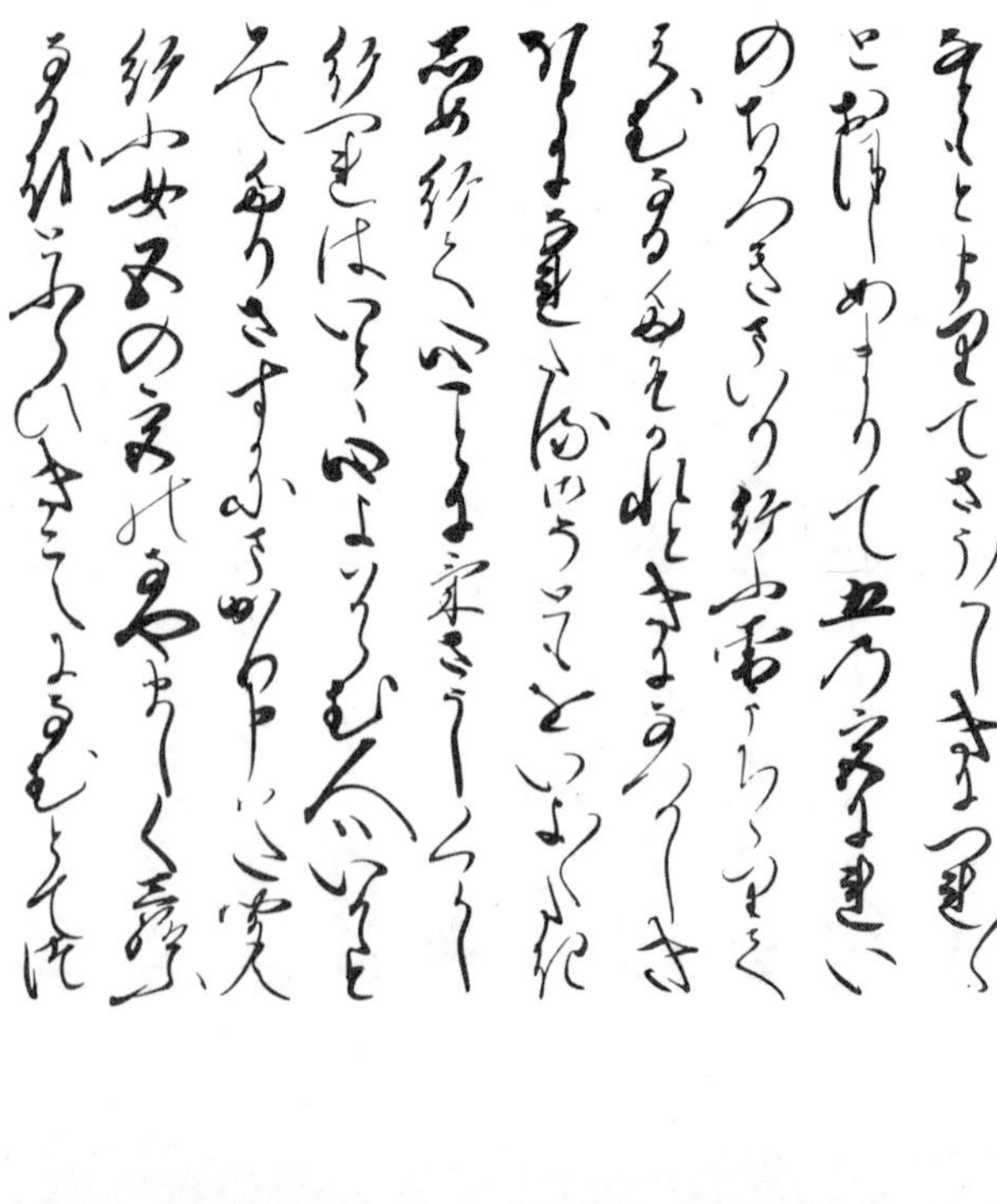

一 何となく物足りない感じなので。二 女五の宮のお邸に、いつものように親近感を持って参上なさる。実は朝顔に近づきたい。三 「艶《えん》なり」は、はなやかで風情のある魅力的な美しさを表す。ここでは、ちらつかせる程度の雪雲が立ちこめた灰色の空の、ほのぼのと美しい様子。源氏の浮き浮きした心情を重ねた表現。四 糊の気でこわばらず、程よいくらいの柔らかさに着馴れた。五 いっそう匂いやかに香を焚き染めなさって。着て行く装束に、良い香りのする薫き物の香を染み込ませるのは、恋する男の真剣な態度。六 格別念入りにおめかしをして夕暮れを迎えなさったので。七 気が弱い（志操堅固でない）女なら、何で靡かずにいられようと。八 朝顔とのことを打ち明けないとはいえ、外出する旨の挨拶だけは、やはり紫の上に申し上げなさる。九 源氏詞（10行目「になむ」まで）。「なむ」の次に「まかで侍る」などが省略されている。老女へのお見舞いを口実にしている。

いゐ給へれは、一みもやり給はす、二わか君をもてあそひ、まきらはしおはする三そはめのたゝならぬを、四あやしく御けしきのかはるへき比かな、五つみもなしや、六しほやき衣のあまりめなれ、七みたてなくおほさるゝにやとて、とたえをくを、八またいかゝ、なときこえ給へは、九なれ行こそけにうきことおほかりけれ、とはかりにて、うちそむきて臥給へるは、みすてゝいて給ふみちもの

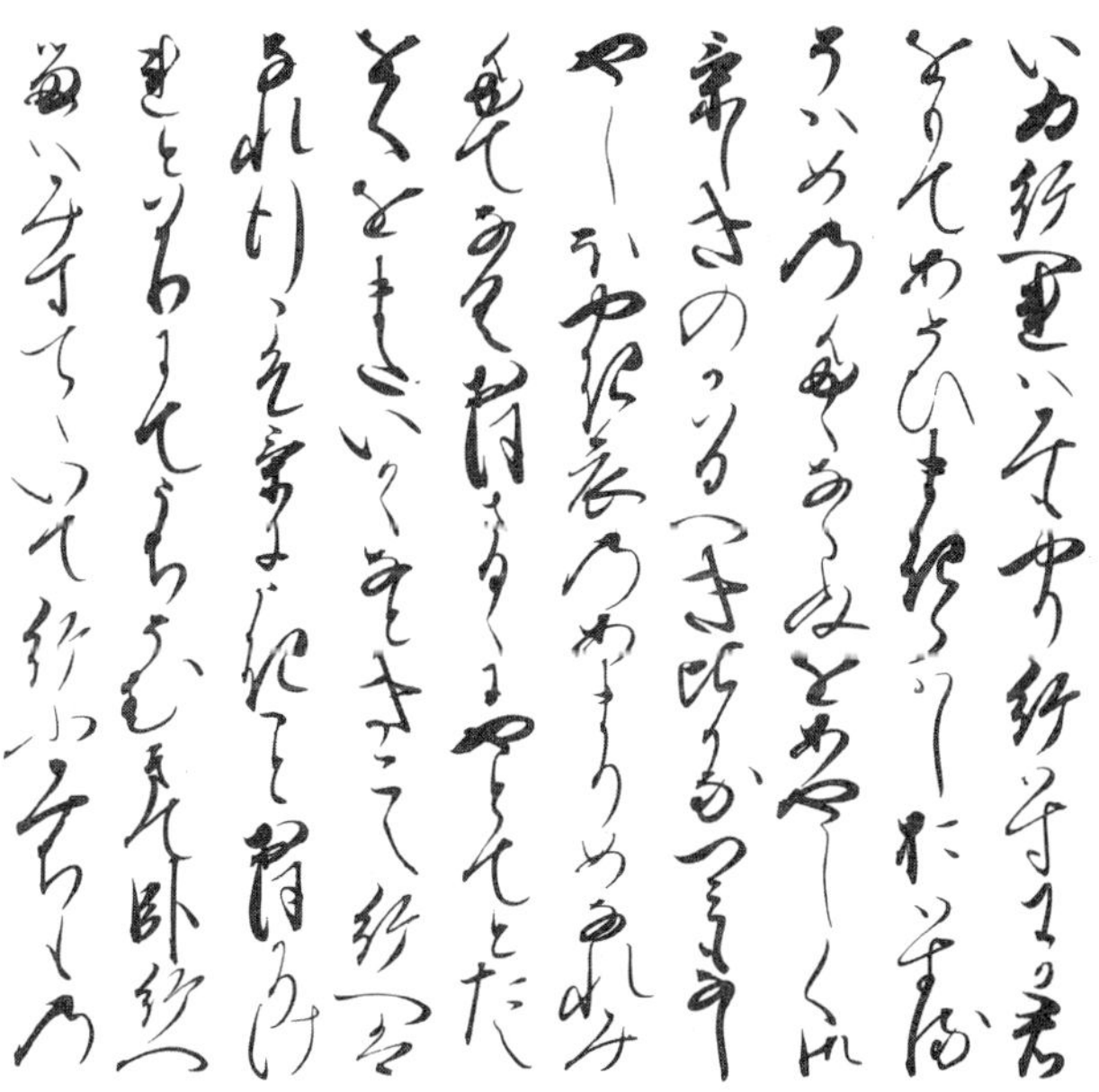

一（紫の上は跪《ひざまず》いている源氏に）目を向けようともなさらない。二 明石の姫君を相手にあやして、さり気なくしていらっしゃる。三 その横顔が尋常でないのを（ご覧になって）。四 源氏の詞（7行目「いかゝ」まで）。妙にこの頃ご機嫌が斜めですね。「かはるへき比」は、高松宮本・国冬本「かはれるつきころ」。五 ご立腹を受けるような点も思い当たりませんなあ。六（あのしほやき衣ではないが）あなたが私をあまりいつも見慣れすぎて。「しほやき衣の」は「あまり」の「海人《あま》」にかかり、「なれる」の序。「着なれる」を馴（慣）れるに通わす。「須磨のあまの塩焼き衣なれ行けばうとくのみこそなりまさりけれ」（伊行釈）。男女の仲は慣れすぎるといやになるの意。七 見栄えがしなく。八 またどのように邪推なさるやら。九 紫の上の詞（9行目「りけれ」まで）。馴れ親しむとほんとうに情けないことが多くなるものでした。「なれ行くは憂き世なればや須磨のあまの塩焼き衣間遠なるらむ」（新古今集・恋三）

一 女五の宮に訪問の旨をお知らせしてあったので。「たまて」は「たまひて」の促音便形「たまって」の「つ」の無表記。二 紫の上の心内詞（4行目「けるよ」まで）。こういうはめにもなる夫婦仲を、何の疑いもなく過ごしてきたことだ。（今までの信頼を裏切られた深い悲しみ）。三（藤壺の喪中なので）鈍色の御喪服であるが、その鈍色の重なっている色具合も（源氏は近親ではないので軽服を着用している）。四 源氏の御姿を、紫の上が見送って。五 紫の上の心内詞（8行目「給はゞ」まで）。「離《か》れまさる」は、ますます私から遠ざかりなさったならば、の意。後に「いかに悲しからむ」などが省略されている。六 耐え難くお思いになる。七 御前駆や供人も内々の者だけにして。（大臣のお出掛けにしては小人数の目立たぬ行列で）。「前駆《さきおひ》」は、貴人の行列の先導役の者が「オーシー」と声を発し、前方にいる者に道を空けさせること。八 源氏の詞（三七頁6行目「けれは」まで）。参内以外の出歩き。

うけれと、一みやに御せうそこきこえた
まてけれは、いて給ひぬ、二かゝりける
こともありけるよを、うらなくてすくし
けるよと思つゝけてふし給へり、三にひ
たる御そともなれと、色あひかさなり
このましくなかくみえて、雪の光に
いみしくえむなる四御すかたを見いたし
て、五まことに。ま《かれ》さり給はゝ、と六しのひあ
へすおほさる、七御せんなとしのひやかなる
かきりして、八うちより外のありきは、

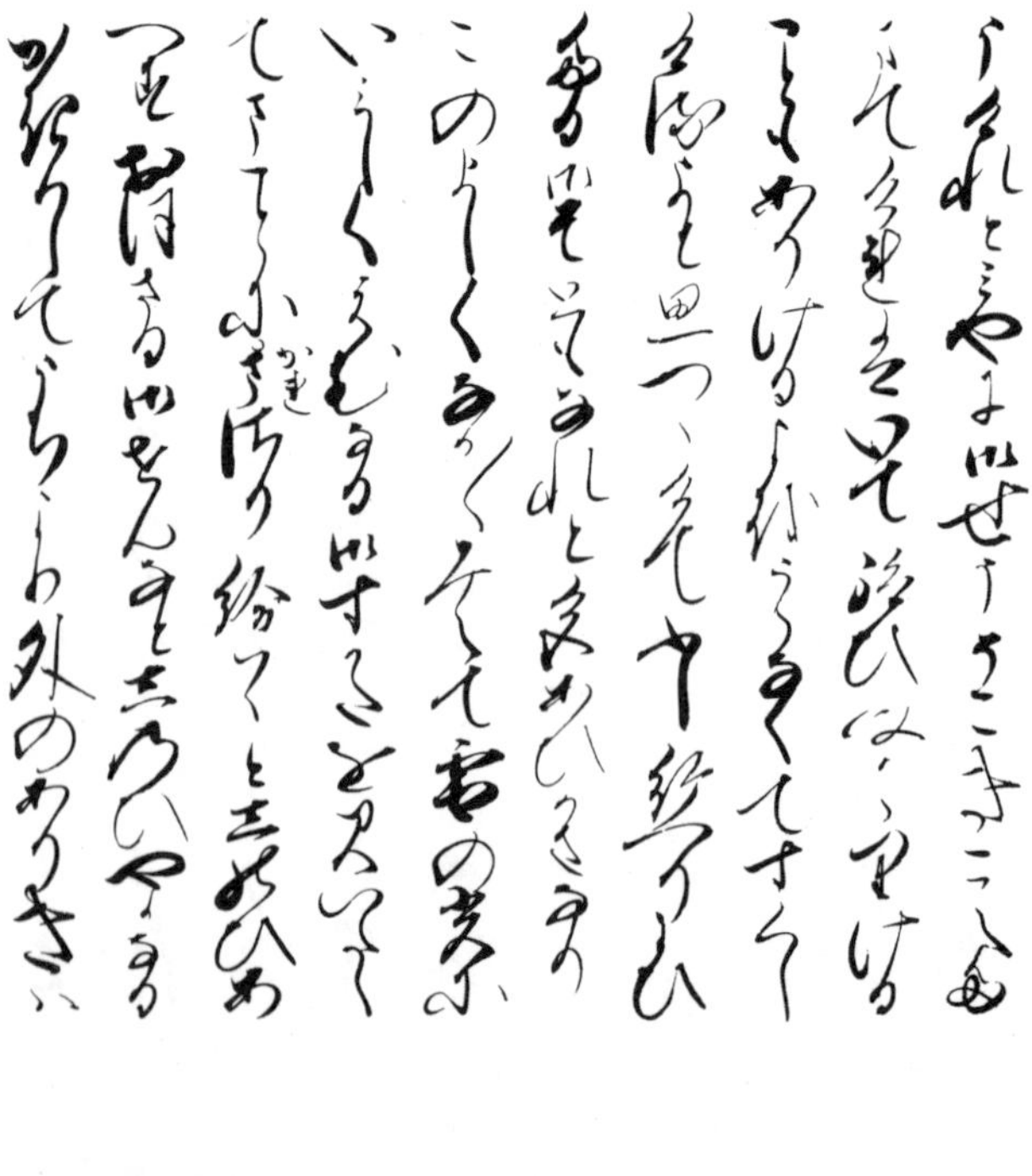

ものうきほと一になりにけりや二もゝその宮の心ほそきさまにてものし給ふも、三式部卿宮にとし比はゆつりきこえつるを、四いまはたのむなとおほしのたまふも、ことはりにいとをしけれは、なと人〱にもの給ひなせと、五いてや、御すき心のふりかたきそ、あたら御きすなめる六かる〱しき事もいてきなむ、なとつふやきあへり、七宮には、

［6源氏、桃園宮邸で源典侍に会う］

きたをもての人しけきかたなる

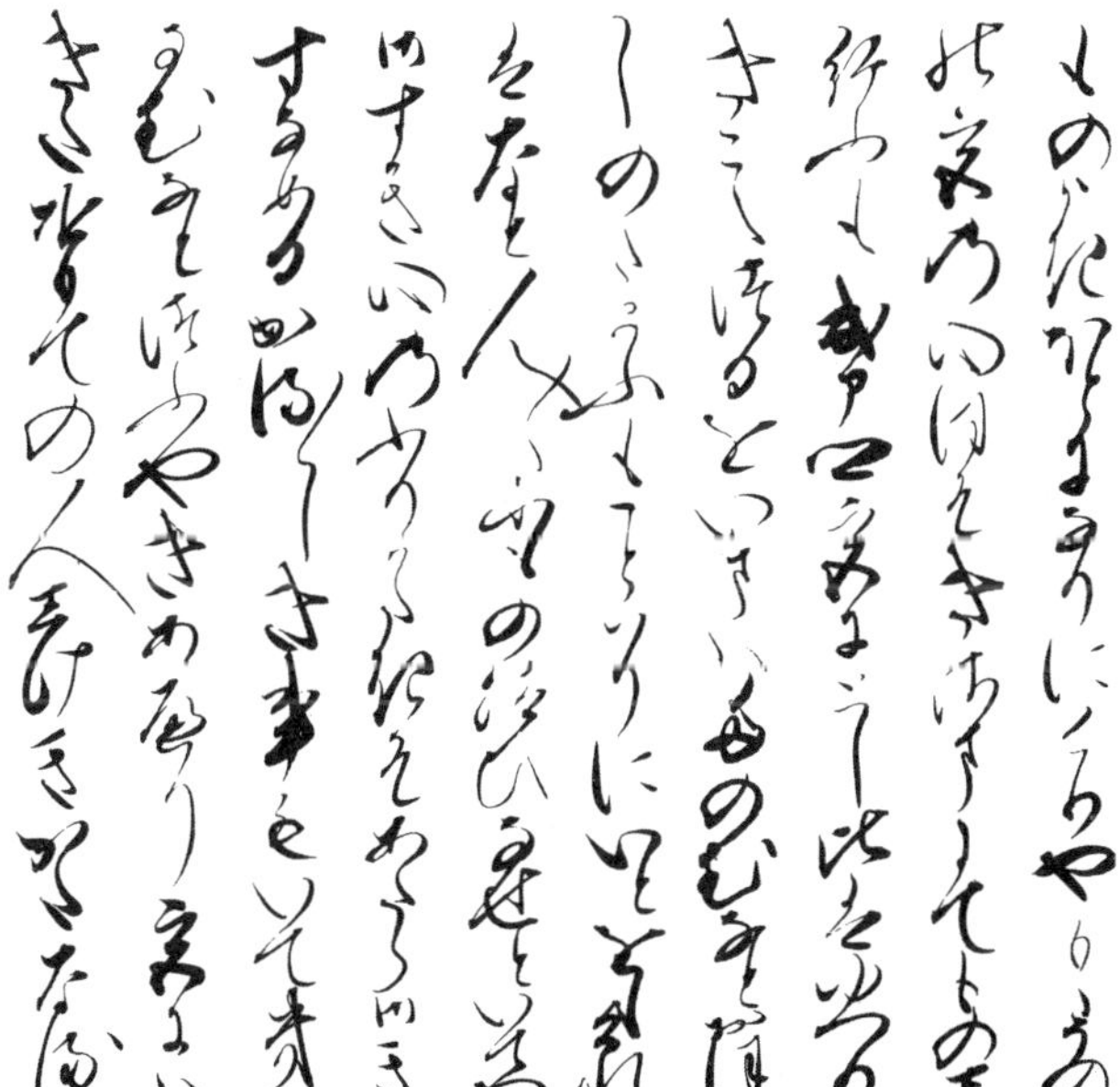

一「ほど」は、程度の意で、何の程度かによって用法が広い。ここは、年齢の程度で、老齢の意。源氏は三十二歳であり、この台詞は照れ隠しの弁解。牛車の中から、外の供人（選ばれた腹心）に語り掛けている。二女五の宮のこと、少し改まった言い方。三（今までは）式部卿宮に長年お世話をお任せ申して来たのですが。四（式部卿宮が亡くなられた）『今はあなたを頼りにしております』などと、女五の宮がお思いで、又口に出しておっしゃるのも、ごもっともなことだし、おいたわしいものだから。五供人の詞（9行目「きなむ」まで）。さあどうでしょうか。浮気心がいつになっても止まないのが、玉に瑕と申すものだ。六そのうちに身分にふさわしくない軽率だと批難されるような事件が起きるのではあるまいか。七女五の宮邸では。一町《ひとまち》の邸の場合、北門は通用門・勝手口、正門は東か西に設ける。左京では西を正門とする場合が多い。

[一] 身分の軽い人の振る舞いのようなので。「いま、西の正門は閉じられていて、この北門だけがあいており、源氏はここから入ろうとしたが、それも身分がら軽々しいふるまいと思って人を入れて、西門をあけるように取りはからわせたのである」（評釈）。[二] 西面にある門が重々しい正門なのであるが。[三] 女五の宮の心内詞（4行目「給はじ」まで）。まさか今日はお越しにはなるまい。[四] 門番が寒そうな様子をして慌てて出てきたが、すぐには開けかねている。「うすすく」は、上代の「いすすく」の母音交替形で、驚き騒ぐ・慌てる。[五] これ以外に他の下男はおそらくいないのであろう。[六] がたがたと引っ張って。「こほこほと」は、擬声語。[七] 門守の詞（10行目「あかず」まで）。「上」は「錠《じやう》」のあて字。錠がすっかり錆《さ》びついているので開きませぬ。[八] 「うれふ」は、悲しみや不安などを訴える、愁訴する。[九] （源氏の君は）かわいそうにとお聞きになる。

みかとは、入給はむもかろ[一]くしけれは、
[二]にしなるかことくしきを、人いれさせ
給て、宮の御かたに御せうそこあれ
は、[三]けふしもわたり給はしとおほし
けるを、おとろきてあけさせ給、[四]みかと
もりさむけなるけはひうすゝきいて
きて、とみにもえあけやらす、[五]これより
外のをのこはたなきなるへし、[六]こほくと
ひきて、[七]上のいといたくさひにけれは、
あかす、[八]とうれふるを[九]あはれときこしめす、

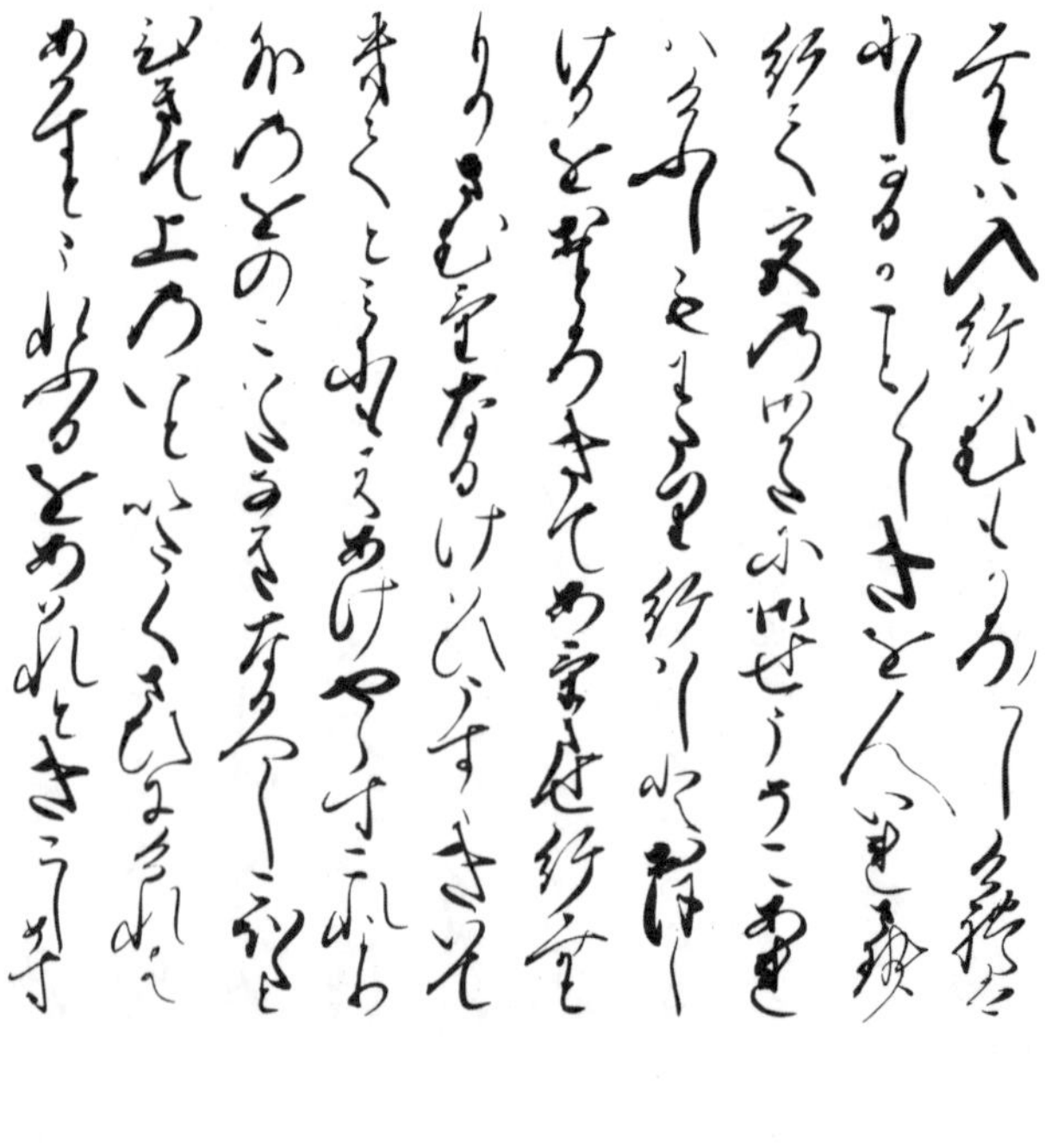

一昨日けふとおほすほとに、みとせの
あなたにもなりにけるよかなゝるを
みつゝ、かりそめのやとりをえおもひす
てす、二木草の色にも心をうつすよと
三おほししらる、くちすさひに、
四いつのまによもきかかとゝむすほゝれ
雪ふるさとゝあれしかきねそ、五やゝひさ
しくひこしろひあけて、入給ふ、六宮
の御かたに、れいの御物かたりきこえ給
に、七ふることゝものそこはかとなき

一 源氏の心内詞（4行目「つすよ」まで）。「みとせ」は青表紙他本多く「みそとせ」である。細流抄・湖月抄等も「みそとせ」を可としている。「三十《みそと》歳《せ》」と校訂し、「式部卿宮の薨去は、つい昨日今日のことと思っていたのに、（錠の錆《さび》を見ると）もう三十年の昔のことになってしまった気がする世の中だなあ」と解する。すっかり遠い過去のことになったことを慨嘆するのに「三十歳のあなたになる」という諺があったか。「おぼす」は作者の源氏に対する敬意が直接話法の心内詞に入り込んだもの。二 木や草の色に心を奪われていることよ。三「思い知る」＝身に沁みてわきまえ知る」の尊敬体。「る」は自発。四 源氏の歌。いつの間にこの邸け蓬の生い茂り、さらに雪の降る古里となって荒れてしまったのだろう。「かとゝ」は青表紙他本「もとゝ」とある。五 やや暫くして門の扉を無理に引っ張り開けて中にお入りになる。六 女五の宮の御もとで。七 昔の出来事のとりとめもない話。

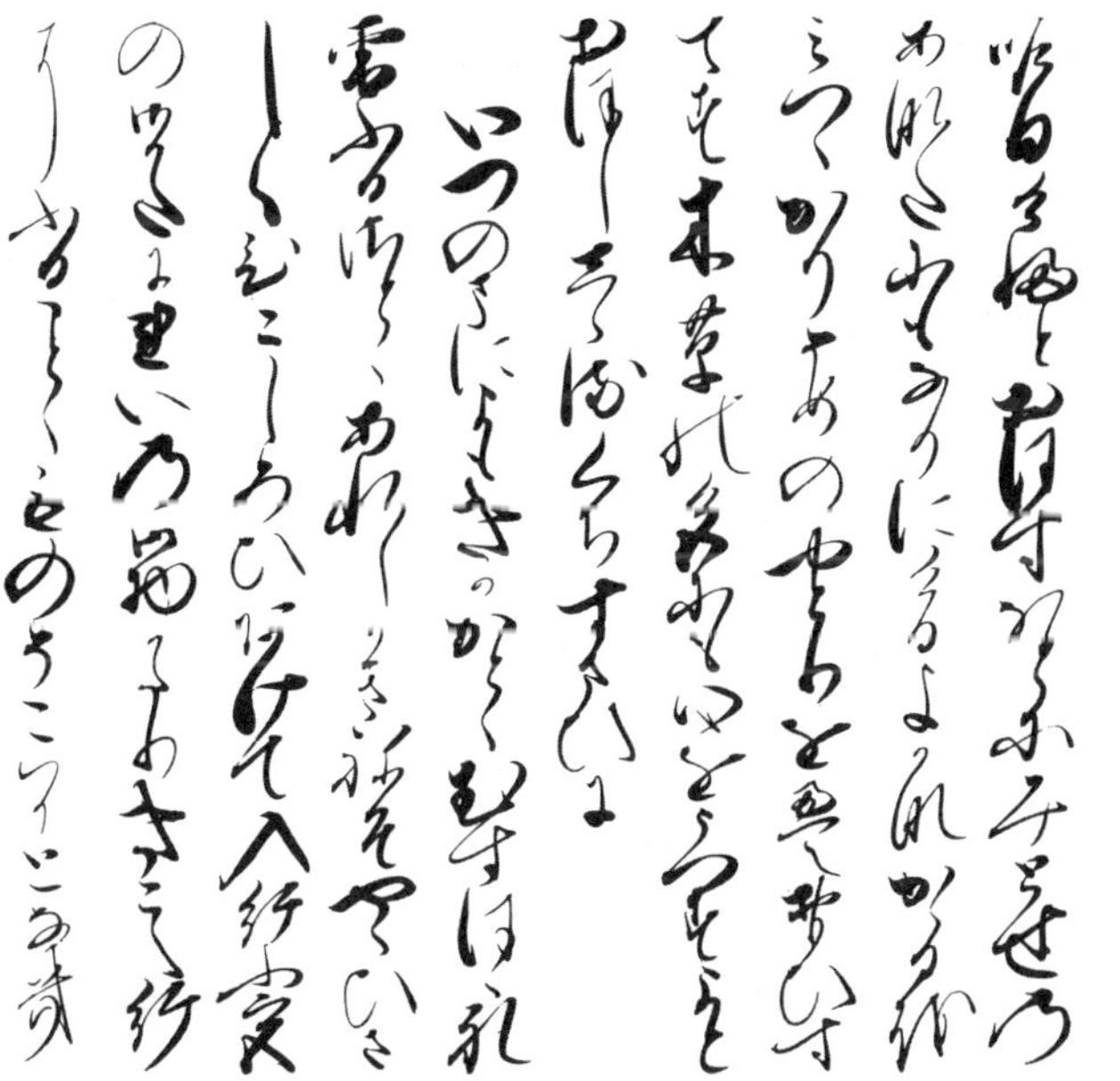

一うちはしめ、きこえつくし給へと、二御
み〻もおとろかす、ねふたきに、宮も
あくひうちし給、三よひまとひをしは
へれは、物もえきこえやらす、との給ふ
程もなくいひきとかき〻しらぬをと
すれは、四よろこひなからたちいて給はん
とするに、五またいとふるめかしきしはふ
きうちして、まいりたる人ありかし六
こけれと、きこしめしたらむとたのみ
きこえさするを、七世にある物ともかすまへ

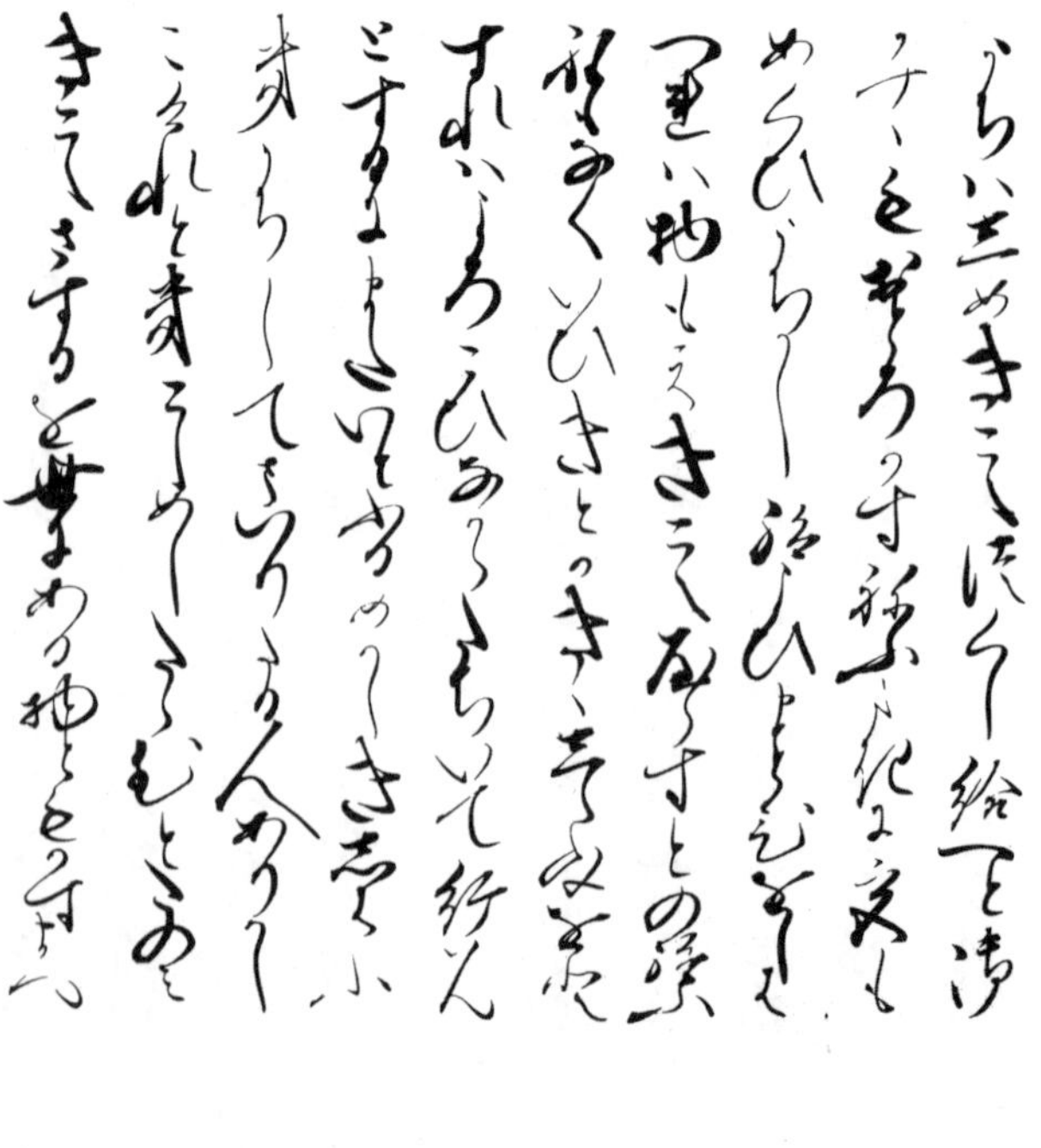

一 皮切りとして（あれこれと宮は）際限なくお聞かせ申しなさるけれど。二（君は）聞いて興味を引かれる話もなく、眠たくもあるので。三 女五の宮詞（4行目「やらず」まで）。宵のうちから眠くなりまして、物もよう申し上げられません。「宵惑ひ」は宵のうちから眠たくなること。老人の習性。四 君は儀礼的にまず女五の宮の所に伺ったまでで、早く西の対へ行きたいのが本心。宮が寝てしまわれたので、これ幸いと立ち上がる。五 もう一人たいそう年寄りじみた咳をしながらお前に出てきた者がいる。六 源典侍の詞（四一頁2行目「せ給し」まで）。畏れ多いことですが、私（源典侍）が当邸にご厄介になっておりますことお聞き及びかと存じ、心頼みにいたしておりましたのに。七 生存している者と認めてもくださいませんので（恨めしく存じます）。「数まふ」は、その中に数え入れる、存在を認める。

させ給はぬになむ、一院のうへは、をはおとゝとわらはせ給し、となのりいつるにそおほしいつる、二源内侍のすけといひし人は、あまになりて、この宮の三御てしにてなむ四をこなふときゝしかと、五いまゝてあらむともたつねしり給はさりつるを、六あさましうなりぬ、七そのよのことは、みなむかしかたりに成ゆくを、はるかにおもひいつるも心ほそきに、八うれしき御こゑかな、九をやなしにふせる

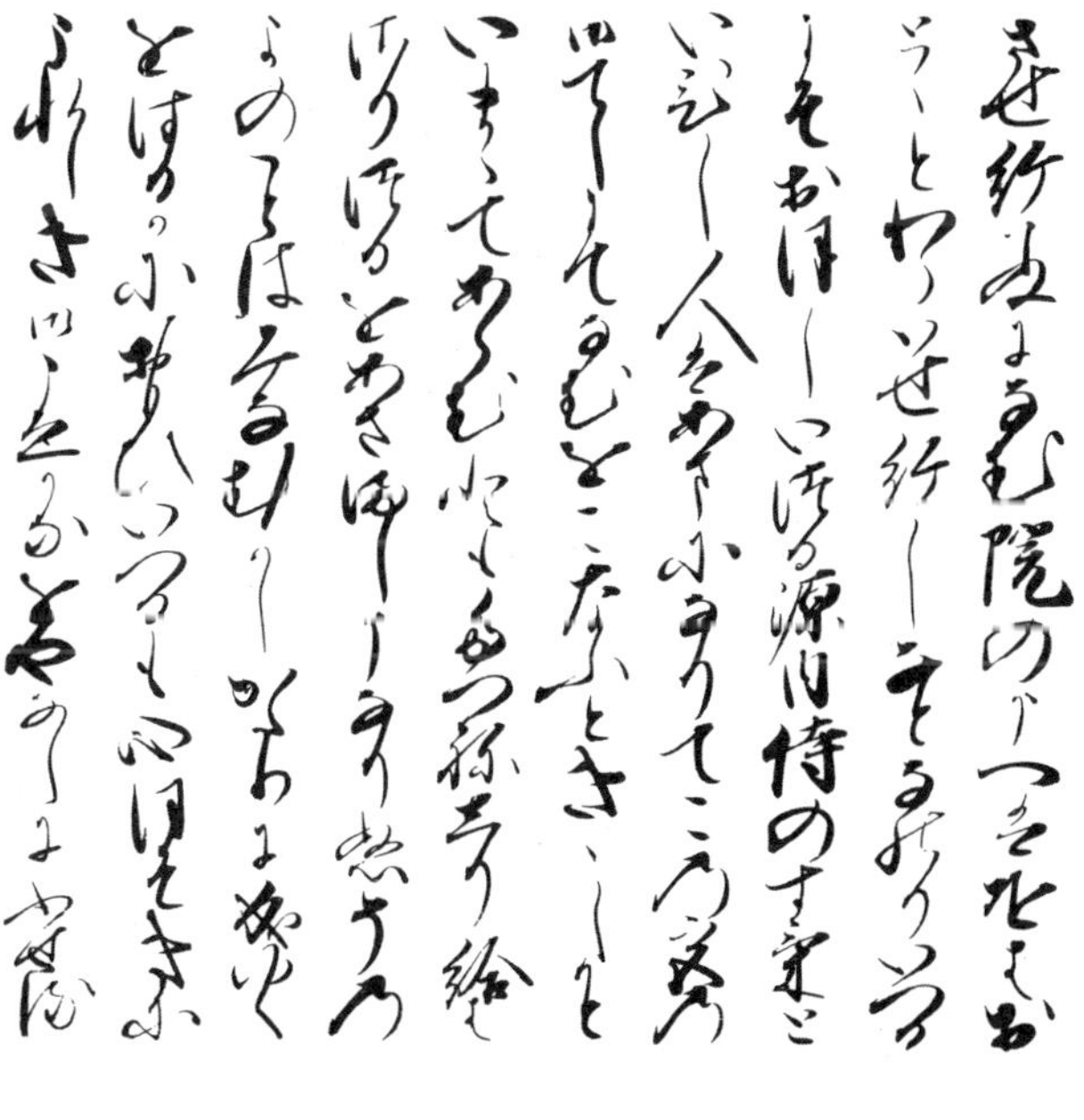

一 桐壺院さまは私を祖母さまと（仰せになって）。「おとど」は婦人の敬称。二 源姓で桐壺帝時代の典侍《ないしのすけ》。五十七、八歳。年の割りに若やぎあだめく女。源氏は戯れに言い寄り、頭中将と笑い者にしたことがある（紅葉賀）。三 この表現により女五の宮が既に出家していることを知る。四「行《おこな》ふ」は、仏道を修行する、勤行《ごんぎやう》する。五 今まで生きていようとは、気に掛けもせずご存知でもなかったので。六 君は驚き呆れてしまわれた。七 源氏の詞（四二頁1行目「へかし」まで）。故院の御代《みよ》のこと。八（昔なじみの）嬉しいお声を聞くことですね。このあたりから、単なる嬉しがらせのからかいの調子になる。九 旅に病んで臥している孤児。「しなてるや片岡山にいひに飢ゑてふせる旅人あはれ親なし」（拾遺集二十・哀傷、聖徳太子）による。「源氏仁の心ふかくていかなる事をも捨給はぬによりあへしらひ給也」（弄花）などは、源氏を聖徳太子に比し、慈悲深い人であると解するが如何。外交辞令とみたい。

一 慈しみ世話をしてください。二 物（高欄か）に寄り掛かって座っていらっしゃる君のご様子に。一旦立ち上がったのに又座ったか。三 昔と変わらぬ色っぽいしなをつくって。四 歯が抜けてげっそり頬の落ちくぼんだ口元が思いやられる声の様子で。「すげむ」は、げっそりと落ちくぼむ。五 たいそう呂律《ろれつ》の回らない言い方で、それでもあだめいてふるまおうと思っている。「したつき」は何を言っているのかはっきりしないさま。一説、甘えたしゃべり方。

たひ人と[一]はく〻み給へかし、とて[二]より
ゐ給へる御けはひに、いと〻むかしおもひ
いてつ〻、[三]ふりかたくなまめかしきさま
にもてなして、[四]いたうすけみにたるく
ちつきおもひやらる〻こはつかひの、
[五]さすかに、したつきにてうちされんとは
なをおもへり、[六]いひこしほとに、なと[七]きこえ
か〻るまはゆさよ、[八]いましもきたる
おいのやうに、なとほ〻ゑまれ給ふもの
から、引かへ、[九]これもあはれなり、[一〇]このさかりに

六 源典侍の詞（7行目「ほどに」まで）。人の老いを辛いと以前言って来た間に。引歌未詳。「身をうしと言ひ来しほどに今は又人の上ともなげくべきかな」（伊行）。河海抄も引用。弄花抄は疑問を提起。七 言いかけ来るのは赤面する思いだ。八 源氏の心内詞（9行目「やうに」まで）。まるで今急に年を取ったような言いぐさだな。九 この女の身の上も（全集）。この歌も（集成）。一〇 源氏の心内詞（四三頁9行目「世なり」まで）。この源典侍の女盛りに。

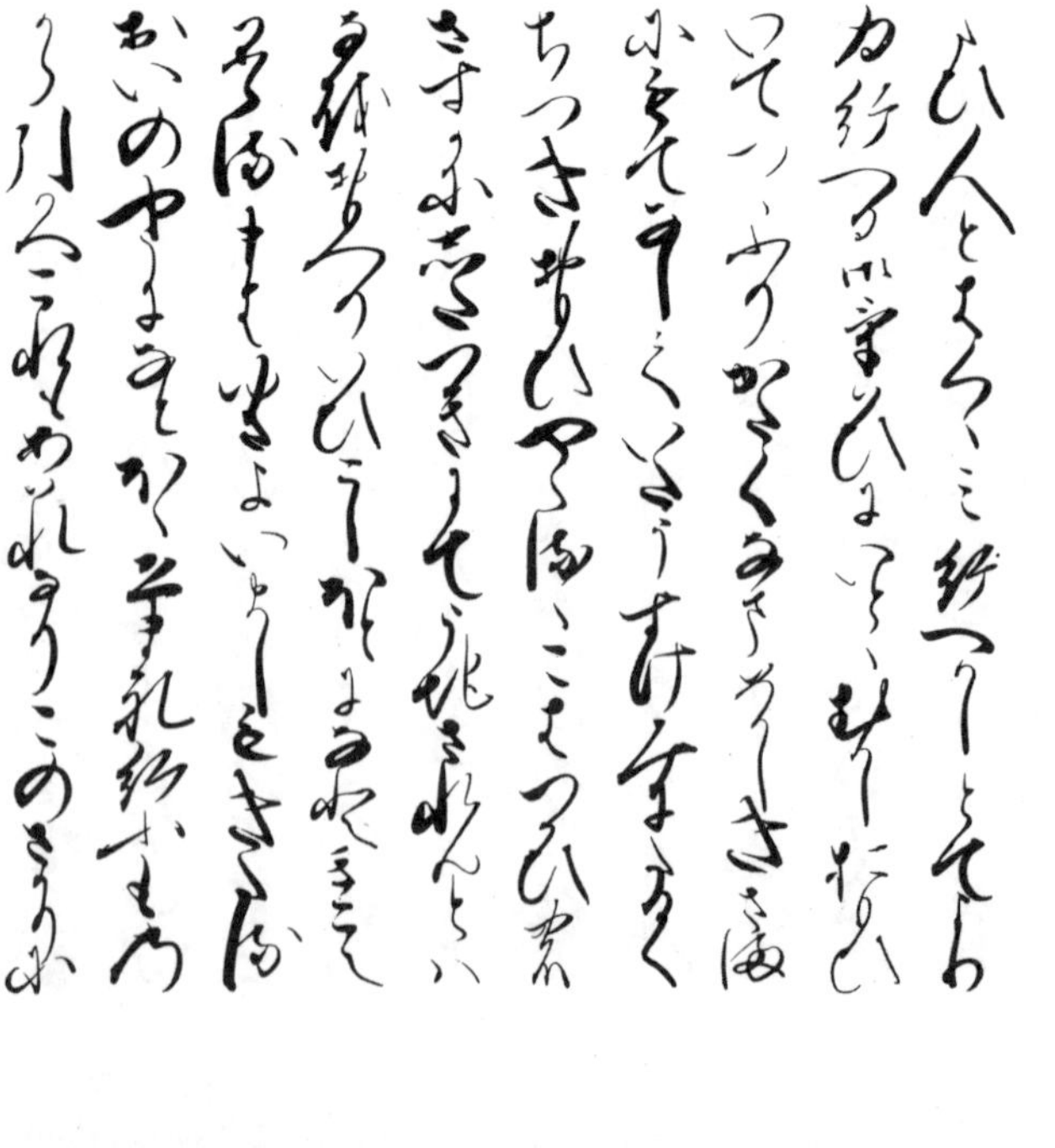

[一]いとみ給し女御かうい、[二]あるはひたすらなく成給、あるはかひなくて、はかなき世にさすらへ給ふもあへかめり、[三]入道の宮なとの御よはひよ、[四]あさましとのみおほさるゝ世に、[五]年のほとみのゝこりすくなけさに、[六]心はへなとも、物はかなくみえし人の、いきとまりて、のとやかにをこなひをもうちしてすくしけるは、[七]猶すへてさためなき世なり、とおほすに、[八]ものあはれなる御けしきを、[九]心と

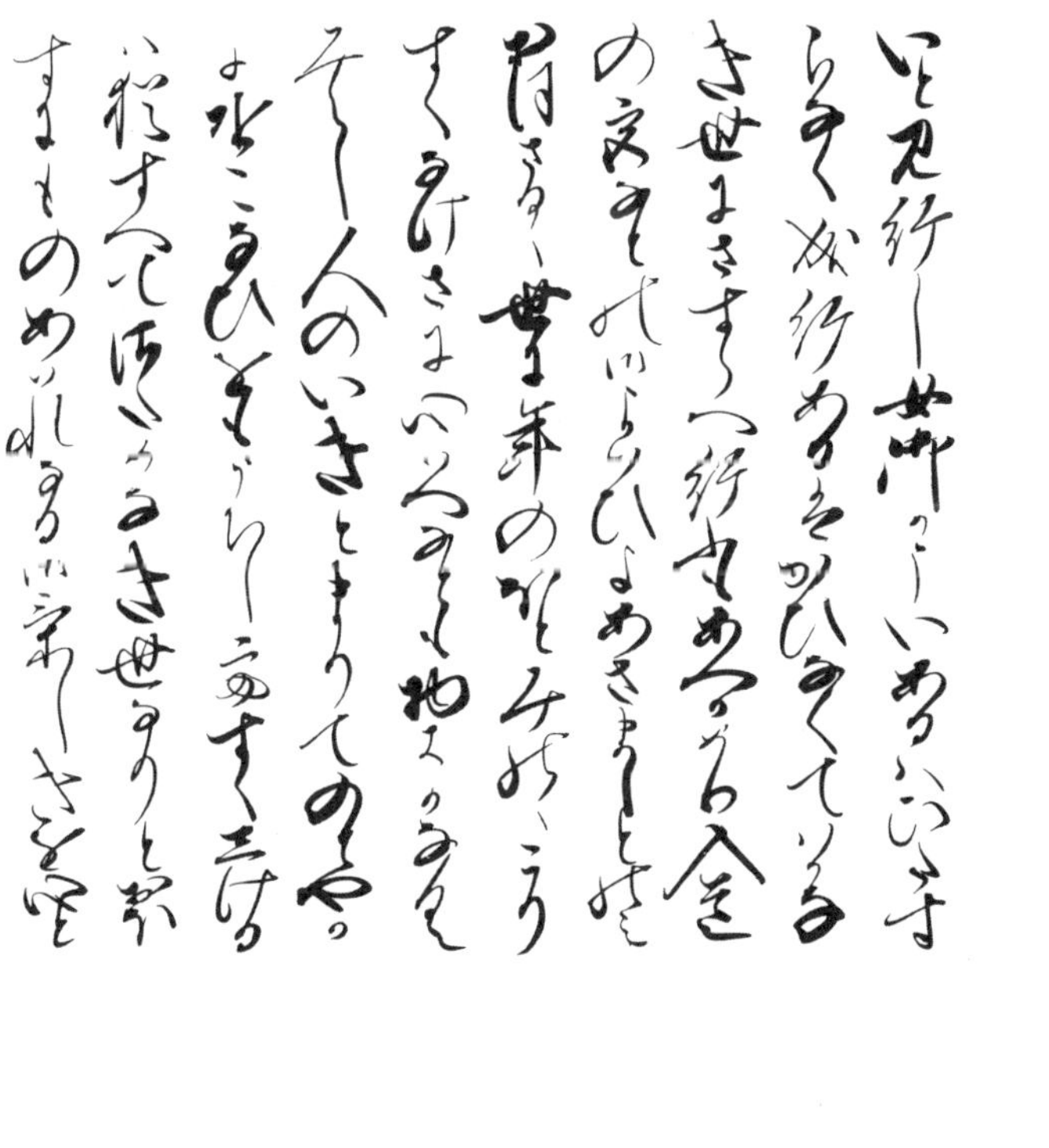

一（桐壺帝の）寵を競い合っておられた。二 あるお方はまったく故人となり、あるお方は世にある甲斐もなく無常な憂き世に落ちぶれていられる場合もあるようだ。「さすらへ」は下二段自動詞。「あべかめり」は、「ある＝ラ変体＋べかる＝当然体＋めり推量止」が「あんべかんめり」と撥音便になり、その撥音が無表記。三 藤壺の宮のご短命さよ。三十七歳で崩御。四 嘆かわしいことばかりと思われるこの世の中に。「おぼさるる」は直接話法である源氏の心内詞の中に、作者の源氏に対する尊敬語が入り込んだもの。五 年齢から言っても余命いくらもなさそうに（「みえし」に掛かる）。六 心構えなども頼りなさそうに見えた人が、生き長らえて（目前の源典侍のこと）。七 やはりすべてが不定の世の中なのだ。八 しみじみと感慨に耽っていらっしゃる源氏のご様子を。九 源典侍は自分への恋情の動きかと勘違いして。

一 若々しく振る舞いはしゃいでいる。二 源典侍の歌。幾年も年は経ちましたけれど貴方とのこのご縁は忘れられません。親の親とかおっしゃった一言がございますもの。「この契《ちぎり》」は、「此」に「子」を掛け、親の縁語。「親の親」は、源氏に以前「祖母おとゞ」と呼ばれたことがあったので言うか（葵巻では、源氏が頭中将に言う台詞中にある）。「親の親と思はましかばとひてまし我が子の子にはあらぬなるべし」（拾遺集九・雑下）。三 君はいやな感じがして。四 源氏の詞（8行目「すべき」まで）。歌意「生を変えて、あの世でも期待して待って見ていてください。この世で親を忘れる例があるかどうかと」。（「この世」は、「来世」に対する語だが、また、「この」に「子」を掛け、かつ親の縁語）。五 朝顔の住む寝殿の西側の正面では格子を下ろしたけれど。六 朝顔の女房の心内詞（10行目「いかゞ」まで）。君のお越しをお嫌い申すように見えるのもいかが。

きめきに思て、一わかやく、
二としふれとこの契こそわすられね
をやのをやとかいひしひとことゝき
こゆれは、三うとましくて、
四身をかへて後も待みよこのよにて
をやをわするゝためしありやと、たのもし
き契そや、いまのとかにそきこえ
さすへき、とてたち給ぬ、五にしをもて
［7源氏、前斎院に求愛し、拒絶される］
にみかうしまいりたれと、六いとひきこ
えかほならむもいかゝ、とてひとまふた

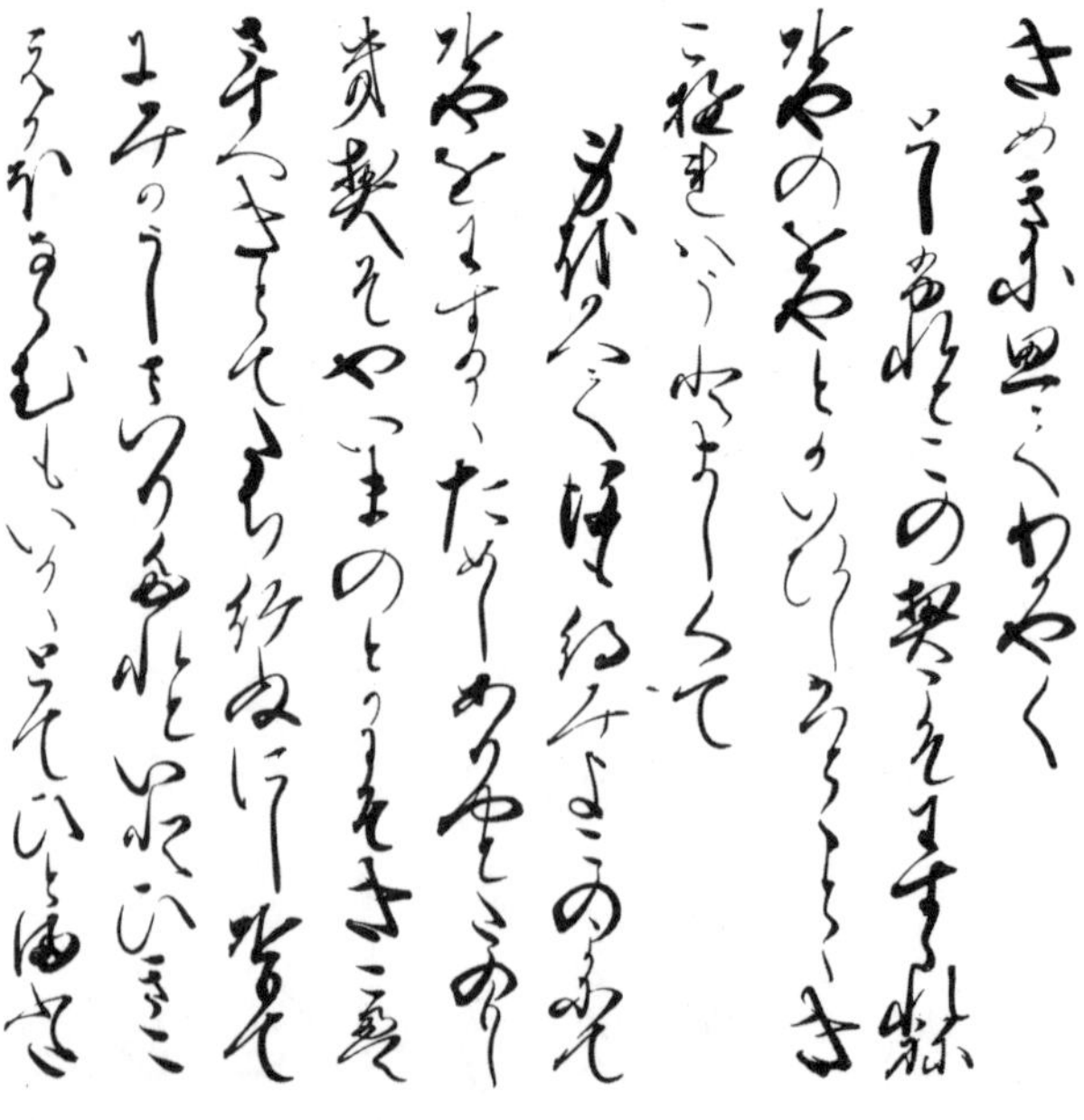

一まはおろさす、
。月さしいて〻、うすらかにつもれる雪の光にあひて、二なか〳〵いとおもし《ろ》きよのさまなり、三ありありつるおいらくの心けさうも、四よからぬもの〻よのたとひとかき〻し、とおほしいてられて、五おかしくなむこよひは、六いとまめやかに聞え給ひて、七ひとことにくしなとも、人つてならての給はせむを、おもひたゆるふしにもせむ、八とおりたちてせめきこえたまへと、九むかし、われも人もわか

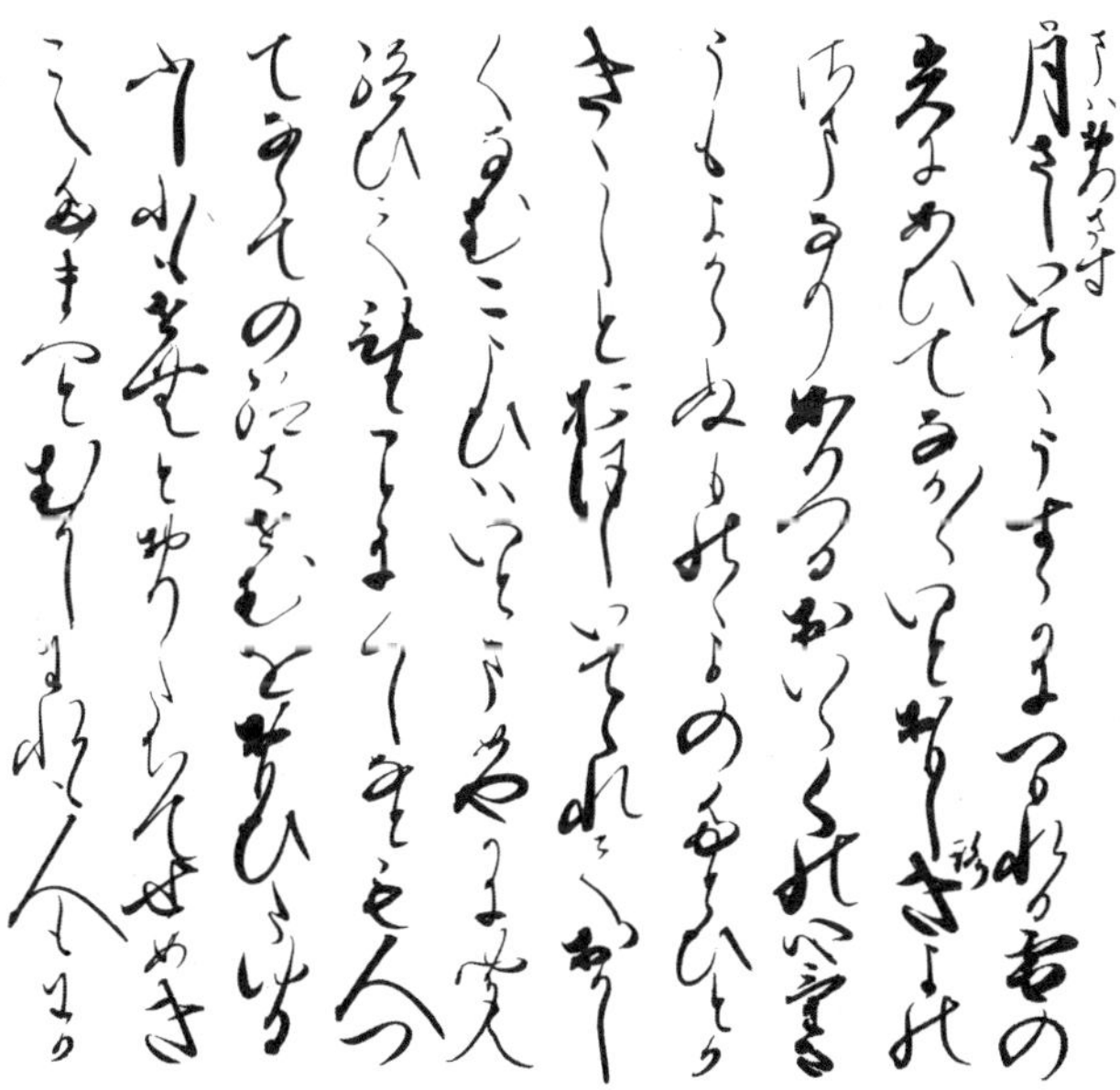

一 挿入部は生かす。女房たちはひそかに君のお立ち寄りを待っているので、わざと格子一、二枚は下ろさずにいる。二 かえってなかなか風情のある夜の景観である。三 先ほど年老いた源典侍が心をときめかせていたのも。「源内侍のすけのわかやくにつきていへり」（余情）。四 源氏の心内詞（5行目「き〻し」まで）。世間に言う面白くないものの例とか聞いたことがあった。「清少納言枕草子すさましきものおうなのけさうしはすの月夜と云々」（河海）、しかし現存の枕草子には見えない。五 微笑みたくなるようにお感じになる。「なむ」の次に「おぼさる」を補う。六 ひどく真剣に訴え申されて。七 源氏の詞（9行目「もせむ」まで）。一言『嫌いです』などとでも直接おっしゃってくださったらその言葉を。「今はただ思ひ絶えなむとばかりを人づてならで言ふ由もがな」（後拾遺集・恋三、道雅）。八 身を入れて。必死になって。九 朝顔の心内詞（四六頁6行目「からむ」まで）。斎院になる前のこと。

一 過ちを大目に見てもらえた頃でさえ。二 故父宮が、源氏を自分（朝顔）の婿にと思し召していたのを。三 やはりあってはならない恥ずかしいこととお思い申し上げてそのままになっていたのに。「猶《なほ》」からは、朝顔が源氏と六条御息所とのことやその他源氏の女関係を知っておりあの女性たちのようになるまいと、自身源氏に惹かれる心を抑えて拒否していたことが窺われる。四 盛りも過ぎて結婚など不似合いな晩年になって。五 一声直接のご返事をお聞かせするのも、まったく気恥ずかしいことだろう。「ひとこゑ」は、前頁7行目源氏の「ひとこと」に応ずる語。六 じつに強固なゆるぎないお心なので。七 源氏の心内詞（7行目「つらし」まで）。あきれはてた薄情なお方。八 いたたまれないほど源氏を突き放すというのではなく。九 取次を介してのご返事などはあるが、それが却って君には気がもめることである。

やかに[一]つみゆるされたりし世にたに、[二]こ
宮なとの心よせおほしたりしを、[三]猶
あるましくはつかしと思きこえて
やみにしを、[四]よのすゑに、さたすき、
つきなき程にて、[五]ひとこゑもいとま
はゆからむとおほして、[六]さらにうこ
きなき御心なれは、[七]あさましうつらし、
と思きこえ給、さすかに、[八]はしたなく
さしはなちてなとはあらぬ、[九]人つて
の御かへりなとそ心やましきや、夜も

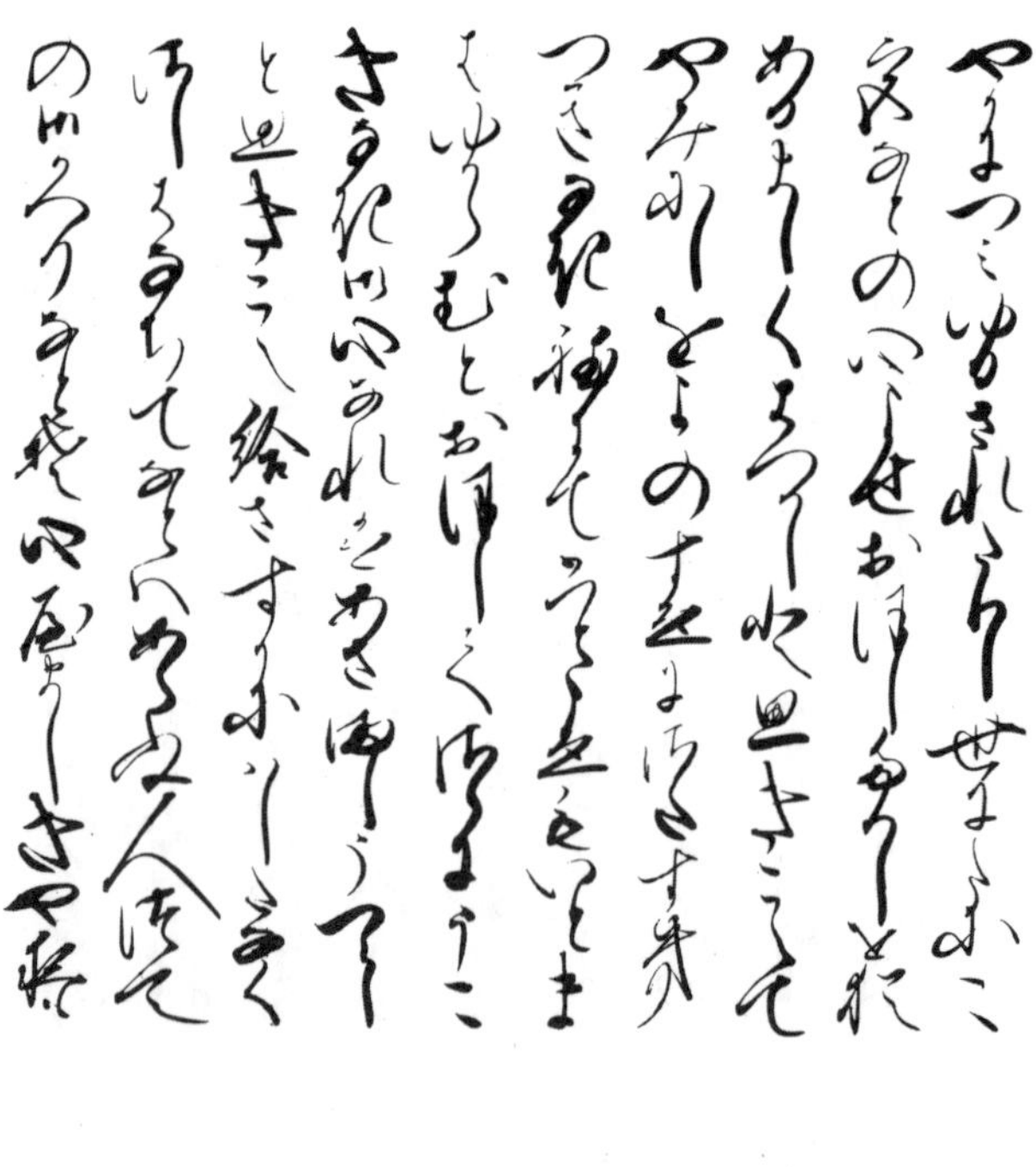

いたうふけ行に、一風のけはひはけしくて、二まことにいともの心ほそくおほゆれは、三さまよきほとにをしのこひ給ひて、

　四つれなさをむかしにこりぬ心こそ
人のつらきにそへてつらけれ、五心つからの、六とのたまひすさふるを、七けに、かたはらいたしと人〱れいのきこゆ、

　八あらためてなにかはみえむ人の上に
かゝりときゝし心かはりを、むかしに

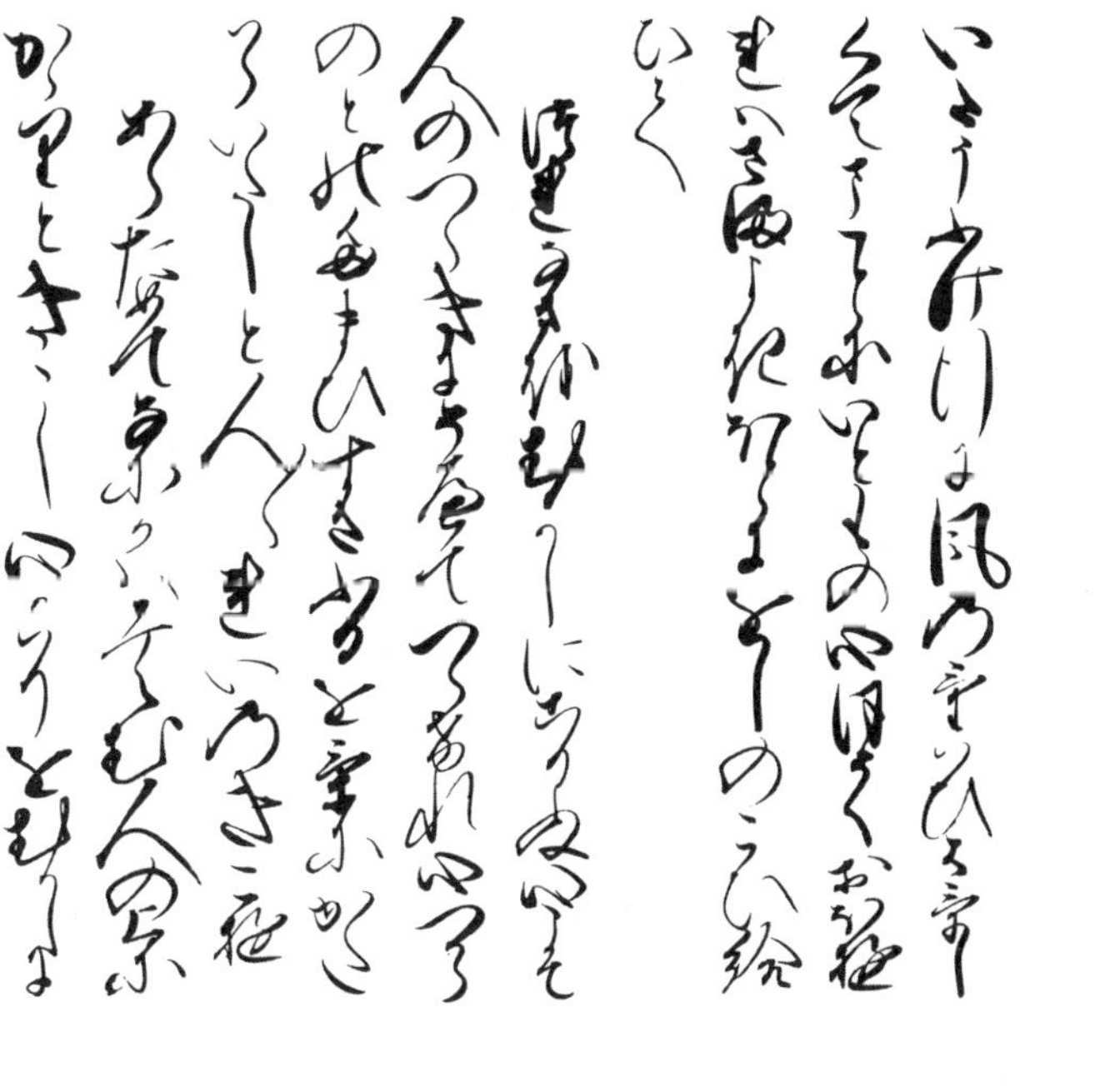

一風の吹き様が激しくて。二（君は）まことに、わけもなくひどく心細く感じられるので。三品よく涙を袖でおぬぐいになって。四源氏の詞（7行目「からの」まで）。歌意「昔に変わらぬ冷たいお仕打ちに懲りないで相も変わらずあなたを慕う私の心には、今のあなたの薄情さがいっそう耐え難く思われます」。五自分の気持ちが原因でこうなったのです（自分でもどうにもなりません）。「恋しきも心づからのわざなれは置き所なくもてぞわづらふ（中務集）」（河海）。六「言ひすさぶ」（＝口に上るままに言う）の尊敬体。七女房の詞（8行目「いたし」まで）。ごもっともですわ。私たちまで気が気ではありません。八朝顔の詞（四八頁1行目「らはず」まで）。歌意「今さら心を変えてどうして貴方にお目にかかりましょう（そんなことなど出来ません）。他の人にはあると聞いておりました心変わりですが（私にはとても）」。

かはることは一ならはす、二なときこえたま
へり、三
［8 源氏を見送る前斎院の心境］
いふかひなくていとまめやかに
四ゑしきこえていて給も、いと五わかく
しき心ちし給へは、六いとかくよのため
しに成ぬへきありさま、七もらし給
なよ、ゆめ〳〵、八いさらかはなともなれ〳〵
しや、とて九せちにうちさゝめきかた
らひ給へと、なに事にかあらむ、人々も、
一〇あなかたしけな、あなかちになさけを
くれても、もてなしきこえ給らん、かる

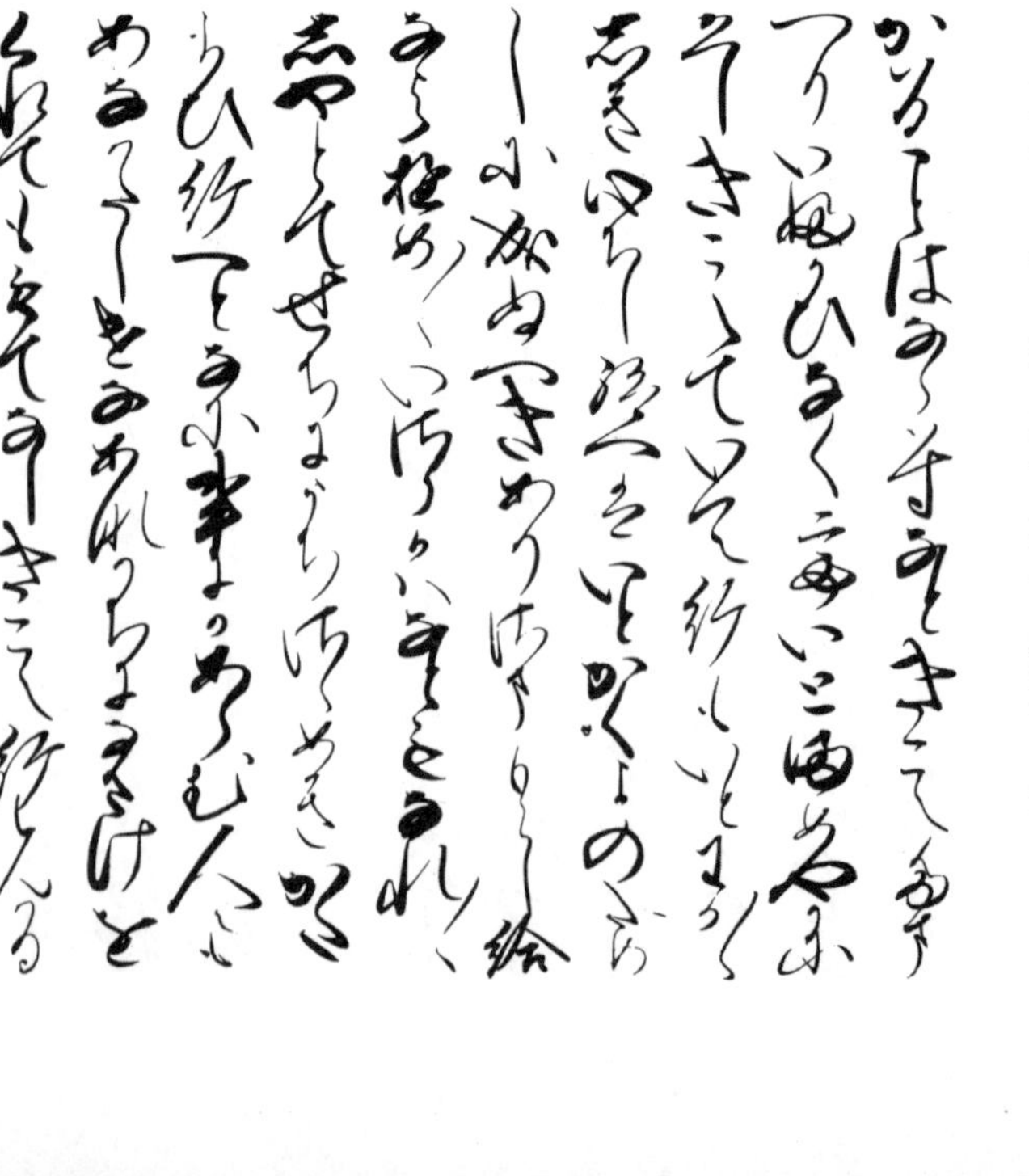

一「ならはず」は、経験したことがないの意。二「なと」は、東山御文庫本・為家本等「なんと」。これによれば「なんと」まで朝顔の詞。三 何を言っても効果がないので。四 恨み言を申し上げてお立ち出《い》でになるにつけても。「ゑじ」は、「怨《ゑん》ず」の連用形で「ん」の無表記。五 大人げない気がなさるので。六 源氏の詞（7行目「しや」まで）。相手は宣旨。いやまったく世間で愚かしい男の先例に語り伝えられそうな。七 決して他言なさいますな。八 だれかが聞いても「いさ」と答えて私の名を洩らして下さるな、などお頼みするのも慣れ慣れしい申し出《い》でですね。「いぬかみやとこの山なるいさら川いさと答へて我が名もらすな」（古今六帖・第五、名を惜しむ）に拠る。九 しきりにひそひそささやき語り掛けていらっしゃるが、どんなことなのだろう。一〇 女房の詞（四九頁2行目「るしう」まで）。まあもったいないことです。どうしてやみくもに情けを解さないやり方でまあ応対なさるのでしょう。

らかに[一]をしたちてなとはみえ給はぬ
御けしきを、心くるしう、といふ、[二]けに
[三]人のほとの、おかしきにも、あはれ
にもおほししらぬにはあらねと、[四]もの
思ひしるさまにみえたてまつるとて、
[五]をしなへてのよの人の、めてきこゆ
らんつらにやおもひなされん、[六]かつはか
るくしき心のほともみしり給ひぬ
へく、[七]はつかしけなめる御ありさまを、と
おほせは、[八]なつかしからむなさけもいとあい

一「押《お》し立つ」は、相手を無視して我を通そうとする意。二「げに」は、なるほどその通りだと是認する意。朝顔が、女房の源氏評を肯定する気持。三 源氏のお人柄の、優美な点も慕わしさを感じる点も、お分かりにならないわけではないけれど。「おかしきにも、あはれにも」は、為家本・河内諸本・保坂本・平瀬本「～をも～をも」。四 朝顔の心内詞（9行目「さまを」まで）。

条理をわきまえている様に見ていただいたとしても。源氏のお情けをお受けしたとしても。五 普通の世間の女人が君をお褒め申すのと同列に思われもしよう。六 一方では軽はずみな私の心の底をもすぐお見通しになるだろうし。七 こちらの身がちぢむほど立派なお方なのだから。八 朝顔の心内詞（五〇頁5行目「なひを」まで）。自分が源氏に向かって慕わしげな情愛を示すこともまったく筋が通らない。

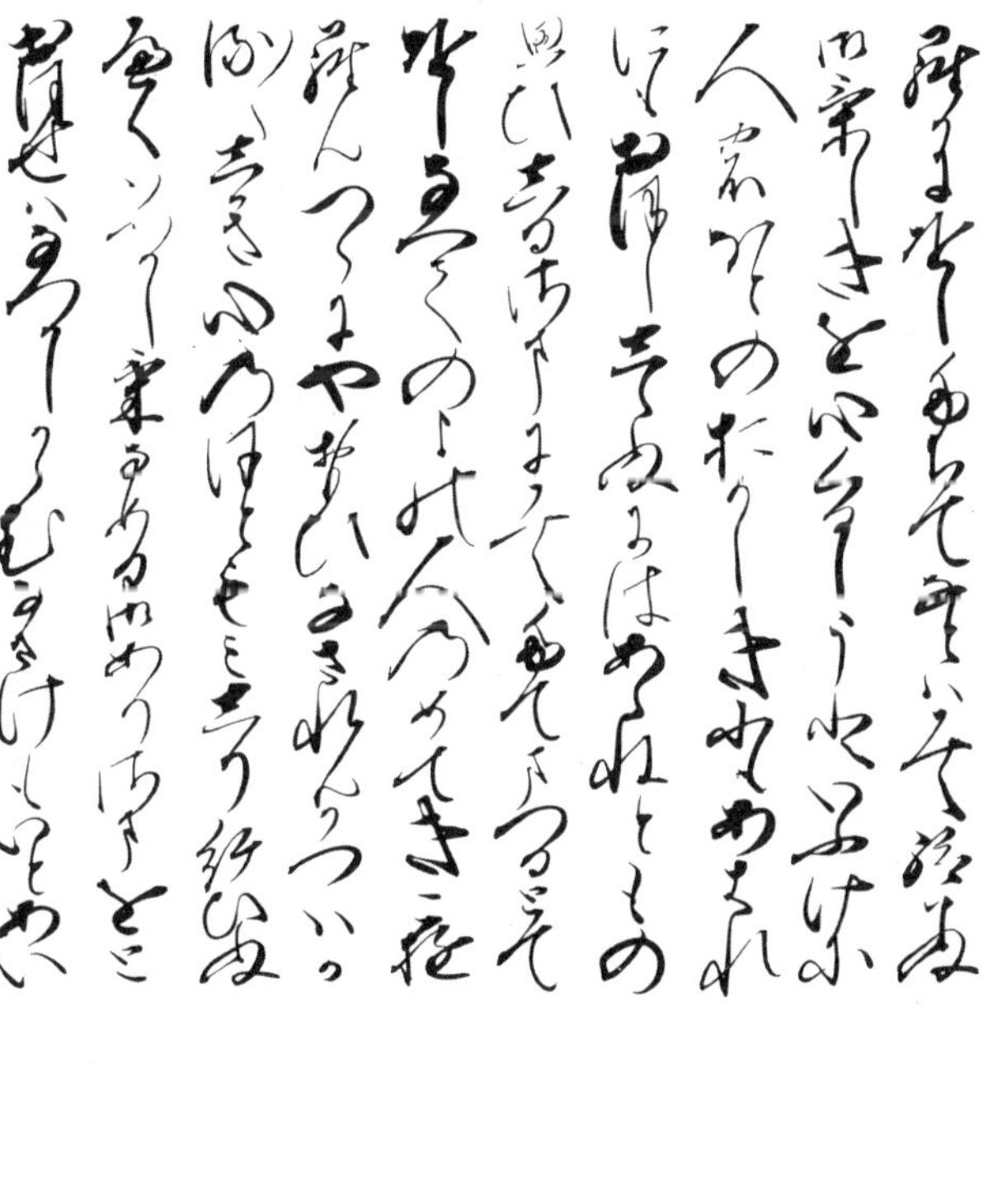

なし、一よその御かへりなとはうちたえて、二おほつかなかるましき程にきこえ給人つての御いらへ三はしたなからてすくしてむ、四としころしつみつるつみうしなふはかり御をこなひを、とはおほしたてと五にはかにかゝる御事をしももてはなれかほにあらむも六中〳〵いまめかしきやうにみえきこえて、人のとりなさしやは、とよの七人のくちさかなさをおほししりにしかは、かつはさふら

一 親密な関係でなく、少し距離をおいての社交的なご挨拶のお返事などは絶やさないで。二 あまりご無沙汰にならぬ程度にお便りを差し上げて。「給(ひ)」は直接話法の心内詞に作者の朝顔に対する尊敬語が入り込んだもの。3・5行目の「御」も同様。三 失礼のないようにして過ごして行こう。「はしたなからてすくしてむ」は、大島本・河内本諸本・別本諸本「はしたなからてすくしてむとふかくおほす」。四 多年斎院であったゆえみ仏奉仕から離れていたために、積もった罪が消えるほどのお勤行《つとめ》をしよう(「なさむ」を補う)。「斎院にては御神事がちにて御をこなひなどの事もなかりしなり」(余情)。五 朝顔の心内詞(9行目「じやは」まで)。急にこうした源氏の君との交際を打ち切るように振る舞う(出家する)のも。六 かえって当世風のきざな行動と見られ申して、世間の人が取り沙汰しないだろうか。七 世間の人の批評や陰口のたちの悪さを思い知っていらっしゃるので。

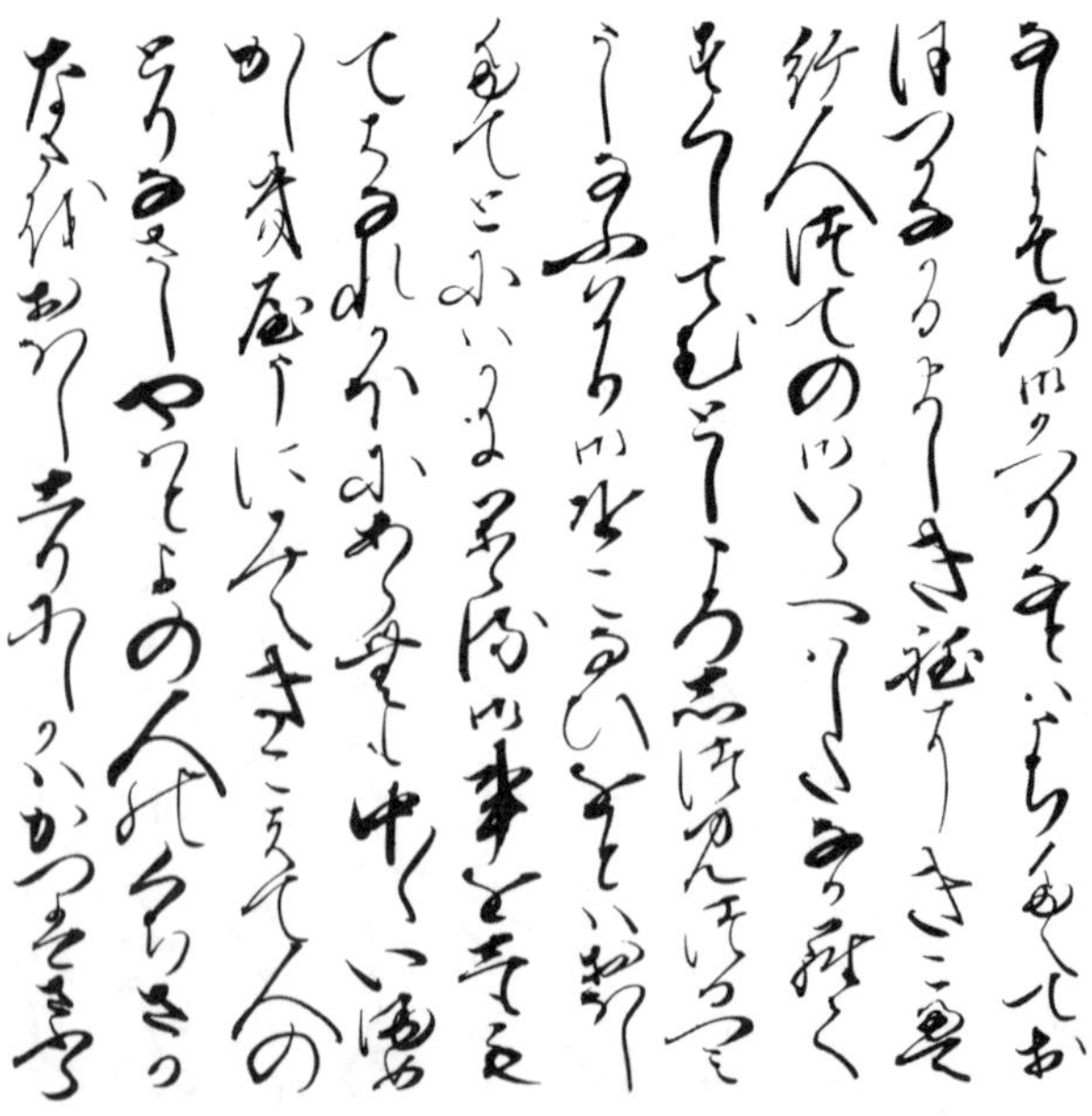

ふ人にも[一]うちとけ給はす、いたう御心つかひし給つゝ、[二]やう〳〵御をこなひをのみし給ふ、御はらからの君たちあまたものし給へと、[三]ひとつ御はらならねは、いとうと〳〵しく、[四]宮のうちいとかすかに成ゆくまゝに、[五]さはかりめてたき人の[六]ねむころに御心をつくしきこえ給へは、[七]みな人心をよせきこゆるも[八]ひとつ心とみゆ、

〔9源氏、紫の上に前斎院のことを話し釈明する〕

[九]おとゝは、あなかちにおほしいらるゝにしもあらねと、つれなき御けしきの

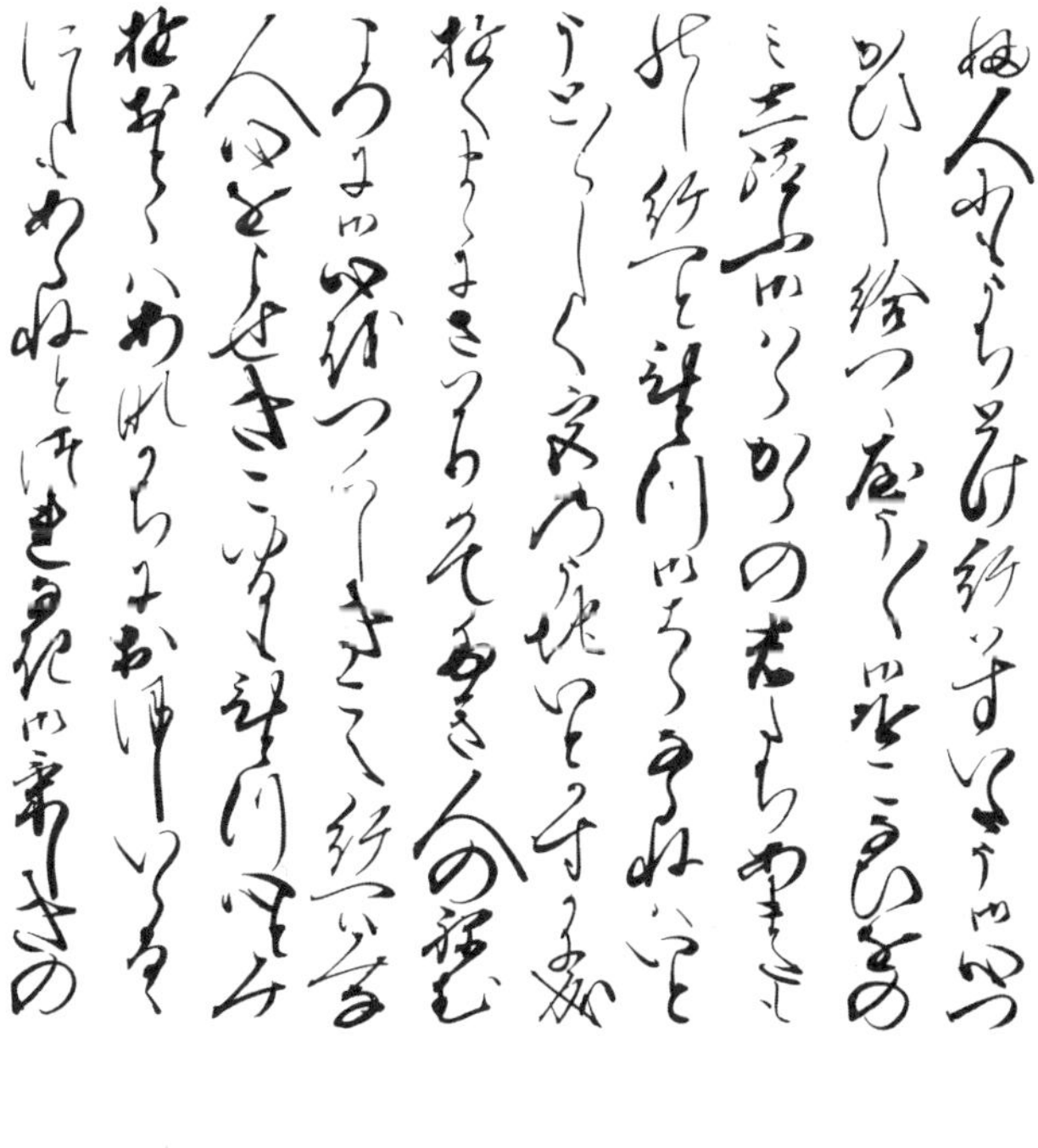

一 気をお許しにならず、ひどく周囲に気遣いをなさりながら。二 だんだんと勤行《ごんぎょう》一途の生活に入ってゆかれる。「本格的に出家する下構えである」（集成）。三 同腹ではないので、すっかり疎遠になっており。一夫多妻が認められていた平安時代には、一般的に腹違いの兄弟は肉親の意識が希薄だったようである。四 五の宮邸の中はまことにひっそりとなってゆくにつれて。暮らし向きも不如意となり使用人も一人二人と去り寂しくなってゆく。五 あれほどすばらしい人（=源氏の君）が。六 熱意を持って朝顔の姫君に心をお寄せ申しなさるので。七「みな人」は、そこにいる人全部の意。宮邸に仕える女房など全員。八 同じ心の願い（=朝顔が源氏と結婚して欲しい）。九 源氏の大臣は、やむにやまれぬ思いというほど苛立《いらだ》っておられるわけではないが、朝顔の冷たい仕打ちが憎らしく恨めしいので。

一 このまま手を束《つか》ねて引きさがるのも残念だし。「止《や》む」は「決着が付く、終止符を打つ」意。二 なるほど世間でも言うように、やはり。6行目「おぼさるれば」に掛かる。三 君のお人柄といい、世間の声望といい、格別で申し分なく。四 世間の様々の人情の機微のうつろいもよくご存じでいらっしゃり。五 昔と比べたくさんの経験を積んでよほどましになったと自分でもお思いになるので。六 下二段動詞「徒《あだ》く」の連用形の転成名詞。浮気な振る舞い。七 一方では世間の非難を気になさりながら。「もどき」は四段動詞「牴牾《もど》く」の連用形の転成名詞。非難すること。八 源氏の心内詞（9行目「にせむ」まで）。上に「かつは」が略されている。朝顔を得ずこのまま断念することになったら、ますます物笑いの種になろう、どうしたものか。九 お気持ちが定まらず。一〇 つい二条院にも夜お帰りにならないことが続きなさるので（紫の上の所に帰らず内裏住《うちず》みが続くのである）。一一 紫の上。

うれたきに、[一]まけてやみなむもくちおし
く、[二]けにはた、[三]人の御ありさま、よのおほ
えことにあらまほしく、ものをふかくおほ
ししり、[四]よの人の、とあるかゝるけちめ
もきゝあつめ給ひて、[五]むかしよりも
あまたへまさりておほさるれは、今さら
の[六]御あたけも、[七]かつはよのもときを《も》。おほし
なから、[八]むなしからむは、いよ〳〵人わらへ
なるへし、いかにせむ、[九]と御心うこき
て、[一〇]二条院に夜かれかさね給ふを、[一一]女君

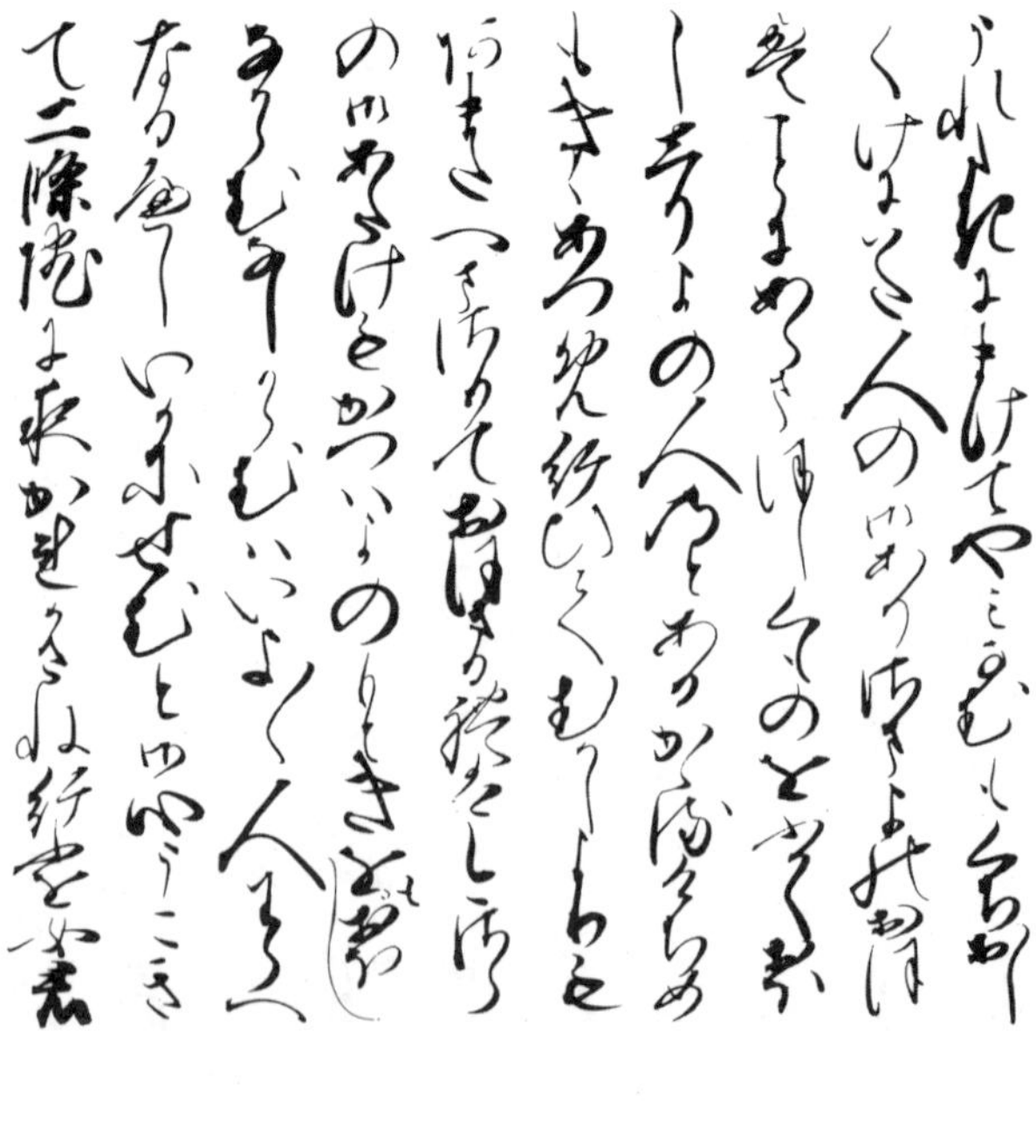

は、一たはふれにくゝのみおほす、二しのひたまへと、いかゝうちこほるゝおりもなからむ、三あやしくれいならぬ御けしきこそ、心えかたけれ、とて御くしをかきやりつゝ、四いとをしとおほしたるさまも、五ゑにかゝまほしき御あはひなり、六宮うせ給て後、七うへのいとさうくしけにのみよをおほしたるも、八心くるしうみたてまつり、九おほきおとゝも物し給はて、一〇みゆつる人なきことしけさになむ、

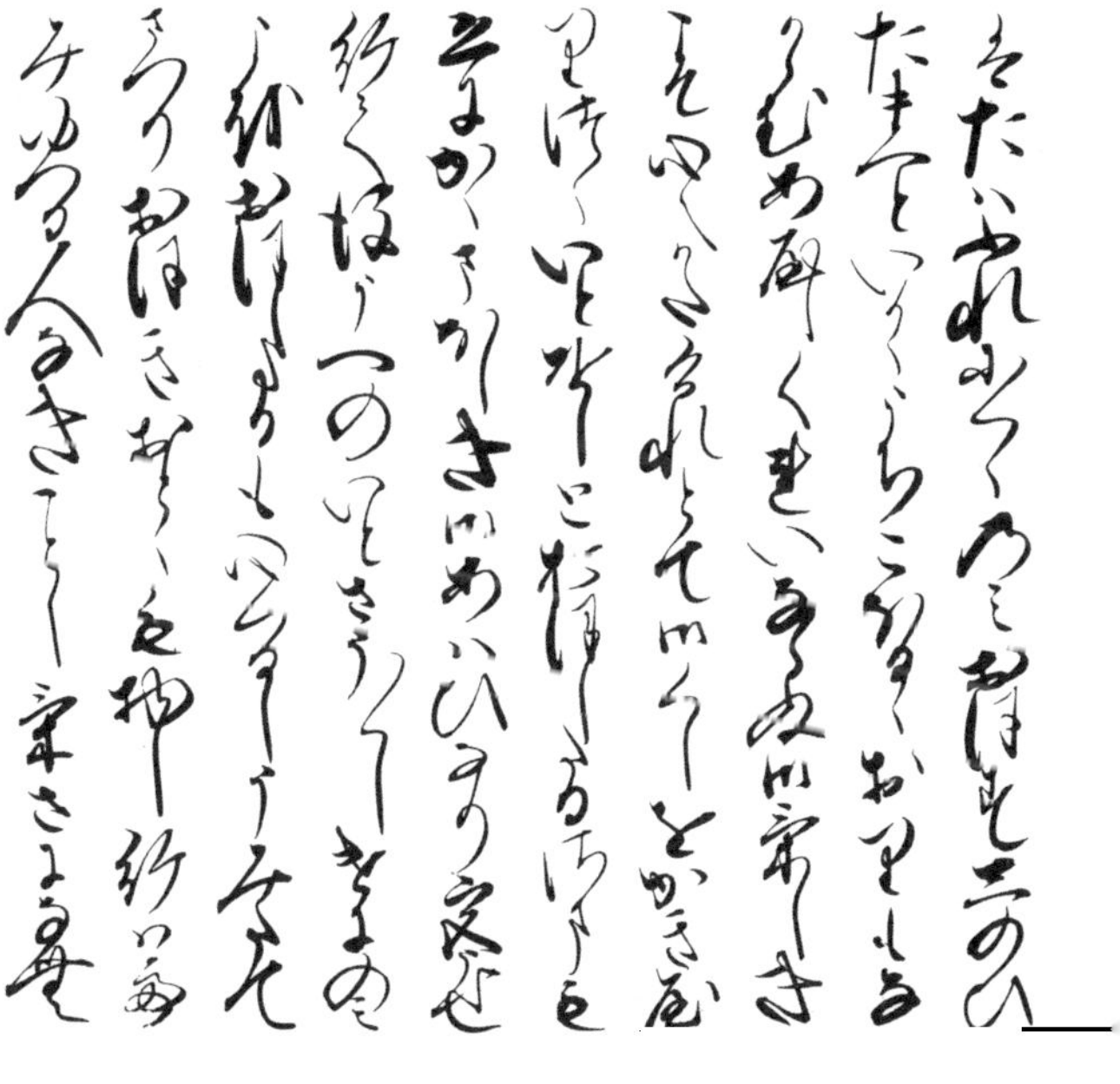

一 冗談としてすませられない。「ありぬやと試みがてらあひみねば戯れにくきまでぞ恋しき」（古今集十九・雑体・俳諧）。二 我慢していらっしゃるけれども、どうして涙のこぼれる折もないはずがあろう（あるに違いない）。三 久しぶりに二条院に戻り紫の上の顔を見た源氏の詞（4行目「たけれ」まで）。妙にいつもと違ったご様子なのが理解できませんね。四 源氏の心内詞。歴史的仮名遣いは「いとほし」。五 絵に描いてみたいような理想的な夫婦仲である。六 源氏の詞（五四頁6行目「たけれ」まで）。「宮」は入道の宮、藤壺。七 帝がとても寂しそうにばかり世の中のことをお思いでいらっしゃるのも。「うへ」は冷泉帝。八 胸の痛い思いで拝見いたし。あくまで母を亡くした十四歳の帝への、補佐役（臣下）としての同情の詞。九 葵の上の父太政大臣。存命中は源氏も頼っていた。一〇 政務を任せる人もなく繁忙で。このところの内裏《うち》住《ず》み続きの理由を女君に説明する。

一この程のたえまなとを、みならはぬこと
におほすらむも、二ことはりにあ《は》なれと、三いま
はさりとも心のとかにおほせ、四をとなひ
給ひためれと、五またいと思やりもなく、
人の心も見しらぬさまにものし給ふこそ
らうたけれ、なと六まろかれたる御ひた
いかみひきつくろひ給へと、七いよ〱そむ
きてものもきこえ給はす、八いといたく
わかひ給へるは、たかならはしきこえたる
そ、とて九つねなきよにかくまて心をか

一 この頃こちらに帰れなかったことを、今までにないこととお恨みに思っていらっしゃるのも。二 もっともでお気の毒に思いますが。本文「あはなれと」を「あはれなれど」と校訂する。三（一緒に暮らして十四年になる）今はいくら何でも安心しておいでなさい。心変わりすることはないの意。四 大人らしくおなりのようですが。「ためれど」は、「たんめれど」の撥音の無表記。五 まだ本当に深い考えもなく、私の気持ものみこめない様子でいらっしゃるのが却ってかわいらしいのですよ。六 涙で濡れてもつれた額髪を直しておあげになるが。「まろかる」は、くっつき合って丸くなる。「額髪」は額に垂らしている髪。七（女君は）ますます背中を向けたまま、何も申し上げなさらない。八 源氏の詞（10行目「たるぞ」まで）。子供じみて聞き分けがないのは、いったい誰のおしこみなのでしょう。九 源氏の心内詞（五五頁1行目「わざや」まで）。この無常な世の中で、紫の上からこうまで分け隔てされるのも。

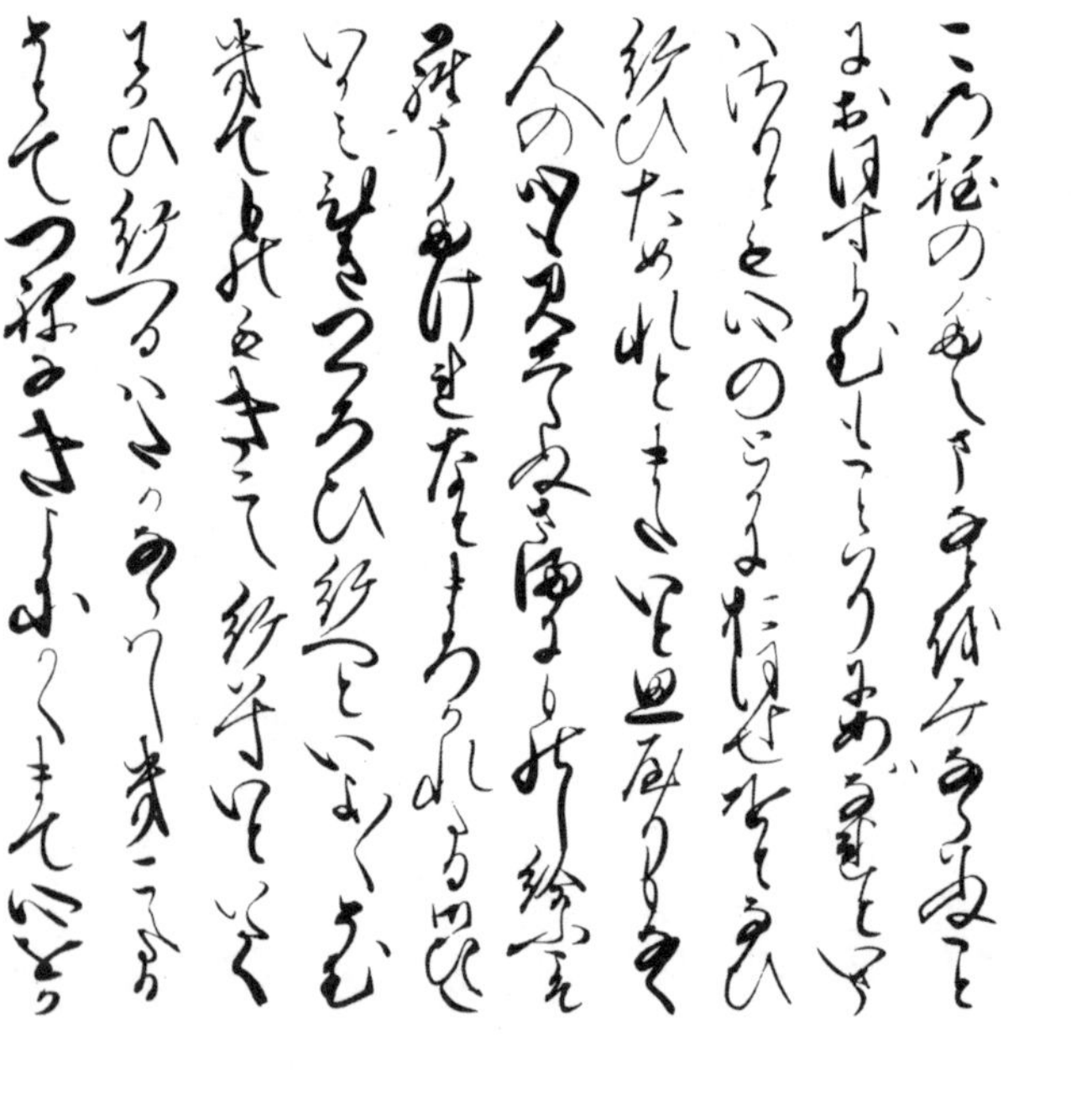

るゝもあちきなのわさや、と[一]かつはうち
なかめ給ふ、[二]さい院にはかなしこときこ
ゆるや、もしおほしひかむるかたある、それ
はいとも[三]てはなれたる事そよ、[四]をの
つからみ給ひてむ、[五]昔よりこよなう
けとをき御心はへなるを、[六]さう〳〵しき
おり〳〵、[七]たゝならてきこえなやます
に、[八]かしこもつれ〳〵にものし給ふ所な
れは、[九]たまさかの御いらへなとし給へと、
[一〇]まめ〳〵しきさまにもあらぬを、[一一]かくなむ

一「かつは朝顔をおぼしやりつつ」等が省略されている。一方では物思いに沈んでいらっしゃる。紫の上と心を分け合って暮らすのが一番という思いがきざし、朝顔への懸想を少し反省。二 源氏の詞（五六頁3行目「たまへ」まで）。前斎院にたわいもない手紙を差し上げたのですよ。もしかしてそれを誤解していらっしゃる向きがあるのではございませんか。三（真実から）遠く離れた。見当違いの事ですよ。四 いずれ自然にお分かりになるでしょう。

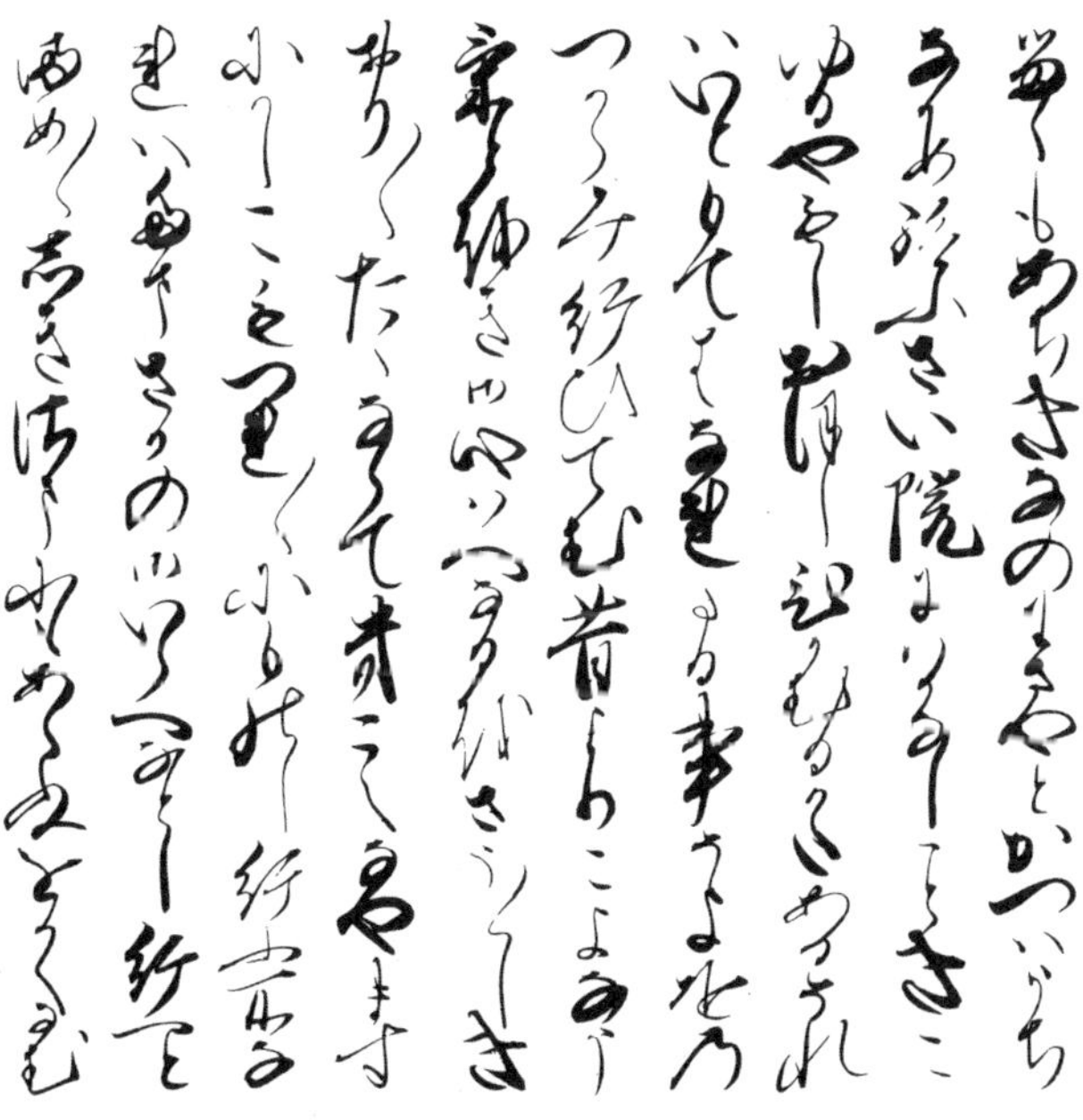

五（朝顔は）昔からいたって浮いた心などに縁の遠いご気質なのですが。六 何となくもの寂しい思いのする時々に。七 そのままでいられず、消息をさしあげてお騒がせすると。八 先方でも日頃所在なくしていらっしゃる所ですから。九 時たまのご返事などはしなさるのですが。一〇 本気のやりとりではありませんから。「まめまめし」は、真面目、真剣、本気。一一『かくなむある』は『こんなにつれない返事なのですよ』の略言。

一 あなたに泣き言を申すようなことでしょうか。報告しあなたに慰めてもらおうとするべき内容でもない。二 心配なことは何もないと考えをお直し下さい。三 一日中紫の上の側に座って慰めの言葉を語り続ける源氏の心は、「こよなう気遠き御心はへ」の朝顔に年甲斐もなく執着する自身への反省と、我ゆえに涙で額髪を濡らす紫の上へのいとおしさで満たされている。四 雪を被った松と竹との違いが趣深く見える。夕方でもまだ暗くない頃。引き歌があるか、未詳。五 源氏の君のご容貌。六 源氏の詞（五七頁5行目「さゝよ」まで）。その季節その季節に応じて。七 世間の人が、心を引かれるという花や紅葉の盛りよりも。「春秋に思ひ乱れて分きかねつ時につけつつ移る心は」〈拾遺・雑下・貫之〉。八 「いざかくてをりあかしてむ冬の月春の花にもおとらざりけり」〈拾遺・雑秋・元輔〉（河海）九 人目をひく華やかな色彩はないものの、妙に身に深く感じられて。

あるとしもうれ[一]へきこゆへき事にや
は[二]。うしろめたうはあらしとを思なをし
たまへ、なと[三]ひひとひなくさめ聞え給ふ。

[10雪の夜、源氏、紫の上に今までの女性について語る]

雪のいたうふりつもりたるうへに、今
もちりつゝ[四]、松と竹とのけちめおかしう
みゆる夕くれに[五]、人の御かたちもひかり
まさりてみゆ[六]。ときくにつけて[七]、人の
心をうつすめる花もみちのさかり
よりも[八]、冬の夜のすめる月に雪の
光あひたる空こそ[九]、あやしういろ

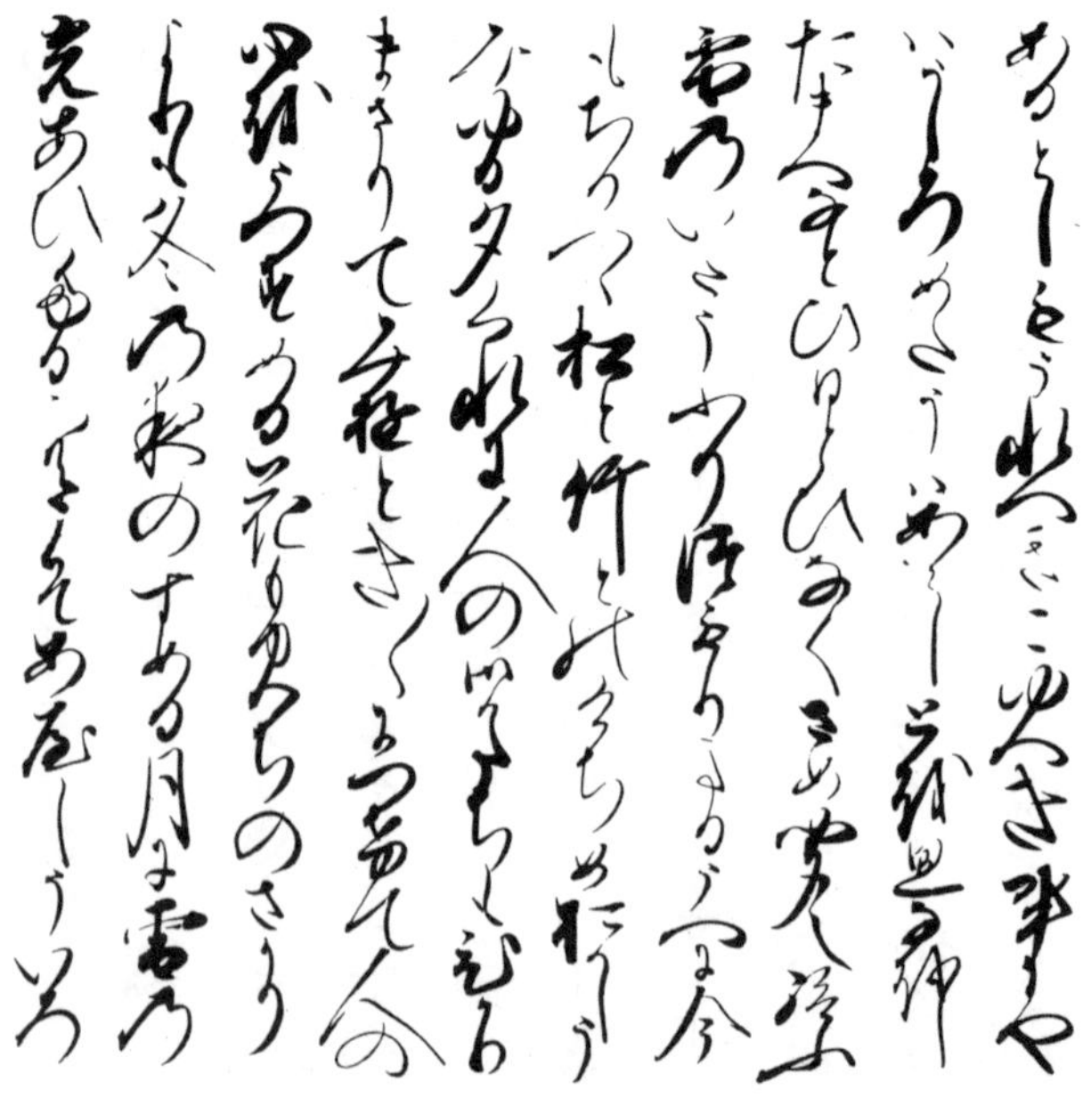

なきものゝ、みにしみて、一このよのほか
の事までおもひなかされ、二おもしろさも
あはれさも三のこらぬおりなれ、四すさまし
きためしにいひをきけむ人の心あ
さゝよ、とて五みすまきあけさせ給ふ、
月はくまなくさしいてゝ、六ひとつ色
にみえわたされたるに、七しほれたる
前栽のかけ心くるしう、八やり水もいと
いたくむせひて、九池の氷もえもいはす
すこきに、一〇わらはへおろして、一一雪まろ

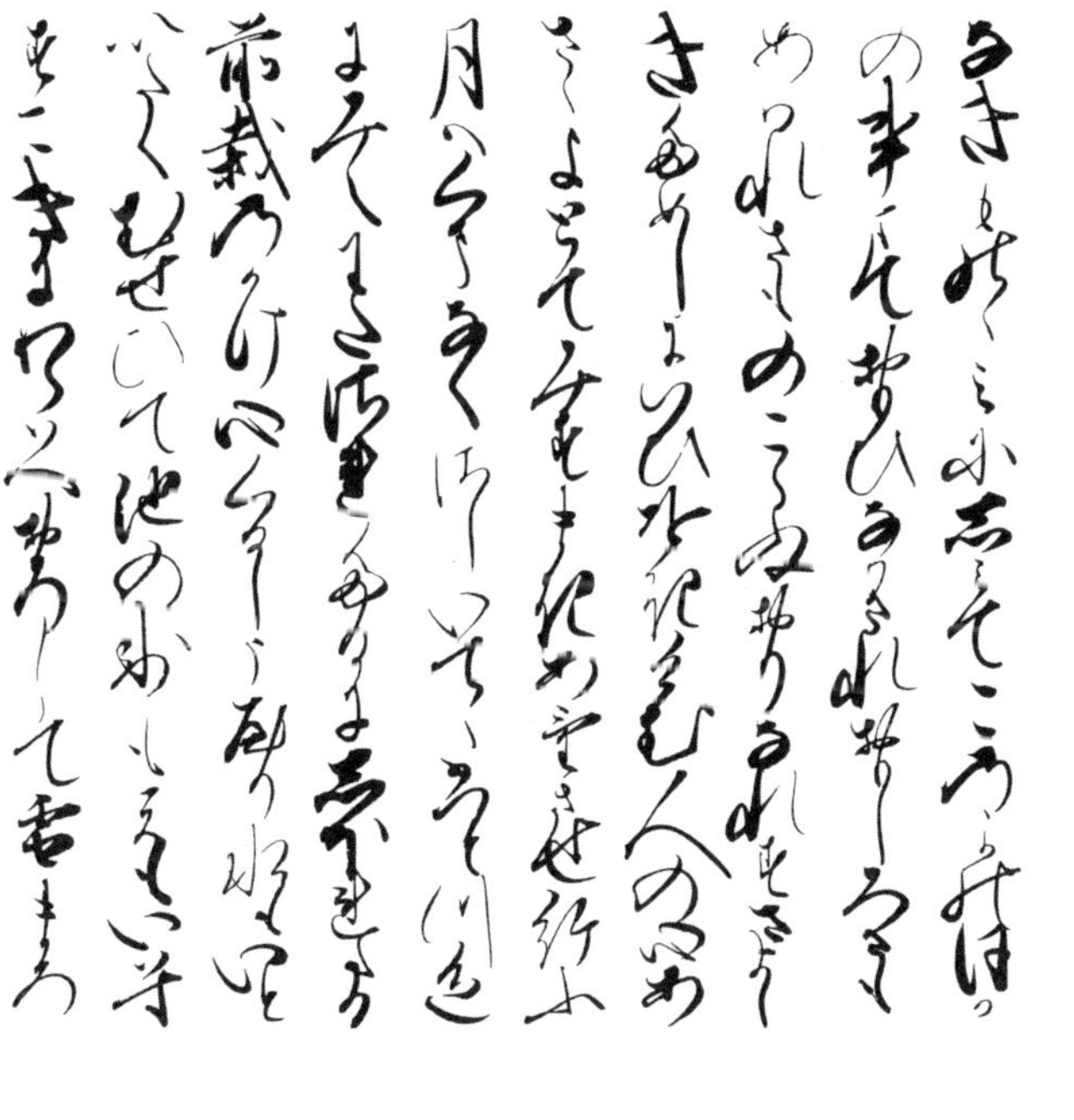

一 自然と現世のほか来世のことまでも思いやられ。二 見た目の美しさもしみじみとした情感も（全集）。三 余すところ無く感じられる季節です。四 殺風景なものの例に言いおいたとかいう古人の美意識の浅薄さよ。「清少納言枕草子すさましきものおうなのけさうしはすの月夜と云々」（河海）、ただし現存の枕草子には見えない。同趣のことは総角巻・狭衣物語・篁日記・更級日記などにも見える。五 下ろしてある御簾を巻き上げるように女房にご命じになる。「香炉峯雪撥簾看の句なり」（細流）。六 一面白一色に見え渡されるその中に。七 雪の重みで撓《たわ》んだ植え込みの茂みが痛ましく感じられ。八 水が凍って狭くなった水路を、わずかに流れる水の音が、まるでむせび泣くように聞こえて。九 池に張った氷も言いようもなく物寂しい感じなので。一〇（源氏は）童女を庭に下り立たせて。一一 雪ころがし。雪の玉を転がし大きくする遊び。狭衣巻二、斎宮女御集二三一番詞書。

一（童女たちの）かわいらしい容姿や髪の格好。二 大柄でもの慣れた童女たちが。三 様々な色の衵をきちんとは着ず。「衵《あこめ》」は、単衣と下襲との間に着用するが、童女は表の衣を着ないので、衵が表衣《うわぎ》となる。普通は汗衫《かざみ》をその上に着るが、ここは衵のみを無雑作に着て。「うへにかさみを着るへきを夜なるによりて略したる成へし」（細流）。四 袴の帯もだらしない感じの宿直衣姿。「宿直《とのゐ》」は、主人のお側で一晩中控えていること。用事の無い時はその場で丸寝《まろね》をする。五 衵の裾よりずっと長い髪の先が、庭の雪の白さに一層引き立って見えるのは。六 とてもくっきりとしている。「けざやかなり」は、背景との境界線が鮮明である意。七 小さい童女は子供らしく喜んで走るうちに。八（顔の前にさしかける）檜扇も落として、ご主人の前であることも忘れてはしゃいでいるのも面白く感じられる。九 欲張る。「ふくつけがる」は、形容詞「ふくつけし」（＝欲がふかい）の動詞形。

はしせさせ給ふ、[一]おかしけなるすかた、かしらつきとも、月にはへて、[二]おほきやかになれたる、[三]さま〳〵のあこめみたれき、[四]おひしとけなきとのゐすかたなまめいたるに、[五]こよなうあまれるかみのすゑ、しろき庭にはましてもてはやしたる、[六]けさやかなり、[七]ちいさきはわらはけてよろこひはしるに、[八]あふきなともおとして、うちとけかほおかしけ也、いとおほうまろはさんと[九]ふくつけかれと、えもをし

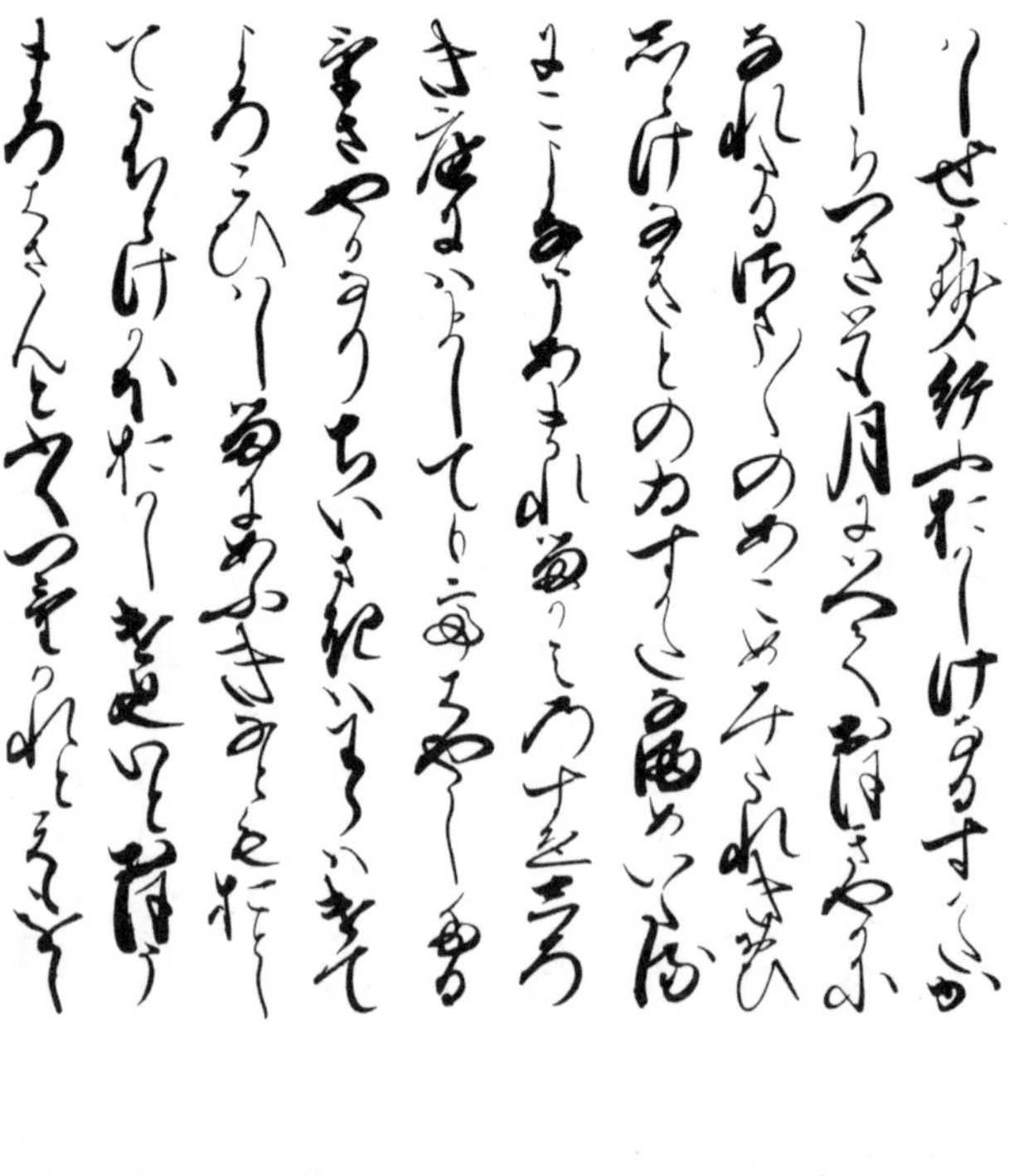

うこかさて[一]わふめり、[二]かたへはひむかしの
つまなとにいてゐて、[三]心もとなけに
わらふ[四]ひとゝせ、中宮のおまへに雪
の山つくられたりし、[五]よにふりたる
事なれと、[六]猶めつらしくもはかなきこ
とをしなし給へりしかな、[七]なにのおりく
につけても、くちおしうあかすもあるかな、
[八]いとけとをくもてなし給て、[九]くはしき
御有さまをみならしたてまつりしこと
はなかりしかと、[一〇]御ましらひのほとに、

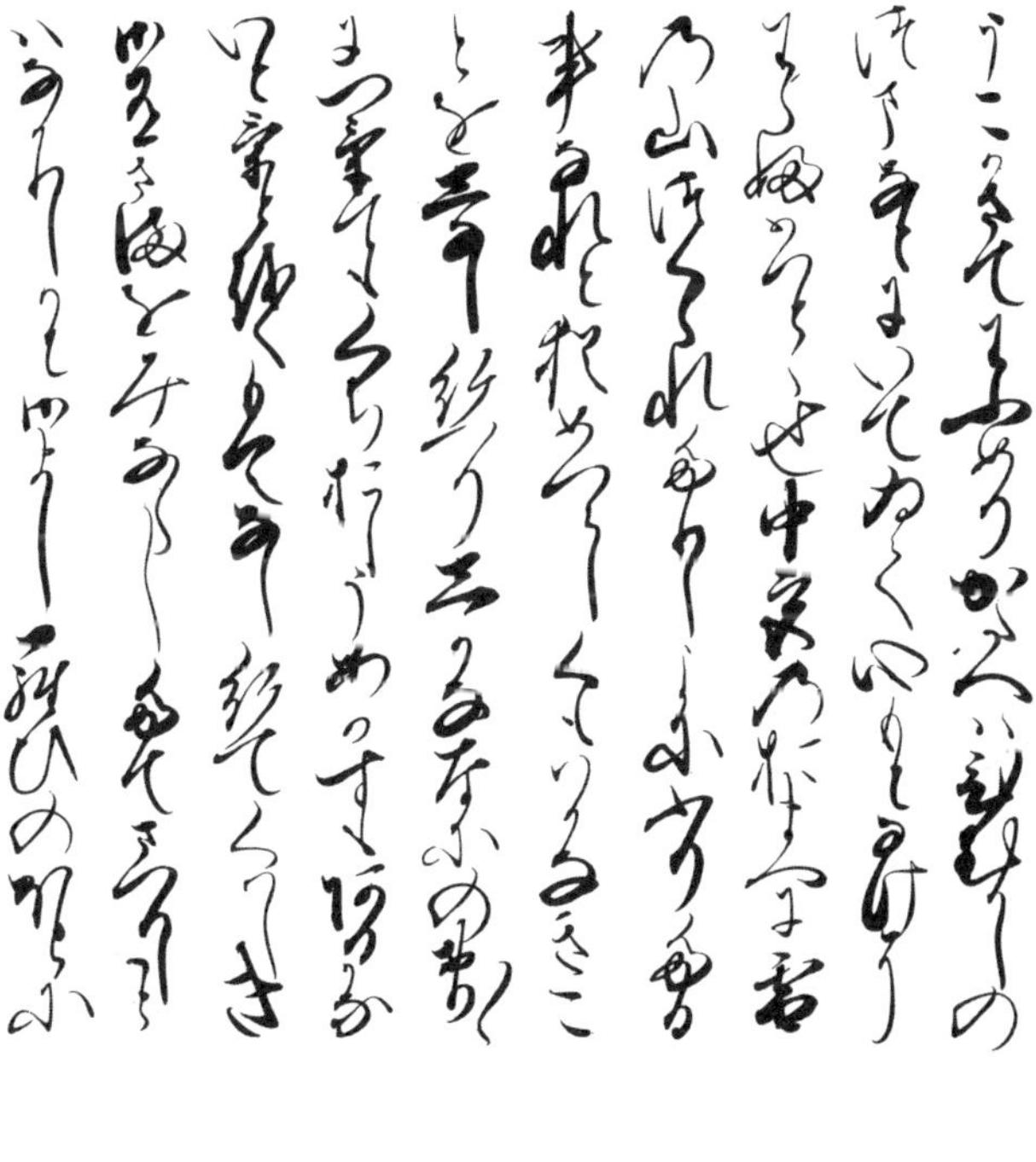

一 困っているようだ。二 他の一部の童女たちは、東の軒先の縁側に出て座って。西の対の東南の角の簀子で、庭が見渡せる位置。三 じれったそうに笑っている。四 源氏の詞（六一頁8行目「へらん」まで）。ある年、藤壺中宮の御所の前庭で。河海抄では、枕草子の雪山の行事（長徳四年十二月）の例に拠ったのではないかと記す。五（雪山を作ることは）世間で古くから行われている事だけれど。六 やはり目新しく、ちょっとした趣向を意識的に加えなさったことでしたよ。七 このおりあのおりにつけても、中宮の崩御が残念で寂しいことですね。八 中宮は私を疎遠にお扱いでしたので。九 詳しいご様子を日常拝見いたすことは無かったのですが。（藤壺とのことは紫の上にも決して言えない）。一〇 宮中にお暮らしの時分には。「まじらひ」は、「様子の違う所に仲間として加わる」意（岩波古語）。ここでは、宮中で他の女御更衣たちと交際したり、行事に参列したりすること。

一うしろやすきものにはおほしたり
きかし、二うちたのみ聞えて、とある事
かゝるおりにつけて、三なにこともきこえ
かよひしに、四もていてゝらうくしきこと
もみえ給はさりしかと、五いふかひあり、お
もふさまに、はかなきことわさをもしなし
給ひしはや、六よにまたさはかりのたく
ひありなむや、七やはらかにをひれたる
物から、ふかうよしつきたる所の、ならひ
なく物し給しを、八君こそは、さいへと

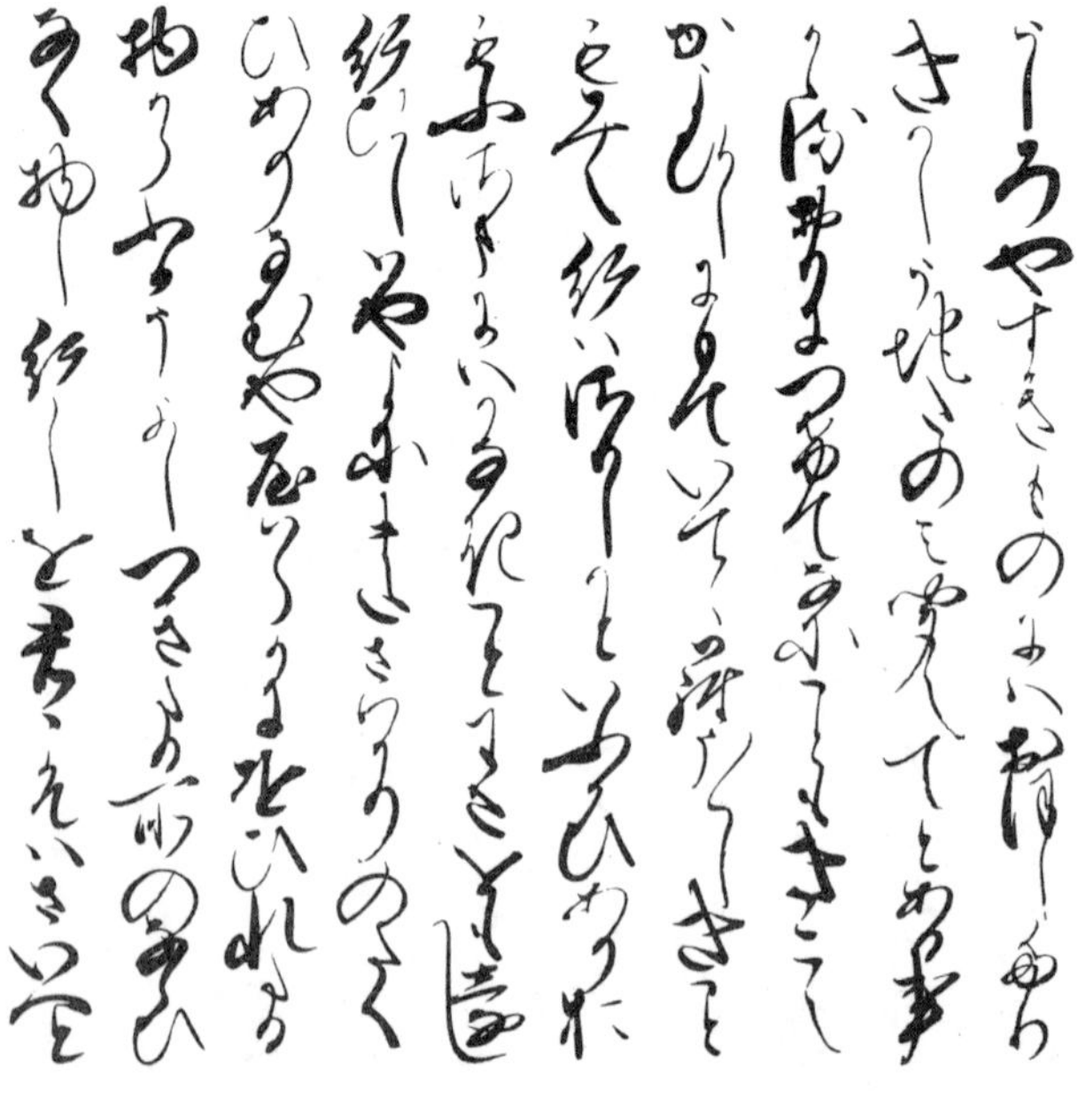

一（私を）安心できるお世話役とはお思いになって下さったのでしたよ。二（私の方でも）お頼り申し上げて。三 何事もご相談申し上げておりましたが。四 表立って抜きん出た才気をお示しになることもございませんでしたが。「らうらうじ」は、いかにも巧みで才気がある。五 ご相談申し上げた甲斐があり、申し分なく、ほんの一寸した事柄でも、きちんと処置して下さいましたよ。（全集は芸事などが申し分なくおできあそばしたとするが、人事などの陳情事をさすと解する。枕草子の除目の条など参照）。六 この世にあれほどのお方が二人とあるでしょうか。七 柔和でおっとりとしたところがあったものの、奥深いたしなみをお持ちのところが、他に比肩する方がなくていらっしゃったのに。この藤壺評は、お側近くに侍って初めて至りつく人物把握の境地である。ここで、源氏は語るに落ちて、藤壺との情交をそれとなく紫の上に漏らしたことになる。八 あなたはですね、そうはいうもののさすがに。

[一]むらさきのゆへこよなからすものし給ふめれと、[二]すこしわつらはしきけそひて、[三]かとくしさのすゝみ給へるやくるしからむ、[四]前斎院の御心はへは、[五]又さまことにそみゆる、[六]さうくしきに、なにとはなくともきこえあはせ、[七]われも心つかひせらるへきあたり、たゝこのひとゝころや、よにのこり給へらん、との給ふ[八]内侍のかみこそは、らうくしくゆゑくしきかたは人にまさり給へ

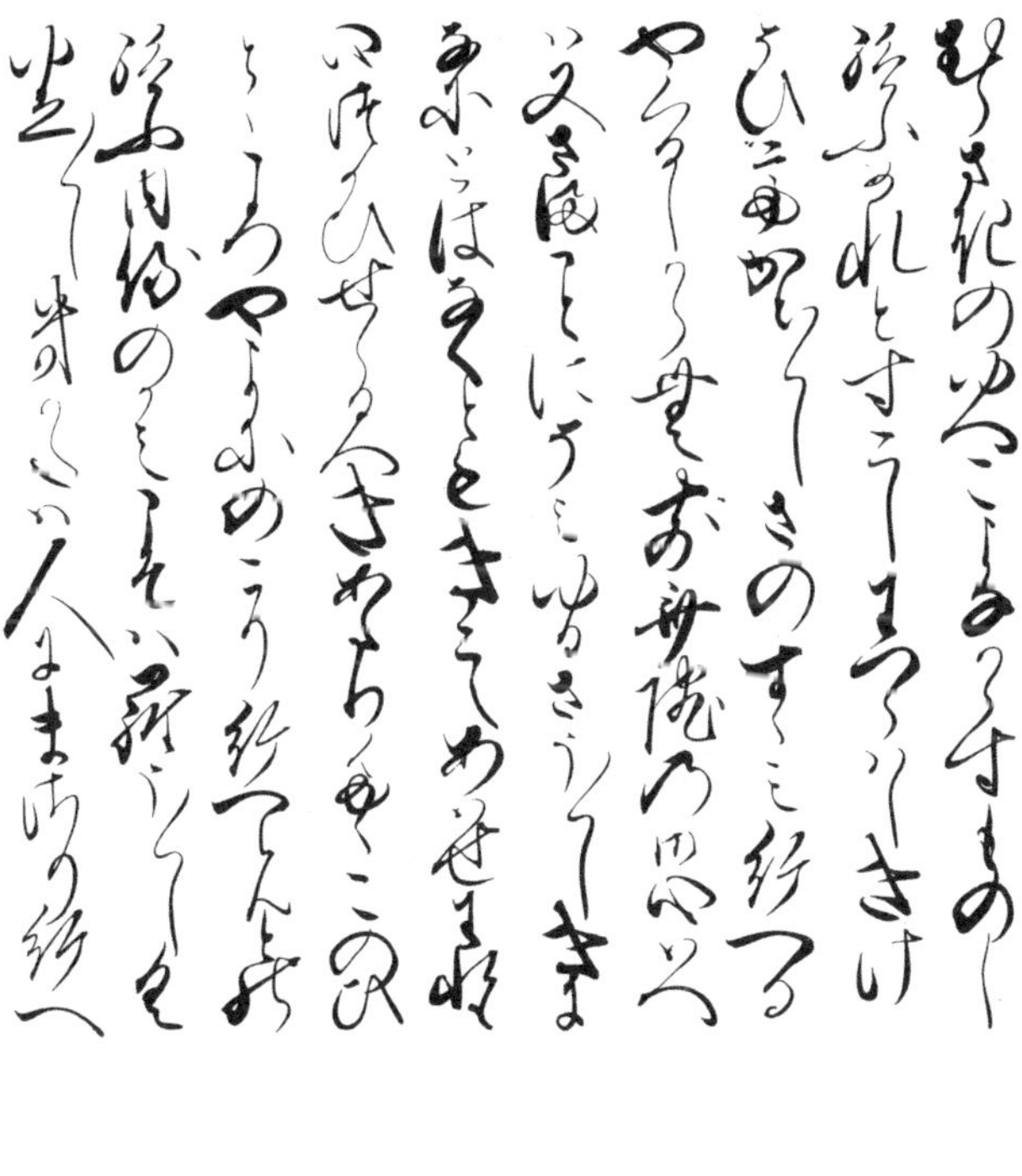

一 紫のゆかりも深くおいでになる。美貌、美点をそなえられた藤壺の血をよく受けている。「知らねども武蔵野と言へばかこたれぬよしやさこそは紫の故」(古今六帖五・紫)。「紫の一本ゆゑに武蔵野の草はみながらあはれとぞみる」(古今集・雑上)。紫の上は藤壺の姪。二 少し厄介なところが添い加わっていらっしゃって。嫉妬の気をいう。三 才気走ってとげとげしさの勝っておられるところが困りものですよ。四「ぜんさいいん」と読む。朝顔のお気立て。五 藤壺や紫の上とは又、様子が違って。六 物足りなく所在ない思いがする時に、何と言うことが無くてもお便りの遣り取りをして。七 自分の方でも気を遣わずにはおられないお方としては、(うっかりした事が言えないのは、相手が賢いからである)。八 紫の上の詞(六二頁3行目「もかな」まで)。朱雀院の尚侍であった朧月夜。行き届いていて奥ゆかしい点では、どなたにも抜きん出ていらっしゃいます。

一 浮ついた振る舞いなどは、見向きもなさらないあの方のお気性なのに。二「かやうにこころふかき人の、源と名をとり給ふ事あやしき事なると也」（湖月抄師説）。紫の上は、朧月夜を持ち上げて、源氏の浮気癖をたしなめようとしているかのようである。紫の上は、尚侍の良い評判のみを聞き知っていたか。三 源氏の詞（10行目「しだに」まで）。そうなのです。一応は肯定するが、源氏の朧月夜評は紫の上とは異なる。この方が読者の承知している朧月夜像に近い。四 やはり必ず引き合いに出されてよい人ですよ。五 そう（美貌の人と）思うにつけても、気の毒なことをした（朱雀院中宮にもなれる資格を自分が奪った）と後悔されることが多いことです。六 まして、浮気な漁色家は。一般論として、自分以上に好色な発展家は年をとるにつれてどんなにか後悔することも多かろうと言う。七 他の人よりははるかに落ち着いて（思慮分別を持って）いると思っていた私でさえこうなのだから。

れ、一あさはかなるすちなと、もてはなれ
給へりける人の御心を、二あやしくも
ありけることゝもかな、との給へは、三さかし、
なまめかしうかたちよき女のためしに
は、四なをひきいてつへき人そかし、五さも
おもふに、いとをしくゝやしきことの
おほかるかな、六まいて、うちあたけすき
たる人の、年つもり行まゝに、いかに
くやしきことおほからむ、七人よりはこ
よなきしつけさとおもひしたに、なと

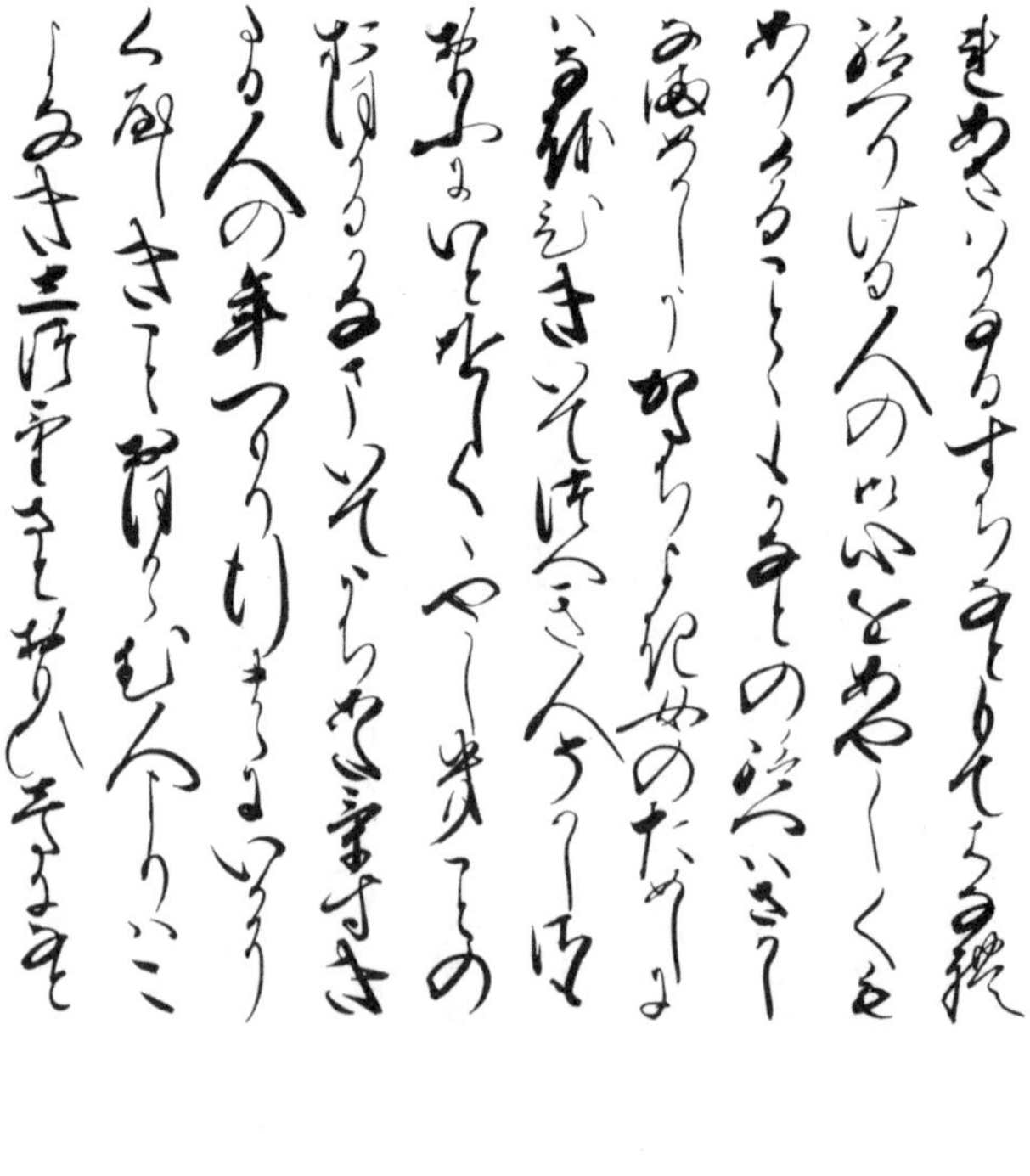

のたまひいてゝ、[一]かむの君の御ことにも涙すこしはおとし給ひつゝ、[二]このかすにもあらすおとしめ給ふ[三]山さとの人こそは、[四]身のほとにはやゝうちすき、[五]ものゝ心なとえつへけれと、[六]人よりことなるへき物なれは、[七]おもひあかれるさまをもみけちて侍るかな、[八]いふかひなききはの人はまたみす、人は、すくれたるはかたきよなりや、[九]ひんかしの院になかむる人の心はへこそ、[一〇]ふりかたくらう

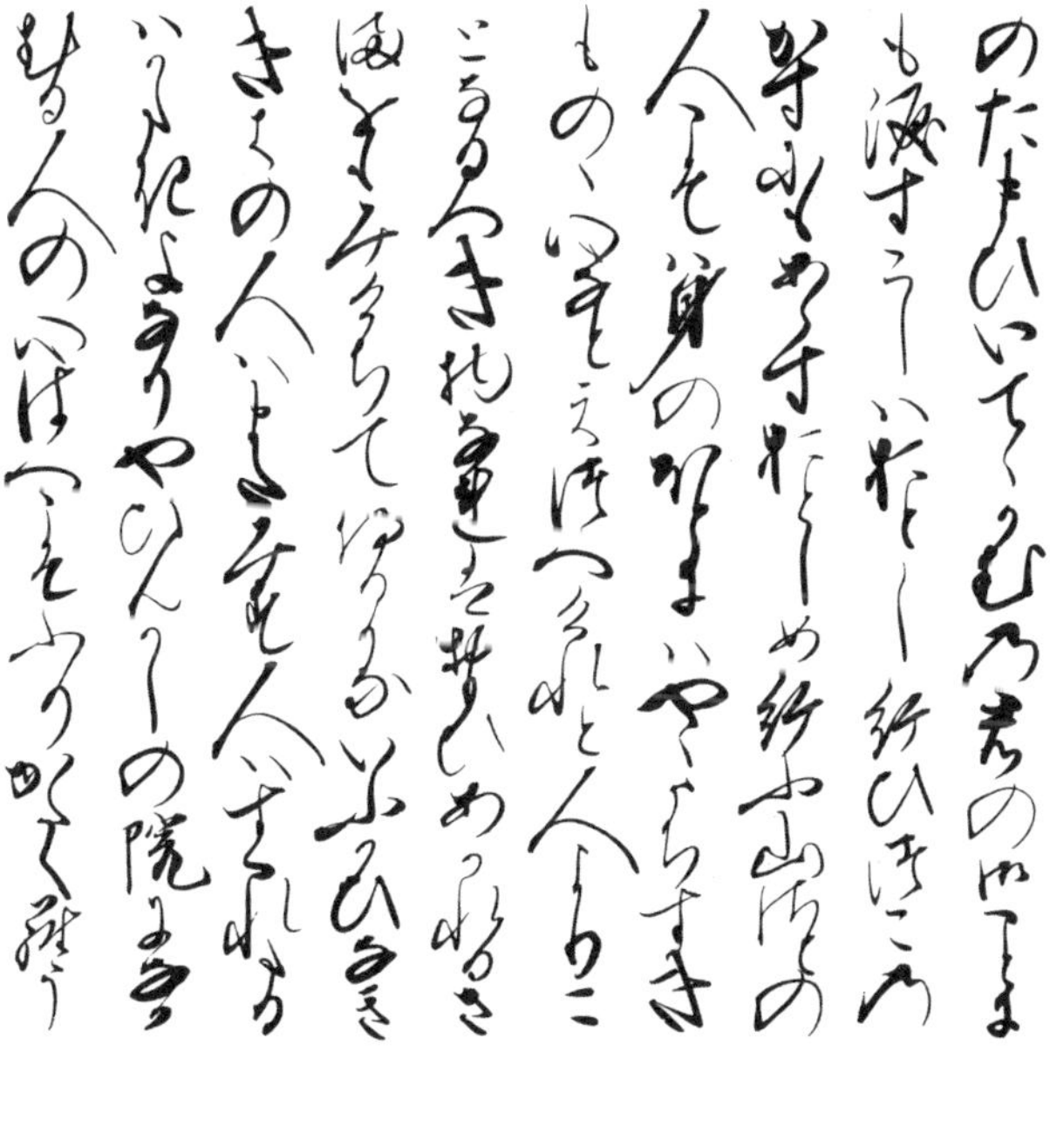

一 朧月夜を思い出されても。藤壺のことを語った時にも落涙したことを匂わせる表現（集成）。二 源氏の詞（六四頁6行目「はべる」まで）。「この」は、「話し手の近くにいる人が」の意。あなたが人数にも入らないと軽んじておられる。三 大井の山里に住む人。明石の御方。四 受領風情の低い身分の程度としては、少し出来すぎた人で。五 ものごとの道理などをよく弁えているようだけれど。六 他の方々とは同列には置けないはずの者（身分差ゆえ）。七 気位の高い様子を、見ても気にしないようにしているのですよ。「思ひ上がる」は、身分や実力にふさわしい自負心を持つ意で。紫の上に身分が違うから気にするなの意を込める。八 お話にならないような身分の女性とはまだ交際したことがありません。とは申せ、優れた女性はめったにいない世の中ですね。九 二条東の院で寂しくもの思いにふけっている人。花散里をさす。一〇 昔も今も変わらず可憐な人だと思っております。

たけれ、[一]さはたさらにえあらぬもの
を、[二]さるかたにつけての心はせ人に
とりつゝみそめしより、[三]おなしやうに
世をつゝましけに思てすきぬるよ、
いまはた、かたみにそむくへくもあらす、
ふかうあはれと思ひはへるなと[四]むかし今
の御ものかたりに夜ふけゆく、月い
よくすみて、しつかにおもしろし、女君、
　[五]こほりとち石まの水は行なやみ
空すむ月のかけそなかるゝ、[六]とをみい

一 あのようにはまたとても出来るものではありませんね。「人は花散のやうにえあらぬものなると也」（湖月抄師説）。二 そのような（古りがたくらうたき）点に関しての、優れた気性の人と思って連れ添い始めてから。三 今だに変わらずに私との夫婦仲を遠慮がちな態度で過ごしているのですよ。四 昔のお話今のお話をしつつ夜が更けてゆく。源氏は、朝顔の事で心を閉ざしている紫の上に、藤壺以下五人の女性の話をして「一番愛しているのはあなたなのだよ」と言いたいらしい。しかし、紫の上は源氏の心を見抜いているようだ。五 紫の上の詠。地上では氷が張って石の間の水は流れかねているが、天上では冴えた月の光がよどみなく西へ移って行く。渋滞している地上の近景（家から出ない自分自身）と、さえぎるものなく流れ進む天上の遠景（自由に出歩く源氏）との対照のかもし出す感慨（慨嘆）を表す。「なかるる」は、「流るる」と「泣かるる」の掛詞。六 外に目をやって。

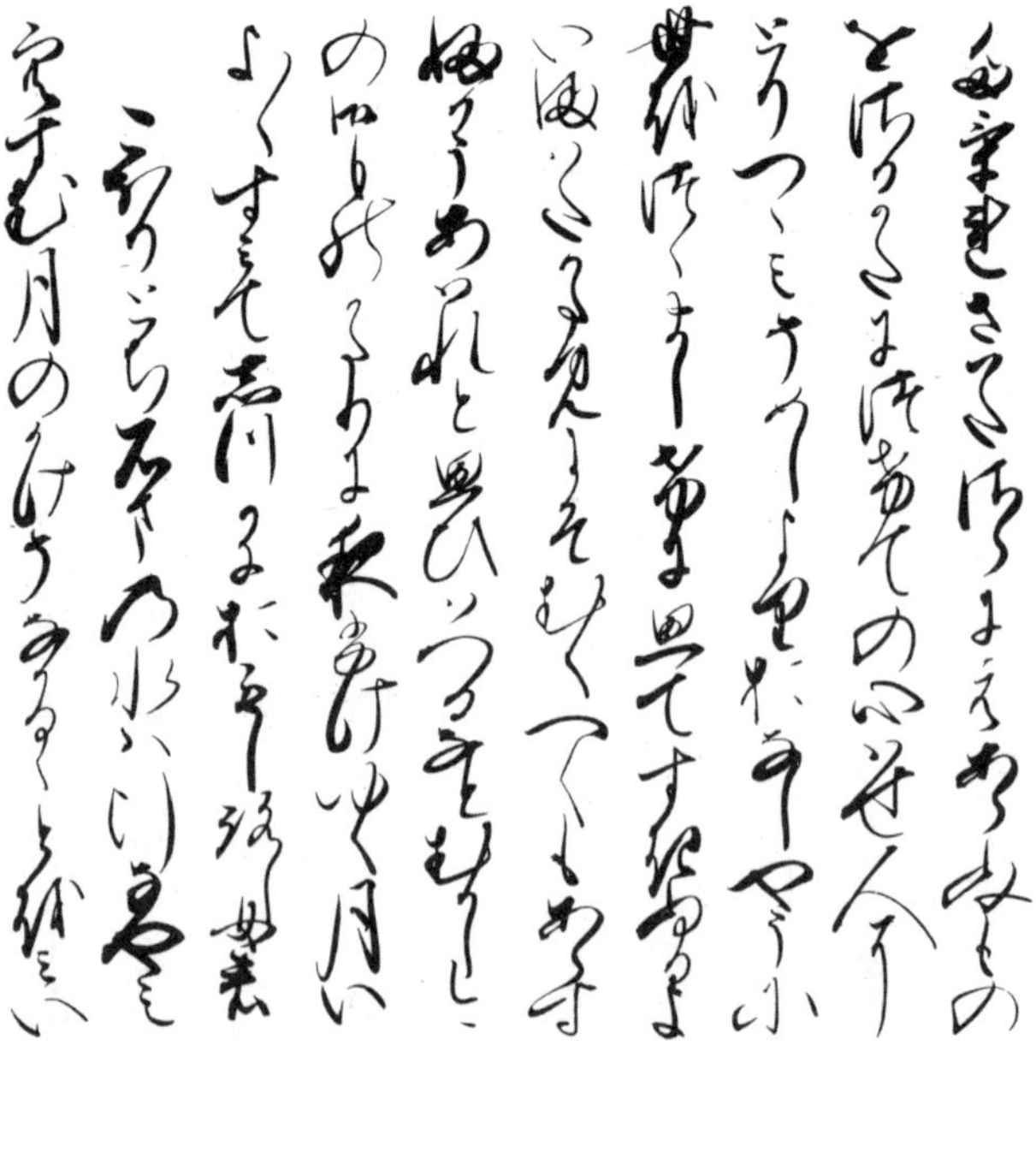

たして、一すこしかたふき給へるほとにるものなくうつくしけなり、二かむさし、おもやうの、こひきこゆる人のおもかけにふとおほえて、三めてたけれは、四いさゝかわくる御心もとりかさねつへしをしのうちなきたるに、

五かきてつめてむかし恋しきゆきもよにあはれをそふるをしのうきねか、

六入給て

「11藤壺の宮、源氏の夢枕に立って恨む」

も、七みやの御事を思つゝおほとのこもれるに、八夢ともなくほのかに見たて

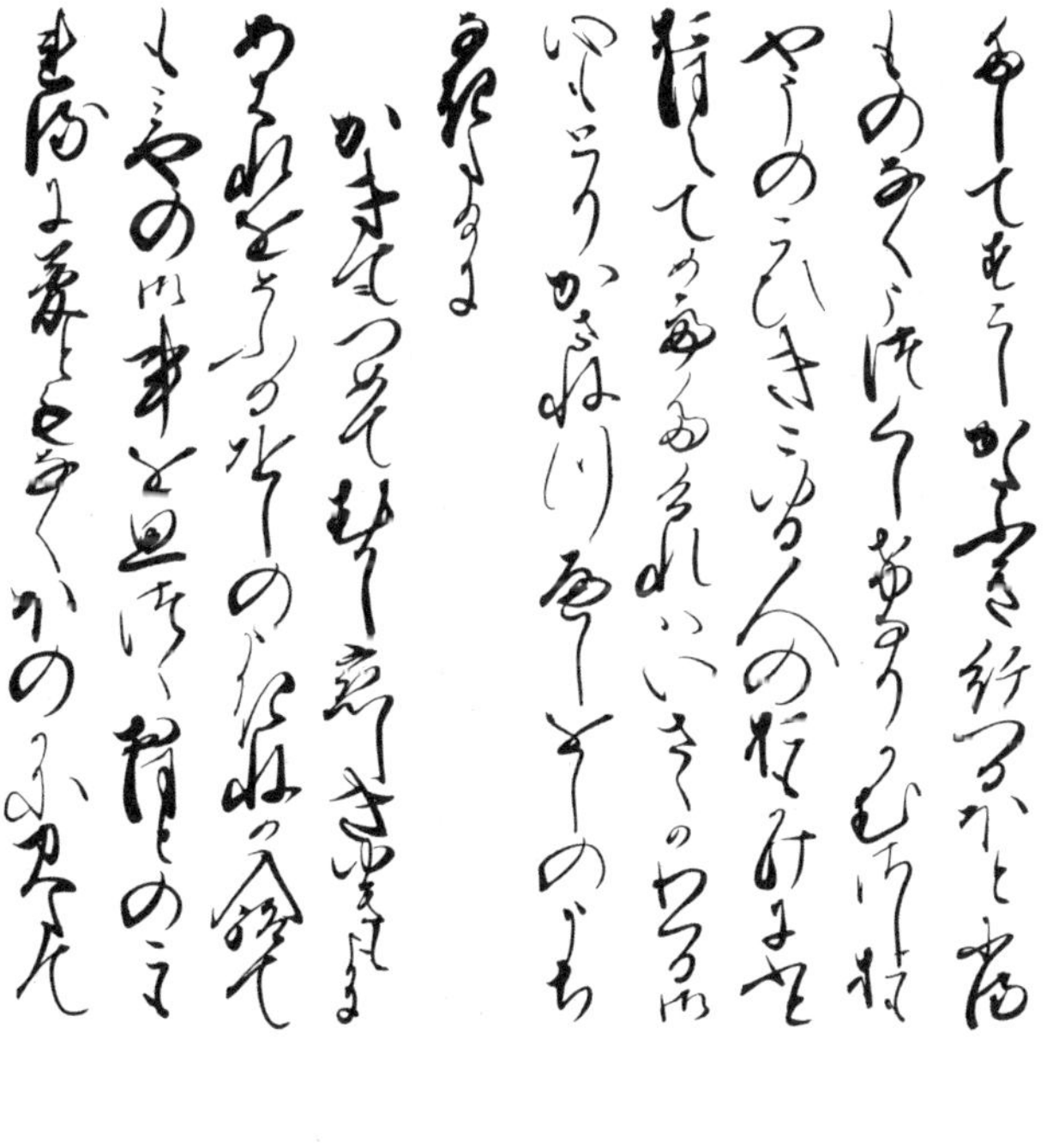

一 少し頭を傾けていらっしゃる女君の姿は。二 髪形や面差しが、恋しくお慕い申し上げているお方（藤壺）の面影かとふと思われて。耕雲本・別本の多くは「に」なし。三 最高に美しいので。「めでたし」は、総合最高評価語。「すばらしい」と口語訳するとぴったりすることが多い。四 今まで少し朝顔に分けていた源氏のご愛情も、紫の上を思う心の上に加え重ねることになるだろう。「とりかさね」は為家本「とり返され」、別本の多くは「とりかへし」。

五 源氏の詠。あれこれ取り集めて昔のことが恋しく思い出される雪の降る夜にひとしお感慨を添い加える鴛鴦の悲しげな鳴き声よ。「うきね」は「浮き寝」と「憂き音」の掛詞。「むかし」は藤壺の思い出。三文字目の「て」は、ミセケチになっているので読まない。六 奥の御寝所にお入りになっても。七 故藤壺の宮。八 夢にともなくぼんやりと宮のお姿を拝するのだが。実際は夢に現れたのだが、源氏ははっきり意識していない状況。

一 宮はたいそうお恨みのご様子で。二 藤壺の詞（5行目「くなむ」まで）。私のことを他人に漏らさないつもりですとおっしゃったのに。三 あなたとの浮き名が他人に知られてしまいましたので（六〇頁で紫の上に源氏が話したことを恨んでいる）。四 又冥界で苦しい目に遭っているにつけても恨めしく思われまして。宮はまだ成仏できずにいて、源氏とのことで犯した罪障を償うために苦患をなめている。それなのに源氏は約束を破って二人の秘密を紫の上に睦言で話してしまった。それが悔しい、という嫉妬。五 何かに襲われるような気持ちがして。うなされて声を出したのであろう。六 紫の上の詞（7行目「かくは」まで）。これはまあどうあそばされました。七 源氏は目が覚めて。八 藤壺の姿が消えたのがたいそう残念で。九 どうしようもなく胸騒ぎがするので、それをじっと静めていると。一〇 今もなお袖をひどく濡らして泣いていらっしゃる。

まつるを、一いみしくうらみ給へる御けし
きにて、二もらさしとのたまひしかと、
三うきなのかくれなかりけれは、はつかしう、
四くるしきめをみるにつけても、つらく
なむ、とのたまふ、御いらへきこゆとおほ
すに、五をそはるゝ心ちして、女君の六こは、
なとかくは、との給ふに、七おとろきて、八い
みしくゝちおしく、九むねのをきところ
なくさはけは、をさへて、涙もなかれいてに
けり、一〇今もいみしくぬらしそへ給ふ、女

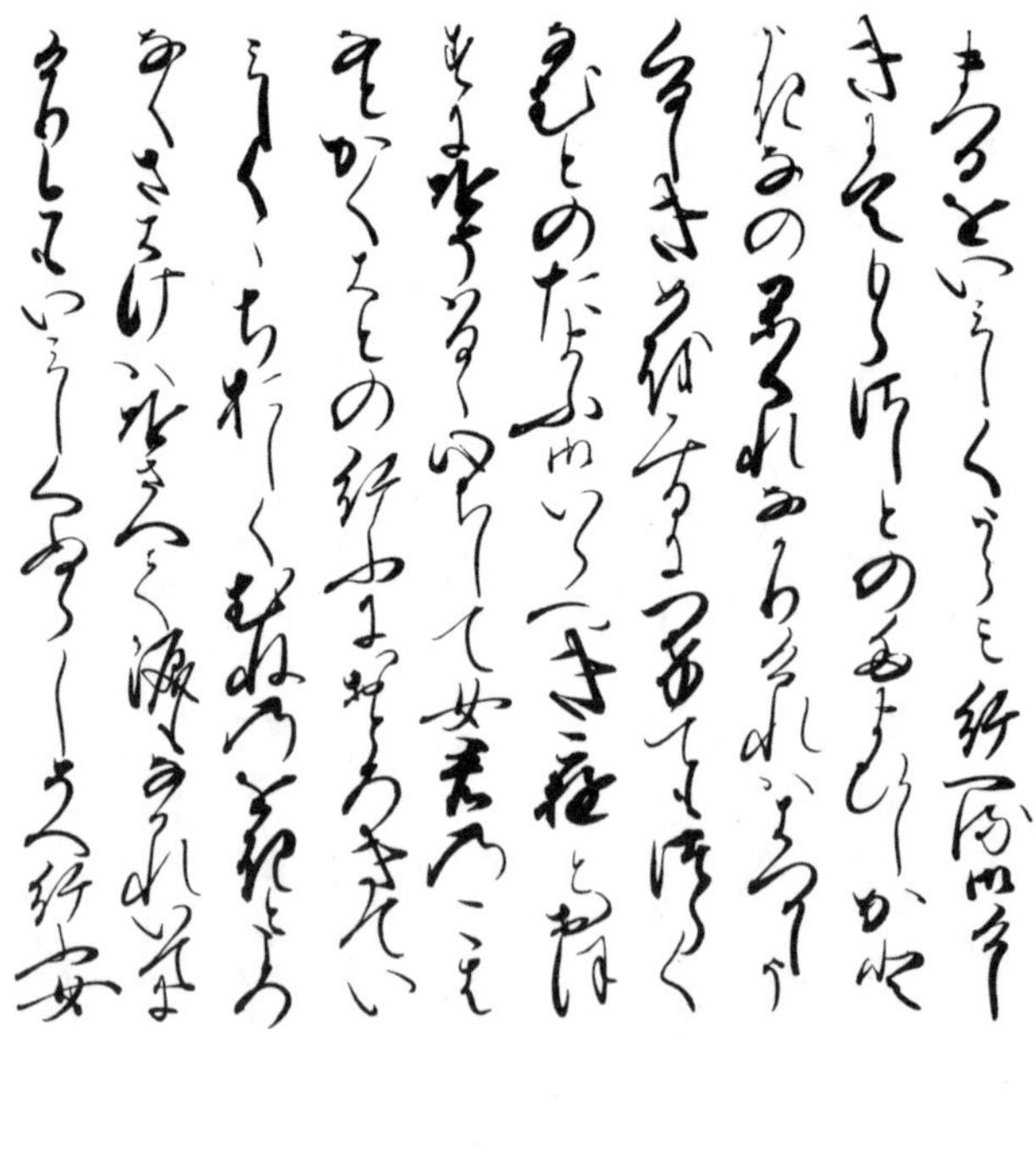

君、一いかなることにかとおほす、二うちもみし
ろかて臥たまへり、
三とけてねぬねさめさひしき冬の夜に
むすほゝれつる夢のみしかさ、四なかく
あかすかなしとおほすに、とくおき給て、
五さとはなくて、六ところ〳〵にみす行なとせさ
せ給ふ七くるしきめみせ給、とうらみ
給へるも、さそおほさるらんかし、八を
こなひをし給ひ、よろつにつみか
ろけなりし御ありさまなから、この

一 紫の上の心内詞（1行目「とにか」まで）。源氏の様子を心配している。諸本「とおほすに」とある。二 源氏は、僅かな身動きもせずに横たわっておいでになる。三 源氏の心中歌。物思いに安眠もできず、寝覚めがちな寂しい冬の夜に、ようやく眠って見た夢の何と短いことよ（従って、夢で逢えた藤壺の面影も、すぐ消えて悲しい）。四 夢での短い逢瀬ゆえ、却って心満たされず悲しい思いが増すので。五 それとは（藤壺追善のためとは）いわずに。

六 あちらこちらのお寺で、御誦経《みずぎやう》などをおさせになる。「みす行」は「御誦経」の当て字。布施を届けて、僧侶に経典を誦してもらい、その功徳で故人の菩提増上を願う。七 源氏の心内詞（六八頁2行目「ざらむ」まで）。『私を苦しい目にお合わせになりますこと』と夢の中で私をお恨みになったのも、いかにもそうお思いであろう。八（入道の宮は）勤行《ごんぎやう》をなさり、万事に罪障を軽められたようなお暮らしぶりであったが。

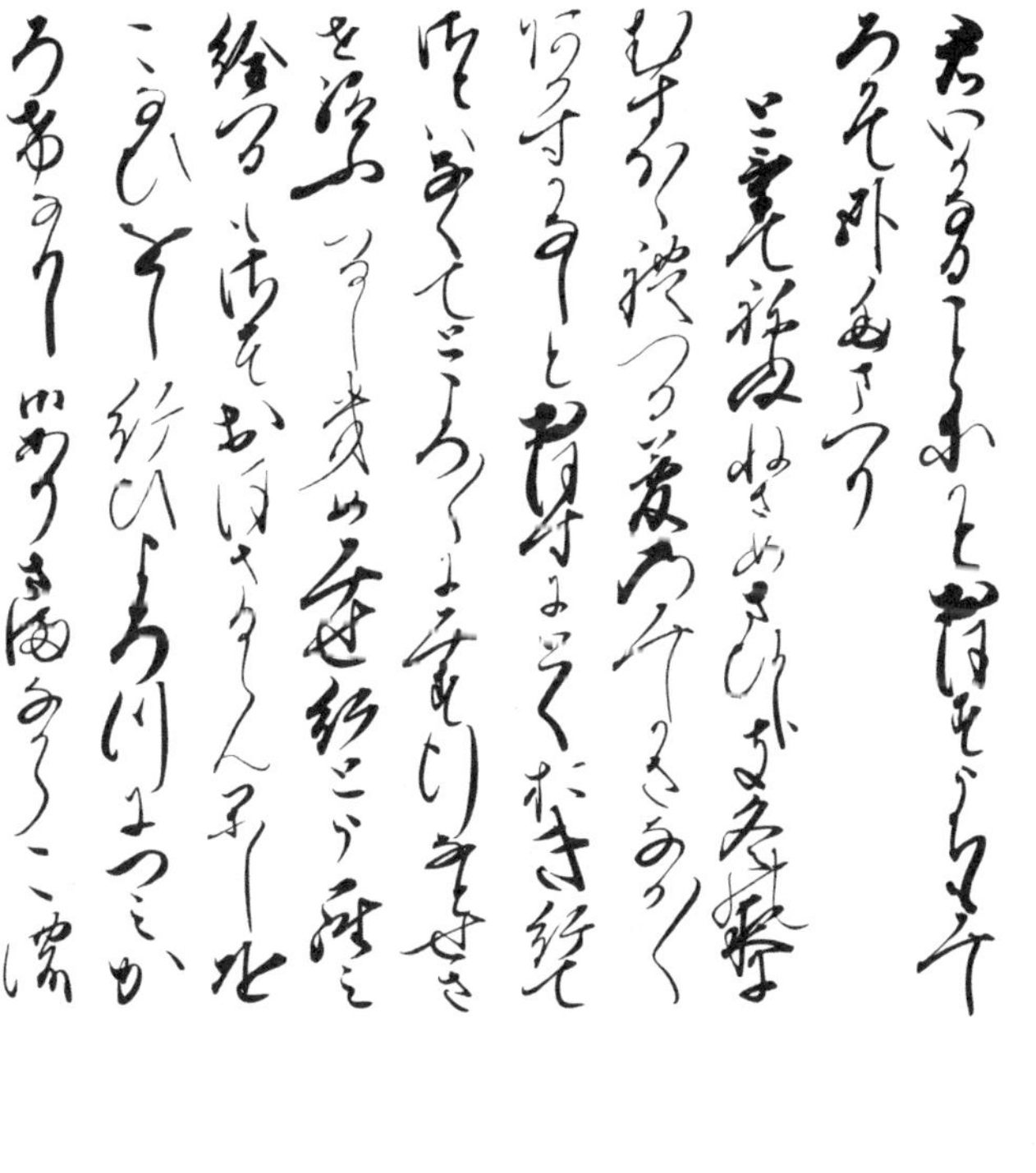

一ひとつ事にてそ二このよのにこりを
すゝき給はさらむ、三とものゝ心をふか
くおほしたとるに、いみしくかなしけ
れは、四なにわさをしても五しる人なきせかい
におはすらんを六とふらひきこえにま
うてゝ、つみにもかはりきこえはや、なとつくく
とおほす、七かの御ために、八とりたてゝなに
わさをもしたまはんは、九人とかめきこえつ
へし、一〇うちにも、御心のおにゝおほす所や
あらむ、一一とおほしつゝむほとに、一二あみた仏

一 自分と藤壺との秘密の一件で。二 現世の汚れた罪を洗い清める（解脱して成仏する）ことがお出来にならなかったのだろう。三 物の道理を深くお辿りになると。四 源氏の心内詞（6行目「えばや」まで）。どんなことでもして。「とぶらひ」に続く。五 一人の知人もいない冥界にいらっしゃるであろう宮を。六 お慰め申し上げに参上し、罪を代わりにお受け申したいものよ。七 源氏の心内詞（10行目「あらむ」まで）。あのお方（藤壺）の御ために。八 特別に、どんな事にもせよなさろうものなら。「たまは」は直接話法の中に作者の源氏に対する尊敬表現が入り込んだもの。九 世間の人が怪しみ非難申し上げるだろう。「きこえ」は直接話法の中に作者の源氏に対する敬意を表す謙譲表現が入り込んだもの。一〇 冷泉帝におかれても御気が咎めて、母宮と源氏の関係をお悟りになることがあるかも知れない。一一 気兼ねなさるので。一二「仏」は仏像の意だから「ほとけ」と読む。称名念仏の場合は「ぶつ」。

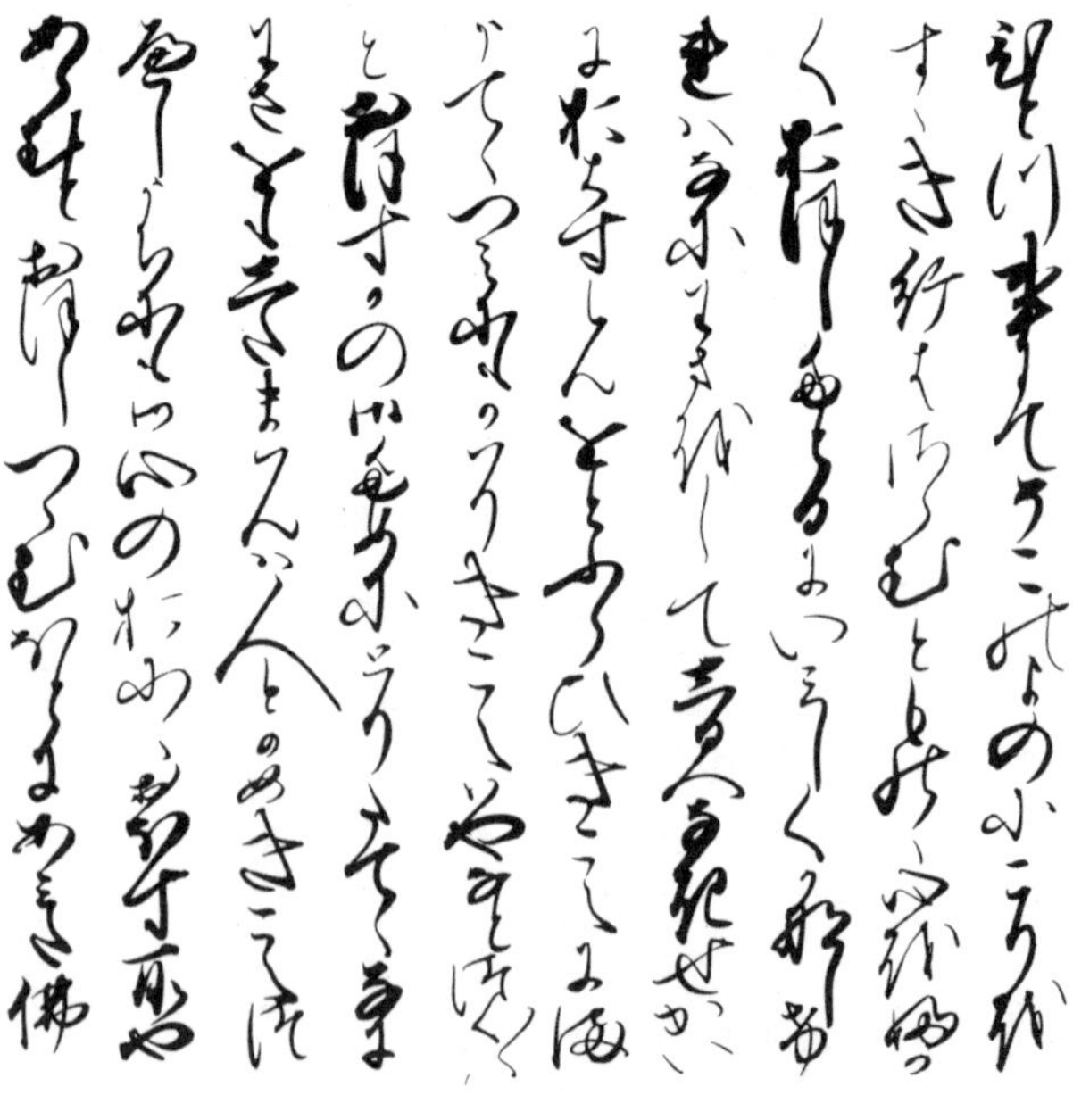

を[一]心にかけて、[二]念したてまつり給、[三]お
なしはちすにとこそは、
[四]なき人をしたふ心にまかせても
かけみぬみつのせにやまとはんとお
ほ[五]すそうかりけるとや、

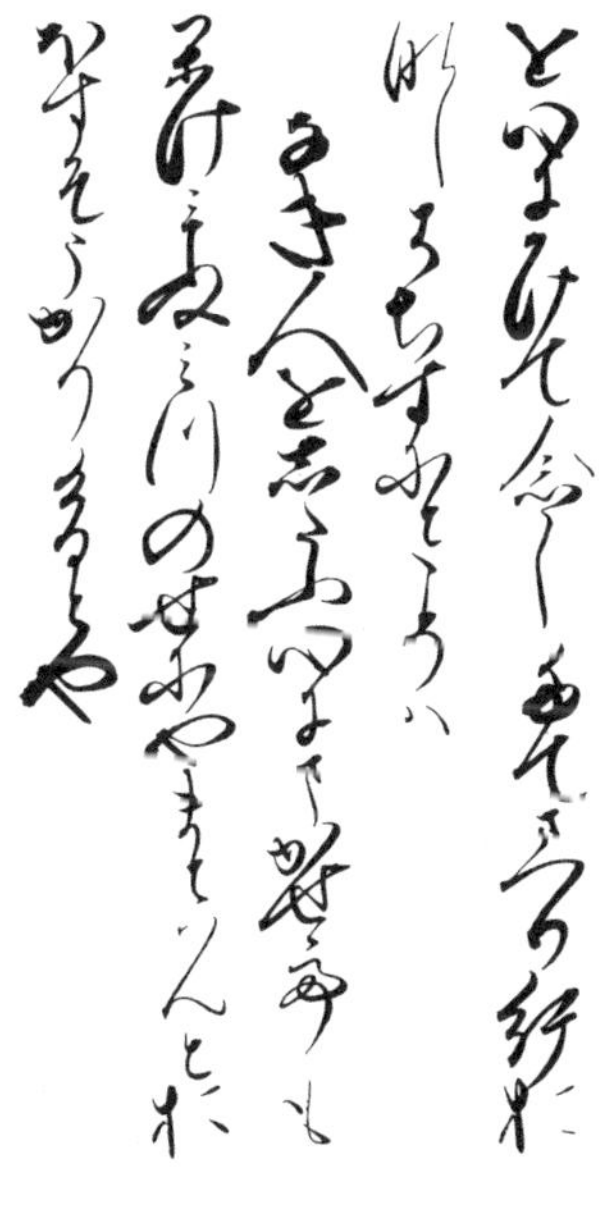

一（阿弥陀の尊像を）心に浮かべて。二 祈念し申し上げなさる。三 極楽で同じ蓮の花の上に乗って一緒に暮らしたい。「こそは」の次に「おぼすらめ」を補って解する。「一一池中華尽ク満ツ　花華惣《すべ》テ是レ往生人　各留テ二半座ヲ一乗ズ二華葉ニ一　待ツ二我閻浮同行ノ人ヲ一（五会讃）」（孟津）。四 源氏の心中歌。亡き藤壺の宮をお慕いする心に任せてお捜ししても、宮の行方は分からず、三途の川の渡り瀬で、私は途方に暮れることであろうか。「みつのせ」に「水の瀬」と「三途《みず》の瀬」を掛けた。「三途の川」はまた「三瀬川《みつせ》」ともいう。女が死ぬと、初めての男が背負って三瀬川を渡るという。藤壺の場合は、桐壺院が背負って渡ってしまったはずだから、「影見ぬ」と言ったのである。五 情けない思いであられたとか（いうお話）。源氏の言動を見て、語り手が感想を述べる形で巻を締めくくる。

乙女

〔乙女〕登場人物関係図

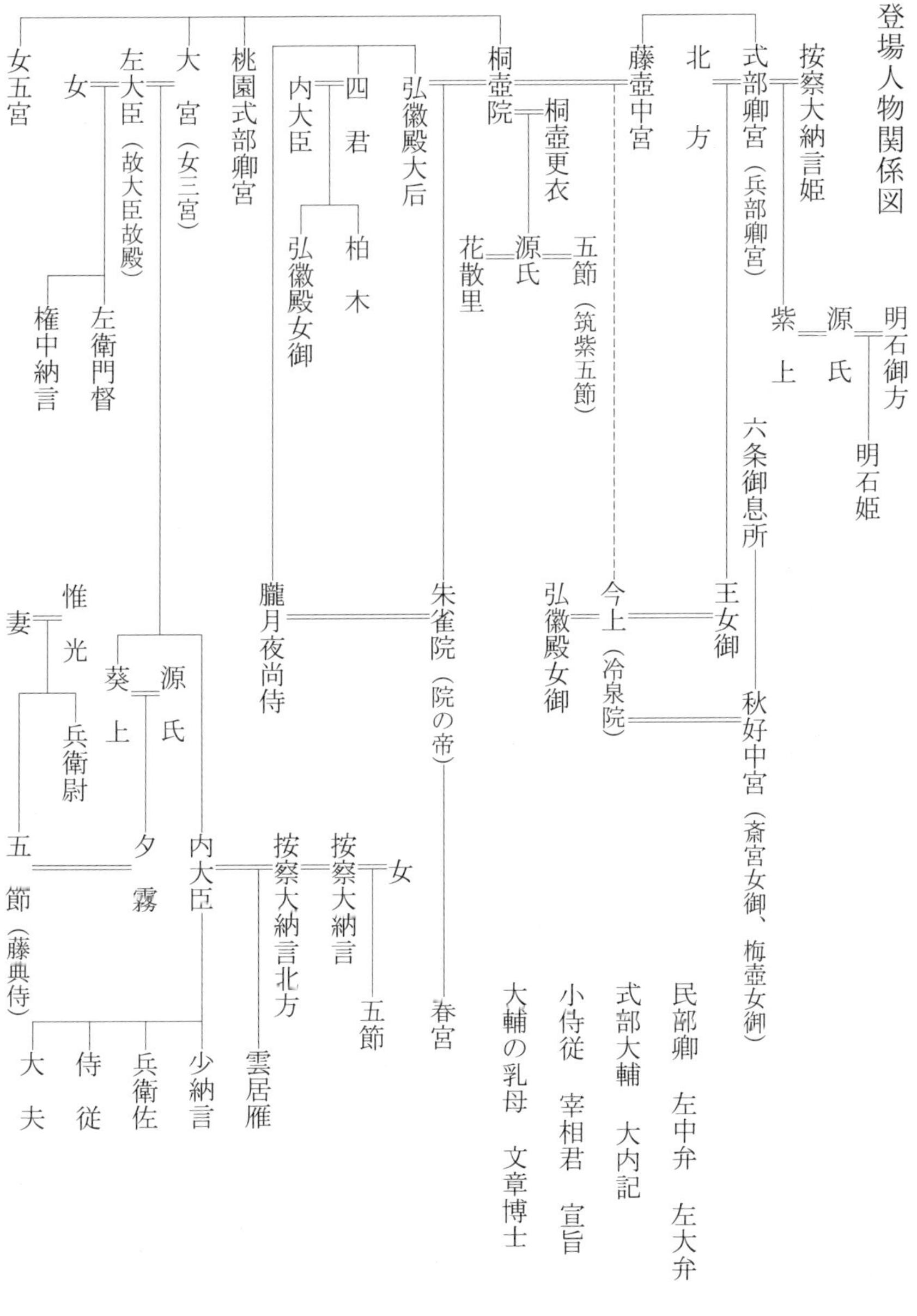
按察大納言姫
式部卿宮（兵部卿宮）
北方
藤壺中宮
桐壺院
桐壺更衣
五節（筑紫五節）
源氏
花散里
弘徽殿大后
四君
内大臣
柏木
弘徽殿女御
桃園式部卿宮
大宮（女三宮）
左大臣（故大臣故殿）
女
左衛門督
権中納言
女五宮
明石御方
源氏
紫上
明石姫
六条御息所
王女御
今上（冷泉院）
弘徽殿女御
秋好中宮（斎宮女御、梅壺女御）
朱雀院（院の帝）
朧月夜尚侍
春宮
惟光
妻
兵衛尉
五節（藤典侍）
源氏
葵上
夕霧
内大臣
按察大納言北方
按察大納言
女
五節
雲居雁
少納言
兵衛佐
侍従
大夫
民部卿
左中弁
左大弁
式部大輔
大内記
小侍従
宰相君
宣旨
大輔の乳母
文章博士

変体仮名初出一覧表

太字は通行の仮名及びその字源であり、その下の漢字は、本巻に用いられた変体仮名の字源である。なお、算用数字の上段はその初出頁、下段はその行数を示した。

仮名	字源	変体仮名の字源（初出頁/行数）
あ	**安**	安75/2・阿76/4
い	**以**	以75/3
う	**宇**	宇77/7
え	**衣**	盈75/9・衣77/3
お	**於**	於75/4
か	**加**	加75/1・可75/2・閑90/1
き	**幾**	起75/1・幾75/3・支80/4
く	**久**	久76/3・具85/1
け	**計**	希75/4・計75/4・遣75/7・介75/10
こ	**己**	己75/4・古75/9・気80/5
さ	**左**	左75/10・佐79/1
し	**之**	之75/1・志75/6
す	**寸**	寸75/1・須76/8・春80/2・寿100/6
せ	**世**	勢75/10・世76/6
そ	**曽**	曽75/8・楚78/1
た	**太**	太75/2・多75/4・堂87/5
ち	**知**	知75/4・地99/9
つ	**川**	川75/3・徒75/7・津78/10
て	**天**	天75/1・帝79/6
と	**止**	登75/1・止75/2
な	**奈**	奈75/3・那76/6
に	**仁**	尓75/5・仁75/8・丹78/1・耳97/8
ぬ	**奴**	奴75/1・努135/4
ね	**祢**	祢78/4・年84/2
の	**乃**	能75/1・乃75/2・農109/4・濃179/2
は	**波**	八75/1・者75/1・波76/6・盤86/5
ひ	**比**	比75/9・飛77/4・日77/9・悲85/9
ふ	**不**	不75/9・婦76/3・布76/3
へ	**阝**	阝75/2・遍75/6
ほ	**保**	本75/2・保75/4
ま	**末**	末75/2・万75/3・満77/3
み	**美**	見75/8・三76/3・美76/6・身83/7
む	**武**	無75/9・武76/2
め	**女**	女75/3・免121/9
も	**毛**	毛75/1・裳137/7
や	**也**	也76/1・屋76/2
ゆ	**由**	由78/3・遊82/1
よ	**与**	与75/4
ら	**良**	良75/2・羅79/2
り	**利**	利75/1・里75/8
る	**留**	留75/5・類76/10・流78/5・累114/3
れ	**礼**	礼75/1・連75/5
ろ	**呂**	呂75/4・路94/7
わ	**和**	和75/7・王77/6
ゐ	**為**	為80/5・井86/3
ゑ	**恵**	恵84/9・衛114/5
を	**遠**	遠75/3・越76/2
ん	**无**	无76/9

［1源氏、朝顔の前斎院と贈答］

一としかはりて、二宮の御はてもすぎぬれは、三世の中色あらたまりて、四衣かへのほとなとも五いまめかしきを、まして六まつりのころは、おほかたの空のけしき心ちよけなるに、七前斎院はつれ〳〵となかめ給おまへなる八かつらのした風なつかしきにつけても、九わかき人〳〵は思いつることゝもあるに、一〇大殿より、一一みそきの日は一二いかにのとかにおほさるらむと、一三とふらひきこえさせたまへり、一四けふは、

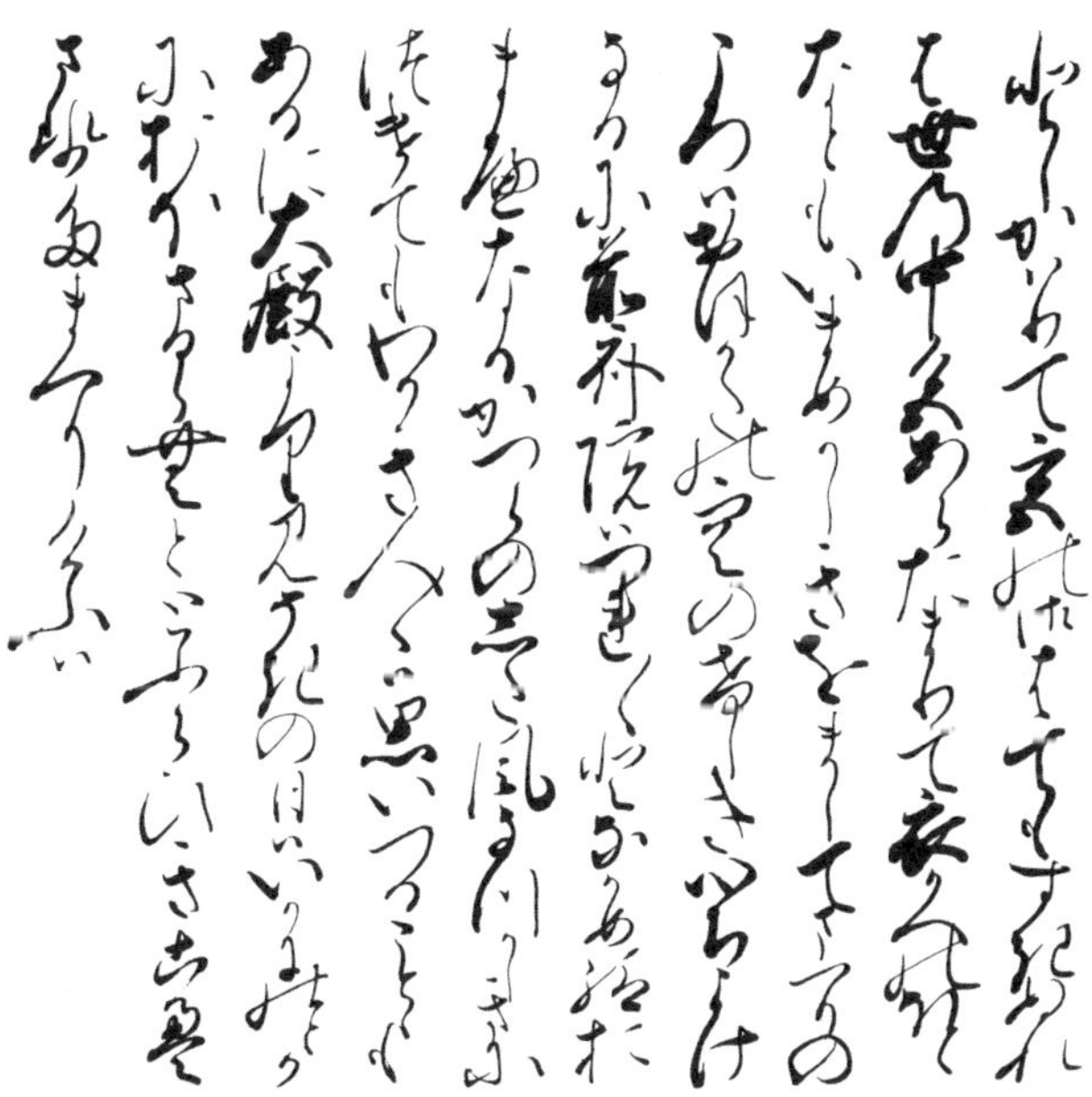

一 源氏三十三歳。二 藤壺中宮の一周忌。「果て」は、ここでは国母の服忌期間（一年）の終了時の意。崩御は前年三月〈薄雲〉。三 世間では人々の喪服が普段の色の衣服に変わって。四 四月一日、夏服への衣替え。五 華やいだ気分であるが。六 葵祭。五月の第二番目の酉の日に行われる。七 前斎院は朝顔。その父桃園式部卿宮は、前年の夏に他界したので、朝顔はそれを嘆いて物思いに沈んでおられる。八 桂は葵と共に祭りの日の飾り物に使う。九 朝顔付きの若い女房たちは、姫君の華やかだった斎院時代を懐かしむ。一〇 源氏。内大臣。大殿《おほいどの》は大臣の敬称。一一 源氏の消息詞（9行目「るらむ」まで）。祭の三日前の午の日に賀茂川で行う斎院の御禊。一二 斎院を退下なさった今年は、どんなにか心静かにお過ごしでしょう。一三「とぶらふ」は、心をこめて相手を見舞い慰める意。直接訪れたり、手紙や物を届けたりしてそれを行う。一四 源氏の手紙文（七六頁2行目「つれを」まで）。

一かけきやは河瀬の波もたちかへり君
かみそきの二ふちのやつれを、三むらさきの
かみたて、四ふみすくよかにて五ふちの花
につけ給へり、六おりのあはれなれは、御返あり、
七ふち衣きしはきのふと思ふまにけふ
はみそきのせにかはる世を、八はかなくと
はかりあるを、九れいの御めとゝめ給ひて
見おはす、一〇御ふくなほしのほとなとにも、
一一せんしのもとに、一二ところせきまておほし
やれることゝもあるを、一三院は見くるしき

一思いかけたことか、いや思いかけはしなかった。初句切れで倒置法。二藤《ふぢ》衣《ごろも》は、喪服の意。「渕」に掛けている。「かけ」「たちかへり」とともに波の縁語。歌意は、賀茂川の河瀬の波が立ち返るように御禊の日が巡ってきたのに、あなたが御禊ならぬ除服の禊ぎをなさろうとは思いも掛けませんでした。三藤にちなんでいる。四立文でお堅い感じにして（恋文と見られない配慮）。五歌の「ふぢ」にちなむ。六折も折とて感慨を催されて。七朝顔の返歌と添詞（6行目「かなく」まで）。歌意、喪服を着たのはつい昨日のことのように思われますのに、今日はもう除服の禊ぎをする川の瀬に立つとは、移り変わりの早い世の中です。八何をするともなく一年の月日が流れた朝顔の感慨。九源氏はいつものようにじっと御目をとどめてご覧になっている。一〇喪服を脱ぎ、常服に着換える時。一一宣旨。朝顔の侍女。一二置き所の無いほどお心づかいの装束を贈られることがあったが。一三朝顔。前斎院の意。

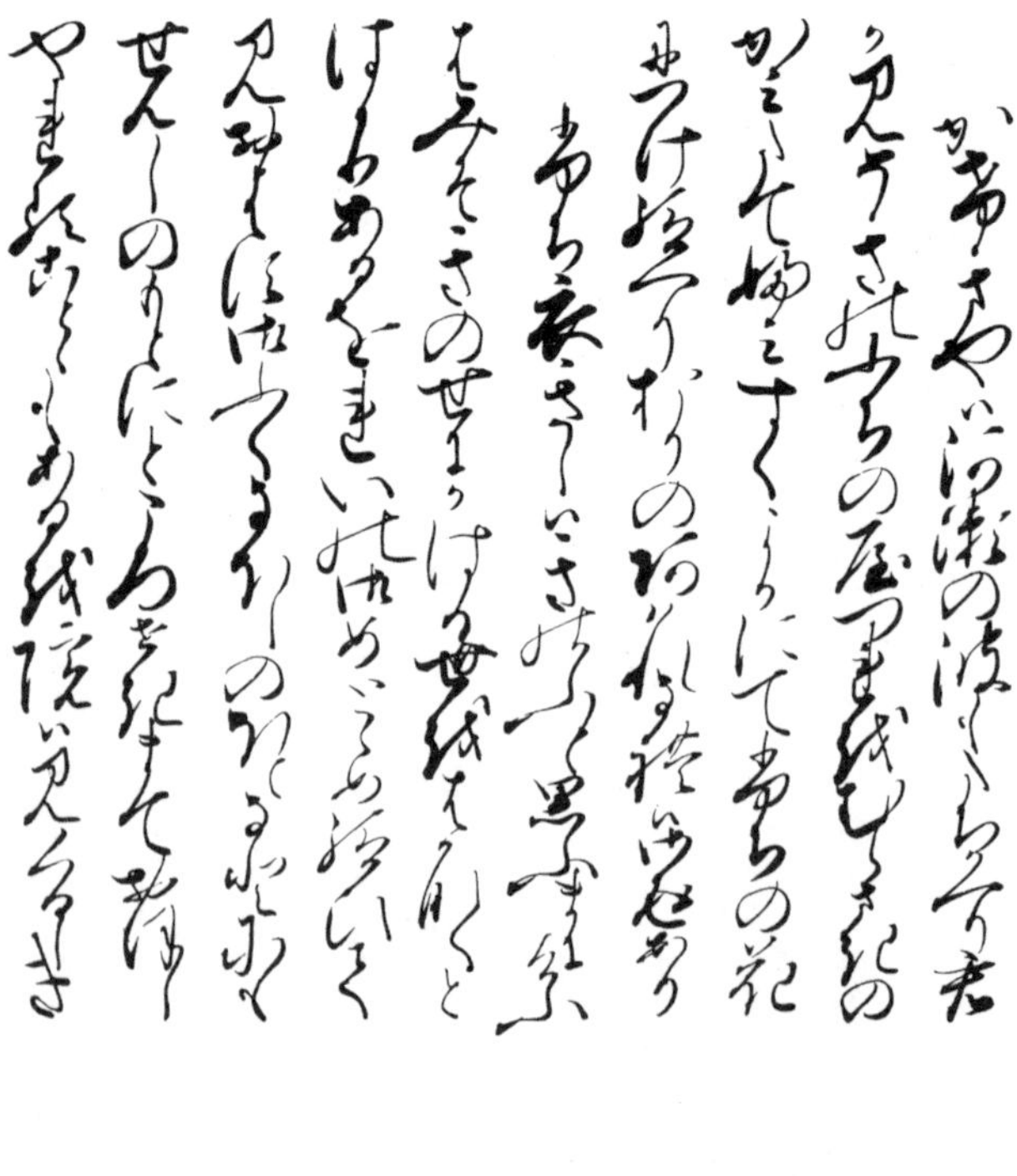

ことにおほしのたまへと、[一]おかしやかに、けしきはめる御ふみなとのあらはこそ、[二]とかくもきこえかへさめ、としころも、[三]おほやけさまのおり〱の御とふらひなとはきこえならはし給ひて、[四]いとまめやかなれは、[五]いかゝはきこえもまきらはすへからむ、[六]ともてわつらふへし、[七]女五宮の御かたにも、かやうに、[八]おりすくさすきこえ給へは、[九]いとあはれに、[一〇]この君の、きのふけふのちこと思しを、かくおとなひて思ひ[一一]とふらひ給ふ事、[一二]かたちのいともきよら

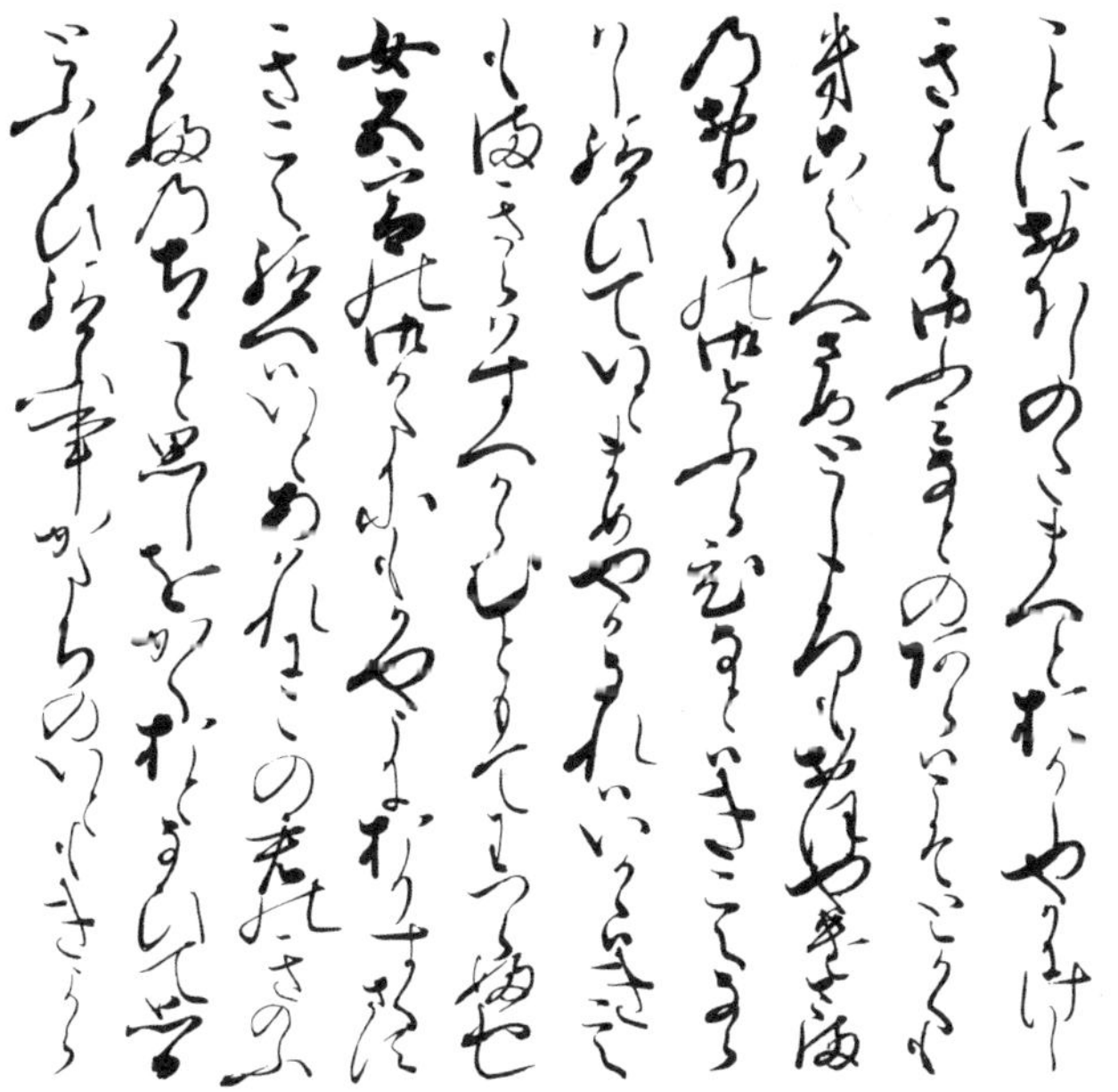

一 宣旨の詞（6行目「からむ」まで）。思わせぶりな、気を引くようすの手紙がそえてあるのでしたら。二 あれこれ申し上げてお返し致しましょうが。「め」は意志の助動詞「む」の已然形で、前行の係助詞「こそ」を受けているが、文を結ばず下に逆接の関係で続く用法。三 表立っての何か（行事など）の折々のお見舞いなどは、（姫様に）差し上げつけていらっしゃって。四（今回も）大変真面目なお見舞いなので。五 どう取り繕ってお断り申せましょう。六 と言って（源氏からの贈り物の）処置に困っているらしい。七 故桃園式部卿宮の妹。朝顔の叔母。宮邸に朝顔と同居している。八 機会を逃さずお見舞いを差し上げなさるので。九（女五の宮は）すっかり感心されて。一〇 女五の宮の詞（七八頁2行目「給へれ」まで）。この源氏の君のことを、つい昨日今日まで子供と思っておりましたのに。一一 私のことを思ってお見舞いくださる事よ。諸本「思ひ」ナシ。一二 お顔立ちがとてもお綺麗であるのに加えて。

なるにそへて、[一]心さへこそ人にはことに
おひいて給へれ、とほめきこえ給ふを、
[二]わかき人〴〵はわらひきこゆ、[三]こなたにたい
めんし給ふおりは、[四]このおとゝの、かくいとねん[五]比
にきこえ給ふめるを、[六]なにか、いまはしめたる
[七]御心さしにもあらす、[八]こみやも、すちことになり
給ひて、えみたてまつり給はぬなけきをし
たまひては、[九]思ひたちしことをあなかちに
もてはなれ給ひしこと、なとの給ひいて
[一〇]つゝくやしけにこそおほしたりしおり〴〵

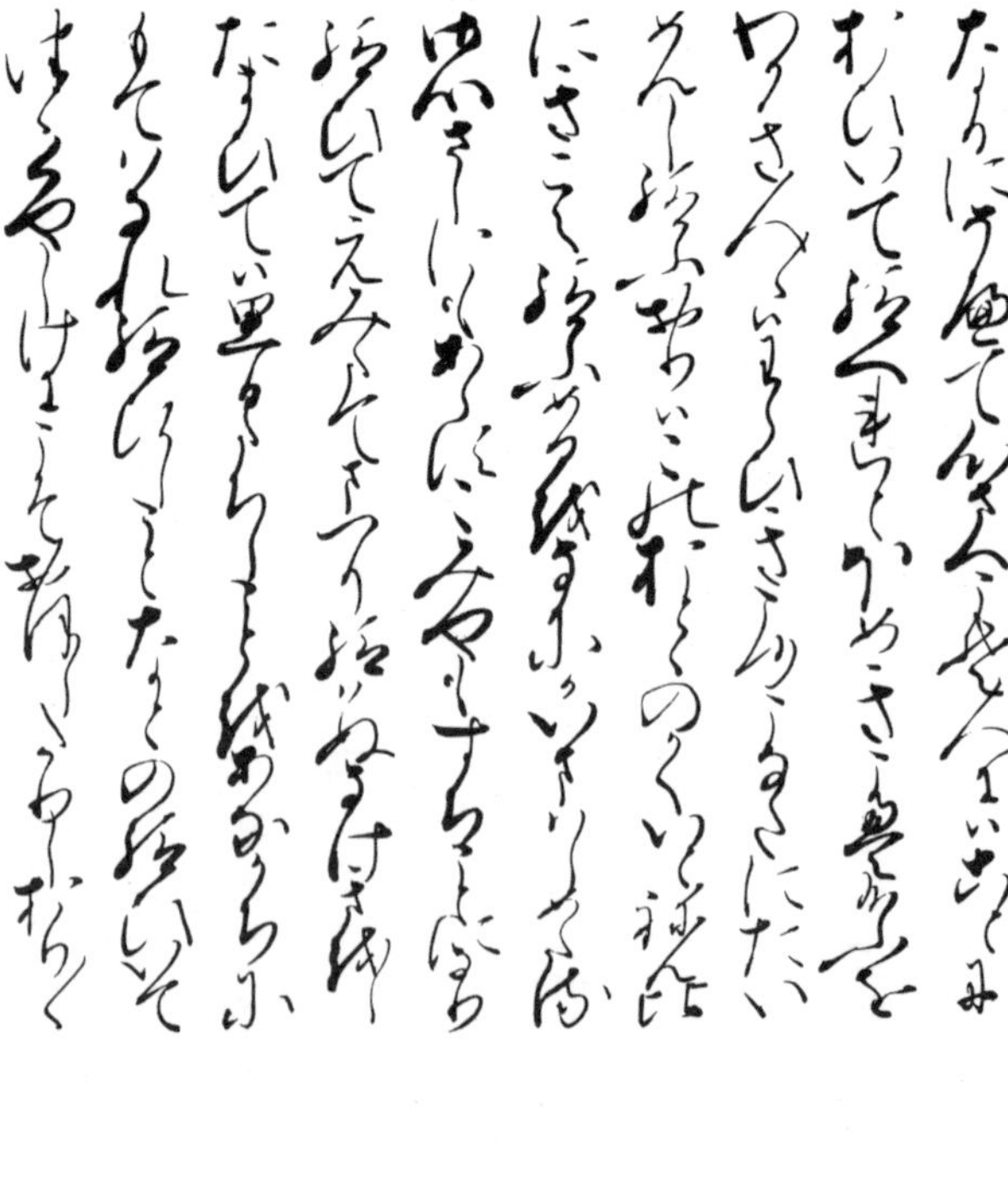

一 気立てまでも人よりはすぐれて成人なさったことですね。「れ」は完了・存続の助動詞「り」の已然形で、1行目の係助詞「こそ」の結び。老女の感嘆の気持がよく現れた表現。二 若い女房たちは笑い申し上げている。若い女房から見れば雲上人のような源氏を、子供扱いした言辞で褒める老女の姿は笑いの対象。三（老宮が）こちらの朝顔の姫君にお会いになる折には。四 女五の宮の詞（七九頁9行目「ひ侍る」まで）。「このおとゞ」は源氏の内大臣。

五 熱心にお手紙を差し上げなさるようですが。六 いやなあに。軽い否定の意を表す感動詞。七 源氏の朝顔への懸想。八 故式部卿宮も源氏が他家に縁を結ばれて、家筋が別になられたので、婿としてお世話できないことを嘆かれては。左大臣家の葵の上と結婚したことを言う。九『せっかく私がそのつもりでいたことを、姫が強情に避けて取り合わなかったことよ』。故宮の詞を再現。一〇 残念そうにお思いであった。

ありしかされと、一故大殿のひめ君ものせられしかきりは、二三宮の思ひ給はんことの三いとおしさに、四とかくことそへきこゆることもなかりしなり、いまは、五そのやむことなくえさらぬすちにてものせられし人さへなくなられにしかは、六けになとてかは、さやうにておはせましもあしからまし、とうちおほえ侍にも、七さらかへりてかくねんころにきこえ給ふも、八さるへきにもあらんとなむ思ひ侍る、なといと九こたいにきこえ給ふを、一〇心つきなし

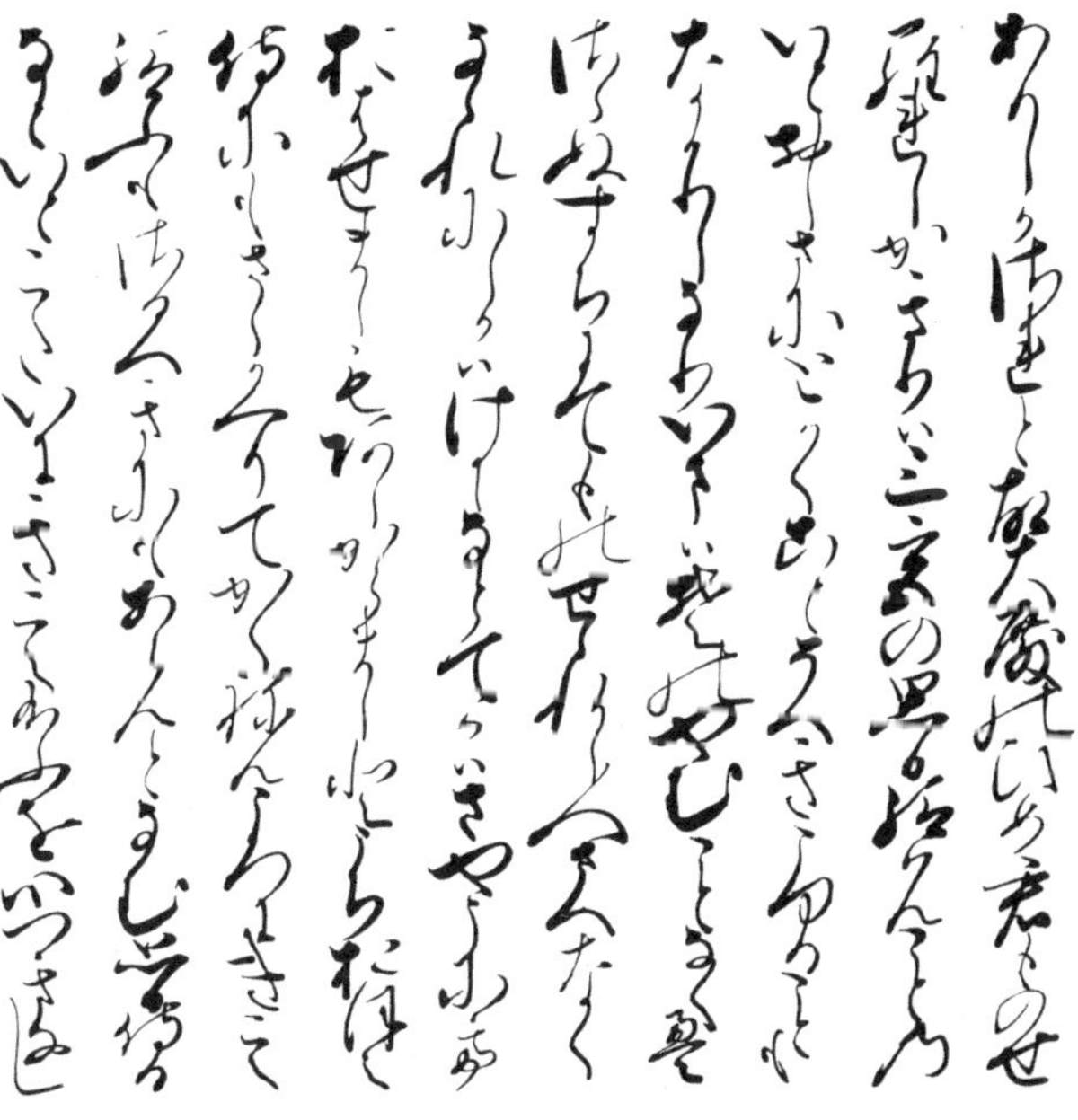

一 故太政大臣（元の左大臣）の姫、すなわち葵の上、のご存命中は。二 女五の宮の姉（大宮と呼ばれる）で、葵の上の母。三 お気の毒なので。四 私もあれこれお口添え申し上げることもなかったのです。五「その」は「人」にかかる。高貴で源氏が避け得ない関係でおられた人。れっきとした正妻。葵の上をさす。六 なるほど故父君の御意向どおり、あなた（朝顔）がそのような源氏の君の正妻の地位におられても、どうしていけないことがありましょう。河内本「なとてかは、さやうにてもをはせましを」。七（熱心に求婚なさっていた）昔に返って源氏の君がこのように熱心にお申し込みになるのも。八 そうなるはずの前世からの因縁なのだろう。九 古体に。古風に。一〇「心づきなし」は朝顔の心内詞。気に染まない。

とおほして、一故宮にも二しか三心こはきもの
におもはれたてまつりてすき侍にしを、
いまさらに又四よになひきはへらんも、いと
五つきなきことにきこえ給ひて、六はつかし
けなる御けしきなれは、七しゐてもえきこ
えおもむけ給はす、八宮人も、かみしもみな
九心かけきこえたれは、一〇世中いとうしろめたくのみ
おほさるれと、一一かの御みつからは、わか心をつくし、
あはれを見えきこえて、一二人の御けしきの
うちもゆるはんほとをこそまちわたり給へ、

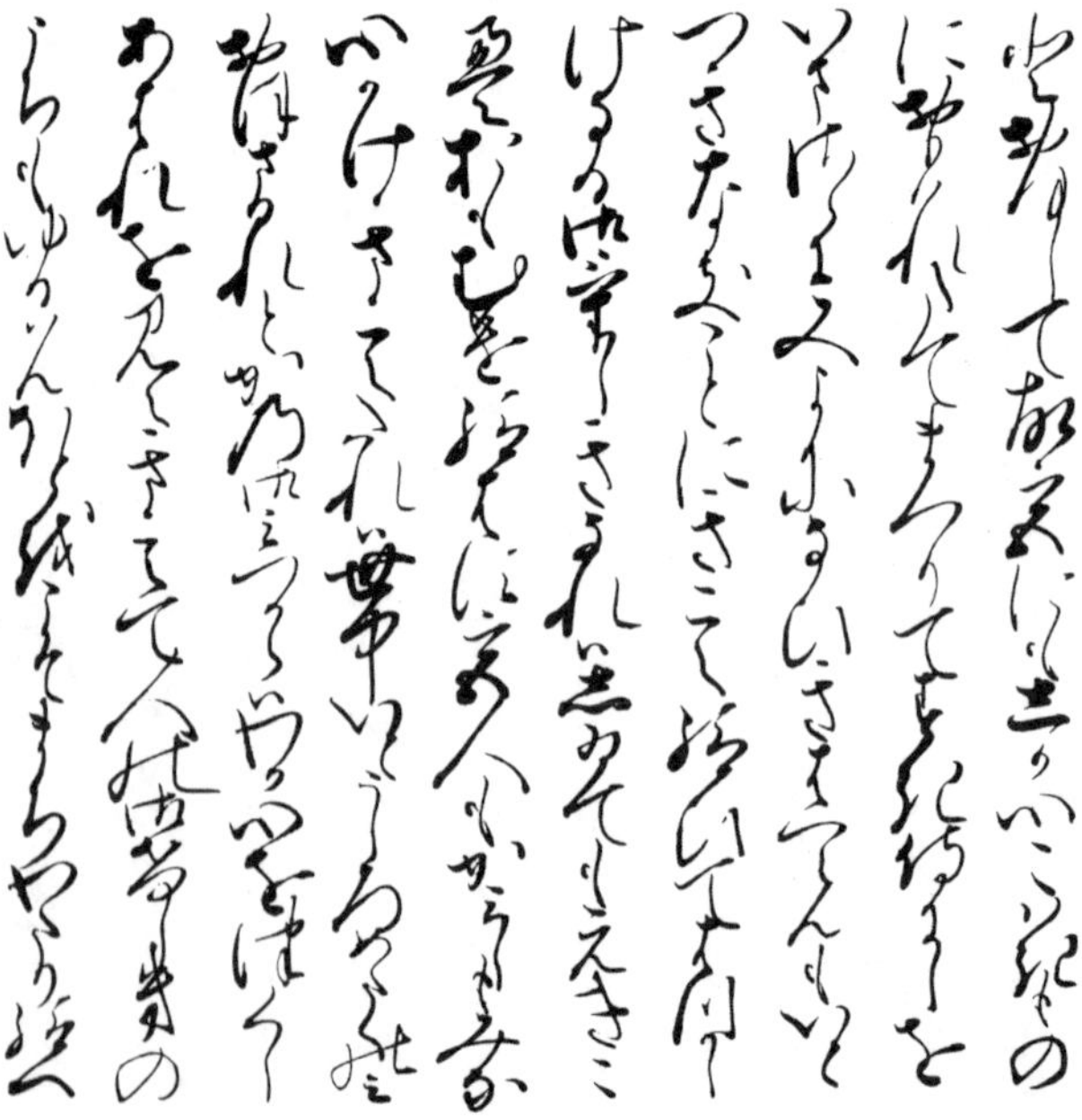

一 朝顔の詞（4行目「ことに（なむ）」まで）。故式部卿宮。朝顔の父君。二「しか」は、既述の状態を指示する副詞。そのように。女五の宮の詞にあった故式部卿宮の嘆きを指す。三「心強し」は、強情だ、かたくなだ、の意。四 世の習いに従い（結婚し）ますのも。五 似合わしからぬ事でしょう。大島本等により「に」の次に「なむと」の三字を補う。六「はづかしげなり」は、当方が恥ずかしいと感じるほど相手が優れている意。叔母の方がこれ以上言えないほど威厳ある態度で、取りつく島のない様子。七 無理におすすめなさることもおできにならない。八 桃園の宮邸に仕える人々。九（源氏に）心をお寄せ申しているので。一〇 男女の間柄。ここでは朝顔と源氏の関係。女房が源氏の手引きをする可能性を危惧する。一一 源氏自身のこと。ご自分の誠意を尽して、深い愛情を知っていただいて。一二 姫君のお気持ちが和らぐ折をいつまでもお待ちになってはいるけれども。

一さやうにあなかち二なるさまに、三御心やふり
きこえなんとはおほさゝるへし、四大殿はら
のわか君の御元服五のことおほしいそくを、
六二条院にてとおほせと、七大宮のいとゆか八
しけにおほしたるもことはりに心くるしけれは、
九なをやかてかの殿にてせさせたてまつり
給ふ、一〇右大将殿をはしめきこえて、一一御をち
のとのはら、みなかんたちめのや一二んことなき
御おほえことにてのみものし給へは、一三あるし
かたにも、われもくと、一四さるへき事ともとり

［2夕霧の元服、源氏の教育方針］

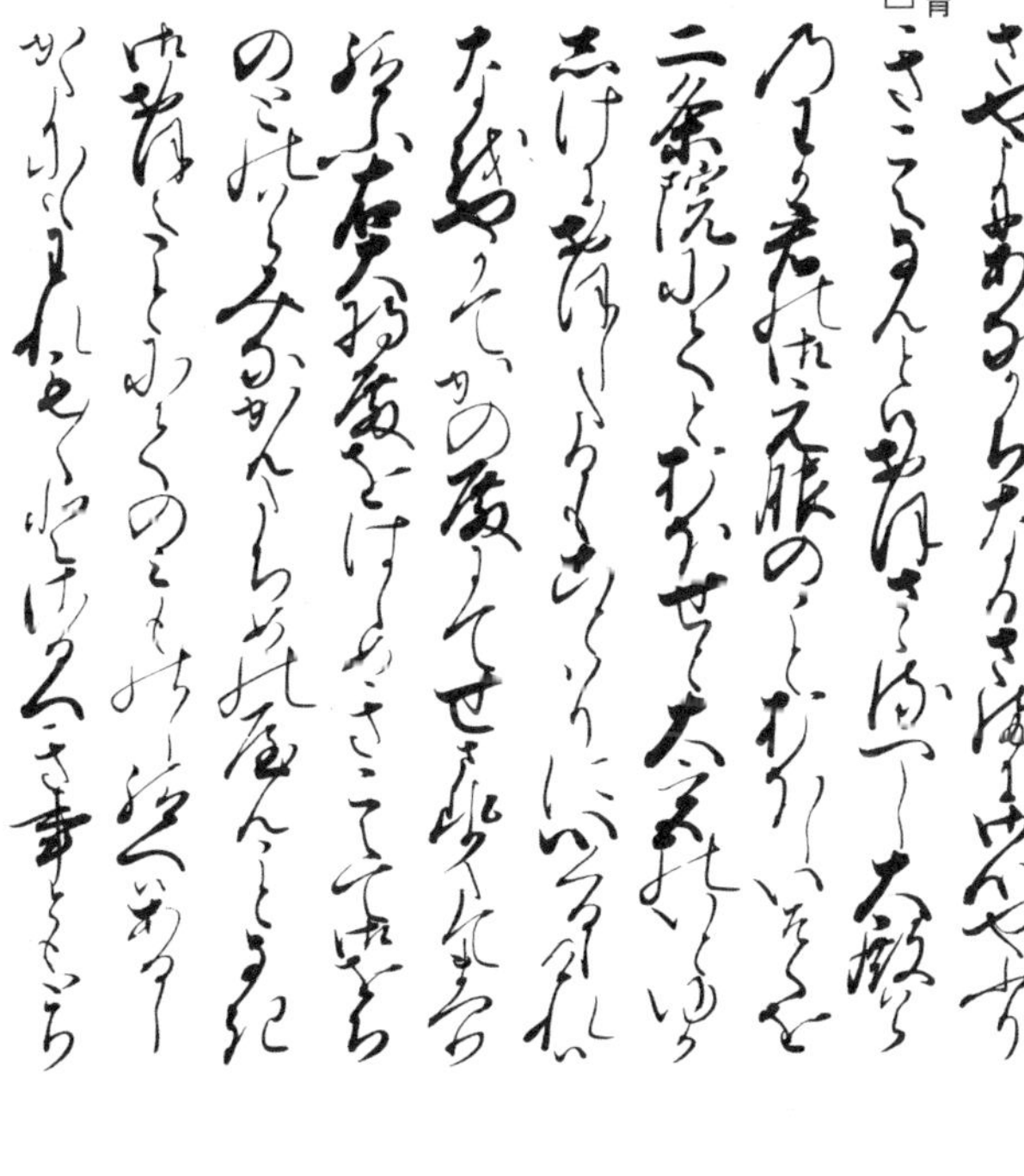

一 姫君が危惧しておられるように。二 無理強いをして。三 源氏の心内詞（2行目「えなん」まで）。姫君のお心を傷つけよう。姫君のお心にそむくことをし申そう。四 大臣殿の姫の腹の若君。葵の上の生んだ夕霧のこと。十二歳。五 男子の成人の儀式。童髪を改め元結《もとゆひ》をし、初めて冠をかぶり、大人の衣装を着る。六 源氏の自邸。七 夕霧の祖母。母親に代わって夕霧を育てた。七九頁注二。八 見たがっていらっしゃる。身分の高い女性は外出も儘ならなかったようで、二条院で行われれば孫の晴れ姿を見ることができない。九 やはりそのまま三条のお邸で式を挙げて差し上げなさる。一〇 葵の上の兄。昔の頭中将。薄雲巻において右大将に昇進。一一 夕霧のおじにあたる故太政大臣家の殿方たち。一二 帝のご信望も格別な方ばかりでいらっしゃるので。一三（源氏側は元より）主催者側である三条邸においても。一四 ご元服に必要な物を思い思いに整えてお差し上げになる。

とりにつかうまつり給ふ、[一]おほかた世ゆすりて、ところせき御いそきのいきおひなり、[二]四位になしてんとおほし、世人も[三]さそあらんとおもへるを、[四]またいときひわなるほとを、[五]わか心にまかせるよにて、[六]しかゆくりなからんも、[七]なかく〵めなれたる事なり、とおほしとゝめつ、[八]あさきにて殿上にかへり給ふを、大宮は[九]あかすあさましきこと、ゝおほしたるそ、ことはりにいとおしかりける、[一〇]御たいめんありて、この事きこえ給ふ

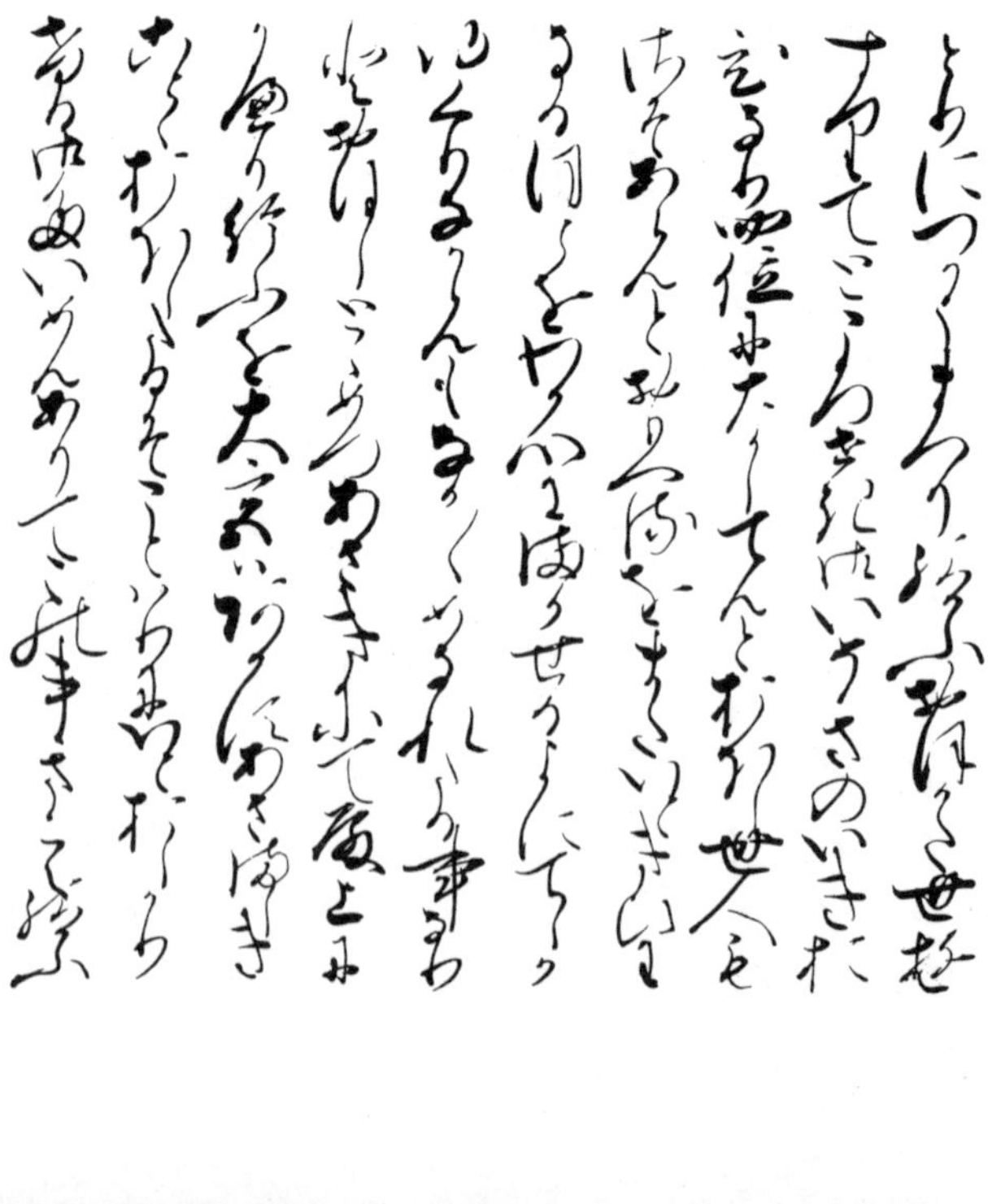

一 世間一般でも大騒ぎをして評判し、豪勢なご準備のありさまである。二 源氏は、はじめ若君を四位にしようとお思いになり。親王の子や一世の源氏は元服後従四位下、二世の源氏は従五位下に叙せられるのが通例。夕霧は二世の源氏だが、父の権勢により親王の子に準じ従四位下にすることは可能。三 「さぞあらん」は、世間の人々の心内詞。従四位下に叙されることになろう。四 源氏の心内詞（6行目「事なり」まで）。まだごく幼少であるのに。五 いくら自分の思いのままになる世の中だといって。六 そんなに急に高い位に着けるのも。七 却ってありふれたことだ。八 六位をあらわす浅葱《あさぎ》（薄青色）の袍で、殿上にお帰りになるのを。夕霧は童殿上していたから「かへり給ふ」という。源氏は、世間の予想に反して六位（正六位下か）に叙し、昇殿を許した。九 大宮の心内詞。「不満でとんでもない心外なことよ」。一〇 大宮は源氏の大臣にお会いになって、ご不満の旨を仰せ出されるので。

に、[一]たゝいまかうあなかちにしも、またきにおいつかすましう侍れと、[二]思ふやう侍て、[三]大かくのみちにしはしならはさむのほい侍るにより、[四]いま二三年をいたつらのとしにおもひなして、[五]をのつからおほやけにもつかうまつりぬへきほとにならは、いまひとゝなり侍りなんみつからは、[六]こゝのへの内におひいて侍て、世中のありさまもしり侍らす、よるひる[七]御前にさふらひて、[八]わつかになんはかなき文なともならひ侍し、[九]たゝかしこき御

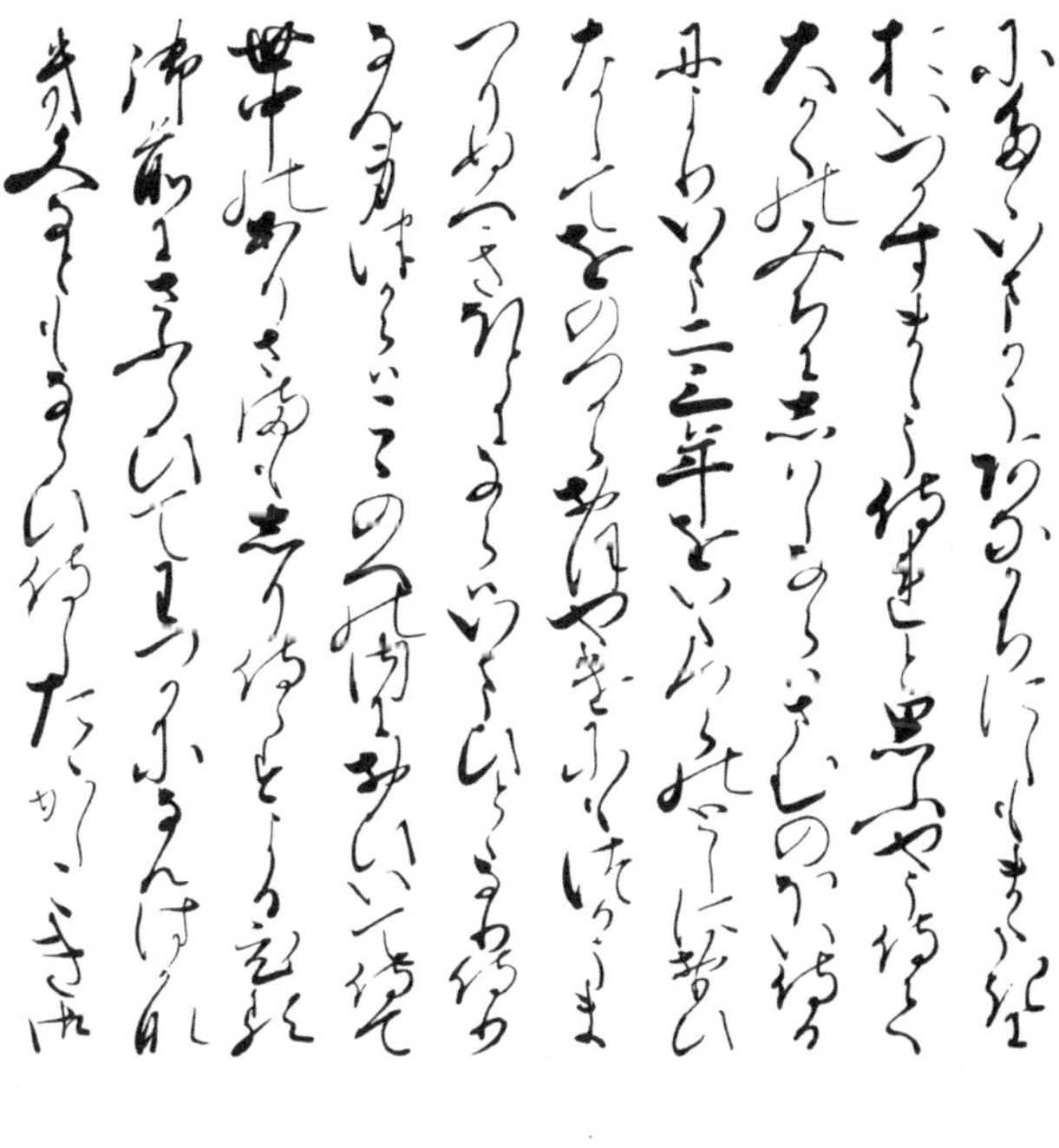

一 源氏の詞（八六頁8行目「給へる」まで）。今のうちから、こうして（急いで元服させて）無理をしてまでまだ若輩なのに大人扱いをしなくてもよいのですが。「おいつかす」は、「老い就かす」。二（私には）考えるところがございまして。三 大学寮にしばらく入れて学問をさせようという希望がございますゆえ。「大学の道」は大学の課程。唯一の国立大学である大学寮の学生《がくしょう》になり文章道・明経道などを学ぶ。四 今からの二三年を無駄に過ごしたものと思うことにして。学生のうちは昇進が止まる。五（学問を身につけて）いずれ朝廷にお仕えすることが出来るようになれば、じきに一人前になるでしょう。六 私自身は宮中の奥深くで成長いたしまして。母方の縁者がないため父帝の膝下で育てられた。七 父帝のおそばに控えていて。「御前」は「おまへ」と読む。八 ほんの少々ちょっとした漢籍を習ったにすぎませんでした。九 畏れ多くも帝ご自身から。

一 直接教えていただいてさえ。二 何事も広い教養を持たない間は。三 文才《ふみざえ》は漢籍の学識の意。肖柏本以外の青表紙本は「文の才」。四 琴や笛の調べを学ぶにしても。五「音堪えず」で音色が十分でなく。横山本や別本の多くは「ねたらす」。六（文才・琴笛ともに）至らぬところが多くございました。七 愚かな親に、賢い子が勝るという例はめったにないことですから。八 まして、子から孫へと次々に伝わって、遠ざかって行くはずの将来。河内本「つきつきつたはりゆかんほとのゆくさき」。九 はなはだ気がかりに思われますので。一〇 思い決めたのでございます。「給へ」は自卑の補助動詞。一一 官位も思いのままに昇進し。官《つかさ》は官職、爵《かうぶり》は位階。もと冠の色で位階を表したので位階を「かうぶり」という。一二 この世の中における自分の勢力のさかんなことに、得意になる癖がついてしまうと。青表紙諸本「世のなかさかりにをこりならひぬれは」。

てより一つたへ侍したに、二なに事もひろき心をしらぬほとは、三文才をまねふにも、四ことふえのしらへにも、五ねたえす、六をよはぬところのおほくなん侍りける、七はかなきおやに、かしこきこのまさるためしは、いとかたきことになん侍れは、八ましてつき〳〵つたはりつゝ、へたゝりゆかんほとのゆくさき、九いとうしろめたさによりなん、一〇思ひ給へをきて侍る、たかきいゑのことして、一一つかさかうふり心にかなひ、一二世中のさかへにをこりならひぬれは、かくもん

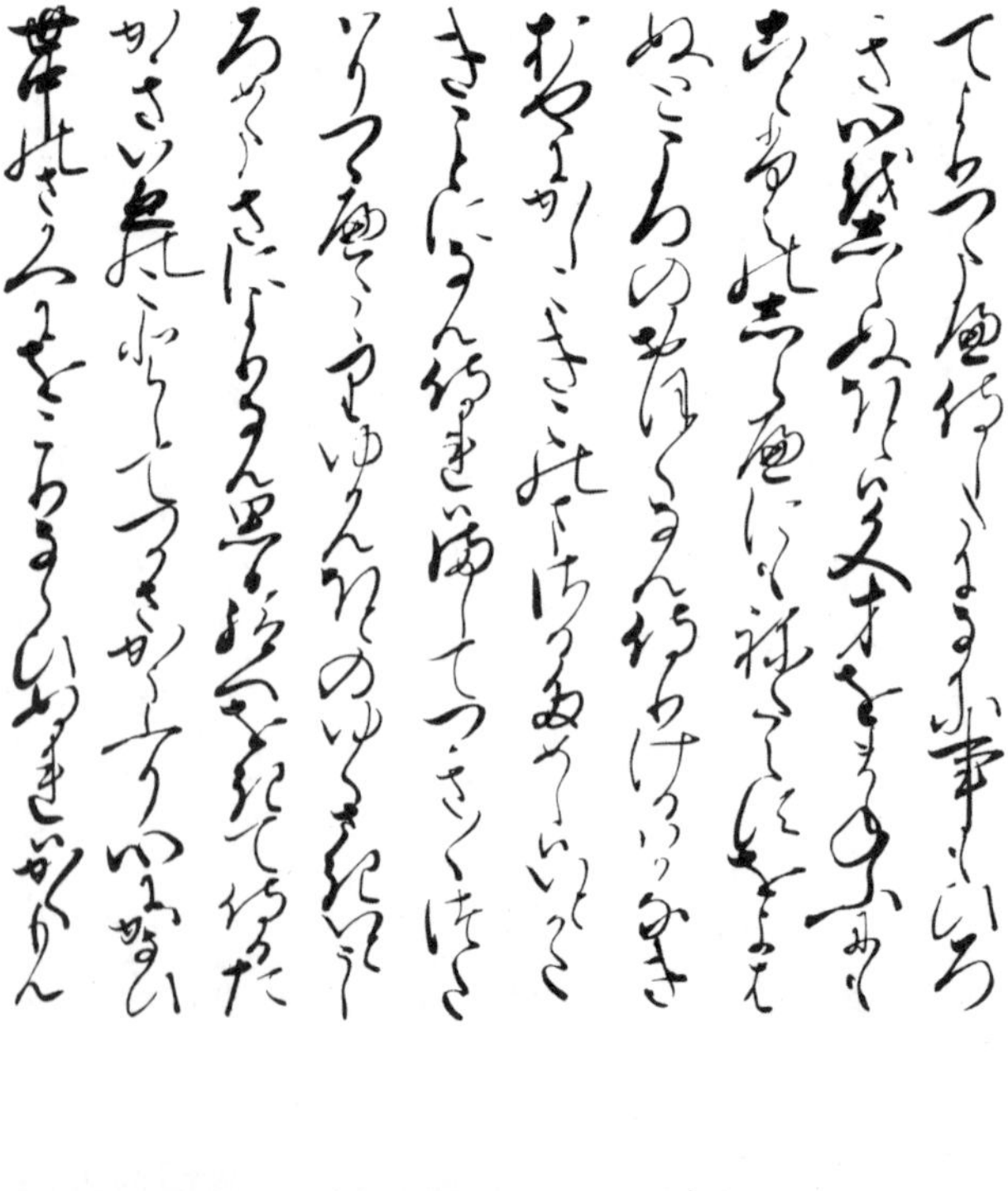
てよりつたへ侍したに、なに事もひろき心をしらぬほとは、文才をまねふにも、ことふえのしらへにも、ねたえす、をよはぬところのおほくなん侍りける、はかなきおやに、かしこきこのまさるためしは、いとかたきことになん侍れは、ましてつき〳〵つたはりつゝ、へたゝりゆかんほとのゆくさき、いとうしろめたさによりなん、思ひ給へをきて侍る、たかきいゑのことして、つかさかうふり心にかなひ、世中のさかへにをこりならひぬれは、かくもん

なとに身をくるしめん事は、[一]いととをくなんおほゆへかめる、[二]さるはたはふれあそひをこのみて、[三]心のまゝなる官爵にのほりぬれは、[四]ときにしたかふ世人の、[五]したにははなましろきをしつゝ、[六]ついせうしけしきとりつゝしたかふ程は、[七]をのつから人とおほえてやむことなきやうなれと、ときうつり、[八]さるへき人にたちをくれて、世おとろふるするゐには、[九]ひとにかゝるめあなつらるゝに、かゝりところなきことになん侍る、猶[一〇]さえをもとゝしてこそ、

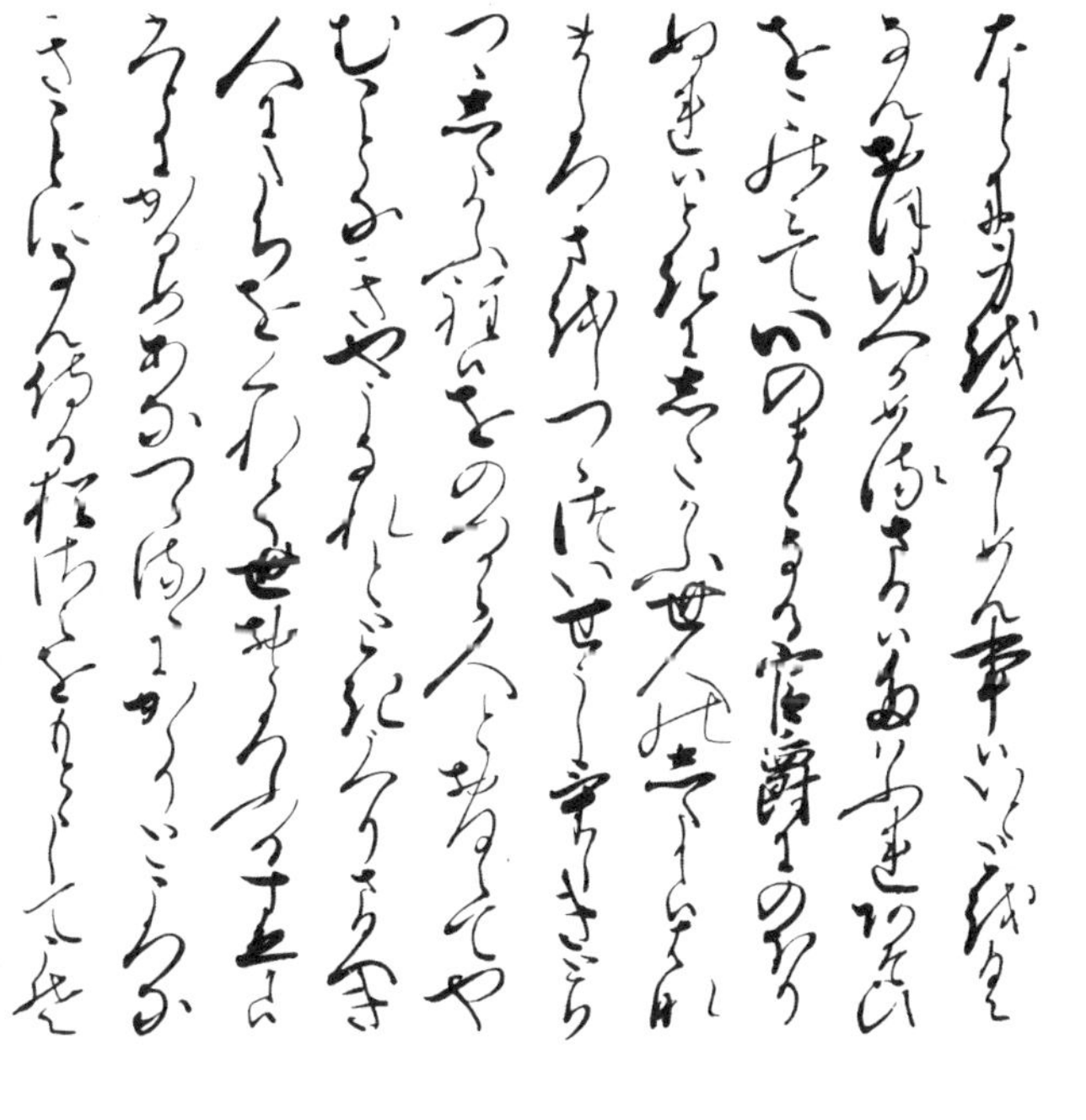

一 全く縁遠いことのように思われるようです。「べかめる」は「べかるめる」の撥音便形「べかんめる」の撥音無表記。二 そのくせ、ふざけた遊びや音楽を好んで。「さるは」は河内諸本と国冬本にあるのみ。三 思い通りの官職や位階を得てしまうと。四 時勢におもねる世間の人が。五 内心では鼻でせせら笑いながら。六 (うわべでは)へつらいご機嫌をとって付き従ってくるうちは。七 自然、わが身は一かどの人物らしく思われて偉そうに見えるものですが。八 (親など)しかるべき頼りにする人に先立たれて、勢力が衰えた末路には。「するゐ」は、その人の晩年。又一家の末路をも意味するか(玉上評釈)。九 人に軽蔑されても、頼る所がないということになるのです。「掛《か》かり所」は、頼って行って援助してもらう所。一〇 学問を基本にしてこそ。

一やまとたましひの世にもちゐらるゝかたも
つよう侍らめ、二さしあたりては心もとなきやう
に侍りとも、三つゐの世のおもしとなるへき
心をきてをならひなは、四侍らすなりなんのち
うしろやすかるへきによりなん、五たゝいまは
六はかくしからすなからも、七はくゝみ侍らは、八せ
まりたる大かくのしうとて、九わらひあなつる人
もよも侍らしと思ふ給へる、一〇なときこえ
しらせたまへは、一一うちなけき給ひて、一二けに
かくもおほしよるへかりけるを、この大将な

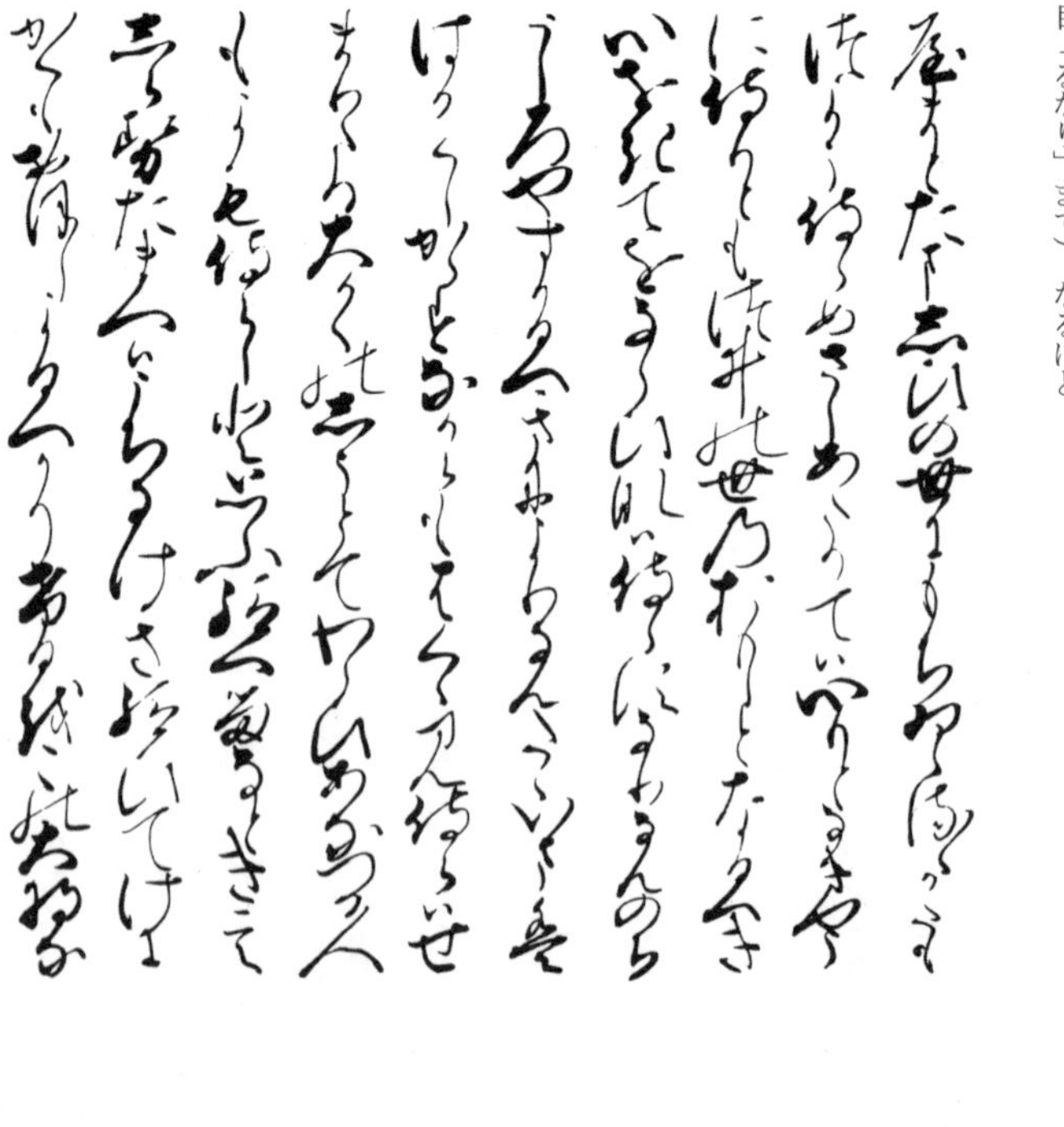

一 実務の力量が世間で認められる点でも強みでございましょう。「大和魂」は、「才」すなわち漢学で得た基本的諸原理を、我が国の実状にあうよう、臨機に応用する知恵才覚（新編全集）。二 当面の間はもどかしいようでございましても。三 最終的には国家の重鎮と成るための心構えを身に付けたならば。四 私の死後も安心できようと存じまして。五「なん」の後に「かく思ひおきて侍る」などの結びとなる言葉が省略されている。六 羽振りが利かなくても。七 私がこうしてかばい世話していますならば。「育《はぐく》む」は親鳥が羽で雛鳥を含《くく》み、かばい育てる意。八 窮迫している大学の学生よと言って。九 あざ笑い馬鹿にする人もまさかおりますまい、と存じおります。一〇 源氏自身の動作だから「給ふる」とあるべきところ。諸本「給ふる」。一一 大宮はため息をおつきになって。「なげき」は「長息《ながいき》」の約。一二 大宮の詞（八七頁8行目「るなり」まで）。なるほど。

とも、[一]あまりひきたかへたる御事なりと、[二]かたふけ侍るめるを、[三]このおさな心ちにもいとくちおしく、大将、[四]左衛門督のこともなとを、[五]われよりは下らうと思ひおとしたりしたに、[六]みなをのくかゝいしのほりつゝ、およすけあへるに、[七]あさきをいとからしとおもはれたるか、心くるしう侍るなり、ときこえ給へは、うちわらひ給ひて、[八]いとおよすけてもうらみはへるなりな、いとはかなしや、この人のほとよ、とて[九]いとうつくし

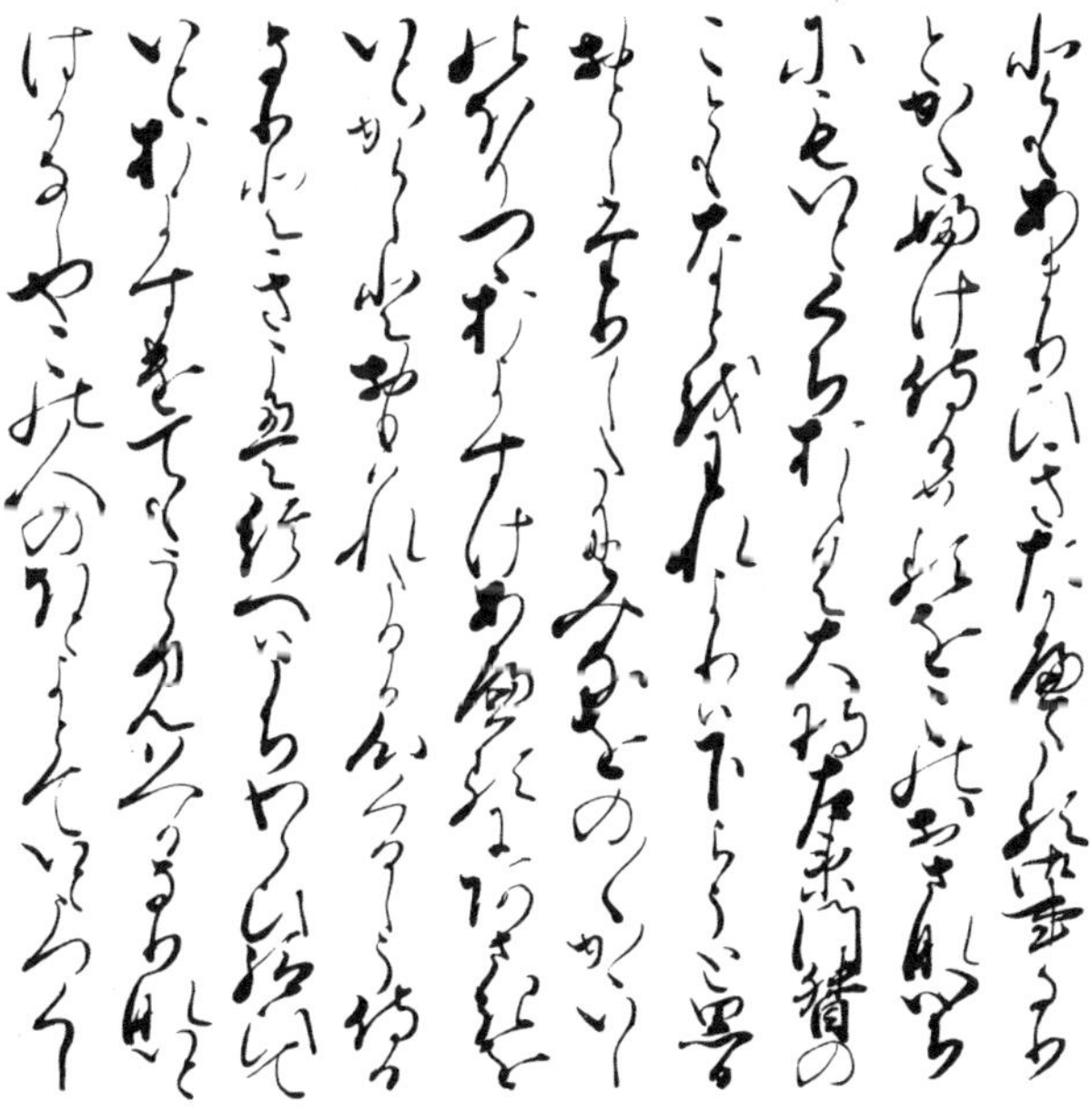

一 あまりに予想とは違ったなされ方だ。「引き違ふ」は、前例や当然の成り行きとされることとは違った行動をする意。二 合点がゆかぬようでございます。「かたぶけ」は横山本・平瀬本など「かたぶき」。首を傾け不審がるさま。三 これ（夕霧）が子供心にもひどく残念がって。四 大将の弟。左衛門府の長官、従四位下相当。（大将は従三位相当）。葵の上の兄弟。その「子ども」は夕霧とは従兄弟に当たる。五 「下臈」は地位の低い者。一世の源氏を父とする夕霧の誇り。六 皆それぞれに位が上がっては、一人前になって行くのに。彼らは太政大臣家の孫だから元服して従五位下、その後さらに昇進していたのであろう。七 自分だけが六位の浅葱姿なのをまことにつらいと思っておられるのが、かわいそうなのでございます。八 源氏の詞（10行目「ほどよ」まで）。全くいっぱし大人になったつもりで不平を申したものですな。「はべるなりな」は、青表紙諸本「はべるなり」。九 源氏の心内詞（10行目「つくし」まで）。

とおほしたり、一かくもんなとしてすこし
ものゝ心もえ侍らは、そのうらみはをのつから
とけ侍りなん、ときこえ給ふ、二あさなつ
〔3夕霧に字をつける儀式〕
くる事は、三ひんかしの院にてしたまふ、
四ひむかしのたいをしつらはれたりかん
たちめ殿上人、五めつらしくいふかしき事
にして、われも〱とつとひまいり給へり、
六はかせともゝなか〱おくしぬへし、七はゝかる
ところなくれいあらんにまかせて、なた
むることなくきひしうをこなへ、とおほせ

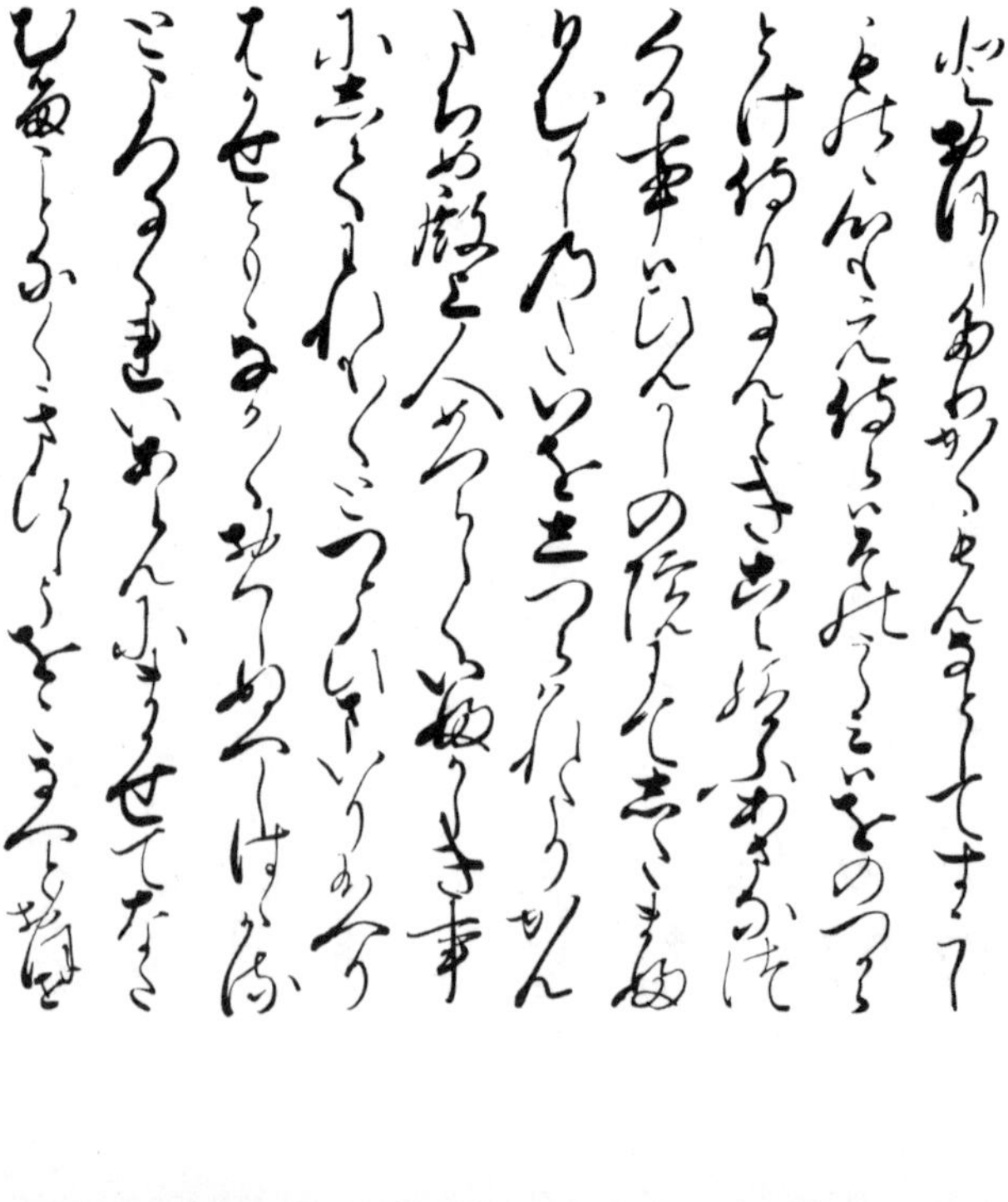

一 源氏の詞（3行目「りなん」まで）。学問などをして、もう少しものの道理が分かってまいりましたなら。二 字をつける儀式。漢学を学ぶものは中国風に「字《あざな》」をつける。よい字を選び、姓の一字を添えて二字とするのが普通。文屋康秀は文琳。三 二条院の東院。二条院の東隣の一町を占める邸宅、松風の巻で新築。元服は母方、字つけは父方で行う。四 東の対の屋に式場の設備をなさった。五 めったにないことなのでどんな儀式なのか見たいと思って。上流階級の公達が大学の学生になるのは珍しい。だから、招待された上達部・殿上人は好奇心に駆られ続々参集する。六 博士たちは字をつけることに慣れているはずであるが、こんなに多くの上達部・殿上人たちの前では気おくれするであろう。七 源氏の詞（10行目「こなへ」まで）。遠慮せず、儀式作法通り、手加減せず厳格に行え。「なだむ」は、寛大に扱うこと。

給へは、[一]しゐてつれなく思ひなして、[二]いゐよりほかにもとめたるさうそくともの、うちあはす、かたくなしきすかたなとをも、[三]はちなく、[四]おもゝち、こはつかひ、むへ〳〵しくもてなしつゝ、[五]座につきならひたるさほうよりはしめ、見もしらぬさまともなり、[六]わかききんたちは、えたへすほゝゑまれぬ、[七]さるはものわらひなとすましく、すくしつゝ、しつまれるかきりをとえりいたして、[八]へいしなともとらせ給へるに、[九]すちことなりけるましらひ

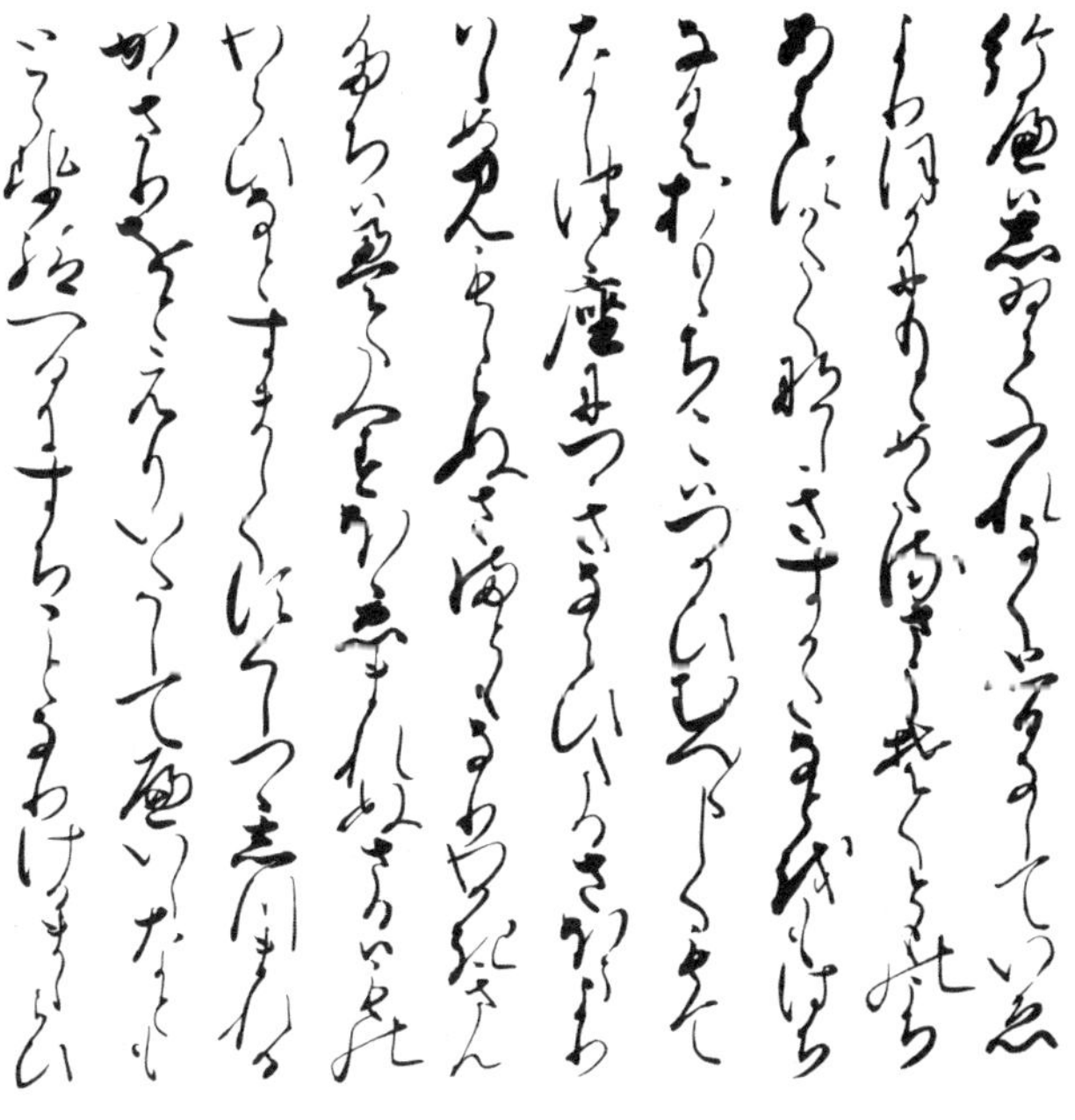

一 無理に平静を装って。主である源氏のお墨付きをもらったので、落ち着きを取り戻した博士たちの様子。二 我が家以外で借り求めてきた装束が、身に合わず不細工な姿であるのをも。晴れの場に主賓として字をつけるべく招かれた博士が、借着の衣装で出席するところに、当時の学者たちの貧しい暮らしぶりが窺われる。以下、貧しい儒者たちの身なりや態度を、上流貴族の美意識に立って諧謔的に述べる。三 恥と思わず。四 顔つきや声の出し方まで、もっともらしく振る舞って。五 定まった席に並んで着座する作法を始めとして、全てが見たこともない有様である。六 若い公達は我慢できずつい吹き出してしまう。七 実は、笑い出したりなんかしないような、年輩の落ち着いた者ばかりをと選び出して。八 お酌などもおさせになったのだが。「瓶子《へいじ》」は、酒を入れて盃に注ぐ細長い瓶。九 いつもとは勝手の違った席なので。「まじらひ」は、様子の違う所に仲間として加わること。交際。

一 民部省の長官、正四位下相当。系図外の人。二 一生懸命になって盃をお取りになるのを。「おほなおほな」は、真剣に、精一杯にの意であるというが、「あぶなあぶな」とする説もあり難解語。三（博士たちは）あきれるほどひどく非難してはこきおろし叱りつける。四 博士Aの詞（7行目「こなり」まで）。総じて、相伴役の方々は、はなはだ不作法でござりまするな。「おほし」はだいたい。「かいもとのあるじ」は「垣下の饗」、相伴役として饗応を受けること又は人。「ひざう」は非常、作法にはずれている。「侍りたうぶ」は「侍り」＋「給ふ」で古風な堅苦しい男性語。五 著名なそれがしを。「著《しる》しと有《あ》る」は著名なの意で、漢文訓読調の語。六 博士Bの詞（10行目「たうび（なむ）」まで）。騒々しい、静まりなされ。七 諸本に従い「たちたうびなむ」と校訂する。立ち去っていただこう。八「脅《おど》し言ふ」は、居丈高に言う。

にて、右大将、一民部卿なとの、二おほな〳〵か
はらけとり給へるを、三あさましくとかめ
いてつゝをろす、四おほしかいもとのあるし、
はなはたひさうに侍りたうふ、かくはかりの
五しるしとあるなにかしをしらすしてや、
おほやけにはつかうまつりたふ、はなはた
おこなりなといふに、人々みなほころひ
てわらひぬれは、また、六なりたかし、なり
やまむ、はなはたひさうなり、さをひき
七てたちたうひ、なと八をとしいふもいと

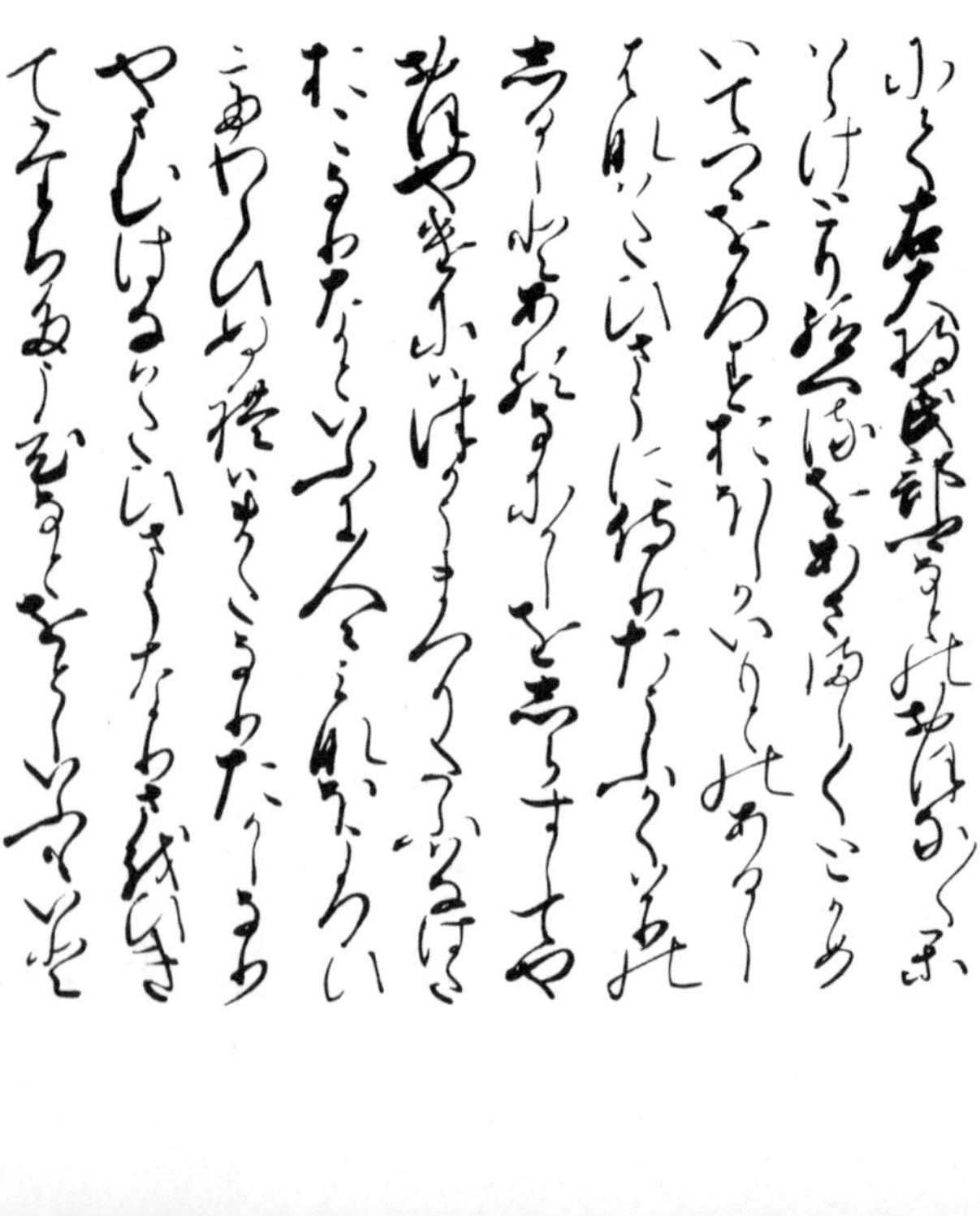

おかし、[一]みならひ給はぬ人〳〵は、めつらしくけうありとおもひ、[二]このみちよりいてたち給へるかんたちめなとは、[三]したりかほにうちほゝゑみなとして、[四]かゝるかたさまをおほしこのみて、[五]心さしたまふかめてたき事、[六]といとゝかきりなく思ひきこえ給へり、[七]いさゝかものいふをもせいす、[八]なめけなり、とてもとかむ、[九]かしかましうのゝしりをるかほともゝ、夜に入りては、[一〇]中〳〵いますこしけちえんなるほかけに、[一一]さる

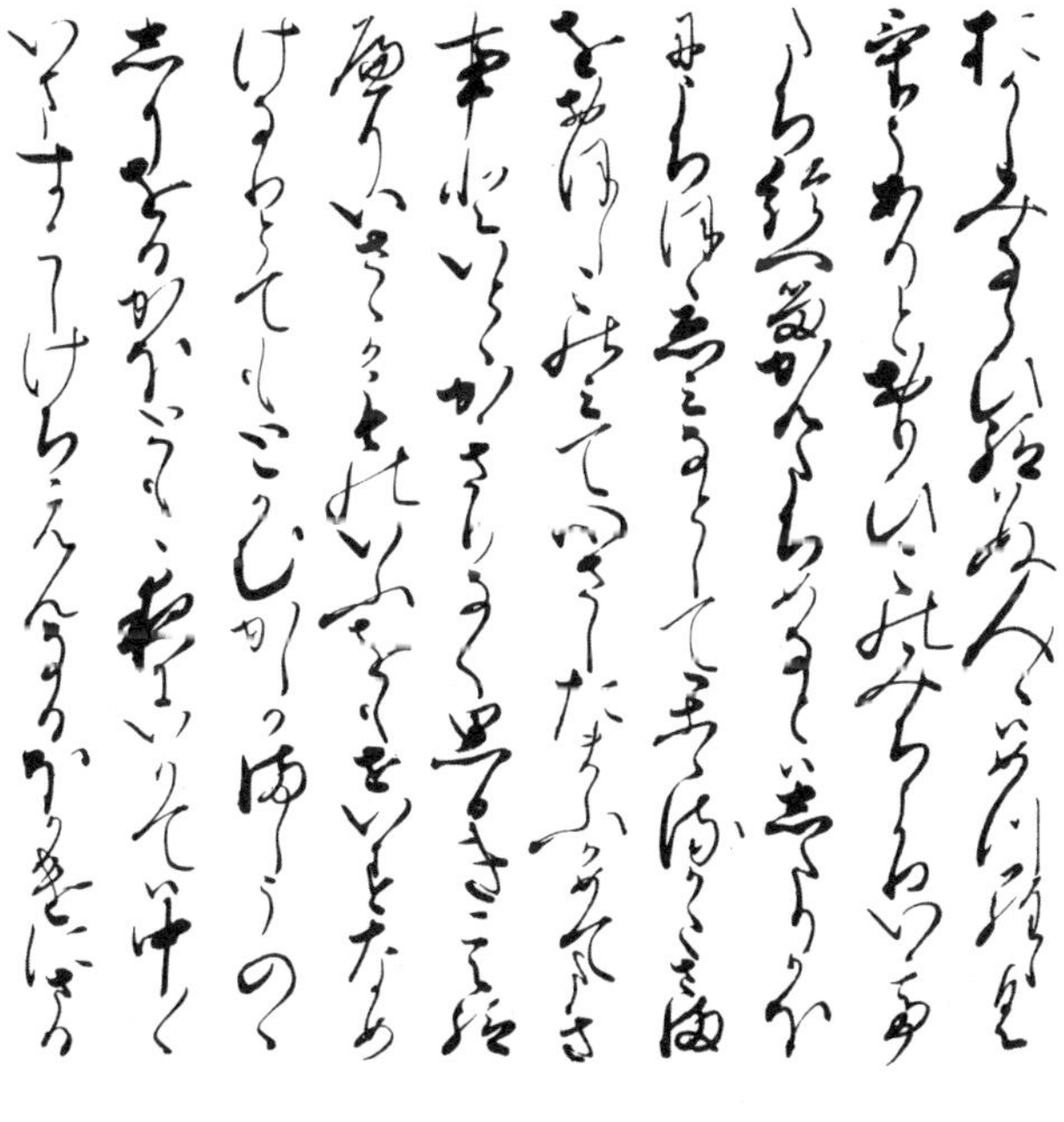

一（こうした儀式を）見慣れていらっしゃらない方々は。二 大学寮出身で出世しなさった公卿などは。（大学寮出身で公卿にまでなる者は少ない）。三 得意顔で笑みを浮かべたりしながら。四 大学寮出身の公卿Aの心内詞（6行目「たき事」まで）。源氏の大臣がこうした学問の道を愛好なさって。五（若君の修学を）心ざしなさったのは誠に結構なことよ。六 いよいよもってそのご見識をこの上なく尊敬申し上げなさる。七（博士たちは）ちょっと私語をしても制止する。八 博士Cの詞（8行目「げなり」まで）。無礼だ。九 やかましく大声を上げて叱っている博士たちの顔も。一〇（昼間よりも）却って一段と明るい灯火の光を受けて。「掲焉《けちえん》」は、さわだって明るい意。一一「猿楽《さるがう》がましく」は、こっけいじみた様で、道化じみた様で、の意。「猿楽」は、即興的に滑稽なしぐさや物まねを演ずる芸。ここでは、みすぼらしい服装でいばりちらしている博士たちの姿を揶揄している。

一 身すぼらしく無体裁であるなど。二 なるほど全く並一通りのことではなく。三 一風変わった儀式なのであった。四 源氏の詞（5行目「れなん」まで）。（わたしは）まことにふざけた機転の利かない無調法者だから。「あざる」は、きちんとできず、くだけた振舞をする意。五 やかましく叱られてまごつかされるだろう。「けうさう」は「喧噪」の字音。河内本「けさう」。六 御簾の内側に隠れて儀式をご覧になるのだった。博士たちが思う存分に振る舞えるよう配慮して自身は奥に身を隠したのであろう。しかし、以下のように全体の流れは押さえている。七 （あらかじめ用意した）数の決まっている座席に着きされず、退出して帰って行く大学の学生たちがいるということをお聞きになって、八 釣殿の方にお呼び止めになって、特別に引き出物などをくだされた。九 儀式が終わって退出する博士や漢詩文の才能ある人たちを大臣のお側へお呼びになって。「召す」は「呼ぶ」の尊敬体。

かうかましく一わひしけに人わろけなるなと、さま〳〵に、二けにいとなへてならす、三さまことなるわさなりけり、おとゝは、四いとあされかたくなゝる身にて、五けうさうしまとはされなんとのたまひて、六みすのうちにかくれてそ御らむしける、七かすさたまれる座につきあまりてかへりまかつる大学のしうともあるをきこしめして、八つり殿のかたにめしとゝめて、ことにものなと給はせけり、

［4作文の会］

九ことはてゝまかつるはかせ、さいの

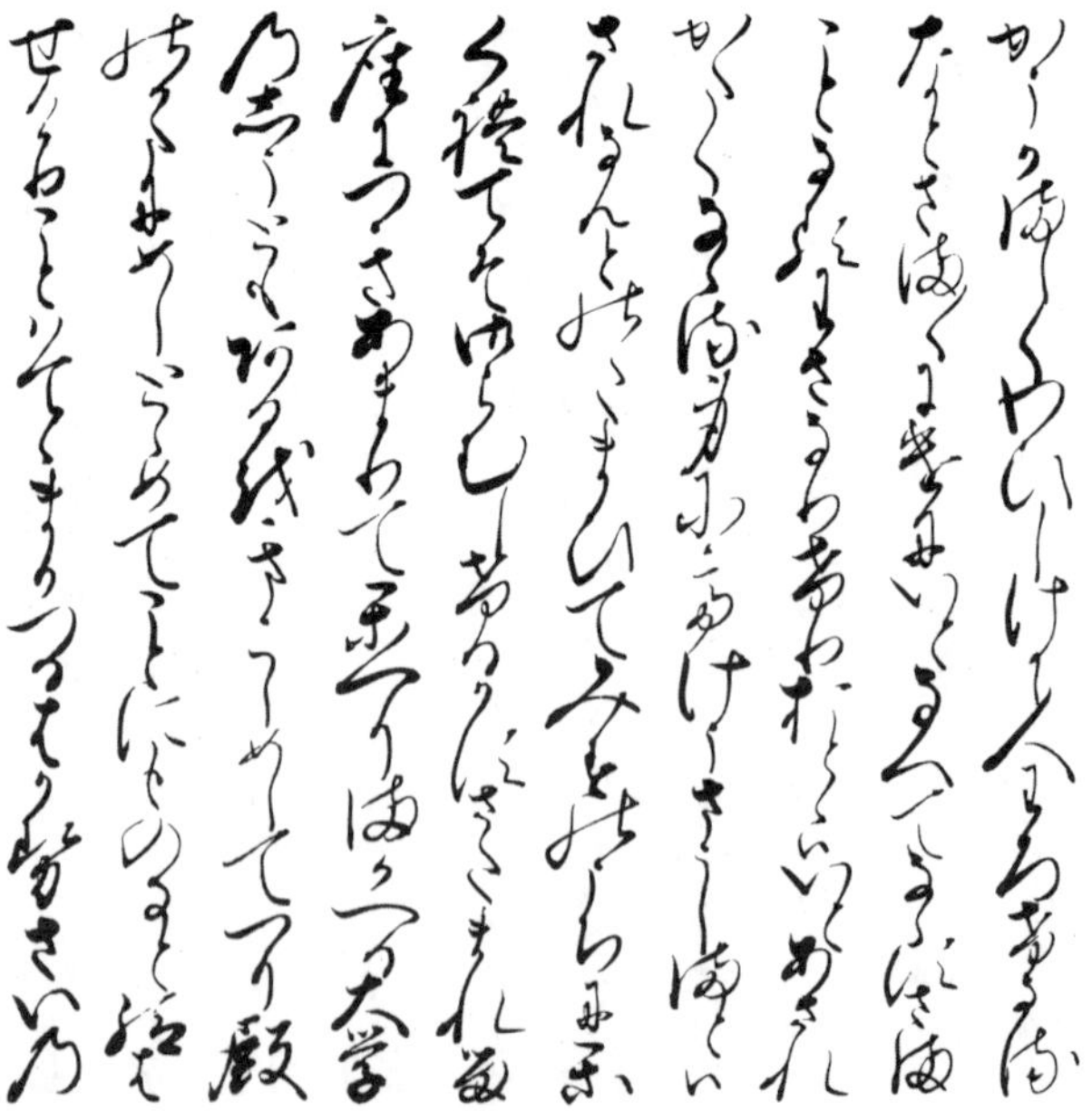

人ともめして、又く[一]文つくらせ給ふ、上達部殿上人も、[二]さるへきかきりをは、[三]みなとゝめさふらはせさせ給ふ、はかせの人くは[四]四ゐむ、[五]たゝの人は、[六]おとゝをはしめたてまつりて、[七]絶句つくりて、[八]興ある題のもしえりて、[九]文章博士たてまつる、みしかきころのよなれは、明はてゝ[一〇]そかうする、[一一]左中弁[一二]かうしつかうまつる、[一三]かたちいときよけなる人の、[一四]こはつかひものくしく神さひてよみあけたるほと、いとおもしろし、

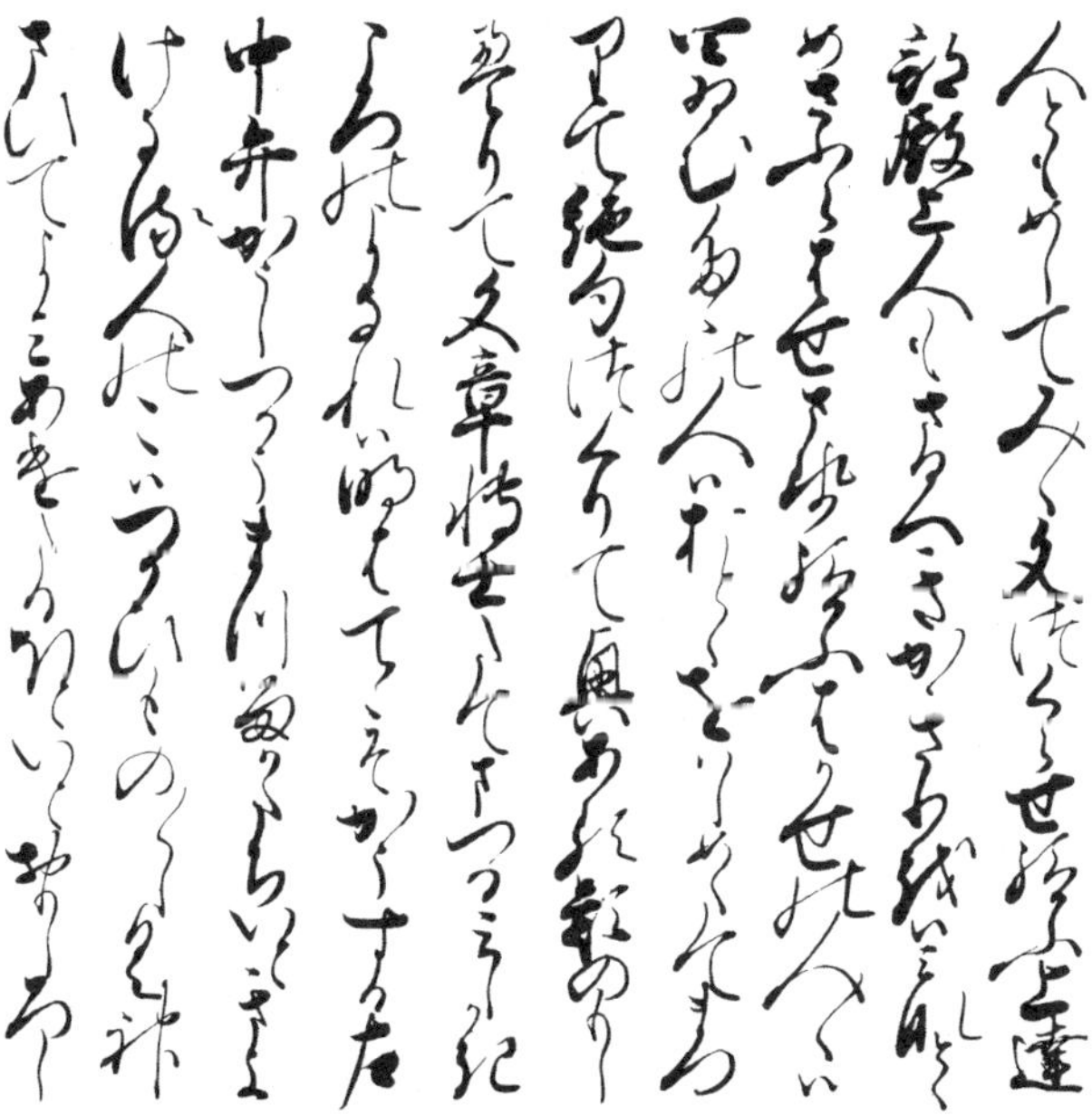

一 文は漢詩。二「さるべき」は、「当然そうあるはずの」「然るべき」の意。ここでは詩作に堪能な人。「かぎり」は「全部」。三 みな邸に留めて伺候させなさる。改めて作文《さくもん》の会《かい》を催すのである。四「四韻」は五言律詩。第二・四・六・八句の末字に押韻する。七言律詩は第一句にも韻をふむので該当しない。五 普通の人。ここでは博士以外の上達部・殿上人。六 源氏の大臣を始めとして。七 四句の詩。五言と七言とがある。律詩より短くて作りやすい。八 興味深い詩の題にする文字を選んで。九 紀伝道（後の文章道）の博士。一〇 披講する。提出された作品を朗々と読み上げる。一一 左弁官局の次席。文章を取り扱うので文章道に優れた学者が就任。一二 講師役をおつとめする。講師は作詩を読みあげる役。一三 顔だちがまことに美しい人が。一四 声の調子も堂々としていて荘厳な感じで読み上げているさまは、まことに趣がある。

一おほえ心ことなるはかせなりけりかゝる二
たかきいゑにむまれ給ひて、三せかいのゑ
い花にのみたはふれ給ふへき御身を
もちて、四まとのほたるをむつひ、五枝の雪を
ならし給心さしのすくれたるよしを、
六よろつの事によそへなすらへて七心〳〵に
つくりあつめたるくことにおもしろく八もろ
こしにももてわたりつたへまほしけなる
よのふみともなりとなん、九そのころ世に
めてゆすりける、一〇おとゝの御をはさらなり、

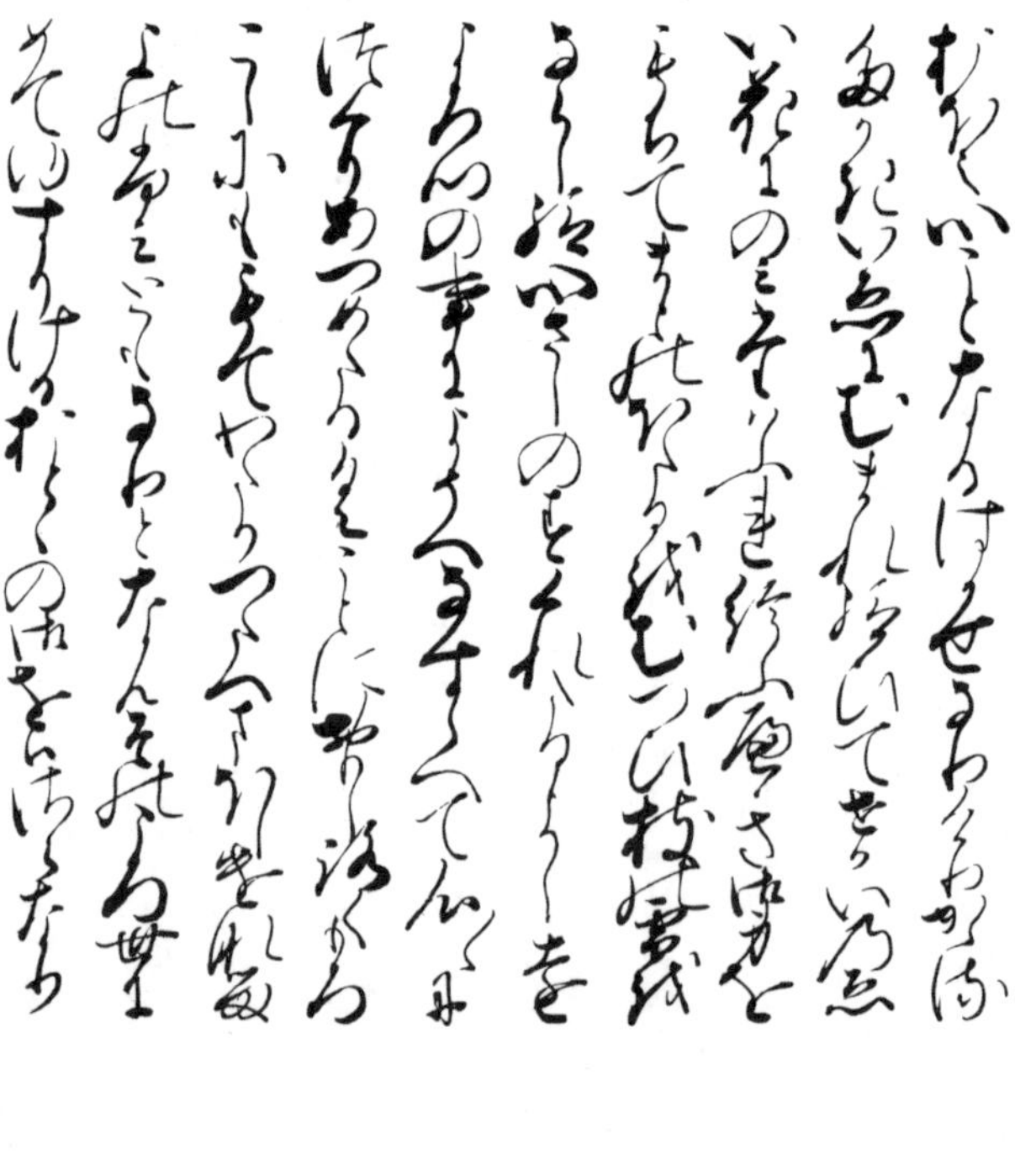

一 世間の声望が格別の博士なのであった。「おぼえ」は「(他からの) 思われ方」の意で、評価、信望。二 人々の作った詩の内容 (5行目「よし」まで)。三 ひたすらこの世の栄華にふけっていらっしゃればよいお身の上でありながら。四「窓の蛍」は、晋の車胤の故事。出典、晋書。蒙求。窓の蛍を友とし (その光で書を読み)。五「枝の雪」は、晋の孫康の故事。出典、孫氏世録。枝の雪に親しみ (雪明かりで書を読む)、といった刻苦勉励の御決意が立派であるという趣旨を。六 思い至るだけの故事を譬えに引いて。七 思い思いに作り上げた詩句。八 本家の中国にも持って行って伝えたいほどの名文であるといって。「世の文」は一世に優れた詩。九 その当時世間で褒め讃えたことであった。一〇 源氏の大臣の御作は申すまでもない。「御《おほむ》」は、「御作品」の「作品」を省略したもの。例「対の上の御は三種《みくさ》ある中に、梅花はなやかに今めかしう」〈梅枝〉は「御薫物《たきもの》」。

一おやめきあはれなる事さへすくれたるを、二涙おとしてすしさはきしかと、三女のえしらぬことまねふは、にくきことを、四とうたてあれはもらしつ、五

［5夕霧、勉学に励む］

うちつゝきにうかくといふことをせさせ給、やかて六この院のうちに御さうしつくりて、まめやかに、七さえふかき師にあつけきこえ給てそ、かくもんせさせたてまつり給ける、八大宮の御もとに、おさおさまうて給はす、九よるひるうつくしみて、なをちこのやうにのみもてなしきこえ給

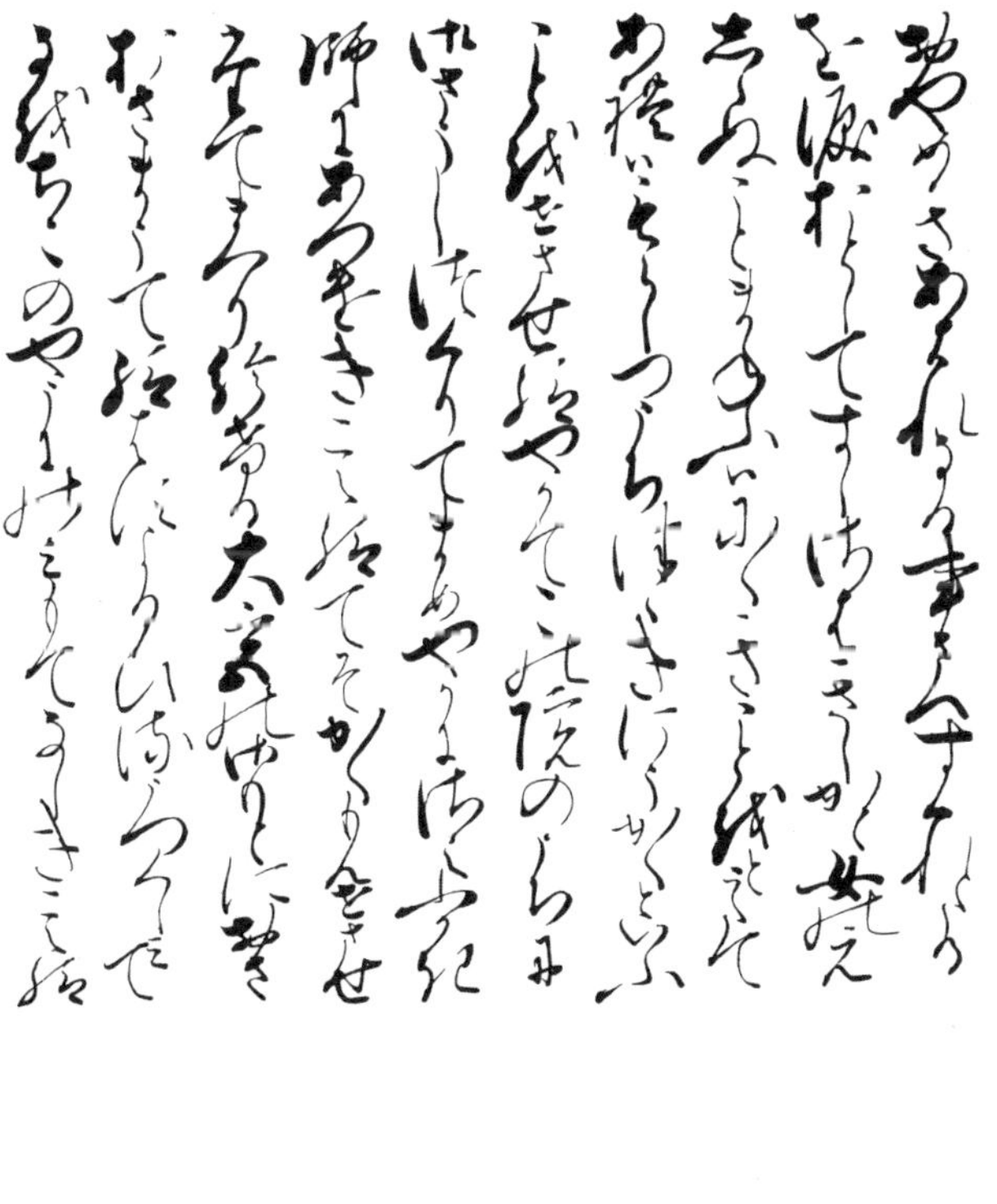

一 親らしいしみじみとした愛情が籠っている点までも優れているのを。二（人々は）感涙を流して吟じ騒いだけれども。「ずじ」は「誦《ずん》ず」の連用形。経・詩などを定式に沿って声を出して読むこと。三 当時の箴言（3行目「ことを」まで）。女の知り得ない漢詩のことを語るのは、憎らしいことだよ。四と（いうことで）気に染まないので、書くのを省略した。省筆することを読者にことわる作者の言葉。草子地。五（大臣は）引き続き、入学の儀式をおさせになって。「給」は「たまひ」の連用中止法。諸本「たまひて」。六 二条東の院の中に若君のお部屋を作って。七 造詣の深い師匠にお預け申し上げなさって。今日で言う家庭教師をつけた。八 大宮（夕霧の祖母）の許にめったに参上しなさらない。九（大宮は夕霧を）夜となく昼となく可愛がって、（元服したのに）今なお幼子《おさなご》のように扱い申しなさるので。

へれは、一かしこにてはえものならひ給は
し、二とてしつかなる所にこめたてまつり
給へるなりけり、三一月にみたひはかりまいり
給へ、とそゆるしきこえ給ひける、四つとこも
りゐたまひて、五いふせきまゝに、六とのを、七つら
くもおはしますかな、八かくくるしからて
も、たかきくらゐにのほり、九世にもち
ゐらるゝ人はなくやはある、と思ひきこえ
給へと、一〇おほかたの人からまめやかに、あた
めきたる所なくおはすれは、一一いとよくねんし

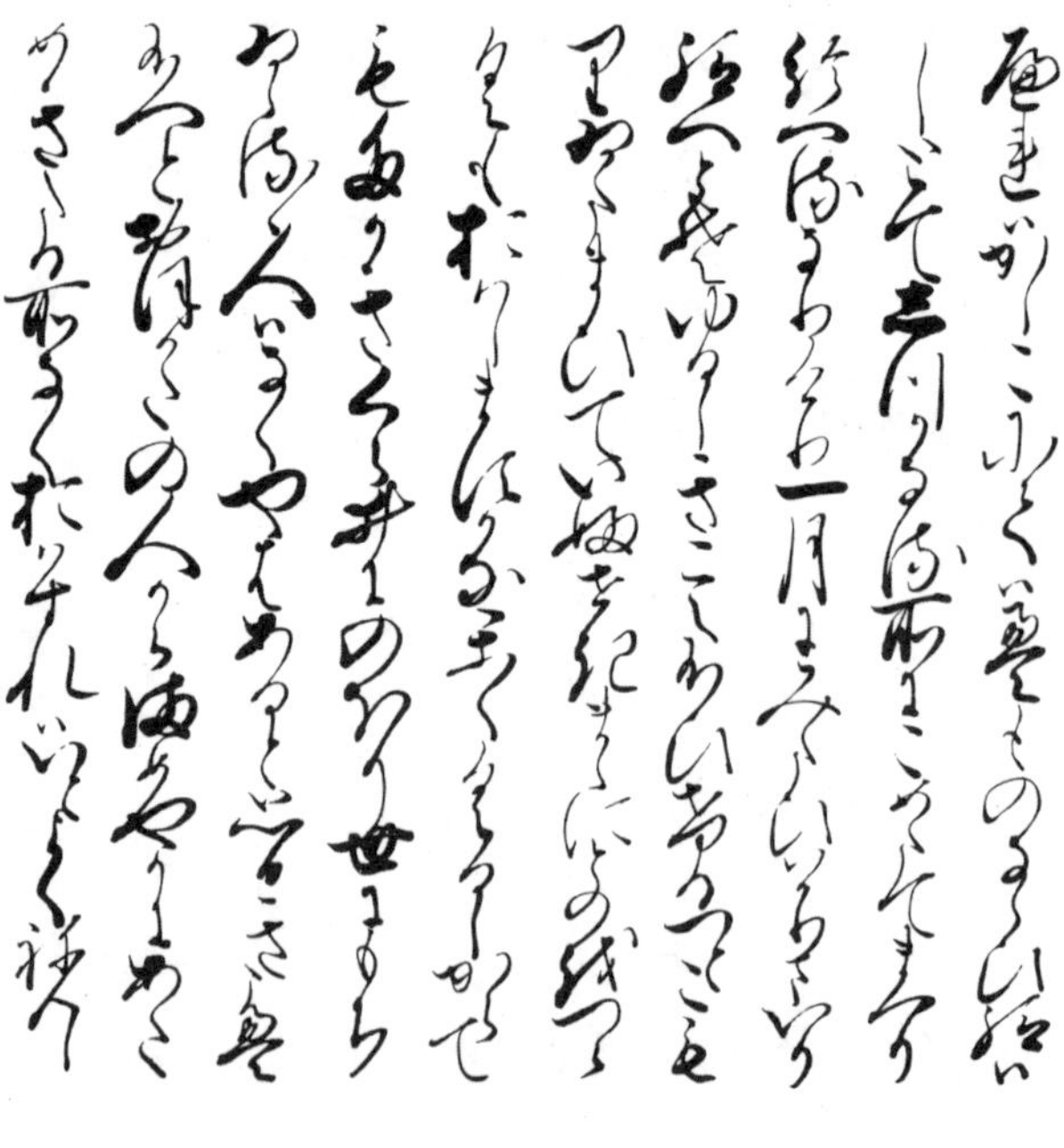

一 源氏の心内詞（2行目「給はじ」まで）。「あちら（大宮の邸）ではとても勉強はお出来になれないだろう」と思われて。二 静かな所にお閉じ込め申しなさったのでった。東の院は、主人格の花散里の他、屋敷内の北の対に末摘花・空蟬等と少数の女房たちがひっそりと住むだけで、来客もなく静かである（蓬生巻末・松風冒頭）。三 源氏の詞（4行目「り給へ」まで）。「ひとつき」と読む。一ヶ月に三度ぐらいは祖母君の所へ参上しなさい。四（夕霧は自室に）じっと籠っておられて。五 気が晴れないものだから。六 父大臣を。（「思ひきこえ」に掛かる）。七 夕霧の心内詞（8行目「はある」まで）。ひどい仕打ちをなさるものだなあ。八 こんなに苦しまなくても。九 世間で重んじられる人はいないわけではないのに。「や」は反語の係助詞。一〇（夕霧は）全体的に見た人柄が真面目で、浮ついたところがなくていらっしゃるので。一一 とてもよく我慢して。

て、[一]いかてさるへき文ともとくよみはてゝ、[二]ましらひもし、世にもいてたらん、と思ひて、[三]たゝ四五月のうちに、[四]史記なといふ文は、よみはて給てけり。[五]［6夕霧、寮試の予行］いまはれうしうけさせんとて、[六]まつわか御まへにて心みさせ給。[七]れいの大将、左大弁、式部大輔、左中弁なとはかりして、[八]御師の大内記をめして、史記のかたきまき〳〵、[九]れうしうけむに、はかせの[一〇]かへさふへきふし〳〵をひきいてゝ、ひとわたりよませたてまつり給に、いたらぬ

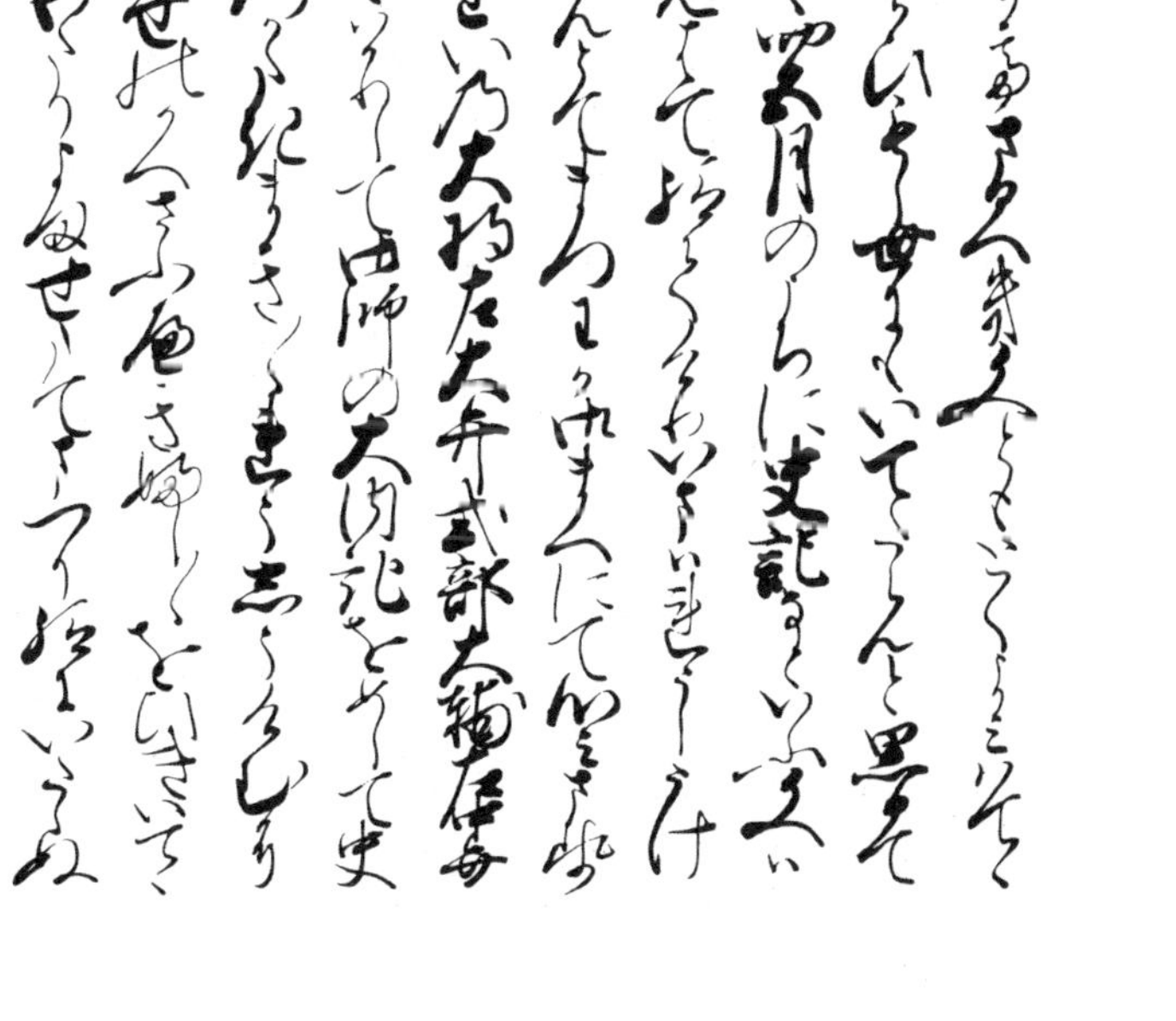

一 夕霧の心内詞（2行目「たらん」まで）。なんとかして、必要な漢籍類を早く読み終えて。「文」は、寮試に出題される史記・漢書・後漢書などを指す。二 官途にも就き、世間に顔出しもしよう。三「よつきいつつき」と読む。わずか四五箇月のうちに。四 中国の黄帝から前漢の武帝までのことを書いた紀伝体の歴史。司馬遷の著。大学寮の試験は紀伝道の学科では、史記などから出題されることが多かった。五 源氏の詞（5行目「させん」まで）。「寮試《れうし》」は大学寮の試験。合格者は擬文章生《ぎもんじようのしやう》となる。六 まず大臣ご自身の前で模擬試験を行わせなさる。七 いつもの。源氏家の行事には決まって参加する右大将。次の三人はいずれも系図外の人々。左中弁のみ九三頁既出。八 師匠の大内記。九五頁の「ざえふかき師」と同一人物か。大内記は太政官の書記官、儒者で文章に巧みな者を任ずる。九 難解な巻々。一〇 繰り返し質問しそうな大切な箇所をあちこち取り上げて、一通りお読ませ申しなさると。

一くまなく二かた〳〵にかよはしよみ給へるさま、三つましるしのこらす、四あさましきまてありかたけれは、五さるへきにこそおはしけれ、とたれも〳〵涙おとし給、六大将は、まして、七こおとゝおはせましかはと、きこえいてゝ、なき給、八殿もえ心つようもてなし給はす、九人のうへにて、かたくなゝりとみきゝ侍しを、一〇このおとなふるに、おやのたちかはりしれゆくことは、一一いくはくならぬよはひなから、かゝる世にこそ侍けれ、なとのたまふ

一「限《くま》」は、暗く陰になっている所の意。ここでは、理解の行き届かない所。二 どの説にも精通していて。又は、あれこれの記事を関連づけて。三 受験生の答えに不審のある所に爪で印を付ける。四 驚くほどの類例がない好成績なので。五 天賦の才能をお持ちだったのだ。優秀なのも前世からの因縁による。六 大将は伯父だから他の列席者以上に。七 大将の詞（7行目「しかば」まで）。故大臣は大将の父。〈薄雲〉で薨去。「いかに愛《め》で給はまし」などを省略。八 源氏の大臣も気強く構えていらっしゃれずに。九九頁1行目の「をしのごひ給ふ」に続く。九 源氏の詞（10行目「侍けれ」まで）。今まで他人のことして、見苦しいと見たり聞いたりしておりましたことですが。一〇 子供が大人になって行くにつれて、親のほうが入れ替わりに老耄化してゆくことは。一一 私などまだどれほどの年齢でもありませんが、これが人の世というものなのですね。（源氏は三十三歳）。

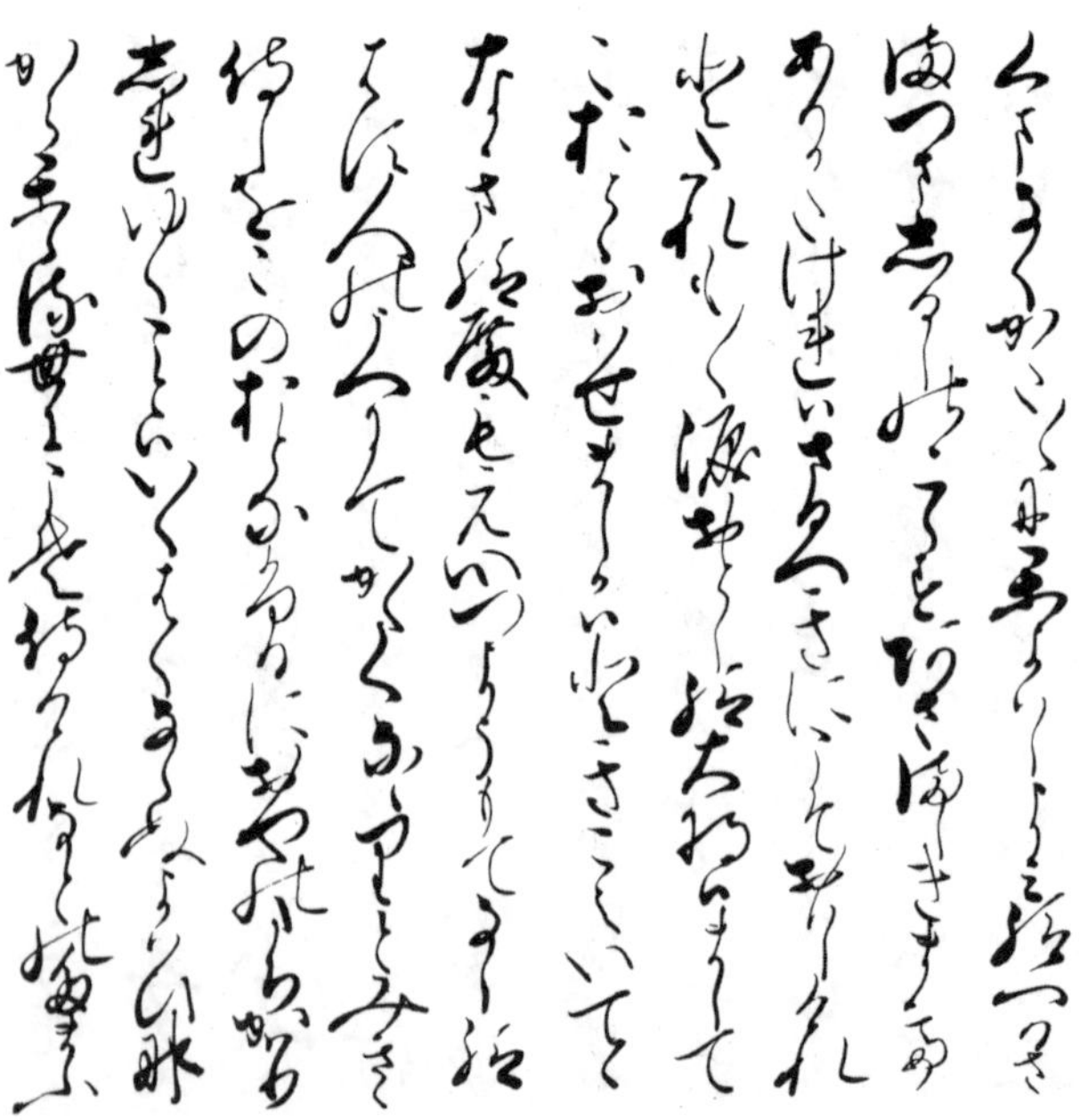

て、[一]をしのこひ給ふをみる御師の心ち、[二]う
れしくめいほくありとおもへり、[三]大将さか
つきさし給へは、[四]いたうゑひしれてをるかほ
つき、[五]いとやせくなり、[六]世のひか物にて、さえの
ほとよりはもちゐられす、[七]すけなくて身
まつしくなんありけるを、[八]御らんしうる所
ありて、[九]かくとりわきめしよせたるなり
けり、身にあまるまて[一〇]御かへりみをたま
はりて、[一一]この君の御とくにたちまちに身を
かへたるとおもへは、[一二]ましてゆくさきはならふ

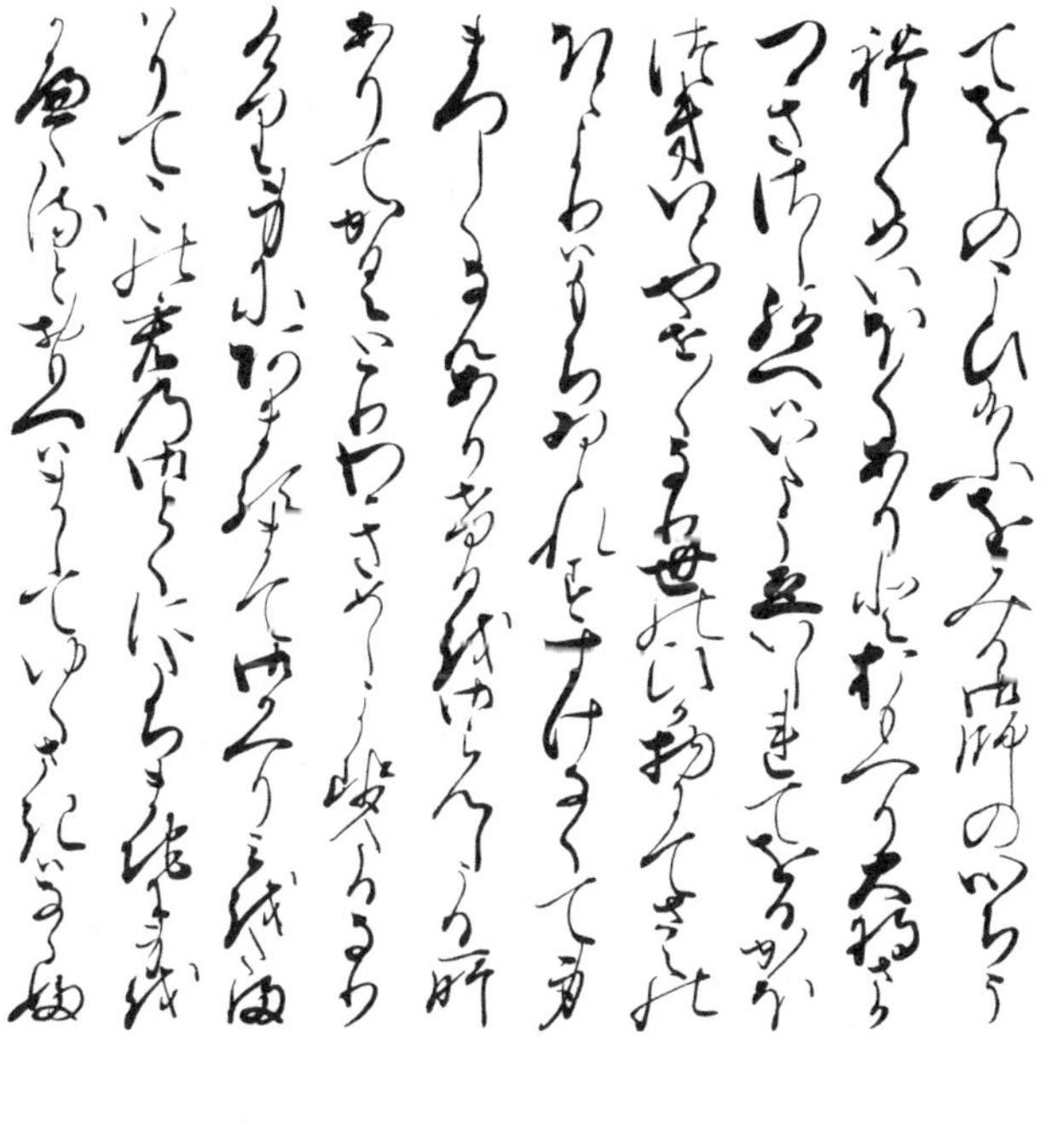

一 目頭を押えて涙をお拭いになるのを拝見する大内記の気持ちは。二 大内記の心内詞（二行目「くあり」まで）。嬉しく、面目を施した。三 右大将が（大内記に）盃をお勧めになるので。来賓・親族代表として、祝いとお礼の気持ちを込めて差し出す盃を、恐縮しながらも晴れがましい気持ちで次々飲み干す。四 すっかり酔っぱらってわけが分からなくなっている。五 ひどく痩せ細っている。栄養不良の貧乏学者といった風貌。六（この内大記は）ひどく変わり者で、学問のわりには出世できず。七 人から相手にされず貧乏であったのを。八 源氏の大臣の御目にとまって。九 このように特別に（若君の師として）お召し寄せになったのであった。一〇 ご愛顧をいただいて。一一 この君（夕霧、一説源氏）のおかげで、急に生まれかわったような境遇になったことを思うと。一二 それ以上に（夕霧の出世した）将来は、並ぶ者のない信望を得るであろうよ。

一（若君が）大学寮に参入なさる日。寮試を受験するためである。二 寮の門前に上達部のお車が数え切れないくらい集まっていた。大学寮は二条大路の南、朱雀大路の東に四町を占めていた。正門は朱雀大路に面していたか。三（話者の心内詞）「およそ世間に夕霧参入の様子を見ないで家に残っている人はあるまい」と思われたのだが。四（そこへ供の者に）この上なく大切に扱われて、装束などを美々しく整えられてお入りになる冠者《くわざ》の君のご様子は。冠者は、元服して冠をつけたばかりの若者。五 本当にこうした学生の仲間入りには堪えられそうにないほど上品で可愛らしい感じである。六 粗末な身なりの学生たちが集まって次々に着座している末席に着かねばならないことを、「つらい」とお思いになるのも無理からぬことである。見すぼらしい者たちを儒者（博士）とする説は採らない。夕霧は最年少の受験生。七 大声で落度を叱りつける儒者どももがいて。

［7夕霧、寮試に及第］

人なきおほえそあらんかし、一大かくにまいり
給日は、二れうもんに上達部の御車ともかす
しらすつとひたり、三おほかた世にのこりたる
人あらしと見えたるに、四又なくもてかしつか
れて、つくろはれいり給へる冠者の君
の御さまけに五かゝるましらひにたへす
あてにうつくしけなり、れいの、六あやしきもの
とものたちましりつゝきゐたる座のする
をからしとおほすそ、いとことはりなるや、
こゝにても、七又おろしのゝしるものともありて、

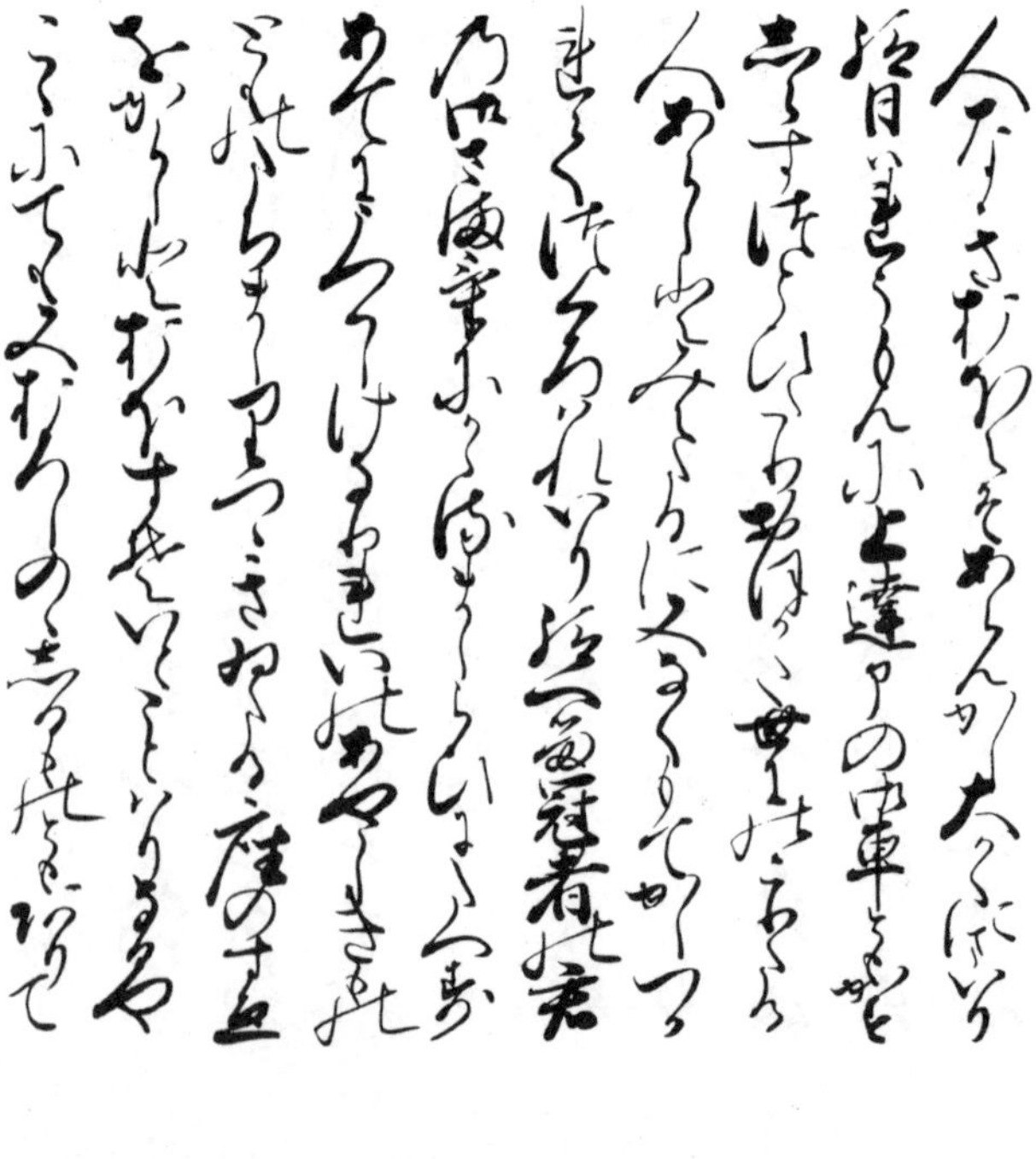

[一]めさましけれと、[二]すこしもおくせすよみはて給つ、[三]昔おほえて大かくのさかゆるころなれは、[四]かみなかしもの人、われも〳〵と[五]此道に心さしあつまれは、いよ〳〵世中に、[六]さえありはか〳〵しき人おほくなんありける、[七]文人[八]きさうなといふなることゝもよりうちはしめ、[九]すか〳〵しうはて給へれは、ひとへに心にいれて、[一〇]しもてしもいとゝはけみまし給ふ、[一一]とのにも文つくりしけく、はかせ[一二]さい人ともところえたり、すへてなに事につ

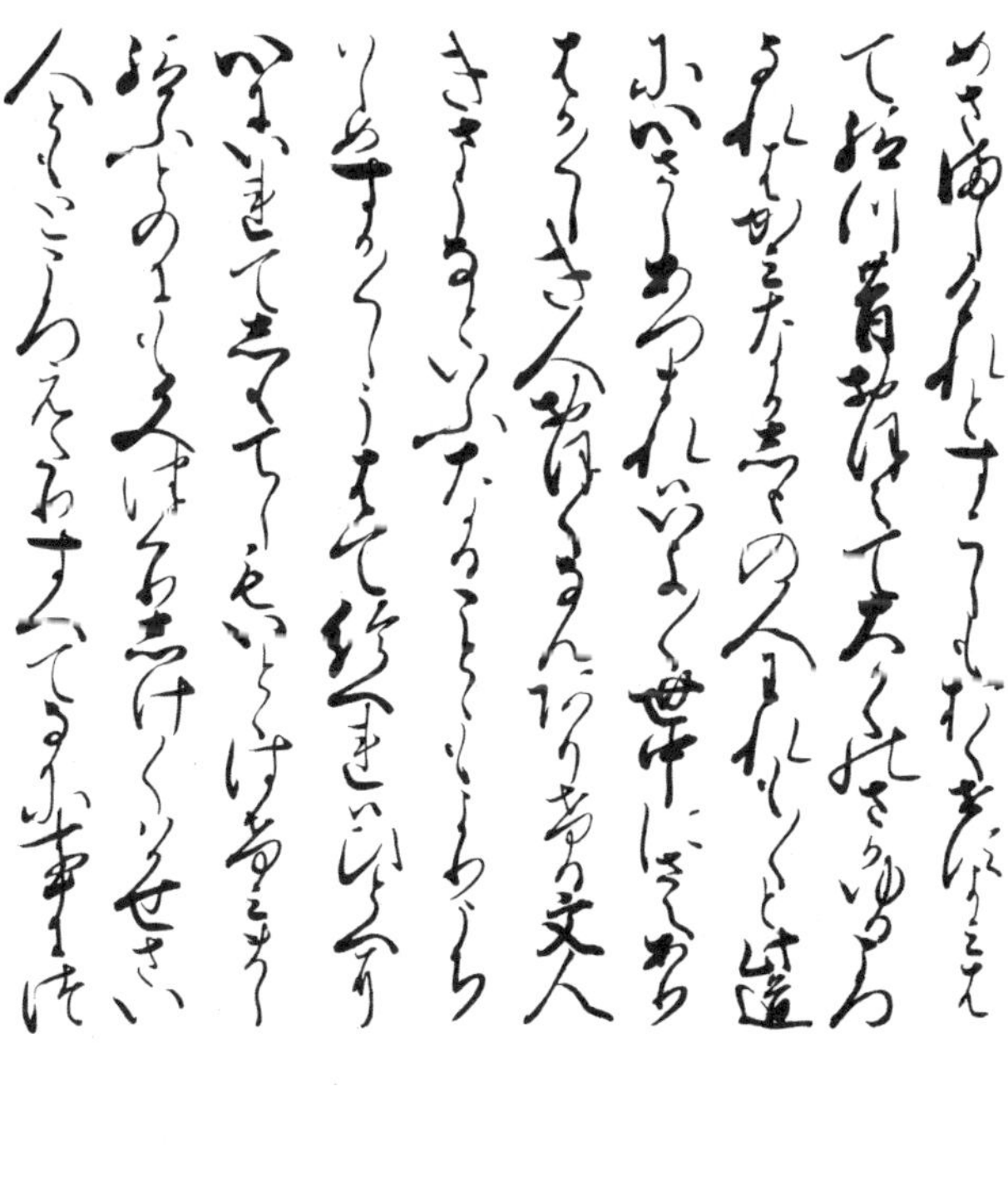

一 不愉快だけれど。二（若君は）少しも気後れすることなく（出題された箇所を）最後までお読みになった。三 昔の盛時が思い出されるほど、大学が栄えるころなので。昔とは、平安初期ごろを考えている。四 身分の上中下を問わず人々が。五 学問の道。六 学才のある有能な人物。七「もんにん」は、紀伝道や文章道の学生の進級過程における一つの資格。八 擬生《ぎさう》は、擬文章生の略称で文章生の下の資格。寮試に合格した者がなる。九（若君はどの段階の試験も）すらすらと合格なさったので、今はひたすら学問に心をうちこんで。一〇 師匠も弟子も一段と努力の度を加えておられる。一一 源氏邸でも詩作の会がさかんに行われて。一二「さい人」は、才能ある人。学者。源氏の大臣は、夕霧の先生や先輩・学友を招待して頻繁に詩作の会を催し、歓待優遇する。一三「所を得《う》」は、自分に適した場所を得て力を発揮する意。

けても、一道〳〵の人のさえのほとあらはるゝ
世になんありける、二かくて、きさきゐ給ふへ

[8 斎宮の女御中宮になる]

きを、三斎宮女御をこそは、四はゝ宮も五御うし
ろみとゆつりきこえ給ひしかは、六とおとゝも
ことつけ給、七源氏のうちしきり后にゐ給
はんこと、世の人ゆるしきこえす、八弘徽殿の、
まつ人よりさきにまいり給にしもいかゝ、
なとうち〳〵に、九こなたかなたに心よせき
こゆる人〳〵、おほつかなかりきこゆ、一〇兵部卿
宮ときこえしは、いまは式部卿にて、この

一 それぞれ学問や芸道の才能が発揮される世の時勢なのであった。二 そろそろ立后の儀がおありになるはずの時であるが。「きさき」は、女御たちの中から一人選ばれる中宮（帝の正夫人）。「居る」は、その地位に着く意。三 源氏の詞（4行目「しかば」まで）。斎宮女御は梅壺女御とも。弘徽殿女御と帝寵を競い絵合巻で勝者に。四 帝の母宮。故藤壺中宮。五 帝のお世話役としてお任せ申しなさったのだから。六 源氏の大臣も、母宮の遺言にかこつけて推挙なさる。七 世人の詞（7行目「いかが」まで）。（皇族出身や賜姓）源氏から引き続いて后にお立ちになることを世間も賛成申し上げない。前帝の朱雀院に立后のことは無かったが、桐壺院の藤壺に次いで皇族出身の中宮が続くことになる。藤原氏から中宮を立てるという奈良時代以来の慣例があった。八 弘徽殿は右大将（昔の頭中将）の長女。九 あちら側こちら側にお味方申し上げる人たちが、気をおもみ申している。一〇 藤壺の兄。紫の上の父。

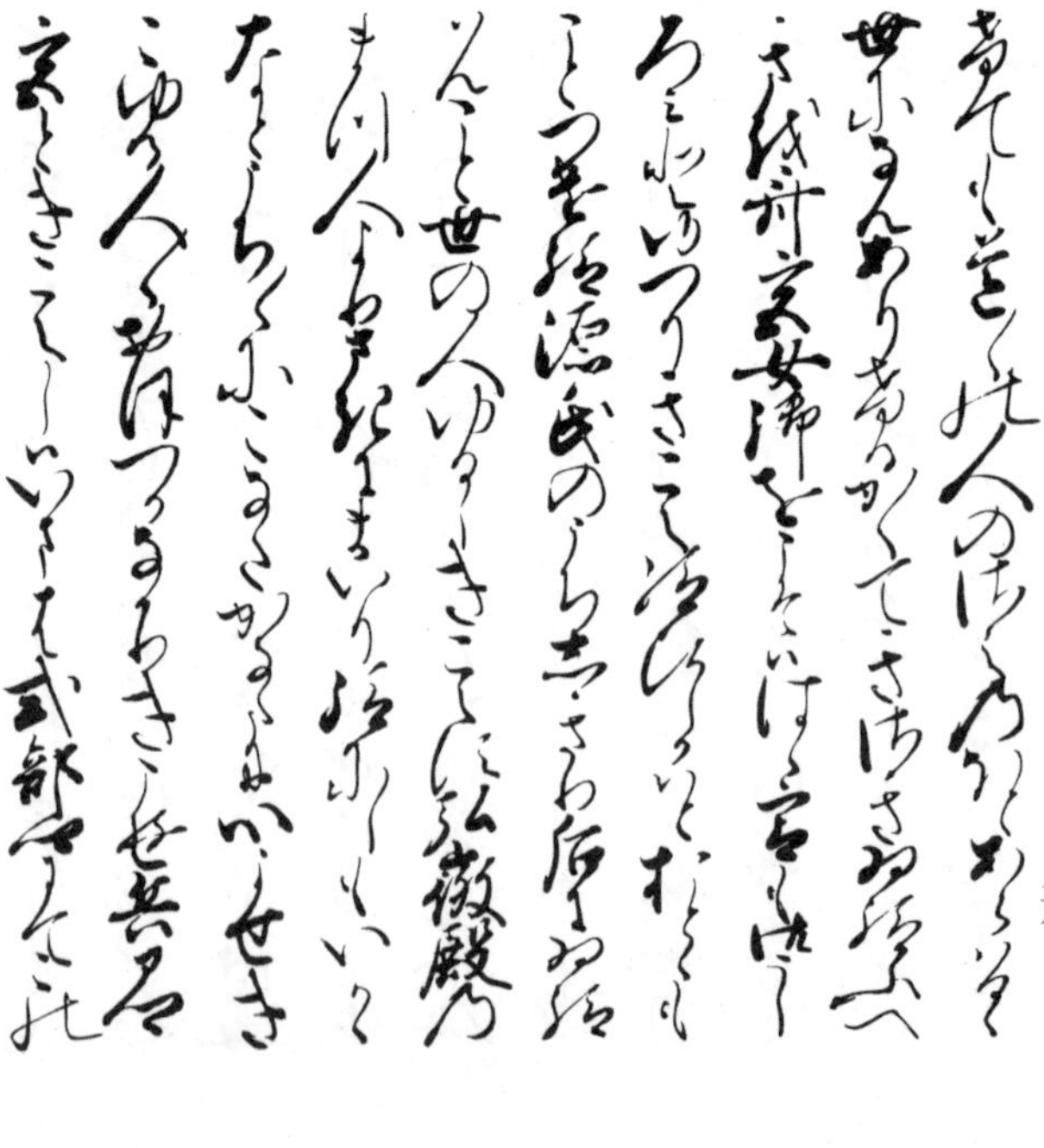

[一]御時にはましてやんことなき御おほえにておはする御むすめ[二]ほいありてまいり給へり、[三]おなしこと王女御にてさふらひ給を、[四]おなしくは、御はゝかたにてしたしくおはすへきにこそは、ゝきさきのおはしまさぬ、御かはりの御うしろみにとことよせて、につかはしかるへく[五]ととり〳〵におほしあらそひたれと、[六]猶むめつほゐたまひぬ、[七]御さいはひの、かくひきかへすくれ給へりけるを、[八]世の人おとろきゝこゆ、[九]おとゝ、太政大臣にあかり

〔9 源氏昇進、新内大臣とその家族〕

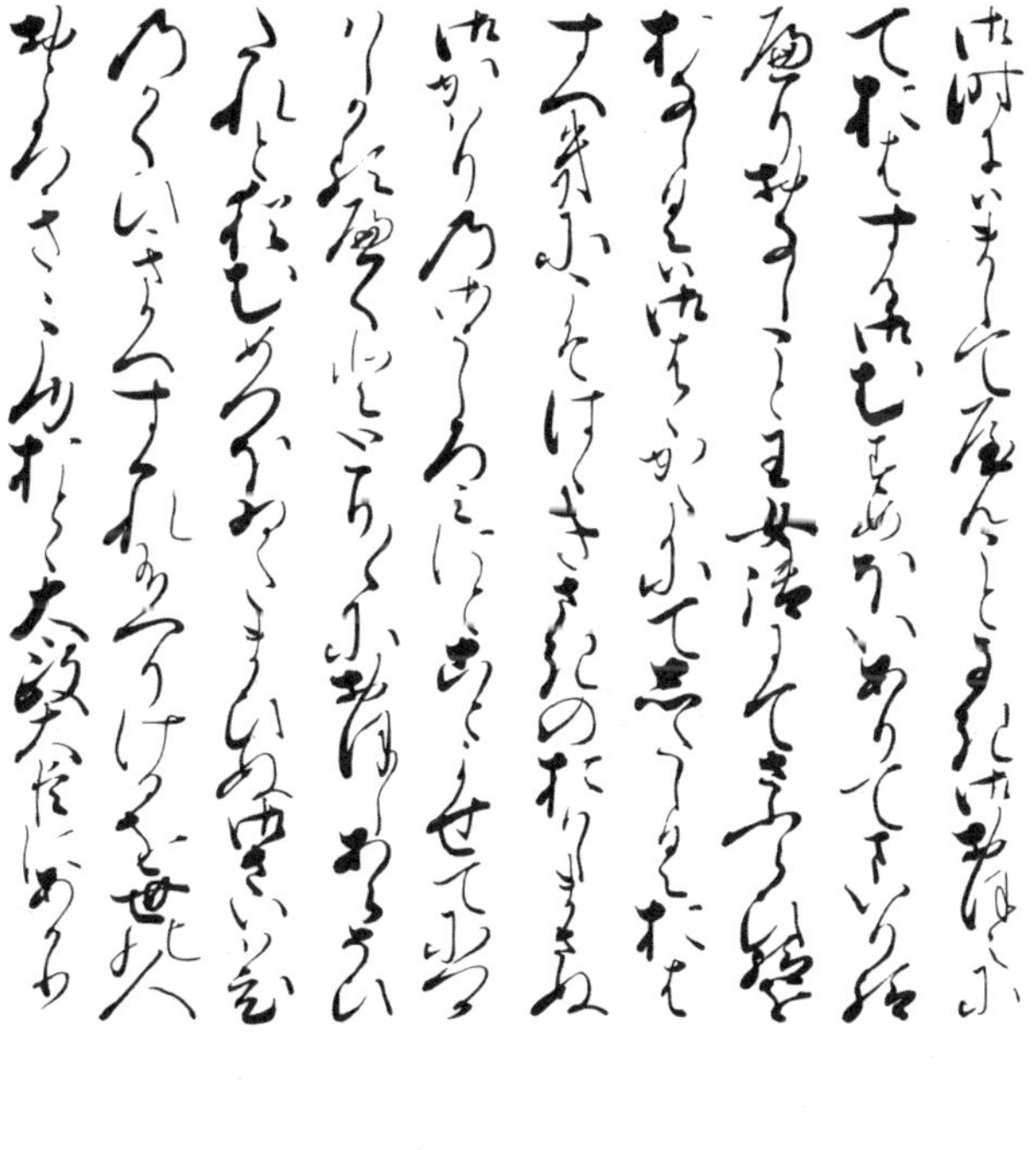

一 この帝の御代《みよ》には（帝の御伯父として）今まで以上に御信任が厚くていらっしゃる、その姫君が。二 かねての望み通り入内なさった。三 斎宮女御と同じく王族の女御としてお仕えなさっているのを。四 式部卿宮方の心内詞（7行目「るべく」まで）。同じことなら母宮藤壺方の縁続きで、親しい間柄でいらっしゃるのが当然のことです。故母宮の代りのお世話役にと王女御を推す。五 それぞれに思い争いなさったけれど。六 結局、梅壺に住む女御が中宮になられた。梅壺中宮《うめつぼのちゅうぐう》と呼称する。故六条御息所の姫で源氏が親代わりの後見人。七 ご幸運が、このように母御息所とはうって変わってすぐれていらっしゃったのだということを。八 世間の人たちは驚きおうわさ申している。九 源氏の内大臣は、太政大臣に昇進なさり。太政大臣は、澪標巻で致仕の左大臣が就任したが、薄雲巻で薨去の後、則闕の官の名のごとく空位であった。

一 右大将は、（源氏の後任の）内大臣におなりになった。二 天下の政務をお執りになるよう、源氏は内大臣に実権をお譲り申しあげられる。三（新内大臣は）人柄が実に剛直で、形式を重んじる方で。四 心遣いなどもしっかりしていらっしゃる。五「たて〻」は、特に。第一に。六 ゐんふたぎ（韻塞）は、古詩の韻字を隠して、それを当てあう遊戯。源氏に負けたのは賢木巻でのこと。七 政務には格別有能であった。八 幾人もの夫人方にお子たちが十数人あり。九 それぞれ成人していらっしゃる方々も、次々と立身して。一〇（源氏の大臣に）負けず劣らず栄えている御一族である。一一（内大臣の）娘は、弘徽殿女御ともう一人いらっしゃった。この姫君を「雲居雁」（くもいのかり）と呼び慣わしている。

給ひて、[一]大将、内大臣になり給ひぬ、[二]世中の事ともまつりこち給ふへく、ゆつりきこえ給ふ、[三]人からいとすくよかに、きら〱しくて、[四]心もちゐなともかしこくものし給、[五]かくもんをたて〻し給けれは、[六]ゐんふたきにはまけ給ひしかと、[七]おほやけことにかしこくなむ、[八]はら〱に御ことも十よ人、[九]おとなひつ〻ものし給も、つき〱になりいてつ〻、[一〇]おとらすさかえたる御家のうちなり、[一一]女は女御といまひと所となんおはし

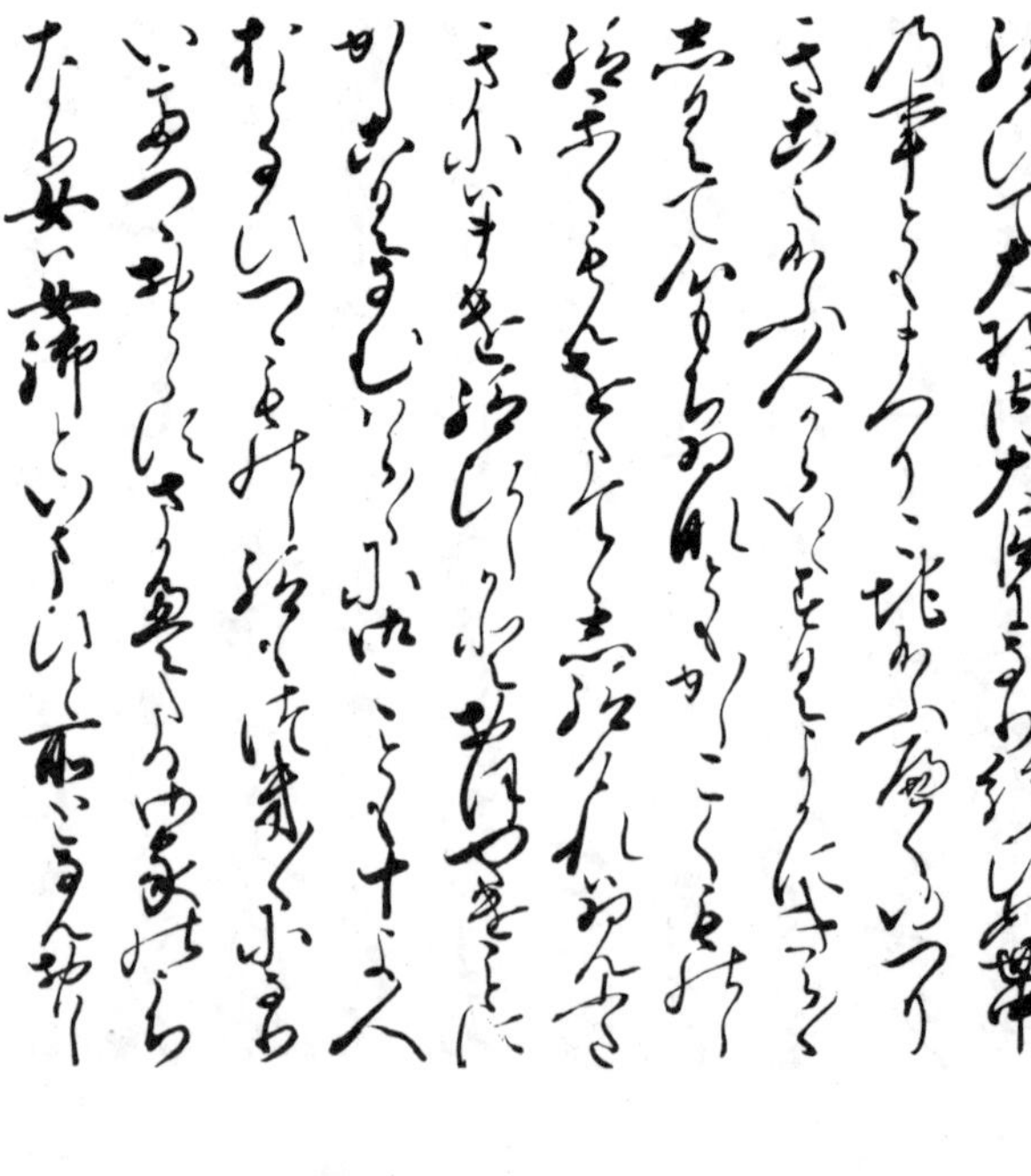

ける、一わかむとをりはらにて、二あてなるすちはおとるましけれと、三そのはゝ君、按察大納言のきたのかたになりて、四さしむかひたることものかすおほくなりて、五それにまかせて後のおやにゆつらんもいとあいなしとて、六とりはなちきこえ給ひて、七大宮にそあつけきこえ給へりける、女御には、いとこよなく八思ひおとしきこえ給つれと九人からかたちなと、いとうつくしうそおはしける、一〇冠者の君ひとつにておひいて

〔10 夕霧と雲居雁の恋〕

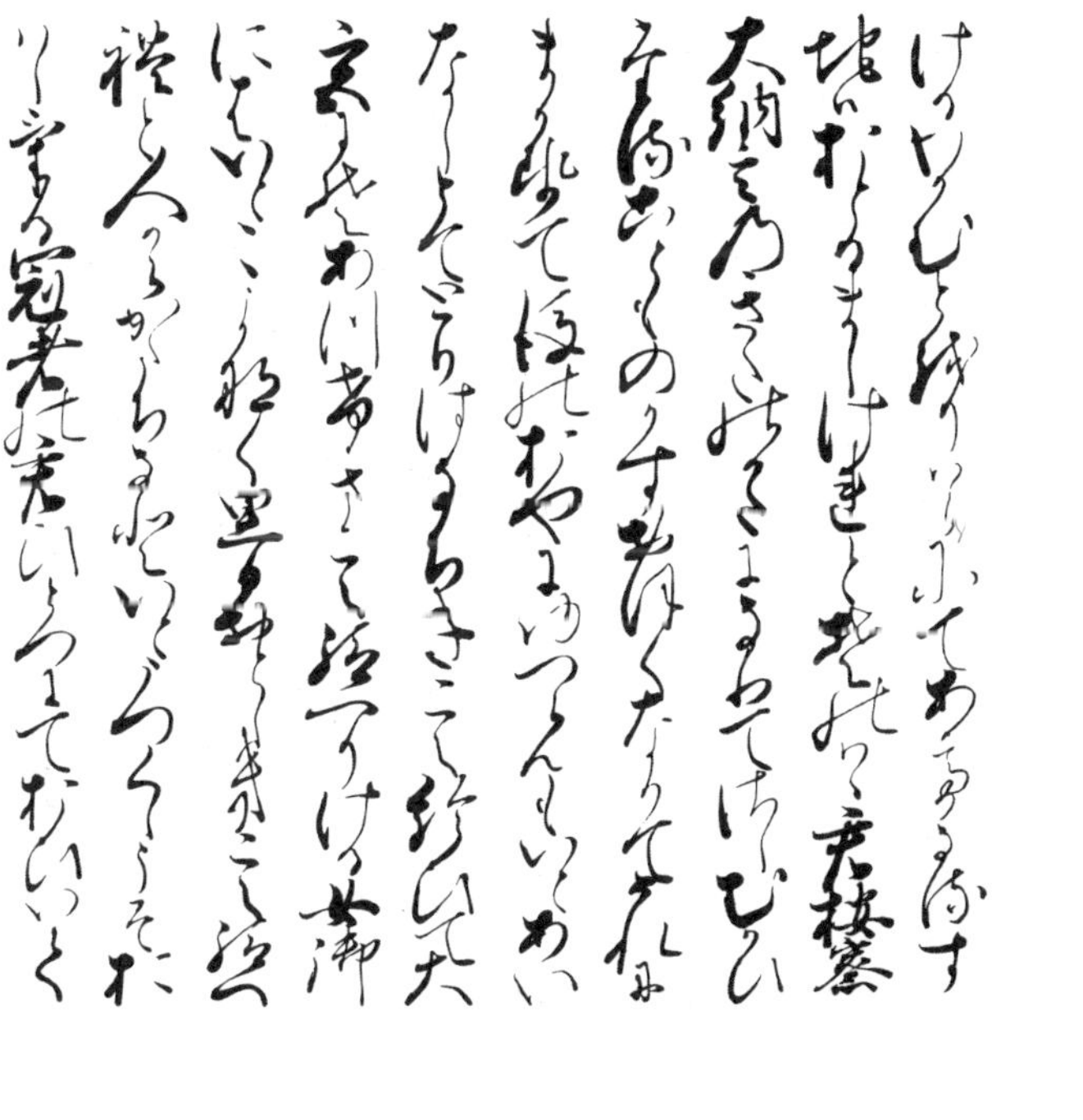

一 以下二人目の娘の説明。皇族の方を母として生まれたので。「わかむどほり」は皇族の血筋を言う。二 高貴な血筋という点では、姉の女御に負けないはずだけれど。三 その娘の母君が（元の頭中将と別れて）按察大納言《あぜちのだいなごん》の正妻になって。「北の方」は上流貴族の正妻の尊称。内大臣の北の方は、元右大臣の四の君（弘徽殿女御の母）。四 現在の夫との間の子供がたくさんになって。「さしむかひたる」は青表紙諸本「さしむかへる」。五（子の多い）母親に世話を任せて親権を継父に譲るのも全くおもしろくないと思って。「後のおや」は按察大納言のこと。六 実母の元からお引き取り申しなさって。七（内大臣は、姫君の祖母である）大宮にお預け申しなさっていた。八（父親は）軽くお考えだけれど。九（姫君の）人柄や顔立ちなどは、たいそう可愛らしくていらっしゃった。一〇 夕霧の君は、（この姫君と）同じ邸でお育ちになったが。「冠者」は、一〇〇頁注四参照。

一 それぞれ十歳を過ぎてからは、お部屋も別々になって。夕霧と雲居雁とは従姉弟《いとこ》で共に幼時から祖母大宮の許で育てられている。二 内大臣の詞（3行目「のなり」まで）。親しい間柄であっても、男の子には気を許すべきではないのですよ。三（二人は）離れて暮らすようになってしまったが。同じ三条邸の中ながら、東の対と西の対のように、生活の場を別々にさせられた。四 子供心にも（姫君を慕わしく）思うことが無いわけではないので。五（季節ごとの）ちょっとした花や紅葉（を庭で眺める）につけても。（「ひゝな～ついせうをも」と同格）。六 お人形遊びのご機嫌取りにも。七 熱心につきまとって、好意をお見せ申しなさるので。八 お互いに深い情愛を通わして。九（姫君は若君に対して）今でもきっぱりと恥じ隠れるようなことはなさらない。一〇 姫君のお世話役たちも。乳母や女房たちをいう。一説、若君・姫君両方のお世話役とする。

給ひしかとを、一のくとをにあまり給て後は、
御方ことにて、二むつましき人なれと、をの
こゝにはうちとくましきものなり、とちゝ
おとゝきこえ給て、三けとをくなりにたる
を、四おさなこゝちに思ふことなきにしもあら
ねは、五はかなき花もみちにつけても、
六ひゝなあそひのついせうをも、七ねんころに
まつはれありきて、心さしをみえきこえ
給へは、八いみしう思ひかはして、九けさやかにはは
いまもはちきこえ給はす、一〇御うしろみとも

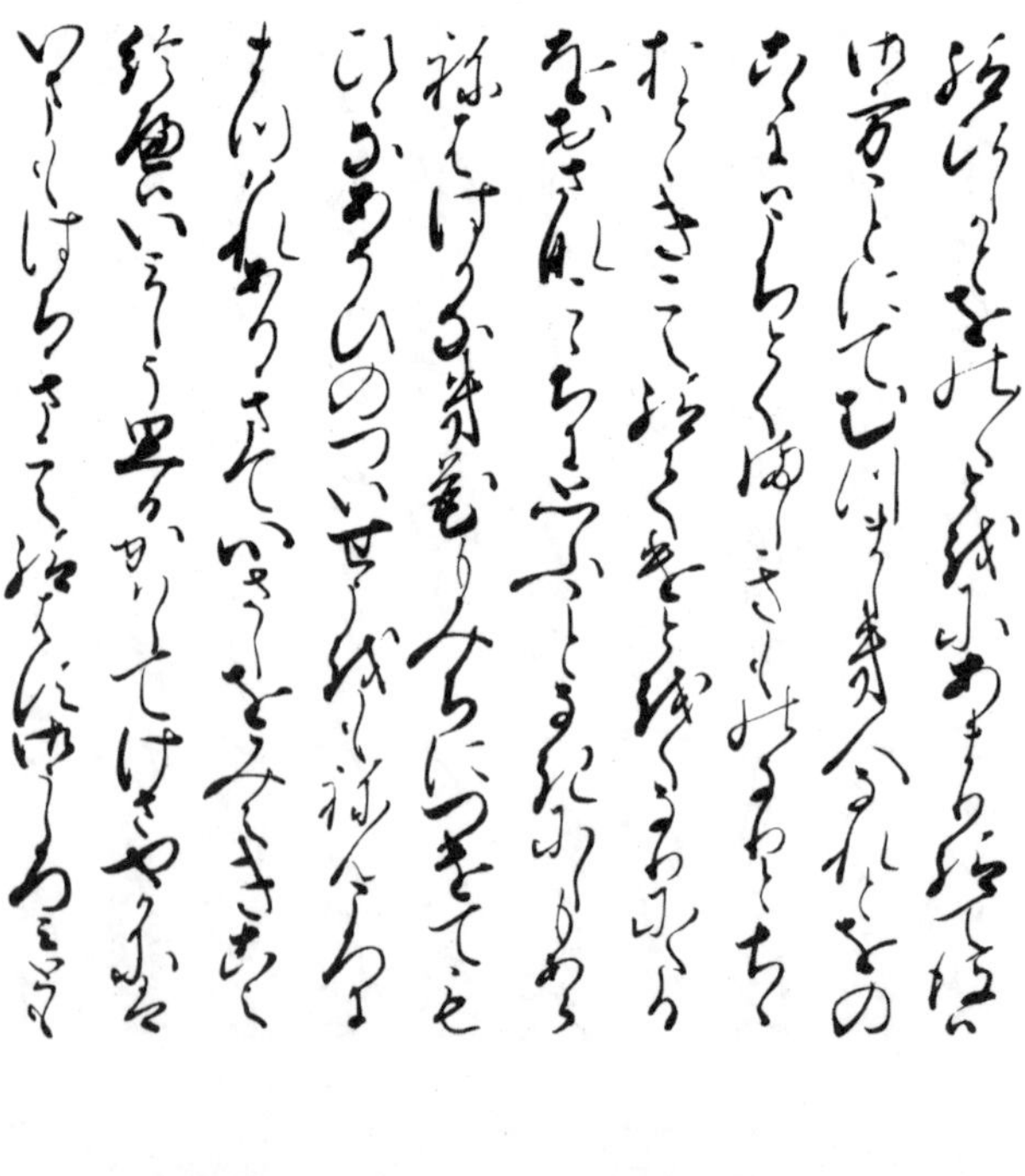

も、[一]なにかは、[二]わかき御心とちなれは、[三]としころ見ならひ給へる御あはひを、[四]にはかにも、いかゝはもてはなれはしたなめきこえん、[五]とみるに、[六]女君こそなに心なくおはすれと、おとこは、[七]さこそものけなきほとゝ見きこゆれ、[八]おほけなくいかなる御なからひにかありけん、[九]よそ〳〵になりては、これをそしつ心なく思ふへき、[一〇]またかたおひなるての、おひさきうつくしきにて、かきかはし給へる文ともの、[一一]心おさなくて、をのつから

一 お世話役の心内詞（3行目の「こえん」まで）。いえ、なあに。二 まだ幼いお方同士のことなので。三 長年直接顔を合わせることが習慣になっていらっしゃる間柄を。四 どうして急に引き離してきまりの悪い思いをおさせ申せましょう。五 と思って（二人の様子を）観察していると。六 女君のほうは、無邪気で幼びれていらっしゃるけれど。「女君」「男」は、恋愛関係にある男女として描写する用語。「君」の有無に、世話役女房の感情が表れている。七 あんなにお話にもならない幼さとお見受けしたのに。八 大それた、どんな二人の仲になっていたものか。既に深い仲になっていたことを暗示。九 お部屋が別々になってからは、姫君に逢えぬ事を気が気でなく思うのであろう。一〇 まだ未熟ながら、将来の上達が楽しみな可愛らしい筆跡で。「の」は同格の格助詞。「うつくしき（て）」と同格。一一 姫君の心配りが幼く不用意で。

一落として人目に触れる時があるので。二姫君方の女房たちのなかには、うすうす（二人の関係を）知っている者もあったが。三「きこえん」まで挿入句。どうしてこうこうですとどなたに申し上げられようか。二人を庇って、大宮にも内大臣にも告げない。四（誰も）見て見ぬふりをしているに違いない。五お二方の大臣就任の大饗も終わって。「大饗」は、中宮春宮や大臣が諸官を招待して行う大規模な饗宴。二宮の大饗と大臣の大饗（大臣が毎年正月に行う年中行事と大臣就任時の祝宴）とがある。ここは太政大臣と内大臣の任大臣の披露大饗。六荻の葉末を吹き渡る風も身にしみる夕暮れに。藤原義孝集「秋はなほ夕まぐれこそただならね荻の上風萩の下露」。七大宮のお部屋に内大臣が参上なさって。八雲居雁のこと。姫君の部屋から、大宮の部屋へ呼んで来させになって。九大宮のこと。あらゆる楽器の名手でいらっしゃるので、それを全て（姫君に）伝授し申し上げなさってある。

一おちゝるおりあるを、二御方の人々、ほの〱しれるもありけれと、三なにかは、かくこそとたれにもきこえん、四見かくしつゝあるなるへし、

［11内大臣、琴を弾き大宮と語る］

五ところ〱の大きやうともゝはてゝ、世中の御いそきもなく、のとやかになりぬるころ、時雨うちして六おきのうは風もたゝならぬ夕くれに、七大宮の御方に内のおとゝまいり給て、八ひめ君わたしきこえ給て、御ことなとひかせたてまつり給。九宮はよろつのものゝ上手におはすれは、いつれもつたへ

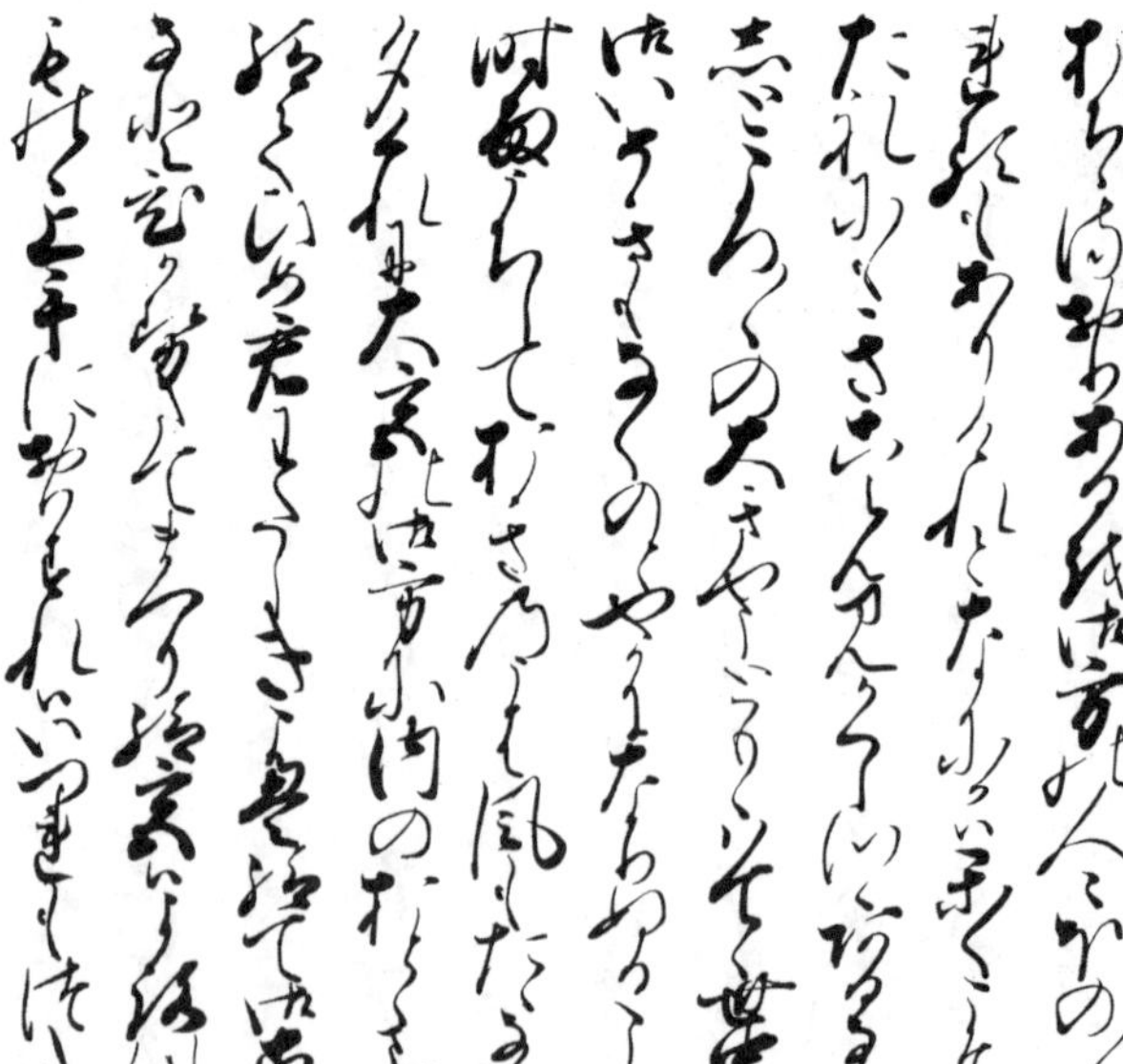

たてまつり給ひはこそ、一女のしたるにゝくきやうなれと、二らうくしきものにはへれ、いまの世にまことしうつたへたる人、三おさく侍らすなりにたり、四なにのみこ、くれの源氏、なとかそへ給て、五女の中には、おほきおとゝの山さとにこめをき給へる人こそ、いと上手ときゝ侍れ、六もののゝ上手の後には侍れと、するゑになりて、やまかつにてとしへたる人、七いかてさしもひきすくれけん、八かのおとゝ、いと心ことにこそ思ひての給ふ折

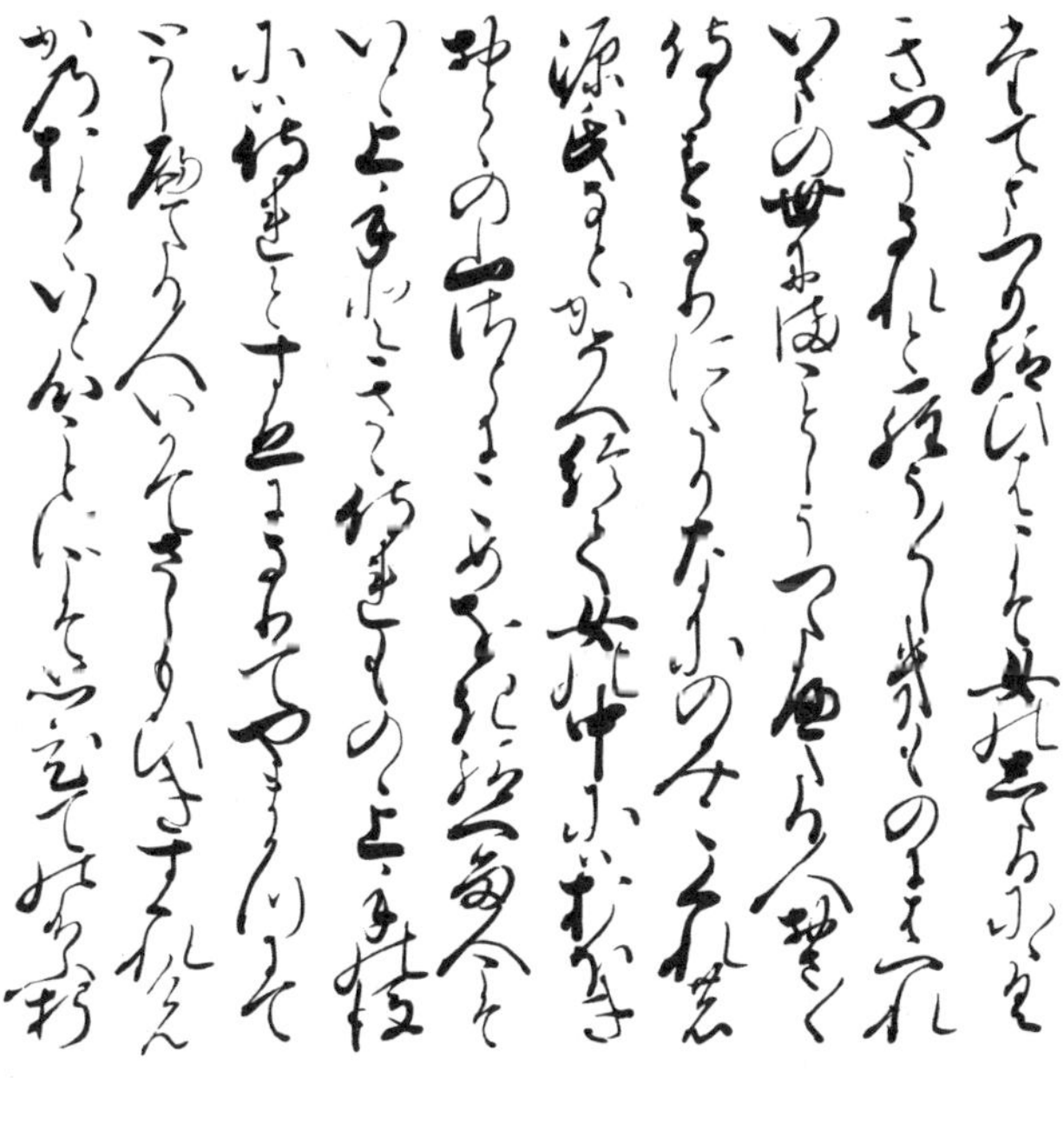

一 内大臣の詞（5行目「源氏」まで）。宇津保物語・初秋巻に「琵琶なん、さるは女のせむに、うたて憎げなる姿したるものなる」とある。楽器が大型で弾奏の姿勢が優雅でないことをいう。二 音色は上品で堂々としたかんじのするものでございます。三 奏法を正確に伝えている人。四 何々親王、源氏の誰それ。五 内大臣の詞（一一〇頁4行目「となれ」まで）。女性の中では、源氏の太政大臣が山里に住まわせていらっしゃるお方が。大井の邸にいる明石の御方。六 琵琶の名手の子孫でございますが、末の代になって、賤しい山里暮らしで長年過ごした人が。明石入道は醍醐天皇の奏法を受け継ぐ三代目で、明石御方は父の指導を受けた。明石巻に「切《せち》にいぶせきをりをりは掻《か》き鳴らしはべりしを、あやしうまねぶ者のはゞるこそ」とある。七 どうしてそんなにも上手に弾くのでしょうか。八 あの大臣も、まことに特別のお方とお思いで、お口になさることが時々ございます。

一 ほかのこととは違って、音楽の技量は。二 やはり広く他楽器と合奏し。三 あれこれの楽器と調べを合わせてこそ立派な奏者になれるのでございます。四（ところが明石御方には合奏の機会もなく）一人で習って名手になったということですが、めったにないことです。五 母大宮に（琵琶の演奏を）お勧め申しなさると。六 大宮の詞（7行目「けりや」まで）。「柱《ちう》」は琵琶の胴の上に立てて絃を支える具。「さす」は柱を左手の指で押さえて絃の緩急を調節し音程を正す。七「うひうひし」は初心者らしいの意で、ここでは下手になってしまいましたと謙遜している。八 大宮の詞（一一一頁3行目「きゝ侍」まで）。（大井の御方は）幸運に加えて、やはりお人柄が信じられないほど立派なお方なのですね。九（源氏の大臣が）お年を取られた現在まで、お持ちでない女の子をお産み申し上げて。一〇（その姫を）手許において、見すぼらしくすることもなく。

おり侍れ、一こと事よりは、あそひの方のさえ
は、二なをひろく物にあはせ、三かれこれにかよ
はし侍こそかしこけれ、四ひとりことにて、
上手となりけんこそ、めつらしきことなれ、
なとのたまひて、五宮にそゝのかしきこえ
給へは、六ちうさすこと七うゐくしくなりに
けりや、とのたまへと、おもしろくひき給ふ、
八さいはいにうちそへて、猶あやしうめてたかり
ける人なりや、九おいの世に、もたまへらぬ女
こを、まうけさせたてまつりて、一〇身にそへ

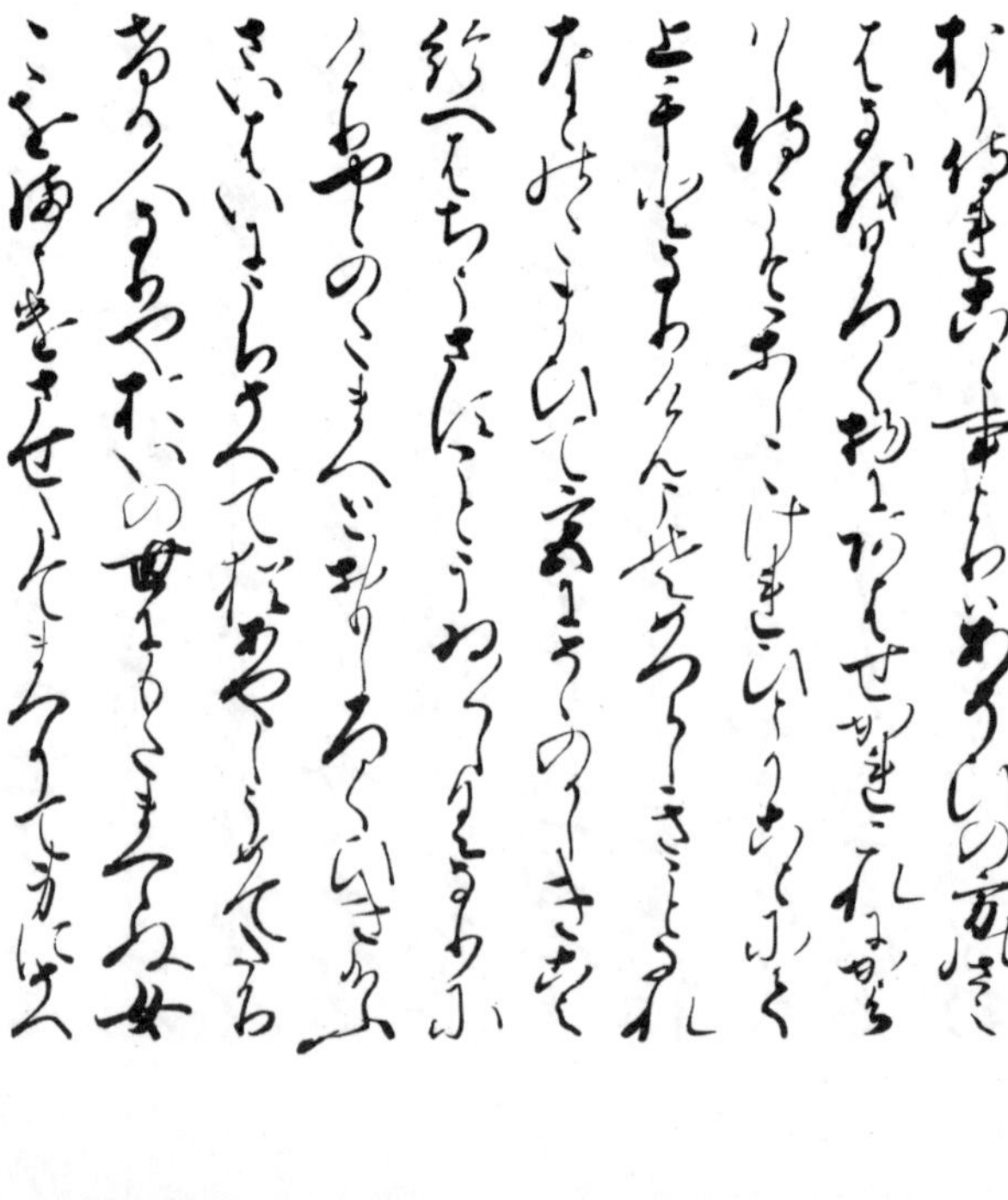

てもやつしゐたらす、[一]やむことなきに
ゆつれる心をきて、[二]こともなかるへき
人なりとそきゝ侍、なと、[三]かつ御ものかたり
きこえ給、[四]女はたゝ心はせよりこそ、世に
もちゐらるゝものに侍けれ、なと、[五]人の
うへのたまひいてゝ、[六]女御を、[七]けしうあらす、
なに事も人にをとりてはおひいてす
かし、と思ひ給しかと、[八]おもはぬ人にをされ
ぬるすくせになん、[九]世は思ひのほかなる物と
おもひ侍ぬる、[一〇]この君をたに、いかておもふ

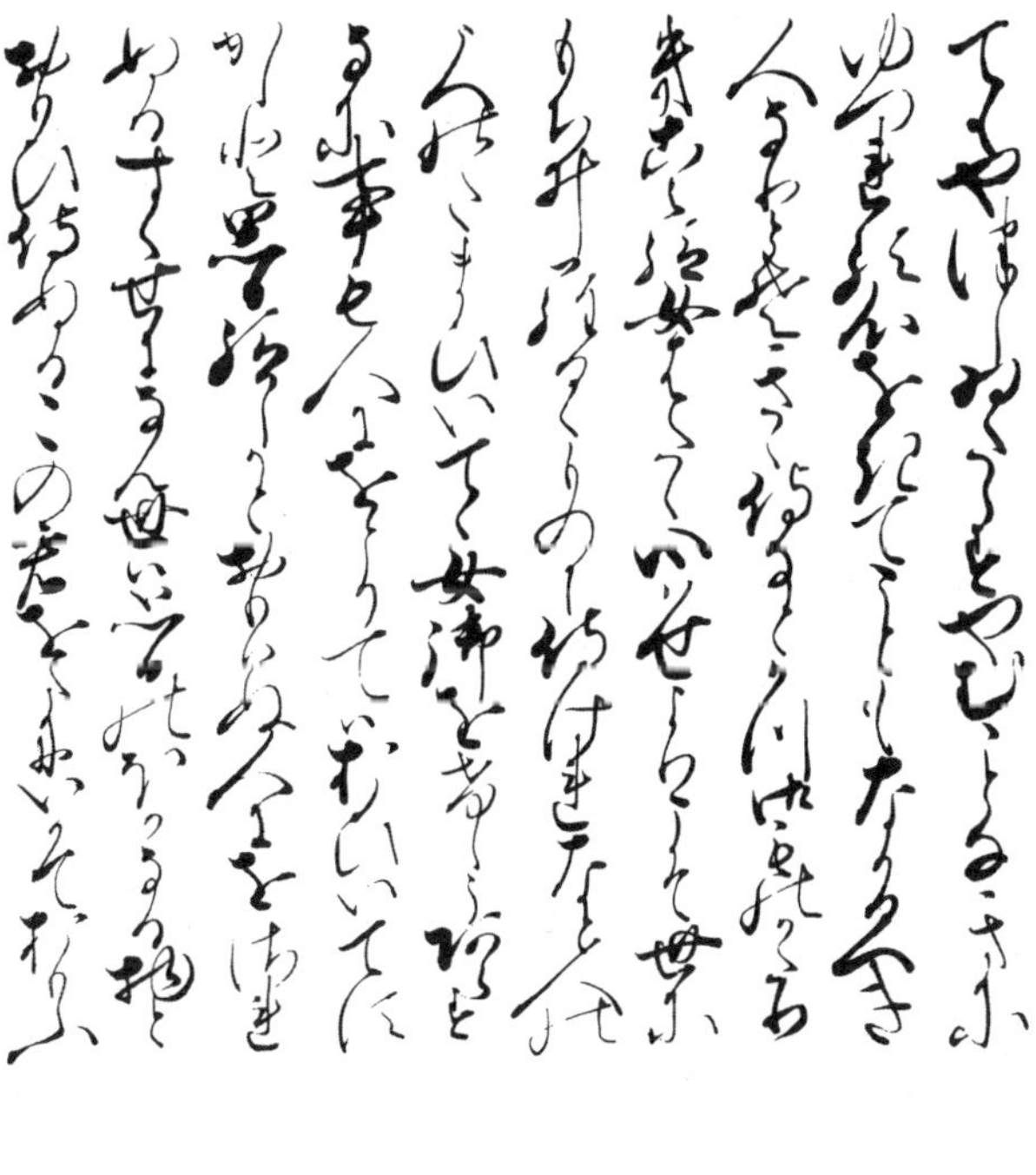

一 れっきとした方にお預けした心がけ。明石の姫を紫の上の許に渡したことをいう。二 非のうちどころもない人だと聞いております。「事《こと》」は、非難するべき欠点。三「かつ弾き」を補う。一方で琵琶を奏でながら、一方でその手を休めてお話を申しなさる。四 内大臣の詞（5行目「侍けれ」まで）。女はただ気だてひとつで世間において重んじられるものだったのですね。五 人の身の上。人の噂話。六 内大臣の詞（一一二頁6行目「たくや」まで）。女御は内大臣の長女、大宮の孫。七『まんざらでもなく、何事も他人にひけを取らないように成人した』と存じておりましたが。「給」は「たまへ」（下二段活用連用形）と読む。八 思いがけない人に先を越され。六条御息所の姫、梅壺女御が中宮になったことをさす。九 宿世は、前世から定められた運命。一〇 せめてこの君（雲居雁）だけでも、何とかして私の思い通りに出世させたいものです。

一 春宮は朱雀院皇子で今年九歳。二 元服は八一頁注五参照。皇子は十一歳から十七歳ぐらいの間に行った。三「を」は間投助詞。一一一頁10行目「この君」からここまで『 』で囲む。四（雲居雁を春宮妃にと）思い目指していたのですが。五 こうして今幸運なお方が産んだ后の候補者が、又追いすがって来ました。「さいはひ人」は明石の御方。「きさきがね」は后の候補者。六（明石の姫君が春宮妃として）入内なさった時に。七 競争相手はいそうにありません。「きしろふ」は、対抗し競争する。八 ちょっと溜め息をおつきになると。「なげく」は嘆息する。九 大宮の詞（一一三頁1行目「らまし」まで）。どうしてそのような事になりましょう。大宮はあきらめていない。一〇『この家にその方の人（皇后、中宮）がお出にならないで終わるわけがあろうか』。一一 故太政大臣。作者は内大臣一家を藤原氏と仮定している。一二 坐ったり立ったりして熱心に準備なさったものを。

さまに見なし侍らん、一春宮の御二元服たゝ
いまのことになりぬるを、三と人しれす四思た
まへ心さしたるを、五かういまさいはい人のはら
のきさきかねこそ、又おひすかひぬれ、
六たちいて給へらんに、まして、七きしろふ人
ありかたくや、八とうちなけき給へは、九なとか
さしもあらん、一〇このいゑにさるすちの人いて
ものし給はてやむやうあらし、一一とこおとゝ
の思ひ給ひて、女御の御事をも、一二ゐたち
いそき給ひしものを、おはせましかは、かく

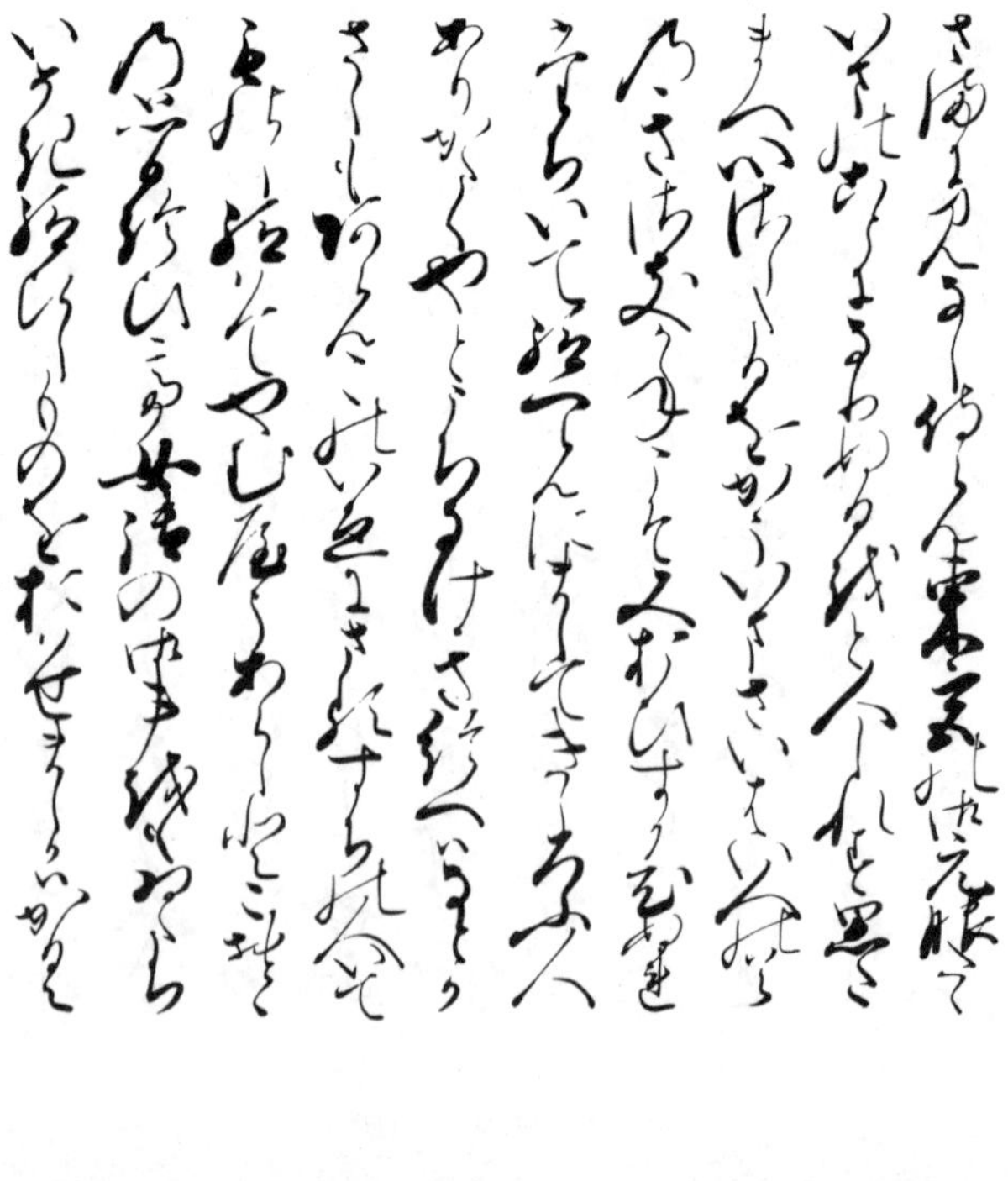

[一]もてひかむることもなからまし、なとこの[二]御事にてそ、おほきおとゝをうらめしけに思ひきこえ給へる、[三]ひめ君の御さまの、いときひはにうつくしうて、[四]さうの御ことひき給ふを、[五]御くしのさかり、かんさしなとの、[六]あてになまめかしきをうちまもり給へは、はちらひてすこし[七]そはみ給へるかたはらめ、つらつきうつくしけにて、[八]とりゆのてつき、[九]いみしうつくりたるものゝ心ちするを、宮もかきりなく[一〇]かなしとおほしたり、[一一]かき

一 筋の通らぬことも無かったでしょうに。源氏の立后は藤氏にとって筋が通らぬ事なのである。太政大臣が存命であったなら、弘徽殿女御が中宮になっていたはずだ、と大宮は思っている。二（日頃源氏贔屓の大宮も）この立后の御事では、源氏の太政大臣を恨めしくお思い申していらっしゃる。三 雲居雁。四 箏の琴は、十三絃で柱《じ》を立てて調律する。五 御髪《みぐし》のさがり具合や髪の生え際。六 気品があって、みずみずしく美しいのを（父大臣が）じっと見守っていらっしゃると。七 少しわきをお向きになった横顔は頰のあたりがかわいらしくて。父親なので御簾や几帳を隔てずに対座している。八「とりゆ」は取由。左手で琴の絃をおさえて、右手で弾くときの技巧。そのときの雲居雁の手つき。九 上手に作った人形のような感じがするのを。一〇「かなし」は、いとしい、可愛くてならない。一一 琴の絃の調子を整えた後でためしに弾く小曲。

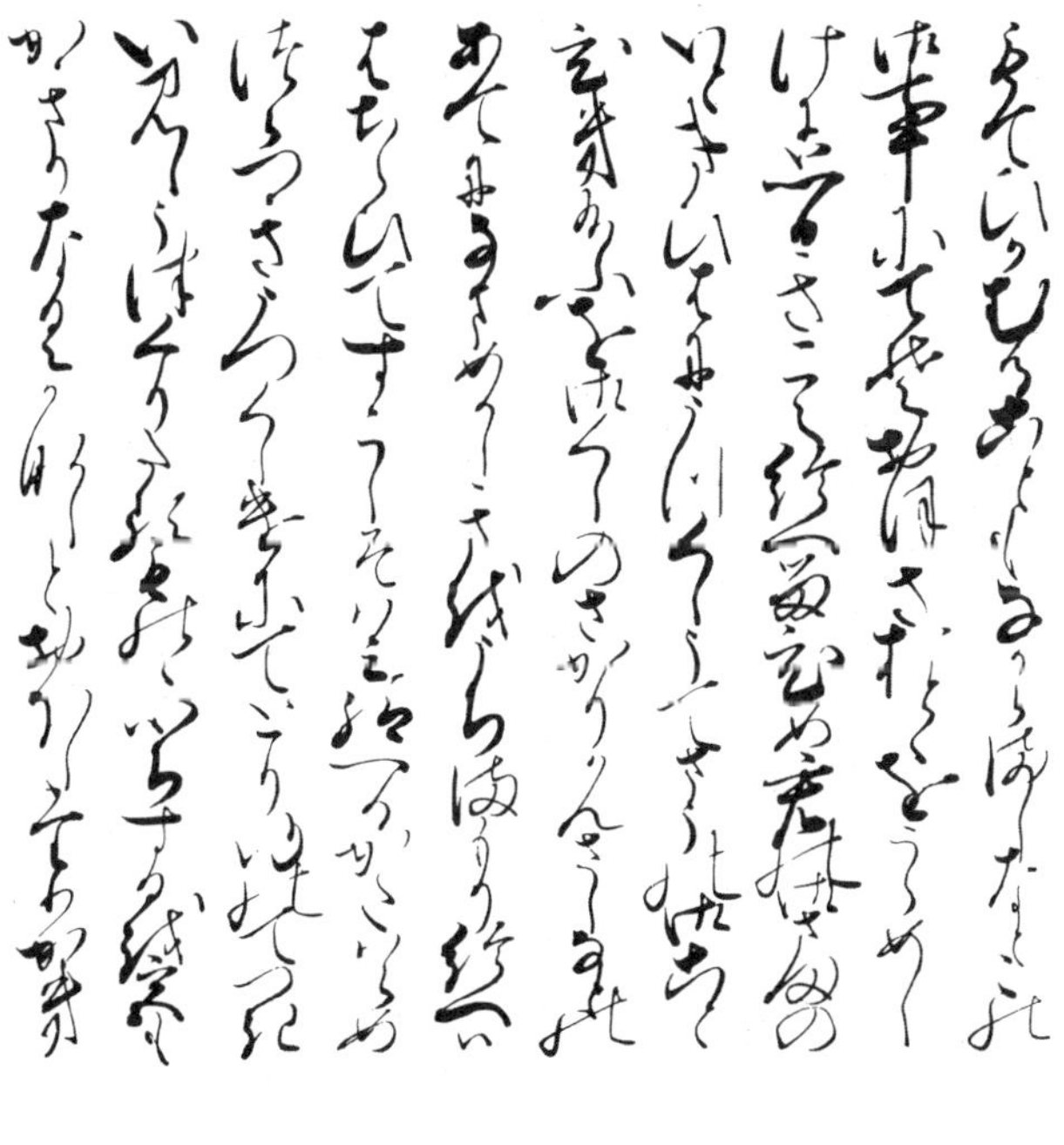

あはせなとひき一すさひ給て、をしやり
給つ、おと丶二和琴ひきよせ給て、三りちの
しらへのなか〳〵いまめきたるを、四さる上
手の、みたれかいひき給へる、いとおもしろし、
五おまへの木すゑほろ〳〵とのこらぬに、
六おいこたち涙おとしつ丶なと、七こ丶かしこの
御き丁のうしろに、かしらをつとへたり八かせの
ちからけたしすくなし、とうちすし給て、
九琴のかむならねと、あやしく物あはれなる
ゆふへかな、なをあそはさんや、とて、一〇秋風

一 軽くお弾きになって、琴を前に押しやりなさった。二 和琴は、日本古来の琴で六絃。三「りちのしらへ」は律の調べで西洋音楽の短音階に近いという。当世風な曲を、古風な和琴に対して「なかなか」といった。四 これほどの名人が打ち解けて掻き鳴らしなさるのは実に興をそそられる。内大臣は和琴の名手（絵合、常夏）。五 庭先の木の梢からぱらぱらと残り無く散って。六「老《おい》御達《ごたち》」は年老いた女房たち。七 そこここの御几帳の陰で頭を寄せ合うようにして聞き入っている。八 内大臣の吟誦（8行目「くなし」まで）。落ち葉は時節に依るのであって、風の力はほんの少ししか働いていない。文選巻四十六陸士衡の豪士賦の序に「落葉俟微風以隕、而風之力蓋寡、孟嘗遭雍門泣、而琴之感以未、何者欲隕葉、無所仮烈風」とある。九 内大臣の詞（10行目「さんや」まで）。雍門の弾いた琴の感興ではないが。「而《しか》れども琴の感は以ていまだし」に依る。一〇 秋風楽は、雅楽の曲名。

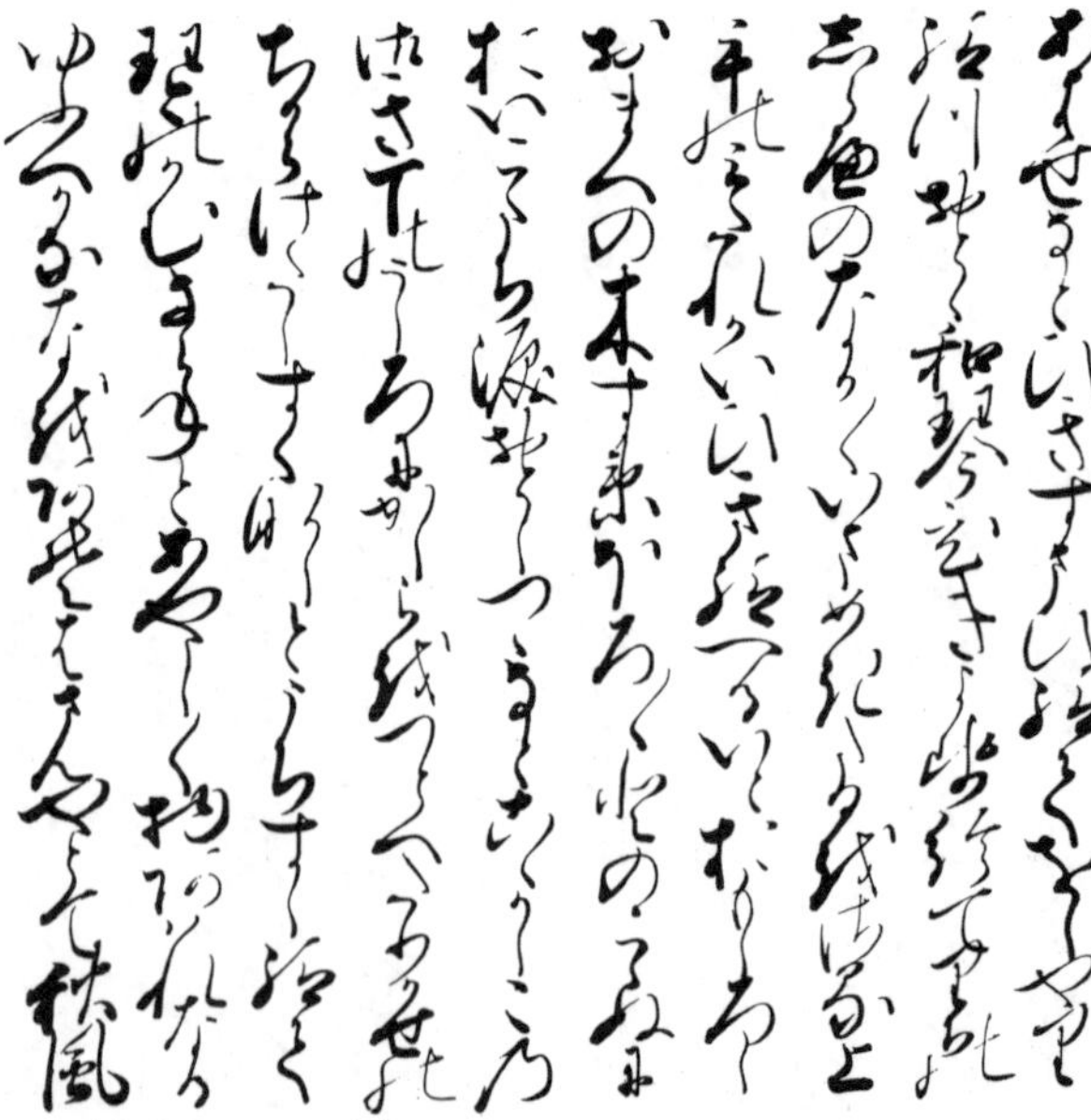

楽かきあはせて、一さうかし給へる声いとおもしろけれは、二みなさまく、三おとゝをもいとうつくしと思ひきこえ給ふに、四いとゝそへむとにやあらん、五くわさの君まいり給へり。六こなたに、とて、七御き丁へたてゝいれたてまつり、八おさくたいめんもえ給はらぬかな、九ゝとかく、この御かくもんのあなかちならん、一〇さえのほとよりあまりすきぬるもあちきなきわさと、一一おとゝもおほししる事なるを、一二かくをきてきこえ給ふ、やう

［12夕霧来訪、内大臣と語る］

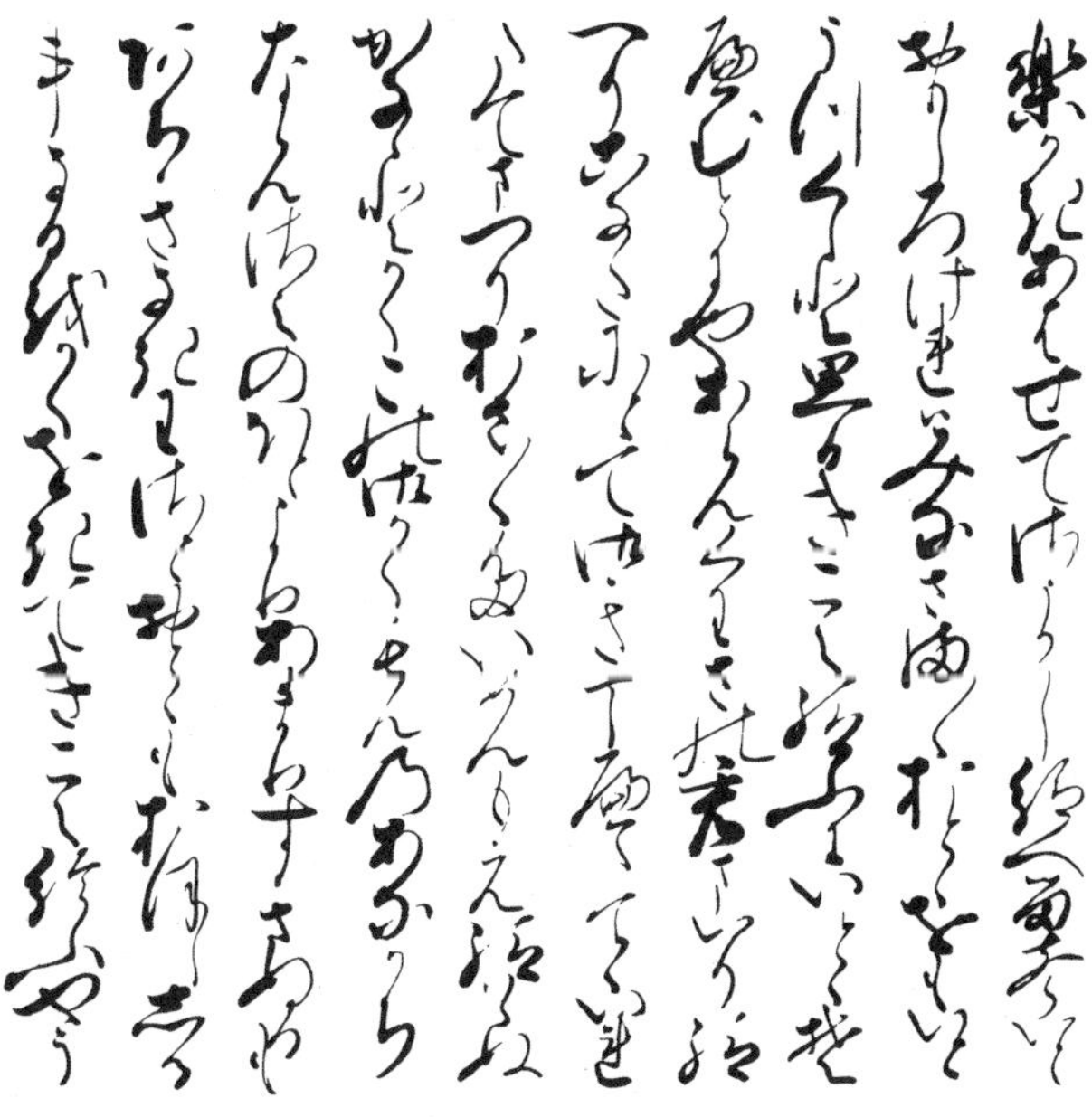

一「さうか」は唱歌。楽器に合わせて譜を口で歌っていらっしゃる声。二「皆様々」は、大宮からみた息子内大臣と孫雲居雁それぞれに。三（大宮は）内大臣までをもいとおしくお思い申し上げていらっしゃるところに。ご機嫌のであろうか。大宮は大臣をも子ども扱いする意識。四なおも（感興を）添えようというのであろうか。「いとど」は、さらに一層。五冠者《くわざ》の君は夕霧。六内大臣の詞。「こちらへどうぞ」。七雲居雁とは几帳を隔てて部屋の中にお入れ申して。八内大臣の詞（一一六頁2行目「しう侍」まで）。めったにお目にかかれないことですね。九どうしてこうも、この学問に一途でいらっしゃるのでしょう。「ゝと」は副詞「など」。一〇学才が身分に過ぎて秀でるのもよろしくないことだと。一一源氏の大臣も。一二このようにお指図申しあげなさるのには、何かわけがありましょう。「をきて」は「掟《おき》つ＝取り決める、指図する」の連用形。

あらんとはおもひ給へなから、[一]かうこもりおはすることなん心くるしう侍、ときこえ給て、[二]とき〳〵はことわさし給へ、ふえのねにもふる事はつたはるものなり、とて[三]御ふえたてまつり給ふ、[四]いとわかうおかしけなるねにふきたてゝ、いみしうおもしろけれは、[五]御ことゞもをはしはしとゞめて、[六]おとゞ、はうしおとろ〳〵しからすうちならし給ひて、[七]はきか花すりなとうたひ給ふ、[八]大殿も、[九]かやうの御あそひに心とゞめ給ひて、いそか

一 あなたがこのように勉強部屋に閉じこもっておいでなのはおいたわしく存じます。 二 内大臣の詞（4行目「のなり」まで）。時々は別のことをなさいませ。（学問の道ならぬ）笛の音にも昔の聖賢の教えは伝わっているものです。儒教で礼・楽を重んじることから言った。 三 横笛を差し上げなさる。この笛をプレゼントするから、さあ吹いて聞かせてくださいよ、の意。 四 （夕霧はその笛を）まことに若々しく趣ある音色に吹き立てて。 五 この場合の「こと」は弦楽器の総称。三人の和琴・箏・琵琶の演奏をしばらくやめて、の意。 六 内大臣は、拍子を大げさでなく軽くお打ちになって。扇で左の掌を打つのであろう。 七 催馬楽・更衣「ころもがへせむや　さ　きんだちや　我がきぬは　野原篠原　萩の花ずりや　さ　きんだちや」。 八 大殿《おほいとの》は源氏の太政大臣。 九 内大臣の詞（一一七頁3行目「しけれ」まで）。このような音楽の遊宴にご熱心でいらっしゃって。

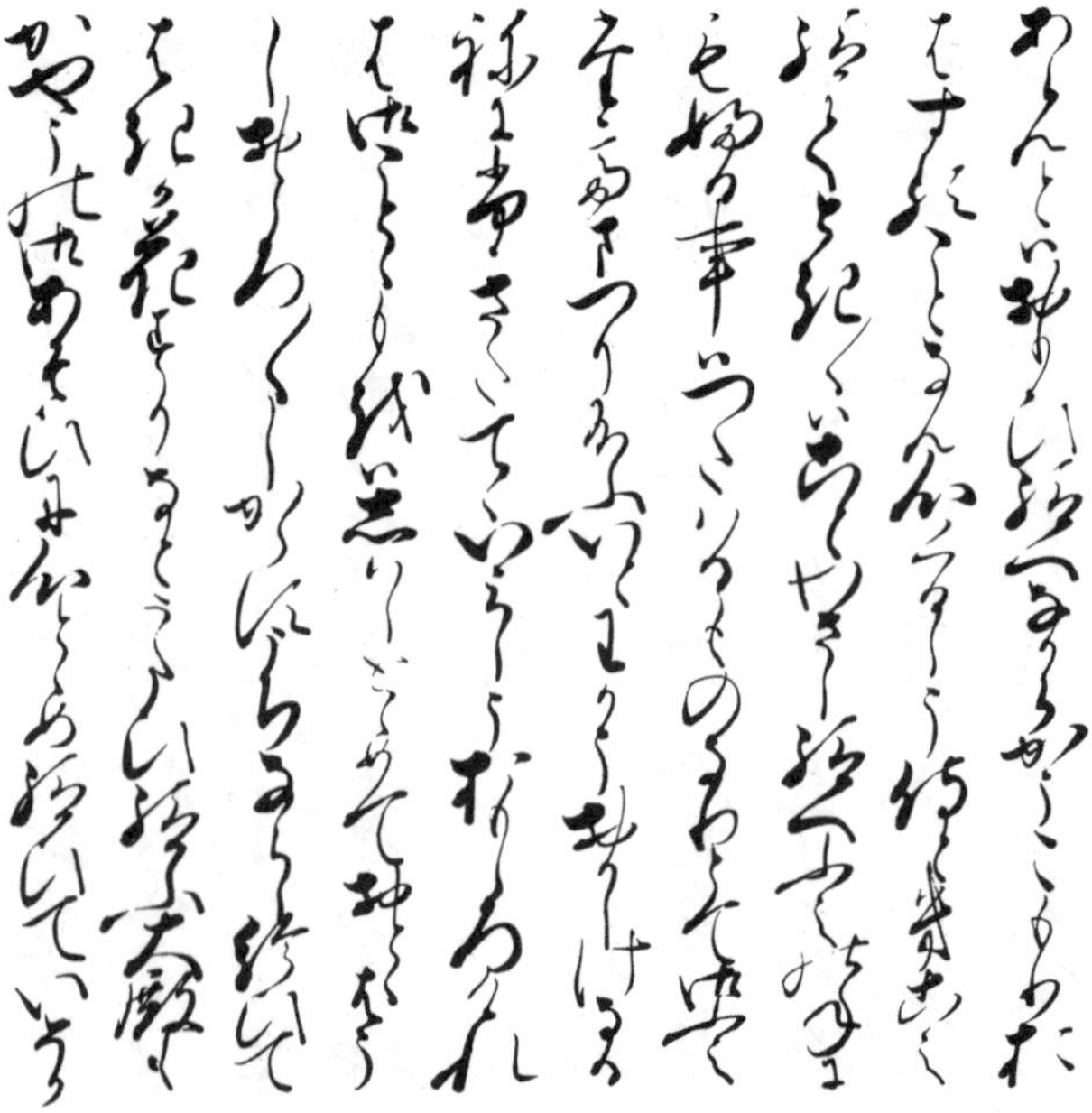

一しき御まつりこと〻もをはのかれ給ふなりけりけに、二あちきなき世に、心のゆくわさをしてこそ、すくし侍りなまほしけれ、なとのたまひて、三御かはらけまいり給ふに、くらうなれは、四御となふらまいり、五御ゆつけ六くたものなと、たれも〳〵七きこしめす、八ひめ君はあなたにわたしたてまつりたまつ、九しゐてけとをくもてなし給ひ、一〇御ことのねはかりをもきかせたてまつらし、一一といまはこよなくへたてきこえ給ふを、

一 (忙しい) 政治の仕事の方はお逃れになったのでしたなあ。執政の役を内大臣に譲ったことを言う。二 つまらない人生ですから、気の晴れることをして日を送りたいものです。三 (夕霧に) 御盃を勧めなさるうちに。勿論自身も飲む。四 御燈火を点《とも》して。五 湯漬《ゆづけ》は、飯に湯を注いだもの。夏の水飯《すいはん》に対して冬季の軽い食事に用いた。六「木の物」の意で、木の実を言うが、「草果物」(瓜・苺など) も含めていう。さらに酒の肴や菓子類をも総称した。七 お召し上がりになる。八 姫君をばあちらのお部屋に引き取らせなさった。「たまつ」は「給ひつ」の促音便形「給っつ」の促音が無表記。九 (内大臣は) 無理に二人の間を遠ざけなさって。一〇 内大臣の心内詞 (9行目「つらじ」まで)。姫君のお琴の音さえも (夕霧に) お聞かせ申すまい。一一 今ではすっかり引き離し申しなさるので。

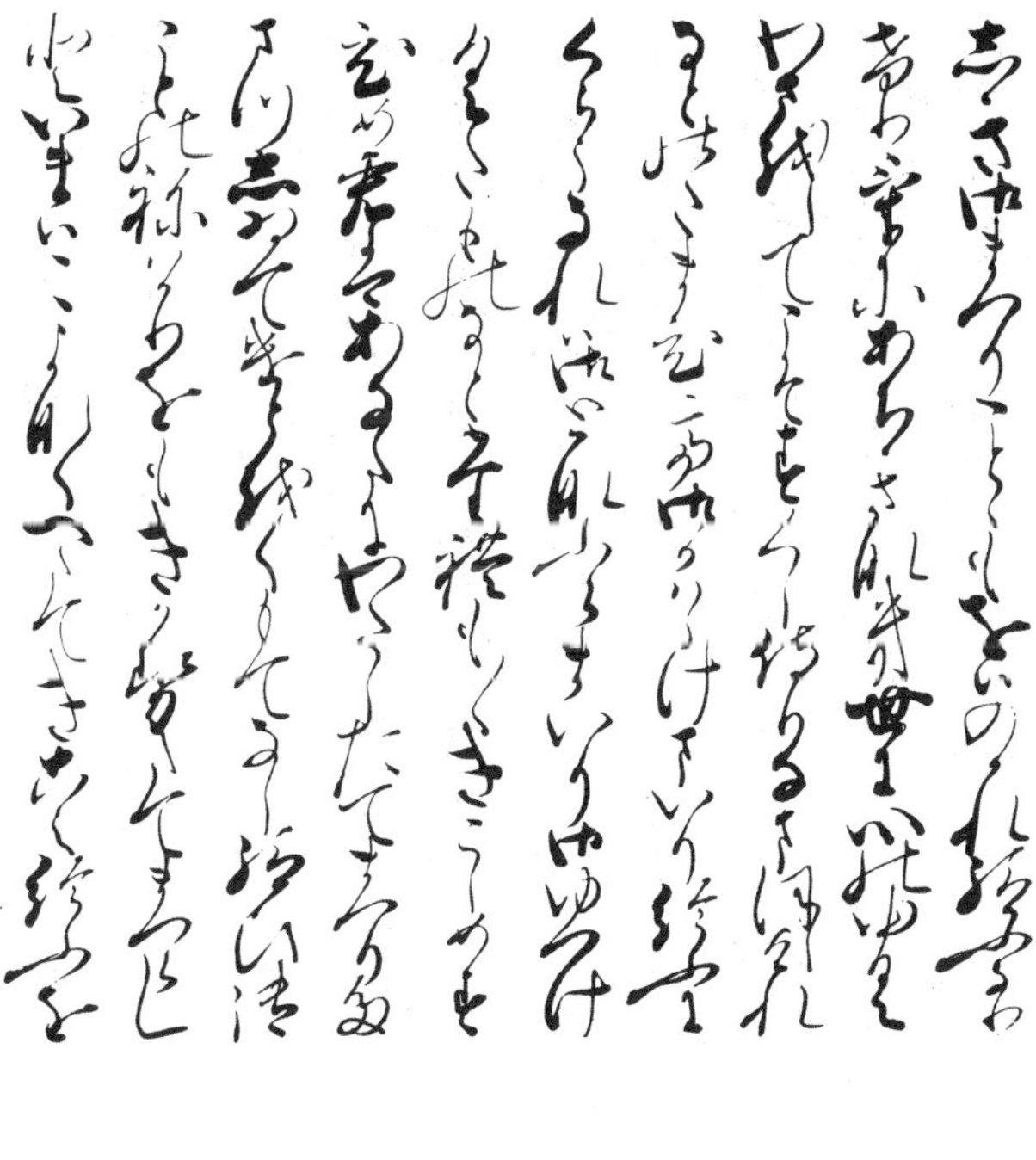

一 お気の毒なことがきっとあるにちがいない、お二人の間柄だということを。「よなることを」は、肖柏本等「世なるにこそと」。「世」は男女の仲。二 老女房たちはささやき合っていた。三 内大臣は（大宮邸を）退出なさったふうを装い。四 こっそりとある女房にお逢いになろうとして座をお立ちになったのであったが。大宮に仕える女房の一人で内大臣の召人《めしうど》であろう。「もののたまふ」は「もの言ふ」（＝契りを交わす意）の尊敬体。五 そっと身を細めるようにして女の部屋から出て行かれる途中で。六「かかる」は注一の内容。七 不審にお思いになってお耳をすませてお聞きになると。八 なんと自分のうわさを言っている。九 女房Aの詞（一一九頁1行目「なめり」まで）。利口ぶっていらっしゃるけれど、所詮は親ばかだね。一〇 そのうち自然とばかげたことが起こりましょうよ。「おれ」は「愚《おろ》か」の「おろ」と同根。一一「子を知るは親に如かず」。雄略紀「知レ臣莫レ若レ君、知レ子莫レ若レ父」等。

［13 内大臣、夕霧と雲居雁の恋を知る］

一 いとおしきことありぬへきよなることを、
ちかうつかうまつる大宮の御方のねひ 二
人ともさゝめきけり、三 おとゝいて給ひぬる
やうにて、四 しのひて人にものゝたまふとて
たち給へりけるを、五 やをらかいほそり
ていて給ふみちに、六 かゝるさゝめきことを
するに、七 あやしうなり給ひて、御みゝとゝめ
給へは、八 わか御うへをそいふ、九 かしこかり給へと、
人のおやよ、一〇 をのつからおれたる事こそ
いてくへかめれ、一一 こをしるはといふは、そら事

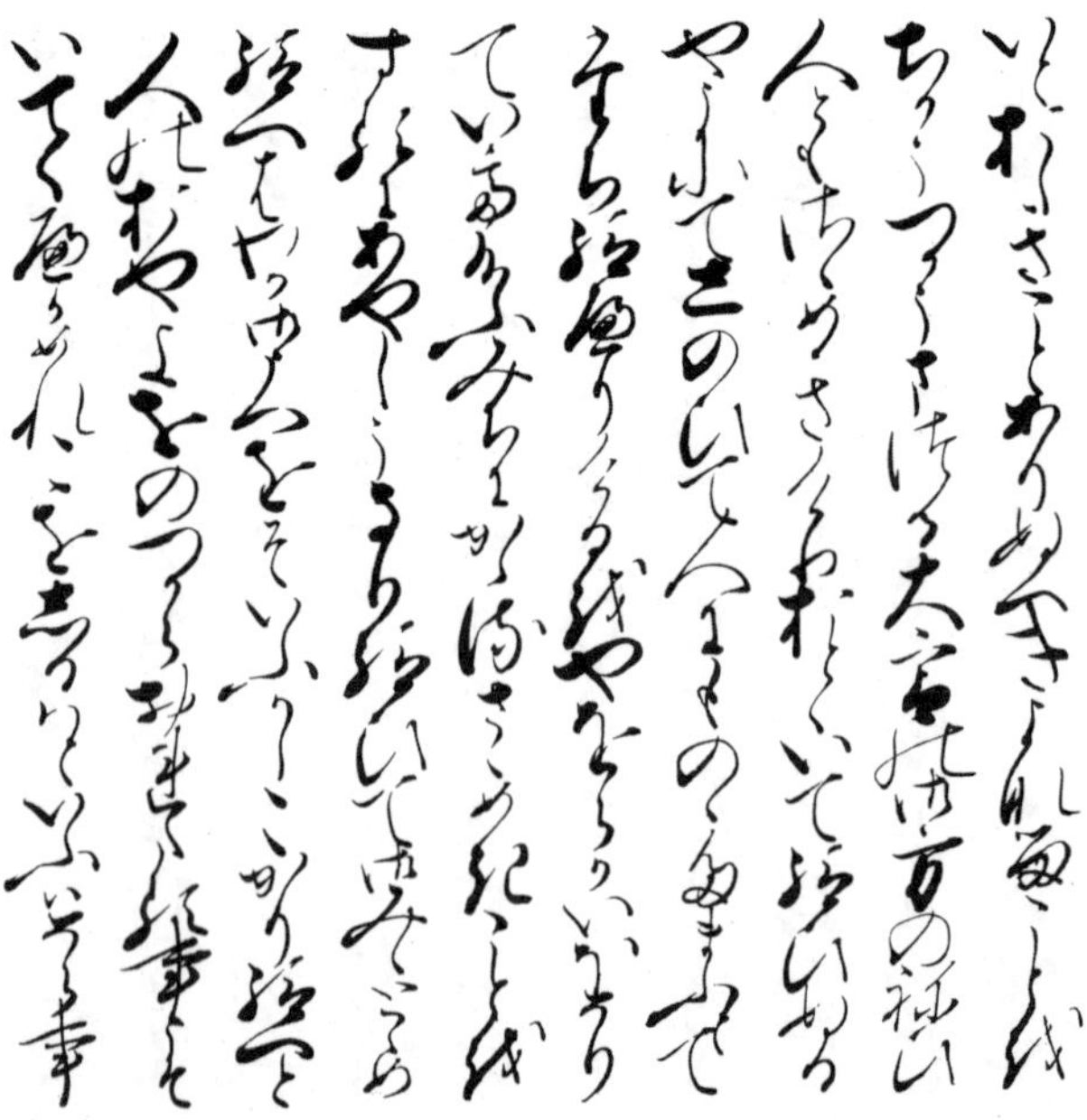

なめり、なとそ[一]つきしろふ、[二]あさましくもあるかなされはよ[三]思よらぬ事にはあらねと、[四]いはけなきほとにうちたゆみて、[五]世はうきものにもありけるかな、と[六]けしきをつふ〳〵と心え給へと、をともせていて給ひぬ、[七]御さきをふこゑのいかめしきにそ、[八]とのはいまこそいてさせ給けれ、いつれのくまにおはしましつらむ、[九]いまさへかゝるあたけそ、といひあへり、[一〇]さゝめきことの人々は、[一一]いとかうはしきかのうちそよめきい

一お互いに肩や膝をつっき合いながら噂している。二内大臣の心内詞（4行目「るかな」まで）。あきれたことだなあ。やっぱりそうだったのか。三「思ひ寄る」は、気が付く。推察する。四まだ幼い子供だと油断していて。五世の中というものは、なんともままならぬものだなあ。六隠されていた事情をつぶさにお悟りになったが。七（大宮邸の門を出る）内大臣の車の前駆の声が大きく威圧的に聞こえるので。八女房Bの詞（9行目「あだけぞ」まで）。殿はたった今お邸をお出になったのだ。いったい今までどちらの物陰に潜んでいらっしゃったのでしょう。九（いいお年になられた）今でさえもこんな浮気をなさって。「あだけ」は、動詞「あだく＝浮気な行為をする」の連用形の転成名詞。一〇内緒話をしていた女房達は。一一女房たちの詞（一二〇頁3行目「御心を」まで）。（先ほど）とても良い香りが、衣《きぬ》ずれの音をさせて出ていったのは。

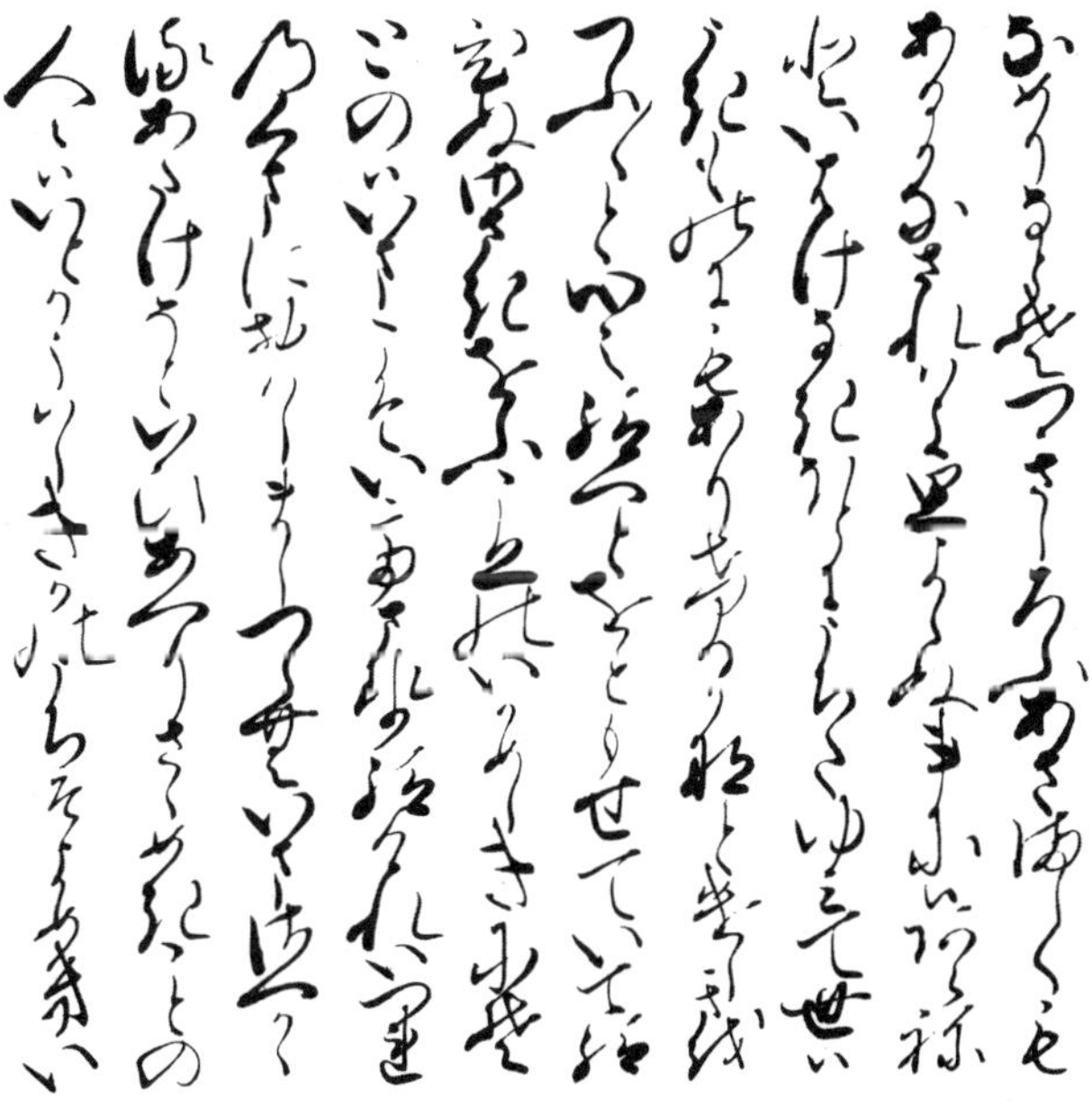

てつるは、火さの君のおはしつるとこそ思
つれ、あなむくつけや、しりうことやほの
きこしめしつらむ、わつらはしき御心をと
わひあへりとのはみちすからおほすに、
いとくちおしくあしき事にはあらねと、
めつらしけなきあはひに世人も思いふ
へき事おとゝのしゐて女御をゝし
しつめ給ふもつらきに、わくらはに人にま
さることもやとこそおもひつれ、ねたく
もあるかな、とおほすとのゝ御中の、大

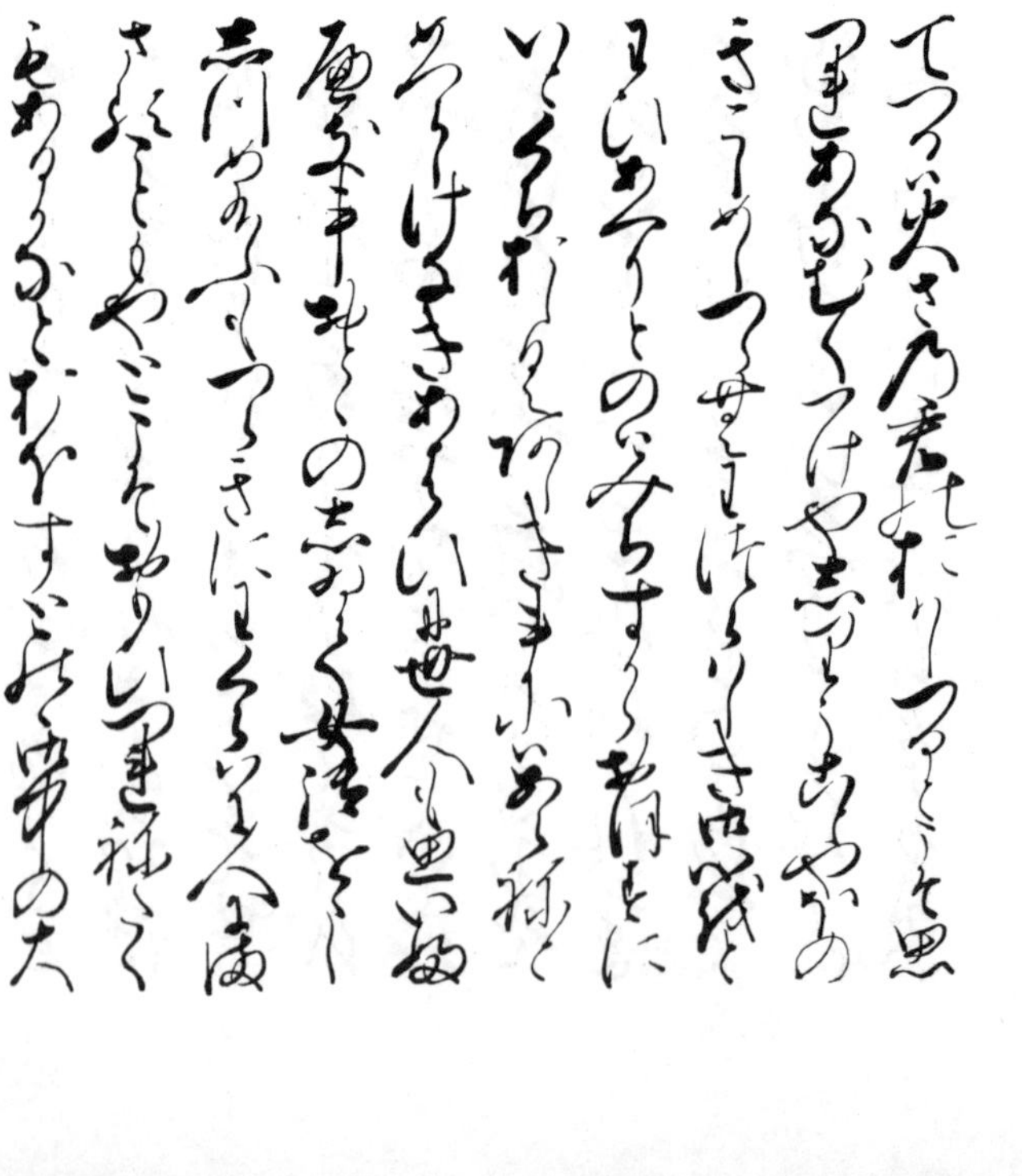

一「火さの君」は「冠者《くわざ》の君」の当て字。女房達は香りでそばに誰かがいることを知っていたが、それは夕霧だと思いこんでいた。だからあの陰口も夕霧に聞かせる応援演説のつもりでもあった。ところが大臣自身に聞かれてしまったらしい。「後言《しりうごと》」は陰口。二うるさい殿の御気性ですから。三（これは大変なことになるわと）互いに困り切っていた。四内大臣の心内詞（10行目「るかな」まで）。（二人の縁組は）全く問題にならぬほどいけないことではないが。五（いとこ同士であるから）珍しい感じもない縁組であると、世間の人も思ったり言ったりするにちがいことだ。六（それに加えて）源氏の大臣が無理に弘徽殿女御を抑えられるのも耐えがたいので、ひょっとしたら雲居雁が他の人にまさって后に立ちはしないかと思っていたのに。七いまいましいことであるなあ。老女房の噂話で雲居雁の入内が無理と分かった。八内大臣の源氏との仲は、普通のことでなら。

かたには、一むかしもいまもいとよくおはしなから、二かやうの方にては、三いとみきこえ給しなこりもおほしいてゝ、心うけれは、ねさめかちにてあかし給ふ、四大宮も、さやうのけしきは御らむすらんものを、五よになくかなしくしたまふ御まこにて、まかせて見たまふならむ、六と人々のいひしけしきを、七ねたしとおほす、八御心うこきて、すこし九おほしくあさやきたる御心には、しつめかたし、

〔14内大臣、大宮を訪れ非難する〕

一〇二日はかりありてまいり給へり、一一しきり

一 昔も今もとても親密でいらっしゃるのに。二 こうした方面においては。弘徽殿と梅壺との立后争いなど政治上の主導権争いをいう。三 張り合い申しなさったしこりが尾を引いていて、それをお思い出しになり、面白くないので。四 内大臣の心内詞（7行目「ならむ」まで）。大宮だって二人のそうした様子はご覧になってお気付きであろうのに。五 またとなく可愛がっていなさるお孫なので、なすにまかせて見ておられるのだろう。「御まご」は夕霧だけを指すと解する。六 （先刻）女房たちが言っていた口振りを。七 「ねたし」は青表紙諸本「めざましうねたし」、河内本「ねたくめざまし」。癪だ、いまいましい。八 お心が苛立ってきて。九 男気があって物事のけじめをはっきりつけたがる性分には、我慢ならない。一〇 （和琴合奏の日から）二日ほど経って、内大臣は大宮邸に参上なさった。一一 引き続いておいでになるときは。

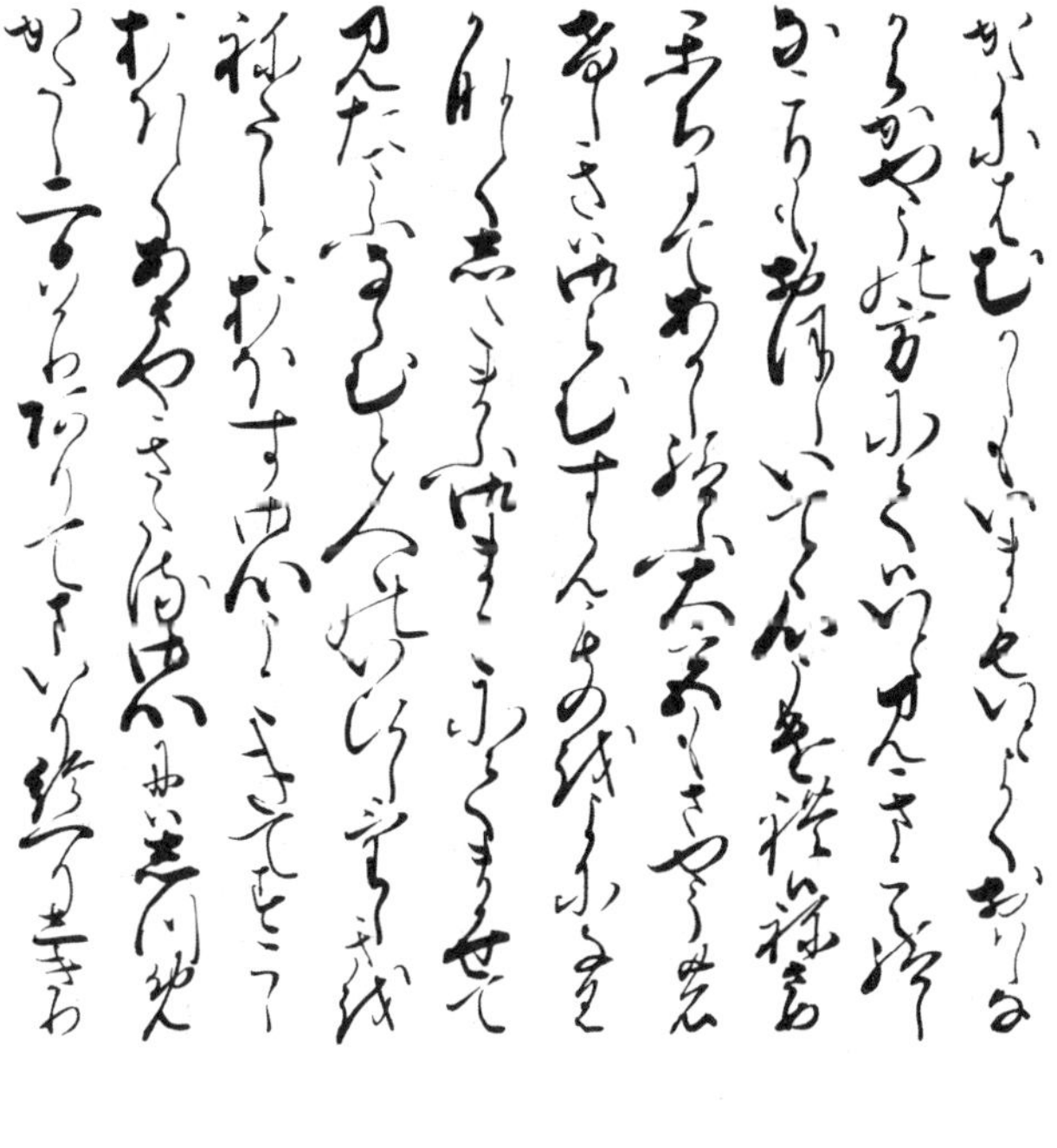

てまいり給時は、大宮も一いと御心ゆきうれしきものにおほいたり、二御ひま《ママ》ひたひひきつくろひ、三うるはしきこうちきなとたてまつりそへて、四こなからはつかしけにおはする御人さまなれは、五まほならすそみえたてまつり給ふ、六おとゝ御けしきあしくて、七こゝにさふらふもはしたなく、人くいかに見侍らんと心をかれにたりはかくしき身に侍らねと、八よに侍らむかきり、御めかれす御らんせられ、九おつ《ママ》かなきへたて

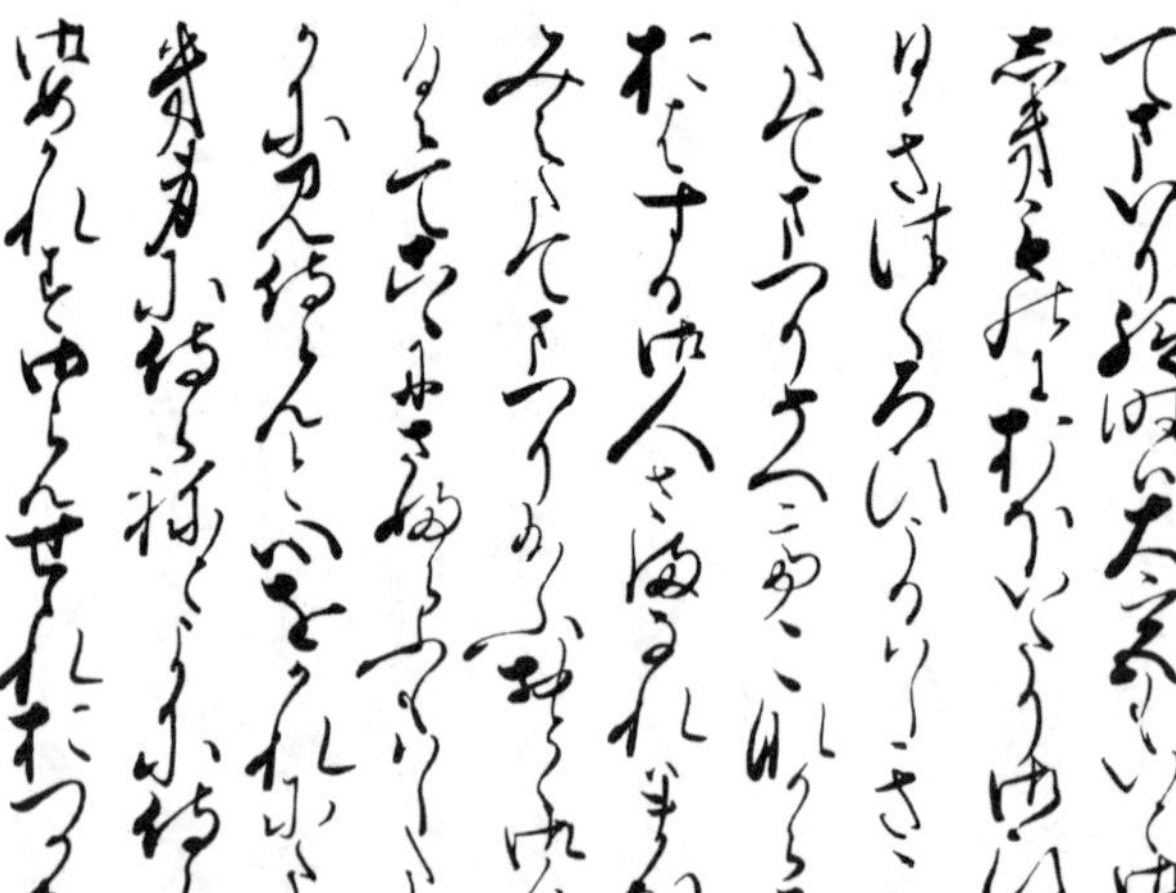

一 まことにご満足で、嬉しいこととお思いであった。二「御ひまひたひ」を「御あまひたひ」と校訂する。尼削ぎの額髪。頬から肩に垂れる前髪を櫛《くし》で梳《けず》り整えて。三 きちんとした小袿を重ねてお召しになって。「小袿」は、略礼装。四（内大臣は）わが子ながらも、気のおけるような立派な人柄なので。「はづかしげに」は、形容動詞連用形で、こちらが恥ずかしくなるほど相手が立派だ、の意。五 直面せず横向きでご対面申しあげなさる。「まほ」は、直接、まとも。物越しでお逢い申しあげなさると解する説もある。六 内大臣はご機嫌ななめで。七 内大臣の詞（一二三頁5行目「てなん」まで）。こちらに伺うのも体裁が悪く、女房たちがどんな目で見ますことかと気兼ねせずにはおられません。八 この世に生きておりますかぎり。九「おつかなき」は「おほつかなき」とあるべきところ。脱字とみて校訂。始終お目にかかり、どうしておられるのか気になるようなご無沙汰をしないで。

なくとこそ思たまふれ、一よからぬものゝうへにて、二うらめしと思ひきこえさせつへき事のいてまうてきたるを、かうも思ふ給へし、とかつは思給ふれと、三猶しつめかたくおほえ侍てなん、と四涙をしのこひたまふに、五宮けさうし給へる御かほの色たかひて、御めもおほきになり給ぬ、六いかやうなる事にてか、いまさらのよはひのするに、心をきてはおほさるらん、ときこえ給ふも、七さすかにいとおしけれと、八たのもし

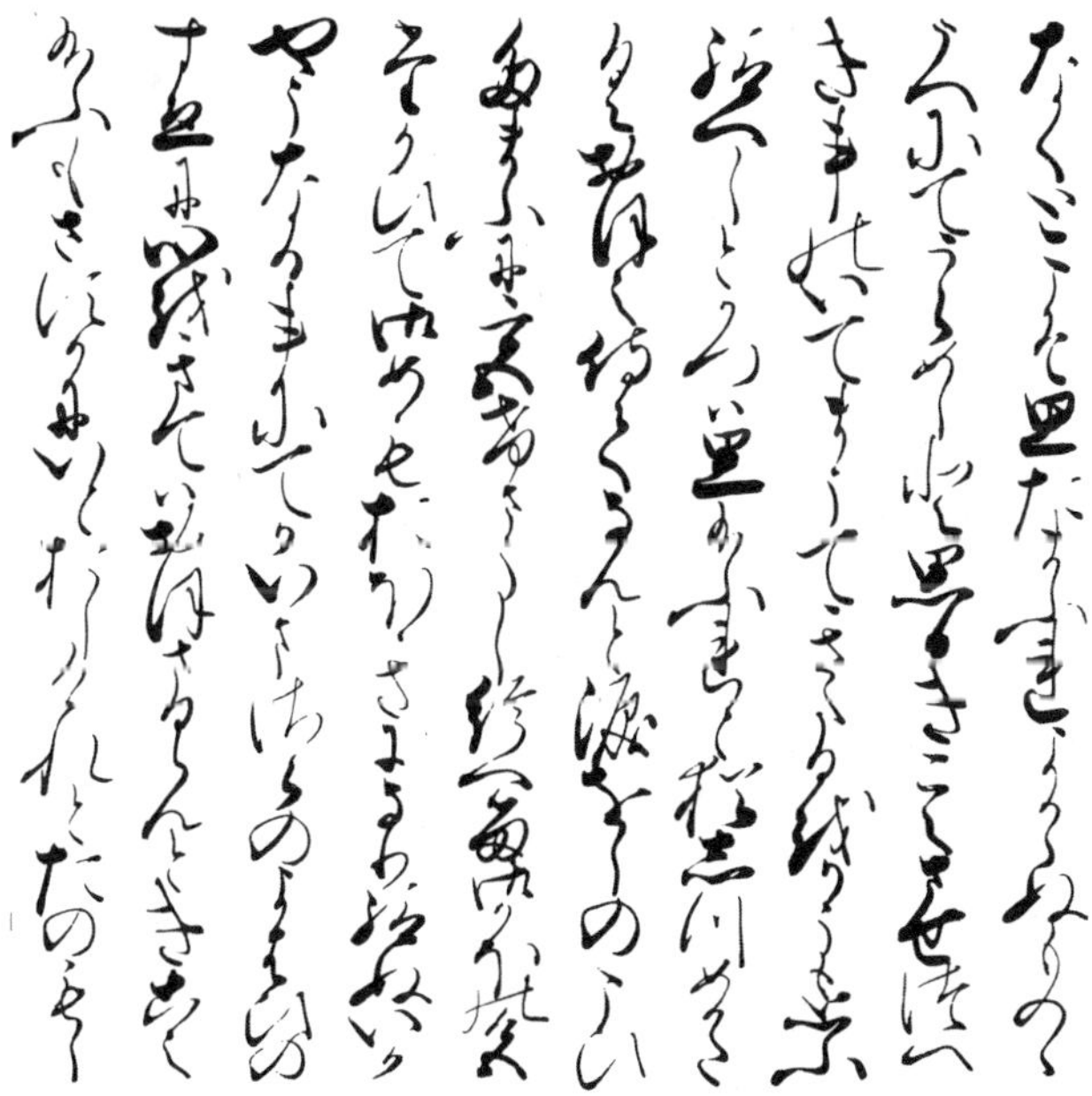

一 不出来な者のことで。雲居雁についていう。二 (母上を) お恨み申しあげたくなることが起こってまいりましたのを、こんなにはお恨み致しますまいと、一方では思うのでございますが。三 (一方では) やはり押さえかねる気がいたしまして。後に「参り侍る」などが省略されている。四 「押《お》し拭《のご》ふ」は、目頭を押しつけるようにして涙を拭く。五 化粧なさったお顔の色も変わって、目を大きく見開きなさった。大変驚いたさま。頬紅の色も消えて顔面蒼白となったか。六 大宮の詞 (9行目「るらん」まで)。いったいどのようなことで、今さらこの年齢になって、あなたから恨みを抱かれるのでしょう。「心おく」は、(恨みや遠慮を) 強く意識し、隔意を持つ。七 (内大臣は) そうは言うものの、母宮がおいたわしいけれど。やはり押さえきれずに、責任の追及をし始める。八 内大臣の詞 (一二六頁1行目「まふる」まで)。頼もしい御庇護のもとに。

き御かけに、一をさなきものをたてまつり
をきて、二みつからはなか〱をさなくよりみ
たまへもつかす、三まつめにちかきまし
らひなとはか〱しからぬをみたまへな
けきいとなみつゝ、四さりとも人となさせ給
ひてん、五とたのみわたり侍つるに、六おもはす
なる事の侍けれは、いとくちおしうなん、
七まことにあめのしたならふ人なきいう
そくにはものせらるめれと、八したしき程
にかゝるは、九人のきゝ思ふ所もあはつ

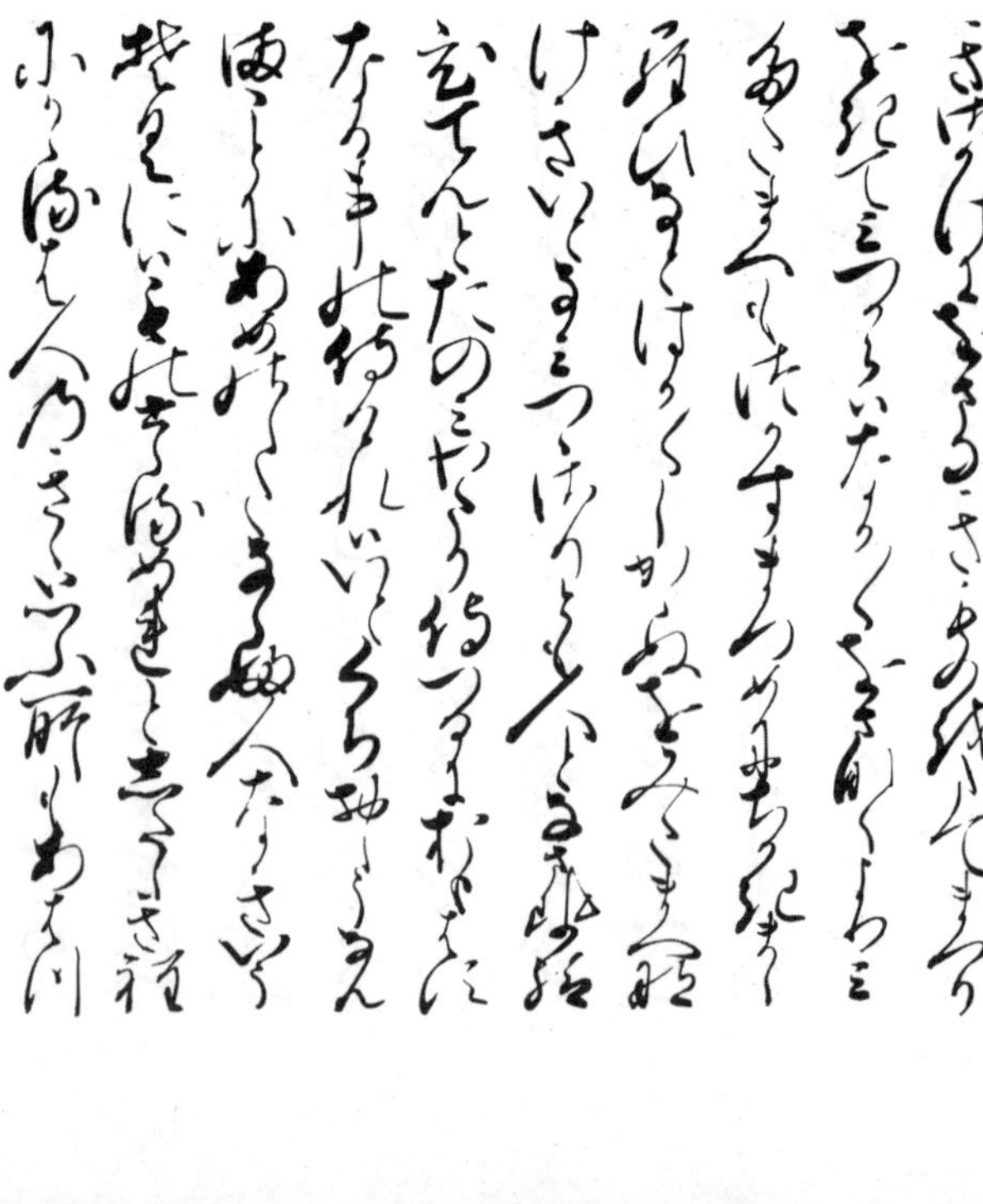

一 幼い者（雲居雁）をお預け申しておいて。一〇五頁注七参照。二 父親である私自身は、かえって幼い時分から何の世話もいたさず。「みたまへもつか」は、複合動詞「見付く」に下二段活用の「給ふ」と係助詞「も」を挟み入れた語形の未然形。「見付く」は見馴れる、いつも見ている。三 さしあたって身近な娘の宮仕えがうまくいかないのを心配しながら何かと苦労しておりましたが。弘徽殿女御の立后がうまく行かなかったことをいう。四 そうであっても、（たとえ弘徽殿女御のことに掛かりきりでも、この姫は、母宮が）立派な人に育てあげなさるでしょう。五 ずっと頼りにしておりましたのに。六 心外なことがありましたので、とても残念です。七 なるほど天下に肩を並べる者のない学者ではいらっしゃるようですが。「有職《いうそく》」は物知り、博識者。八 近親の間柄でこのような縁組みをするのは。九 世間が聞いての感じも、軽薄なように。一二五頁2行目の「し侍を」に掛かる。

けきやうになん、[一]なにはかりの程にもあらぬなからひにたにし侍を、かの[二]人の御ためにも、[三]いとかたはなる事なり、[四]さしはなれきら〳〵しうめつらしけあるあたりに、いまめかしうもてなさるゝこそおかしけれ、[五]ゆかりむつひ、ねちけかましきさまにて、おとゝもきゝおほすところ侍なん、[六]さるにても、[七]かゝることなんとしらせ給ひて、すこしゆかしけあることをませてこそ侍らめ、をさなき人〳〵の心にまかせて御[八]らんしは

一 大した身分でもない者同士の縁組みでさえ考えますものを。当時の実体は従兄妹結婚はもとより叔母と甥という近親結婚も見られた。内大臣は残る唯一の切り札を源氏の息子に盗られたことが残念でならないのでこのような言い方をした。二 あの方。夕霧のこと。三 まことに見苦しいことです。「片端《かたは》」は不完全、不体裁。四 全くの他人で。今まで縁の無かった一族との婚姻を賞賛。入内も念頭にある。五 縁者同士の馴れ合い結婚は、まともではない感じがして、源氏の大臣もお聞きになって不快に思われるでしょう。六 夕霧を婿にするにしても。七 諸本「かゝることなんとしらせ給ひてことさらにもてなしすこしゆかしげあることをませてこそ侍らめ」とある。「ことさらにもてなし」を補入する。これこれの次第ですと（父親である私に）お知らせくださって、婿として改まった扱いをし、多少とも世間の関心を引くことを加えるのがよいと思うのですが。八 御放任なさったことを。

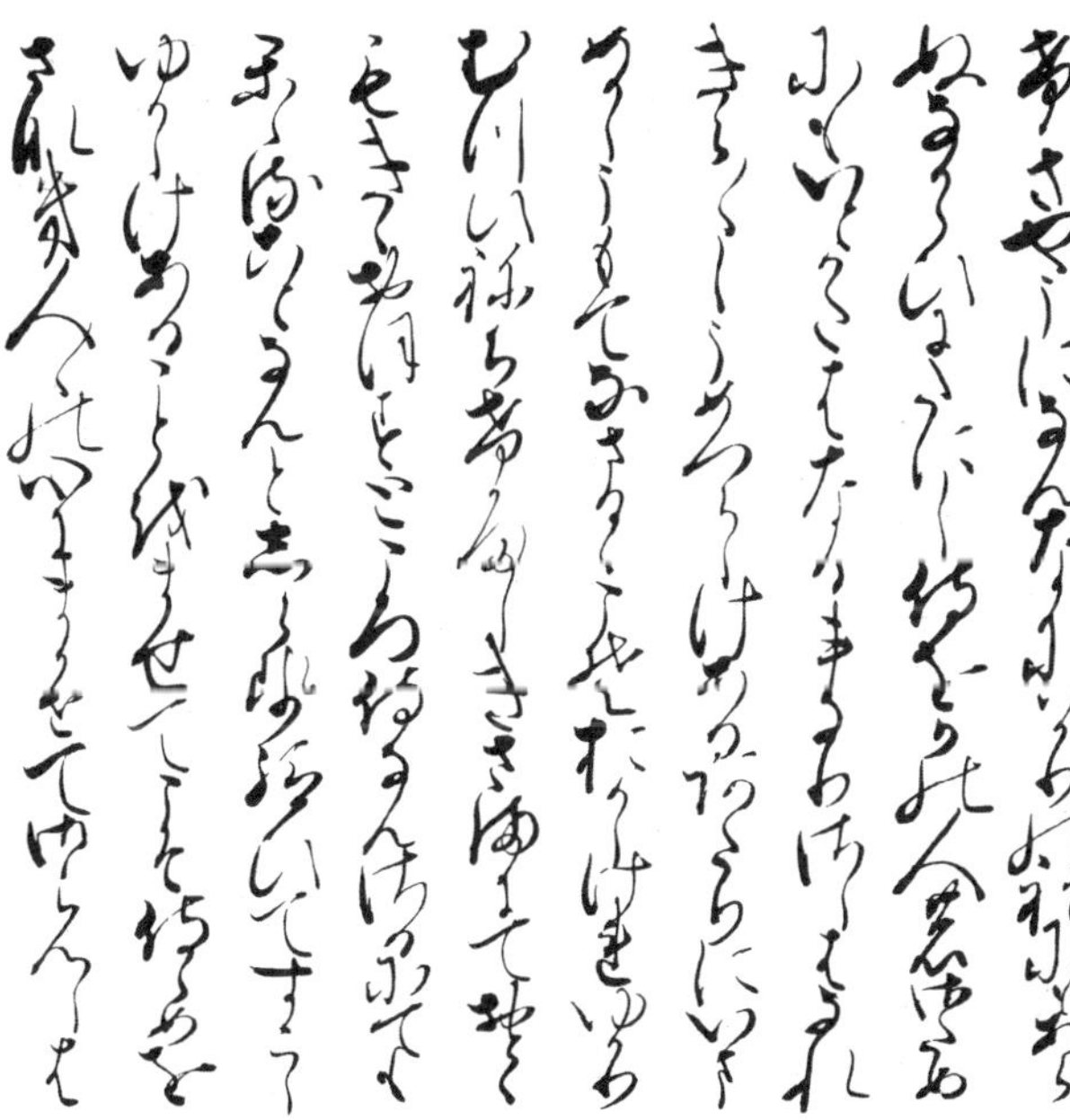

なちけるを、[一]心うく思たまふる、ときこえ給ふに、[二]夢にもしり給はぬことなれは、あさましうおほして、[三]けに、かうのたまふもことはりなれと、[四]かけてもこの人〳〵のしたの心なんしり侍らさりける、[五]けにいとくちおしき事とは、こゝにこそましてなけくへく侍れ、[六]もろともにつみをおほせ給ふは、うらめしきことになん、[七]みたてまつりしより、心ことに思ひ侍て、[八]そこにおほしいたらぬことをも、すくれたるさまにもてな

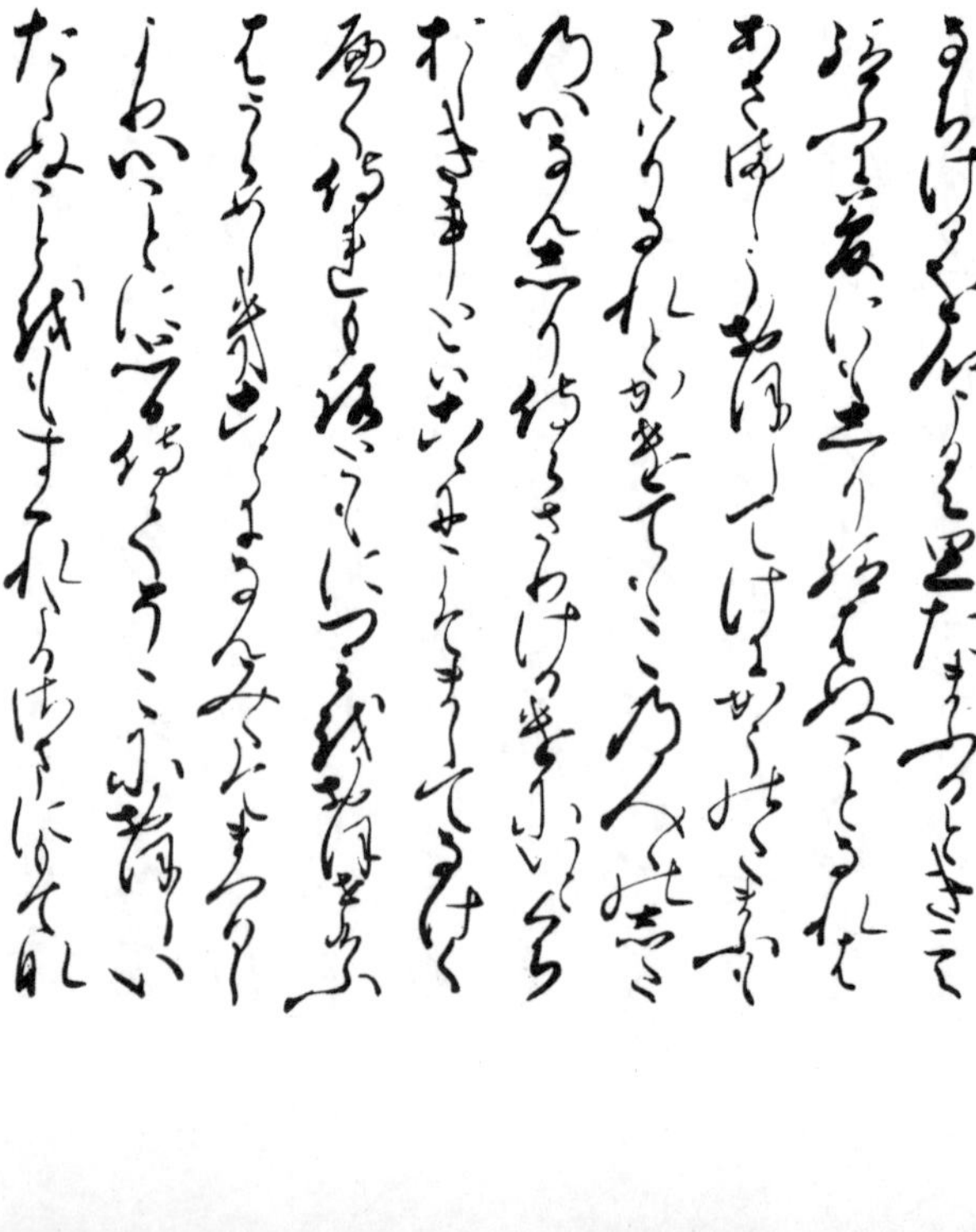

一 情けなく存じます。二（大宮は）夢にもご存じないことなので、驚きあきれておしまいになって。三 大宮の詞（一二七頁7行目「かれん」まで）。なるほどおっしゃることはごもっともですが。一応相手の言い分を肯定しておいてから自分の考えを述べるのが、上流の人らしい穏当な話し方。四（私は）少しもこの二人の内心を知りませんでした。五 本当にとても残念でならないこととしては、私の方こそあなた以上に嘆かわしく存じます。「いとくちおしき事とは」は「なげくべく侍れ」にかかる。青表紙諸本「いとくちおしきことは」。讃岐本「いとくちおしきことには」。六 あの二人といっしょに、なにも知らない私にも罪をお着せになるのは。「おほせ（負《お》ほす）」は、背に負わせる、受けさせる。ここでは罪を着せる意。七 姫をお世話申すことになりましてから、特別大切に思いまして。八 あなたがお気付きにならぬことについても、立派なさまにお育てしようと。

さんとこそ、人しれす思ひ侍つれ、[一]ものけなきほとを、[二]心のやみにまとひて、[三]いそきものせんとは思ひよらぬ事になん、さても、たれかはかゝる事はきこえけん、[四]よからぬ人のことにつきてきはたけくおほしのたまふも、あちきなく、[五]むなしき事にて、人の御なやけかれんとの給へは、[六]なにのうきたる事にか侍らん、[七]さふらふめる人くもかつはみなもときわらふへかめるものを、いとくちおしく、やすからす思たまへら

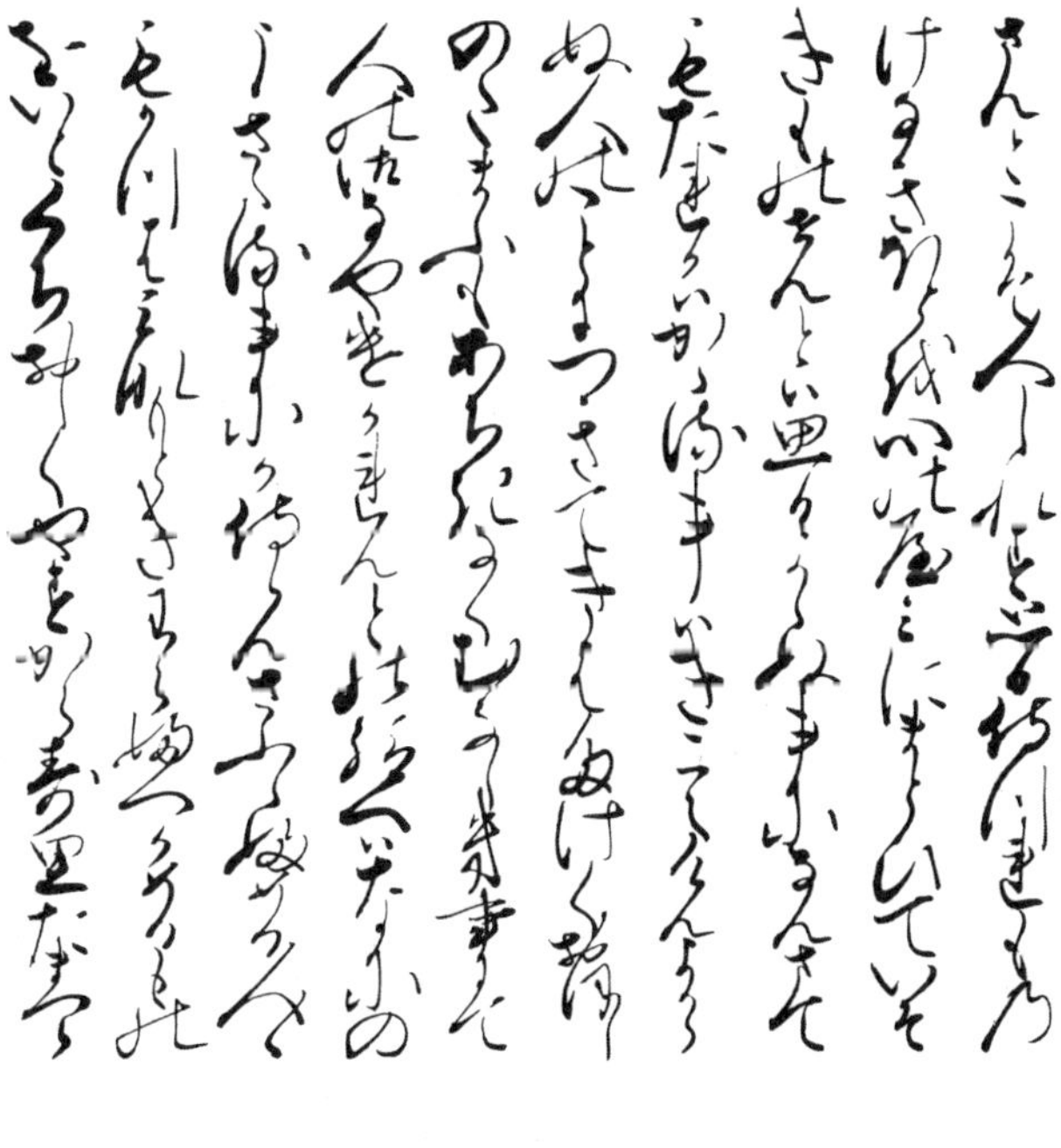

一「ものげなし」は、一人前らしくない、お話にならない。二 孫かわいさに目がくらんで。子を思う親の心を意味するが、ここでは孫を思う祖母の心の意味に転用している。兼輔「人の親の心は闇にあらねども子を思ふ道に惑ひぬるかな」。大宮は親のつもりで育てたと言いたいらしい。三 急いで二人を結婚させようとは考えても見なかったことです。「ものす」は、人の動作や存在を婉曲に表す代動詞。ここでは、「いっしょにする」意。四 身分の低い者の噂を採り上げて、頭ごなしにけしからぬとお考えになりおっしゃるのも、つまらないことで。「際猛《きはたけ》し」は威圧的で容赦のないさま。五 事実無根の噂で、姫君の御名前に傷が付くのではないでしょうか。六 内大臣の詞（一二八頁1行目「るゝや」まで）。どうして根も葉もないことでございましょう。七（雲居雁に）お仕えしている女房たちも、陰では皆悪く言ってあざ笑っているらしいのに。「もどき（もどく）」は、相手を誹謗し、非難する意。

一（内大臣は）座を立って出て行かれた。これ以上大宮の言い訳は聞きたくない心境。二事情を知っている侍女は、大宮を大へんお気の毒に思っている。若い二人をと解する説もあるが、大宮の許にいる侍女であるから、主人に同情したものと考える。三あの晩に陰口をたたいた女房達は、なおさらのこと肝をつぶして。「一夜《ひとよ》」は先夜。四女房Aの詞（4行目「しけん」まで）。いったいどうしてあのような打ち解け話をしてしまったのだろう。五雲居雁は（父と祖母とのやりとりも何もご存じなくて）無邪気なご様子でいらっしゃるところに。六（父大臣が）ちょっとお覗きになると。七まことに可憐なお姿を（父君は）しみじみいとおしく見申し上げなさる。八内大臣の詞（一二九頁1行目「りけれ」まで）。いかに年若いとはいえ、こんなに無分別でいらっしゃることを知らないで。九人並みに出世をと。春宮妃として大臣家の姫君らしく。一〇姫以上に浅はかだった。

るゝやとて一たち給ひぬ、二心しれる人は、
いみしういとおしく思ふ、三一夜のしりう
事の人〳〵は、まして心ちもたかひて、四なにゝ
かゝるむつものかたりをしけんと思ひな

［15内大臣、乳母たちを叱る］

けきあへり。五ひめ君はなに心もなくて
おはするに、六さしのそき給へれは、七いと
らうたけなる御さまをあはれに見た
てまつり給ふ。八わかき人といひなから、心おさ
なくものし給ひけるをしらて、いとかく
九人なみ〳〵にと思ひける我こそ、一〇まさりてはか

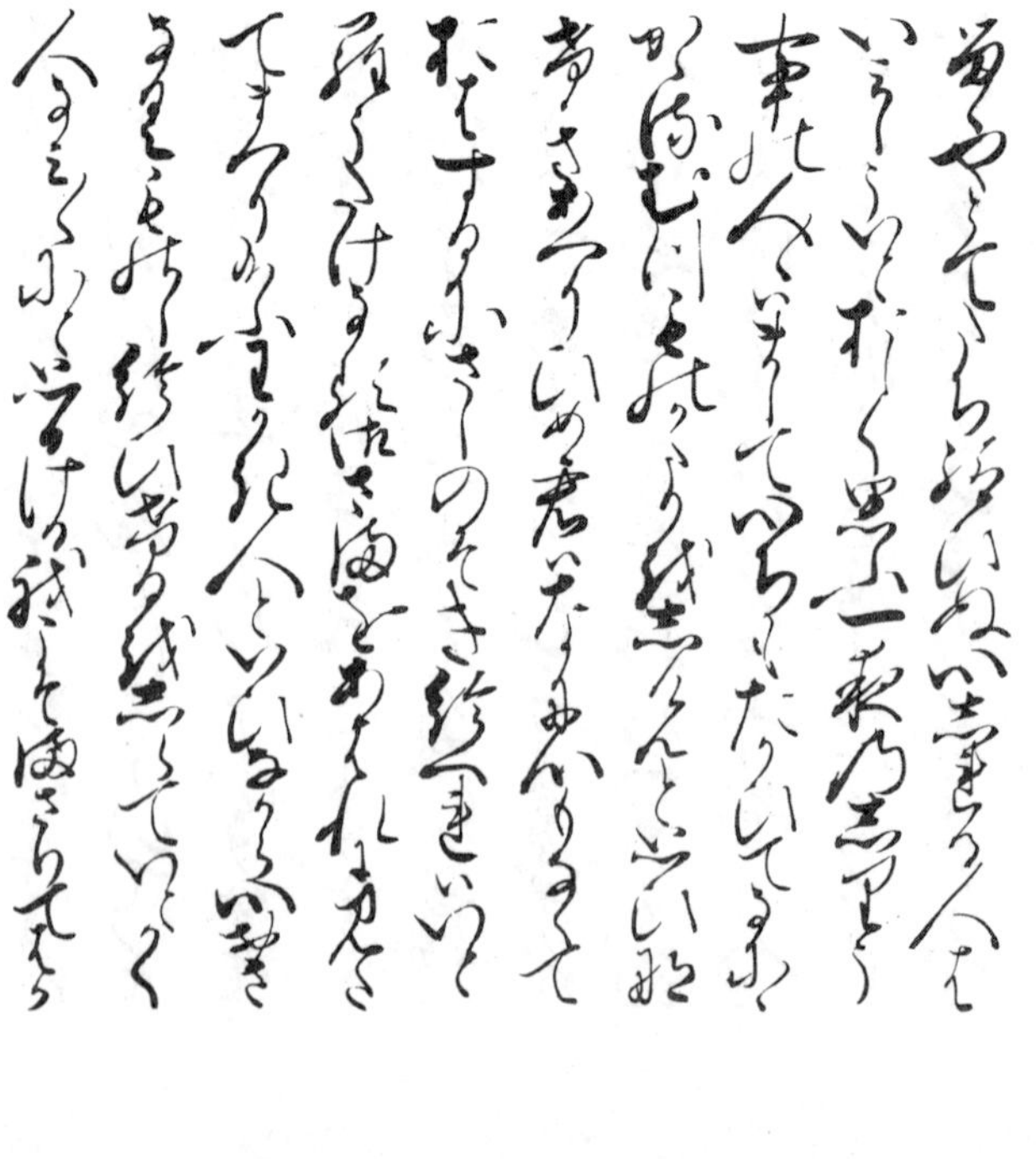

なかりけれ、とて御一めのとゝもをさいなみ、給ふにきこえんかたなし、二かやうの事は、三かきりなきみかとの御いつきむすめもをのつからあやまつためし、四むかしものかたりにもあめれと、五けしきをしりつたゆる人、六さるへきひまにてこそあらめ、七これは、あけくれたちましり給ひてとしころおはしましつるを、八なにかは、いはけなき御程を、宮の御もてなしよりさしすくしても、へたてきこえさせせん、とうちとけてすくし

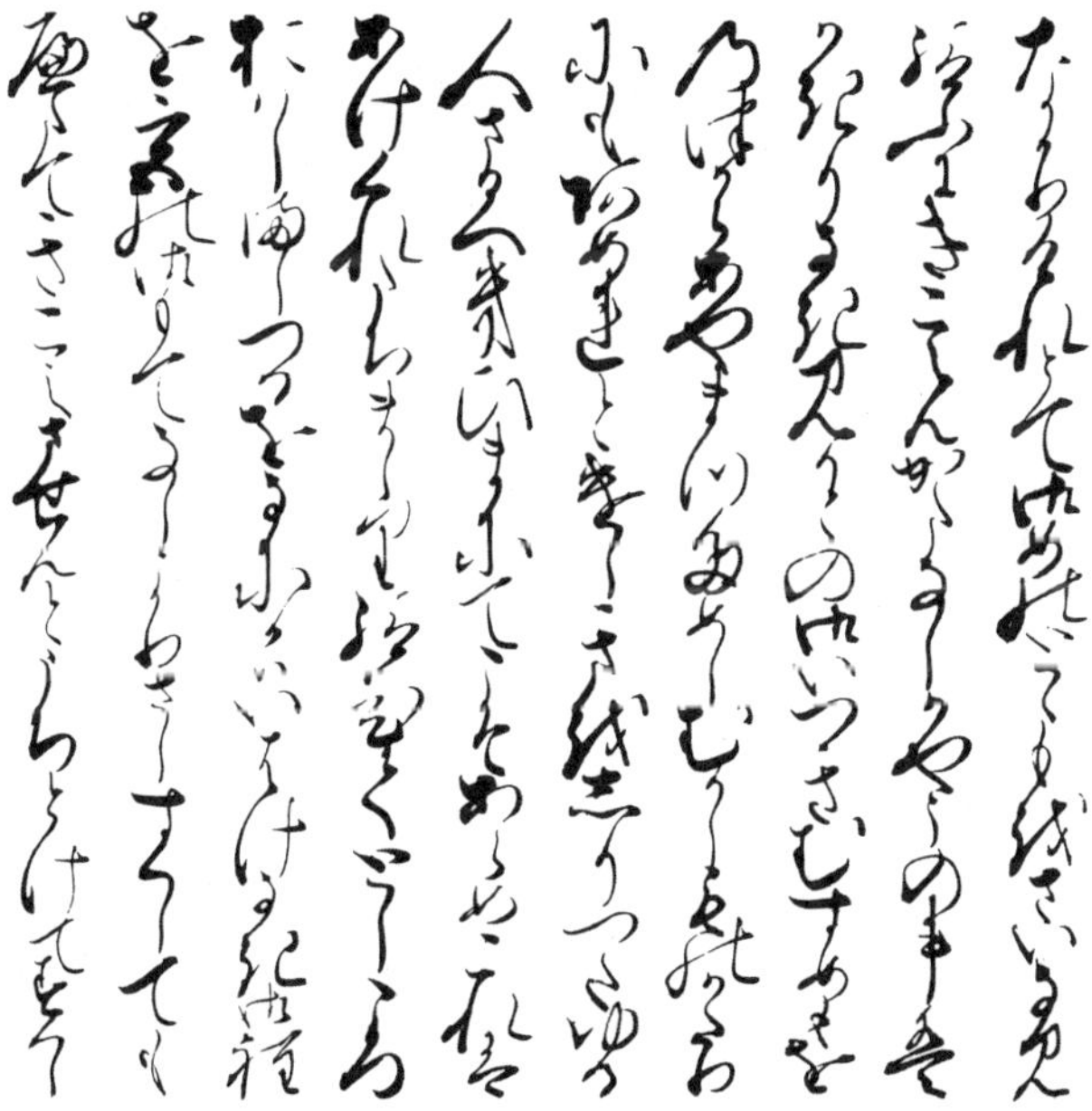

一 姫君の乳母たちまでも叱責していろいろおっしゃるので、ご返事の申し上げようもない。本文を横山本等により「さいなみ、の給ふに」と校訂する。乳母は授乳が終わってもそのままお仕えして、養い君の幼児教育から場合によっては性教育まで担当する。二 乳母の詞（一三〇頁6行目「ること」まで）。このようなこと。男女の過ち。三 最高位の帝が大切になさっておいでの姫宮でも、つい間違いを犯すという例が。四 昔物語にもあるようですが。五 （その場合でも）双方の様子を知って仲立ちをする女房が。「つたゆる」は諸本「つたふる」、恋文や情報を伝達し間を取り持つ。六 しかるべき隙を窺って事が起こるのでありましょうよ。七 ところが、こちらの場合は。長年一緒に育てられた。八『なにかは～へだてきこえさせせん』と安心して見過ごし申してきましたが。大宮をさておいて私たちがお二人を引き離すことは出過ぎた行為だ。

きこえつるを、[一]をとゝしはかりよりは、けさやかなる御もてなしになりにて侍めるに、[二]わかき人とてもうちされはみ、いかにそや、よつきたる人もおはすへかめるを、[三]ゆめにみたれたる所おはしまさゝめれは、[四]さらに思ひよらさりけること、[五]ゝをのかとちなけく、[六]よし、しはしかゝる事もらさし、[七]かくれあるましき事なれと、心をやりて、あらぬこととたにいひなされよ、[八]いまかしこにわたしたてまつりてん、[九]宮の御心のいとつらき

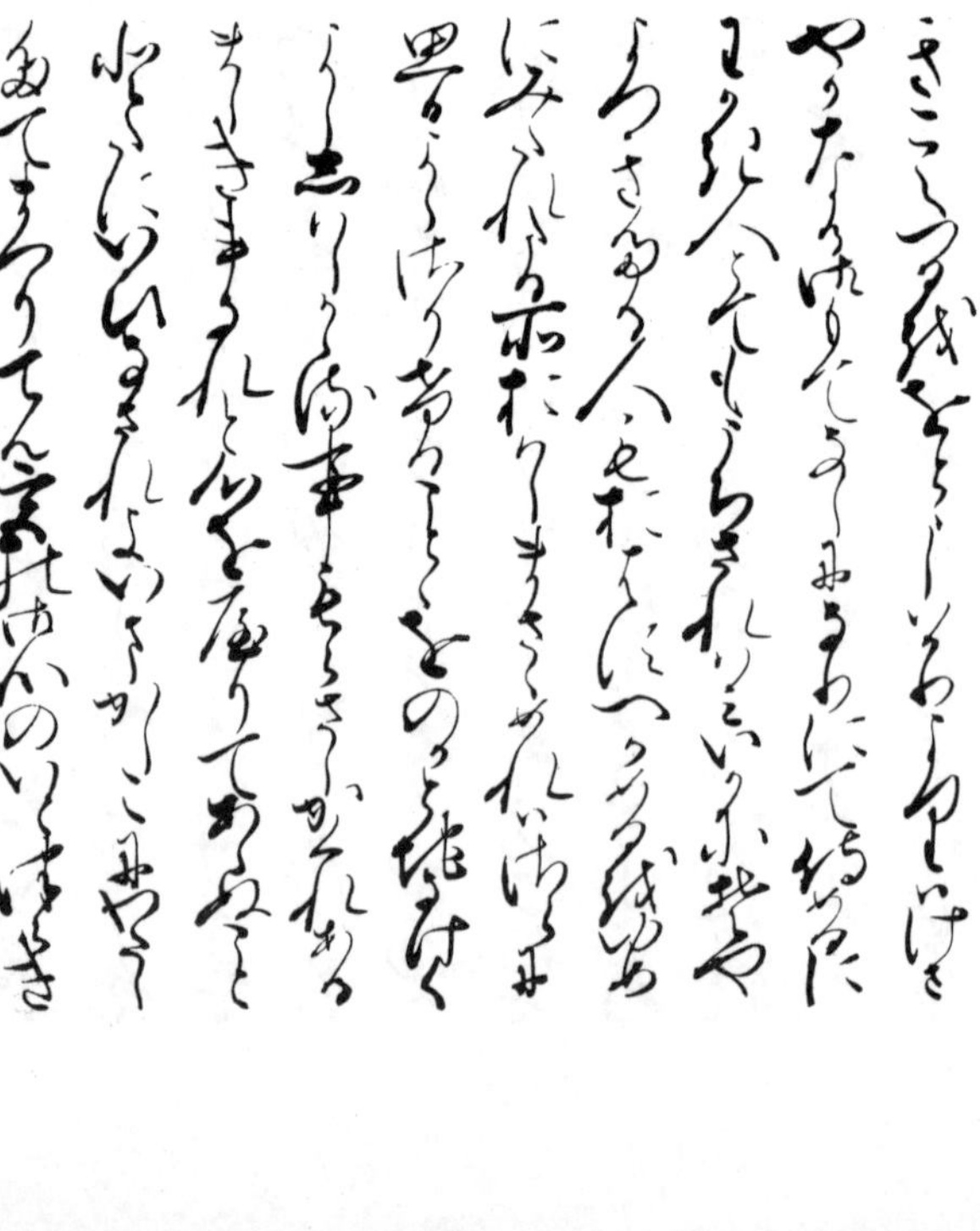

一　一昨年ごろからは、はっきりと区別した扱いになりましたようですし。「けざやかなり」は区別や境界線がはっきりしている意。二　まだ年もゆかない人であっても、仇っぽく振る舞い、どうしたことか、ませた真似をする人もいらっしゃるようですのに。「うちざればみ」は青表紙諸本「うちまぎればみ」、麦生本・阿里莫本「うちまぎれけしきばみ」。三　（この若君は）夢にも色めいたところがおありにならないご様子でしたので。四　少しも気が付かなったことです。五　乳母女房たち同士でため息をつきあっている。一二九頁2行目「聞こえん方無し」という状況だから自分たち同士で嘆き合うしかない。六　内大臣の詞（一三一頁2行目「りけん」まで）。もうよい。暫くの間はこの事を内密にしておこう。七　やがて世間に知られるであろうが、よく注意して、そんなことは嘘だとせめて言いつくろっておくれ。八　そのうちにあちらに（姫を）お移し申そう。九　乳母への追求は止め、大宮を恨む。

なり、一そこたちは、さりとも、いとかゝれとしも思はさりけん、との給へは、二いとおしきなかにも、うれしくのたまふとおもひて、三あないみしや、四大納言殿にきゝ給はん事をさへおもひ侍れは、めてたきにても、たゝ人のすちはなにのめつらしさにか思たまへかけん、ときこゆ、ひめ君はいとおさなけなる御さまにて、よろつに申給へとも、五かひあるへきにもあらねは、うちなき給ひて、六いかにしてかいたつらになり給ましき

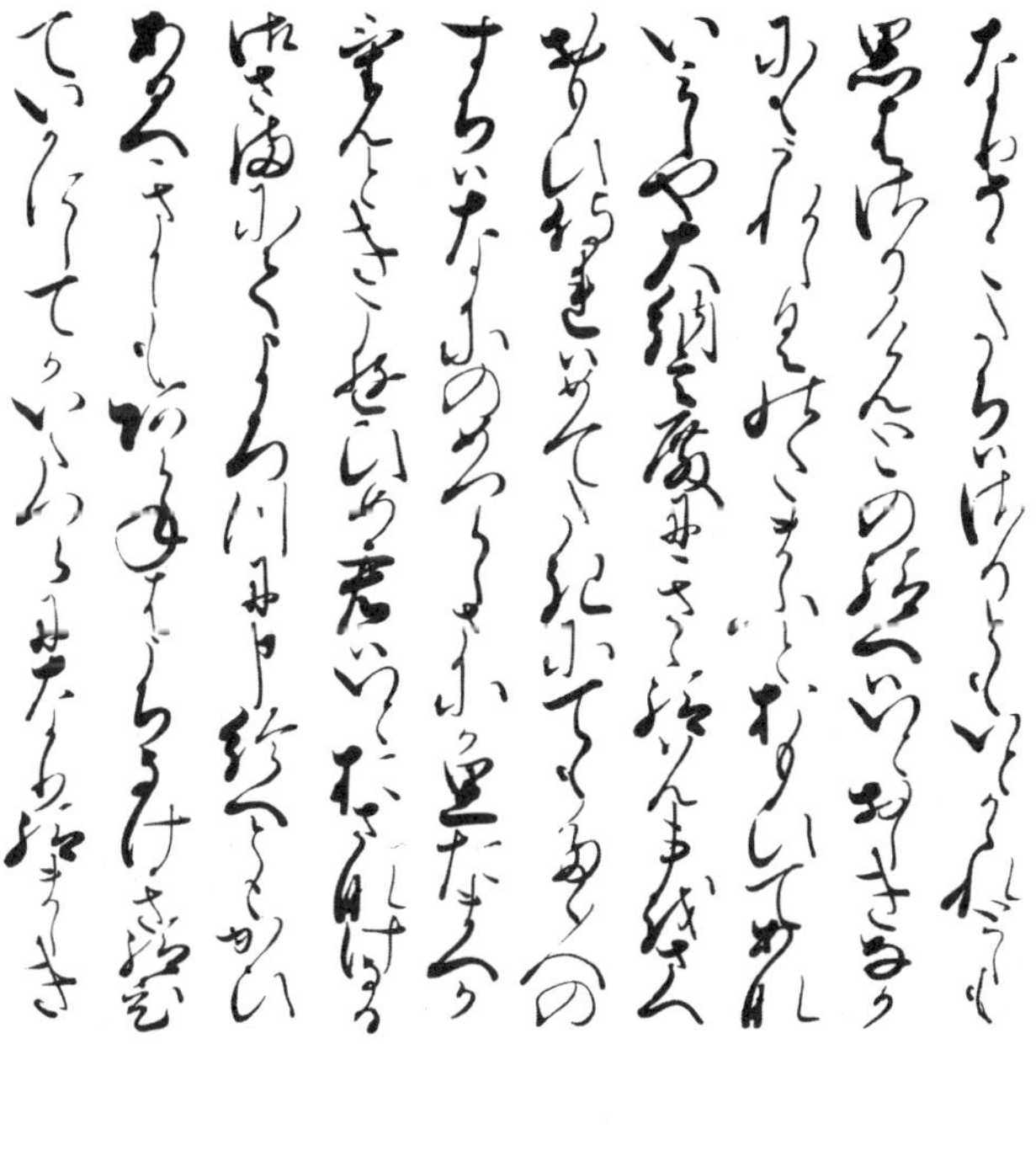

一 お前たちは、いくらなんでもこうなればよいは思わなかっただろうな。「そこたち」は雲居雁の乳母や女房達を指す。「かゝれ」は「かくあれ」の縮約形で、雲居雁が夕霧と結ばれること。大島本「思はれさりけん」。二 （姫君には）お気の毒なことになったが、（私たちには）嬉しいことをおっしゃってくださると思って。三 乳母の詞（7行目「かけん」まで）。まあとんでもない。（そんなことどうして思いましょう。）「いみじ」は、極度に甚だしい意を表す語。四 （雲居雁の継父の）大納言様のお聞きになるであろうことまで心配しているのですから、いくら夕霧が立派な方でも臣下の身分では。河内本「おもふたまふれはいつしかすくれたるさまにてとこそねんしきこえさせはへれめてたきにても」五 何もお分かりではないようなので。六 内大臣の心内詞（一三二頁1行目「からん」まで）。どうかしてこの姫が傷者になりなさらないようにする手だてを講じたいものだ。

わさすへからん、一としのひてさるへきとち
のたまひて、二大宮をのみうらみきこえ
たまふ、三宮はいとくおしとおほすなかに
も、四おとこ君の御かなしさはすくれ給ふにや
あらんか、五ゝる心のありけるもうつくしう
おほさるゝに、六なさけなくこよなきことの
やうにおほしのたまへるを、七なとかさしも
あるへき、八もとよりいたう思ひつき給事
なくて、九かくまてかしつかんともおほしたゝ
さりしを、一〇わかかくもてなしそめたれはこそ、

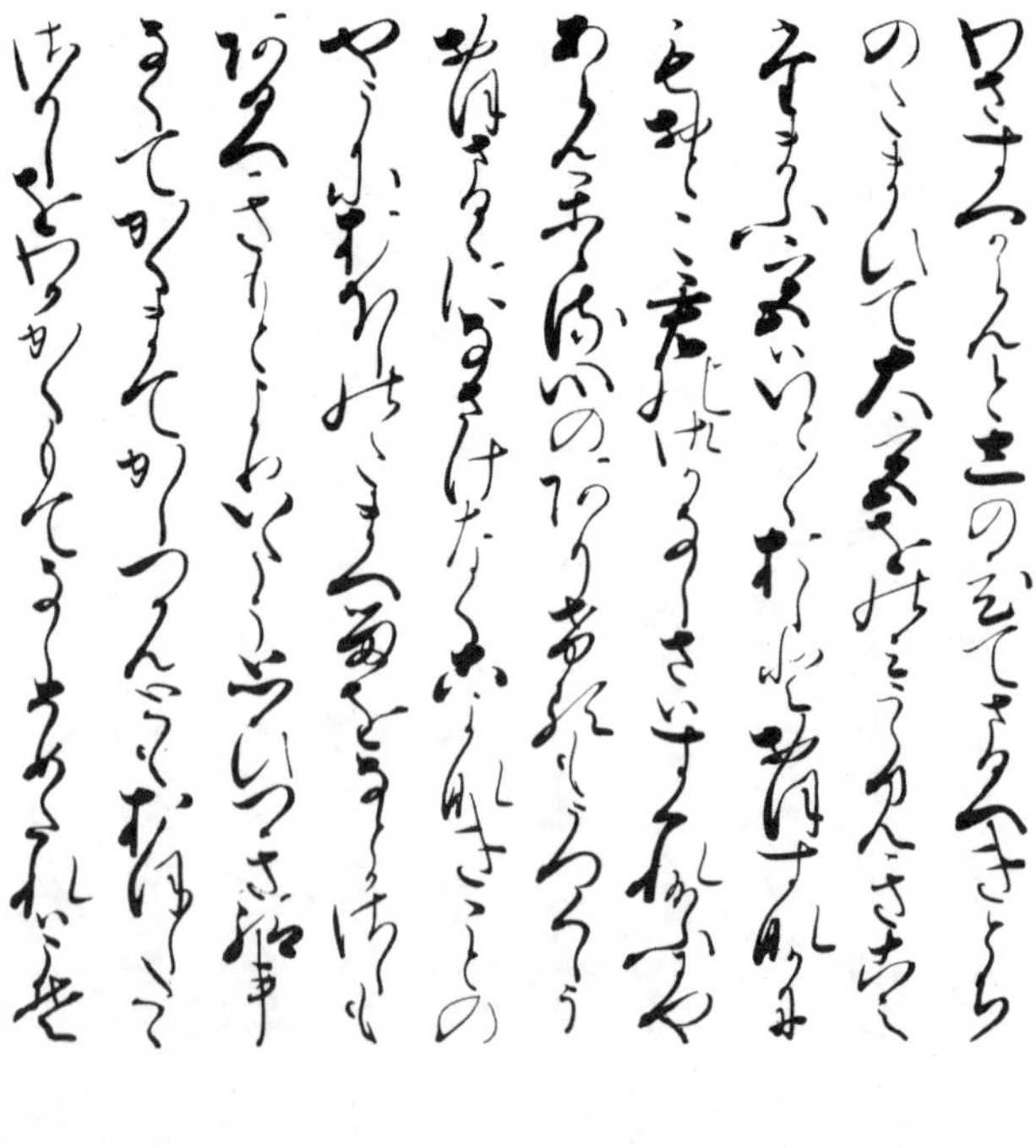

一 こっそりとしかるべき人たち（乳母や主な女房）とご相談になって。内大臣は、今後も雲居雁の世話をしてくれるはずの人たちを味方にしたい。二 ひたすら大宮をお恨み申していらっしゃる。三 大宮はとてもいじらしいと思っていらっしゃる孫の中でも。四 男君（夕霧）への愛情がまさっていらっしゃるのであろうか。五 このような恋心があったことをも。「ける」は、初めて気づいたことを詠嘆的に表す助動詞「けり」の連体形。六（内大臣が）優しい思いやりもなくもってのほかのことのようにお思いになりそれを口に出しておっしゃったりすることにたいして。七 大宮の心内詞（一三三頁6行目「おもへ」まで）。どうして二人の恋が内大臣の言うようなもってのほかのことであろう。八 もともと内大臣は、雲居雁を特にかわいがりなさることもなくて。九 これほど（立后を考える）まで大事にしようとはお思いでなかったのに。一〇 私がこうしてお世話をし始め（立派にお育てし）たからこそ。

一とう宮の御事をもおほしかけためれ、二とりはつして、三たゝ人のすくせあらは、四この君よりほかにまさるへき人やはある、五かたちありさまよりはしめて、ひとしき人あるへきかは、六これよりをよひなからんきはにもとこそおもへ、七とわか心さしのまされはにや、おとゝをうらめしう思ひきこえ給ふ、八御心のうちをみせたてまつりたらは、まして九いかにうらみきこえ給はん、一〇かくさはかるらん

［16大宮、雲居雁のことで夕霧をさとす］

もしらて、一一火さの君まいり給へり、一二一夜も

一 春宮に奉ることも考えつかれたのであろうが。「ためれ」は、「たるめれ」の撥音便「たんめれ」の「ん」を無表記にしたもの。二 望みが外れて。春宮入内がうまく行かず。三 臣下と結婚する前世からの因縁ならば。四 この若君より他にもっと優れた人があろうか（いやありはしない）。五 容貌や態度を始めとして、（この若君と）並ぶ人があるはずがない。六 この姫君など及びも付かないような高貴な身分の方（内親王）の婿としてもふさわしいと思うのに。七 ご自分の若君への心寄せが強いせいか。八 もし大宮がこうしたご本心を内大臣にお見せ申し上げたならば。九 どんなに大宮をお恨み申しなさるでしょう。一〇 このように（自分のことが話題となり）騒がれてることも知らないで。一一「火さの君」は「冠者の君」の当て字。夕霧。一二〇頁既出。一二「一夜」は、「ひとよ」と読む、「この間の晩」の意。内大臣が訪れていて、勧められて笛を奏した晩。

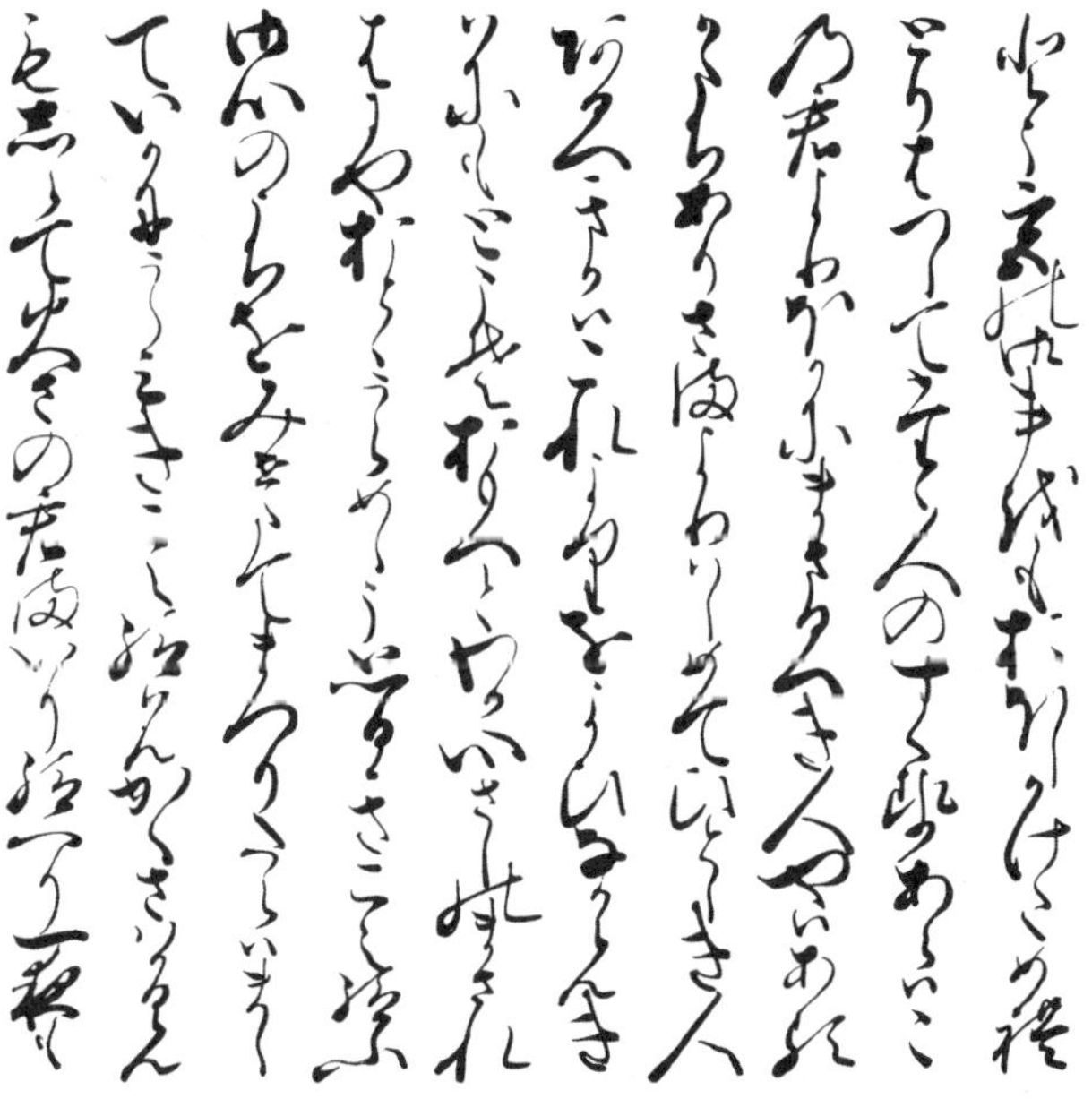

一人めしけうて、二思ふことをもえきこえす
なりにしかは、三つねよりもあはれにおほえ給
ひけれは、四ゆふつかたおはしたるなるへし、
宮、五れいはいひしらすうちゑみてまちよろ
こひきこえ給ふを、六まめたちて物かたり
なときこえ給ふつゐてに、七御事により、
内のおとゝのゑんしてものしたまひ
にしかは、いとなんいとおしき、いと八ゆかしけ
なき事をしも思ひそめ給ひて、九人に
ものおもはせ給つへきか心くるしき事、

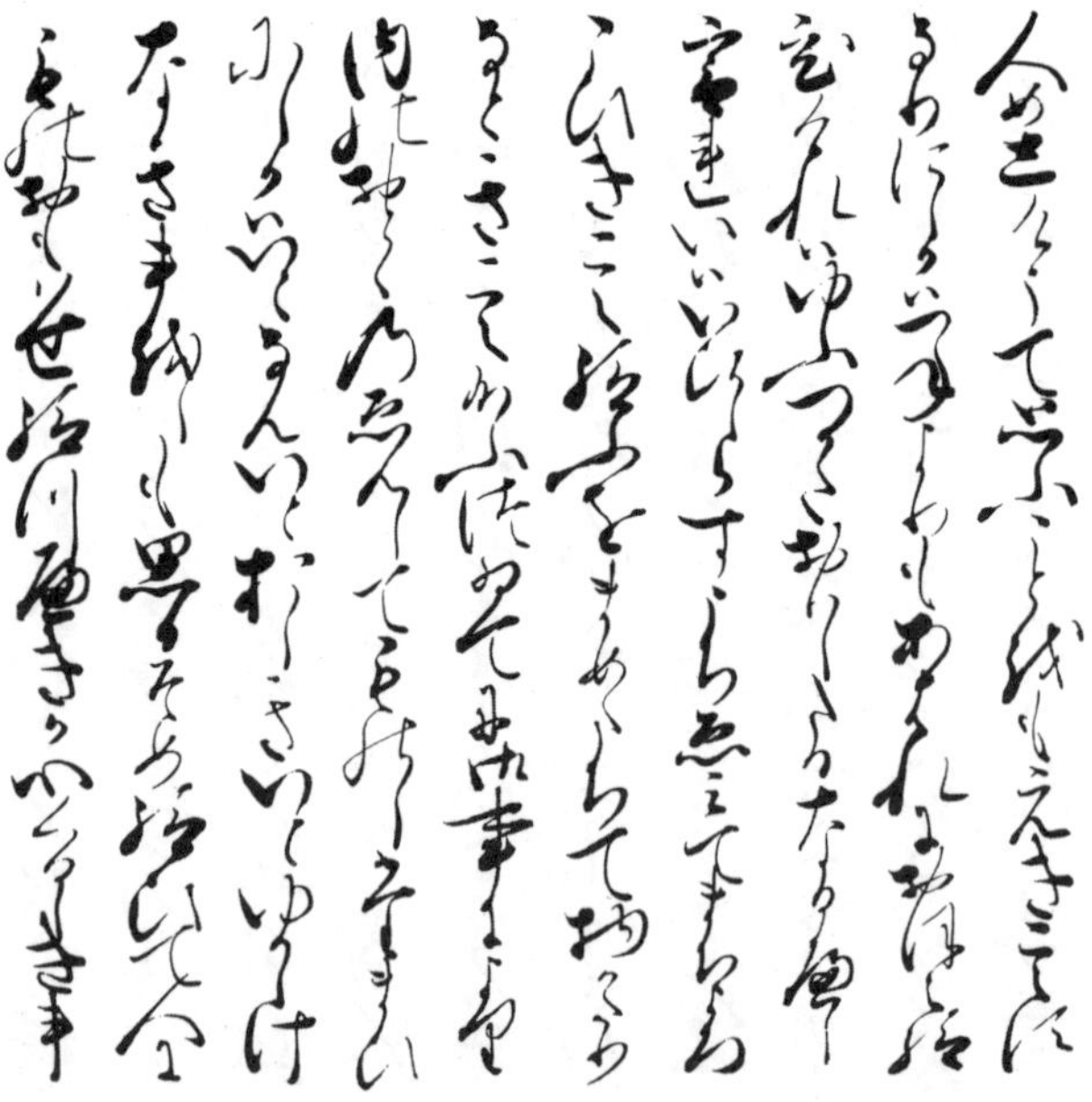

一 人目が多くて。「しげう」は、「繁《しげ》し」の連用形のウ音便。二（雲居雁に）思いのたけを申し上げることが出来ずじまいだったので。三 いつもよりしみじみと恋しく思われなさったので。四 夕方になっておいでになったのであろう。夕霧は大学入学後、二条東の院の曹司で勉学に励み、月に三度しか大宮邸へ行くことを許されていなかった。したがって約十日ぶりの訪問。五 いつもは言いようもなくにこにこなさって、待ち受けて喜びなさるのに。「いひしらず」は大島本「ぜひしらず」とある。六（今宵は）真面目な顔でお話などをなさるついでに。七 大宮の詞（一三五頁2行目「ばなん」まで）。あなたの御ことで、内大臣が私に恨み言をおっしゃったので、とても困っております。「いとほし」は、自分にも、相手に対しても用いるので、夕霧に対して気の毒だと解する説もある。八 奥ゆかしい様子でないこと。いとこ同士の結婚は手軽でありふれているから。九「人」はここでは私（＝大宮）。

[一]かうもきこえしと思へと、[二]さる心もしり
給はてやとおもへはなん、ときこえ給へは、
[三]心にかゝる事のすちなれは、ふと思ひより
ぬ、おもてあかみて、[四]なに事にか侍らん、
[五]しつかなる所にこもり侍にし後、[六]とも
かくも人にましるおりなけれは、[七]うら
み給へき事侍らしとなん思給ふるとて
[八]いとはつかしと思へるけしきを、あはれに
心くるしうて、[九]よしいまよりたにようゐし
たまへ、とはかりにて、[一〇]こと事にいひなし

一こんな事はまあ申しあげまいと思いますが。二そういう事情もお知りになっていないのではないかと思いまして（あえてお話したのです）。三これまで気にかかっていたことに関わる話なので、すぐに思い当たった。「かゝる」は諸本「かゝれる」。四夕霧の詞（7行目「給ふる」まで）。何事でございましょうか。真顔の祖母に夕霧も真正面から応対する。五二条東の院の学問所。六どのようにも人と交際することも無くなりましたので。七「…『(内大臣が)恨みなさるはずのことはございますまい。』と存じますが」。八とても恥ずかしいと思っている様子を、いじらしくも、かわいそうにも思って。大宮は、夕霧の否定のことばとは裏腹の本心を知って、可愛く思い、これ以上の糾弾は止める。九大宮の詞（10行目「たまへ」まで）。「もうよろしい。せめて今から後は気をつけなさい。」とだけおっしゃって。一〇他の話題に話をそらしてしまわれた。

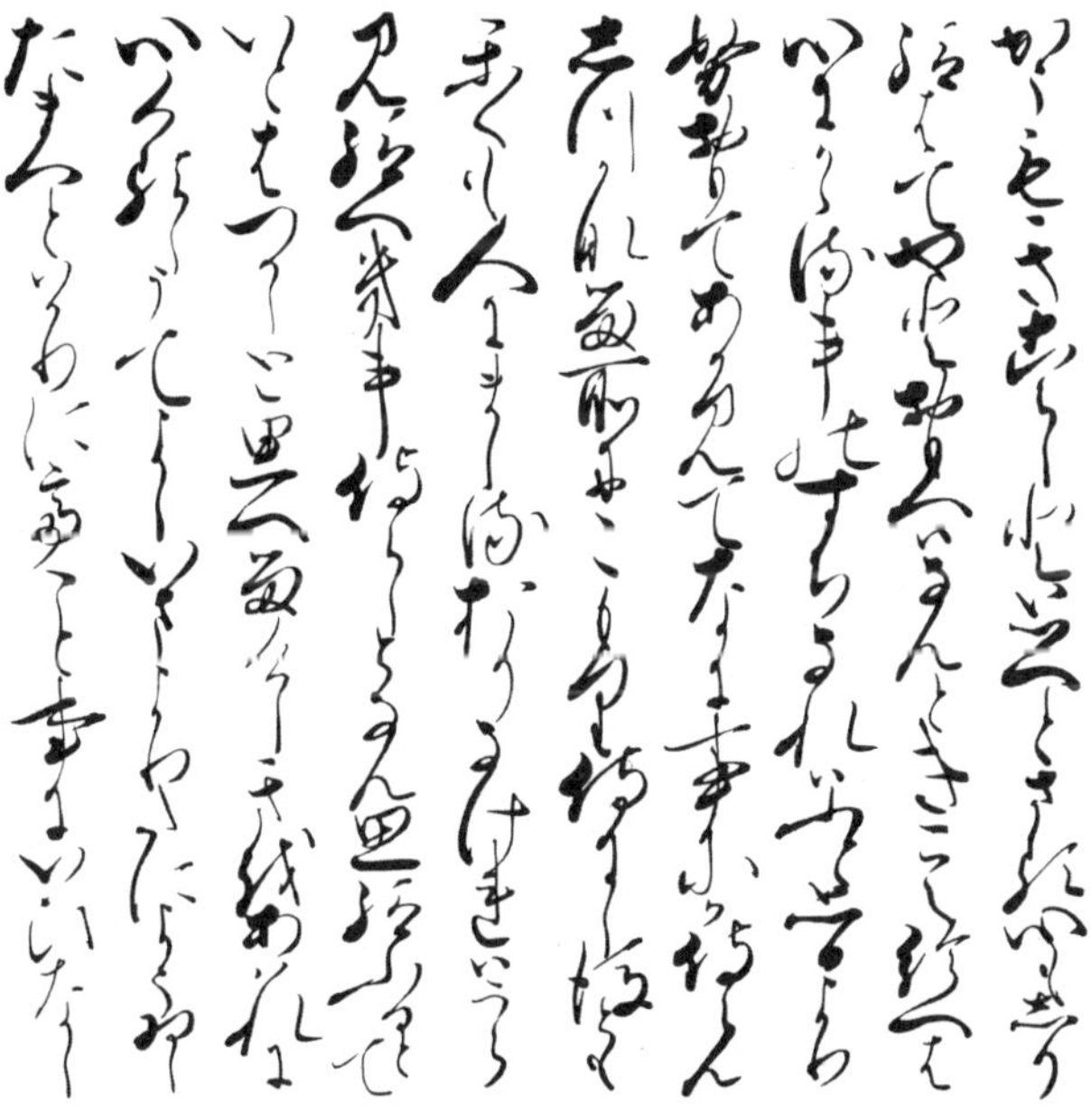

一 夕霧の心内詞（2行目「なめり」まで）。これからは今まで以上に文通などもむつかしいことになるだろう。二（大宮は）食事をおすすめなどなさるが、夕霧はまったく召しあがらないで。「ものまいり」の「まいり」は「参《まゐ》る」の連用形の転成名詞で「差し上げる」意の謙譲語、「まいら」は未然形で「召し上がる」意の尊敬語。三（大宮邸での自分の部屋に入って）おやすみになったふうにしておられるが。四 心は落ち着かず（寝付けなくて）。五 中障子。部屋を隔てる襖《ふすま》障子で、掛け金が付いている。ここは女君の部屋に通じる襖。六 いつもなら特に錠をおろしたりなどしないのに、今夜はしっかりと鍵が掛けてあって。「つと」は副詞で、じっと動かないさま。七（男君は）とても心細くなってきて、襖に寄り掛かっていらっしゃると。八（襖を引く音に）女君も目を覚まして。九 風がちょうど竹に当たって、さらさらと音をたてたことを擬人的にいった。竹を雲居雁に擬える。雁も秋の風物。

［17 夕霧と雲居雁の嘆き］

給つ、一いと〻ふみなともかよはん事のかた
きなめり、と思ふに、いとなけかし、二ものま
いりなとし給へと、さらにまいらて、三ねた
まひぬるやうなれと、四心も空にて、人
しつまるほとに、五なかさうしをひけと、六れい
はことにさしかためなともせぬを、つとさし
て、人のをともせす、七いと心ほそくおほえて、
さうしによりか〻りてゐたまへるに、八女君
もめをさまして、九風のをとの竹にまち
とられてうちそよめくに、かりのなきわ

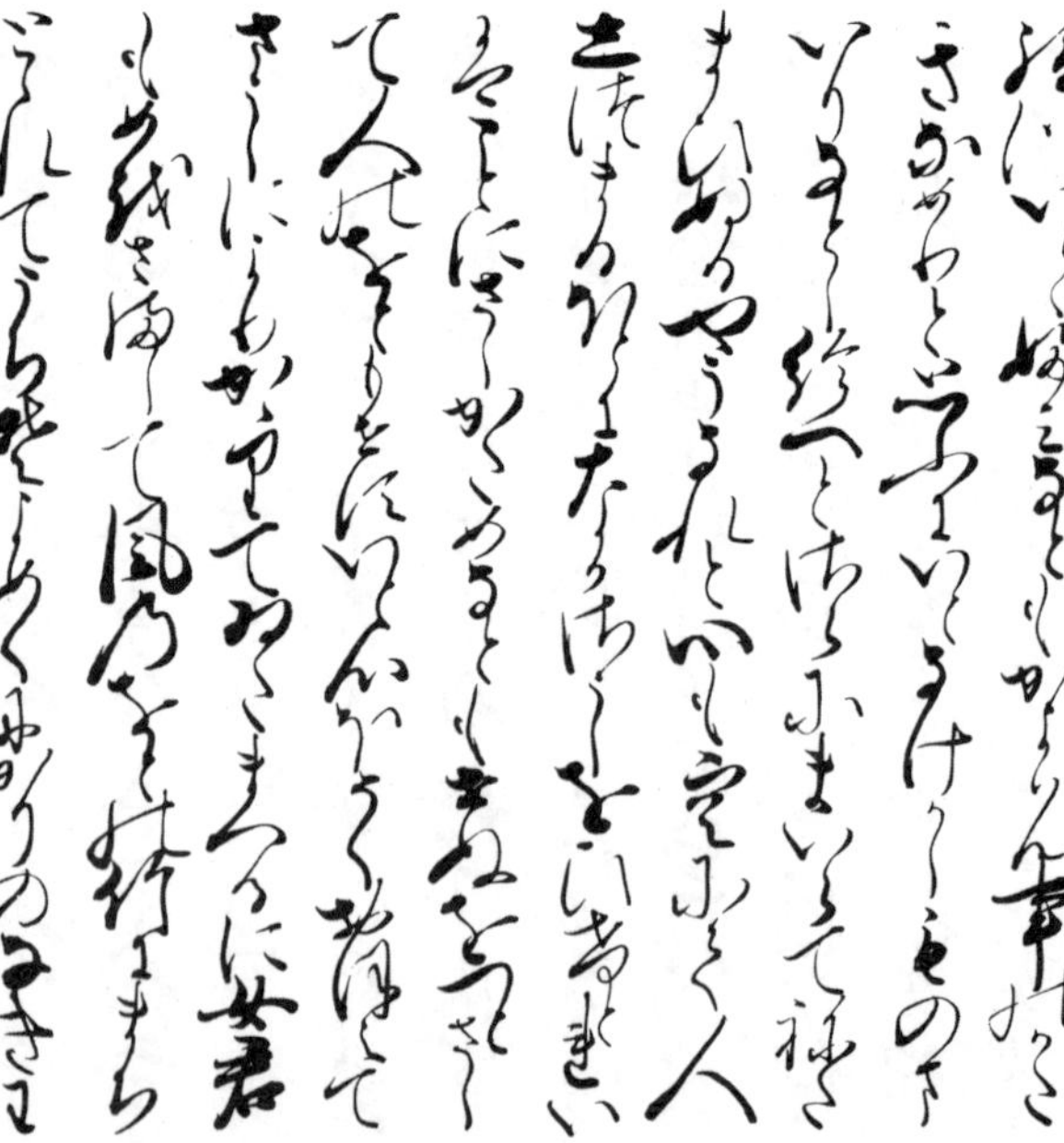

たるこゑほのかにきこゆるに、[一]をさなき心ちにも、[二]とかくおほしみたるゝにや、[三]雲ゐのかりもわかことや、とひとりこち給ふ[四]けはひ、[五]わかうらうたけなり、[六]いみしう心もとなけれは、[七]これあけさせ給へ、こしゝうやさふらふとのたまへと、をともせす、[八]御めのとこなり、[九]ひとりことをきゝ給けるもはつかしうて、あいなく御かほひきいれ給へと、[一〇]あはれはしらぬにしもあらぬそにくきや、[一一]めのとたちなとちかくふしてうち

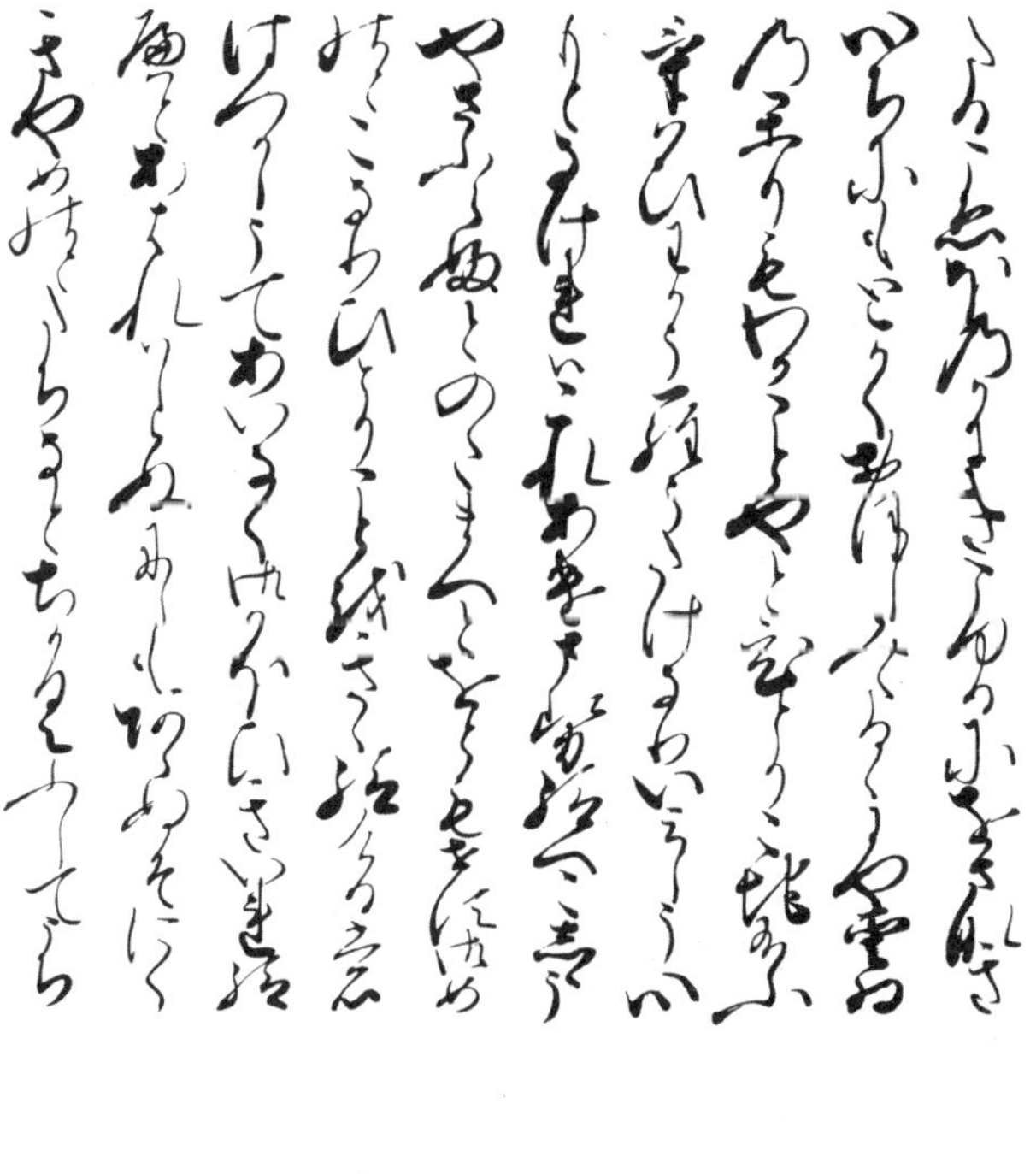

一（女君は）秋の風情などまだ理解できないような幼稚な心にも。二 あれこれ思いを巡らせて気持ちの整理が付かないのか。三 雲居雁の詞（3行目「ごとや」まで）。「霧ふかき雲居の雁もわがごとやはれせず物の悲しかるらむ」（奥入）の下二句の心情を我が心情として口ずさむ。雲居雁の呼称はこれによる。四 名詞「独り言」を四段に活用させて動詞化した「独りごつ」の連用形。五 若々しくかわいらしく聞こえる。六（男君は）とてももどかしいので。七 夕霧の詞（6行目「ぶらふ」まで）。この襖障子をあけてください。小侍従がお側にいますか。八 小侍従は雲居雁の乳母の娘である。雲居雁と同年輩で、二人の仲立ちをしていたらしい。九（女君は）自分の独り言を男君がお聞きになったのも恥ずかしくて、わけもなくお顔を夜具の中にお入れになるが。一〇 恋の切なさは知らないわけでもないのは憎いこと。草子地。一一 乳母や女房たちがすぐ近くに寝ていて、ちょっと身動きするのも。

一 気になってつらいので、お互いに音も立てない。若い二人は恥ずかしさに、どうしてよいか分からず、沈黙が続く。二 夕霧の詠歌。女君の口ずさみに応じる歌。真夜中に友を呼びながら飛んでゆく雁の声が悲しく聞こえるが、さらに悲しさを加えるかのように荻の上を吹く風よ。三 夕霧の心内詞（4行目「るかな」まで）。風いや恋のつらさが身にしみることよ。四 大宮の前に戻ってため息ばかりついているが。月に三度の訪問時には大宮の部屋で寝ることになっていたか。五 夕霧の心内詞（6行目「給らん」まで）。大宮がもしやお目を覚まされてお聞きになりはしないだろうか。六 遠慮されて、もじもじして横になっていらっしゃった。七 （翌朝男君は）どうにも気がひける思いで、自分の部屋に早く戻って女君にお手紙を書きなさったけれど。八 小侍従に、手紙の取次ぎや手引きを頼んでいる。九 女君のお部屋の方へ行くことも出来ず、胸がしめつけられる思いでいらっしゃる。

みしろくも一くるしけれは、かたみにをともせす、
　二さ夜なかに友よひわたる雁かねに
うたて吹そふ荻のうは風、三身にしみける
かなと思ひつゝけて、四宮のおまへにかへり
てなけきかちなるも、五もし御めさめて
やきかせ給らん、と六つゝましく、みしろき
ふし給へり、七あいなくものはつかしうて、我
御かたにとくいてゝ御文かき給へれと、八こ
しゝうにもえあひ給はす、九かの御方さま
にもえいかす、むねつふれておほえ給、女

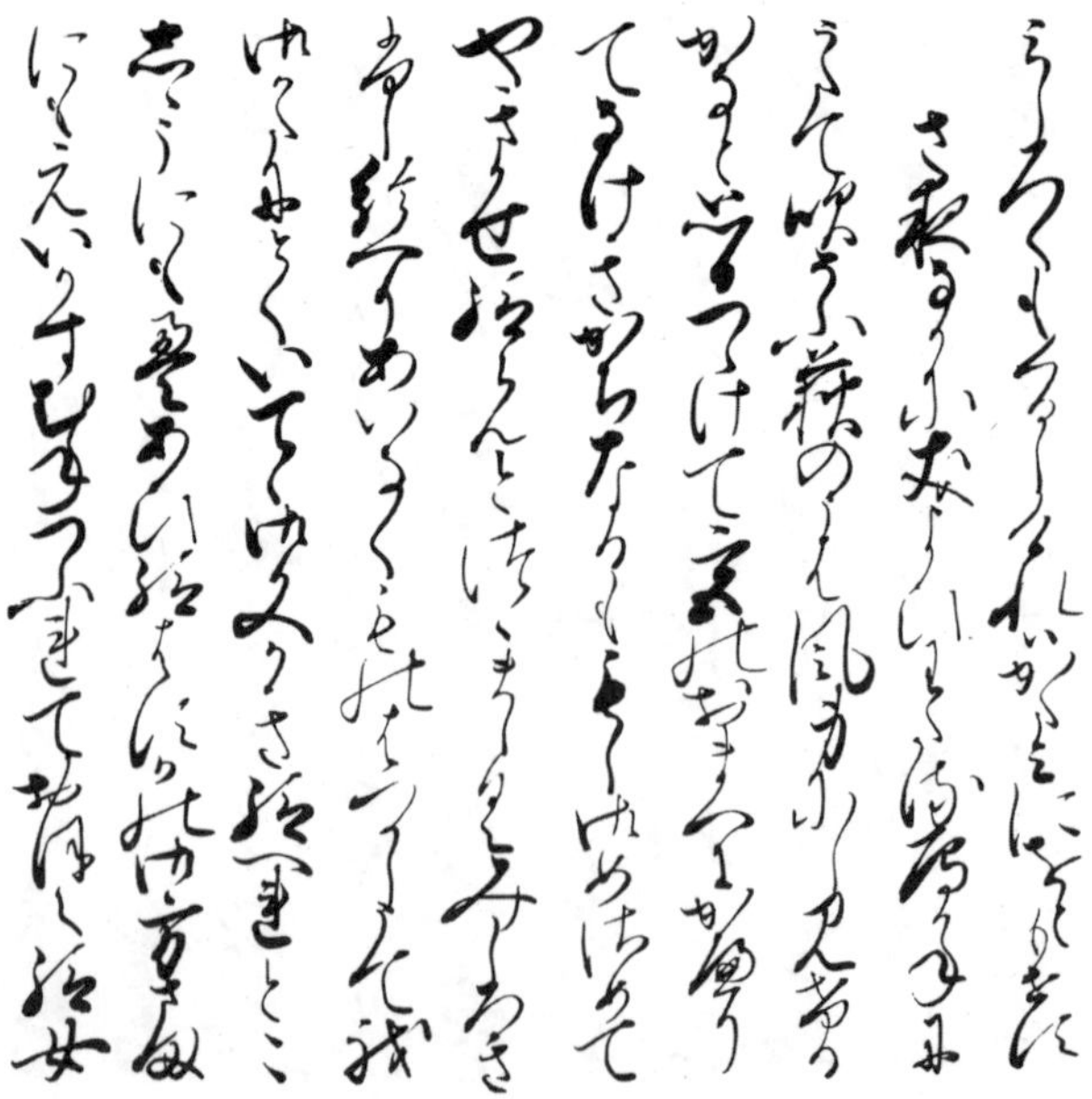

[一]はた、さはかれ給しことのみはつかしうて、[二]我身やいかゝあらん、人やいかゝ思はん、ともおほしいれす、[三]おかしうらうたけにて、[四]うちかたらふさまなとを、うとましともおもひはなれ給はさりけり、[五]又かうさはかるへきことゝもおほさゝりけるを、御うしろ見ともゝ[六]いみしうあはめきこゆれは、[七]えこともかよはし給はす、[八]おとなひたる人や、さるへきひまをもつくりいつらん、[九]おとこ君も、いますこしものはかなきとしのほとに

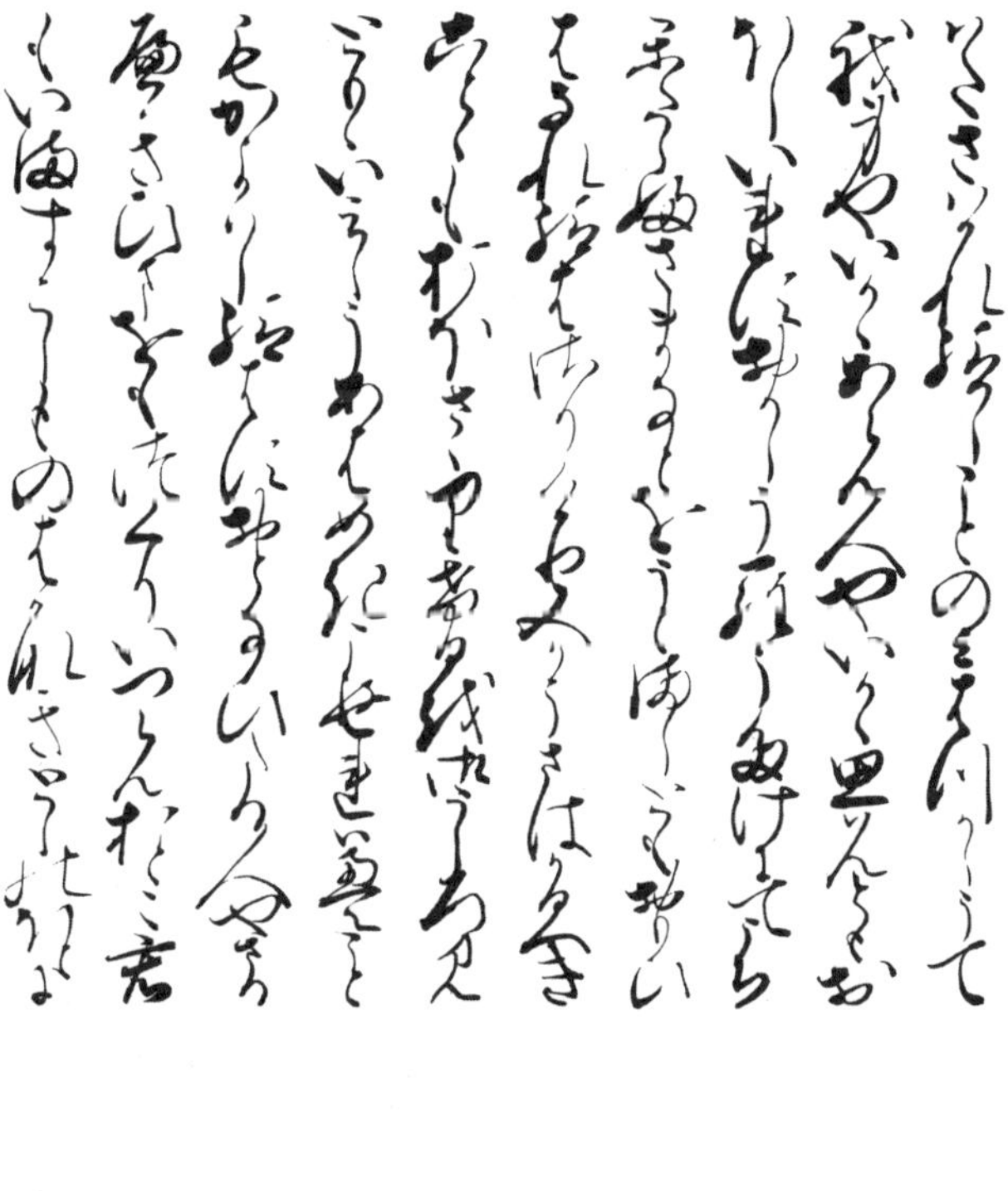

一 一方、女君の方では、（自分のことで）騒がれなさったことばかりが恥ずかしくて。二 これから先自分はどうなるのだろうか、世間の人が自分をどう思うであろうかとも深くお考えにならず。女君の幼さを強調。三 お美しく可愛らしい有様で。四（乳母たちが男女の関係のことを）話し合っている様子に対しても、いやな話をと思い疎んじることもなさらなかった。五 こうまで騒がれるはずのこととも お思いにならなかったのだが。自然に芽生えた恋であって悪いことだという認識はない。六 厳しくおたしなめ申すので。「あはむ」は軽蔑の思いを持って思慮の足りなさを非難する。七（男君と）手紙を通わすこともお出来にならない。八 もっと大人びている人だったら、（女房に頼みこんで）逢うことの出来る機会を作り出すのだろうが。九 男君も、まだもう一つ頼りない年頃なので。「いますこし」は、女君よりも今少しの意。雲居雁十四歳、夕霧十二歳。

て、一たゝいとくちおしとのみおもふ、二おとゝは
[18内大臣、雲居雁を引き取る決意]
そのまゝにまいり給はす、宮をもいとつら
しと思ひきこえ給ふ、三きたの方には、
四かゝる事なん、と五けしきもみせ給はす、
六たゝおほかたいとむつかしき御けしきに
て、七中宮のよそほひことにてまいり給
へるに、八女御の世中思ひしめりてものし
給ふを、心くるしうむねいたきに、九まかてさ
せたてまつりて、心やすくうちやすませ
たてまつらん、一〇さすかに、うへにつとさふらはせ

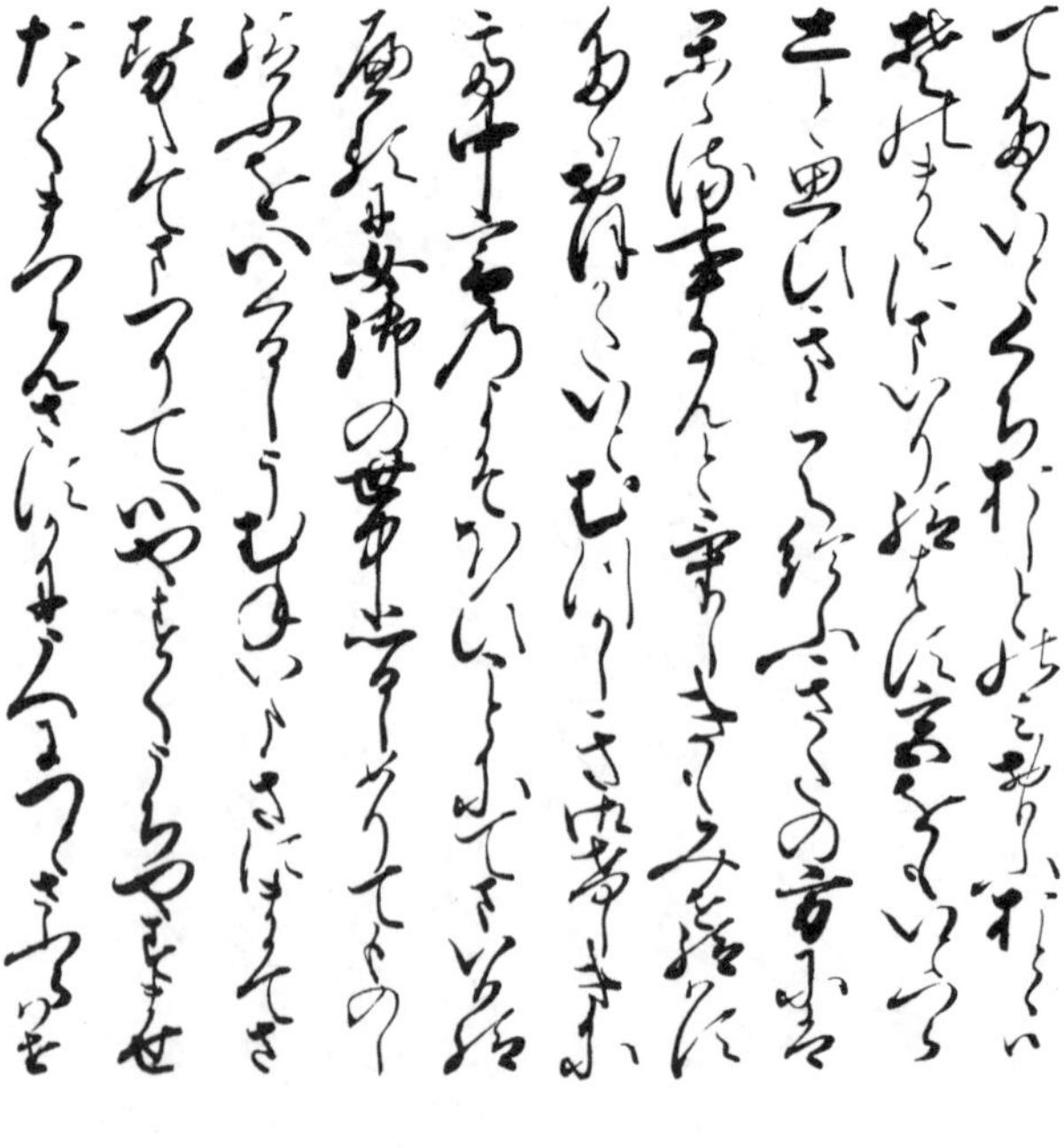

一ただとても残念だと思うばかりである。男君も祖母から内大臣ご立腹のよしを聞きすっかり萎縮してしまい逢う手だてを講ずる心のゆとりもない。二内大臣は（大宮に怨みを言ったままで）それっきり大宮の許に参上しなさらず、母宮を全くひどいお方とお思い申していらっしゃる。三内大臣の北の方は、昔の右大臣の四の君。四内大臣の縮約形会話文。「こういう事があったんだよ」。五顔色にもお出しにならず。六ただ何となくとても不機嫌なお顔つきで。「おほかた」は、全体として、総じての意。七内大臣の詞（一四一頁3行目「めるに」まで）。中宮が特別のお支度で威儀をととのえて宮中に参上なさいましたので。八こちらの女御が帝との御仲を悲観しておいでなのが、おいたわしく胸痛む思いですから。九宮中から里に退出させ申して、ゆっくりと休ませてあげましょう。一〇そうはいっても（立后出来なかったとは言え）やはり、帝がお側にじっとつききりに伺候させなさって。

給て、よるひるおはしますめれは、[一]ある人々も心ゆるいせすくるしうのみわふめるに、との給ひて、[二]にはかにまかてさせたてまつり給、[三]御いとまもゆるされかたきを、うちむつかり給て、[四]うへはしふ〳〵とおほしめしたるを、しゐて御むかへしたまふ、[五]つれ〳〵におほされんを、[六]ひめ君わたして、もろともにあそひなとし給へ、宮にあつけたてまつりたる、うしろやすけれと、[七]いとさくしりおよすけたる人たちましりて、[八]をのつからけ

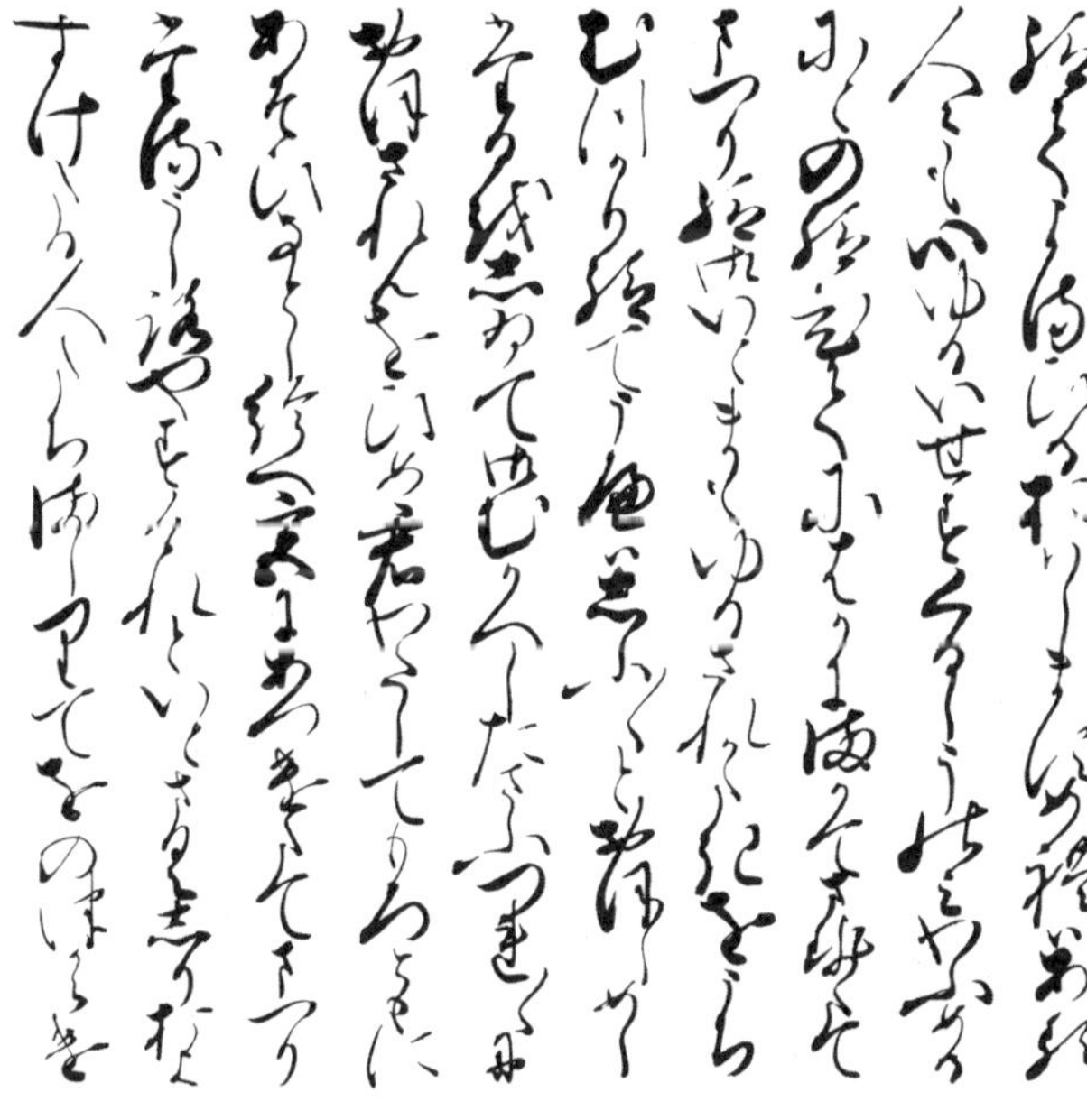

一 おそば付きの女房たちも気を張りづめで、とても苦しいとつらがっているようですし。二 急に里下がりをおさせになる。三 帝からお暇もなかなか出ないのを、大臣は無理をおっしゃって。「むつかる」は機嫌を損ねて文句を言う意で、帝への示威行為。四 帝はしぶっていらっしゃったのに、無理やり（女御を自邸に）お迎えしなさる。五 内大臣の詞（一四二頁1行目「ばなん」まで）。里ではすることも無く退屈にお思いでしょうから。六 あちらの姫君をこちらに移して、ご一緒に音楽でもなさいませ。「ひめ君」は雲居雁のこと。夕霧から引き離す作戦で、これなら大宮を納得させ得る。七 たいそう小ざかしくふるまうませた人が一緒におりまして。夕霧のこと。「さくじる」は、差しでがましい行いをする。「およすく」は、成長する、大人ぶる、ませる。八（同じ邸内のこと故）自然と親しくするのも。

ちかきも、[一]あいなき程になりにたれはなん、ときこえ給て、[二]にはかにわたしきこえ給、[三]宮いとあへなしとおほして、[四]ひとりものせられし女なくなりたまひてのちは、いとさうくしく心ほそかりしに、[五]うれしうこの君をえて、いけるかきりのかしつきものと思ひて、あけくれにつけて、[六]おいのむつかしさもなくさめんとこそ思ひつれ、[七]おもひのほかにへたてありておほしなすも、つらくなん、ときこえ給へは、[八]うちかしこまりて、

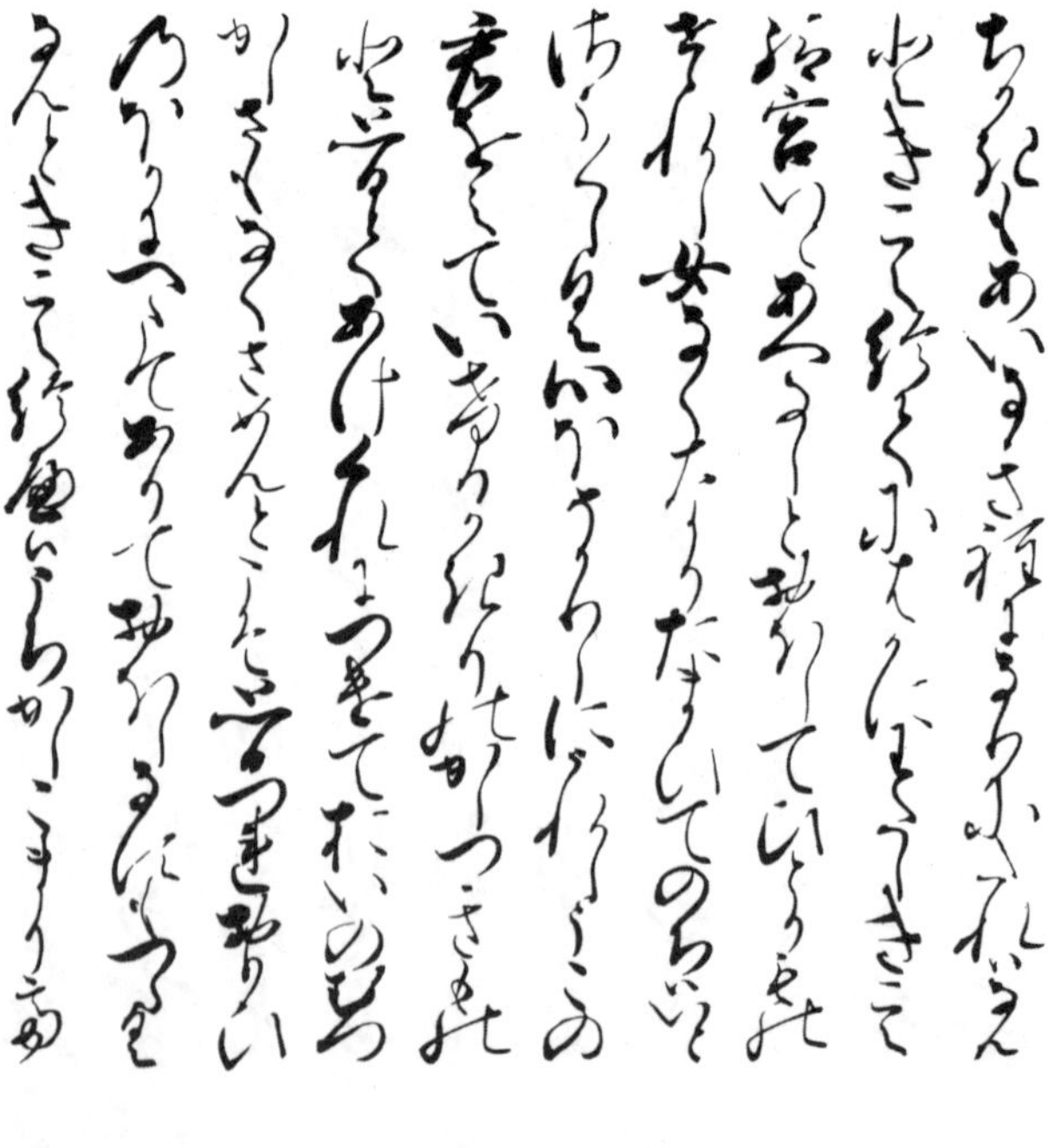

一 感心しない年頃になってきましたのでね。二 にわかに（雲居雁を大宮邸から内大臣邸に）お移し申しなさる。「わたす」は、移動させるが原義。水の上や、陸地の上や、此岸から彼岸へ、人や物や霊を移動させる意。引き取る・連れて来るなどと口語訳する。三 大宮はたいそうがっかりなさって。四 大宮の詞（10行目「くなん」まで）。内大臣に直面しての科白《せりふ》。たった一人いらっしゃった娘（葵）がお亡くなりになった後は、大層もの足りなく心細かったけれど。（葵の上の死は丸十一年前）。五 嬉しいことにこの姫君（雲居雁）を預かって、私の命ある限り大切にお世話する宝と思って。六 老いの身の憂さつらさをも慰めようと思っておりましたのに。七 案外他人行儀な冷たいお心をお持ちなのが、耐え難いことです。八 （内大臣は）恐縮して。次頁の内大臣の会話文では、下二段活用の「給ふ」（自己謙譲）を連発している。恐縮した態度を示すべく、言葉遣いだけは至極丁重にし、自分の意志は通そうとするところに注意。

一心にあかす思たまへらるゝ事を、しかなん思ふたまへらるゝ、とはかりきこえさせしになん、二ふかくへたて思たまふる事はいかて侍らん、三内にさふらふか、世中うらめしけにて、四このころまかてゝ侍に、五いとつれ〳〵に思てくし侍れは、心くるしう見給ふるを、六もろともにあそひわさをもしてなくさめよ、と思ふ給へてなん、あからさまにものし侍、七とて八はくゝみ人となさせ給へるを、をろかにはよも思ひきこえさせし、と申給へ

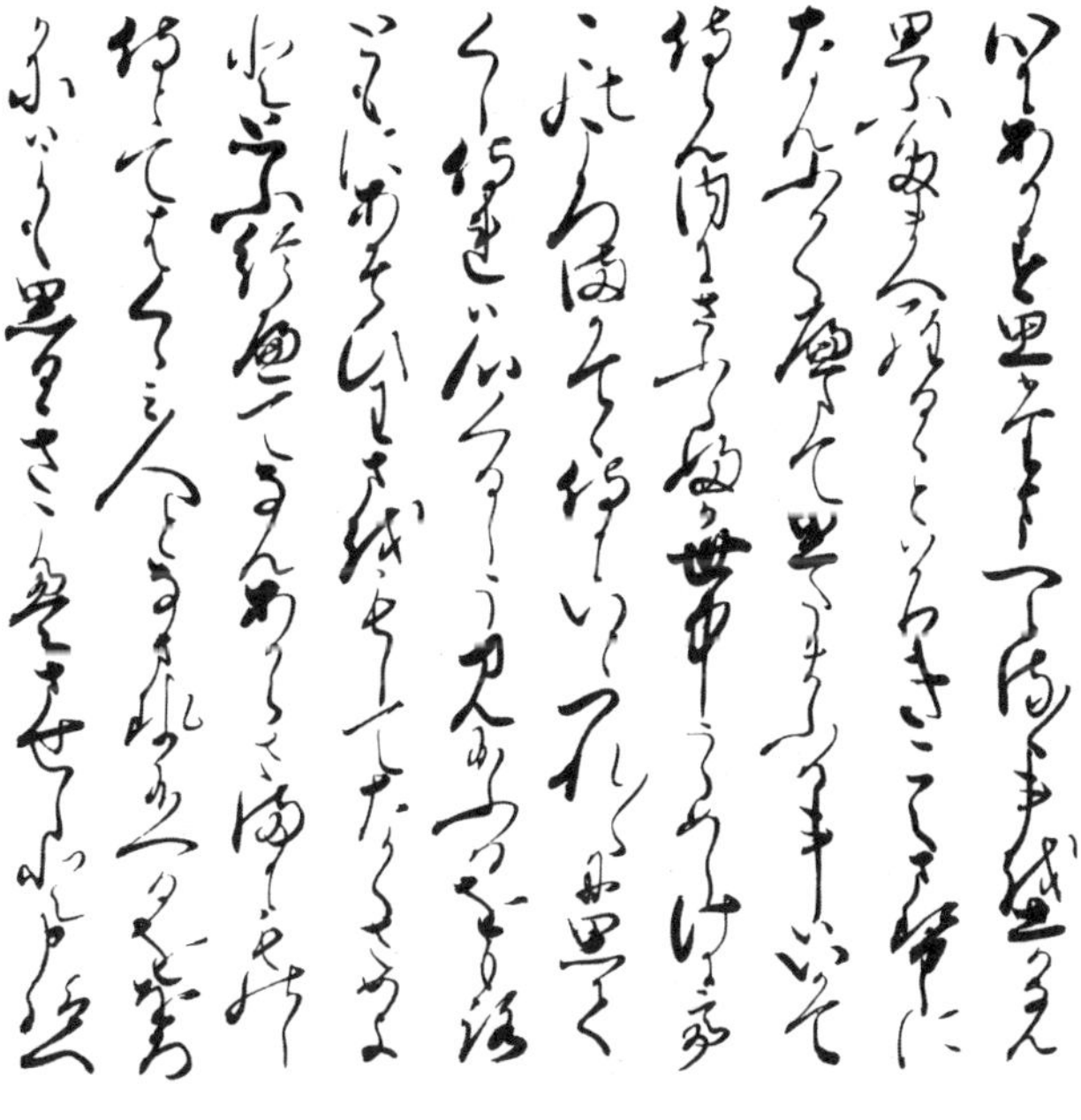

一 内大臣の詞（9行目「のし侍」まで）。私の心に不満に存じておりますことを、『そのように存じおります』と申し上げただけでございます。二 母上に対し深い隔て心を抱き申すなどということはどうしてございましょう。三 宮中にお仕えしております女御が、帝との仲を恨めしく思っているようでして。四 先ごろ里に退出して参りましたが。五 とても所在なく思って、鬱ぎ込んでおりますので。「くし」は「屈《くっ》す」の連用形の促音無表記。六 『(妹と)いっしょに遊び事でもして気を紛らわしたらよい』と考えまして、ほんの少しの間引き取ろうとするのでございます。「ものす」は「わたす」の代動詞で、間接的に言って刺激を和らげようとする。七 「とて」は「と言って」の意。河内本では「ものし侍かうまてはくゝみ」と一続きの会話文となっている。八 内大臣の詞（10行目「させじ」まで）。(母上が雲居雁を）養育し一人前にしてくださったことを、おろそかには決して思い申さぬつもりです。

はか[一]うおほしたちにたれは[二]とゝめ給ふと
もおほしかへすへき[三]御心ならぬに[四]いとあか
すくちおしうおほされて[五]人の心こそ
うきものはあれ[六]とかくおさなき心ともにも
われにへたてゝうとましかりける事よ[七]又
さもこそはあらめ[八]おとゝのものゝ心をふかう
しり給ひなから[九]我をゑんしてかくゐて
わたし給事[一〇]かしこにてこれよりうし
ろやすき事もあらしとうちなきつゝ
［19 夕霧、大宮邸訪問］
のたまふおりしも火さの君まいり給へり

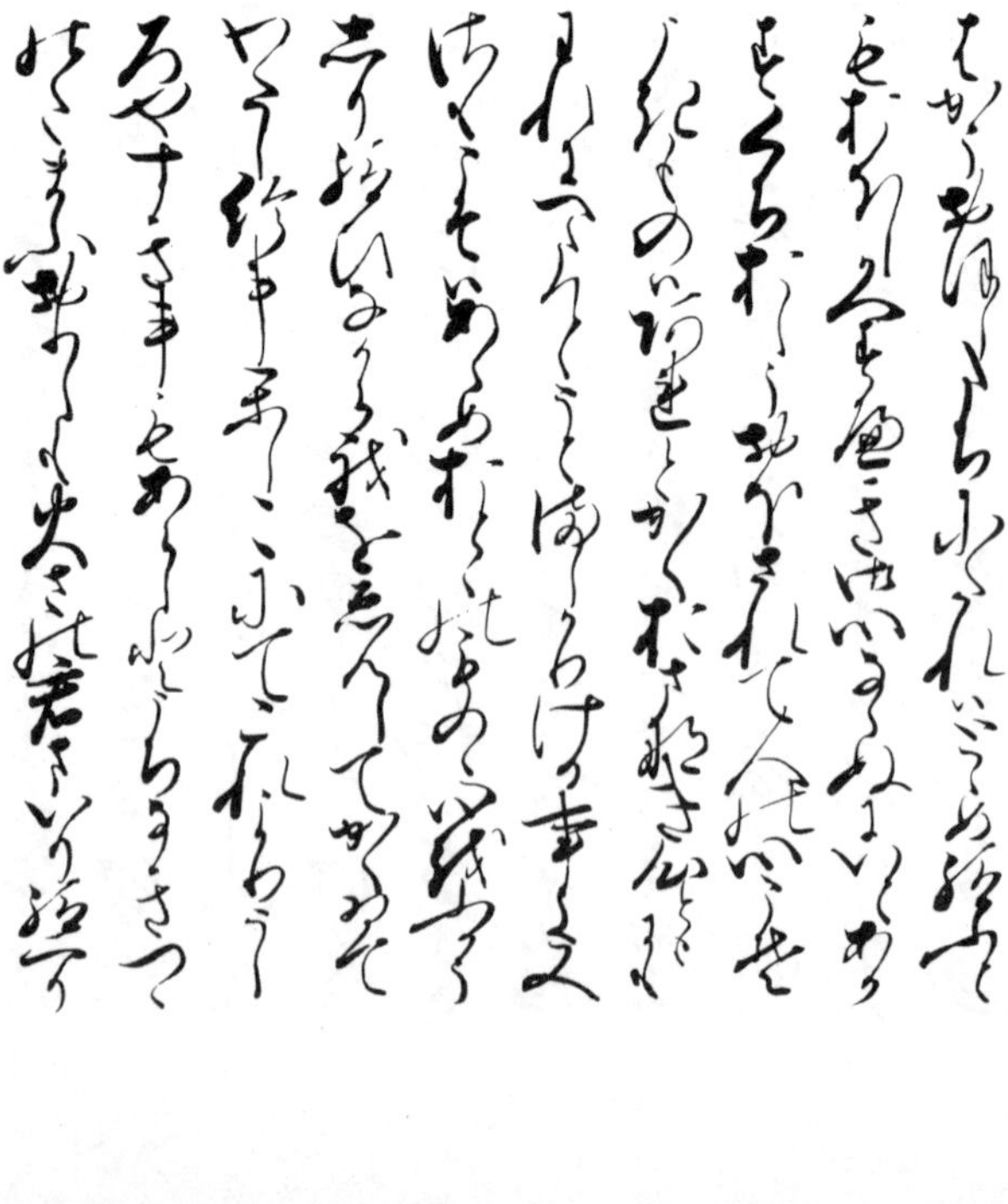

一 以下大宮の心情描写。「おぼしたつ」は「思ひ立つ」の尊敬体。決心なさる。二 大島本により「とゞめきこえさせ給ふとも」と校訂する。お止め申しなされても。三 思い直される内大臣のご気性ではないから。四 大宮は実に不満で残念にお思いになって。五 大宮の詞（9行目「あらじ」まで）。人の心というものは実に情けないものなのですね。大宮の真心に息子や孫が応えてくれないのを嘆く。六 あれこれにつけて幼い二人の心にしても私に隠しだてをして、不愉快なことです。七 それも又、子供のこととて仕方がないといたしましても。孫にはすぐに寛大となる。八 大人の内大臣が、物の道理をよく弁えなさっておりながら。鉾先は息子に向けられる。九 私を恨んで、こうして姫君を連れて行ってしまわれるとは。一〇 あちらのお邸でも、ここより安心ということもありますまいに。継母にあたる北の方に育てられることになるからである。

一もしいさゝかのひまもや、と二このころはしけう
ほのめき給なりけり、内のおとゝの御車の
あれは、三心のおにゝはしたなくて、四やをらかく
れて、わか御方にいりゐ給へり、内の大殿
五の君たち、左の少将、少納言、兵衛佐、侍従、
たいふなといふもみなこゝにまいりつとひた
れと六みすのうちはゆるし給はす、左衛門督、
権中納言なとも、七こと御はらなれと、八故殿の
御もてなしのまゝに、九いまもまいりつかうまつり
給ふことねんころなれは、一〇その御子ともゝさまく

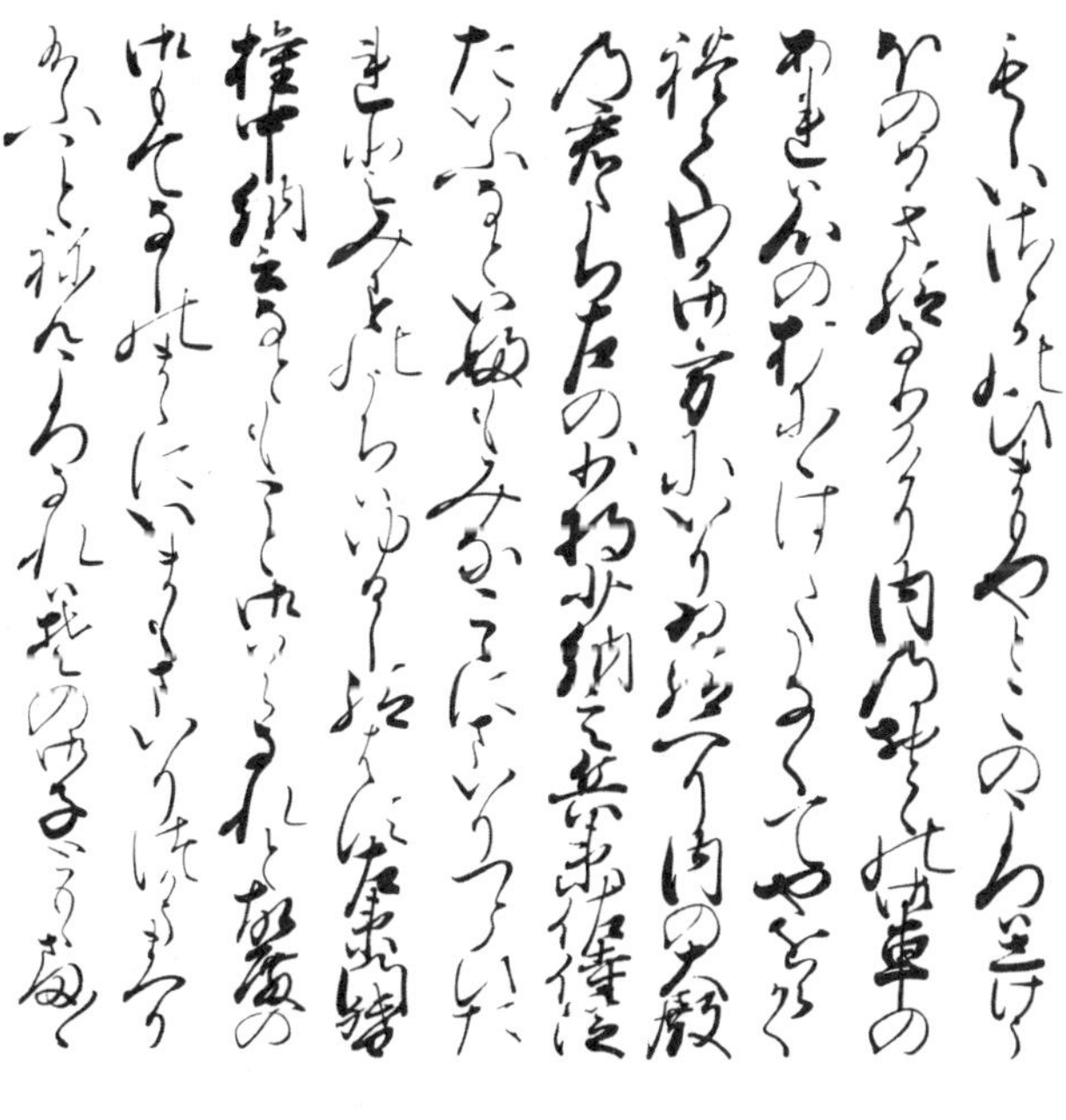

一 夕霧の心内詞。「もしかして女君に逢える僅かの隙《すき》もあろうか」と思って。
二 この頃はしばしば姿をお見せになるのであった。月に三度の限度を超えて頻繁に。「ほのめく」は、ほのかに現れる、ちらっと姿を現す。三 気がとがめて間《ま》が悪いので。「心の鬼」は、良心の呵責。心に生ずる畏れや不安。四 こっそりと人目につかぬよう、自分のお部屋にお入りになった。五 「君たち」は「公達《きんだち》」とも書き、上流貴族の子息の意。内大臣の子息を年齢順に挙げる。「大夫《たいふ》」は五位の者をいう。六 御簾の中に入ることはお許しにならない。御簾は、ここでは簀子と廂の間との境に掛け垂らすものを言う。従って、簀の子までで部屋の中に入れてもらえないことをいう。ここで育った夕霧は許されている。七 大宮の実の御子息ではないが。内大臣の異腹の弟たち。八 故太政大臣の御しむけに従って。九 今もこちらに参上して心を込めてご用をお勤めなさるので。一〇 夕霧の従兄弟にあたる公達。

一 この夕霧の君に匹敵する美しさはない。「にほひ」は、あたりに映えるような生き生きとした美しさをいう。二 大宮の（夕霧に対する）お気持ちも、比較するものがないほどに思っておられたが。三（夕霧が二条東院に移られてからは）ただこの姫君（雲居雁）を、身近なかわいい者と思って大切になさり。四 いつもお側を離さずに、可愛がっていらっしゃったのに。五 こうしたことで（内大臣邸に）移ってしまわれることが、ほんとうに寂しくてたまらないとお思いである。六 内大臣の詞（8行目「侍らん」まで）。「今のうちに宮中に参上して（政務をすませ）、夕方になってから姫君をお迎えに参りましょう」と言ってお出掛けになった。七 内大臣の心内詞（10行目「らまし」まで）。今更言っても仕方のないことだから、いっそ穏便に話をつけて、二人を結婚させてしまおうかしら。「や…まし」は、ためらいの気持ちを表す語法。

まいり給へと、一この君にゝるにほひなくみゆ、
二大宮の御心さしも、なすらひなくおほし
たるを、三たゝこのひめ君をそけちかうらう
たきものにおほしかしつきて、四御かたはらさ
けすうつくしき物におほしたりつるを、
五かくてわたり給ひなんか、いとさうくしき
ことをおほすとのは、六いまの程に内にまいり
侍て、ゆふつかたむかへにまいり侍らん、といいて
給ひぬ、七いふかひなきことを、なたらかにいひ
なして、さてもやあらまし、とおほせと、猶

一いと心やましけれは、二人の御程のすこしものものしくなりなんに、三かたはならすみなそのほと心さしのふかさあさゝのおもむきをも見さためて、四ゆるすとも、ことさらなるやうにもてなしてこそあらめ、五せいしいさむとも、ひと所にては、おさなき心のまゝに、みくるしうこそあらめ、六宮もよもあなかちにせいし給ふ事あらし、とおほせは、七女御のつれ〳〵にことつけて、八こゝにもかしこにもおいらかにいひなして、わたし給ふなりけり、九宮の御文にて、

[20大宮、雲居雁と別れを惜しむ]

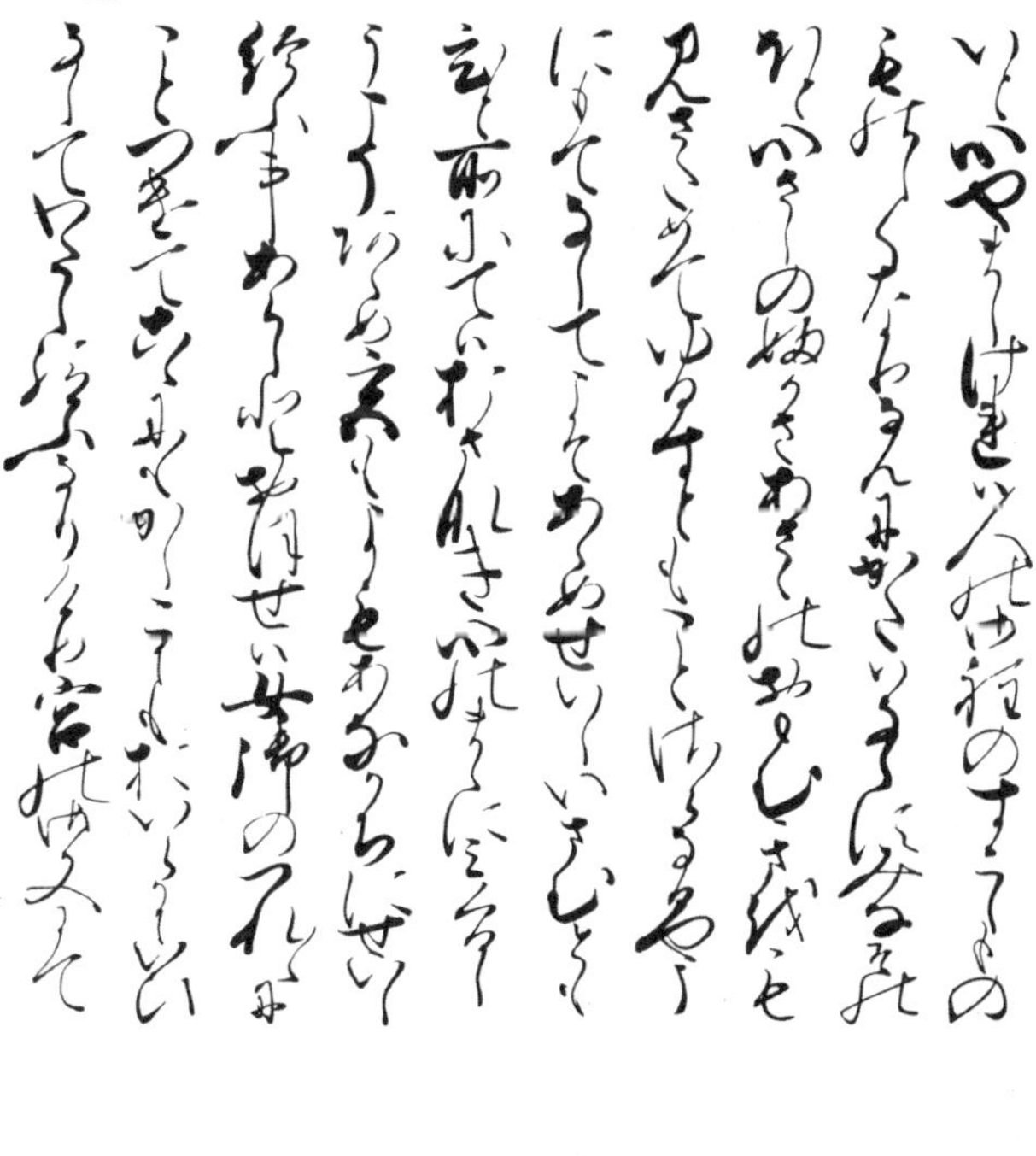

一 何とも癪なので。源氏への対抗心やみがたしの心境。二 内大臣の心内詞（8行目「あらじ」まで）。あの人（夕霧）の身分が少し重々しくなった時に。三（娘の結婚相手として）不十分でなく、二人のその時の愛情の深さ浅さの状態も見極めを付けて。大島本「かたはならすみなしてその程心さしの」。河内本「かたはならすもてなして」。四（その上で）許すにしても、事改めての縁談のように取り運ぶのがよいだろう。五 いくら厳しく叱り抑えてみたところで、同じ大宮邸に住んでいては、分別のない子供心の赴くままに、見苦しいことが起ころう。六（そんな時）大宮もたぶん強く制止なさることはあるまい。孫たちに甘いことを知っている。七 弘徽殿女御の所在なさにかこつけて。八 こちらにもあちらにも角が立たないようにして、姫君を自邸にお移しなさるのであった。「ここ」は大宮、「かしこ」は北の方。九 大宮から（姫君へ）のお手紙で。女房に伝言を頼むのでなく、直筆の手紙で心情を訴える。

一おとゝこそうらみもしたまはめ、君はさりとも心さしのほともしり給らんを、わたりてみえ給へ、ときこえ給つれは、二いとおかしけにひきつくろひてわたり給へり、十四になんおはしける、三かたなりにみえ給へと、四いとこめかしう、しめやかに、うつくしきさまし給へり、五かたはらさけたてまつらす、あけくれのもてあそひものに思ひきこえつるを、六いとさう〳〵しくもあるへきかな、七のこりすくなきよはひのほとにて、御ありさま

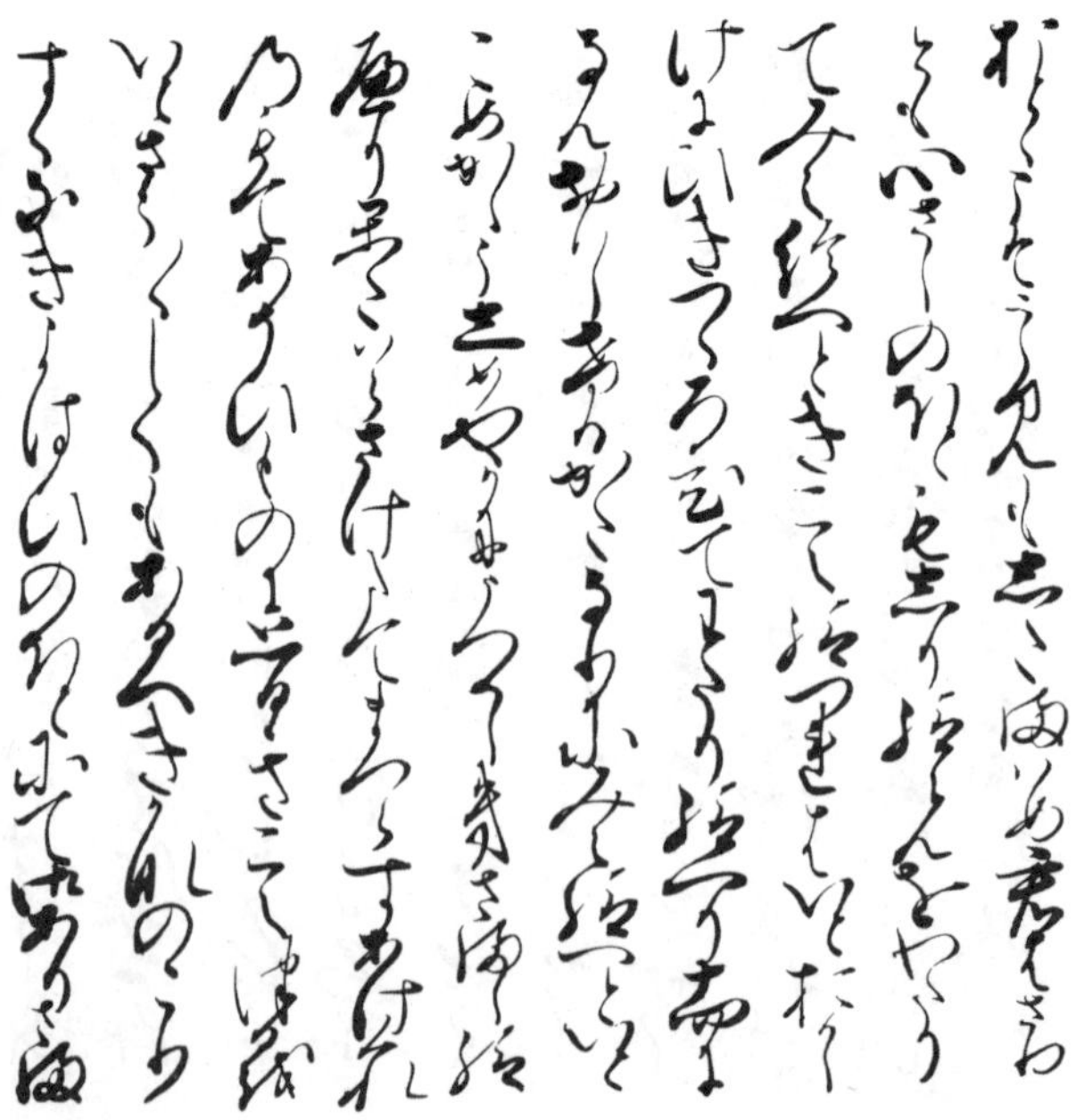

一 大宮の手紙文（3行目「みえ給へ」まで）。父大臣は私を恨んでいらっしゃいましょうが、あなたは、いくら何でも私の気持ちの有り様もお分かりでしょうから、こちらへいらっしゃってお顔をお見せくだされ。「みえ」は「みゆ」の連用形、「ゆ」に受け身の意味があるので、直訳すると「(私に）見られなさいませ」。二（姫君は）まことに美しく衣装を整えて（祖母のお部屋に）おいでになった。三 まだ十分成長しきってはいないようにお見えになるけれど。「かたなり」は、未成熟の意。四 まことにおっとりとして、しとやかで、可愛らしい有様でいらっしゃる。「子《こ》めかし」は、子どもっぽい、あどけない。五 大宮の詞（一四九頁3行目「れなれ」まで）。私の傍をお離し申さず、朝な夕なに私のよい慰み相手と思い申し上げてきましたが。六（これからは）きっと寂しくてたまらなくなるでしょう。七 余命が少ないので、あなたのこれから先を見届けられまいと。

を見はつましきことゝ[一]いのちをこそ思
つれ、[二]いまさらに見すてゝうつろひ給や
いつちならん、とおもへは、いとこそあはれなれ、
とてなき給ふ、ひめ君は[三]はつかしき
ことをおほせは、かほももたけ給はて、[四]たゝ
なきになき給ふ、[五]おとこ君の御めのと、
宰相の君いてきて、[六]おなし君とこそ
たのみきこえさせつれ、くちおしくかく
わたらせ給ふ事、とのはことさまにおほし
なる事おはしますとも、さやうにおほし

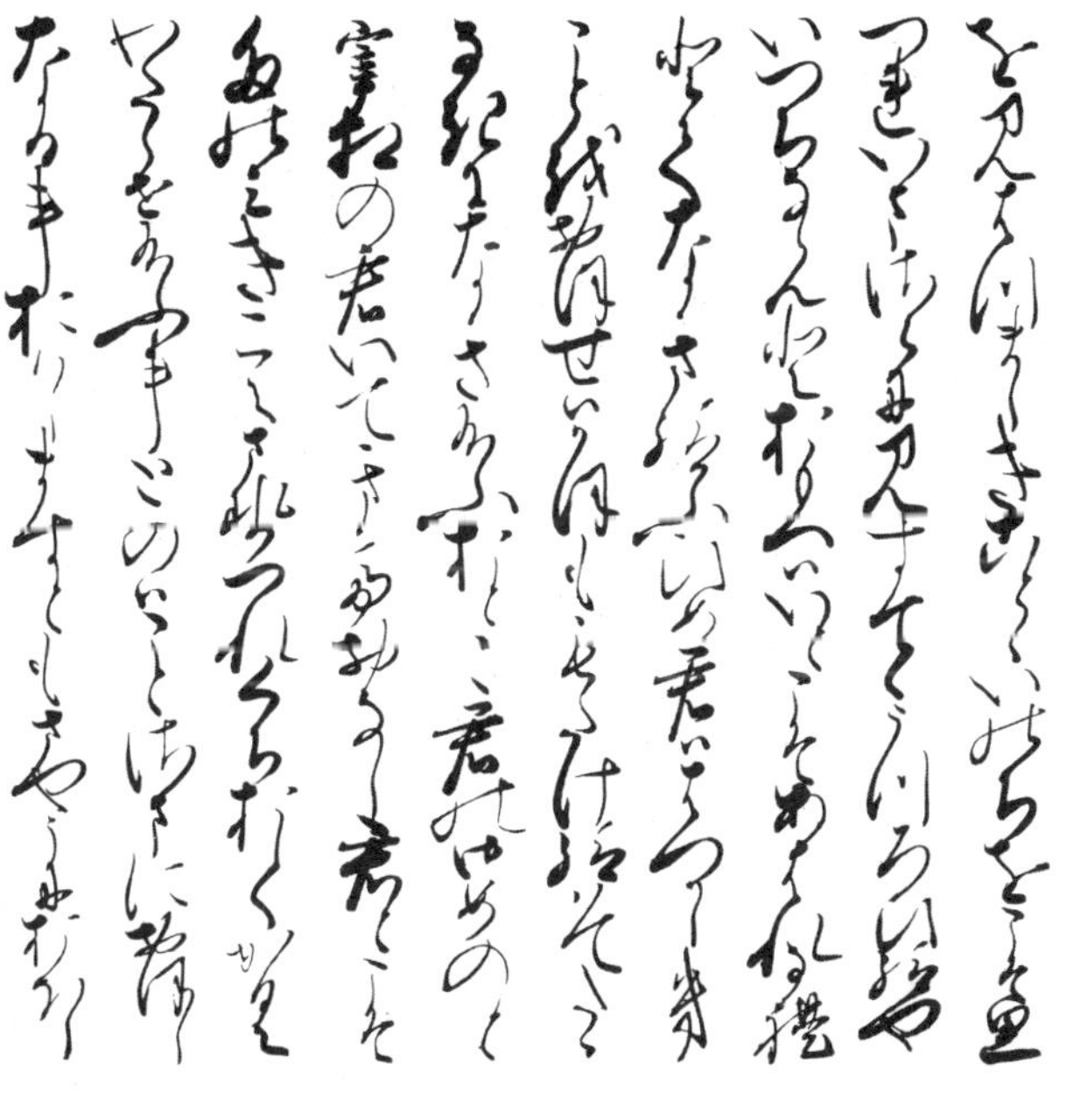

一この寿命のことを思っておりましたのに。河内本「命惜しうこそ思ひつれ」。二『今更になって私を見捨てて行っておしまいになるのは何処なのでしょう(決して住み良いところではありますまい)』と思うと、本当にかわそうでなりません。継母の許であることを哀れむ心情。三あの方とのことを恥ずかしいこととお思いになるので。夕霧とのことで父邸に移らねばならなくなったと思えば祖母の顔をまともに見られない。四ただひたすらお泣きになるばかりである。大島本・河内本「なきにのみなき給ふ」。五夕霧の乳母はまだ大宮邸に住み込んでいる。してみると夕霧の本拠地は依然として大宮邸らしい。六宰相の君の詞(一五〇頁1行目「せ給な」まで)。(私は姫君を若君と)同じくご主君としてお頼り申してまいりました。残念なことにこうしてお移りになることよ。殿が他の縁組みをお考えになることがおありになっても、そのようには従いなさいますな。乳母け夕霧の心を代弁する。

一 などとひそひそ申し上げるので。「ささめく」は、ささやく。二（姫君は）いよいよきまりが悪くお思いになって、ものもおっしゃらない。縁組みのことを言ったからである。三 大宮の詞（4行目「がたく」まで）。さあもう、面倒なことを申し上げないでおくれ。人それぞれの前世からの因縁というものは本当に分からないものなのです。四 宰相の君の詞（8行目「はせよ」まで）。いいえ、（殿は若君を）一人前でないと侮り申していらっしゃるのでございましょう。五 そうであっても。今は六位で軽輩であっても。六 実際に私どもの若君が他人に引けを取り申されるかどうか、どなたにでもお聞き合わせくださいませ。七 なんとなく腹立たしいのにまかせて言い立てる。「なま」は接頭辞で「未熟、中途半端」の意。八（一方）冠者の君は、物陰に入り込んで、この様子をご覧になっていたが。九 人が見咎めるのも、普通の時だったら苦しい思いですんだが、今は大へん心細い気がして。

なひかせ給な、[一]ゝとさゝめきゝこゆれは、
[二]いよ〳〵はつかしとおほして、もののた
まはす、[三]いて、むつかしき事なきこえられそ、
人の御すくせ〳〵いとさためかたく、との給
ふ、[四]いてや、ものけなしとあなつりきこえ
させ給に侍めりかし、[五]さりとも、[六]けに、わかき
みや人におとりきこえさせ給、ときこし
めしあはせよ、[七]となまこゝろやましき
［21夕霧、大宮の計らいで雲居雁と対面］
まゝにいふ、[八]火さの君、ものゝうしろにいりゐて
見たまふに、[九]人のとかめんも、よろしき時

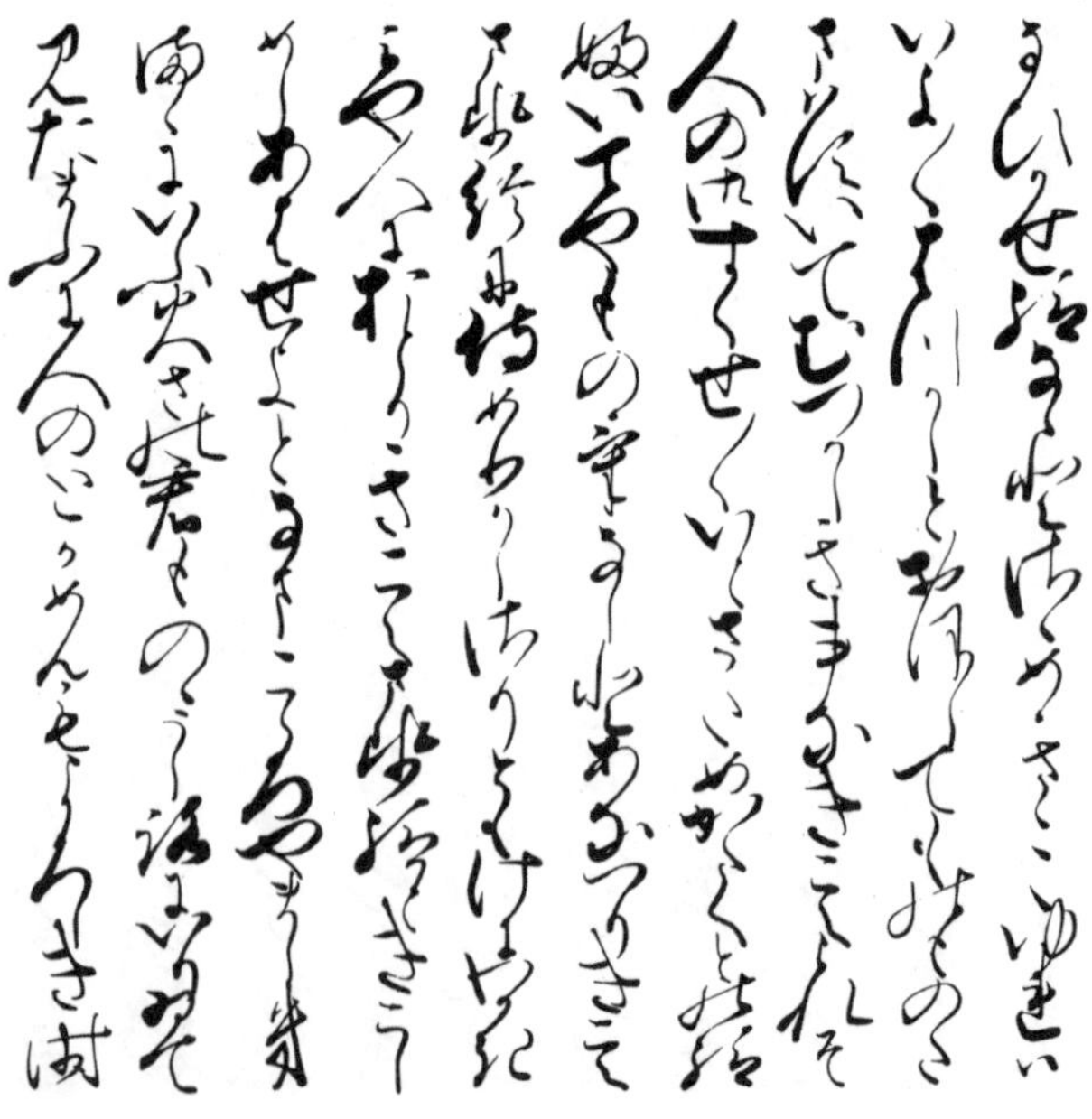

こそくるしかりけれ、いと心ほそくて、涙をしのこひつゝおはするけしきを、一御めのと心くるしうみて、二宮にとかくきこえたはかりて、夕まくれの人のまよひに、たいめんせさせ給へり、三かたみにものはつかしくむねつふれて、ものもいはてなき給ふ、四おとゝの御心のいとつらけれは、さはれ、思ひやみなんと思へと、五恋しうおはせんこそわりなかるへけれ、六なとて、すこしひまありぬへかりつる日ころ、よそにへたてつらん、との

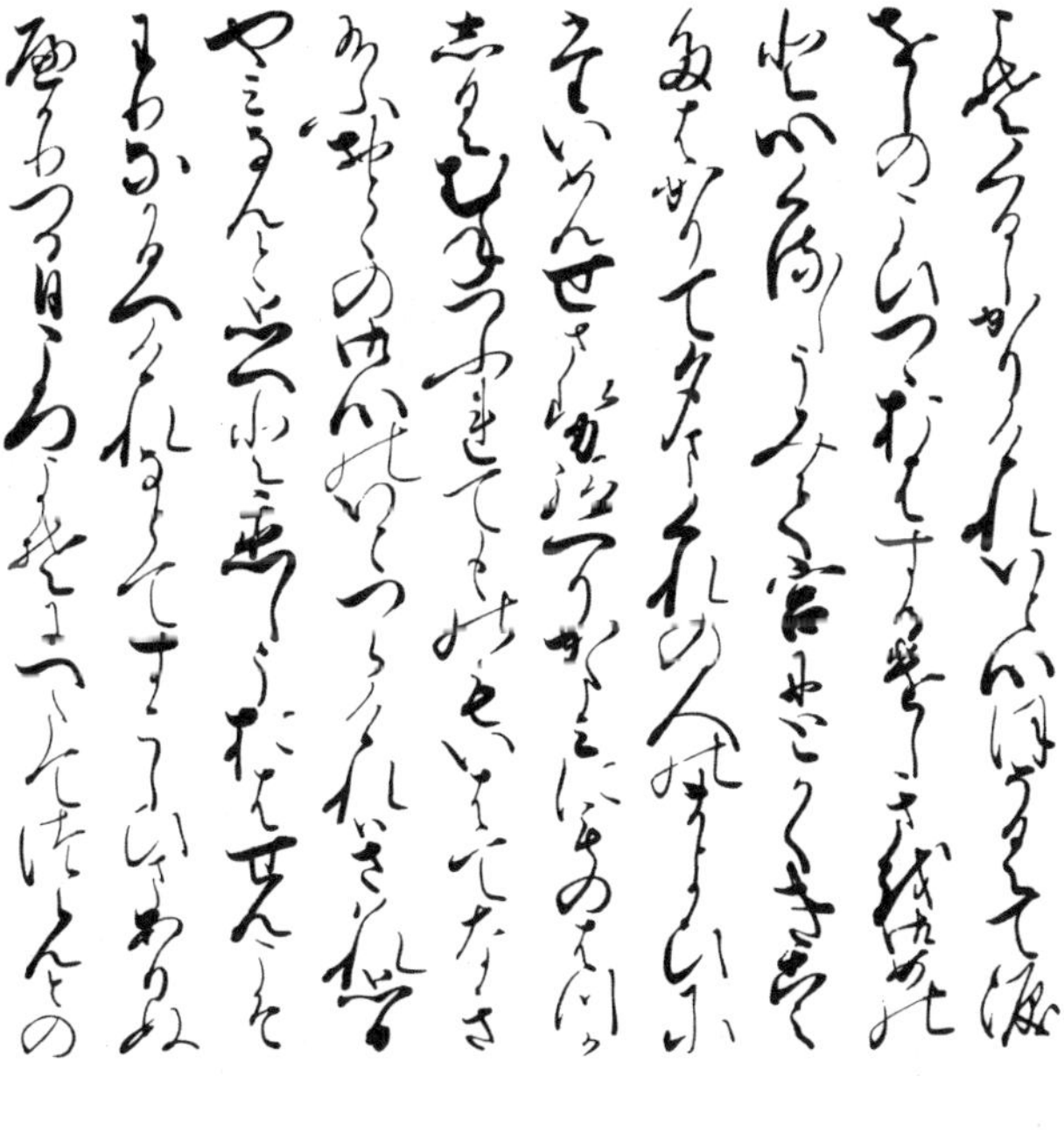

一 若君の乳母の宰相の君が見てお気の毒に思って。二 大宮にあれこれうまくお取り繕い申して、（大宮は）夕暮れの人の混み合っているのに紛れて、夕霧を雲居雁に対面させなさった。「たばかる」は、工夫し計画する意。三 （二人は）お互いに何となく気恥ずかしく胸がどきどきして。何も言わずに泣いていらっしゃる。四 夕霧の詞（10行目「つらん」まで）。内大臣のお心がとても恨めしくてなりませんので、もういい、いっそのことあきらめてしまおうと思いますが。「さはれ」は、「然《さ》はあれ」（「あれ」は命令形の放任法）の縮約形で、「そうであってもかまわない」「ままよ」の意。五 直訳＝（それでも私にとって）あなたが恋しい存在でいらっしゃるであろうことが、たまらなくつらいことでしょう（恋をあきらめきれないことを訴える）。六 どうして、少しはお逢いすることの可能な人目のすきもあったはずのこれまでの日々に、お逢いせずに離れていたのでしょう。

給ふさまも、一わかうあはれけなれは、二まろも、
さこそはあらめ、との給ふ三こひしとはおほし
なんや、との給へは、すこしうなつき給ふ
さまもおさなけなり、四御となふらまいり、五と
のまかて給けはひ、こちたくをひのゝしる
御さきのこゑに、六人々、そゝや、なとをちさは
けは、七いとおそろしとおほしてわなゝき給ふ、
八さもさはかれは、とひたふるに、九ゆるしきこえ
給はす、御めのとまいりてもとめたてまつる
に、一〇けしきをみて、あな心つきなや、けに、

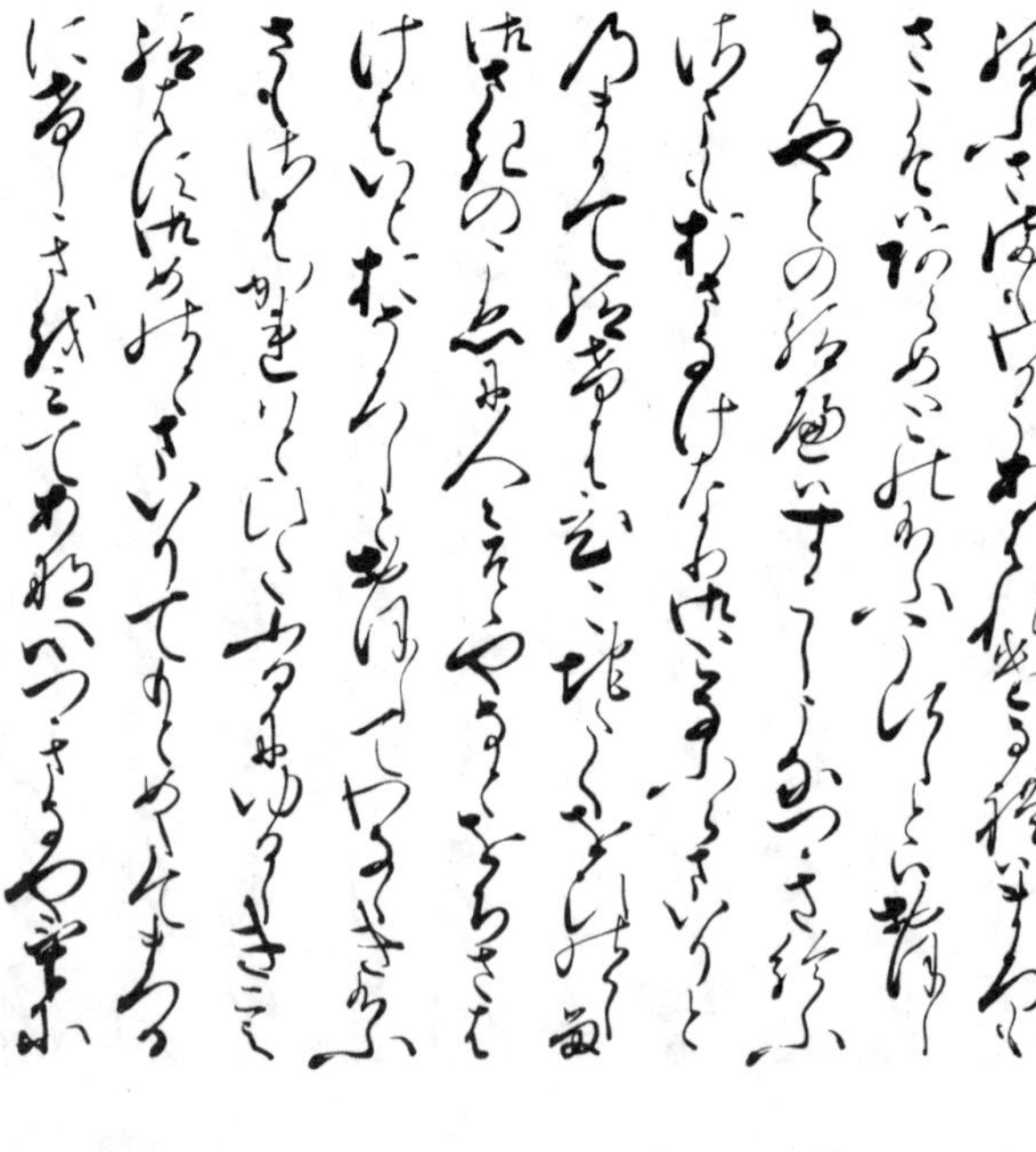

一 とても子供っぽく痛々しげなので。(二歳年長の姫君から見た心情)。大島本・河内本「いとわかう」。二 雲居雁の詞(2行目「あらめ」まで)。わたしもきっと同じでしょう。「まろ」は、親愛の情を込めた自称の代名詞で、男女ともに用いた。三 夕霧の詞(3行目「なんや」まで)。恋しいと思ってくださいますか。四 燈火をおつけし(夜になって)。五 殿が宮中から退出していらっしゃる様子で、大仰に先払いする声に。六 女房たちが、「それそれ(お帰りだ)」などと言ってピリピリして騒ぐので。七 (女君は)ひどく恐ろしいと思ってふるえていらっしゃる。八 夕霧の心内詞。「そんなに騒がれるなら騒がれてもかまわない」と思って。「れ」は受け身の助動詞「る」の未然形。「ば」は仮定条件の接続助詞。九 一途に思いつめて女君をお離しにならない。大島本「ひたふる心に」。一〇 雲居雁の乳母の心内詞(一五三頁1行目「りけり」まで)。まあいやだわ、殿のお言葉通り。

一宮しらせたまはぬことにはあらさりけり、
とおもふに二いとつらく三いてやうかりける世
かな、四との〻おほしの給ふ事はさらにもき
こえす、大納言殿もいかにきかせ給はん、
五めてたくとも、物のはしめの六位すくせよと
つふやくもほのきこゆ、六たゝこのひやうふ
のうしろにたつねきて、なけくなりけり、
おとこ君、七われをはくらゐなしとてはした
むるなりけり、とおほすに、八世中うらめし
けれは、あはれもすこしさむる心ちして、

一 大宮がご存じないことでは無かったのだわ。（大宮の部屋で夕霧が雲居雁を抱きしめているのを目撃しての判断）。二 とても（このなり行きが）恨めしくなって。三 雲居雁の乳母の詞（5行目「くせよ」まで）。いやもうなんとも情けない世の中ですこと。四 殿のお腹立ちやお叱りは今さら申すまでもなく、大納言様もどうお聞きになるでしょう。乳母たちは前（一三一頁）にも大納言の思惑を気にしていたが、それは雲居雁の母が再婚後、しばらく姫君も按察使の大納言邸に居たからか。五 いくら夕霧が立派な方でも、結婚の最初が六位風情の人とのご縁とはね。六 （乳母は二人のいる、その一人が）屏風のすぐ後ろまで（姫を）捜しにやって来て嘆いているのだった。七 夕霧の心内詞（9行目「りけり」まで）。私のことを、位が低いといって、馬鹿にしているのだな。八 二人の仲が他人の所為でうまくゆかないので、恋心も少し薄らぐ気持がして、乳母を許し難く思う。

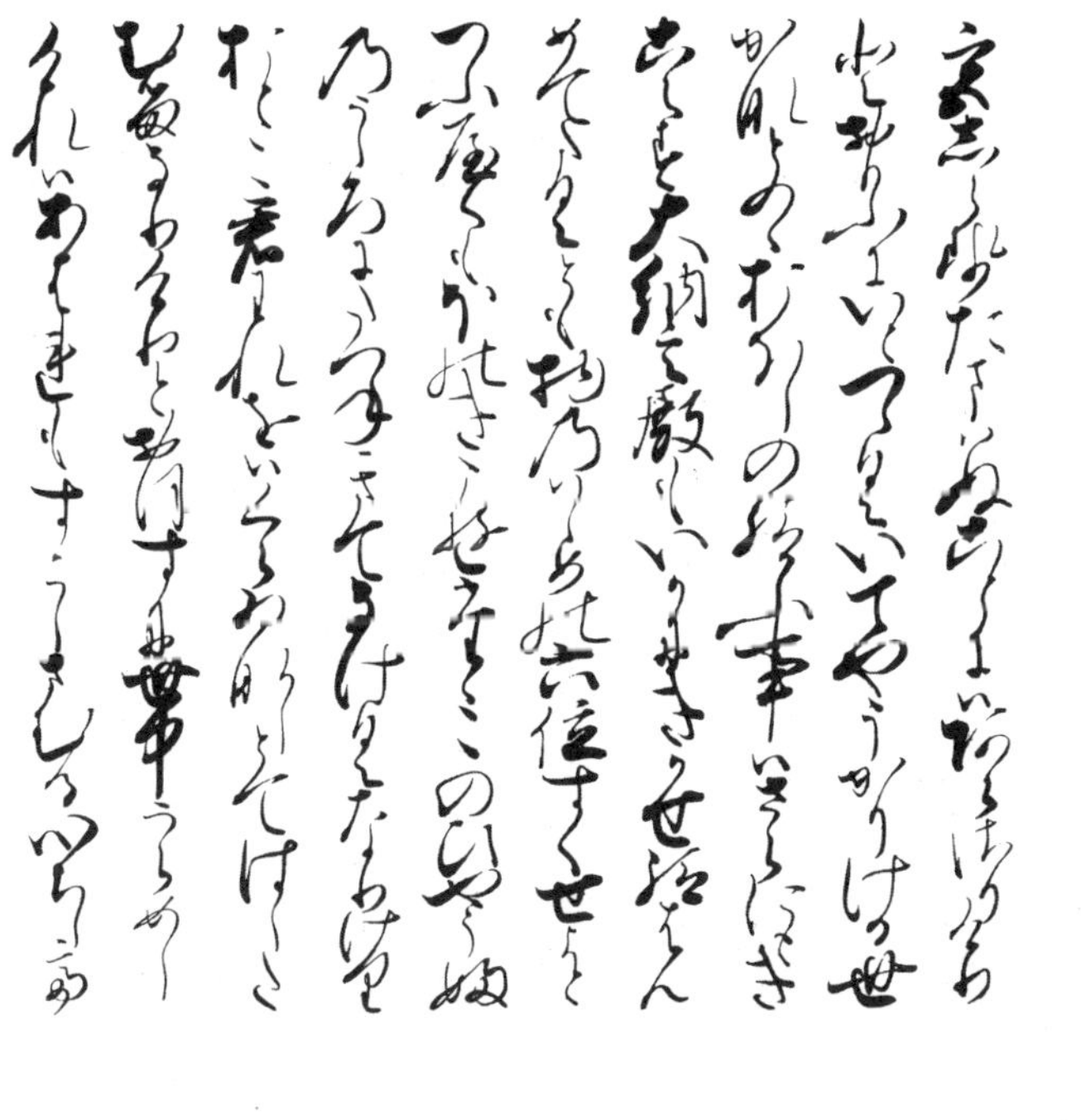

一夕霧の詞（3行目「はづかし」まで）。あれをお聞きなさい。「かれ」は、指示代名詞で「乳母の発言内容」を指す。二あなたを思って流す血の涙で深紅に染まった私の袖の色を六位ふぜいの浅緑だと言ってけなしてもよいものでしょうか。あなたに顔向けできないよ。「言ひしをる」は、相手を萎れさせるように言う、けなして相手を傷つける意。三雲居雁の詞（5行目「ころもぞ」まで）。いろいろなことで我が身の不運のほどが知られますのは、いったいどのような色に染められた（どのように運命付けられた）私たちの仲の衣（二人の仲）なのでしょう。四言い終わられないうちに、殿が邸内に入っていらっしゃたので。五（女君は）仕方なく自分のお部屋にお戻りになった。六男君は、後に取り残された気持ちもひどくぶざまで、胸が一杯になって、ご自分のお部屋で横になられた。七前駆の声を低く抑えて急いで出て行かれる気配を（男君は）聞くにつけても、じっとしていられない気がするので。

めさまし、一かれきゝ給へ、
二くれなゐの涙にふかき袖の色をあさ
みとりにやいひしほるへき、はつかし、とのたまへは、
三色〳〵に身のうきほとのしらるゝはいかにそめ
ける中のころもそ、四との給ひはてぬに、との
いり給へは、五わりなくてわたり給ひぬ、六おとこ
［22雲居雁去り、夕霧の嘆き］
君、たちとまりたる心ちも、いと人わろく
むねふたかりて、わか御方にふし給ひぬ、御車
みつはかりにて、七しのひやかにいそきいて給ふ
けはひをきくも、しつ心なけれは、宮の

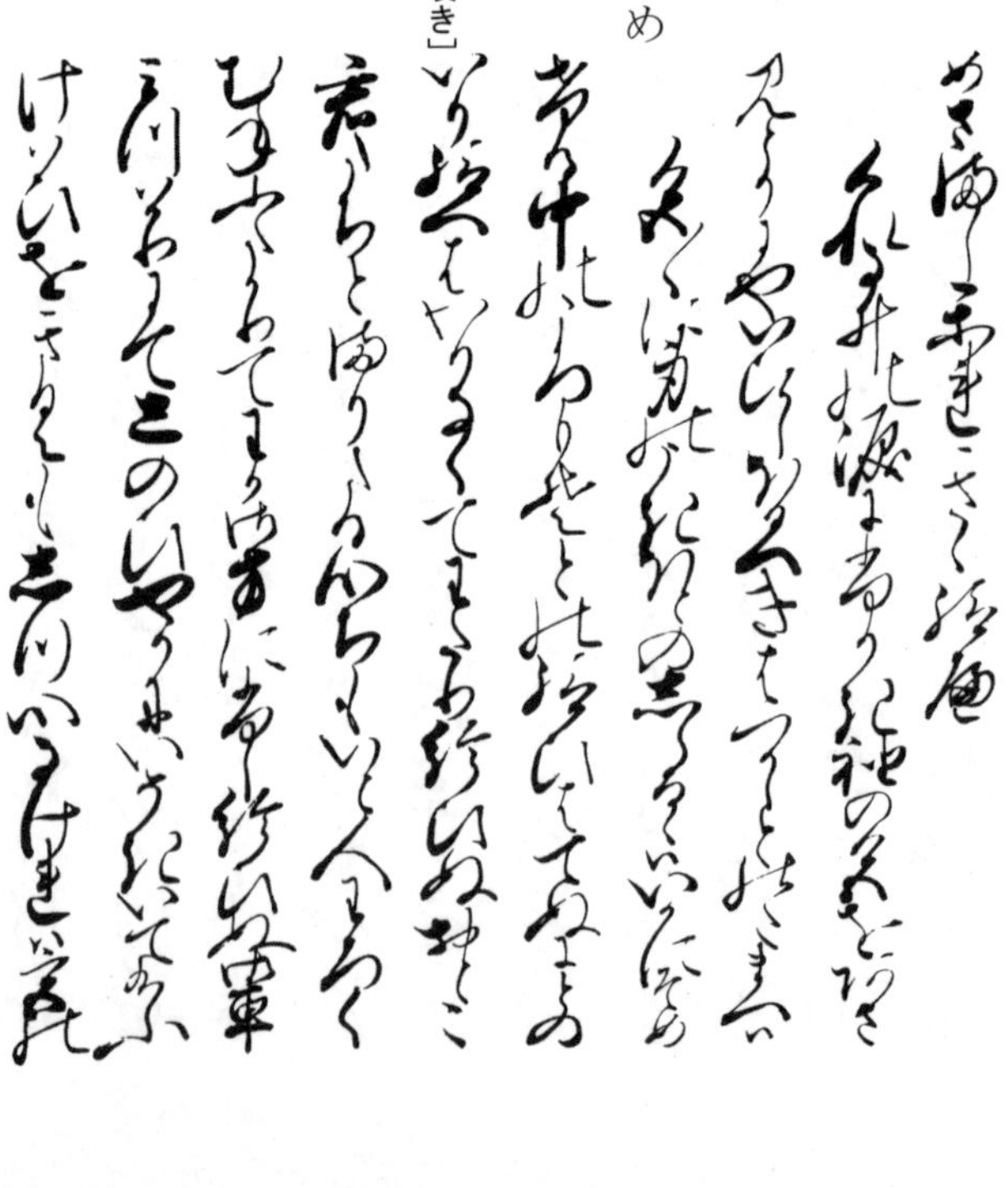

おまへよりまいり給へ、一とあれと、ねたる
やうにてうこきもし給はす、涙のみとまら
ねは、なけきあかして、二霜のいとしろきに
いそきいて給ふ三うちはれたるまみも、人に
みえむかはつかしきに、四宮はためしまつは
すへかめれは、五心やすき所にとて、いそき出
給なりけり六みちのほと、人やりならす
心ほそく思ひつゝくるに、七空のけしきも
いたうくもりてまたくらかりけり、
八しもこほりうたてむすへるあけくれの空

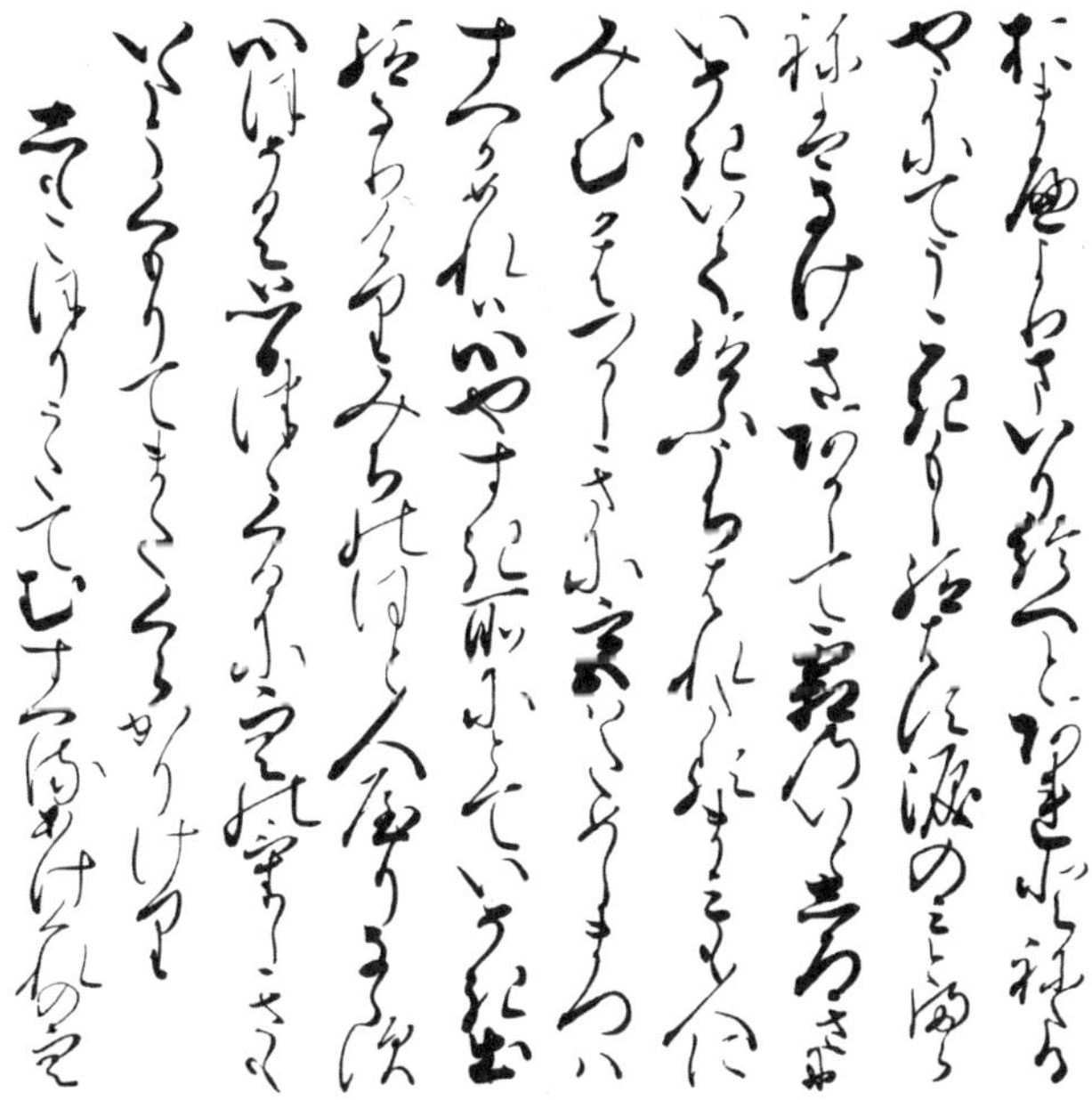

一 大宮の伝言（1行目「り給へ」まで）。「こちらへいらっしゃい」と仰せがあるけれど。大宮の命令を受けた女房が、夕霧の部屋に呼びに来たが、寝たふりをして体を動かさずにいる。悔しくて寂しくて、さらに悲しくてたまらない。二 霜が真っ白に置いた早朝に急いで（大宮邸を）お出になる。三 泣きはらした目もとを人に見られるのも恥ずかしいし。四 また、大宮がお呼びになってお側からお離しにならないだろうから（煩わしので）。五「気楽なところに行こう」と思って。二条東院にある夕霧の学問所。六 道すがら、誰のせいでもなく（自分から求めてこうなったのだと）心細く思い続けていると。七 空模様もすっかり曇っていて、まだ暗いのであった。夕霧の心情を象徴する風景描写。八 夕霧の心中独詠歌。霜も氷もますます固く凍り付く、冬の夜明けのまだ暗い空を、さらに真っ暗にして降る涙の雨だなあ。夕霧の悲哀に満ちた歌で、この幼い恋物語に一区切りがつけられる。

［23 源氏、五節の舞姫に惟光の娘を奉る］

かきくらしふる涙かな、[一]大殿にはことし五節たてまつり給ふ、[二]なにはかりの御いそきならねと、[三]わらはへのさうそくなとちかうなりぬとて、いそきせさせ給、[四]ひんかしの院には、[五]まいりの夜の人々のさうそくせさせ給、[六]殿には、おほかたの事とも、中宮よりも、わらはしもつかへのれうえならてたてまつれ給へり、[七]すきにしとし、五節なと〻まれりしか、さうくしかりしつもりもとりそへ、[八]人の心ちもつねよりもはな

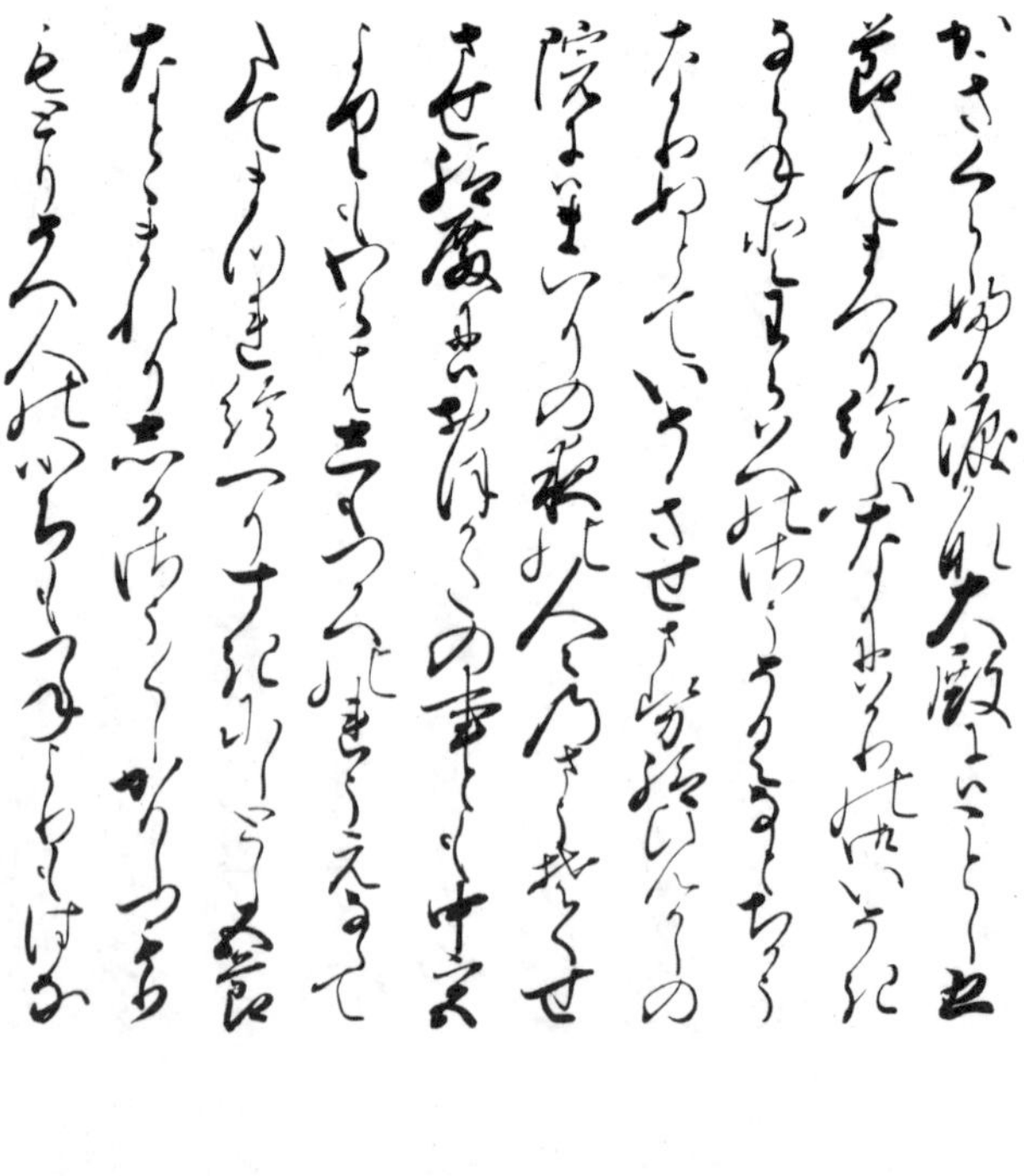

一 源氏の大臣におかれては、今年五節の舞姫を新嘗祭のために朝廷にお出しになる。その舞姫は公卿から二人、殿上人受領から二人出すことになっていた。その公卿分の中の一人を受け持つのである。新嘗祭は十一月中の丑〜辰の日に行われる。二（源氏にとっては）これといったご準備ではないけれど。三（舞姫に介添えする）女童《めのわらは》の装束などを、期日も近づいたというので、急いでお作らせになる。女童は舞姫一人につき何人付き添うか未詳であるが、卯の日の「童御覧」の折、帝の前に出るのは舞姫一人につき二人である。四 東の院（花散里）におかれては。五 参入の夜お供する女房たちの装束をお作りになる。六 源氏の大臣は全般にわたっての諸事を、中宮からも女童や下仕えの装束などをえも言わず立派に整えて献上しなさった。七 去年（藤壺の諒闇のために）五節などが停止されたのが物足りなかった、その気持の積み重なったことも加わって。八 青表紙・河内諸本「うへ人の心ち」。

やかに思ふへかめるとしなれは、一ところく
いとみて、いといみしくよろつをつくし
給ふきこえあり、二按察大納言、三左衛門督、
四うへの五節には、五よしきよ、六いまはあふみの
かみにて左中弁なるなんたてまつりける、
七みなとゝめさせ給、みやつかへすへく、おほ
せことなるとしなれは、むすめををのく
たてまつり給、八殿のまひ姫、これみつの
あそむの、九つのかみにて左京大夫かけたる
むすめ、一〇かたちなといとおかしけなるきこえ

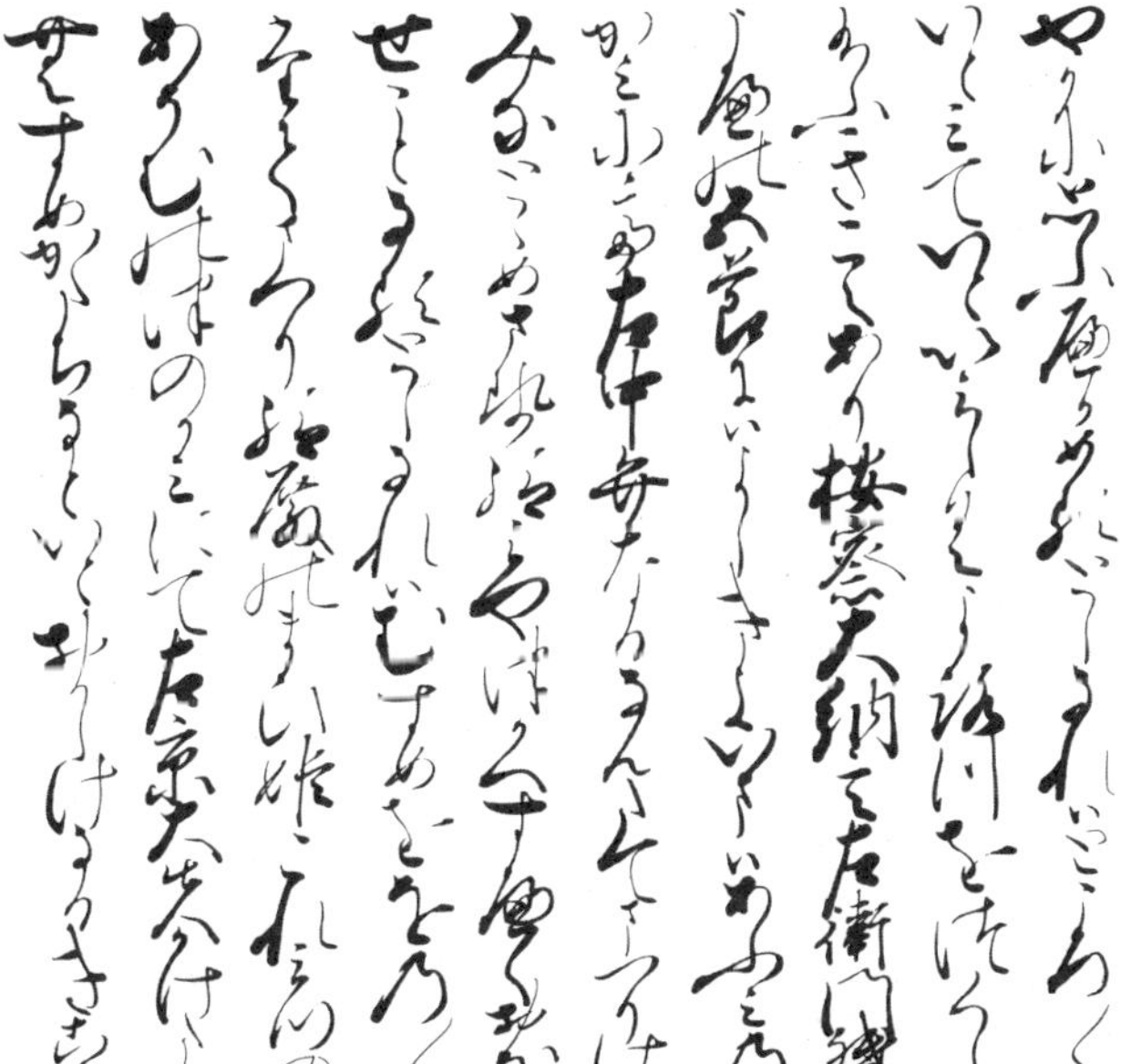

一 舞姫を出す家々で競争して、誠に立派に出来る限りの善美をお尽くしになるとの評判である。二 雲居雁の母の再婚相手。公卿分の五節の舞姫を出す一人。三 内大臣の異母弟。一四五頁既出。これも公卿分。この年は源氏を含め公卿が三人出した。四 殿上人（受領）分の五節の舞姫としては。五 良清。須磨明石にも同行した源氏の家司。帰京後衛門の佐。六（今は）近江守で左中弁を兼ねている人が奉った。受領であり殿上人でもある。七（節会終了後この舞姫たちを）みな宮中にお止め置きになって、宮仕えをするようにとの特別の勅命が出された年なので、それぞれ自分の娘を差し出しなさる。八 源氏の大臣が差し出される舞姫として、「惟光の朝臣の」「娘」「を召す」、という構文。九 摂津守で左京大夫《さきょうのだいぶ》を兼任している。惟光の現在の官職を説明した挿入句。一〇 器量なども大変美しいという評判のある（むすめ）。10行目の「むすめ」と同格。

あるをめす、一からいことに思ひたれと、二大納言
の、ほかはらのむすめたてまつるなるに、三あそ
むのいつきむすめいたしたてたらん、なに
のはちかあるへき、と四さいなめは、五わひて、お
なしくは宮つかへやかてせさすへく思ひ
をきてたり、六まひならはしなとは、さとにて
いとようしたてゝ、七かしつきなと、したしう
身にそふへきは、いみしうえりとゝのへ
て、八その日のゆふつけてまいらせたり、
とのにも、九御方々のわらはしもつかへのすく

一（惟光は）つらいことと思っていたけれど。本当は娘を深窓に籠めておきたい。二 源氏の詞（4行目「るべき」まで）。大納言が側室腹の娘を差し上げられるそうだから。三 あなたが大切にしている娘を出したからといって、何の恥ずかしいことがあろうか。四（源氏の君が）お責めになるので。「さいなむ」は「めす」と同様でそれ自体が敬語動詞。普通「さいなみ給ふ」とはならない。一二九頁1行目は「さいなみ、の給ふに」とある本文がよい。五（惟光は）困って、それならいっそのことそのまま宮仕えをさせようと思い決めた。源氏の命令では逆らえないので、次善の策を考える。六 舞の稽古などは自分の家で念入りに仕上げて。七 介添えの女房など、舞姫の身近に付き添う役目の者は、丹念に選びそろえて。八（参入の）当日の夕方になって（二条院に）参上させた。九 源氏の心内詞（一五九頁1行目「たるを」まで）。御方々（紫の上や花散里）に仕える女童《めのわらわ》や下仕えで器量のすぐれた者を。

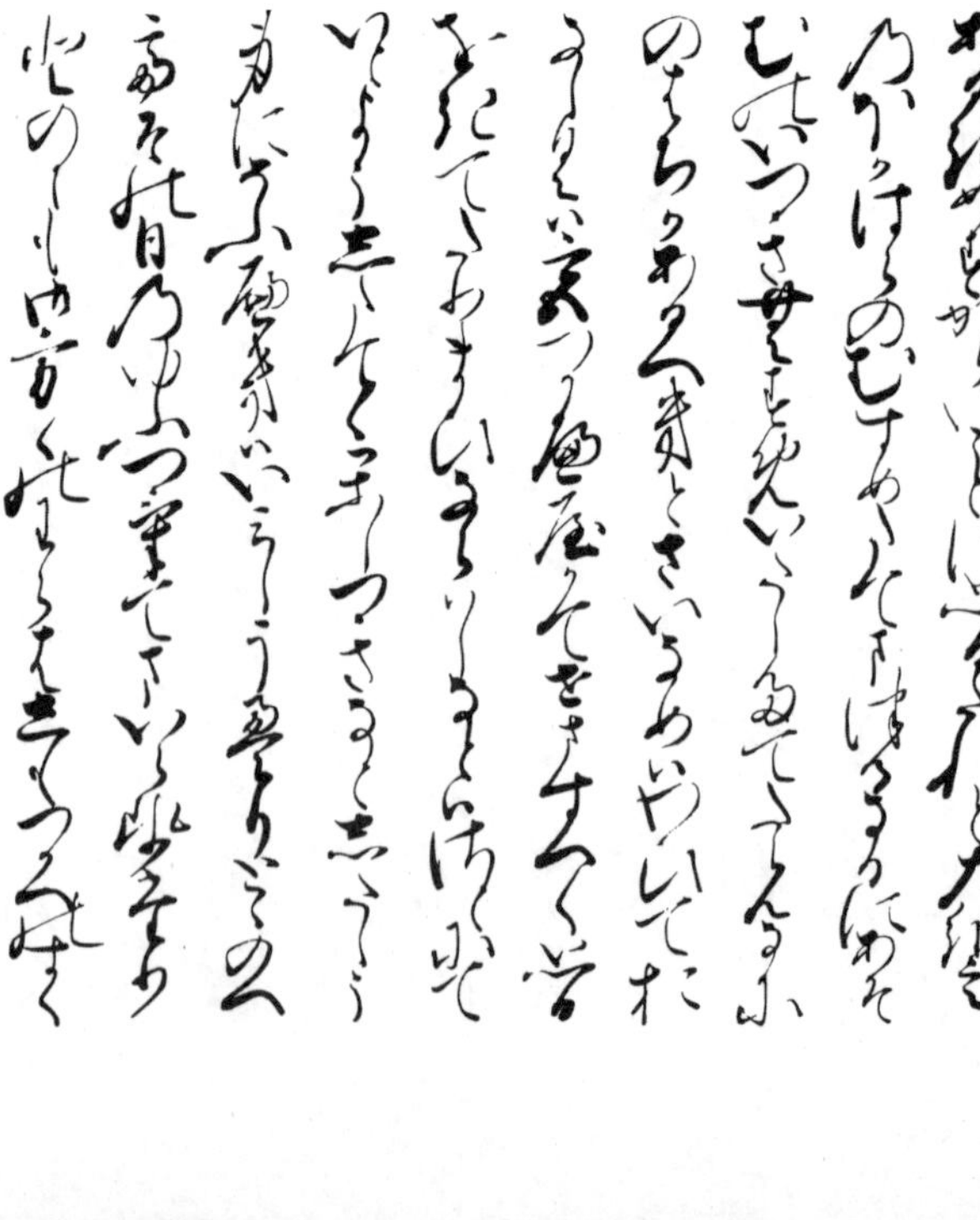

れたるを、[一]と御らんしくらへ、[二]えりいてらるゝ心ちともは、[三]ほと〳〵につけて、いとおもたゝしけなり、[四]御前にめして御らんせんうちならしに、御前をわたらせて、とさため給ふ[五]すつへうもあらす、とり〳〵なるわらはへのやうたい、かたちをおほしわつらひて、[六]いまひと所のれうを、これよりたてまつらはや、なとわらひ給ふ、たゝ[七]もてなしよういによりてそえらひにいりける、[八]大かくの君、むねのみふたかりて、物なとも見いれられ

〔24夕霧、惟光の娘をみて恋う〕

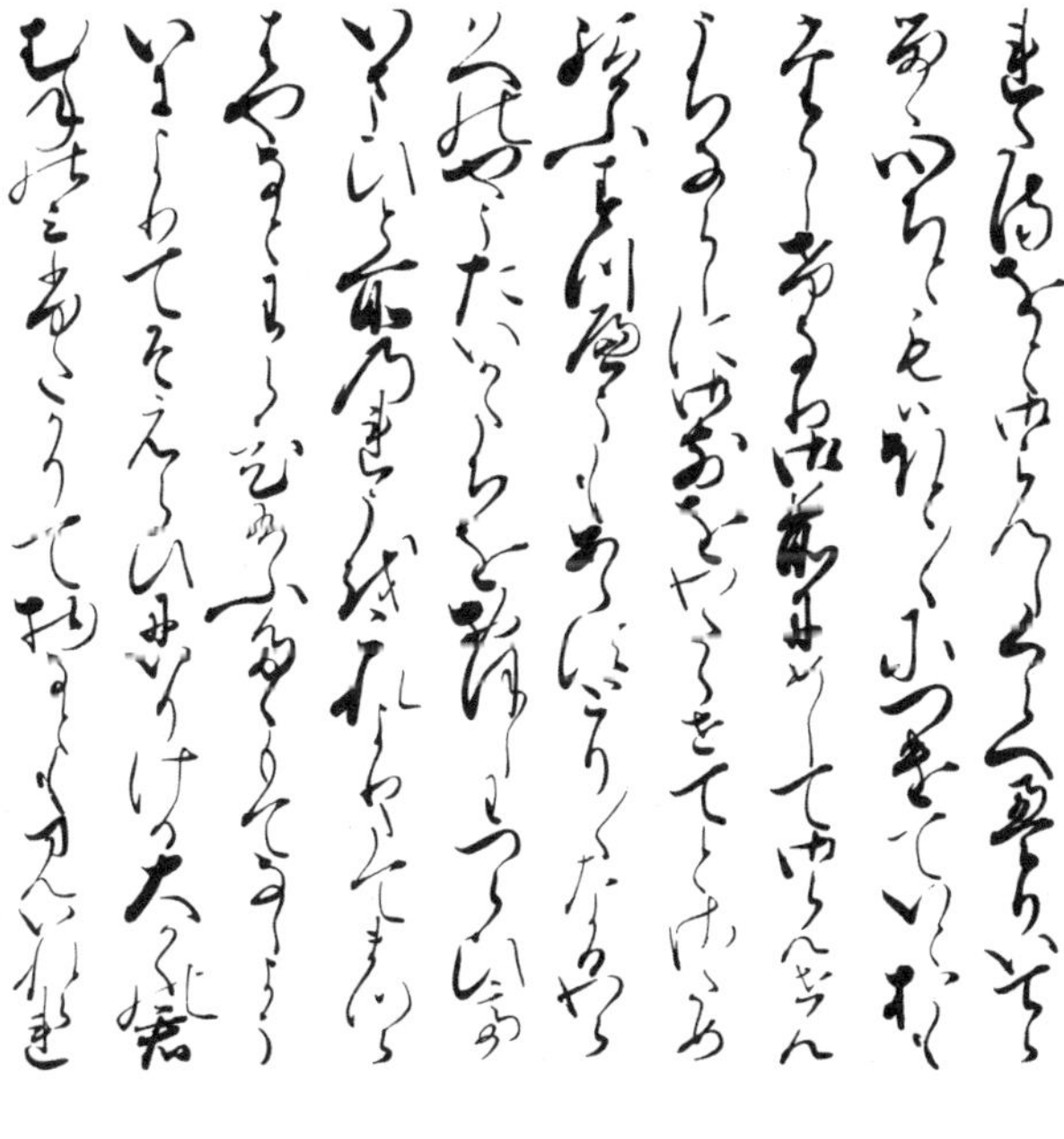

一 下に「付き添いにせむ」などが省略されている。二（殿の御選考によって）選び出される者たちの気持ちは。三 それぞれ身の程に応じてとても誇らしげである。四 源氏の心内詞（4行目「らせて」まで）。「帝が御前に召して童女《わらは》御覧をなさるであろうときの下稽古として、源氏は自分の御前を通らせてみて」とおきめになる。先の「御前《おまへ》」は帝の御前。後の「御前」は源氏の御前の意。後の「御前」の「御」は、源氏の自敬表現と解するより、作者の敬意が会話文に準ずる心内詞の中に入り込んだものと解したい。五（ところがご覧になってみると）誰一人落とすことが出来ず、それぞれに美しい童女の容姿、顔立ちなので迷っておしまいになって。六 源氏の詞（8行目「らばや」まで）。もう一人の舞姫用の童女を。七 態度と心構えの優劣によって選に入ったのであった。八 大学の君は、あれ以来ただただ胸が一杯で、食べ物をも気にとめて見る気がせず。食事が喉に通らぬさま。

す、[一]くんしいたくて、[二]ふみもよまてなかめふし給へるを、[三]心もやなくさむと[四]たちいてゝまきれありき給ふ、さまかたちはめてたくおかしけにて、[五]しつやかになまめいたまへれは、わかき女房なとは、いとおかしとみたてまつる、[六]うへの御方には、みすのまへにたに、ものちかうももてなし給はす、[七]わか御心ならひ、いかにおほすにかありけむ、[八]うとくしけれは、こたちなともけとをきを、[九]けふはものゝまきれにいりたち給ふ

一「屈っしいたくて」に同じ。促音便を撥音で表したもの。ひどく心がめいって。二 書物も読まずぼんやり横になっていらっしゃたが。三 夕霧の心内詞（2行目「なぐさむ」まで）。少しは気が紛れるかしら。四（東の院の自室を）出て、（小路を隔てた西隣の二条院に入りこんで）そっとあちこちお回りになる。五 もの静かに優雅でいらっしゃるので。六 紫の上のお部屋には、御簾の前にすら夕霧をお近づけにならず。主語は源氏。御簾は廂と簀の子の境に垂らした簾だから簀の子にすら上げない。七 わが御心のならわしから、どのように思っておられるのであろう。源氏は継母藤壺を恋した経験から、紫の上と夕霧の間に事が起こるのを警戒しているのである。河内本「わが御こゝろならひにいかにおほすことかありけむ」。八（若君に）隔てを置いたお扱いなので、紫の上付きの主だった女房も親しくはないのだが。九 今日は舞姫の騒ぎに紛れて入り込んでいらっしゃったのであろう。

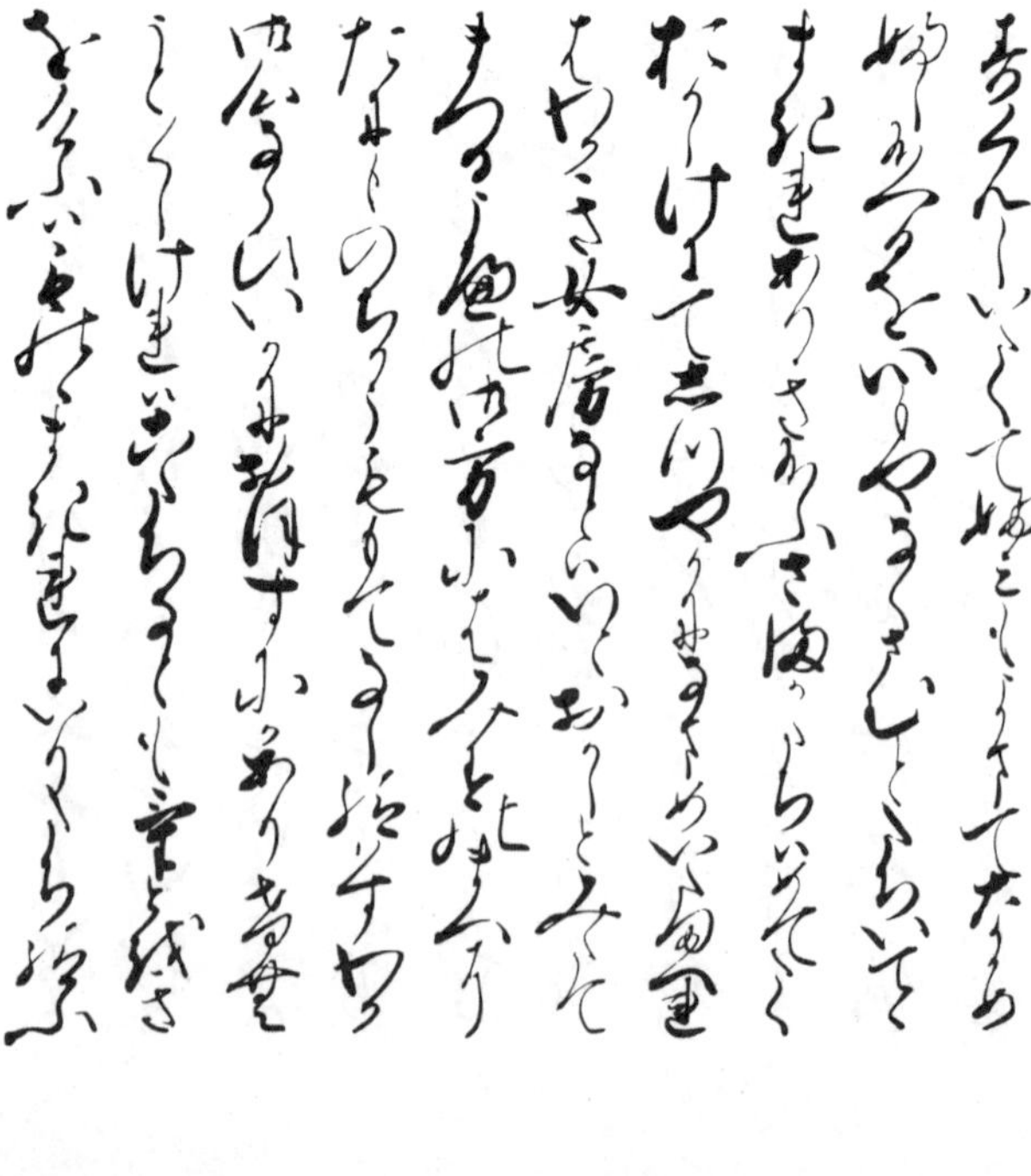

なめり、一まひひめかしつきおろして、二つまとのまに、三屏風なとたてゝ、かりそめのしつらひなるに、四やをらよりてのそき給へは、なやましけにてそひふしたり、五たゝかの人の御ほとゝみえて、いますこしそひやかに、やうたいなとのことさらひ、おかしき所はまさりてさへみゆ、六くらけれは見えねと、ほとのいとよく思ひいてらるゝさまに、心うつるとはなけれと、七たゝにもあらて、きぬのすそをひきならし給ふに、なに心もなく八あやしとおもふに、

一 舞姫を牛車から丁重に降ろして。（一五八頁9行目を受ける）。二 妻戸のある一間《ひとま》の部屋に。妻戸は両開きの板戸で、廂の間の角にある。間《ま》は柱と柱との間、当時は約八尺（二米四十糎）という。三 屏風を立てて臨時の部屋作りをしてある所に。廂の間は女房の局か物置として用いるが、妻戸の間は通路なので普段は何も置いてない。四（若君が）そっと近寄って中を覗きなさると、（舞姫は）疲れた様子で物に寄り掛かっている。五（舞姫は）雲居雁と同じ年格好に見えて、背丈はもう少しすらりとして、姿つきなども格別で。「ほど」は年齢の程度。「ことさらぶ」は、わざとらしい様子である、一段と目立つ。六「くらけれは見えねと」は、青表紙諸本「くらけれはこまかにはみえねと」とあり、「こまかには」を補入する。暗いのでこまかなところまでみえないが、舞姫の感じは、雲居雁がよく思い出されるような様で。「ほど」は様子、全体の感じ。七 心が騒いで。八 舞姫の心内詞。「あやし」は「妙だな、何だろう」。

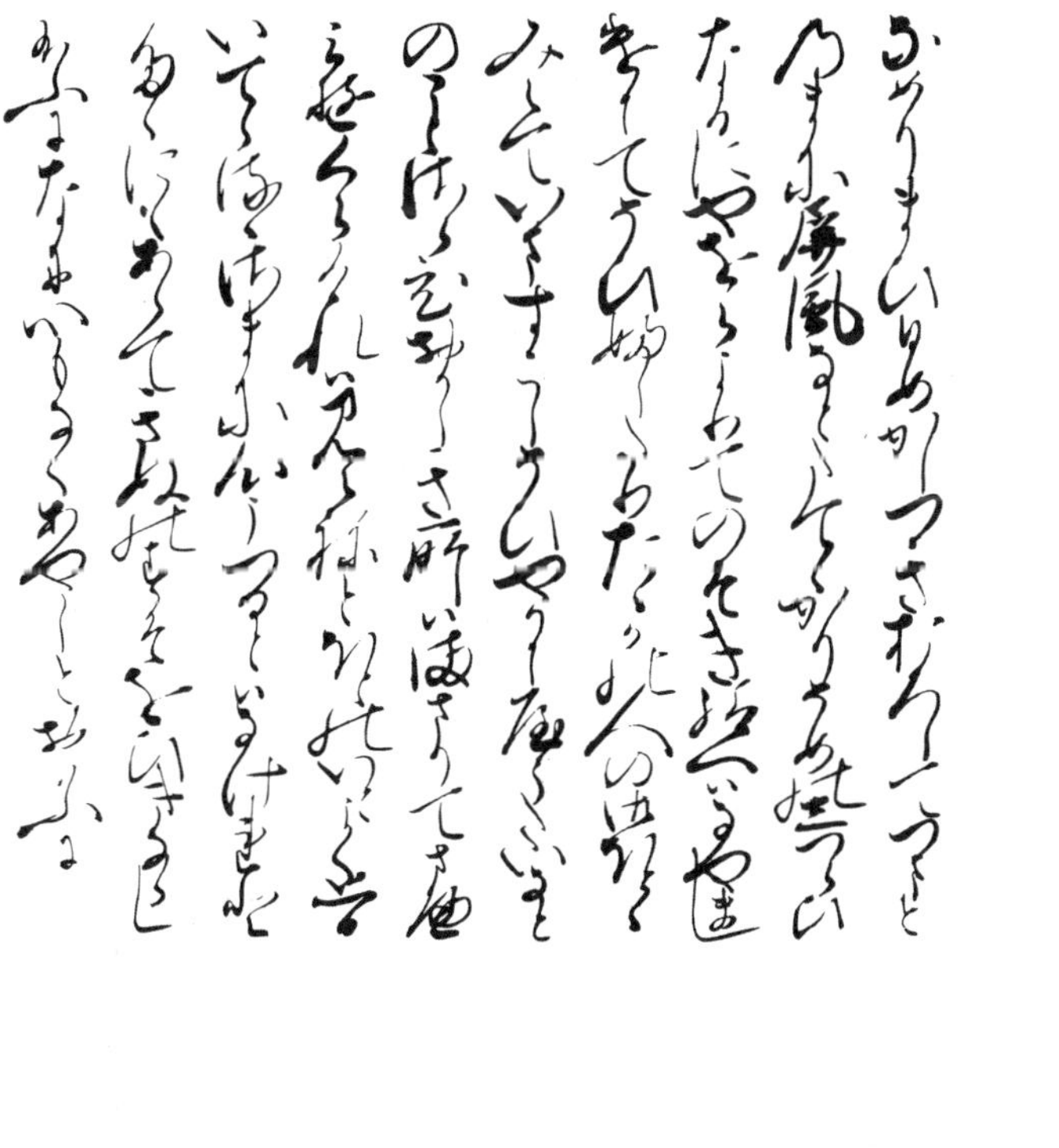

一あめにますとよをかひめの宮人もわか
こゝろさすしめをわするな、二みつかきのとの
給ふ三そうちつけなりける、わかうおかしき
こゑなれと、たれともえ思ひたとられす、
四なまむつかしきに、五けさうしそふとて、さ
はきつるうしろみともちかうよりて人
さはかしうなれは、六いとくちおしうて、たち
さり給ひぬ、七あさきの心やましけれは内へ

[25五節の日、源氏、昔の五節の君を思い歌を贈る]

まいる事もせす、ものうかりたまふを、
八五節にことつけて、なほしなとさまかは

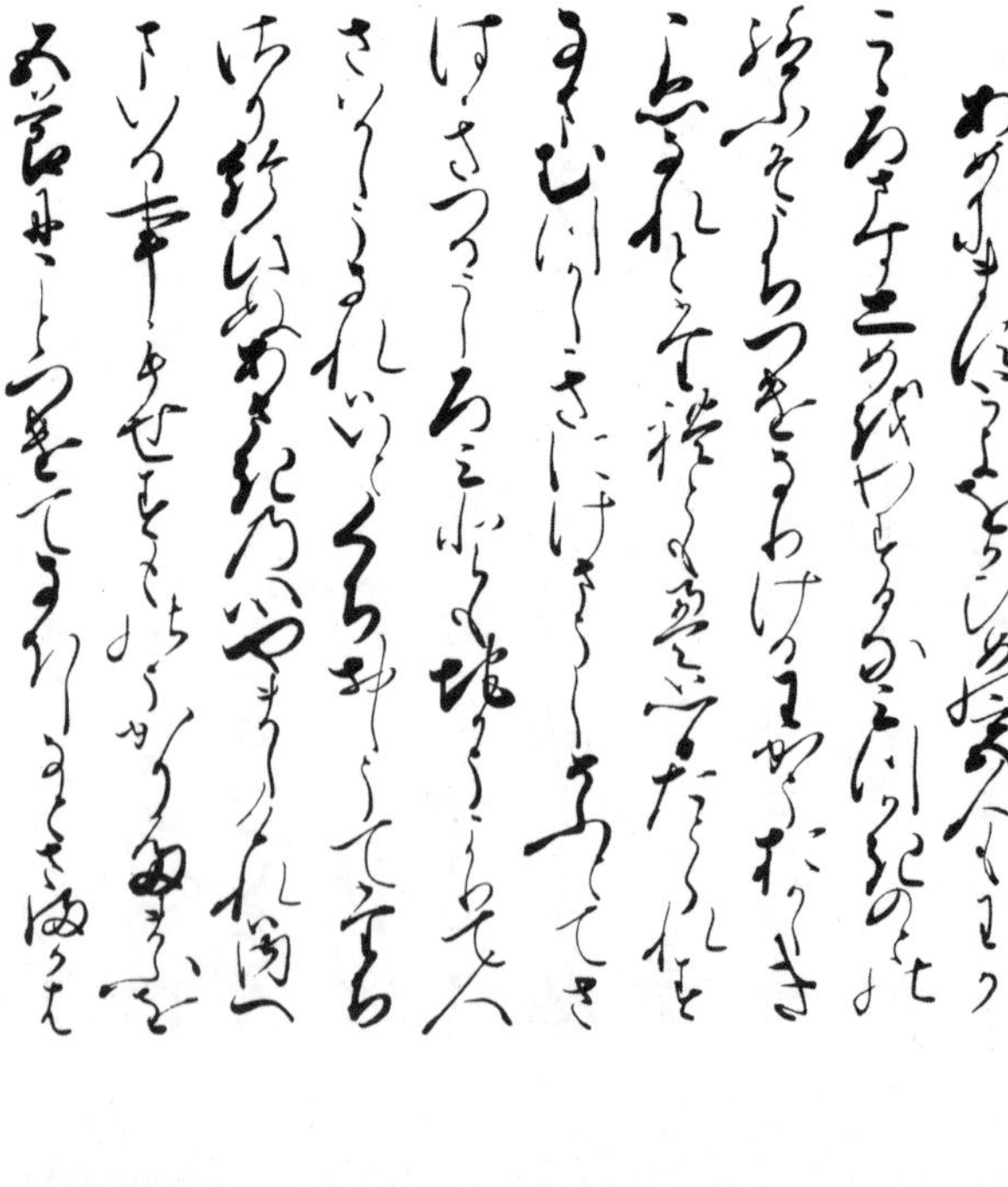

一 夕霧の舞姫に詠みかけた歌。天上にまします豊岡姫にお仕えする宮人のあなたも、私が思いをかけて注連縄を張り我がものと思っていることを忘れないでください。豊岡姫は天照大神説もあるが、伊勢神宮外宮の豊受毘売神《とようけひめのかみ》（食べ物の神）説がよい。新嘗祭は新穀感謝祭だから。その神に仕える宮人は舞姫。注連《しめ》と占めを掛ける。 二 久しい昔から思いを懸けていたのです。拾遺集・雑恋「少女子《をとめご》が袖振る山の瑞垣《みづがき》の久しき世より思ひそめてき」。 三 あまりにもだしぬけであった。夕霧は雲居雁を連想しているのであるが、惟光の娘にすれば夕霧から呼びかけられたのは初めてだから、だしぬけだったのである。 四 うす気味悪く思っているところへ。 五 お化粧直しをすると言って。 六 夕霧は誠に心残りな気持ちのままお立ち去りになった。 七 六位の浅葱色がおもしろくないので。 八 五節だからということで、直衣《なほし》など普段とは異なる色を許されて。五節の日の参内には色の自由な直衣が許された。

れる色ゆるされて一まいり給ふ、二きひはにきよらなる物から、またきにおよすけて、されありき給ふ、みかとよりはしめたてまつりて、おほしたるさまなへてならす、三世にめつらしき御おほえなり、四五節のまいるきしきは、五いつれともなく心〳〵にゝなくし給へる、六まひ姫のかたち、大殿と大納言殿とはすくれたり、とめてのゝしる、七けにいとおかしけなれと、こゝしううつくしけなる事は、猶大殿にはえをよふましかりけり、八ものきよけ

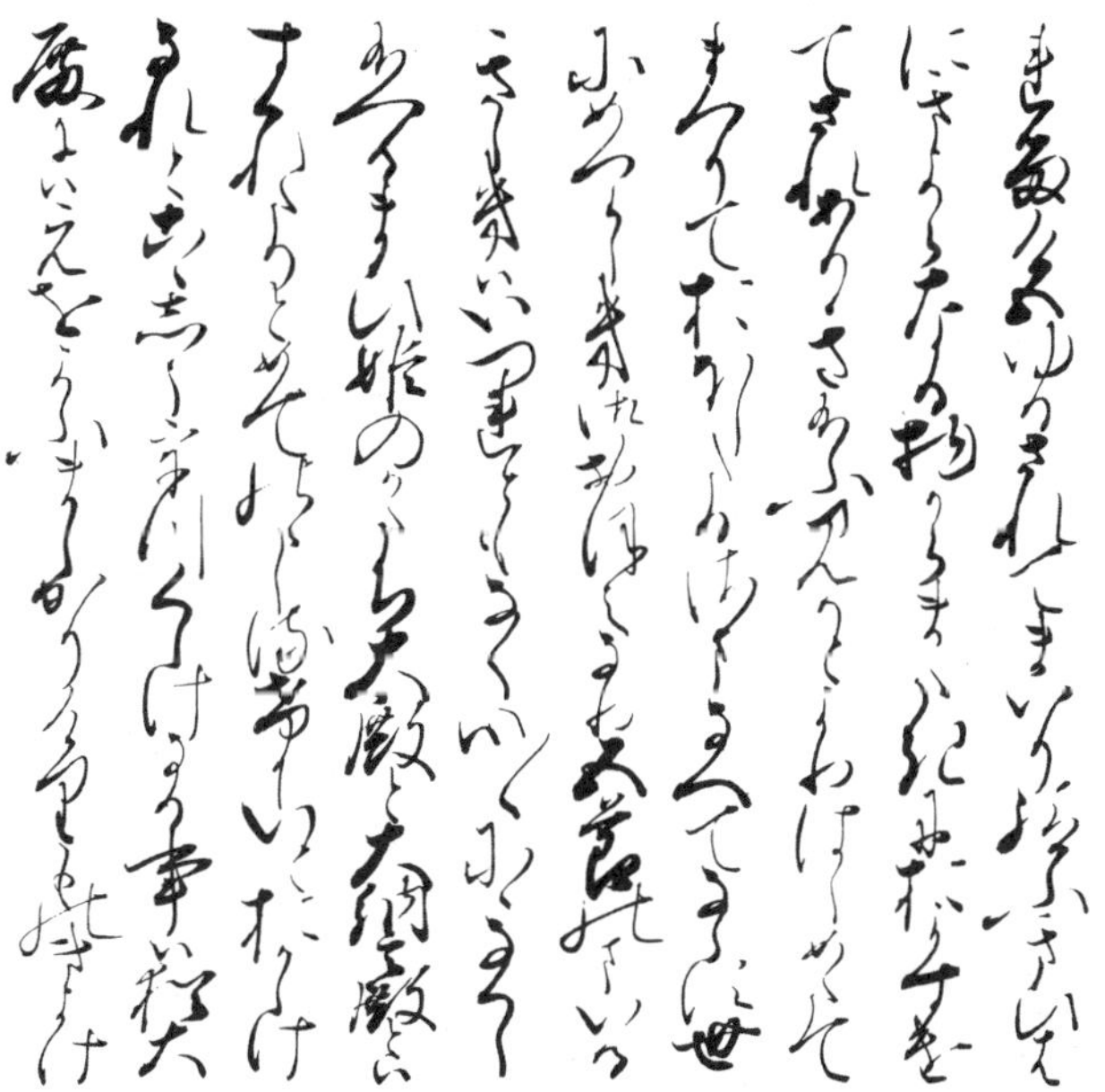

一（夕霧は）宮中に参上なさる。二 いかにも幼げで端麗な方ではあるが、今のうちからもう大人ぶって、浮かれて歩き回っておられる。「まだきに」は、まだその時期でないのに。「ざれありく」は、日頃の浅葱のひけめから解放されて、浮き浮きと女房の部屋を覗いたりして歩きまわる。三 まことにめったにないほど丁重な帝のお扱いぶりである。四 五節の舞姫が宮中に参入する儀式は。（丑の日夕刻）。五 どの方もいずれ劣らずそれぞれに又と無い趣向を凝らしていらっしゃるが。諸本「し給へるを」。六 人々の声（8行目「れたり」まで）。舞姫の器量では、源氏の大臣のと大納言のとがすぐれて綺麗だ。七 なるほど二人とも大層美人だけれど、おっとりとしていて可憐な感じであることでは、やはり大臣の舞姫には及ぶべくもないのであった。河内本「いとをかしけなれとにほひやかにこゝしううつくしきこと」。「子子《ここ》し」は子どもらしく無邪気なさま。八（大臣の舞姫は）どことなくきれいで華やかで。

にいまめきて、[一]そのものともみゆましうしたてたるやうたいなとの、ありかたうおかしけなるを、かうほめらるゝなめり、[二]れいのまひ姫ともよりはみなすこしおとなひつゝ、けに心ことなるとしなり、[三]殿まいり給ひて御覧するに、[四]昔御めとまり給ひしおとめのすかたをおほしいつ、[五]たつの日のくれつかたつかはす、[六]御ふみのうちおもひやるへし、

　[七]おとめこも神さひぬらんあまつ袖ふるき世のともよはひへぬれは、とし月の

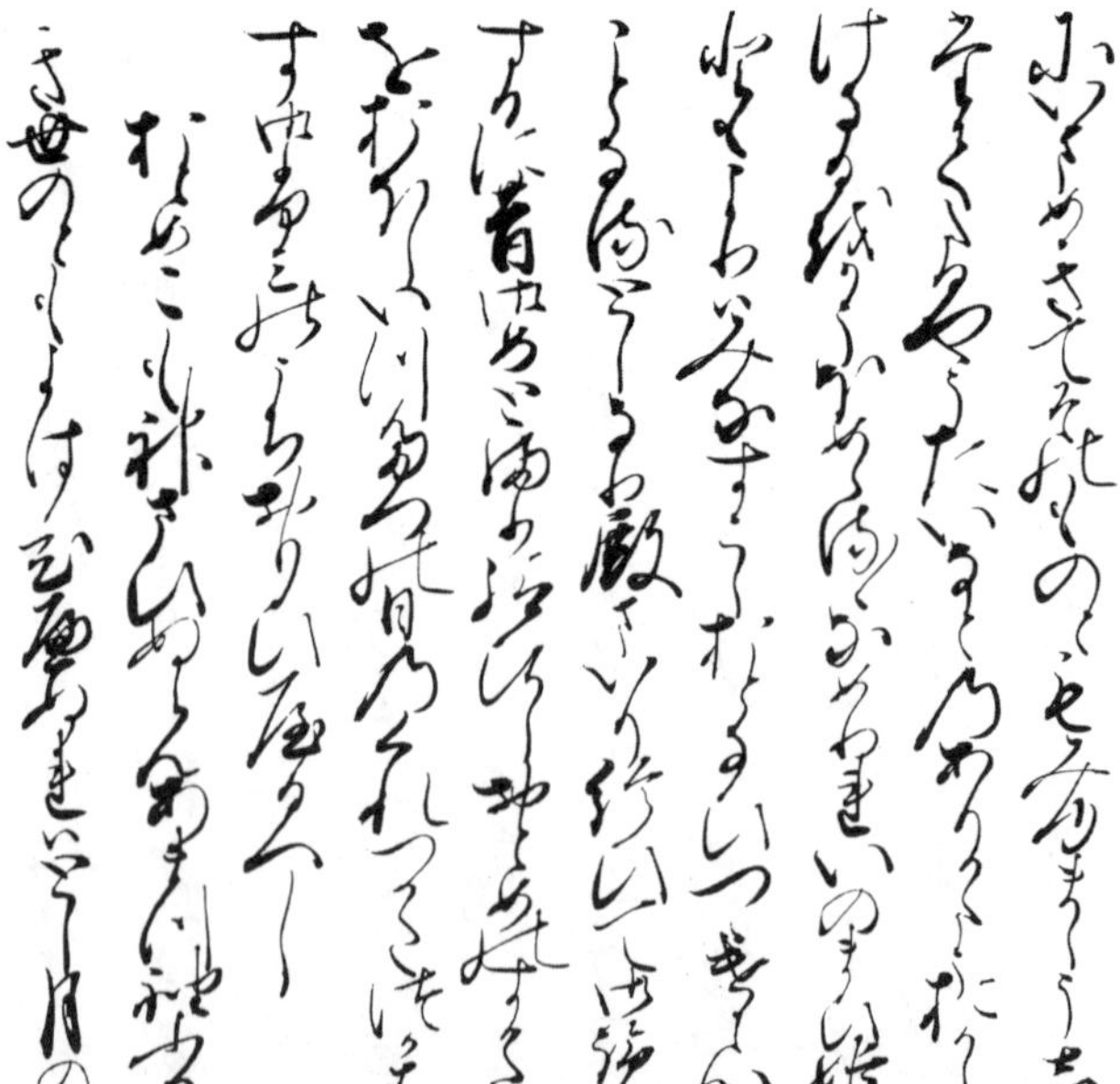

一（中流階級である）惟光の娘とも見えないくらい豪華に装い立てた姿つきなどが、又とないほど魅力的なので。「そのもの」は、誰それ、の意。二（今年のは）例年の舞姫たちよりも皆少し年長であって、まことに特別な年である。そのまま宮仕え出来る人材が四人そろっていることからの評。三 源氏の大臣が参内なさって舞姫たちを御覧になると。四 昔お目をお留めになった舞姫の姿をお思い出しになる。源氏は花散里や須磨巻にみえる筑紫の五節を思い出したのである。「乙女《おとめ》」は五節の舞姫。巻名の由来。五（源氏の大臣は）舞の当日である辰の日の夕暮れ時にお手紙をお遣《つか》わしになる。六 お手紙の散文の部分を省筆し和歌だけを掲載すると断る語り手の言辞。七 源氏の筑紫の五節宛の歌。乙女だったそなたも年をとったことであろう、天の羽衣の袖を振って舞ったころの古い昔の友である私も年をとったのだから。「神さぶ」は、神々しい様子を示す、年功を積む意。「振る」と「古る」を掛ける。

つもりをかそへて、一うちおほしけるまゝのあはれをえしのひ給はぬはかりの、おかしうおほゆるもはかなしや、

二かけていへはけふのことゝそおもほゆるひかけの霜の袖にとけしも、三あをすりのかみ四よくとりあへて、五まきらはしかいたるこすみ、うすすみ、さうかちにうちませみたれたるも、六人のほとにつけてはおかしと御らんす、火さ［26夕霧、惟光の娘に消息］の君は、七人のめとまるにつけても、人しれす思ひありきたまへと、八あたりちかくたによせす、

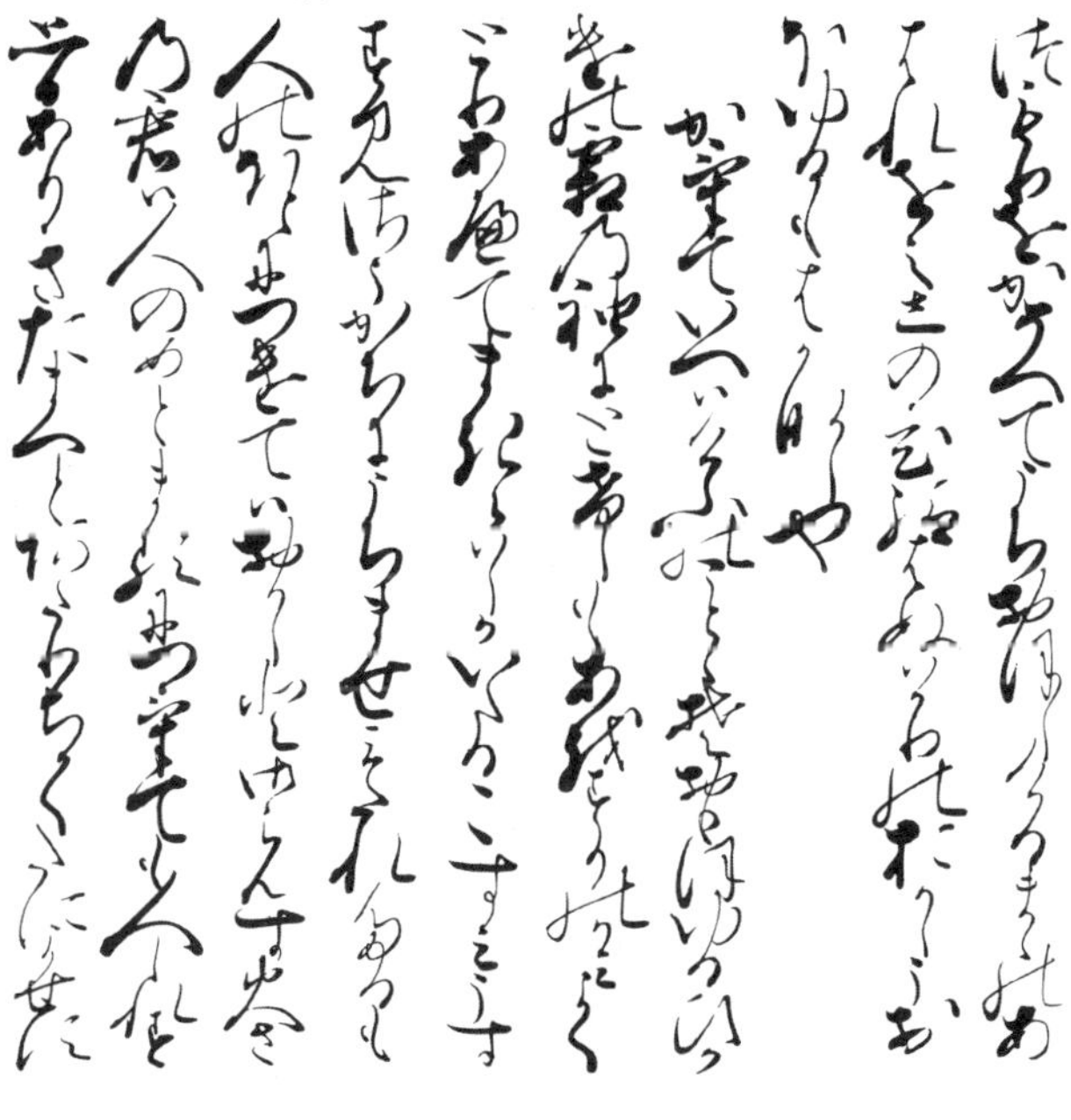

一ふとお感じになったままの感慨を、胸にしまって置くことがお出来になれずに書きなさったというだけの（お手紙が）、（相手の女には）心弾む思いとなるとは今さら詮無いことではある。二筑紫の五節の源氏宛の返歌。五節のことを口に出しておっしゃいますと、昔日陰の葛を冠に付けて舞ったこの私が、日射しにあって霜が溶けるように、あなたに心をゆるしてお逢いしたことも、今日のことのように思われます。。三青い紙に、蝋で模様を摺り出したものという。辰の日舞姫は青摺りの唐衣を着るのにちなんだ。四当座によく間に合わせて。五誰の筆跡か分らないように書いて墨の濃淡とり交ぜて、草仮名を多く交えて文字を散らし乱れ書いてあるのも。平仮名に草仮名《そうがな》（平仮名ほどくずしてない書体）を多く交ぜた。六あの身分の者としては見事だと御覧になる。七惟光の娘が目にとまるにつけても。八（介添え達が）そばに近くにさえも寄せ付けないで。

一いとけゝしうもてなしたれは、二ものつゝましきほとの心には、なけかしうてやみぬ、三かたちはしもいと心につきて、四つらき人のなくさめにも、みるわさしてんや、と思ふ、五やかてみなとゝめさせ給ひて、宮つかへすへき御けしきありけれと、六このたひはまかてさせて、七あふみのはからさきのはらへ、津のかみは難波といとみてまかてぬ、八大納言もことさらにまいらすへきよしそうせさせ給、九左衛門督その人ならぬをたてまつりてと

一 ひどく無愛想にしているので。「けけし」は、よそよそしい、そっけない。二 何事にもきまり悪く感じる年頃の身では、ただため息をつくばかりであった。「止《や》みぬ」は、おしまいにした、止めた。三 美しい顔立ちは心に強く残って。四 夕霧の心内詞（4行目「てんや」まで）。薄情な人に逢えない慰めにでも、手に入れたいものだ。「つらき人」は、雲居雁。「見る」は、男女が契りを交わす意。五 （節会が終わって）そのまま舞姫を皆宮中にお残しあそばして、宮仕えをするようにとの帝のご意向もあったけれど。六 今回はいったん退出させて。それぞれに思惑があるからか。七 近江守良清女は辛崎、摂津守惟光女は難波でと、父の任国で祓えをするため、互いに張り合って退出した。八 大納言も改めて（儀式を整えて）娘を差し上げる旨を（人を介して）奏上おさせなさる。九 左衛門督は資格のない人を舞姫に差し上げてお咎めがあったけれど。実子でないことをいうか。

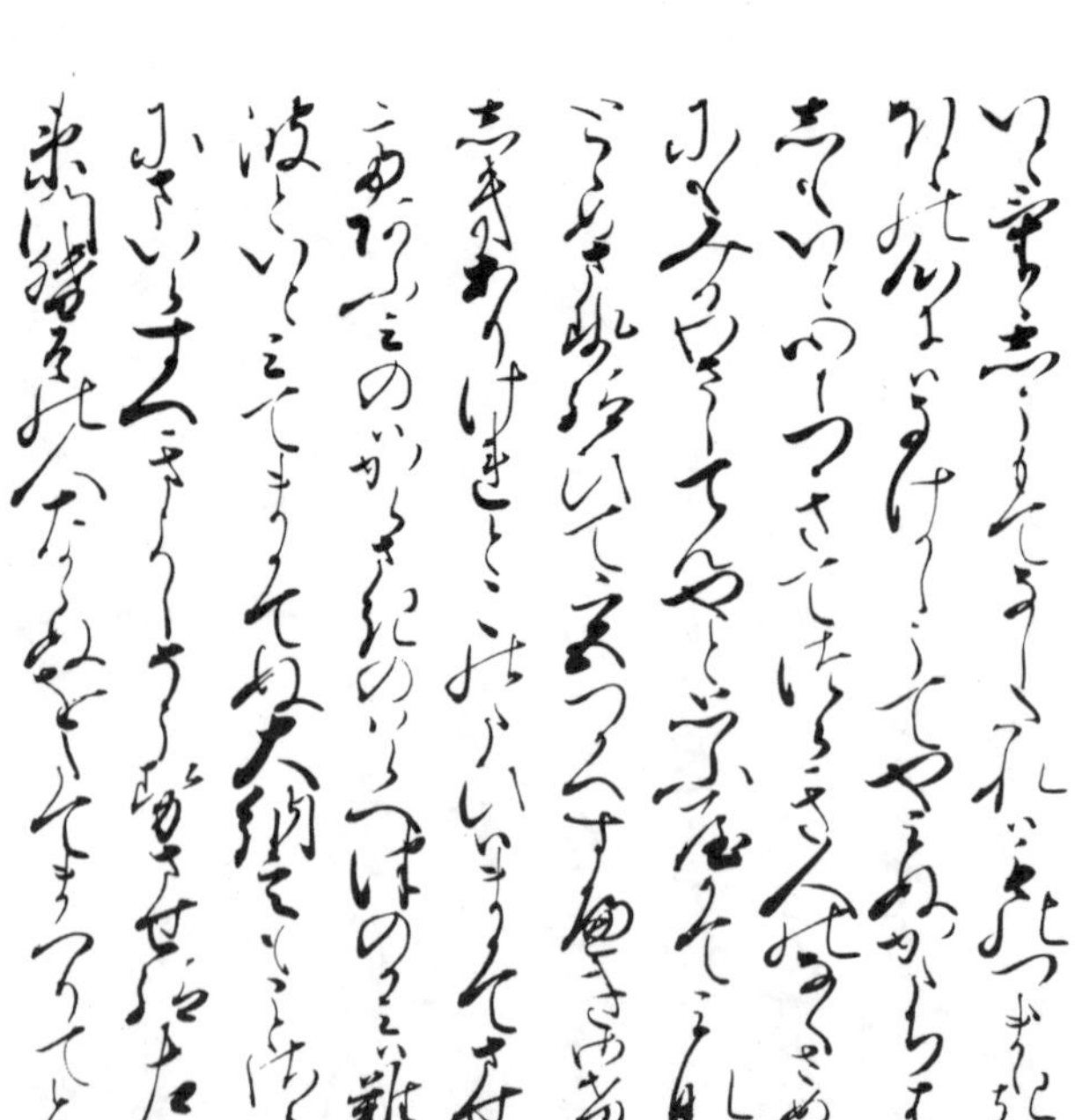

かめありけれと、一それもとゝめさせ給ふ、津
のかみのは、二内侍のすけあきたるに、と申
させたれは、三さもやいたはらまし、と大殿も
四おほいたるを、五かの人はきゝ給て、いとくちおし
と思ふ、六わかとしのほと、くらゐなと、かく
ものけなからすは、こひみてましものを、
七思ふ心ありとたにしられてやみなんこと、ゝ
八わさとのことにはあらねと、九うちそへて涙く
まるゝおり〳〵あり、一〇せうとのわらは殿上する、
つねに一一この君にまいりつかうまつるれい

一 それをも宮中にお留めになる。更衣にするのか、それともふさわしい職掌の女官に任命するのか不明。二 惟光の詞。「典侍《ないしのすけ》が欠員になっているところに（我が娘を任命してほしい）」。三 源氏の心内詞。「そのように取り計らってやろうか」。自分の言いつけに従い娘を舞姫として差し出した、惟光の労をねぎらってやろうとの気持ち。「労《いた》はる」は、ねぎらう意。四「おぼいたる」は「おぼしたる」のイ音便。思っていらっしゃる。五 夕霧。六 夕霧の心内詞（7行目「んこと」まで）。自分の年齢や位などがこんな取るに足りない状態でなかったならば、（我が妻にと）願い出てみようものを。七 思いを寄せているということさえも知られずに終わるであろうことよ。八 特別に深い執心というわけではないが。九 雲居雁のことに添い加えて。一〇 惟光の娘の兄弟で童殿上をしている者が。「童殿上」は名家の子弟が宮中の儀礼を見習うため元服前に特に殿上を許されること。弟であろう。一一 夕霧。

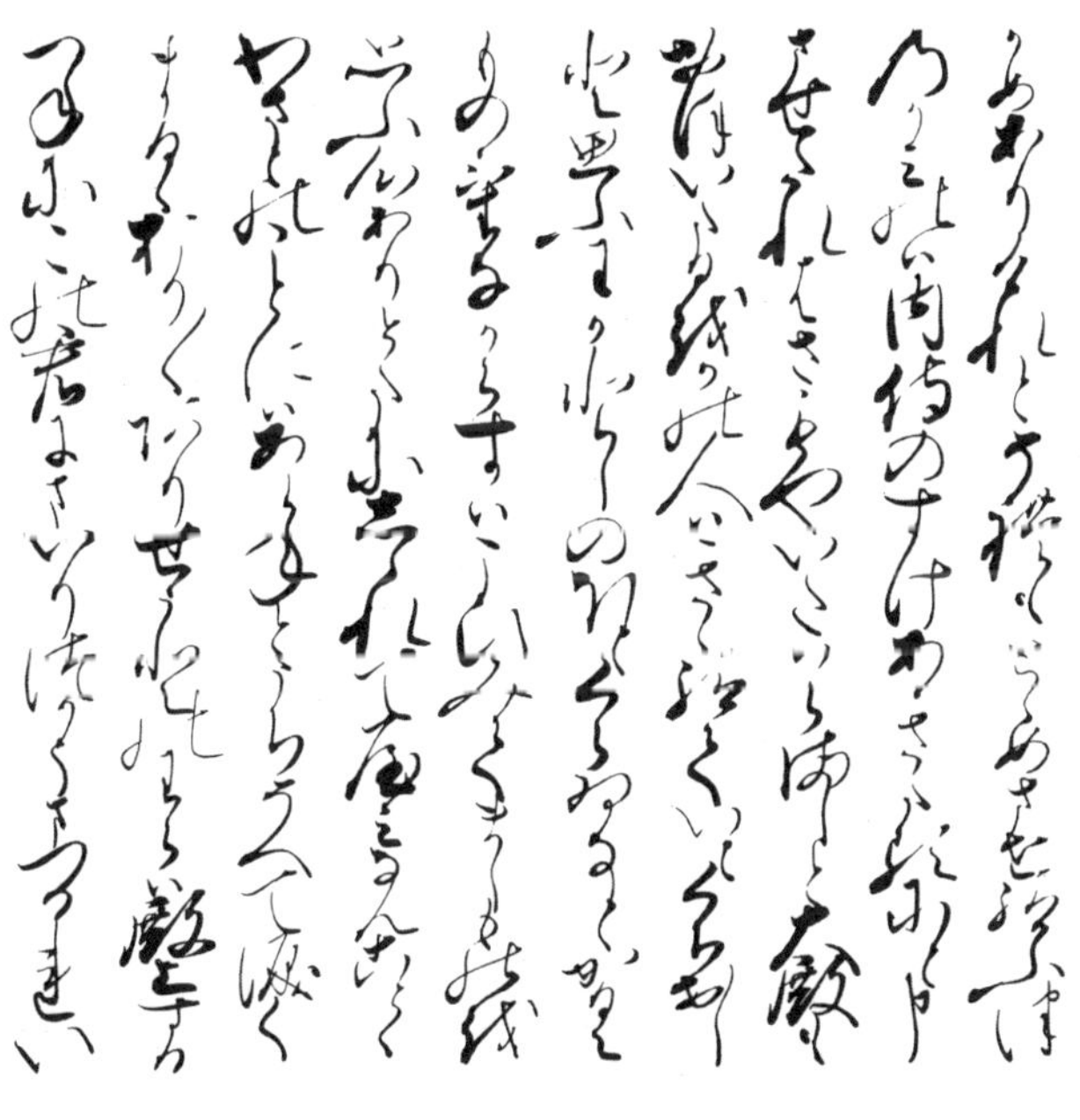

よりも一むつましうかたらひ給ふて、二五節は
いつちかうちへはまいるととひ給ふ、三ことし
とこそはきゝ侍れ、ときこゆ、四かほのいと
よかりしかは、すゝろにこそ恋しけれ、五ましか
つねにみるらんもうらやましきを、又みせてん
や、との給へは、六いかてさは侍らん、心にまかせ
てもえみ侍らすをのこはらからとてちかく
もよせ侍らねは、まして七いかてかきんたち
には御覧せさせん、ときこゆ、八さらはふみを
たに、とて九給へり、一〇さき〳〵もかやうの事はいふ

一 親しみを込めてお話しかけになって。「給ふて」は「給うて」。二 夕霧の詞（2行目「まいる」まで）。「いつちか」を大島本等により「いつか」と校訂する。五節はいつ宮中へ参るのか。三 弟の詞（3行目「ゝ侍れ」まで）。今年のうちと聞いております。四 夕霧の詞（6行目「てんや」まで）。あの人は顔だちがとても美しかったので、むしょうに恋しく思われる。五 そなたがいつも会っているのも羨ましいが。「まし」は、同等または目下の者に対する二人称の代名詞「汝《いまし》」の「い」が脱落したもの。六 弟の詞（9行目「させん」まで）。どうしてそんなことが出来ましょう。私だって思うように顔を見ることが出来ないのです。七 どうして若君さまにお目通りいただけましょう。八 夕霧の詞（10行目「をだに」まで）。それならせめて手紙だけでも（届けてくれ）。九 お渡しになった。一〇 弟の心内詞（一六九頁1行目「ものを」まで）。前々からこのような恋文の仲立ちの事は父上がやかましく言うのに。

ものを、と一くるしけれと、二せめて給へは、いと
おしうてもていぬ、三としのほとよりは、されてや
ありけん、おかしと見けり。四みとりのうすやう
の、このましきかさねなるに、五てはまたいと
わかけれと、おいさきみえて、いとおかしけに、
　六日かけにもしるかりけめやをとめこかあま
のは袖にかけし心は、七ふたりみる程に、ちゝ
ぬしふとよりきたり、八おそろしうあきれて、
えひきかくさす、九なそのふみそ、一〇とてとる
に、おもてあかみてゐたり。一一よからぬわさしけり、

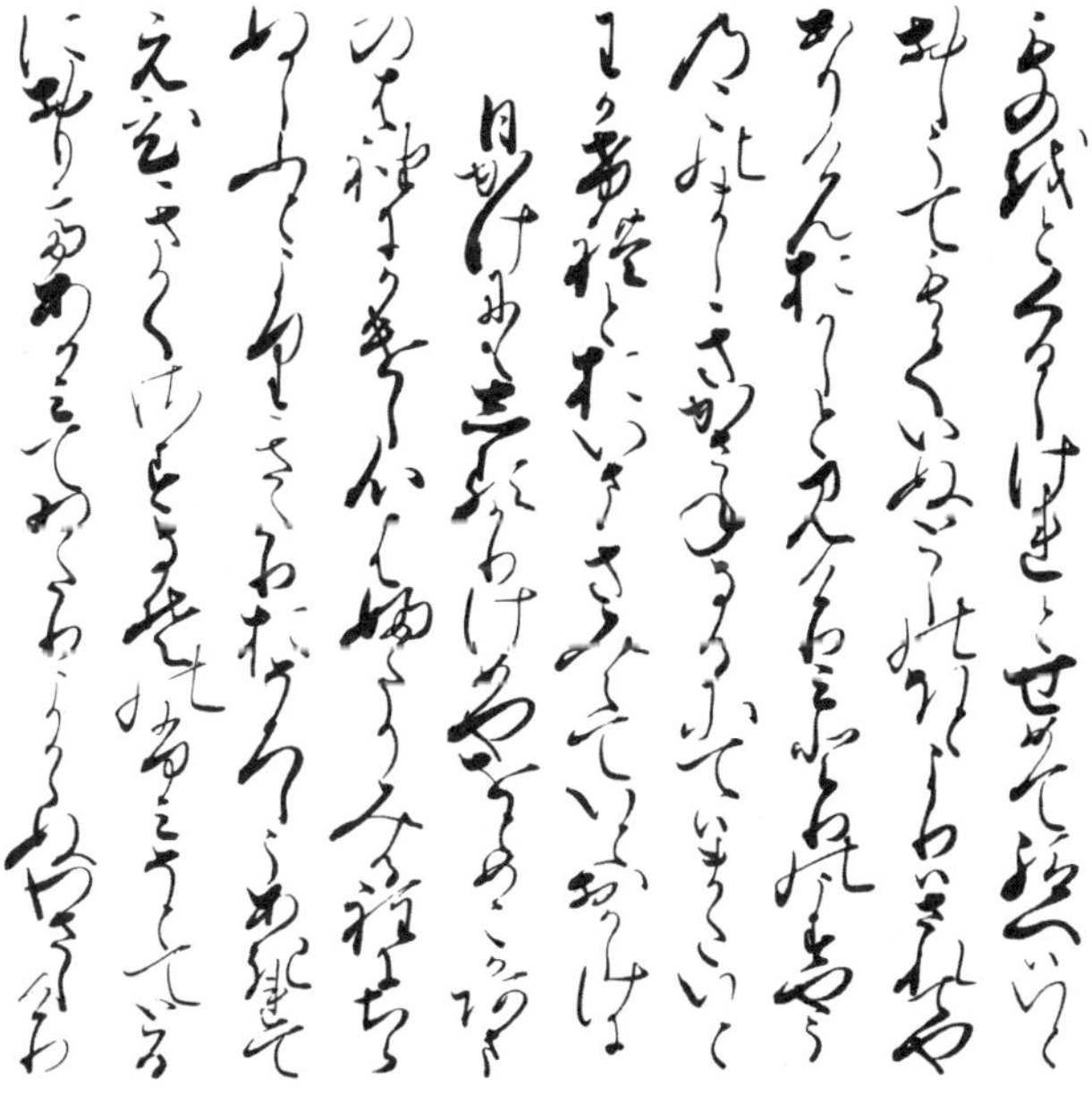

一 困ったのであるが。二 無理やりお渡しになるので。「給へ」は「賜へ」の当て字。前頁10行目も同様。三（惟光の娘は）年齢のわりにさばけていたのであろうか、（夕霧の手紙を見て）すてきだと思った。四 緑色の薄い鳥の子紙で気の利いた色どりに重ねてある紙に。五 筆跡はまだ幼いけれども、将来の進歩が楽しみな実に見事な書きっぷりで。六 夕霧の歌。日の光にもはっきり分かっただろうね、舞姫が翻して舞った天の羽衣の袖に思いを懸けた私の心は。「日かげ」は日影（日の光）に日陰（の葛）をかける。七 姉弟二人で見ているときに、父親がいきなり近寄ってきた。「主《ぬし》」は軽い敬語。八 二人は恐ろしくてどうしてよいかわからず手紙を隠すことも出来ない。九 惟光の詞。「なんの手紙だ」。「なぞ」は「何《な》ぞ」の撥音無表記。一〇 と言って（手紙を）取り上げるので、二人は顔を赤らめて座っている。一一 惟光の詞。「良からぬことをしたな」と（言って）叱ると。

とにくめは、[一]せうとにけていくを、よひよせて、[二]たかそ、とゝへは、[三]殿の火さの君の、しかくの給ふて給へるといへは、[四]なこりなくうちゑみて、[五]いかにうつくしき君の御され心なり、[六]きむちは、おなしとしなれと、いふかひなく[七]はかなかめるかし、なとほめて、[八]はゝ君にもみす、[九]この君たちの、すこし人かすにおほしぬへからましかは、[一〇]おほそうの宮つかへよりは、たてまつりなまし、とのゝ御こゝろをきてをみるに、見そめ給ひてん人を、[一一]御心とはわすれ

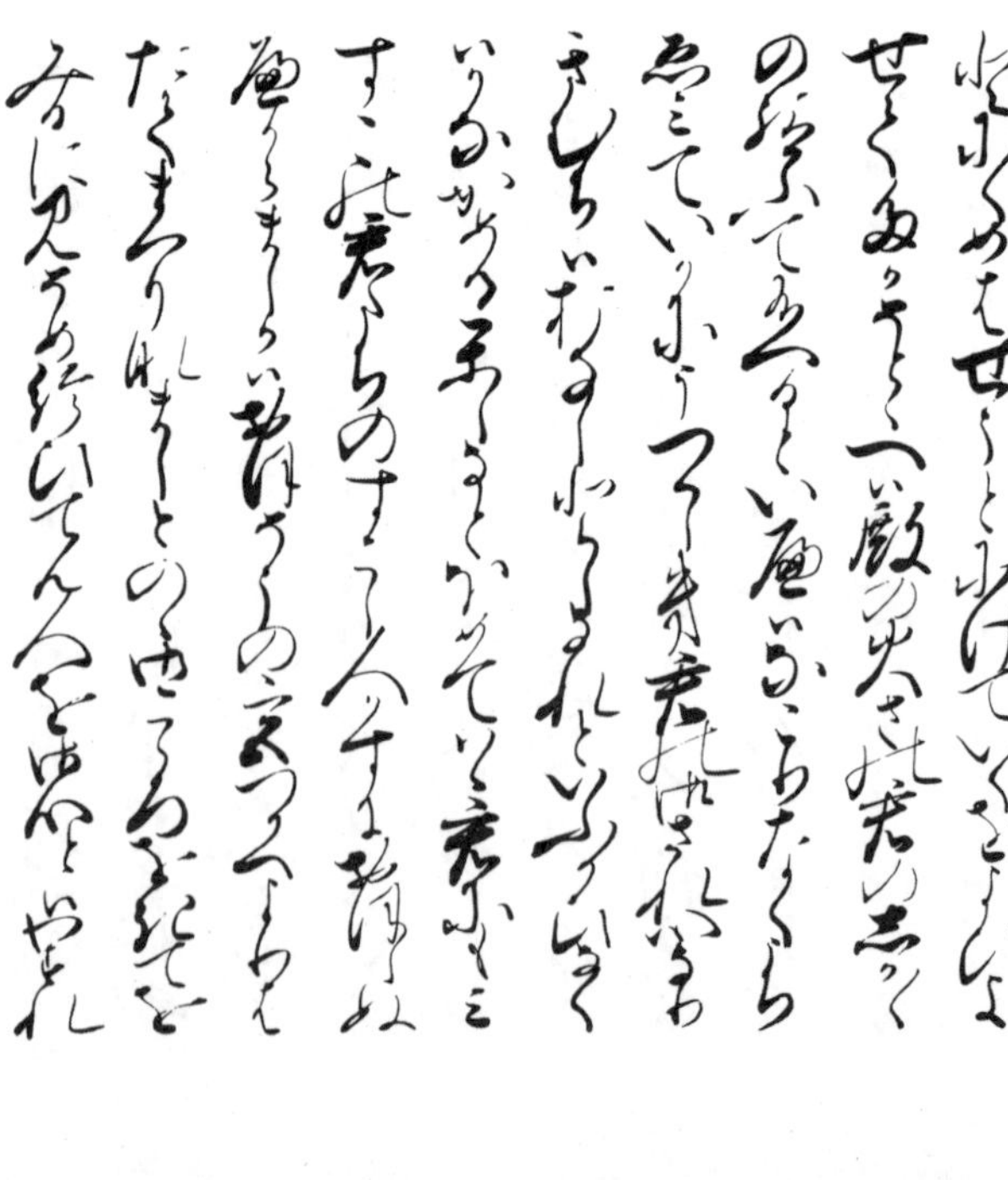

一 弟の方が逃げて行くのを呼び戻して。二 惟光の詞。「誰の手紙だ」。三 弟の詞（3行目「給へる」まで）。殿の冠者の君が、しかじかおっしゃってお渡しになったのです。「の給ふ」は「宣ふ」、「給へる」は「賜へる」の当て字。四 今までの腹立ちとはうって変わった笑顔になって。五 惟光の詞（6行目「るかし」まで）。なんと可愛らしい若君のお戯れ心ではないか。六 「きむぢ」は二人称の代名詞。目下の者に言う。おまえ。夕霧と同年だから十二歳。七 頼りないようだな。大島本等「はかなかめりかし」。八 （舞姫の）母君。惟光の妻。「見《み》す」は他動詞。九 惟光の詞（一七一頁2行目「らまし」まで）。この若君が、娘を多少とも人並みにお考えくださるようであるなら。一〇 （典侍といった）並一通りの宮仕えをさせるよりは、いっそ若君にさし上げようかしら。一一 ご自分からはお忘れになるまいとなさっているから。

給ふましきにこそ、[一]いとたのもしけれ、[二]あかしの入道のためしにやならましなといへと、[三]みないそきたちにたり。

［27夕霧、花散里を批評する］

かの人は、[四]ふみをたにえやり給はす、たちまさるかたのことし心にかゝりて、[五]ほとふるまゝに、[六]わりなく恋しきおも影に、又あひみてや、と思ふよりほかの事なし、[七]宮の御もとへも、あひなく心うくてまいり給はす、[八]おはせしかた、としころなれあそひし所のみ、思ひいてらるゝ事まされは、[九]さとさへうくおほえ給ひつゝ、またこもり

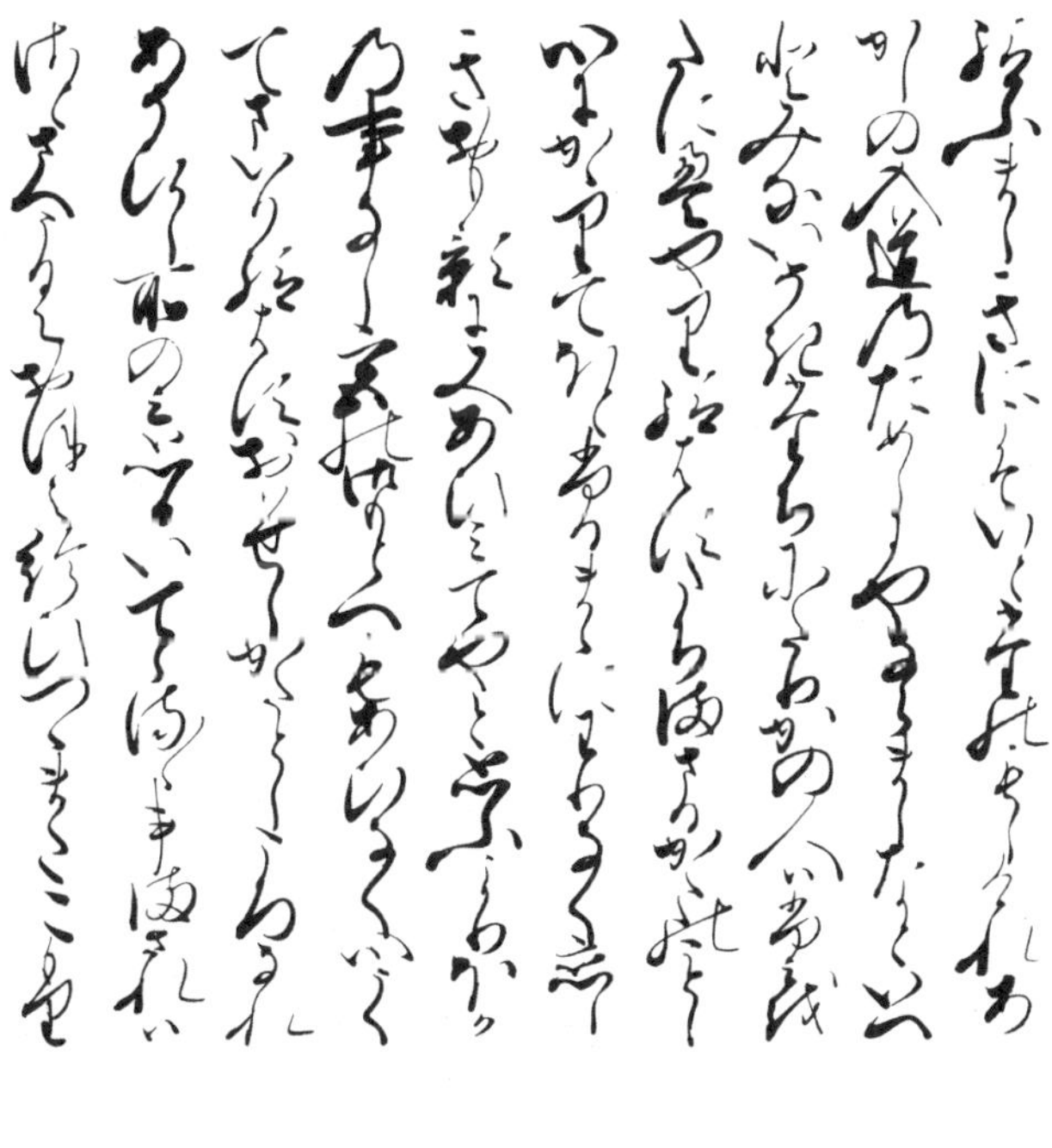

一 まことに頼もしい。子の夕霧も源氏に似ているだろうと推測する。二 明石の入道の例のようになろうかな。元受領であったが娘が源氏の妻となり女児を産んで大切にされているその幸運にあやかりたい。三 家中、宮仕えの支度に一生懸命である。四 かの夕霧は、（舞姫に）手紙さえもおやりになることが出来ず、はるかに思いのまさるお方（雲居雁）のことがひたすら心に懸かって。五 時が経つにつれて。六 夕霧の心内詞（6行目「みでや」まで）。たまらなく恋しい面影の人に、二度と逢えないのか。七 大宮の所へも、どうにも気が進まないので参上なさらない。八（雲居雁の）住んでいらしたお部屋や、長年一緒に仲良く遊んだ所ばかり、以前にもまして強く思い出されるので。「おはせしかた」の前に、河内本は「まれまれまいりたまうては」とある。九 里である大宮邸までもいやにお思いなさって、また東の院に引きこもっていらっしゃる。「里」とあるのは一四九頁注五に関係。

ゐたまへり、一とのはこのにしのたいにそき
こえあつけたてまつり給ひける、二大宮
の御世ののこりすくなけなるを、おはせす
なりなんのちも、かくおさなきほとより
見ならしてうしろみおほせ、ときこえ給へは、
三たゝの給ふまゝの御心にて、なつかしうあ
はれに思ひあつかひたてまつり給ふ、四ほのか
になとみたてまつるにも、五かたちのまほならす
もおはしけるかな、かゝる人をもひとは思ひすて
給はさりけり、なと、六わかあなかちにつらき人の

一源氏は、この（東の院の）西の対（にいる花散里）に（夕霧を）お預け申されたのであった。二源氏の詞（5行目「おぼせ」まで）。大宮の余生は、そう長くはなさそうですから、お亡くなりになったあとも。「後ろ見おぼせ」に掛かる。花散里に、夕霧の親代わりを頼む。三（花散里は）ただ源氏のお言葉の通りになさる御気性なので、優しくこまごまと情を込めてお世話申し上げなさる。四（夕霧は対の御方を）何かの折にちらっと拝見するにつけても。五夕霧の心内詞（10行目「りけり」まで）。お顔立ちが十人並以下でいらっしゃる方だなあ。このような方をも父上という人はお見限りにならなかったのだよ。「など」で一旦受けて、次頁3行目「と思ふ」に続く構文。「など思い、また」と口語訳する。「まほならず」は、不完全である、整っていない意。六夕霧の心内詞（一七三頁3行目「もはめ」まで）。自分が、むしょうに、薄情なお方のお顔を忘れられずに恋しいと思っているのも。

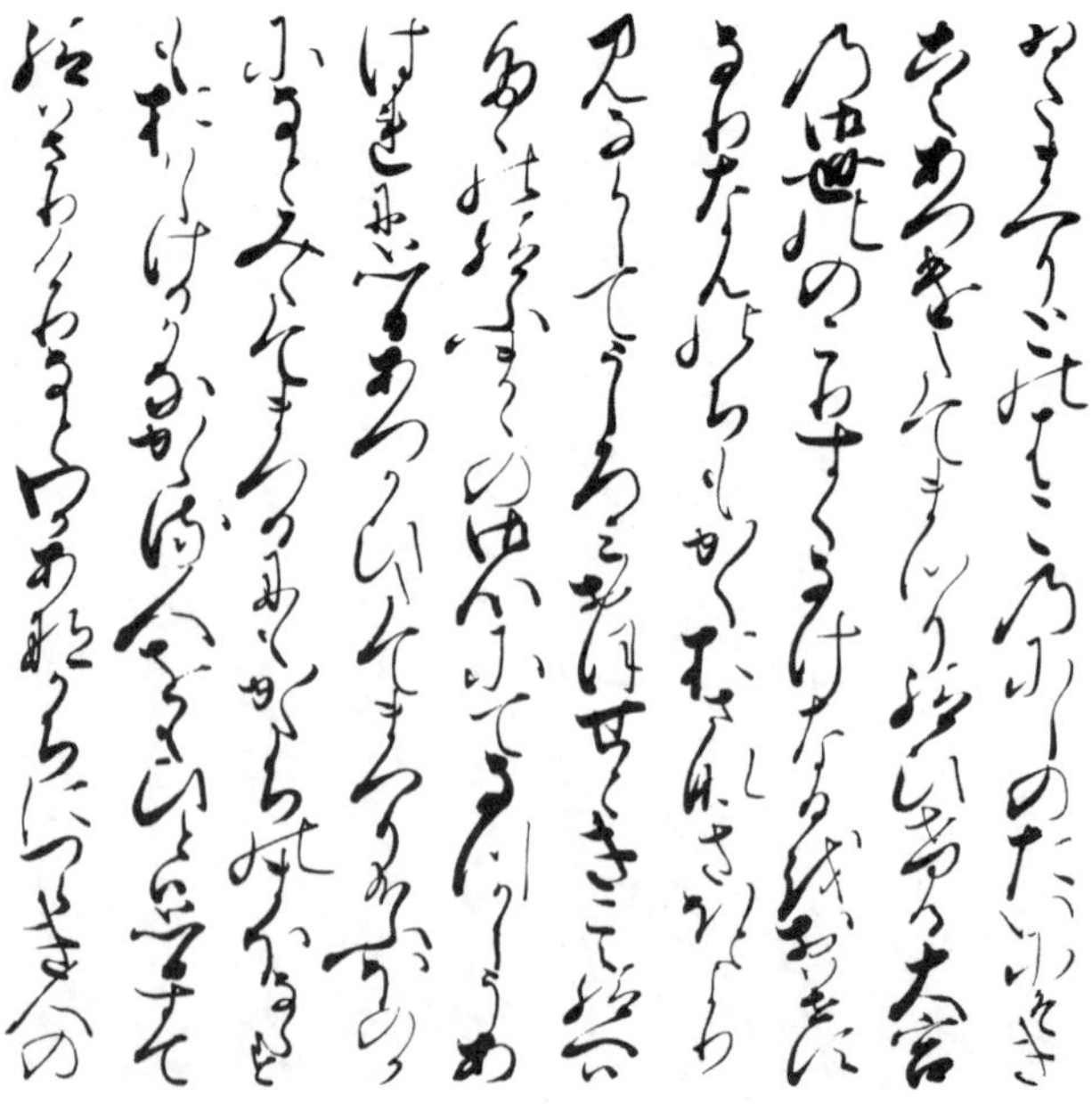

御かたちを心にかけてこひしと思もあち一
きなしや、二こゝろはへのかやうにやはらかならん
人をこそあひおもはめ、と思ふ、三又むかひて
みるかひなからんもいとおしけなり、四かくてとし
へ給にけれと、五殿の、いまにさやうなる御
かたち御こゝろと見たまふて、六はまゆふはかり
のへたてさしかくしつゝ、七なにくれともてなし
まきらはし給ふめるも、むへなりけりと思
八心のうちそはつかしかりける、九大宮のかたち
ことにおはしませと、またいときよらにおはし

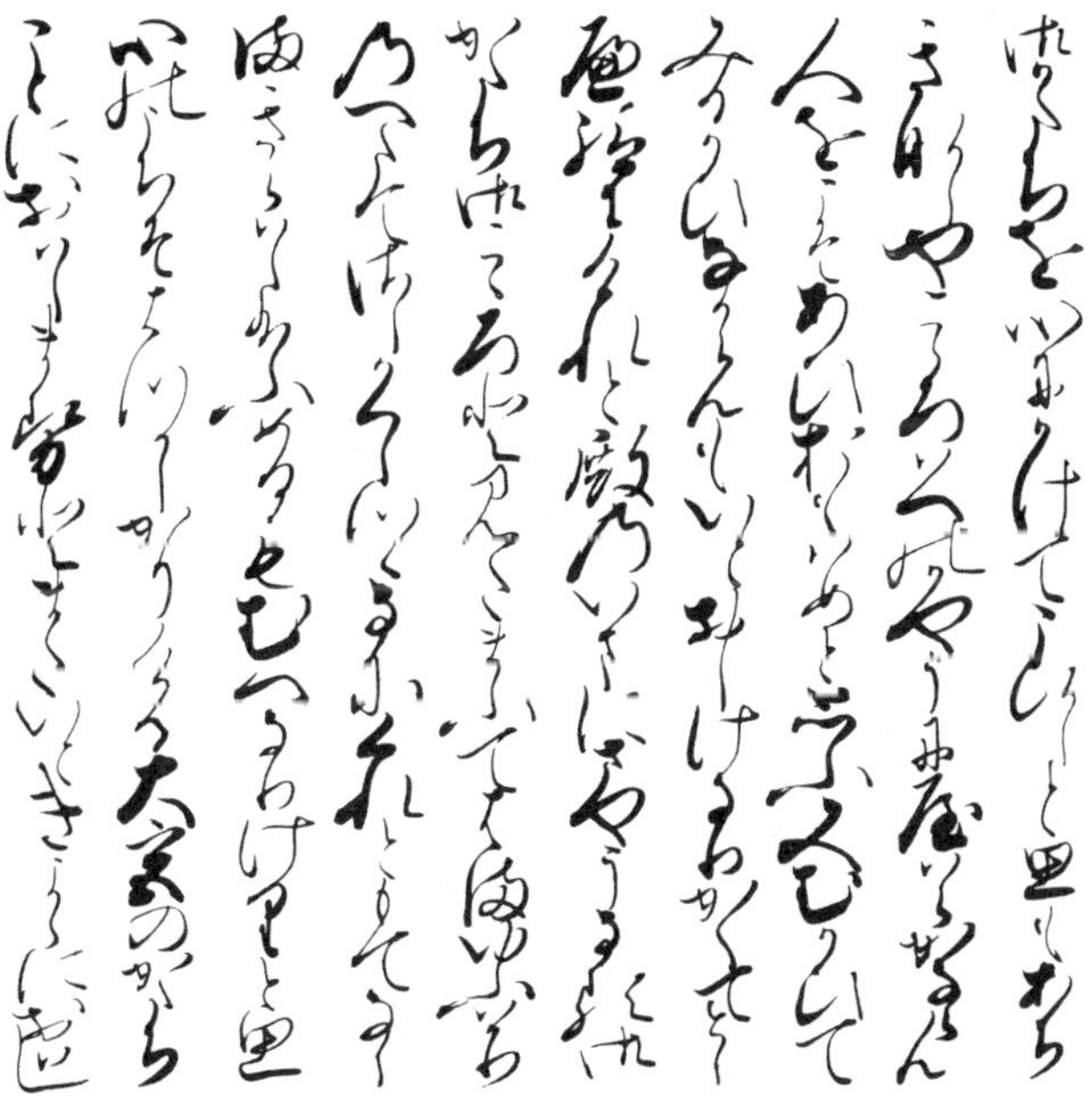

一 つまらいことだなあ。「あぢきなし」は、愚かしくひどいの意。二 気立てがこのお方のように柔らかな人を見付けて愛し合いたいものだ。三 夕霧の心内詞（8行目「りけり」まで）。また一方、向かい合っていて、見る気がしないような不器量もおいたわしい気がする。四 こうして（花散里とは）長年ともに過ごしていらっしゃるが。五 父上が、今もってその程度の御器量、このような御性質とご承知の上で。「いまに」は肖柏本にあるが大島本等なし。六 浜木綿ほどの隔てを置いて（欠点を）隠しては。拾遺集・恋、人麿「み熊野の浦の浜木綿百重《ももへ》なる心は思へどただにあはぬかも」。几帳や屏風などを何枚も間に置いて。七 あれこれとお相手しつつも顔を見ないようにしておられるらしいのも、ごもっともなことだ。八 若君の心中は、大人も顔負けの観察眼であった。「はづかし」は、語り手が気後れする意。九 大宮は、お姿は普通と違った尼姿でいらっしゃるが、まだ大層お美しくいらっしゃって。

まし、一こゝにもかしこにも、人はかたちよきものとのみめなれ給へるを、二もとよりすくれさりける御かたちの、やゝさた過たる心ちして、三やせ〳〵に御くしすくなゝるなとか、かくそしらはしきなりけり、四としのくれには、むつきの御さうそくなと、五宮はたゝ、この君ひと所の御事を、ましることなういそき給ふ、

〔28年の暮れ、大宮と夕霧の嘆き〕

六あまたくたりいときよらにしたて給へるを、七みるも物うくのみおほゆれは、八ついたちなとには、かならすしもうちへまいるましうおもふ給ふ

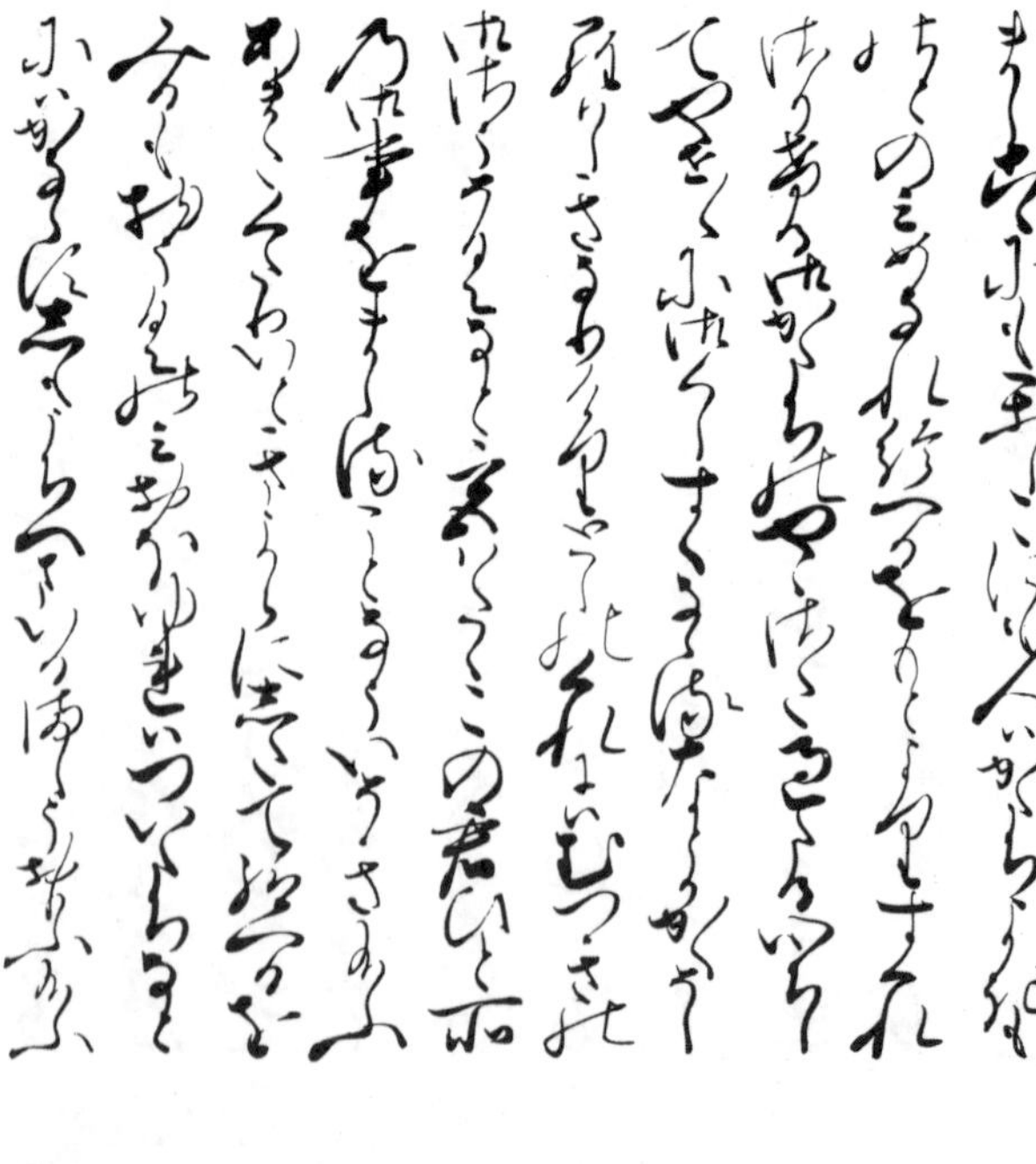

一（夕霧は）こちらでもあちらでも、女の人は顔が綺麗なものとばかりいつも見ていらっしゃるのが癖になっていたのに。今までに夕霧の見た女人は源氏や太政大臣周辺の人ばかりである。二（西の対の御方は）もともとお綺麗ではなかったご器量が、少し盛りがお過ぎになった感じで。三 非常に痩せていてお髪《ぐし》が少なくなっているところなどが、このように悪口を言いたくさせるのであった。四 年の暮れになると、正月の装束の支度など。五 大宮は、この若君お一人だけのことを、余念無くご用意なさる。去年までは雲居雁のを作る楽しみもあった。六 幾そろいもの装束をじつに美しく整えてお仕立てになったのだが。七（若君はそれを）見るにつけてもなんとなく気の進まぬ思いがなさるばかりなので。正月の衣装は束帯で、袍は位に合わせるので浅葱である。八 夕霧の詞（一七五頁1行目「ふらむ」まで）。正月の宮中の行事には参列したくないとすねて言う。

るに、[一]なにゝかくいそかせ給ふらむときこえ
給へは、[二]なとてかさもあらん、[三]おいくつをれたら
む人のやうにも、のたまふかな、との給へは、[四]お
いねとくつをれたる心ちそするや、とひとり
こちて、うち涙くみてゐたまへり、[五]かのことを
おもふならん、[六]といと心くるしうて、宮もうち
ひそみ給ひぬ、[七]おとこは、くちおしきゝはの人
たに、心をたかふこそつかふなれ、[八]あまりしめ
やかに、かくなものし給ふそ、なにことか、かうなかめ
かちに思ひいれ給ふへきゆゝしう、との給ふ、

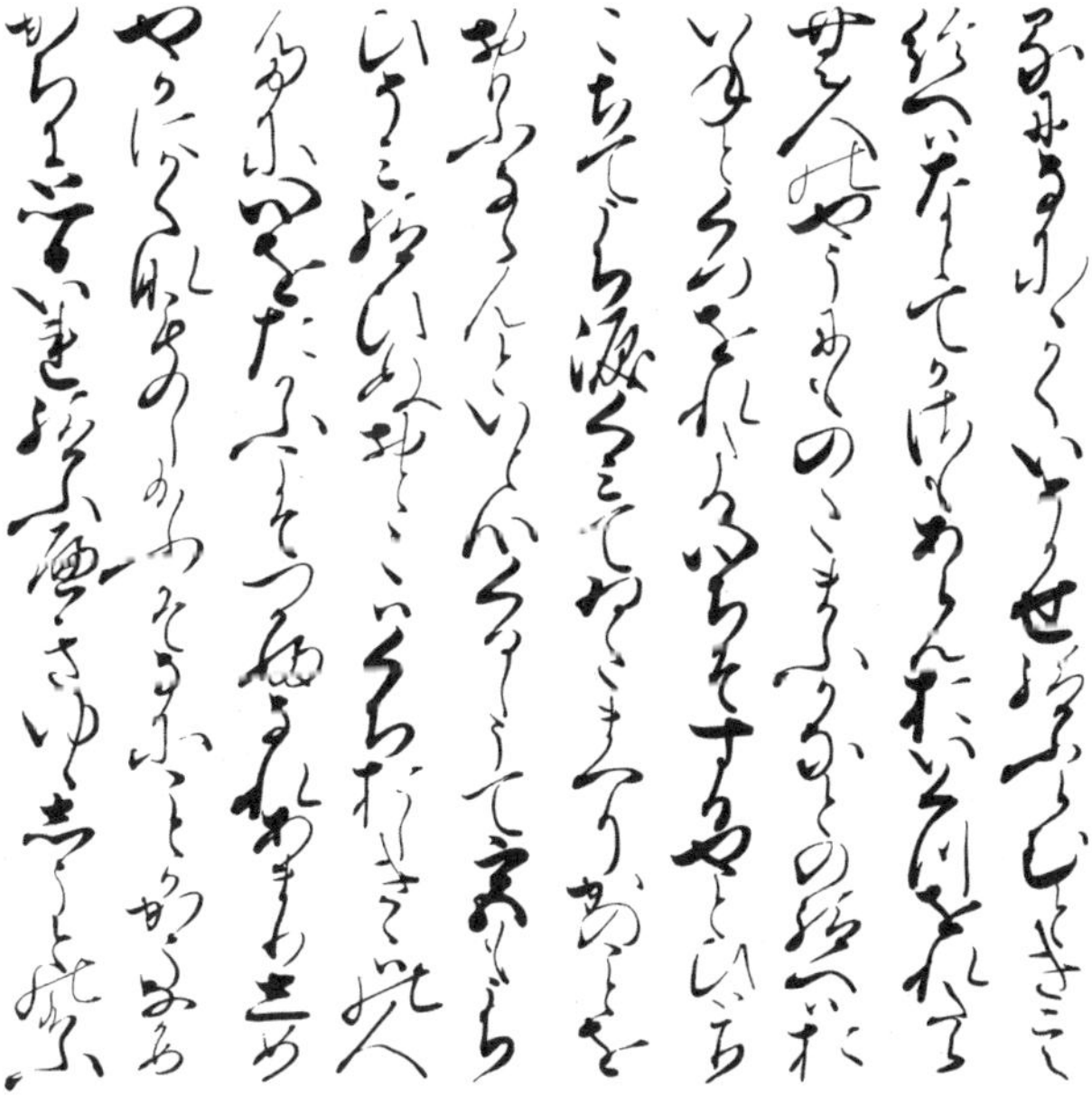

一 どうしてこんなにお支度なさるのでしょう（なさらなくてもよろしいのに）。二 大宮の詞（3行目「ふかな」まで）。どうしてそんなふうでよいことがありましょう。「さ」は、「内へ参るまじう思ひ給ふる」を指す。参内を渋るのをたしなめる。三 まるで年をとって気力の衰えた人のようにおっしゃることですね。四 夕霧の詞（4行目「するや」まで）。年はとらなくても、何をする気にもなれません。五 大宮の心内詞（6行目「ならん」まで）。あのことを思っているのだろう。「かのこと」は雲居雁のこと。六 とても可哀想になって、大宮もつい泣き顔になられた。七 大宮の詞（10行目「ゝしう」まで）。男は、言うに足らぬ身分の人であっても、気位を高く持つと言うことです。「なれ」は伝聞の助動詞「なり」の已然形。八 あんまり沈み込んで、こんなふうになさいますな。何をそんなに物思いに耽ってふさぎ込むことがありましょう。縁起でもない。「給ふそ」は諸本「給ひて」。

一 夕霧の詞（10行目「らまし」まで）。いいえそうではないのです。「さること侍らむ」を省略した。二 一五三頁の「物のはじめの六位すくせよ」に代表される周囲の軽蔑の目を、夕霧はひどく気にしている。三 亡き祖父の太政大臣がご存命であったならば、冗談にも人から馬鹿にされることは無かったでしょうに。物語には記述がないが祖父に可愛がられた思い出があるのであろう。左大臣時代に婿の源氏に気を遣う描写は多くあった。四 （父上は）何の遠慮もいらない実の父親ではいらっしゃいますが、大層よそよそしく私を遠ざけるようになさいますので、いつもいらっしゃる所に容易には参上し慣れることもございません。五 東の院にお出での時だけ、お側近くに参ります。六 西の対の御方（＝花散里）は私に心を掛けてくださいますが、親がもう一人生きていらっしゃったならば、何事をくよくよ心配いたすでしょう。「親今一所」とは、母親である葵の上。

一なにかは、二六位なとあなつり侍めれは、しはし
の事とは思たまふれと、うちへまいるももの
うくてなむ、三こおとゝおはしまさましかは、たは
ふれにても、人にはあなつられ侍らさらまし、
四ものへたてぬおやにおはすれと、いとけゝしう
さしはなちておほいたれは、おはしますあたりに、
たやすくもまいりなれ侍らす、五ひんかしの院にて
のみなん、おまへちかくはへる、六たいの御方こそあ
はれにものしたまへ、おやいまひと所おはしまさ
ましかは、なにことを思ひ侍らまし、とてなみた

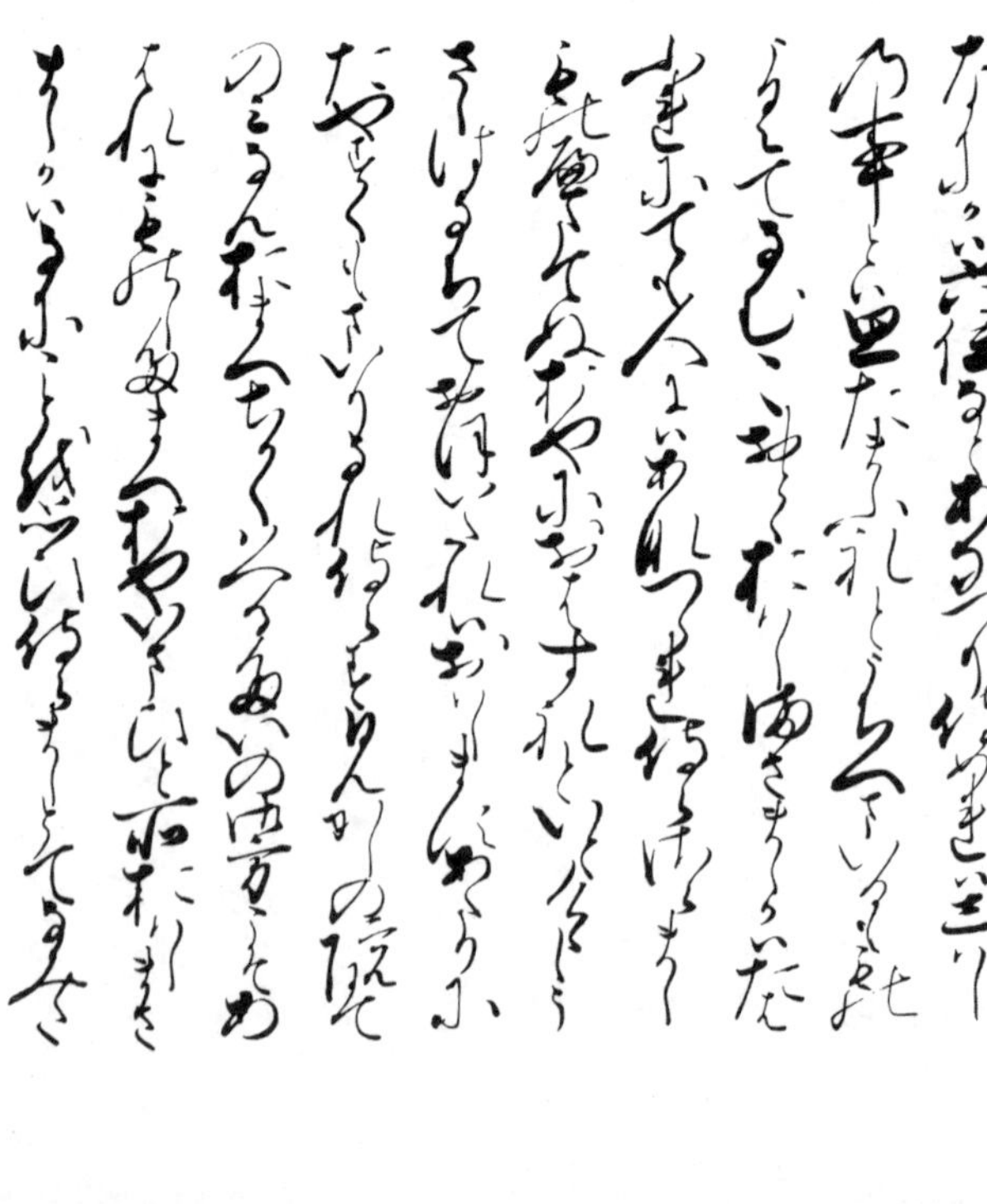

のおつるを[一]まきらはいたまへるけしきいみしうあはれなるに、[二]宮はいとゝほろ〳〵となき給ひて、[三]はゝにをくるゝ人は、[四]ほと〳〵につけて、さのみこそあはれなれと、[五]をのつからすくせ〳〵に、人となりたちぬれは、をろかに思人もなきわさなるを、よろつ思ひいれぬさまにてもの し給へ、[六]こおとゝのいましはしたにものしたまへかし、[七]かきりなきかけに。、かなはぬことのおほかるかな、[八]内のおとゝの心はえも、なへての人にはあらす、と世人もめていふなれと、昔にかはる

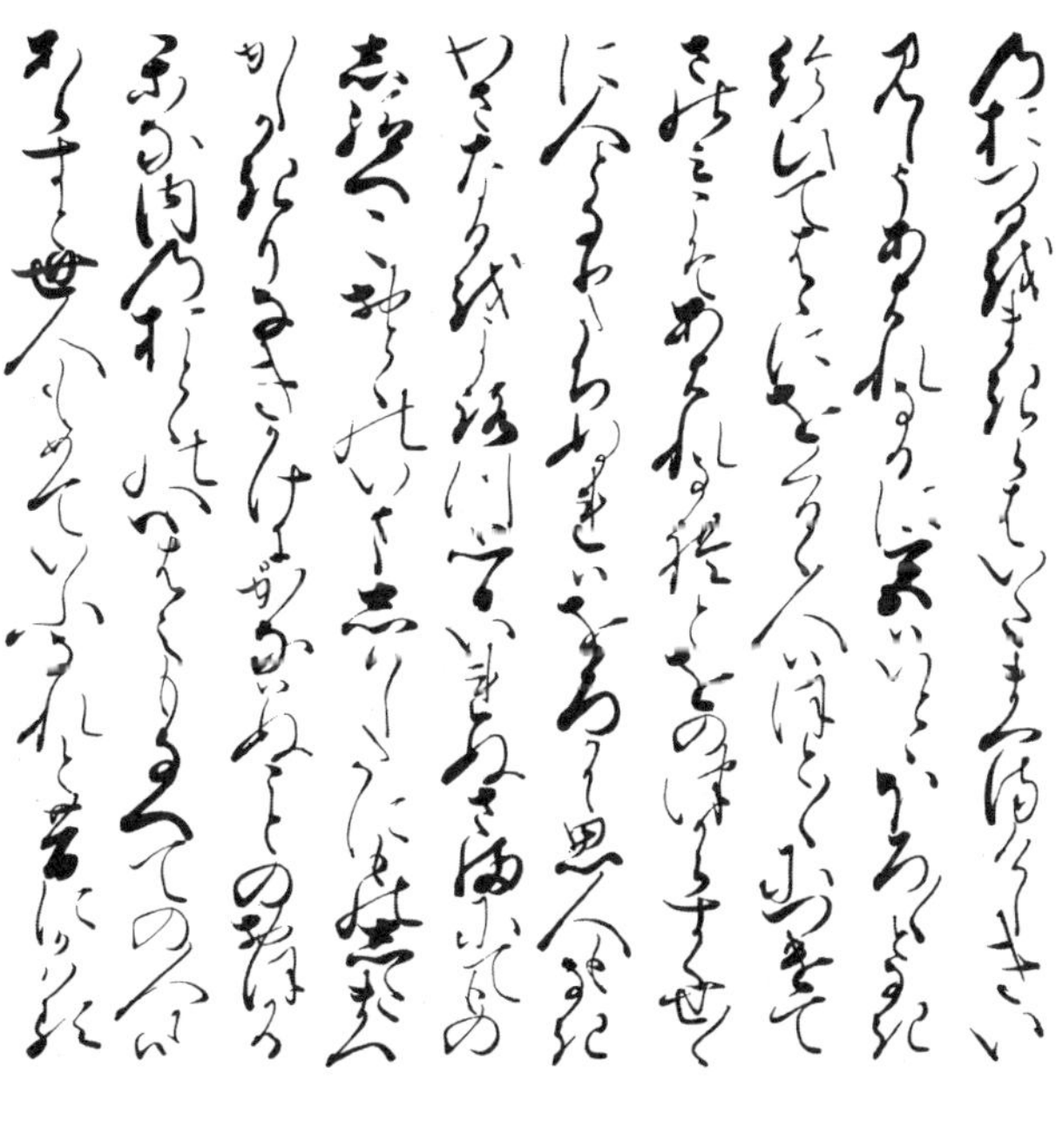

一「まぎらはい」は「し」のイ音便。（涙を）拭い隠していらっしゃる様子。二 大宮はいっそうほろほろと涙をこぼしお泣きになって。三 大宮の詞（一七八頁4行目「世なる」まで）。母に先立たれた人は。「おくる」は、先に死なれて後に残される。言外に「幼くして」がある。四 身分に応じて、皆そのようにかわいそうなものですが。五 しぜんと前世から定められたそれぞれの運命によって、一人前になってしまえば、疎略に思う人も無くなることですから、いろいろ思い詰めないようにしていらっしゃい。「よろつ」は大島本等ナシ。六 亡き太政大臣がせめてもうしばらく生きていてくださったらよかったのに。七「かげに」の次の「。」印の箇所に脱落があるので、大島本で補う。「はおなしことゝたのみきこゆれと思ふに」。この上ない庇護者としては、(源氏の大臣を故大臣と）同じようにお頼り申しておりますが、思うようにならないことが多いですね。八 内大臣のご気性も。「心ばへ」は、性質。

一 夫、源氏ときて今度は息子内大臣についての愚痴。世間では褒めているようだが、私への態度は以前と違ってひどい仕打ちばかりが多くなってゆくという。二 長生きするのも恨めしく思われますが、長い将来を持つ若いあなたまでが、こうして少しにもせよ、世の中を悲観していらっしゃるので、本当に何もかも恨めしく思われる世の中です。三 年が明けた正月にも。源氏三十四歳。宮中では元旦の四方拝から七日の白馬の節会まで行事が多い。左右大臣以下は参内するが太政大臣は出仕しなくてもよいので、源氏は自宅でのんびり。四 参賀のためのお出掛け。五 藤原良房（八〇四〜八七二）は人臣で初めて摂政太政大臣に任じられた。六（宮中で牽いた後）二条院で白馬を牽かせて御覧になり。七「節会《せちゑ》」は、元旦・白馬・踏歌などの節日に天皇が賜う宴。八 宮中の儀式を模して。九 昔の良房公の例よりも新たな行事を加えて。一〇 朝覲《てうきん》の行幸《ぎやうがう》。帝が上皇の御所に新年の挨拶に伺う儀式。

一ことのみまさりゆくに、二いのちなかさもうらめしきに、おいさきとをき人さへ、かくいさゝかにても、世をおもひしめり給へれは、いとなんよろつうらめしき世なるとてなきおはします、三

［29 朱雀院に行幸、放島の試みと管弦の宴］

ついたちにも大殿は御ありきしなけれは、のとやかにておはします、五よしふさのおとゝときこえける、いにしへのれいになすらへて、六あを馬ひき、七せちゑの日々、八内のきしきをうつして、九昔のためしよりもことそへて、いつかしき御ありさまなり、二月の廿日あまり、一〇朱雀院に行幸あり、

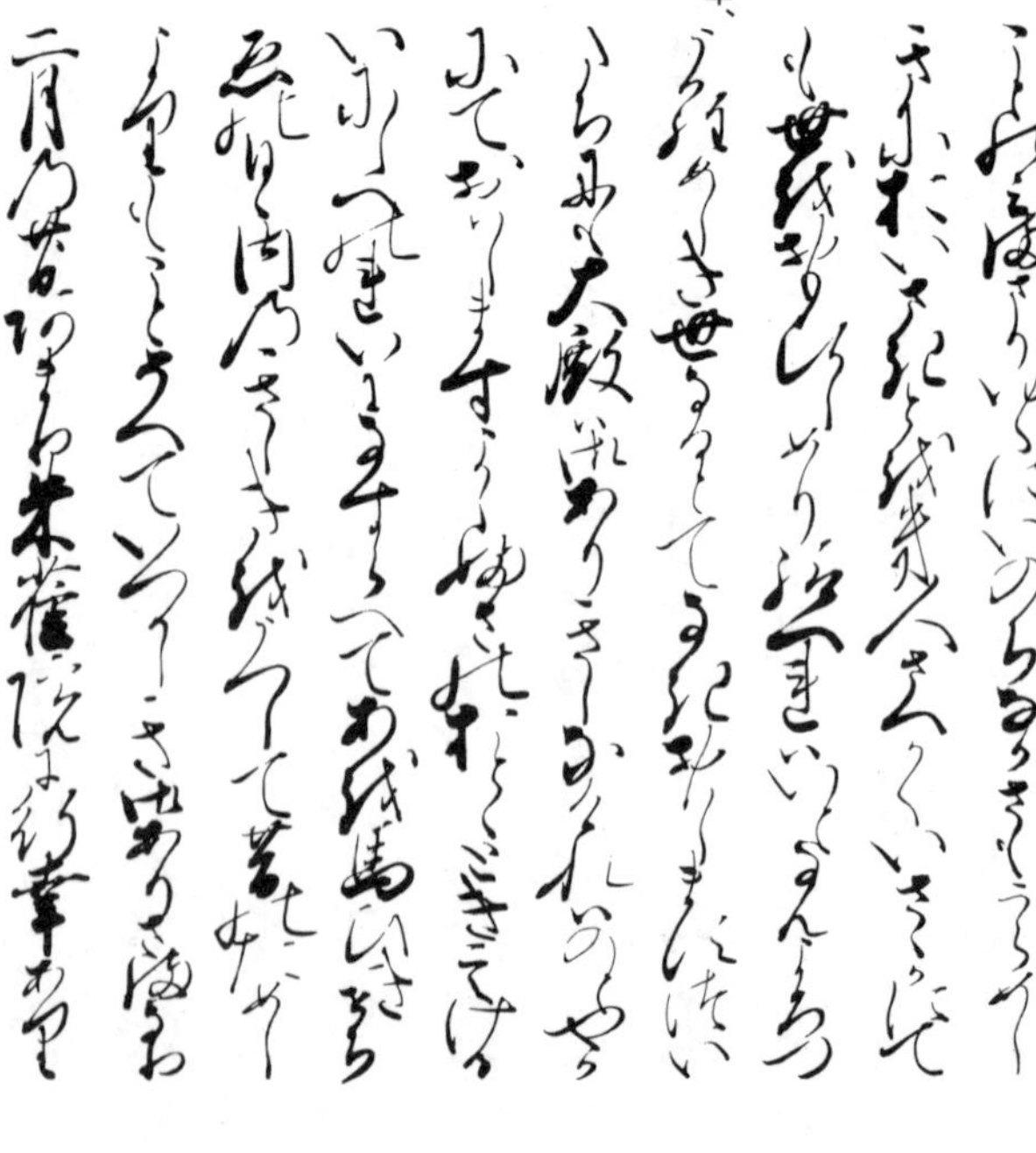

一花さかりはまたしきほとなれと、二三月はこ宮の御忌月なり、三とくひらけたるさくらの色もいとおもしろけれは、四院にも御よういことにつくろひみかゝせ給ひ、五行幸につかうまつり給上達部みこたちよりはしめ、心つかひしたまへり、六人々みなあを色に、さくらかさねをき給ふ、七みかとはあか色の御そたてまつれり、八めしありておほきおとゝまいり給ふ、おなしあかいろをきたまへれは、九いよくひとつものと、かゝやきてみえまかはせたまふ、

一 桜の花盛りにはまだ早い頃であるが。二 三月は故藤壺の宮の御祥月である。「忌月《きづき》」は亡くなった月。母宮の忌月に行幸は出来ない。三（まだ二月であるが）早咲きの桜の色がまことに美しいので。朝覲の行幸は、正月か桜の時期に行われた。四 上皇におかれても格別にお心遣いされて御所のお手入れを立派になさり。五 行幸のお供をなさる上達部・親王方をはじめとして、（皆服装に）気配りをなさった。六 人々はみな袍は青色（麹塵《きくぢん》）で、下襲は桜がさね（表白、裏赤色）をお召しになる。七 帝と最上席の公卿とが赤色の袍を着用する（西宮記）。「たてまつる」は「着る」の尊敬語。八 お呼びがあって、源氏の太政大臣が参上なさる。九（ただでさえ似ていらっしゃるのに）いよいよもって一つの物のようにそっくりで、輝くばかりお美しく見分けがつかないほどでいらっしゃる。（源氏と冷泉帝は実の親子。冷泉帝は朱雀院の養子として即位した）。

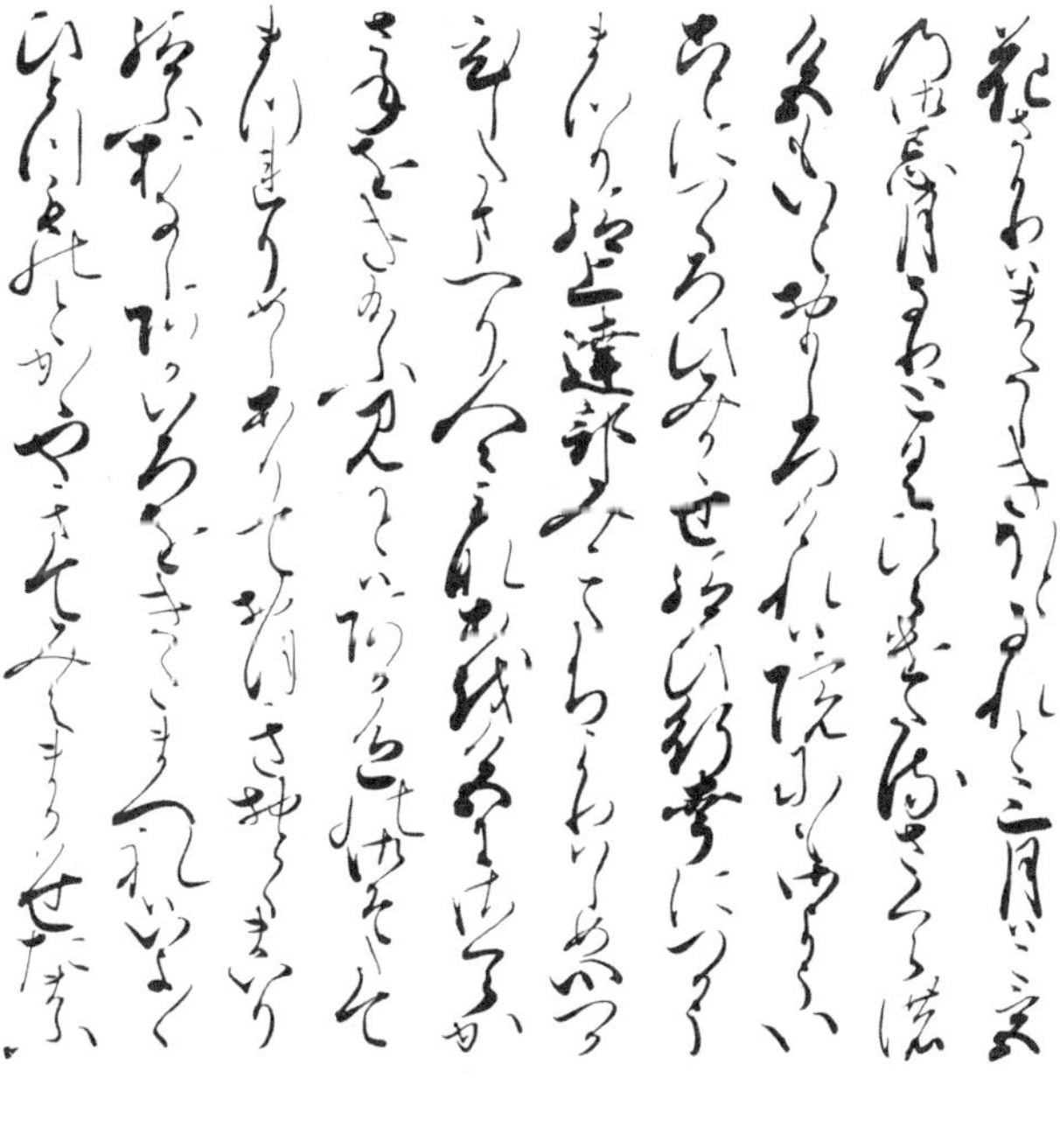

一人々のさうそくようい、つねにことなり、二院も
いときよらにねひまさらせ給て、三御さま
ようい、なまめきたる方にすゝませ給へり、
四けふはわさとの文人もめさす、たゝそのさへ
かしこしときこえたる学生十人をめす、
五式部のつかさのこゝろみの題をなすらへて、
御たい給ふ、六大殿のたらう君の心見給ふへき
ゆへなめり、七おくたかきものともは、ものもおほ
えす、八つなかぬ舟にのりて池にはなれいてゝ、
いとすへなけなり、日やう〱くたりて、九かくの

一 人々の服装も立ち振る舞いも、いつもとは違っている。二 朱雀院もたいそうお美しく年と共にご立派におなりになって。三 お姿も、お心遣いも、ますます優雅におなりになった。四 今日は専門の詩人をお呼び寄せにならず、ただ詩文の才に秀でていると聞こえの高い大学寮の学生十人をお呼びになる（夕霧も含まれている）。「文人《もんにん》」は詩人。五 式部省で行う試験の出題に準《なぞら》えて勅題を下される。「式部の司《つかさ》の試み」は、擬文章生に詩賦を作らせる試験で、合格すると文章生となる。「給ふ」は、「賜ふ」。六 これは源氏の大臣のご長男の実力をお試しになろうとの理由からなのであろう。省試の代わりに、勅題による試験を受けさせようとするのである。「心」は、心得、心構え、知的な働きの意。七 臆する度合いの高い（臆病な）学生たちは。八 一人一人別々の船に乗って池に放たれ、全く途方に暮れているようだ。カンニングを防ぐためで、「放島《ほうとう》の試《こころみ》」という。九 「楽の舟」は次頁注一参照。

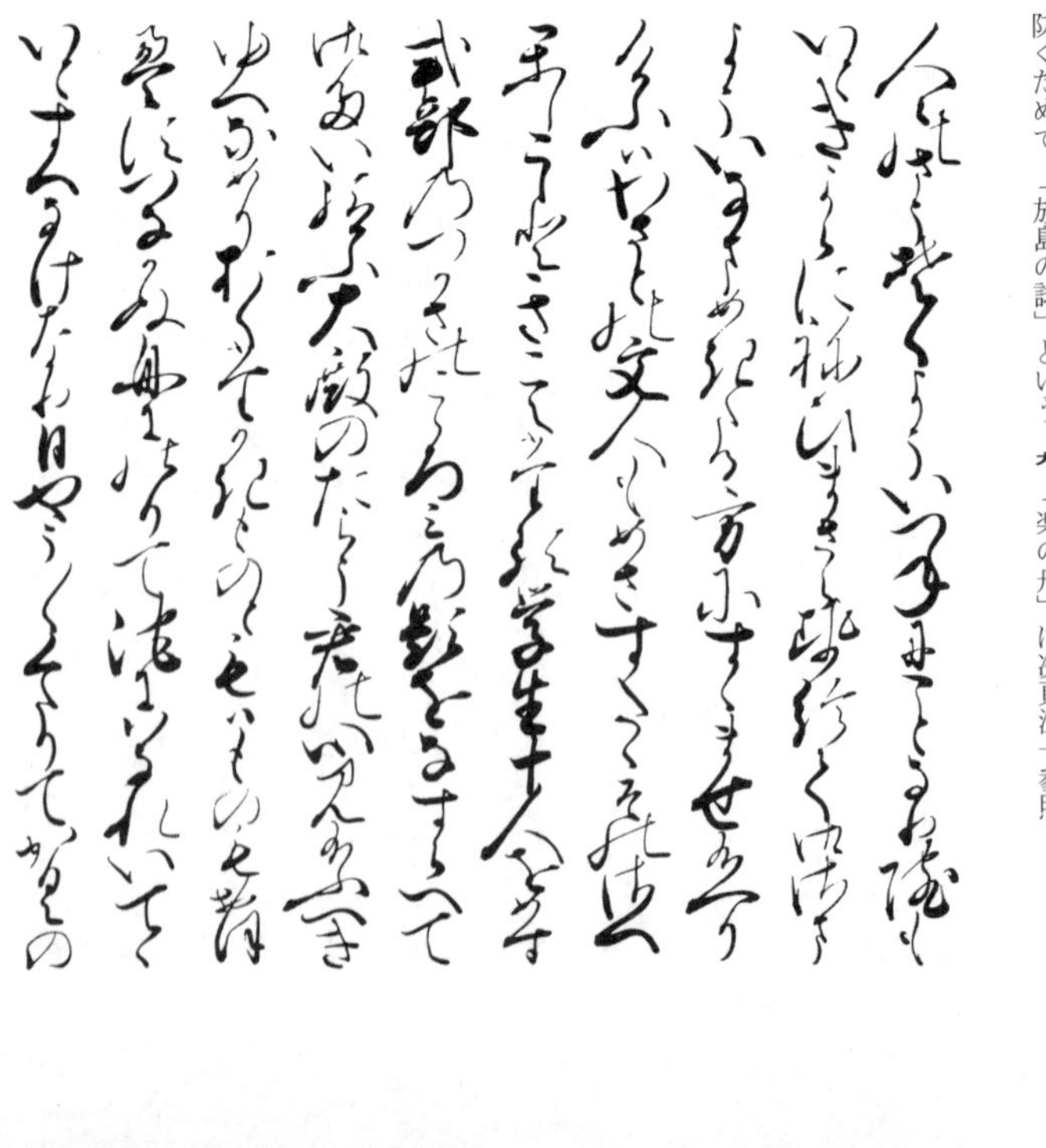

[一]舟ともこきまひて、[二]調子ともそうする程の、[三]山風ひゝきおもしろくふきあはせたるに、冠者の君は、[四]かうくるしき道ならてもましらひあそひぬへきものを、と世中うらめしうおほえ給けり、[五]春鶯囀まふほとに、昔の花宴のほとおほしいてゝ、院のみかとも、[六]又さはかりの事みてむや、との給はするにつけて、[七]そのよの事あはれにおほしつゝけらるゝ、[八]まひはつる程に、[九]おとゝ、院に御かはらけまいり給ふ、

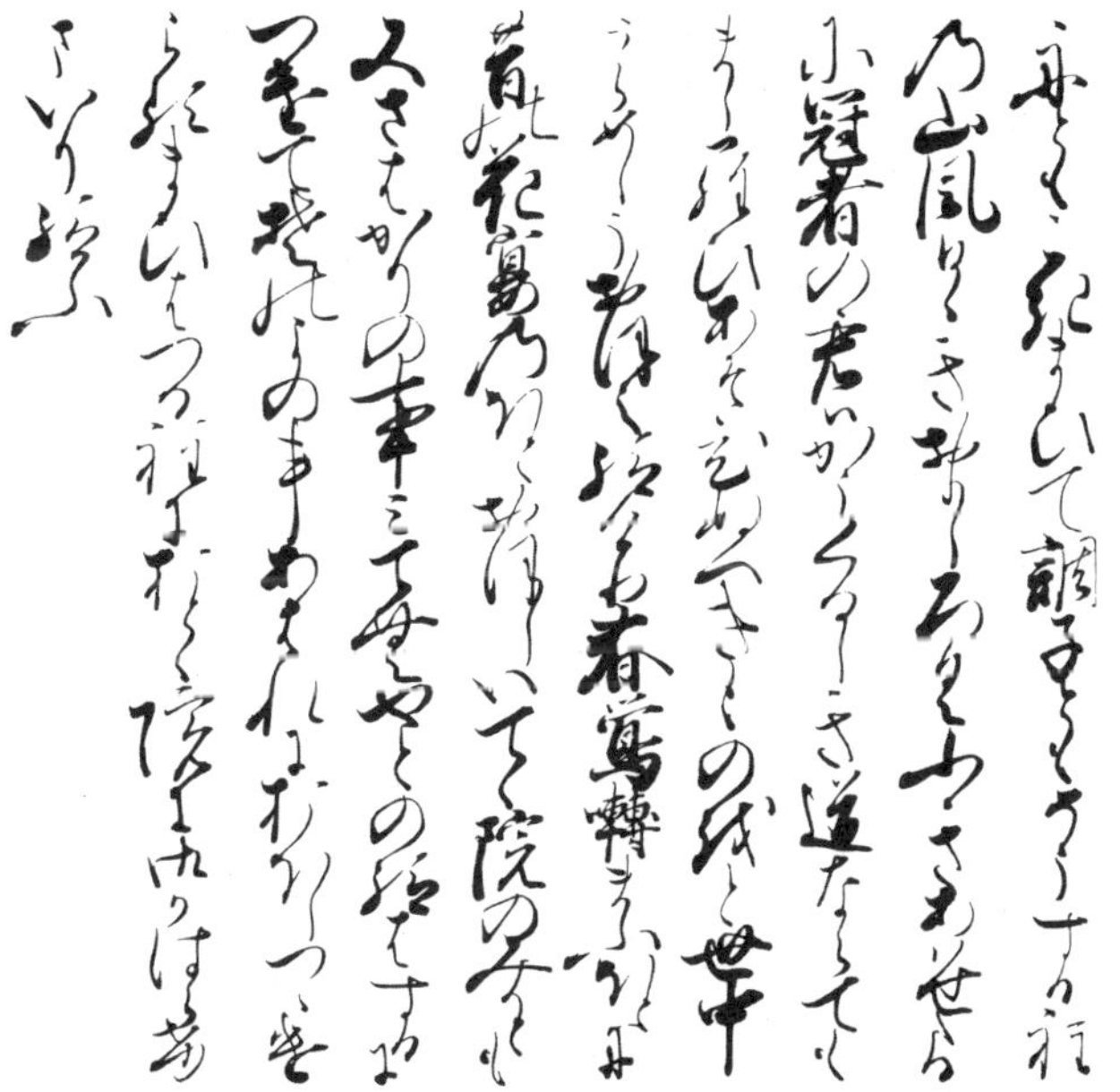

一 （学生の小舟十艘に加えて）楽人を乗せた二艘の船が漕ぎ回って。龍頭《りょうとう》・鷁首《げきす》の船に雅楽演奏の楽団が分乗して島陰から現れる。 二 楽器の調子合わせのための小曲を奏する時に。 三 山からの風の響きが興趣深く調子を合わせて吹いているので。 四 夕霧の心内詞（4行目「ものを」まで）。こんな苦しい学問の道でなくても、皆と一緒に音楽を楽しんだり出来るはずなのに。伯父・叔父や従兄弟たちが皆客人のような態度でのんびり並んで見ているから。 五 舞楽の曲名。〈花宴〉で当時春宮であった朱雀院の所望で源氏が舞った。今は若者の誰かが舞っている。 六 朱雀院の詞（7行目「てむや」まで）。再びあれほど見事な舞いが見られるだろうか。 七 （源氏の大臣は）その当時のことが次々と感慨深く思い出されなさる。「らるゝ」は自発の助動詞。河内本「そのよの事おもひつゝけらるゝあはれなり」。 八 春鶯囀の舞いが終わるころに。 九 源氏の大臣が朱雀院にお盃を差し上げなさる。

一源氏の詠歌。鶯の囀る声は昔のままですが、あの頃馴れ親しんだ花の陰はすっかり変わってしまいました。「鶯の囀る声」は春鶯囀の曲と舞い。「花の陰」は、昔は桐壺院、今は朱雀院。時代の変遷への感慨。二朱雀院の詠歌。宮中から遠く霞を隔てたこの住みかにも、ようやく春が来たと告げる鶯の声がします。「霞を隔てた住処」は霞の洞で上皇御所。「告げ来る」は帝と源氏の来訪。三〈花宴〉では帥の宮と申し上げたお方は。源氏の弟宮。蛍の兵部《ひやうぶ》卿《きやう》の宮と呼称する。四「今の上」は、今上帝。五蛍兵部卿宮の詠歌。昔の音色そのままに吹き伝えた春鶯囀の曲の調べに、囀《さえず》り合わせている鳥の鳴き声までも昔と変わっておりません。当代の御世も桐壺の聖代と変わらぬと賞賛。六巧みにその場を取りなして奏上なさった心遣い。七帝の詠歌。鶯が昔の聖代を恋い慕って鳴くのは、木伝う花の色が褪せたからでしょうか。私の治世が昔に及ばないからでしょうと卑下した歌で、前帝を立てた。

一鶯のさえつるこゑはむかしにてむつれし
花のかけそかはれる、院のうへ、
二こゝのへを霞へたつるすみかにも春と
つけくるうくひすの声、三帥宮ときこえし、
いまは兵部卿にて、四いまのうへに御かはらけまいり給、
五いにしへをふきつたへたる笛竹にさえつる
鳥のねさへかはらぬ、六あさやかにそうしなし給へ
るよういことにめてたし、とらせ給て、
七鶯のむかしをこひてさえつるはこつたふ花の
色やあせたるとの給はする御ありさまこよ

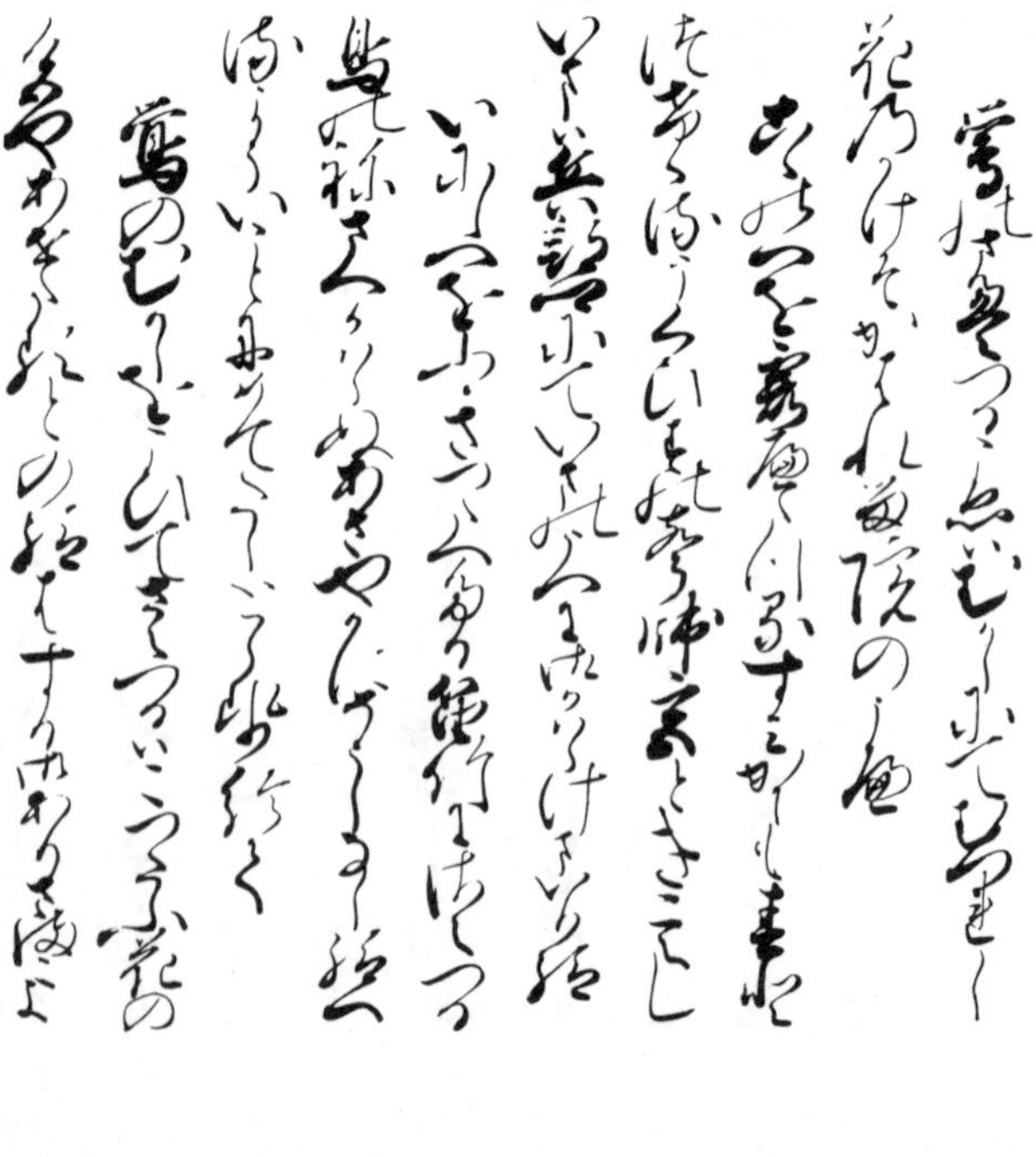

なくゆへ[一]くしくおはします、[二]これは御わたくしさまに、うちくの事なれは、あまたにもなかれすやなりにけん、又かきおとしてけるにやあらむ、[三]楽所とをくておほつかなけれは、[四]御前に御こと〻もめす、兵部卿宮ひはうちのおと〻和琴、さうの御こと[五]院の御まへにまいる、[六]琴はれいのおほきおと〻たまはり給、[七]さるいみしき上手のすくれたる御てつかひともつくし給へるねは、たとへんかたなし、[八]さうかの殿上人あまたさふらふ、[九]あなたうとあそひて、つきに

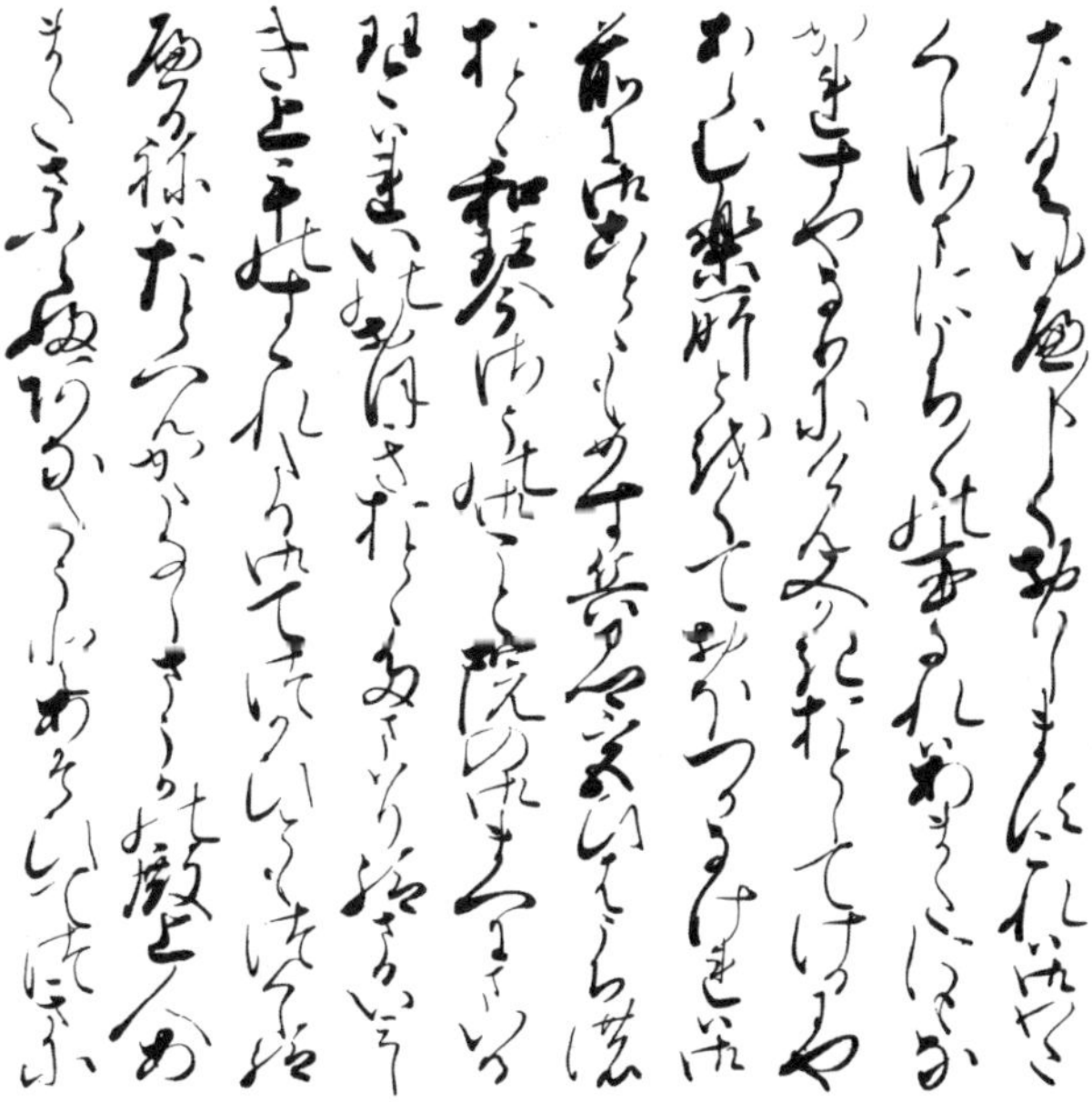

一「ゆゑゆゑし」は、由緒正しい家柄出身らしい品格や風情をそなえている。二この歌の唱和はお身内だけの、内輪のことだったので、多くの参列者にまで盃がながれなかったのでしょうか（盃が回ってこなければ歌を詠まない）、又記録し落としてしまったのでしょうか（この四首だけなのです）。以下省略を断る語り手の弁解。三「楽所《がくそ》」は音楽を奏でる所。庭の築山あたりに設ける。遠くて寝殿の母屋までは良く聞こえないので。四帝は御前にお琴などをお取り寄せになる。五朱雀院の御前に差し上げる。六琴《きん》は例によって太政大臣が頂戴なさる。七これほど大した名手が、それぞれ優れた御奏法で秘術を尽くしなさる音色は喩えようもなくすばらしい。八唱歌を担当する殿上人が大勢控えている。「唱歌」は楽器の譜を口で歌う。九催馬楽《さいばら》の「安名尊《あなたふと》」を謡って。「あな尊　今日の尊さ　や　いにしへも　はれ　いにしへも　かくやありけむ　……」という歌詞に見るように祝宴に謡う定番曲。

一 催馬楽・桜人「桜人 その舟とどめ 島つ田を 十町《とまち》作れる 見て帰り来むや そよや ……」。二「中島」は庭園の池の中にこしらえた島。三「篝火」は、「かがり」という鉄製の籠に薪を入れて燃やす火。庭の照明。四「大御遊び」は上皇、天皇が中心の音楽会なので「大御」を付けた。五 このような機会に。六「大后の宮」は皇太后宮。弘徽殿大后。朱雀院の母宮。七 避けてお伺い申し上げなさらないのも、思いやりがないことなので。八（帝は大后のいらっしゃる）柏殿《かへどの》にお立ち寄りになる。柏殿は、朱雀院域内にある。若菜上巻にみえる。「かへとの」は青表紙諸本「かへさ」（帰りがけの意）とある。九 大后はお待ち受けになり喜んでご対面なさる。一〇 ひどくお年を召されたご様子であるのにつけても、大臣は故藤壺宮を思い出し申しなさって。一一 源氏の心内詞（一八五頁1行目「る物を」まで）。このように長生きなさる方もいらっしゃるのになあ。

一さくら人、月おほろにさしいてゝおかしき程
に、二なかしまのわたりに、こゝかしこ三かゝり火ともし
て、四おほみあそひはやみぬ、夜ふけぬれと、

［30 帝と源氏、弘徽殿大后を訪問］

五かゝるついてに、六おほきさいの宮おはしますかた
を、七よきてとふらひきこえさせ給はさらんも
なさけなけれは、八かへとのにわたらせ給ふ、おとゝ
もろともにさふらひ給、九きさきまちよろ
こひ給て御たいめんあり、一〇いといたうさたすき
給にける御けはひにも、こ宮を思ひいてきこ
え給ひて、一一かくなかくおはしますたくひもお

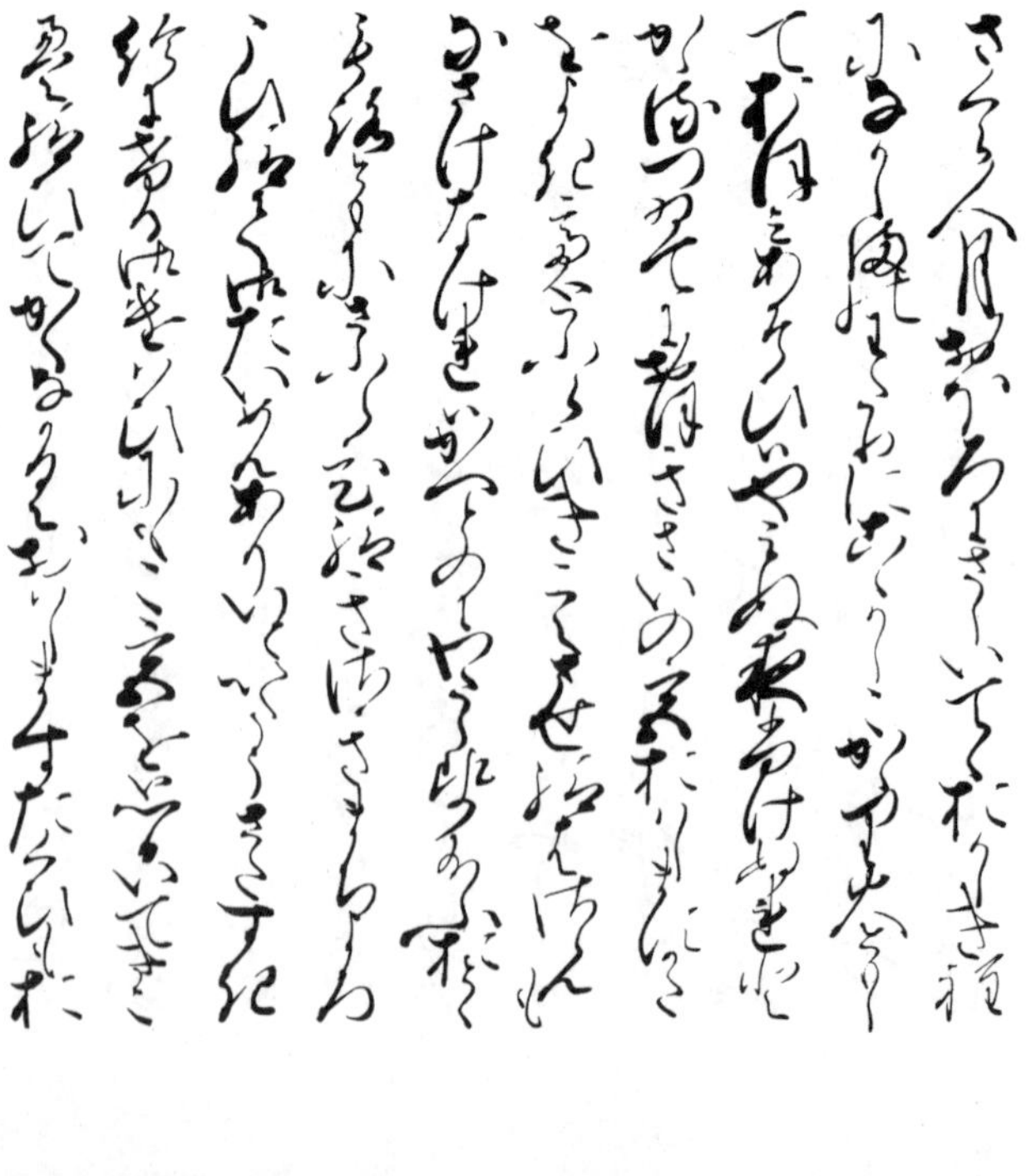

はしける物を、とくちおしうおもほす、一いまはかくふりぬるよはひに、よろつのことわすられ侍にけるを、いとかたしけなくわたりおはしまいたるになむ、さらに昔の御世の事思ひいて侍、とうちなき給ふ、二さるへき御かけともにをくれ侍りて後、三はるのけちめも思ふ給へわかれぬを、けふなんなくさめ侍りぬる、又〳〵も、ときこえ給ふ、四おとゝもさるへきさまにきこえて、五ことさらにさふらひてなん、ときこえ給ふ、六のとやかならてかへらせ給ふひゝきにも、きさきは、むねうち

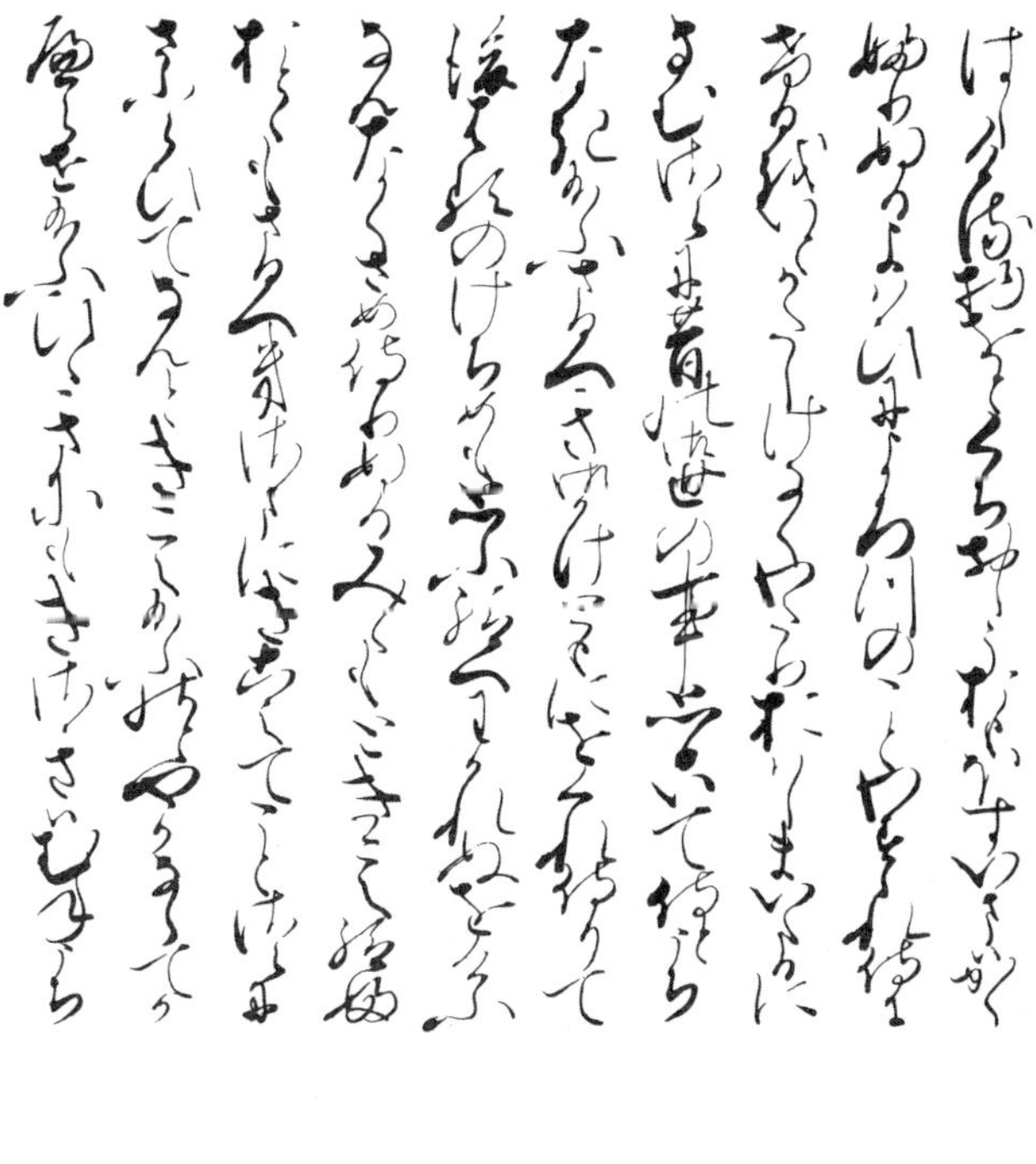

一 弘徽殿大后の詞（4行目「いで侍」まで）。今はこのように年をとって、何もかも忘れてしまっておりましたのに、本当にもったいなくもお越しくださいましたので、今更のように昔の桐壺院の御世のことが思い出されます。二 帝の詞（7行目「又又も」まで）。お頼り申すべきお方たちに先立たれまして後。桐壺院と藤壺中宮。三（悲しみのために）いつ春になったのか季節の境目も弁えられませんでしたが、今日参上して心も晴れました。これからも時々（伺います）。四 源氏の大臣もしかるべくご挨拶申し上げて。五 源氏の詞（9行目「てなん」まで）。いずれ改めてお伺いいたしまして。（優者の立場での儀礼的な挨拶）。六 ごゆっくりなさらずにお帰りになる御威勢を御覧になるにつけても、大后は心穏やかではなくて。「響き」は、供回りが多く、前駆《さき》追う声もあたりに響く様子。青表紙諸本「きさきは猶むねうちさはきて」、河内本「なをきさきはむねうちさはきて」。

一 大后の心内詞（2行目「にこそ」まで）。「（あの大臣は昔のことを）どのように思い出しておられるのだろう。天下の政権をにぎるべき御宿運は、消せるものではなかったのだ」と昔のことを悔やむお気持ちである。源氏の威勢を目のあたりにし自身の敗北を認める。そして源氏に意地悪くしたことを今は後悔している。二「内侍のかんの君」は朧月夜。朱雀院に同居している。三 静かにふり返ってごらんになると、しみじみと感に堪えぬことが多くあるのだった。四 今でもしかるべき折には、（源氏から）何かのつてでこっそりお便りを差し上げなさることが続いているようである。五 朝廷から皇太后に下賜される年官・年爵や何かのことにつけて、ご自分の思い通りにならぬ時は。六 大后の心内詞（10行目「ること」まで）。長生きしたためにこんな情けない目にあうことよ。「世の末」は絶望的な世。七 もう一度朱雀院の御世を取り戻したく、万事に気むずかしくていらっしゃった。

さはきて、一いかにおほしいつらん、世をたもち給
へき御すくせはけたれぬものにこそ、といに
しへをくひおほす、二内侍のかんの君も、三ものとや
かにおほしいつるに、あはれなることおほかり、四いまも
さるへきおり、風のつてにもほのめききこえ給
ふ事たえさるへし、きさきはおほやけにそう
せさせ給ふ事ある時〱、五そ御たうはりのつか
さかうふり、なにくれのことにふれつゝ、御心に
かなはぬときそ、六いのちなかくてかゝる世のすゑ
をみること、七ゝとりかへさまほしう、よろつをおほ

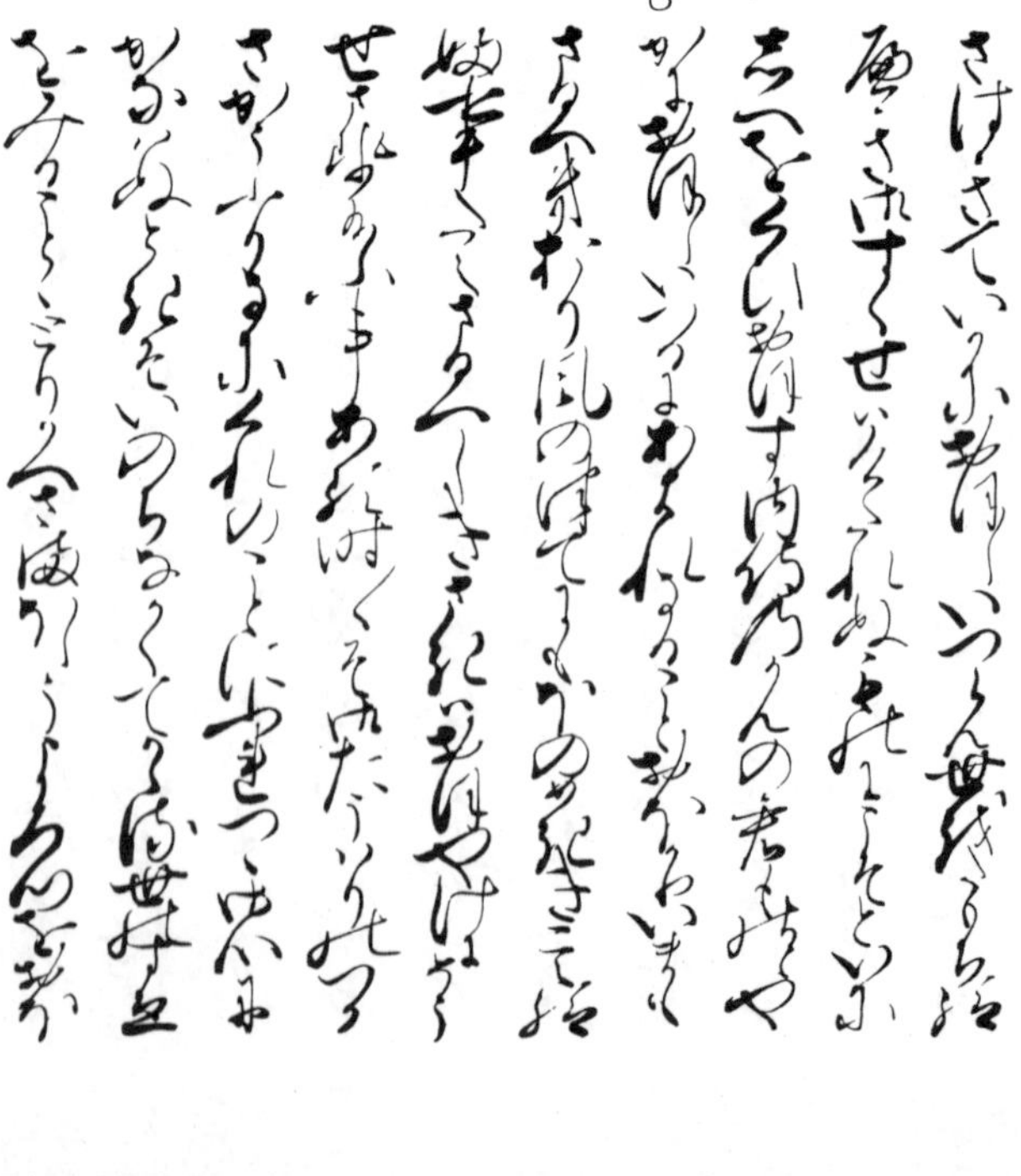

しむつかりける、一おいもておはするまゝに、さかなさもまさりて、院もくらへくるしう、たへかたくそ、思ひきこえ給ひける、二かくて大かくの君、その日のふみうつくしうつくり給ふて、進士になり給ぬ、三としつもれるかしこきものともをえらせ給ひしかと、きうたいの人わつかに三人なんありける、四秋のつかさめしに、五かうふりえて、六侍従になり給ひぬ、七かの人の御事、わするゝよなけれと、八おとゝのせちにまもりきこえ給もつらけれは、九わりなくてなともたいめんしたまはす、御せう

［31夕霧、進士に及第、侍従になる］

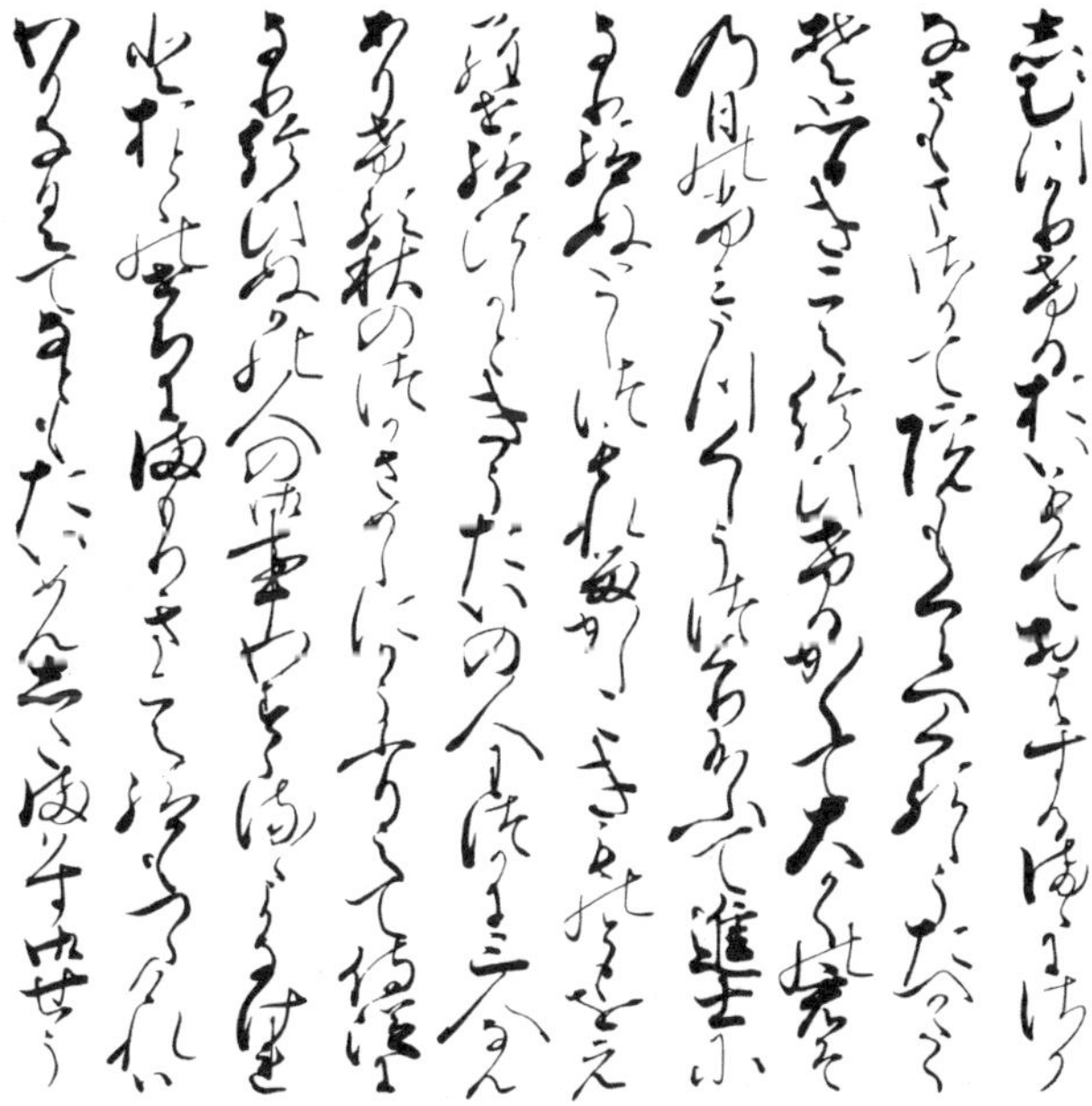

一 だんだんとお年をお取りになるにつれ、意地の悪さもつのって、朱雀院もご機嫌が取りにくくやりきれない思いでいらっしゃった。「比べ苦し」は、相手の心が測れず対処しにくいの意。二 さて、大学の君（夕霧）は、朱雀院行幸の日の漢詩を立派にお作りになって、進士におなりになった。「進士」は、文章生《もんじょうのしょう》ともいい式部省の試験に合格した者。あの日、勅題による作詩は省試と同じ扱いであった。三（あの日召された学生は）長年修業した学才ある者をお選びになったのであるが、及第した者はわずかに三人なのであった。一八〇頁に「学生十人をめす」とあったので夕霧を含め受験生十人中合格者三人。四 秋の人事異動。在京の官吏の叙任式。五「かうぶり」は、ここでは叙爵、従五位下に叙せられること。六「侍従」は中務省に属し天皇に近侍し雑事にあたる役。七 雲居雁のこと。八 父の内大臣がしっかりと監視していらっしゃる。九（夕霧は）無理をしてまでも逢おうとはなさらない。

［32 六条院造営と式部卿宮の賀の準備］

そこはかり、[一]さりぬへきたよりにきこえ給ひて、かたみに心くるしき御中なり、[二]大殿しつかなる御すまひを、おなしくはひろく見ところありて、こゝかしこにておほつかなき山さと人なとをも、つとへすませんの御心にて、[三]六条京極のわたりに、中宮のふるき宮のほとりを、よまちをしめてつくらせ給ふ、[四]式部卿宮、[五]あけんとしそ五十になり給ける御賀のこと、たいのうへおほしまうくるに、おとゝも、[六]けにすくしかたき事ともなり、とおほして、[七]さやうの御いそきも、

一 適当な機会に差し上げなさって、どちらにとってもおいたわしい二人の仲である。二 源氏の大臣は、閑静なお住まいを、それも同じことなら広く見た目も立派に造営し、あちらこちらに離れていて気がかりな山里住まいの人などをも集めて住まわせようというおつもりから。「つくらせ給ふ」に掛かる。三 六条京極わたりで、梅壺中宮の旧邸（六条御息所邸）のほとり四町を占めてお造らせになる。（一町は四十丈＝百二十米四方で約四千四百五十坪。四町占める場合は中間の小路を取り込むので二百五十二米四方の大邸宅となる）。四 元の兵部卿の宮、紫の上の父。五 明くる年には五十におなりなので、その算賀の行事を、対の上が準備しておられるが。六 源氏の心内詞（十行目「もなり」まで）。なるほどこれは見過ごすわけにはゆかぬことどもだ。七 そのようなお支度も、同じことなら。（源氏は、式部卿宮五十の賀の祝宴は、新邸で行おうと考える）。

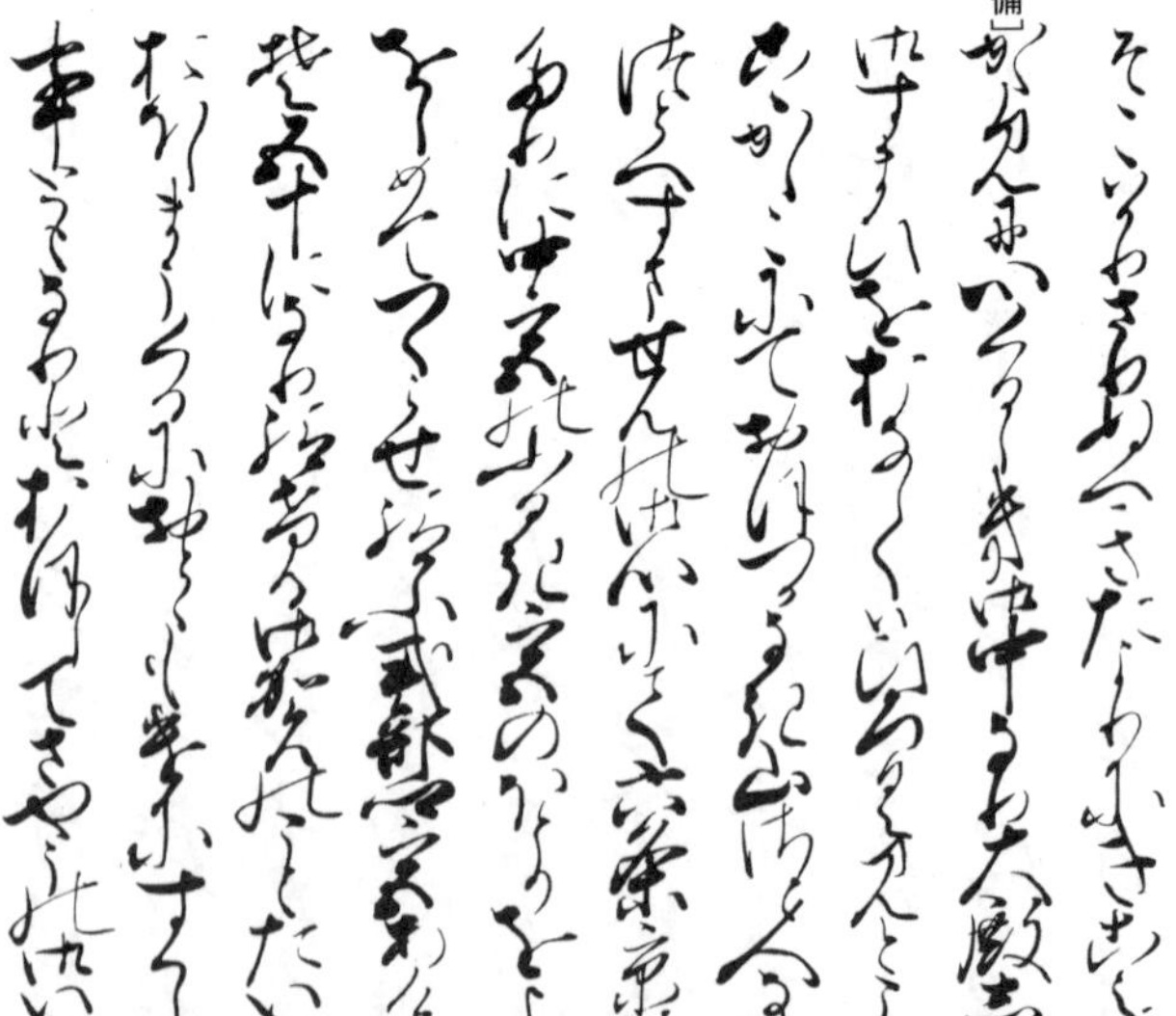

おなしくはめつらしからん一御家ゐにて、といそかせ給、二年かへりては、まして三この御いそきの事、御としみの事、楽人まひ人のさためなとを、御心にいれていとなみ給ふ、四経ほとけ、法事の日のさうそくなとをなん、うへはいそかせ給ひける、五ひんかしの院にも、わけてしたまふ事ともあり、六御なからひましていとみやひかにきこえかはしてなんすこし給ひける、七世中ひゝきゆすれる御いそきなるを、式部卿宮にもきこしめして、八とし比世の中にはあまねき御心なれと、

一「家居《いへゐ》」は住居。新しい住まいで行おうと、（新邸造営を）急がせなさる。二 年が改まってからは。源氏三十五歳の年。三 御賀のご準備の事、御精進落としの事、賀宴の音楽奏者・舞い人の選定などを、熱心におやりになる。四（賀の日に供養する）経巻や仏像、法事の日の人々のお召し物や引き出物の事などを、紫の上はご用意なさるのだった。五 東の院でも、分担してなさる事がいろいろある。「東の院」の代表は花散里で、末摘花など他のお方は意識にない。六 紫の上と花散里との御仲は、前にもましてまことに優雅にお手紙のやりとりをして過ごしていらっしゃるのであった。七 世間が大騒ぎしているご準備なのを、式部卿の宮もお聞きになって。八 式部卿の宮の心内詞（一九〇頁4行目「りけめ」まで）。これまで長年の間、（源氏の大臣は）広く世間一般に対してはお恵み深くていらっしゃるが、

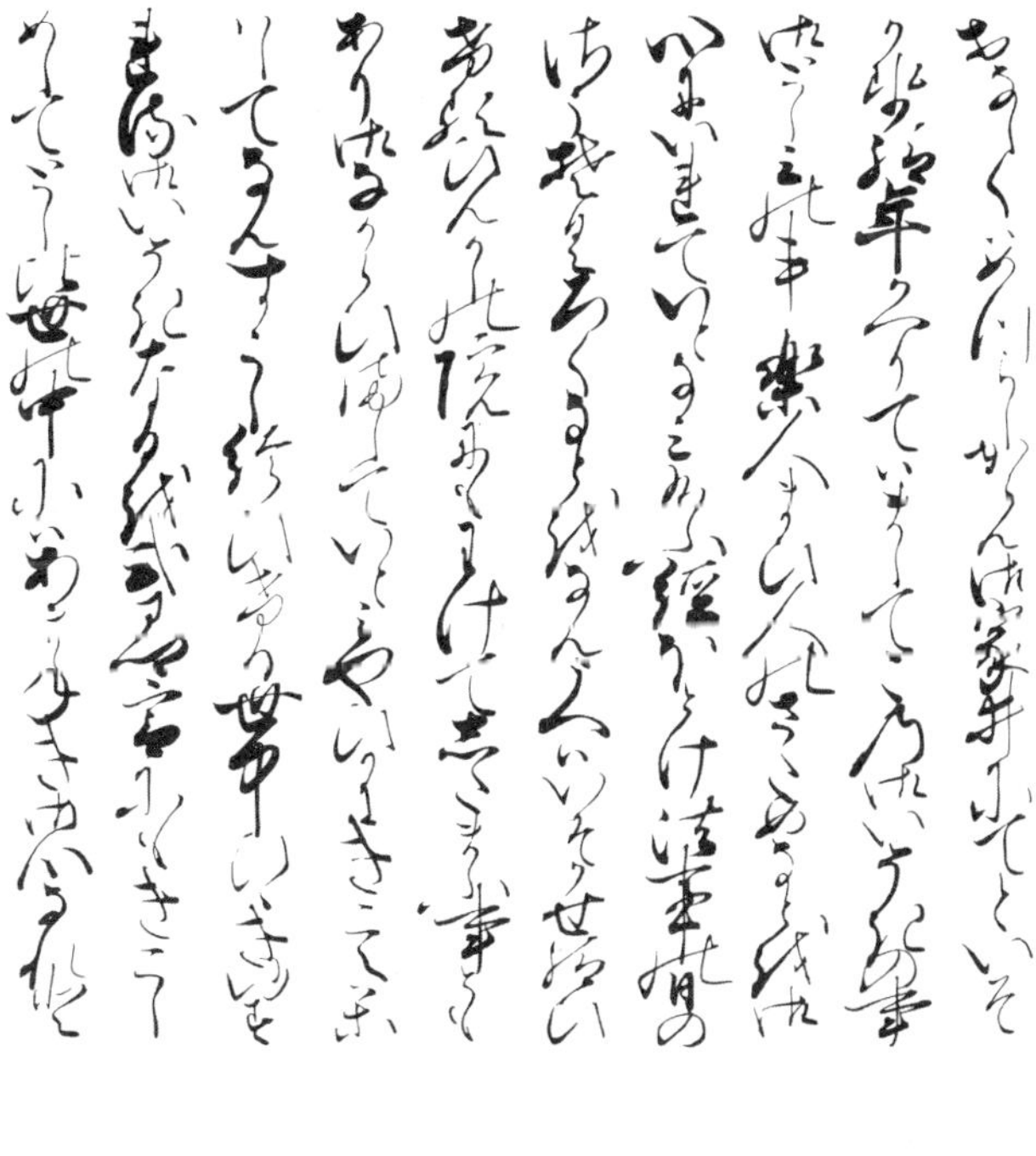

一このわたりにはあやにくになさけなく、事
にふれてはしたなめ、二宮人をも御よういなく、
うれはしき事のみおほかるに、三つらしと思ひをき
給事こそはありけめ、四いとくちおしくもから
くもおほしけるを、五かくあまたかゝつらひ給へ
る人〳〵おほかるなかに、とりわきたる御おもひ
すくれて、世に心にくゝめてたき事に、思ひかし
つかれ給へる御すくせをそ、六わかいゐまてはにほ
ひこねと、めいほくにおほすに、七又かくこの世
にあまるまて、ひゝかしいとなみ給ふは、おほえぬ

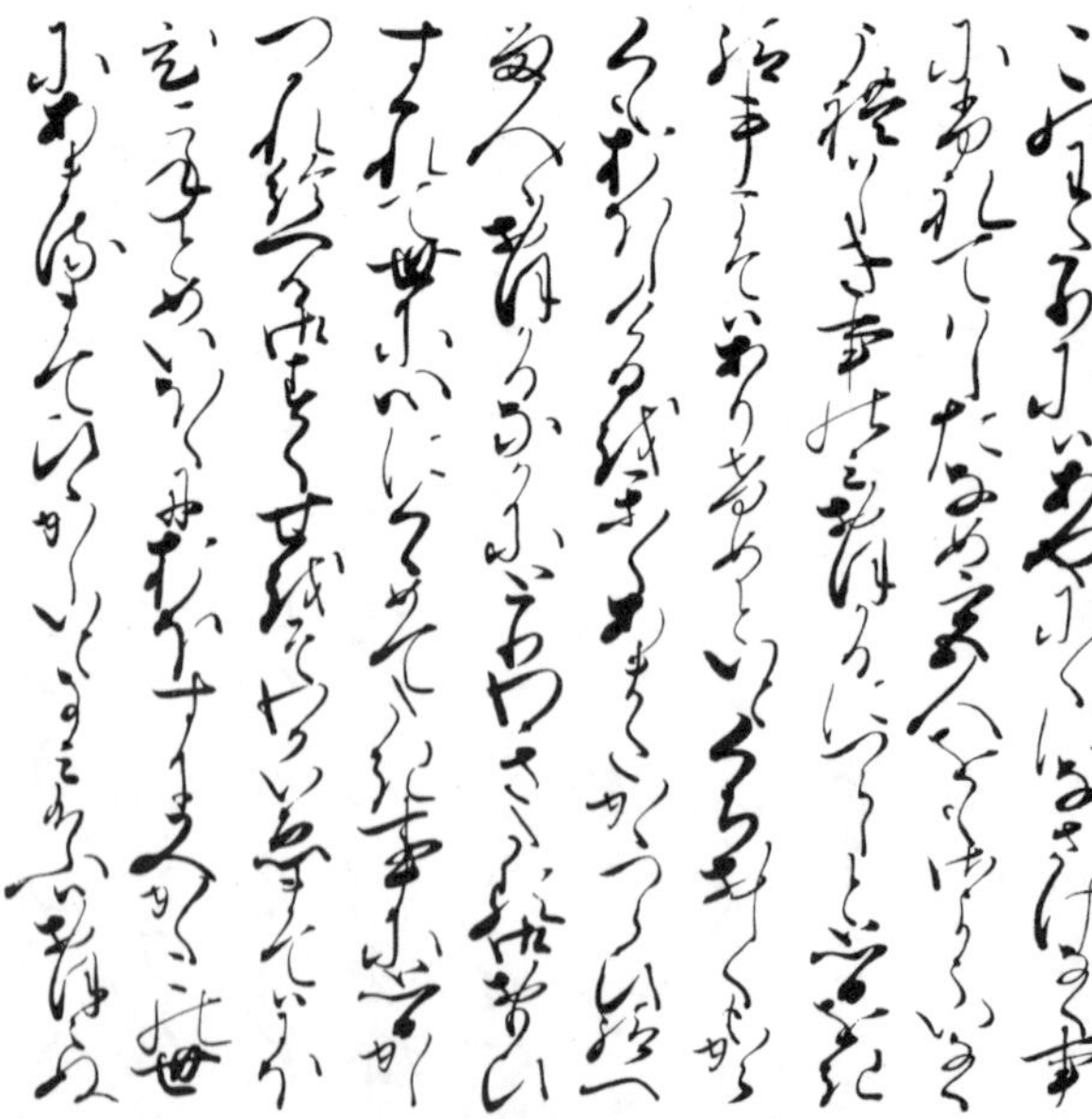

一この宮家に対しては意地悪く冷淡で、何かにつけて恥をかかせ。源氏は、流謫《るたく》中の紫の上に対する扱いを赦せず、報復に出ていた〈澪標〉。二宮邸の人にもご配慮なく、つらい仕打ちばかりが多いのであるが。三（私のことを）薄情だと心に強くお思いのことがあったからなのであろう。源氏が冷淡であったわけに気づく。四（過去の自分の行動を）不本意だったとも（源氏の仕打ちを）ひどいとも思っていらっしゃるのだったが。「いとくちおしくも」は諸本「いとをしくも」。五式部卿の宮の心内詞（一九一頁1行目「きかな」まで）。このように大勢関係を持っていらっしゃる女君が多い中に、特別のご寵愛が深く。以下紫の上のことを思う。六（その余慶が）我が家までは及んで来ないけれど、名誉なことと思っているのに。「おぼす」は作者の宮に対する敬意が入りこんだ。七その上、こうしてこの身に余るまで、（賀の準備を）大評判になるほどにしてくださるのは、思いがけぬ。

一よはひのするゐのさかへにもあるへきかな、とよろこひ給ふを、二きたのかたは、心ゆかす、三ものしとのみおほしたり、四女御の御ましらひのほとなとにも、おとゝの御ようゐなきやうなるを、いよ〳〵うらめしと思ひしみ給へるなるへし、五八月にそ、六六条院つくりはてゝわたり給ふ、七ひつしさるのまちは、中宮の御ふる宮なれは、やかておはしますへし、八たつみは、殿のおはすへきまちなり、九うしとらは、ひんかしの院にすみ給ふたいの御方、一〇いぬゐのまちは、あかしの御方、とおほしをき

［33六条院完成、四季の町の風情］

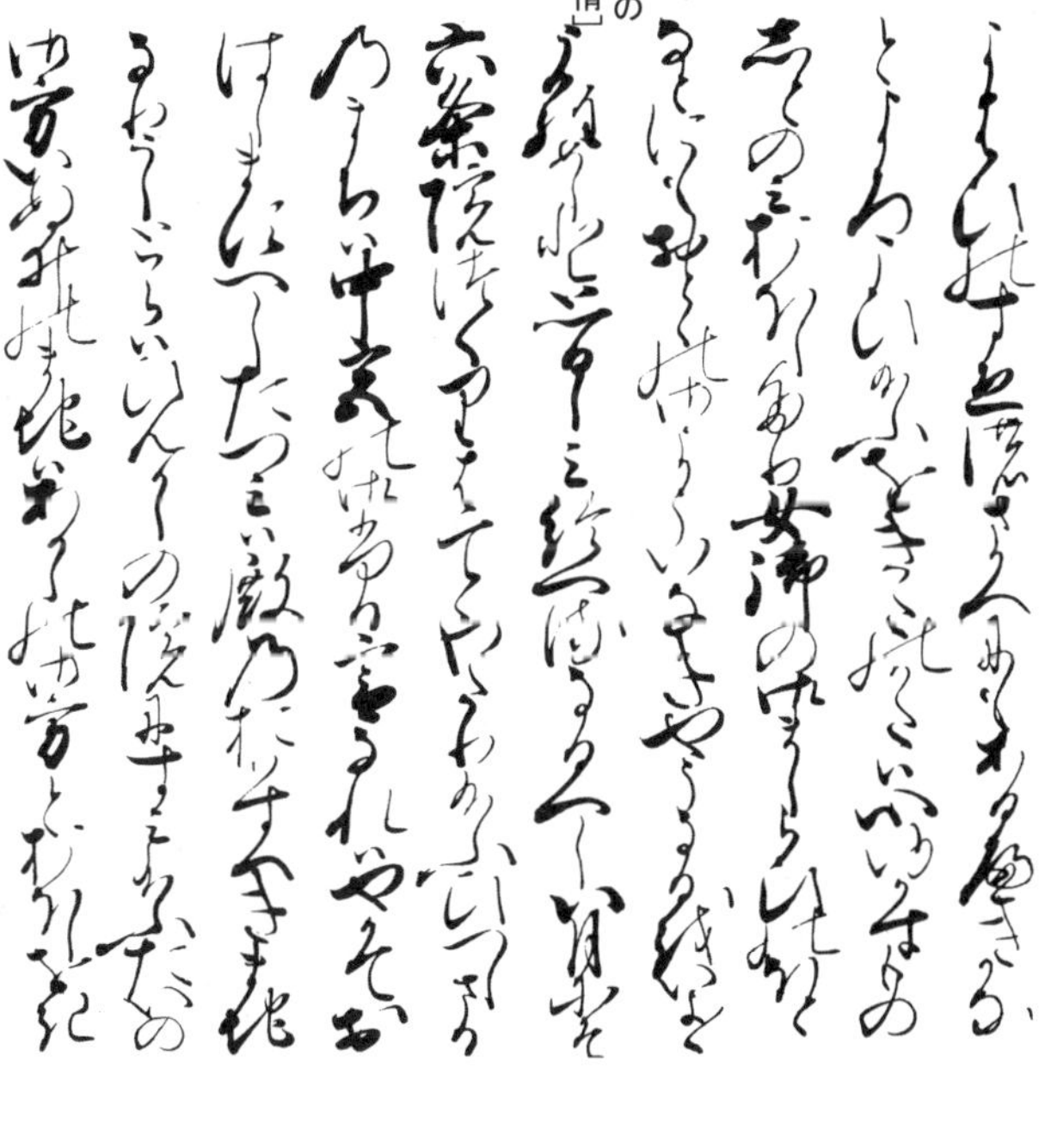

一 晩年の光栄と言うべきものだなあ。過去の恨めしさに心の整理をつけ、現在の源氏・紫の上の配慮に感謝する気持ち。二 式部卿宮の北方。紫の上の継母。「心ゆく」は満足する、気が晴れる。三 北の方の心内詞「ものし」。不愉快だ。四 （というのは）娘の女御の宮中での生活に関しても、源氏の大臣がお心遣いくださらない様子であるのを、いよいよ恨めしいと思い込んでいらっしゃるのであろう。一〇二頁の立后争いのことなど。五 源氏三十五歳の八月。去年秋造営に着手。六 六条の院が完成してお引き移りになる。六条大路の北、東京極大路の西、六条坊門小路の南、万里小路の東、四町を占める。七 南西の町。中宮の母御息所の旧宅の跡地なので中宮の里邸とする。八 東南は主《あるじ》の大臣がお住まいになる町である。紫の上も同居。九 北東は二条東の院に住みなさっている対のお方。即ち花散里。一〇 西北の町は明石の御方とお決めになっておられた。（巻末「六条院想定平面図」参照）。

てさせ給へり、一もとありける池やまをも、ひんなき所なるをはくつしかへて、二水のおもむき、山のをきてをあらためて、三さま〱に、御方〱の御ねかひの心はへをつくらせ給へり、四みなみひんかしは、山たかく、春の花のき、かすをつくしてうへ、五いけのさまいをひかにおもしろくすくれて、六おまへちかきせんさい、七五えう、こうはい、さくら、藤、やまふき、いはつゝしなとやうの、八春のもてあそひをわさとはうへて、九秋のせんさいをはむら〱ほのかにませたり、一〇中宮の御ま

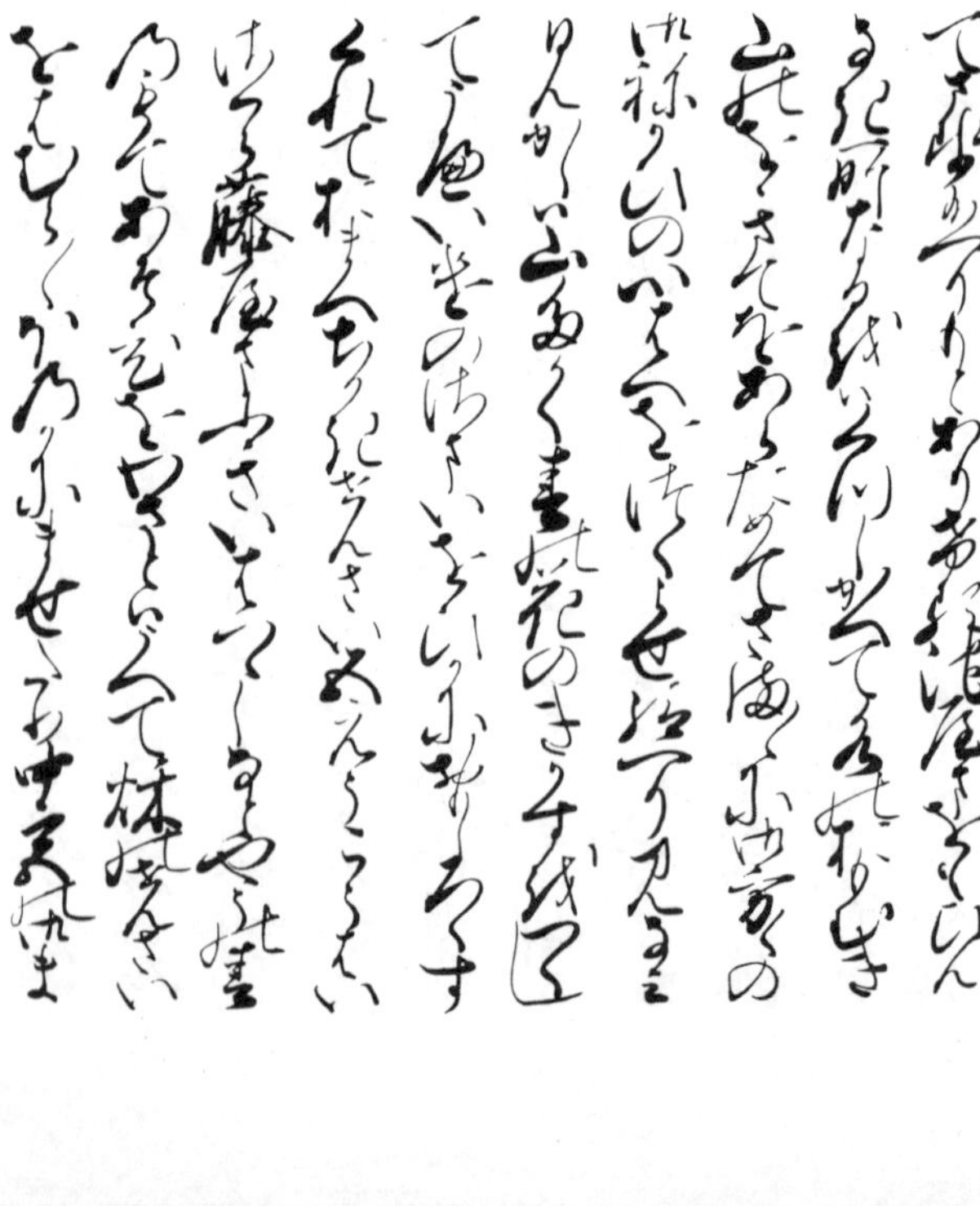

一 前からあった池や築山をも、都合の悪い場所にあるのは崩して移しかえ。二 遣り水の流れや、築山の姿を新しくして。「おきて」は、構え、在り方。三 四つの町それぞれに、お住みになる御方がたのご希望に添った趣向でお造らせになった。四 南東の町は、山を高く築いて、春咲く花の木を無数に植え。六条の院の四つの町を四季に宛て、紫の上の辰巳は春の町とする。五 池の風情もゆったりとして趣き深く格別であって。「いをひかに」は、青表紙諸本に無いが、河内本「ゆほひかに」とあるにより「ゆほびかに」（おだやかなさま）で解する。六 御殿近くの庭の植え込みには。七 五葉の松。春に鮮やかな緑の新芽が出る。以下春咲く花の木を列挙。八 春に鑑賞する木草を選んで植えて。九（その中に）秋の植木を一むらずつ、さりげなく混ぜて植えてある。一〇 中宮の御町をば。一九三頁4行目「つくりたる」に掛かる。梅壺中宮の未申の町は、中宮の秋好みに合わせ秋の町とする。

ちをは、一もとのやまに、もみち色こかるへきう
へ木ともをそへ、二いつみの水とをくすまし、
やり水のをとまさるへきいはをたてくはへ、
たきおとして、三秋の野をはるかにつくりたる、
四そのころにあひて、さかりにさきみたれたり、
五さかの大井のわたりの野山、むとくにけを
されたる秋なり、六きたのひんかしは、七す〻しけ
なるいつみありて、なつのかけによれり、八まへ
ちかきせんさい、くれ竹、した風す〻しかるへく、
こたかきもりのやうなる木ともこふかくおもし

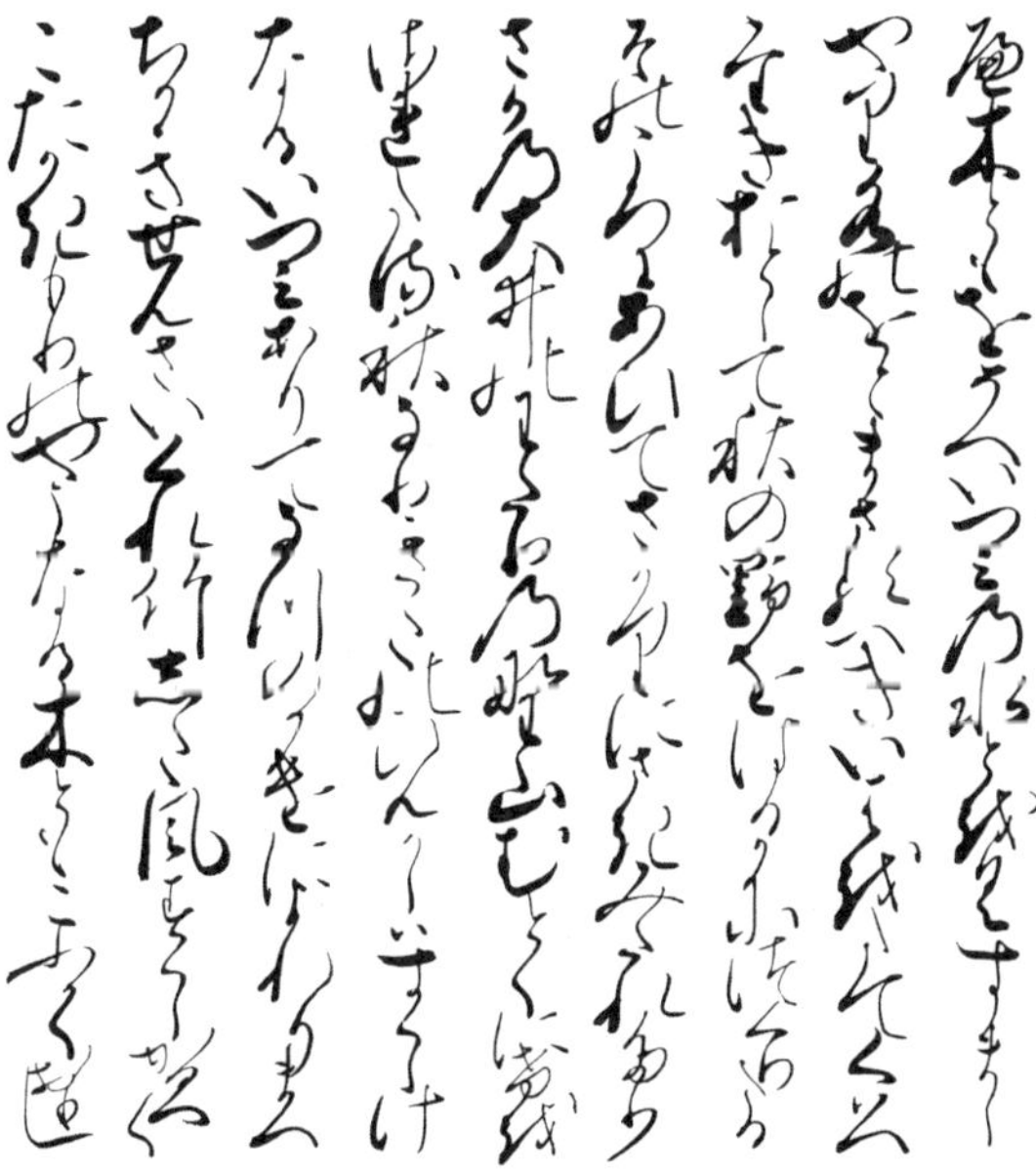

一 もとからある築山に、紅葉の色が濃くなるような木々を補植し。趣味のよかった御息所の旧状を尊重し大幅な改修は避けた。二 庭内で湧き出る泉の水を遠くまで清らかに流し、遣水の音がいっそう高くなるような岩を立て加え、滝を造って水を落とし。三 秋の野を見渡す限りに造ってある（庭が）。四 ちょうどぴったりの季節なので、秋草が今を盛りに咲き乱れている。五（さしも秋草の名所で名高い）嵯峨野の大井あたりの野山も、見るかげもなく圧倒される秋である。「無徳《むとく》なり」は、格好が付かない。六 北東の町は。花散里の御殿の庭は。夏の町として造園。七 涼しそうな湧き水があって、夏の木陰を主として造園してある。「よれり」は、「依る」（＝依拠する）の已然形＋存続の助動詞「り」。八 御殿近くの前庭に植えてあるのは、（先ず）呉竹で、下を吹く風が涼しいように（してあるし）、（次に）高くそびえる植木が森のように茂っていておもしろく。

一 まるで山里といった風情があり、(さらに)卯の花の咲く空木《うつぎ》の垣根をわざわざ周囲に巡らして、(囲いの中に)昔のことを思い出させる花橘や。「五月待つ花橘の香をかげば昔の人の袖の香ぞする」(古今集・夏)。二 撫子《なでしこ》、薔《さう》薇《び》、木丹《くたに》などといった花をいろいろ植えて、春や秋の木草をその中に少しばかり交ぜてある。「木丹」は、竜胆《りんどう》の異名というが、季節に合わない。細流抄に牡丹の類という。諸本「春秋の木草その中にうちませたり」とあるのに従う。三 東側には敷地の一部を割いて、馬場殿を造り、埒《らち》を設けて、五月の競馬《くらべむま》の折の遊び所として。埒は馬場の周囲の柵。花散里の邸は一町全部を占めていない。四 池の水辺に菖蒲を植え繁らせて、その対岸に厩舎《うまや》を造り、またとない上等の馬を何頭も用意しておきになった。五 西(北)の町は。明石の御方が住むはずの戌亥の町、冬の情趣を生かす造園。六 北側を築地塀で分けて、お倉を建て並べた区画としてある。七 区切りの垣根に添って。

ろく山さとめきて、一うの花さくへきかきね
ことさらにしわたして、昔おほゆる花たちはな、
二なてしこ、さうひ、くたになとやうの花草く
をうへて、春秋の木草の中にうちませ
たり、三ひんかしおもては、わけて、むまはのお
とゝつくりらちゆひて、五月の御あそひ
所にて、四水のほとりにさうふうへしけらせて、
むかひにみまやして、よになき上めともを
とゝのへたてさせ給へり五にしのまちは、六きた
おもてつきわけて、みくらまちなり、七へたての

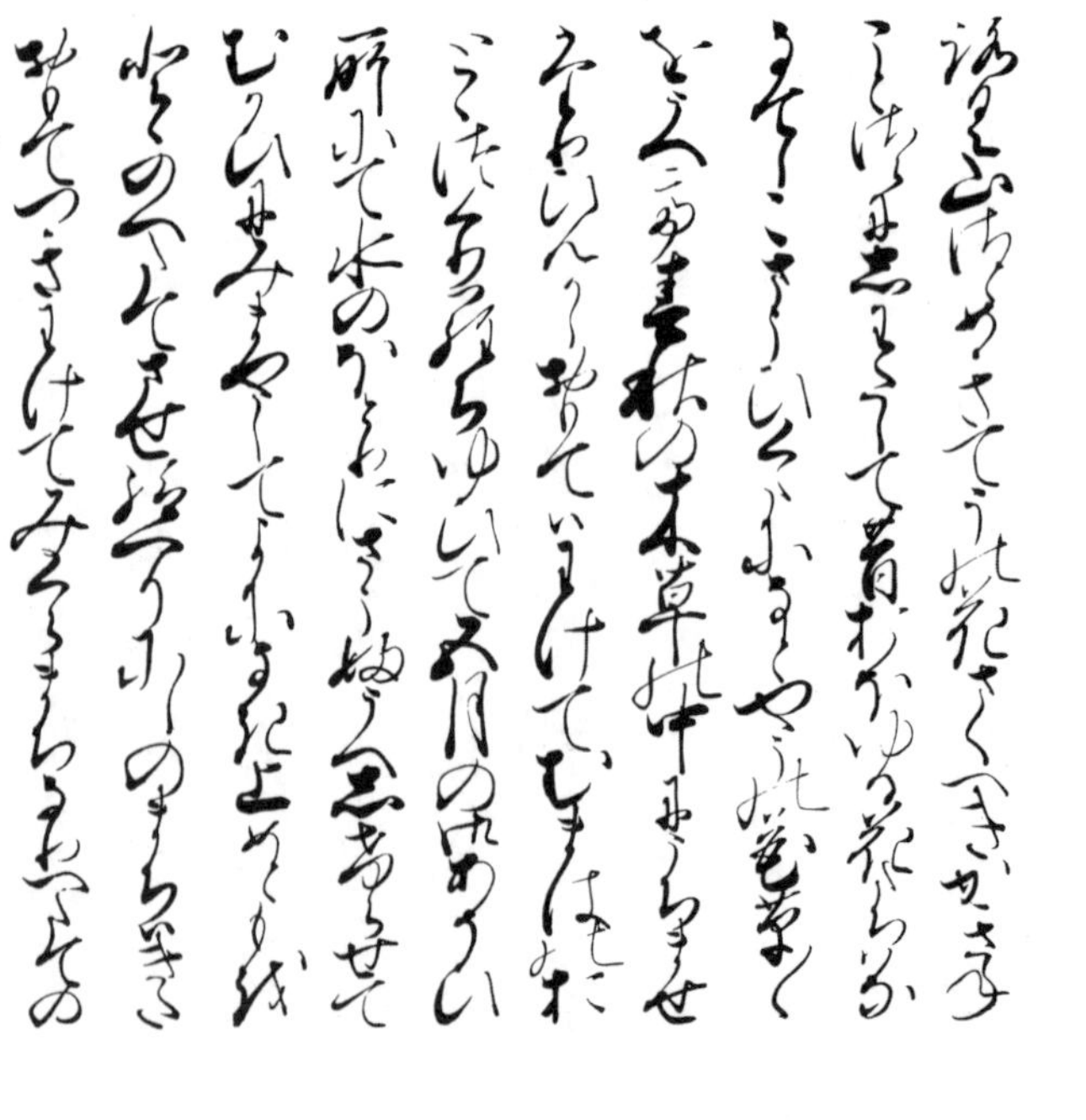

かきにから一竹うへて、二まつの木しけく、雪を
もてあそはんたよりによせたり、三冬のはしめの
あさ霜むすふへき菊のまかき、四われはかほ
なるはゝそはら、五おさくなもしらぬみ山木
とものこふかきなとをうつしうへたり六ひかん
のころほひわたり給ふ、ひとたひに、とさため
させ給ひしかと、七さはかしきやうなりとて
中宮すこしのへさせ給ふ、八れいのおいら
かにけしきはまぬはなちるさとそ、その夜
そひてうつろひ給ふ、九春の御しつらひは、この

［34御方々、六条院に移る］

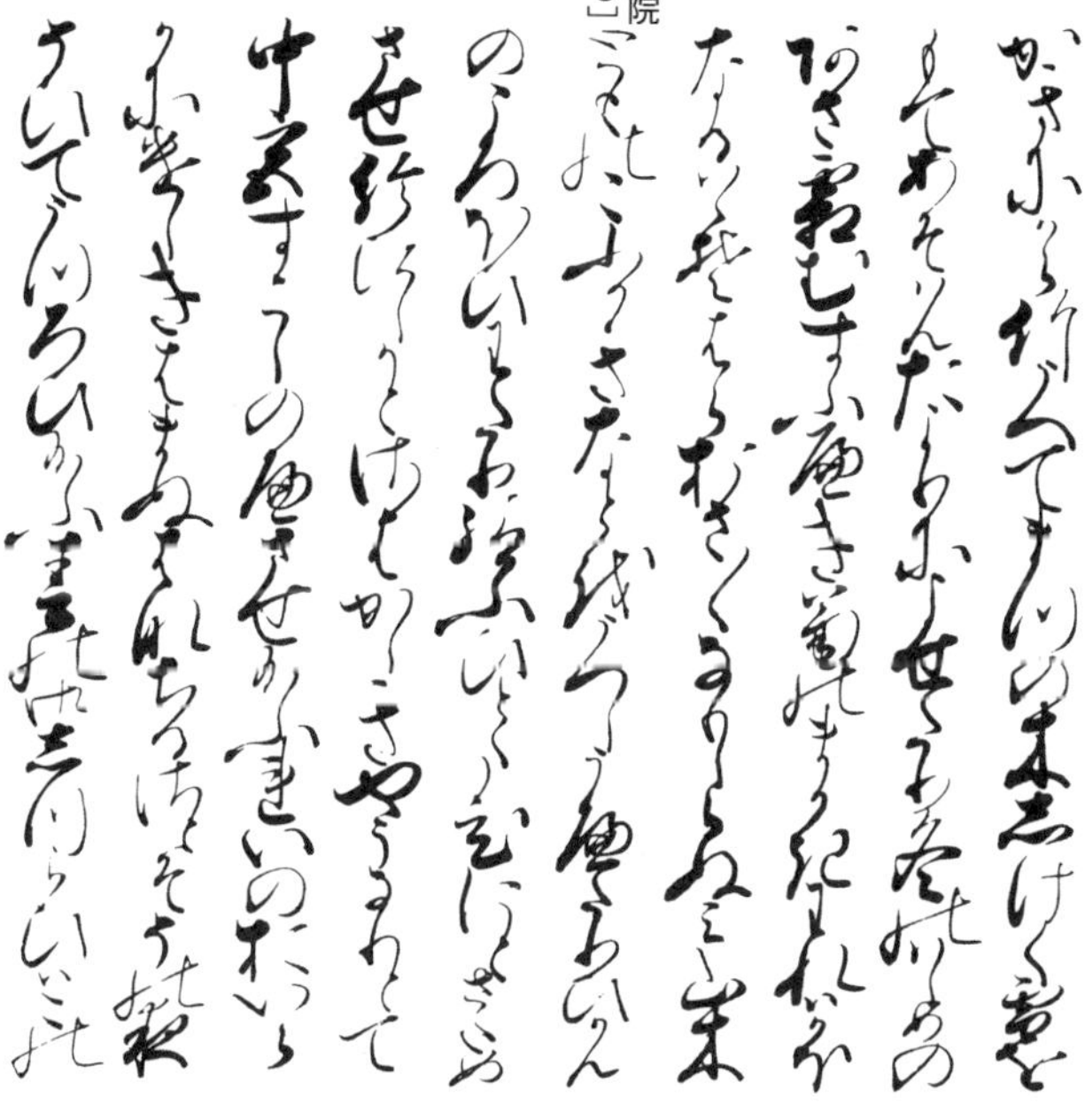

一「唐竹植ゑて」は肖柏本・河内本にあり、大島本等にナシ。唐竹は葉が細く美しいので庭に植えたり、籬《まがき》にもした。二 松の木を多く繁らせて、枝に積もる雪を鑑賞して楽しむのに都合良くしてある。三 冬の始めに朝の霜が結ぶようにと菊の垣根があり。霜のために変色した菊も美しいとした。四 得意顔に紅葉している柞《ははそ》原。柞は楢《なら》の別名。母をひびかす。五 ほとんど名も分からない深山木などの、よく繁っている木々を移し植えてある。明石の御方邸も一町全部ではない。六 秋の彼岸のころにお引っ越しをなさる。秋の彼岸は、陰暦八月二十日前後にあたる。七 中宮の心内詞（7行目「うなり」まで）。「みんな一緒では大げさになるようだ」とお思いになって、中宮は少し日延べをなさる。八 例によっておとなしくて気どらない花散里だけが、その夜（源氏と紫の上に）添ってお移りになる。九（東南の町の）春向きのお部屋の装飾は、今の季節に合わないけれど、やはり格別に見事である。

ころにあはねといと心ことなり、[一]御車十五、
御前の四位五位かちにて、六位の殿上人
なとは、さるへきかきりをえらせ給へり、[二]こち
たきほとにはあらす、世のそしりもやとはふ
き給へれは、[三]なに事もおとろ〳〵しういか
めしき事はなし、[四]いまひと方の御けしきも、
おさ〳〵おとし給はて、[五]しゝうの君そひてそ
なたはもてかしつき給へは、[六]けにかうもあるへ
き事なりけり、と見えたり、[七]女房のさうし
まちとも、あて〳〵のこまけそ、おほかたのこと

一（紫の上のお引っ越しは）お車を十五両連ね、御前駆は四位五位の者が主で、六位の殿上人などはしかるべき縁故のある者だけをお選びになった。前駆の場合は「御前《ごぜん》」と読む。二 大げさという程にはならぬよう、世間の非難を受けぬよう簡略になさったので。三 何事につけても、仰山で威勢を誇示するふうはない。四 もうお一方（花散里）のご様子も、（源氏は、紫の上に）ほとんど見劣りしないようになさって。五 侍従の君（＝夕霧）が付き添って、そちらの方をお世話なさるので。花散里は夕霧の義母として丁重に扱われる。六 話者の判断（9行目「りけり」まで）。いかにもこれが理想のやり方だ。源氏のバランス感覚を讃えた。七 女房のお部屋の並ぶ区画区画も、それぞれに宛てて細かく分けてあるのが、その他の全般的なことに増してすばらしかった。「こまけ」は、細かく分けること。女房たちの局の割り当てが行き届いているのは、女房の目から見れば、お仕えしやすく嬉しい。

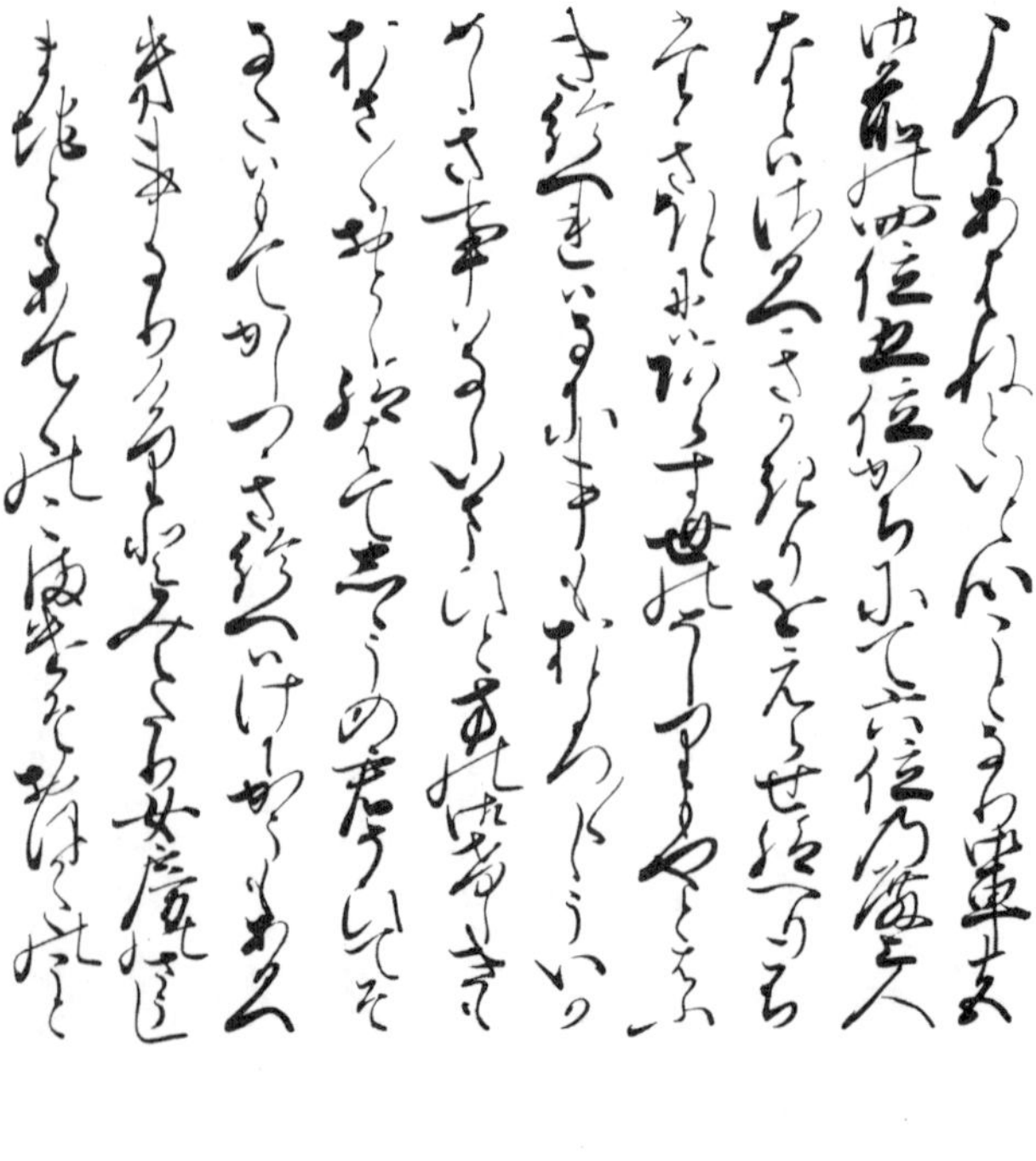

よりもめてたかりける、一五六日すきて、中宮まかてさせ給ふ、二この御きしき、はた、さはいへといと所せし、三御さいはひのすくれ給へりけるをはさるものにて、四御ありさまの心にくゝおもりかにおはしませは、世におもく思はれ給へる事すくれてなんおはしましける、五このまち〳〵のなかのへたてには、へいともらうなとを、とかくゆきかよはして、けちかくおかしきあはひにしなし給へり、六

［35中宮と紫の上の応酬］

なか月になれは、もみちむら〳〵色つきて、宮のおまへ、えもいはすお

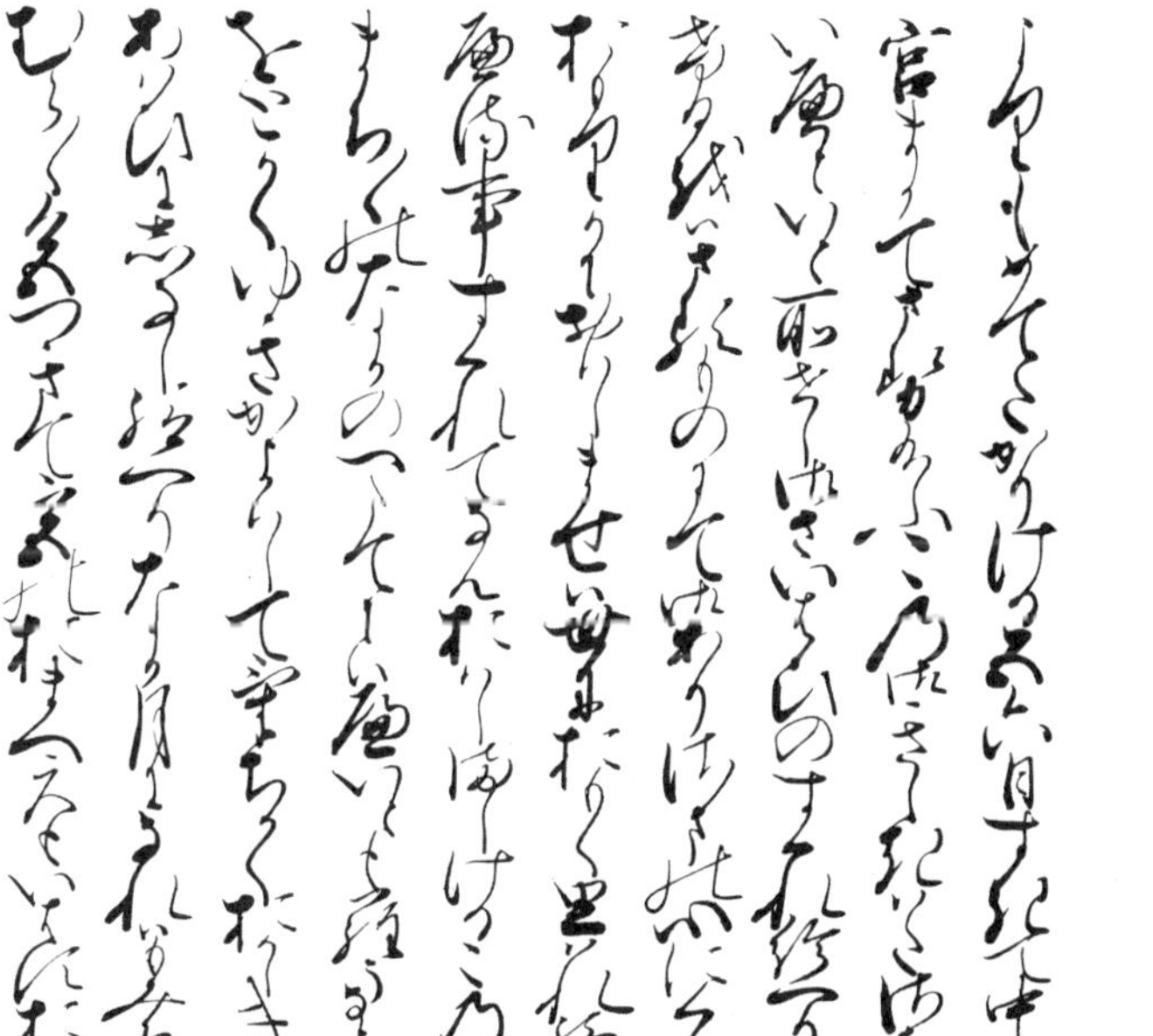

一 五六日たって、中宮が（宮中から新里邸へ）ご退出になる。二 ご退出の儀式は、また、簡略にとはいうものの、まことに豪勢なものであった。三（中宮が）ご幸運に恵まれていらっしゃるのは申すまでもないことで。立后したことを言う。四 お人柄が奥ゆかしく重々しくていらっしゃるので、世間から重く扱われなさる事は格別でいらっしゃるのであった。源氏の力だけで現在の地位があるのではない、ご本人の人格も立派なのである。五 この四町それぞれの境の仕切りには、数々の塀や渡り廊下などを、あちらこちら行き来出来るように造って、親しく好ましい間柄にと配慮なさってある。四つの町は独立し、それぞれの趣向で造られているのだけれども、行き来することは出来るようにしてある。築地塀に通路を開けたり、屋根付きの廊下を通してある。六 九月になると、紅葉がところどころ色づいて、中宮様のお庭先は何とも言えないほど趣がある。秋好中宮《あきこのむちゅうぐう》と称されるゆえん。

もしろし、風うちふきたる夕暮に、[一]御はこのふたに、色〳〵の花もみちをこきませて、こなたにたてまつらせ給へり、[二]おほきやかなるわらはの、こきあこめ、しをんのをり物かさねて、あかくちはのうすもの〻かさみ、いたうなれて、[三]らうわたとの〻そりはしをわたりてまいる、[四]うるはしきしきなれと、わらはのおかしきをなん、おほしすてさりける、[五]さる所にさふらひなれたれは、もてなしありさまほかのにはにす、このましうおかし、[六]御せうそこには、

一 当時、美しい箱の蓋をお盆のように用いていた。色とりどりの秋の草花や紅葉した葉をとりまぜて蓋に乗せ（使いの者に持たせて）中宮から紫の上に献上しなさった。「こなた」とあるから、話者は辰巳の町にいる。二 大柄な童女が、紫の濃い袙（下着）に、紫苑（表は蘇芳・裏は青）の織り出し模様のある上衣を重ねて、赤朽葉（赤みをおびた朽葉色）の薄絹の汗衫（童女の上着の上に着る服）姿で、まことにもの馴れた態度で。三 廊や渡殿の反橋を渡ってこちらへ参上する。四（私的とは言え中宮の贈り物の使者ともなれば）きちんとした（格式のある）作法であるが、（それであるから大人の女房を使者とするべきであるが、中宮は）このかわいい童女をお見捨てにならなかった。（使者としてよこされたのである）。五 中宮御所という高貴な所に長らくお仕えしているのだから、立ち振る舞いから姿つきまで余所の童女とは違って、感じがよく美しい。六（中宮からの）お手紙には。

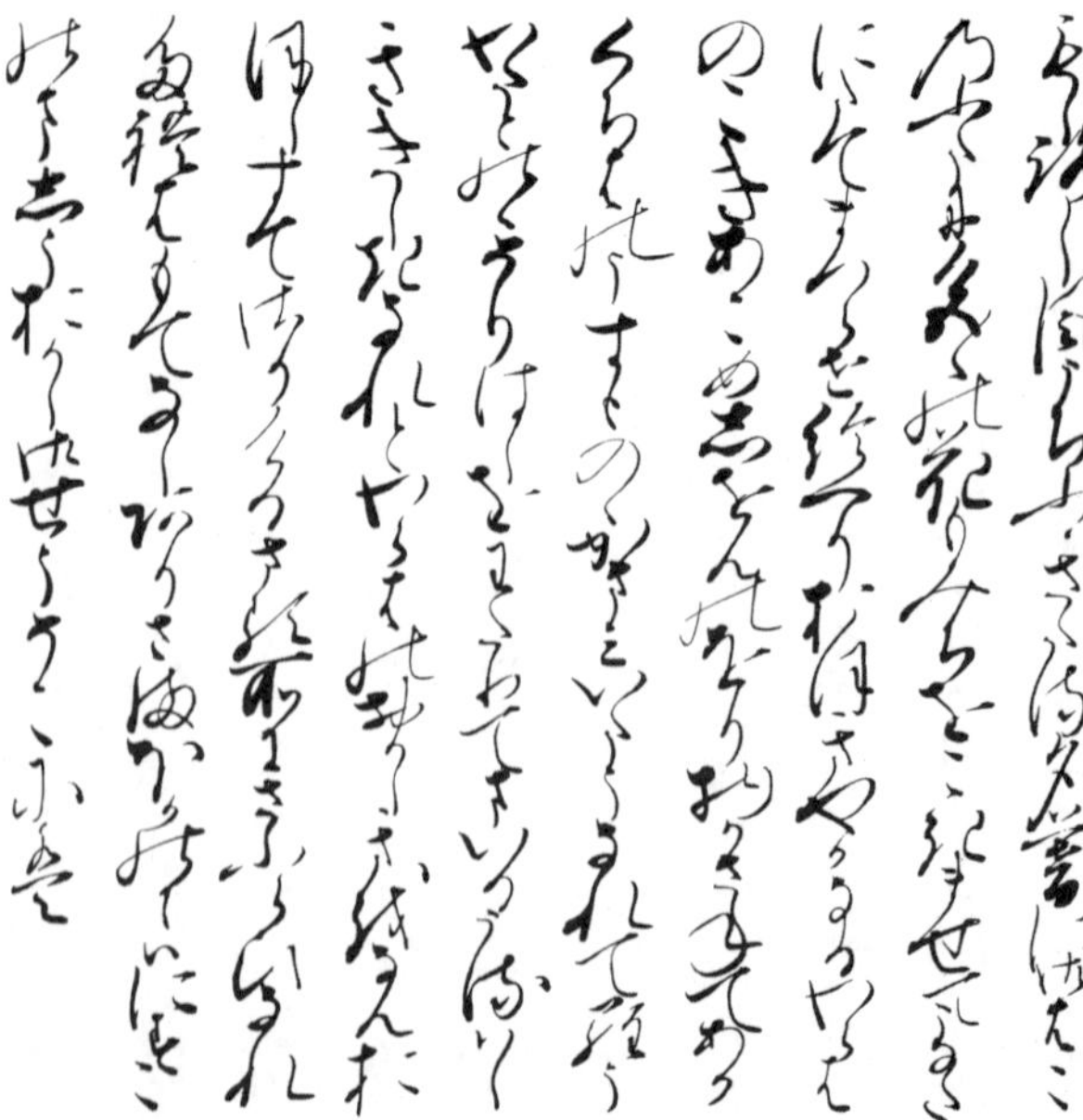

[一]心から春まつそのはわかやとの紅葉を風のつてにたにみよ、[二]わかき人々、御つかひもてはやすさまともおかし、[三]御かへりは、この御はこのふたにこけしき、いはほなとの心はへして、五えうの枝に、

[四]風にちるもみちはかるし春の色をいはねの松にかけてこそ見め、[五]このいはねのまつも、こまかにみれは、えならぬつくりことゝもなりけり、[六]かくとりあへす思ひより給へるゆへくしさなとを、おかしく御らんす、[七]御前なる人々見めてあへり、おとゝ[八]このもみちの御せうそこ、

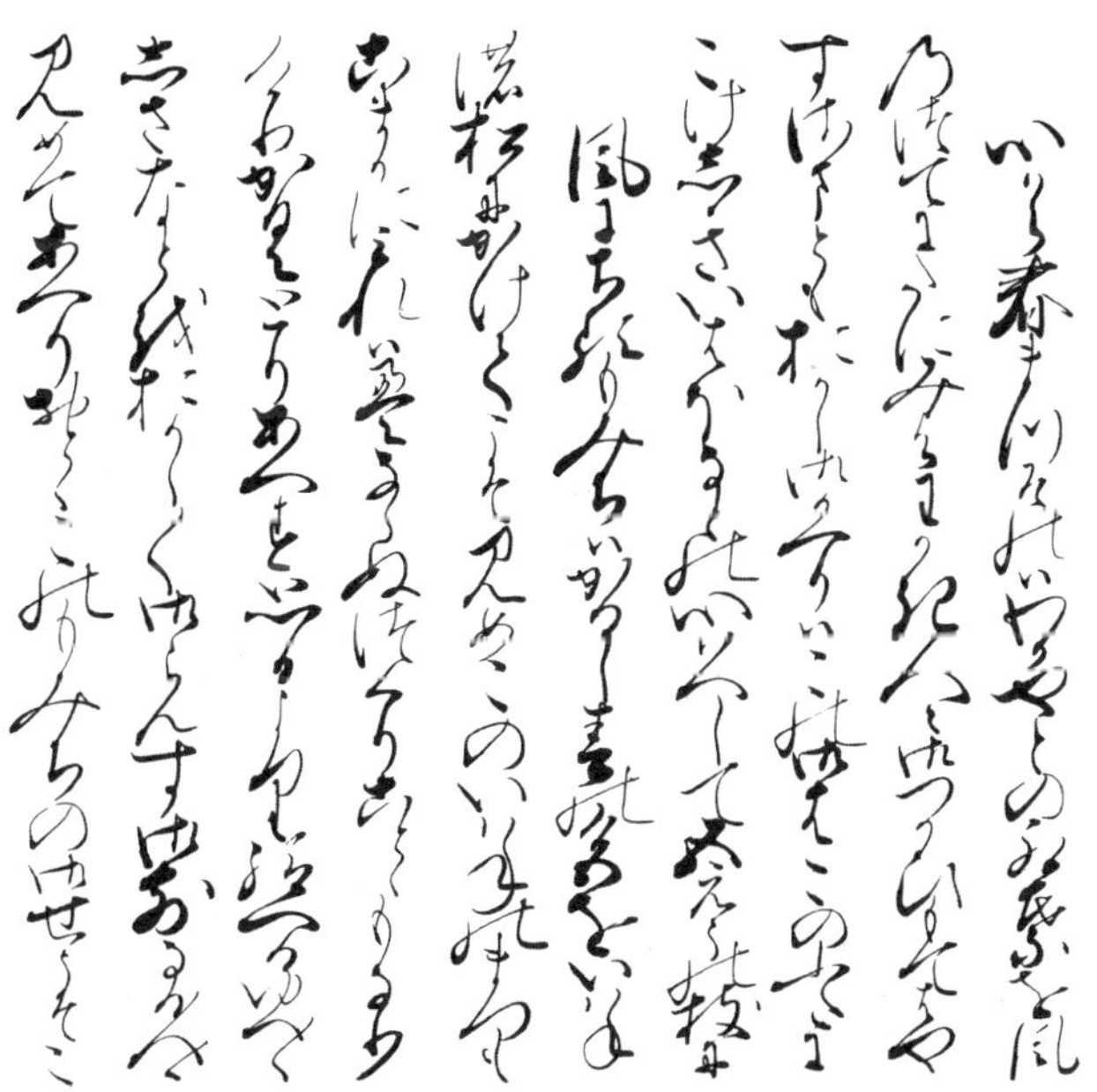

一 中宮の歌。ご自分のお好みで春をお待ちのお庭では（今は見所もないでしょうから）、せめて私どもの庭の紅葉を風の便りにでもご覧くださいませ。二 若い女房たちが、お使いを歓待する様子もおもしろい。三 ご返事は、この御箱の蓋に苔を敷いて、（小石で）巌《いわお》などの感じを出して、（そばに立てた）五葉の松の枝に、（結びつけた）。四 紫の上の返歌。風に散る紅葉は軽いもので大したことはございません。春の色を、このどっしりとした岩根の松の緑に見ていただきたいのです。「かるし」は諸本「かろし」、保坂本「かなし」とある。五 岩根の松に見立てた五葉の松もよく見ると、見事な細工物なのであった。六 このように咄嗟《とっさ》の間に思い付きなさる趣向の奥深さなどを、（中宮は）感心してご覧になる。七 御前に控えている女房たちも（岩根の松の趣向を）見て褒め合っている。八 源氏の詞（二〇〇頁5行目「でこめ」まで）。この紅葉のお手紙は何ともいまいましい感じですね。

いとねたけなめり、一春の花さかりに、この御いらへはきこえ給へ、二このころもみちをいひくたさんは、たつたひめの思はん事もあるを、三さししそきて、花のかけにたちかくれてこそ、つよきことはいてこめ、ときこえ給ふ、四いとわかやかに、つきせぬ御ありさまのみところおほかるに、五いとゝ思ふやうなる御すまひにて、きこえかよはしたまふ、六大井の御方は、かうかた〳〵の御うつろひさたまりて、七かすならぬ人は、いつとなくまきらはさむ、とおほし

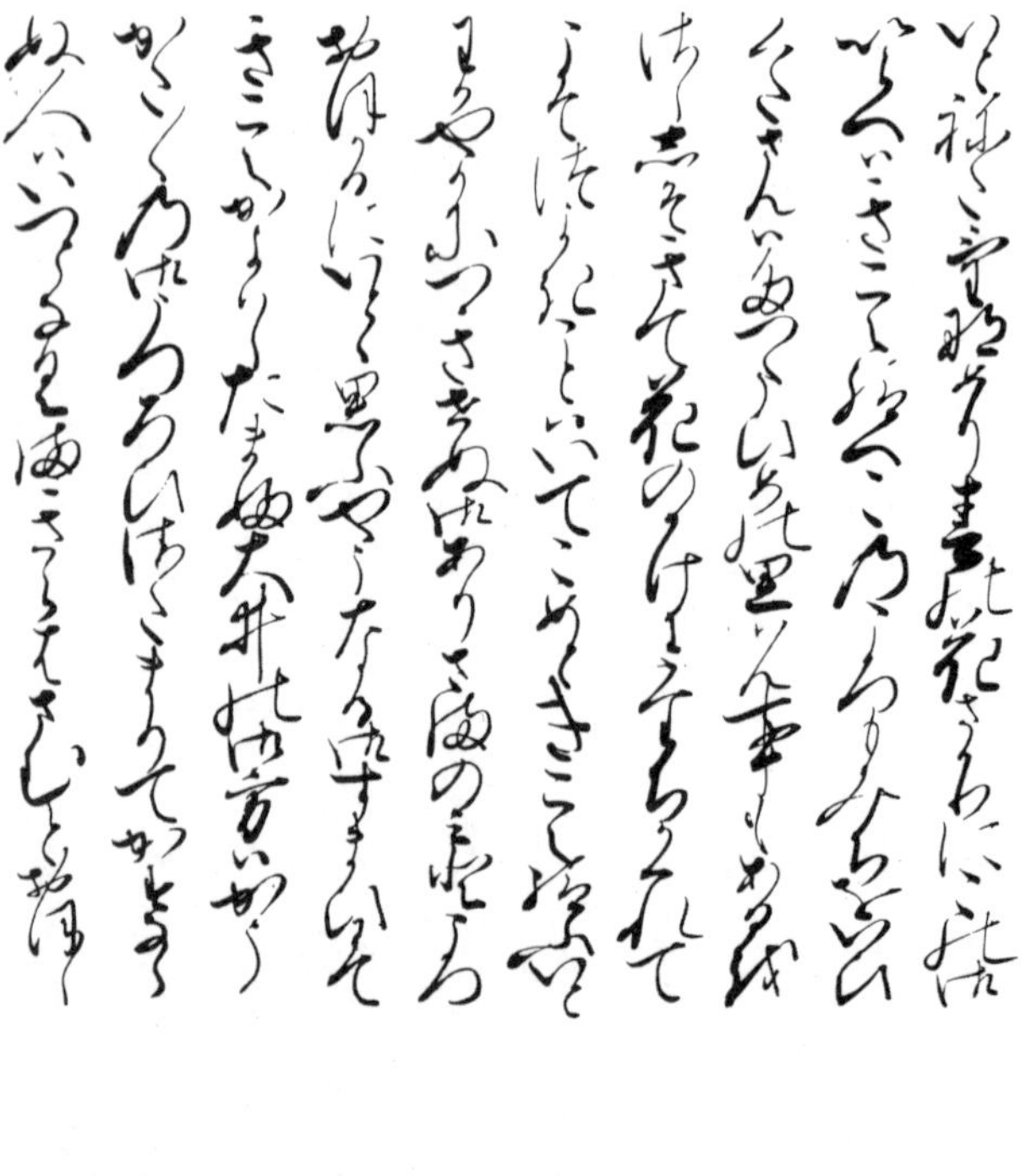

一 春の花盛りに、このお返しは差し上げなさい。二 今の季節に紅葉を悪く言っては、竜田姫がどう思うかということもありますから。「竜田姫」は、秋をつかさどる女神。三 ここは一歩退いて、(春になってから)花を盾にとって応戦してこそ勝ち目のある強い言葉も出てきましょう。紫の上を中宮と対等に扱っての教示。「さししぞき」は、「さし」(語調を整える接頭辞)+「しぞき」(「退く」の連用形)。四 (源氏は)たいそう若々しく、あくまでお美しいお姿で、魅力いっぱいである上に。五 前にもまして思い通りのお住まいで、女君たちは互いにお便りのやりとりをしていらっしゃる。源氏を中心とした理想的な六条の院の生活ぶり。六 大井に住む御方は、こうして他の方々のご移転が終わり居《きょ》が定まってから。七 明石の御方の心内詞(10行目「はさむ」まで)。自分のように人数にも入らぬ者は、何時ということなくこっそり移ろう。彼女の謙譲な人柄がうかがわれる。

て、[一]神無月になんわたり給ひける、[二]御しつらひ、ことのありさまをとらすして、わたしたてまつり給ふ、[三]ひめ君の御ためをおほせは、おほかたのさほうも、けちめこよなからす、いとものくのしくもてなさせ給へり、

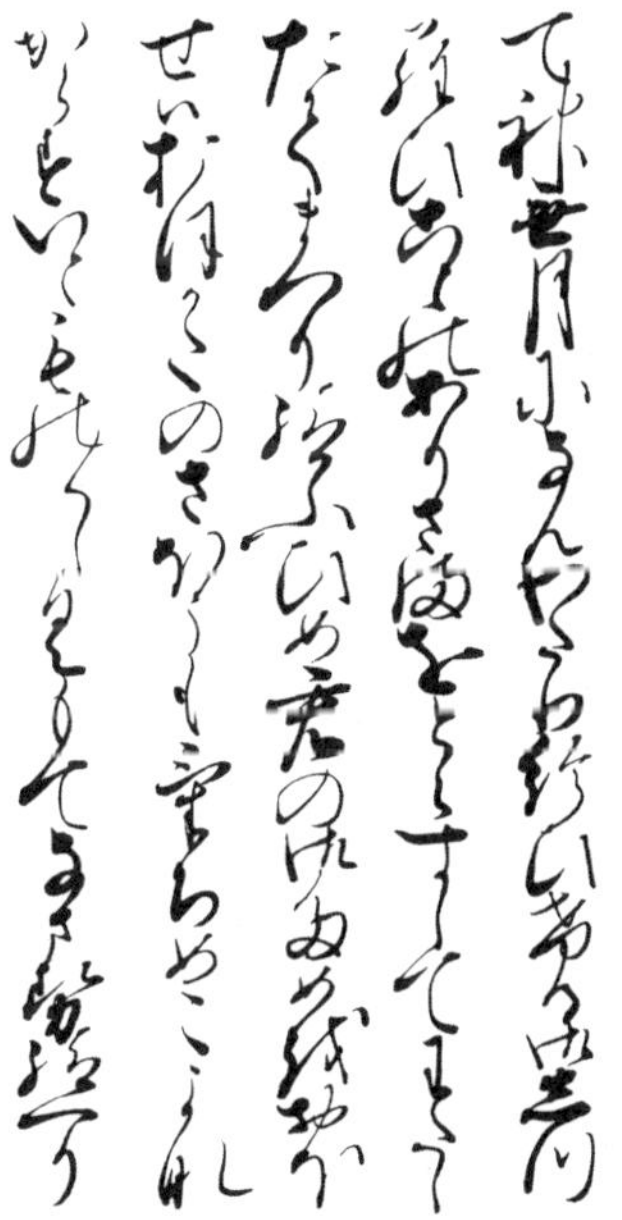

一 十月になってからお引っ越しになった。冬の御方にふさわしい季節。二 お部屋の設備やその間の有様を、他の方々に劣らないようにして、（明石の御方を六条の院）にお移し申しあげなさる。「ことのありさま」は主として、引っ越しの行列の格式。三（源氏は）姫君の将来の御ためをお考えになるので、全般的なことについてのやり方も、（紫の上たちの時と）あまり大きな差別をせず、たいそう重々しくお扱いになった。「けぢめ」は区別。

六条院想定平面図

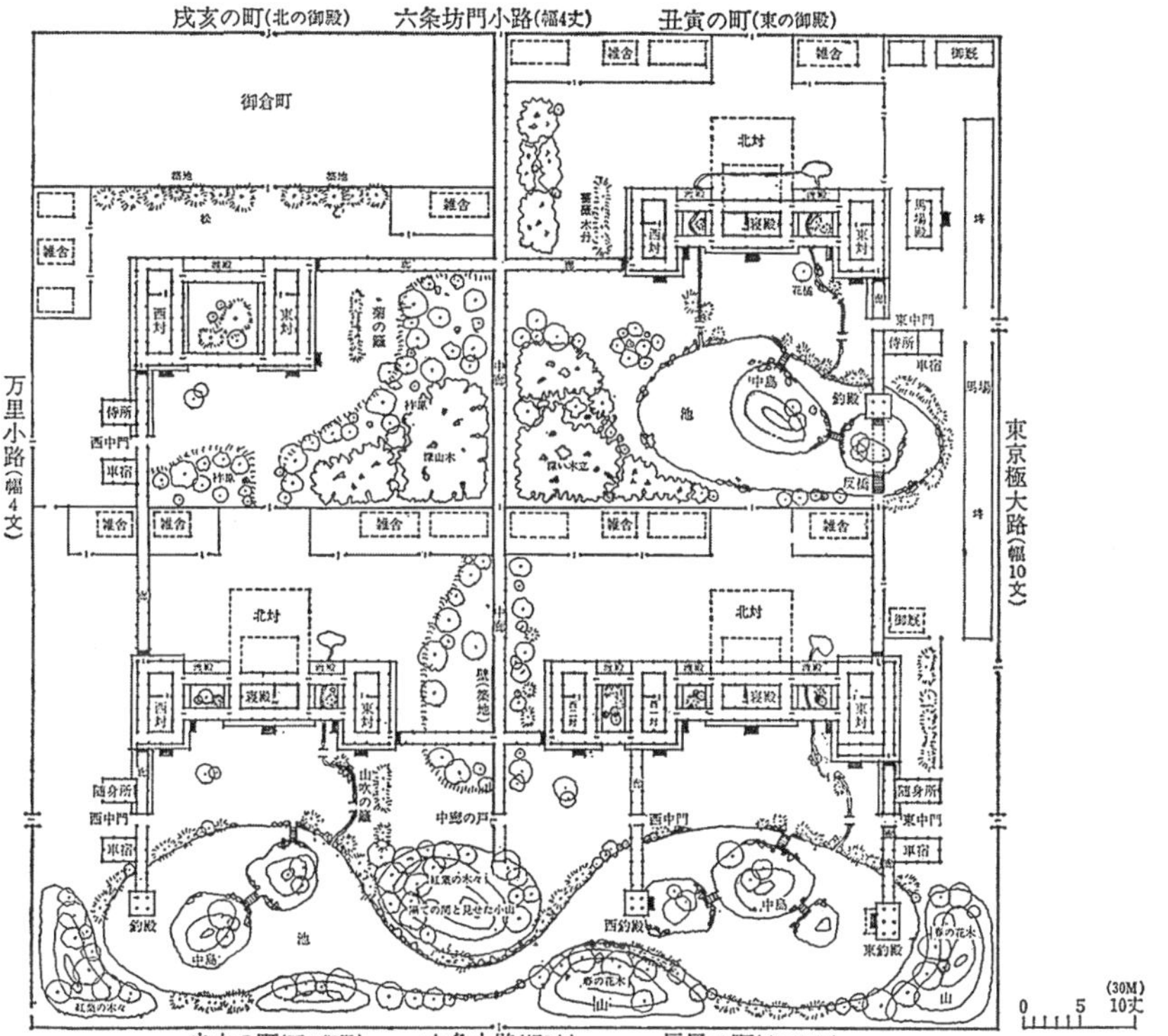

本図は、玉上琢弥「源氏物語の六条院」(『平安京の邸第』1987所収)および太田静六『寝殿造の研究』に掲げる復原案を参照し、管見のおよぶところを勘案しつつ試みに描いたものである。作図にあたってつぎの諸点に留意した。

(1) 邸地中央を縦横に走る幅4丈の小路のうち、南北の富小路は丑寅の町と辰巳の町に、東西の楊梅小路は未申の町と辰巳の町にそれぞれ含めた。(2) 各町が相接する側の中門は、物語に明示されている辰巳の町のそれ以外は設けないものとした。(3) 北対に関する叙述は一切見られないが、当然あったものとも考えられるので、その位置を点線で示した。(4) 丑寅の町には寝殿の西にも遣水がある(「篝火」の巻)。また、『作庭記』に、遣水は「東より南へむかへて西へ流すを順流とす」とある所説を尊重して、南西両方にあるものとした。

池浩三氏『源氏物語—その住まいの世界—』(中央公論美術出版)による

影印校注古典叢書38

槿・乙女

平成14年4月1日　初版発行

校注者　武山隆昭
発行者　松本輝茂
印刷所　セリモト印刷㈱
製本所　㈲真光社製本所
検印省略・不許複製

発行所　株式会社　新典社
東京都千代田区神田神保町一―四四―一一
営業部＝〇三（三二三三）八〇五一番
編集部＝〇三（三二三三）八〇五二番
ＦＡＸ＝〇三（三二三三）八〇五三番
振　替　〇〇一七〇―〇―二六九三二番
郵便番号一〇一―〇〇五一番

ISBN4-7879-0238－5 C3393
http://y7.net/sinten E-Mail:sinten@mbp.sphere.ne.jp

影印校注古典叢書